국제산업 편

이것이 금융논술이다 10.0

이것이 금융논술이다 10.0 국제산업편

2017. 8. 16. 초 판 1쇄 발행
2018. 9. 3. 개정 1판 1쇄 발행
2019. 5. 24. 개정 1판 2쇄 발행
2019. 9. 17. 개정 2판 1쇄 발행
2020. 9. 18. 개정 3판 1쇄 발행
2021. 9. 10. 개정 4판 1쇄 발행
2022. 8. 24. 개정 5판 1쇄 발행
2023. 9. 20. 개정 6판 1쇄 발행
2024. 10. 16. 개정 7판 1쇄 발행
2025. 9. 24. 개정 8판 1쇄 발행

저자와의
협의하에
검인생략

지은이 | 김정환
펴낸이 | 이종춘
펴낸곳 | BM (주)도서출판 성안당
주소 | 04032 서울시 마포구 양화로 127 첨단빌딩 3층(출판기획 R&D 센터)
       | 10881 경기도 파주시 문발로 112 파주 출판 문화도시(제작 및 물류)
전화 | 02) 3142-0036
     | 031) 950-6300
팩스 | 031) 955-0510
등록 | 1973. 2. 1. 제406-2005-000046호
출판사 홈페이지 | www.cyber.co.kr
ISBN | 978-89-315-1218-2 (13320)
정가 | 32,000원

이 책을 만든 사람들
책임 | 최옥현
진행 | 문인곤
내지 디자인 | 에프엔
표지 디자인 | 박원석
홍보 | 김계향, 임진성, 김주승, 최정민, 이해솜
국제부 | 이선민, 조혜란
마케팅 | 구본철, 차정욱, 오영일, 나진호, 강호묵
마케팅 지원 | 장상범
제작 | 김유석

■ 도서 A/S 안내

성안당에서 발행하는 모든 도서는 저자와 출판사, 그리고 독자가 함께 만들어 나갑니다.
좋은 책을 펴내기 위해 많은 노력을 기울이고 있습니다. 혹시라도 내용상의 오류나 오탈자 등이 발견되면 "좋은 책은 나라의 보배"로서 우리 모두가 함께 만들어 간다는 마음으로 연락주시기 바랍니다. 수정 보완하여 더 나은 책이 되도록 최선을 다하겠습니다.
성안당은 늘 독자 여러분들의 소중한 의견을 기다리고 있습니다. 좋은 의견을 보내주시는 분께는 성안당 쇼핑몰의 포인트(3,000포인트)를 적립해 드립니다.

잘못 만들어진 책이나 부록 등이 파손된 경우에는 교환해 드립니다.

이것이 금융논술이다 10.0

슈페리어뱅커스 김정환 지음

BM 성안당

머리말

[이것이 금융논술이다]가 출간된 지 벌써 햇수로 12년째입니다. 그동안, 재판(再版)이 될 때마다 최신 이슈를 담기 위하여 새로운 논제들을 실었고, 또 상대적으로 덜 중요해진 논제들은 삭제하며, 본 교재의 내용은 더 정교해지고 공부하기 수월하게 집필되었다고 자부합니다. 그동안 은행이나 금융공기업, 그리고 증권사, 보험사까지 많은 금융기관 지원자들이 본 교재로 학습 후, 원하는 금융기관에 입사했다는 후기들을 받다 보면 저자로서 형언할 수 없는 보람과 뿌듯함을 느낍니다.

부디, 「이것이 금융논술이다」 시리즈가 여러분들이 원하는 금융기관으로 취업하기 위한 자기소개서, 논술, 면접 전형의 모든 과정에 큰 보탬이 되기를 저자로서 희망합니다.

일반적으로 금융기관과 공기업 취업을 위해서는 [자기소개서] – [논술/필기시험] – [면접]의 3단계를 거쳐야 합니다. 이러한 3단계 과정 중, 최우선적으로 준비해야 하는 것을 꼽으라면 저는 단연 논술을 고르겠습니다.

그 이유는,

첫째, 논술준비가 잘된 학생일수록 자기소개서도 탁월하게 작성할 가능성이 높아집니다.

　자기소개서의 작성은 단순히 자신의 이야기를 의식의 흐름에 따라 기억에 의존해서 작성하는 것이 아니라, '논술식 구조화 작업'과 '연역적인 방법'에 의해 작성할수록 논리적이며 가독성 높은 자기소개서가 완성되기 때문입니다. 또한 최근 금융공기업의 자기소개서 항목으로 '논술식 주제'가 제시되고 있습니다.

　둘째, 논술준비가 잘된 학생일수록 면접에서도 설득력과 호소력을 갖출 수 있습니다.
　전통적인 대면 인성면접에서도 "논술식 화법"과 "논술공부를 통한 지식량"을 어필하신다면 면접관들에게 안정감과 신뢰를 심어줄 수 있기 때문입니다. 또한 논술준비를 많이 한 학생들일수록 PT면접과 토론면접에서도 지식기반에 의한 설득력 높은 화법을 구사함으로써 기량을 극대화하는 것을 종종 경험하였습니다.

　셋째, 논술준비에 소요되는 시간이 자기소개서나 면접준비로 소요되는 시간보다 월등히 많이 걸리기 때문입니다.
　그만큼 논술준비는 장기적인 관점에서 준비하셔야 합니다. 하지만 이를 역으로 생각해 본다면 논술준비는 장시간 소요되는 만큼 상대적으로 논술준비를 제대로 하지 못한 다른 학생들에 비해 자기 자신을 차별화할 수 있는 전략으로 활용할 수 있습니다.

　하지만 지난 몇 시즌 동안 금융기관과 공기업 취업준비를 하는 많은 학생들을 현장에서 실제로 지도하면서 보니, 의외로 상당수의 학생들이 논술시험의 준비를 소홀히 한다는 것을 알게 되었습니다. 전공필기시험, 자격증 취득은 열성적으로 준비하는 반면 논술준비가 미흡한 까닭을 분석해 보니 다음과 같았습니다.

첫째, 몇몇 금융기관이나 공기업들은 "논술시험 평가를 하지 않기 때문"

둘째, 금융기관, 공기업 대비 "논술학습에 대한 접근성에서의 어려움"

셋째, "논술공부 자체의 어려움"뿐만 아니라 설령 "열심히 논술공부를 하고 완성논술을 작성해도 계량화된 평가가 불가능하다는 점"

등 여러 가지 사유로 논술시험의 대비는 항상 뒤처지는 것을 보았고, 이에 저는 항상 안타까웠습니다.

이런 점들이 제가 금융기관과 공기업 취업을 준비하시는 취업준비생 여러분들에게 논술에 흥미를 드리고, 체계적이고 구조화된 논술작성을 가능하게 하며, 실전논술 준비에 도움을 드리기 위해 2013년, 「이것이 금융, 공기업 논술이다」를 출간하기로 마음먹게 된 이유입니다.

본 책을 집필하면서 무엇보다 주안점을 둔 부분은,

첫째, 모든 논제들을 [서론-본론-결론]의 형태로 구조화했으며 또한 효율적이고 시각적인 공부를 위하여 도표화했습니다.

둘째, 본론에서는 논제들에 대하여 다소 깊이 있는 내용을 담으려 하였고, 가급적 논제들로 인한 긍정적인 부분과 부정적인 부분을 함께 고찰함으로써 여러분들의 다양한 시각과 의견형성에 도움을 드리고자 하였습니다.

셋째, 결론의 내용도 상당부분 정부의 방향성과 금융기관의 방향성을 분리하여 제시함으로 써 공기업을 준비하시는 분들이나 금융기관을 준비하는 취업준비생들 모두에게 실질적인 도움 이 되도록 하였습니다.

넷째, 모든 논제들에 대하여 결론의 내용을 극대화했습니다. 여타 논술교재들이 본론 위주 로만 구성된 것이 안타까웠고 이런 이유로 항상 결론의 도출을 어려워하는 취업준비생들을 위 하여 다양한 결론을 제시함으로써 결론 도출의 가이드라인과 문제해결의 방향을 잘 잡을 수 있 도록 하였습니다.

다섯째, 해당 주제에 대한 지도 학생들의 실제 논술 사례문과 이에 대한 첨삭 지도 내용들을 각 논제별로 첨부시켜 다양한 논제들이 실제로 어떻게 실전논술로 작성되었는지 보여드리고자 하였습니다.

이러한 주안점들을 잘 참조하고 공부한다면 본 책의 활용도를 극대화할 수 있을 것입니다.

본 책이 취업준비생 여러분들이 원하는 금융기관과 공기업으로 취업하는 데 비단 논술시험 뿐만 아니라 취업의 전 과정에서 여러모로 도움이 되었으면 합니다.

이 책의 완성을 위하여 다방면으로 애써주신 ㈜성안당과 취업준비가 바쁨에도 불구하고 틈 틈이 이 책의 작성과 교정에 많은 도움을 준 박은우, 이석영 학생에게도 감사드린다는 말을 남깁 니다.

슈페리어뱅커스 김 정 환

이 책의 구성

01 논술작성법

주제별 논술사례로 들어가기 전, 어떻게 해야 논술 답안을 잘 작성할 수 있는지 그 비법을 공개합니다!

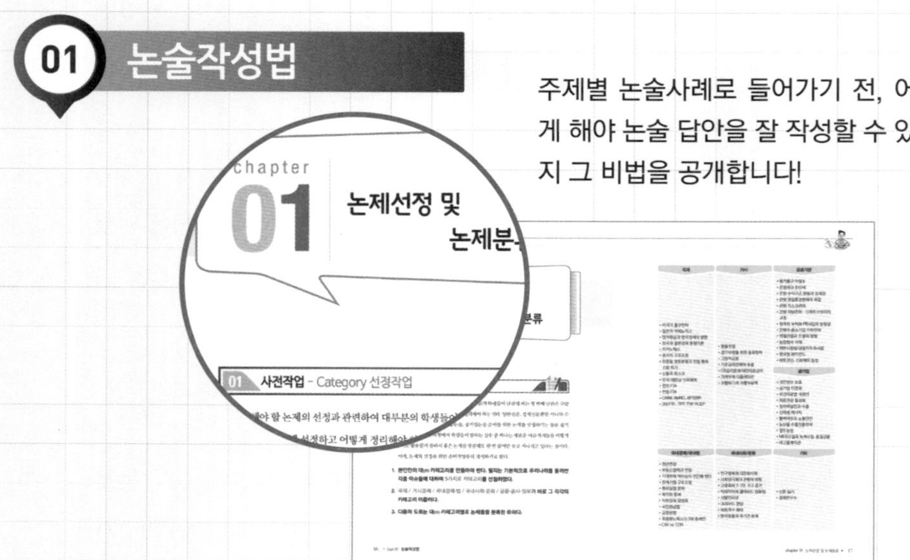

02 논제 개요잡기

논술답안의 뼈대가 되는 '개요 작성'은 논술 작성에서 가장 중요한 단계입니다. 이슈언급부터 의견제시까지 개요 작성을 위해 필요한 핵심 정보를 구조화·도표화하여 제시합니다.

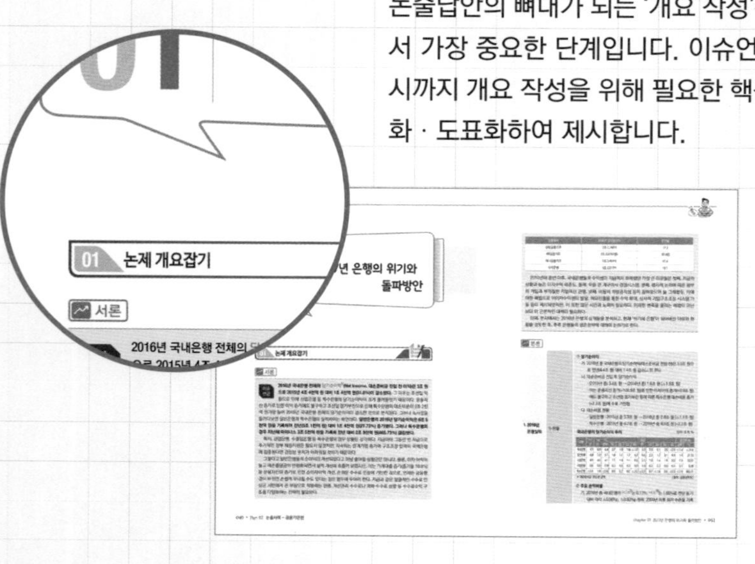

주제별로 출제가 예상되는 문제를
제시하여 실전에 완벽하게 대비할
수 있습니다.

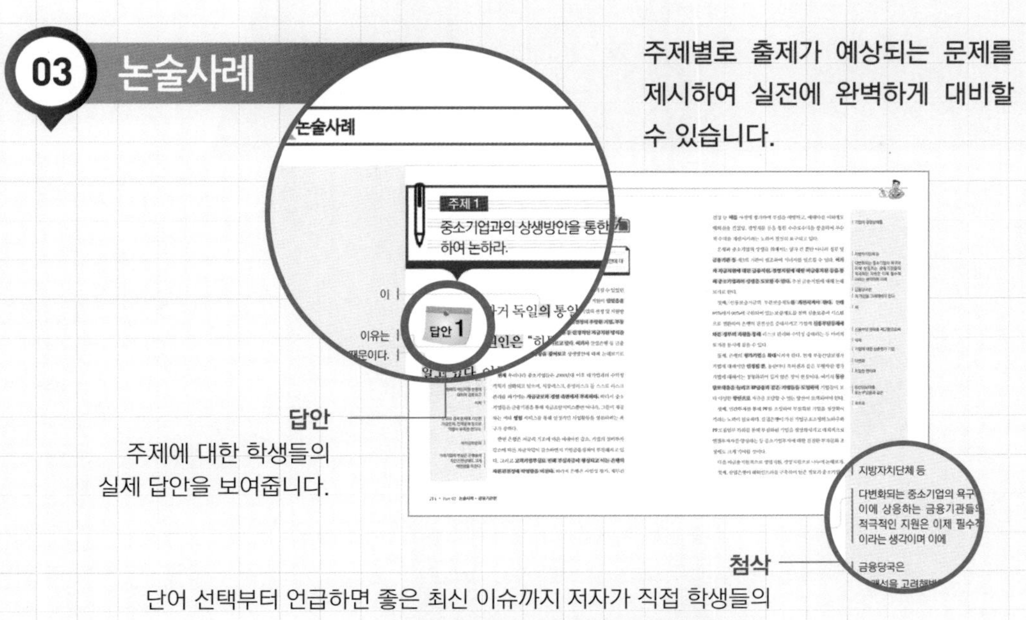

답안

주제에 대한 학생들의
실제 답안을 보여줍니다.

단어 선택부터 언급하면 좋은 최신 이슈까지 저자가 직접 학생들의
답안을 꼼꼼하게 첨삭하여 제시합니다.

첨삭

의견제시

논술의 마지막 한 방! 결론에서 어떻게
의견을 제시하면 좋을지 알려줍니다.

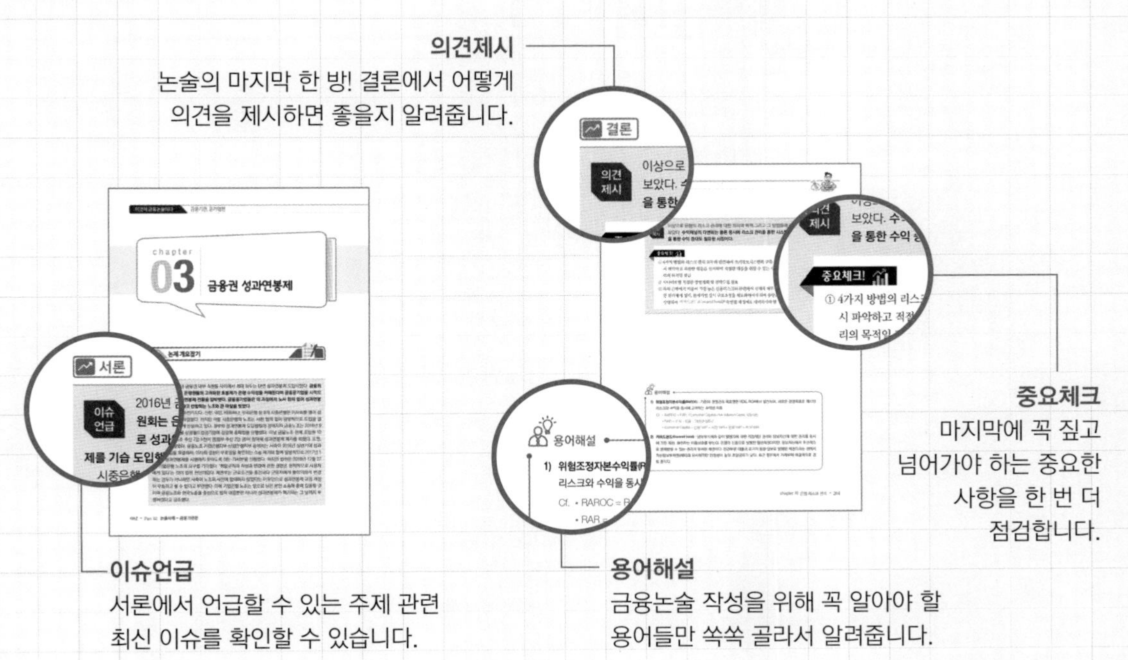

중요체크

마지막에 꼭 짚고
넘어가야 하는 중요한
사항을 한 번 더
점검합니다.

이슈언급

서론에서 언급할 수 있는 주제 관련
최신 이슈를 확인할 수 있습니다.

용어해설

금융논술 작성을 위해 꼭 알아야 할
용어들만 쏙쏙 골라서 알려줍니다.

CONTENTS

- **금융권 취업 가이드**
- **금융기관 · 공기업 합격 후기**

 **PART 01** ── **논술학습법** - 기본편

 **PART 02** ── **논술학습법** - 심화편

금융권
취업
가이드

금융권이라고 해도 기업별로 채용절차가 다양하므로
자신이 목표로 하는 기업을 정하고, 해당 기업의 채용 프로세스를
확인하여야 한다.

일반적으로 금융권 채용의 프로세스는 다음과 같다.

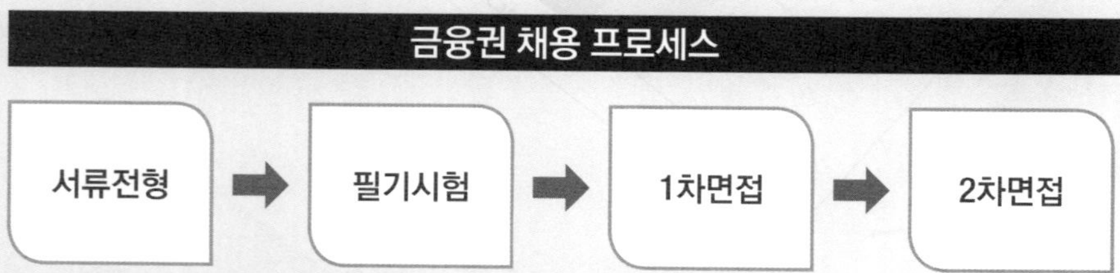

- 서류전형 : 각 기업별 양식에 맞춰 입사지원서와 자기소개서를 작성하여 제출한다.
- 필기시험 : 논술, 전공시험, 상식, NCS직업기초능력평가 등 기업별로 상이하게 이뤄진다.
- 면접전형 : 합숙면접, 세일즈면접, 토론면접, PT면접, 인성면접 등 다양한 방식으로 진행된다.

1. 논술전형 준비는 다른 과정보다 많은 시간이 필요하다. 그러므로 장기적인 관점으로 준비해야 할 필요가 있다. 그만큼 준비가 잘 되어 있다면 다른 지원자들과의 '차별점'으로 작용할 수 있다.

2. 논술전형은 서류전형 바로 다음에 실시하는 만큼 이를 제대로 준비하지 않으면 최종 관문에 도달하기도 전에 탈락이라는 고배를 마실 수 있다.

3. 논술전형 준비가 잘 이루어지면 자기소개서 작성에 도움이 된다. 자기소개서 역시 논리성과 가독성이 중요하게 작용하며, 최근에는 논술식 자기소개서를 제시하는 기업도 많아지고 있다.

4. 논술전형 준비를 통해 면접을 대비할 수 있다. 논술을 통해 습득한 설득력 높은 화법은 면접관들에게 안정감과 신뢰감을 심어줄 수 있고, 다양한 논술주제를 통해 인성역량면접, NCS면접, PT면접, 토론면접 등 면접에 직접적으로 대비할 수 있다.

1. 시중은행 : KB국민은행, IBK기업은행, NH농협은행, KEB하나은행(1차 면접 때 실시), 대구은행, 부산은행 등

2. 금융공기업 : 한국은행, 금융감독원, 산업은행, 수출입은행, 한국거래소, 한국예탁결제원, SGI서울보증, 한국주택금융공사, 한국무역보험공사, 예금보험공사 등

3. 기타 : 신협중앙회, 한국증권금융, 신용회복위원회, 무역협회 등

'이것이 금융논술이다' 시리즈와 함께한

▶ 2024년 하반기 수출입은행 합격후기

저는 PT 발표 끝나고 면접관님들께서 칭찬을 해주시긴 하셨는데, 거의 <이것은 금융논술이다> 책에 나온 내용 혼자 정리하면서 연습했던 대로 준비했었습니다! 이전에는 그냥 인터넷 뉴스 정리된 거 참고해서 봤었는데, 확실히 내용이 깊이가 없었던 것 같아요. <이것은 금융논술이다> 책이 주제가 많아서 좀 선별해서 볼까 했는데, 그냥 다 보고 들어가길 잘했다고 생각했습니다.

▶ 2024년 금융감독원 합격후기

토론면접은 슈페리어뱅커스에서 논술첨삭을 받은 가상자산이용자보호법 주제로 출제되었습니다. 가상자산의 기존 전통자산과의 차이점 및 특징, 금번 법안 제정이 가상자산 시장에 미칠 영향, 가상자산 시장의 투명성 및 신뢰성 제고를 통한 성장방안으로 문항이 주어졌습니다. 일렬로 면접관, 면접자가 있고 8명이 일렬로 토의하는 구조였습니다. 선생님께서 강조하셨듯, 하나하나 말할 때마다 손들어 말하는 것보다, 한번 발언기회를 얻었을 때, 논리정연하게 말하는 것을 추천드립니다. 제가 듣기에도 훨씬 임팩트 있음에도, 다른 분들의 발언기회를 방해하는 것으로 보이지 않아 듣기 좋았던 듯 합니다. 결국, 열심히 논술을 준비한 것이 되려 토론에서 적중해 행운이 따랐던 듯 합니다.

▶ 2024년 '한국예탁결제원' 합격후기

안녕하세요. 2024년도 한국예탁결제원에 합격한 OOO입니다. 저는 김정환 선생님의 논술부터 시작해서 1, 2차 면접까지 쭉 수강한 케이스로 너무 큰 도움이 되었기에 해당 부분에 대해서 어떤 점이 중요하고, 도움을 받았는지에 대해서 후기를 남겨보고자 합니다.

논술수업

한국예탁결제원의 경우 전공(50%), 논술(50%)가 반영되기 때문에 논술의 중요성이 굉장히 큽니다. 저는 금융 전반에 대해서 아는 것이 없었기에 처음에는 굉장히 막막했습니다. 그러다가 우연히 김정환 선생님의 '금융논술 각론반' 수업을 들었습니다. 단순히 책을 읽어나가기보다 최근 경제 전반에 대한 흐름을 이해할 수 있어서 정말 재밌게 수업을 들었습니다. 논술수업을 들을 때는 절대로 여기서 나온 주제가 나온다는 마인드로 접근하시면 안 됩니다. 실제 시험장에 가게 되면 처음 보는 주제가 나올 수도 있고, 알더라도 잘 모르는 주제가 나올 수도 있습니다. 하지만 중요한 것은 '뭐라도 쓸 수 있는가'가 가장 중요합니다. 논술수업을 들을 때는 몰랐는데, 다 듣고 스스로 공부하다 보면 이 주제와 관련된 내용을 다른 주제에도 실제로 사용할 수 있기에 분량을 채울 수 있습니다. 즉, 전체 숲을 볼 수 있다는 점이 가장 좋았습니다. 또한, 논술에서 배운 것이 실제로 토론면접에 나올 수 있기 때문에 단순히 논술에서 그친다 생각하지 말고 차라리 본인의 지식을 확장시키는 과정이라고 생각하시면 좋을 것 같습니다.

▶ 2023년 '금융감독원' 합격후기

저는 재학 중인 상태로 입사를 준비했기 때문에 평소에 매일 경제경영 뉴스를 가볍게 읽고 있는 상태였습니다. 바이트 뉴스를 구독하고 있었고, 입사 준비를 시작하면서 사회면 뉴스도 팔로우하면 좋을 것 같아 아침 먹으면서 유튜브로 뉴스룸을 시청했어요. 뉴스룸은 딱히 도움되었던 것 같진 않습니다. 스터디도 하지 않았고 글쓰기에 자신 있는 편도 아니어서 10월 초에 슈페리어뱅커스 논술 특강을 보고 신청했습니다. 기억엔 2주 전에, 주에 2번씩 2시간 수업, 총 4번이었는데 제가 알고 있는 경제시사 개념이더라도 그걸 글로 쓰기에 필요한 소스들은 전혀 없는 상태라서 논술 특강이 그 점에서 도움이 많이 됐습니다. 예를 들어 부동산 PF 부실화에 대해 대충 알더라도 논술로 글을 작성하기 위해선 그 배경을 설명할 때 필요한 용어들을 명확히 알아야 하고, 그 상황에서 정부와 금융당국이 취해야 할 입장이라던가 어떤 연쇄 작용이 있을 수 있는지 등 언어화할 수 있는 소스들이 필요하고 그걸 정리하는 시간으로 슈페리어뱅커스 특강이 정말 유용했다고 생각합니다. 너무 촉박하게 특강을 신청해서 제 글을 첨삭 받을 기회는 없어서 부끄럽지만 온전한 한 편의 글을 써보지는 못하고 시험장에 들어갔습니다. 제가 강조 드려도 써 보실 분은 써 보시고, 아닐 분들은 저처럼 그냥 들어가시겠지만 그래도 한 번 정도는 글을 써 보시는 게 좋을 것 같아요. 저는 이번 주제 중에 탄소세를 골라서 논술을 썼는데 국민연금에 대해 제 견해랄 게 전혀 없기도 했고, 탄소세에 대해서 논술특강에서 정리한 적이 있어서 나름 할 말이 많다고 생각했기 때문입니다. 근데 쓰고 나니까 원고지 7장 주셨는데 2장 채워서 진짜 당황했어요. 배운 대로 서론, 본론, 결론 썼고 문제에서 요구한 것들을 다 썼기 때문에 분량 늘릴 방법도 없어서 그대로 냈는데, 결과적으로 합격이라 다행이지, 탈락이었다면 글 한 번을 안 써보고 간 걸 오래 아쉬워했을 것 같긴 합니다. 올해 논술문제는 아마도 이전과 다르게 둘 다 일반 논술이었던 것 같아요. 듣기로는 금융 논술 한 개와 일반 논술 한 개 중 택 1 이었다는데 올해는 전공 필기도 그렇고 예년과는 달랐던 것 같네요.

▶ 2023년 '금융감독원' 합격후기

선생님께서 보내주신 여러 합격후기에 도움을 많이 받아서 저도 부족하지만 합격후기 남겨봅니다.

논술 준비

대학도 수능으로 갔었고 논술을 한 번도 해본 적이 없어서 논술이 제일 막막했는데, 선생님의 강의가 아주 큰 도움이 되었습니다. 00전공이라서 금융은 완전히 까막눈이었는데 선생님께서 비전공자도 이해할 수 있도록 쉽게 설명해주시기 때문에, 강의만 들었어도 금융이슈 전반에 대해서 웬만큼 정리가 되었습니다. <이것이금융논술이다> 책에 나온 주제로 다 커버될 수 있다고 생각하지만, 단순히 책을 읽기만 하는 것보다는 주제별로 2~3가지 논점을 정리해보는 게 좋은 것 같습니다. 저는 논술첨삭을 신청해놓고도 시간이 없어서 글들을 다 완성하지는 못했었지만, 개조식으로 논점을 2~3가지씩 스스로 정리해봤던 게 도움이 되었습니다.

'이것이 금융논술이다' 시리즈와 함께한

▶ 2023년 '산업은행' 합격후기

안녕하세요. 저는 선생님의 금융공기업 4주반, 논술총론 4주반, 논술각론 4주반, 산업은행 면접 1,2차 수업까지 모두 수강했습니다. 처음 선생님을 찾게 된 계기는 산업은행 서류전형에서 계속 탈락해 문을 두드리게 되었습니다. 이후 첨삭을 받아 서류 합격을 한 이후로는 선생님을 믿고 계속 수업을 들었습니다. 논술 수업을 들을 초기에는 무지한 상태여서 내용이 벅찼는데, 지금 합격하고 생각해보니 합격까지 모두 필요한 과정이었다는 생각이 듭니다. 특히 1차면접 수업은 선생님의 수업이 아니었다면 불합격했을 것이라 생각이 듭니다.

▶ 2023년 '신용보증기금' 합격후기

스터디는 하지 않고 선생님 강의를 듣고 모의면접 1회 봤습니다. 이전에도 스터디 한 적은 손에 꼽습니다. 논술도 선생님 강의를 들어서 논리구조 만드는 데에 도움이 된 것 같습니다.

1. 과제수행은 평타.
2. 심층면접은 잘 본 것 같음.
3. 실무진 면접은 완전히 꼬여서 OOO의 OOO도 제대로 설명 못했음.

그럼에도 붙은 걸 보면, 솔직하게 말하는 태도나 선생님께서 말씀하셨던 답변 양식을 잘 따랐던 게 주요했던 것으로 보입니다. 선생님과 모의면접 꼭 보세요. 하는 것과 안 하는 것의 차이가 정말 큽니다.

▶ 2023년 하반기 'SGI서울보증' 합격후기

2023년 상반기 지원 시, 전공시험은 양호하다고 느꼈으나 논술에 부족함이 많다고 생각하여 김정환 선생님의 금융논술 강의를 수강하였습니다. 논술강의 수강을 고민하는 분들에게 결정을 내리는데 도움을 조금 드리고자 간략하게 강의 수강하며 느꼈던 점을 적어보겠습니다. 첫째, 논술 공부의 틀을 빠르게 잡을 수 있습니다. 반드시 짚어야 하는 주제, 기업에서 자주 출제되는 주제들을 정리해주셨기에 논술 대비를 위한 공부의 범위를 최소화 할 수 있었습니다. 둘째, 금융공기업과 은행에서 원하는 글쓰기의 방향을 체크할 수 있었습니다. 대학교 재학 시절 글쓰기 비중이 높은 과에서 공부했기에 논술에 자신이 있었습니다. 하지만 몇 차례의 논술 탈락과 선생님의 강의 수강 후 기업에서 원하는 방향의 글 전개와 마무리가 있으며 그간 제가 써온 글들과 차이가 있었다는 것을 알게 되었습니다. 해당 부분에 대해 숙지가 되어있는지 여부가 합불에 꽤 많은 영향을 줄 수도 있겠다고 생각합니다. 셋째, 트렌드에 맞는 논술대비를 할 수 있습니다. 많은 수강생들을 통해 축적된 여러 후기들을 통해 전통적으로 기업에서 많이 출제되었던 이슈와 최근 출제 빈도가 높은 이슈를 확인하여 논술공부의 양은 줄이고 질은 높일 수 있었습니다. 마지막으로 논술에 대한 두려움을 없앨 수 있었다는 것이 저 개인적으로는 가장 좋았던 부분이었습니다. 저처럼 막연한 논술공포증이 있는 분들에게는 꼭 수강을 추천 드리고 싶습니다.

▶ 2023년 '산업은행' 합격후기

금융논술 수업

금융공기업 면접에서 대략 10번 연속 탈락하면서 자신감을 잃었는데, '논술 실력'이라는 강점이 저를 지탱해주었고, 결국에는 좋은 결실로 이어질 수 있었던 것 같습니다. 김정환 선생님의 금융 논술 강의를 2번 들으면서 주제에 대한 지식을 확장하고 어떠한 주제에도 저만의 글을 작성할 수 있었다는 점이 좋았습니다. 만약 여유가 되신다면 논술 강의는 꼭 수강할 것을 추천하고, 이미 들으신 분도 수강 기간이 오래되었다면 다시 한번 수강하는 것을 추천합니다. 예탁결제원, 산업은행, 금융연수원, 신용보증기금 등 논술 관련 기업에서는 모두 높은 성적을 받을 수 있었고, 예탁결제원 논술 점수가 당시 50점 만점에 40점이 넘는 것을 보며, 선생님의 방향성이 맞다고 확신했습니다. 특히 논술 수업은 PT 면접에서도 구조화할 때 매우 유용하기에 A매치 준비생뿐만 아니라, B매치 준비생, 은행 준비생도 수강하는 걸 강력 추천합니다. 그리고 준비생들 사이에서 간혹 수강료가 비싸다는 의견이 종종 있는데, 만약 충실히 수업을 들으셨다면 절대 그런 소리를 하지 못할 것입니다. 저는 논술 수업을 들은 학생들과 스터디를 만들어서 함께 PT면접과 논술 작성 스터디를 진행했는데, 그 부분에서도 감각을 기를 수 있어 좋았습니다.

여신 프로세스 및 신용보증기금 업무 수업

논술, 면접 수업만큼이나 정말 좋았던 수업이었습니다. 특히 여신 프로세스 수업은 여신에 대한 프로세스와 직원으로서의 역량에 대해 자세히 설명해주는 수업으로, 우리나라에서 유일한 강의라고 생각합니다. 따라서 수업 대비 강의료가 정말 저렴하다고 생각합니다. 선생님께 들은 여신 프로세스를 통해 산업은행 지원동기의 방향성을 잡을 수 있었고, 면접에서 면접관들이 굉장히 관심이 있어하고 저만의 차별화된 강점이 되었습니다. 산업은행 수업뿐만 아니라, 신용보증기금 업무 수업에서도 기금의 업무 프로세스와 사업 방향성에 대해 구체적으로 설명해주셔서 많은 도움이 되었습니다. 논술 수업을 듣고 해당 수업을 들으시는 걸 강력 추천 드리지만, 만약 시간이 없다면 해당 수업은 꼭 듣기를 추천 드리겠습니다.

▶ 2022년 '금융감독원' 합격후기

들어가며

먼저 금융감독원 준비에 방향성을 제시해주시고 합격까지 도움을 주신 선생님께 감사의 인사를 전합니다. 저의 후기는 CPA 유탈생들에게 특히 도움이 될 것이라고 생각합니다. 당연히 합격할 것이라 믿었던 시험에서 한 과목을 놓치고 멘탈을 수습하기도 전에 다음 계획을 세워야 했습니다. 슈페리어뱅커스 블로그에서 지난 합격자들의 후기를 찾아보며 이게 나한테 적합할까? 고민하던 중 한 CPA 유탈생의 후기를 읽게 되었고 바로 금융논술 총론부터 수강하기 시작했습니다. 같은 공부만 오랫동안 해온 CPA 준비생들이 금융공기업으로 전환할 때 가장 어려운 것은 '무엇을 어디까지 해야 하는가?'에 대한 감을 잡는 부분이라고 생각합니다. 물론 미리 준비해서 가능한 많은 부분을 챙기는 것이 좋겠지만, 저와 같이 9월 초부터 준비하시는 분들을 위해 제가 준비하며 체득한 노하우를 최대한 공유해보겠습니다.

금융논술 준비

금융논술 총론반은 금융논술 공부의 기틀을 잡아주는 강의라고 생각합니다. 저는 긴 기간 CPA 수험 생활을 했기 때문에 시사에 관한 부분에 베이스가 없는 수준이었습니다. 금융공기업을 준비하겠다고 마음을 먹었다면 고민하지 말고, 일단 무엇이라도 시작하는 것이 중요합니다. 고민하기보다 무작정 서점이라도 가보는 것도 좋습니다. 저는 그렇게 나갔던 서점의 수험서 코너에서 『이것이 금융논술이다』를 발견하였고 슈페리어뱅커스 블로그를 방문하게 되었습니다. 어떻게 시작해야 할지 감도 오지 않는 상황에서 전문가의 도움을 받는 것이 가장 효율적일 것이라고 생각했고, 바로 9월 초 시작하는 총론 강의를 신청하였습니다. 강의를 수강하면 시사 전반에 대한 이해도와 기본 상식을 쌓을 수 있습니다. 주제에 대한 중요도와 추세도 알려주시기 때문에 회차가 늘어날수록 어떻게 해야 할지 감을 잡을 수 있었습니다. 저는 금융감독원 금융논술을 준비할 때 총론반에서 얻은 지식을 바탕으로 그 해에 중요하게 나올 법한 주제를 6개 정도 추려서 논문을 찾아보고 경제신문을 매일 읽었습니다. 논문은 0000000에서 찾았고 수업을 듣다가 추천해 주셔서 알게 된 사이트 입니다. 금융감독원은 굵직굵직한 주제에서 출제하는 경향이 있기 때문에 한 선택이었고 결과적으로 가장 중요하게 여겼던 3고 현상이 논술 주제로 나오면서 어렵지 않게 금융논술을 작성했습니다. 이때 금융에 관한 배경지식과 기관에 대한 지식 역시 큰 폭으로 상승하기 때문에 면접 준비에도 큰 도움이 됩니다. 금공준비를 전혀 해보지 않은 사람이 스스로 공부할 수 있는 능력을 키워주는 것이 총론반의 가장 큰 이점이라고 생각합니다.

▶ 2022년 '한국증권금융' 합격후기

저는 작년 자기소개서 첨삭을 시작으로 슈페리어뱅커스를 알게 되었고, 선생님의 첨삭 뒤 급격하게 서류 합격률이 오르는 경험을 할 수 있었습니다. 받아보신 분은 알겠지만, 알맹이는 놓아두고 글 맵시만 다듬어주는 방식이 아닌, 근본적으로 어떻게 창의적으로 접근해야 하는지 그 방식을 알려주셔서, 저만의 창의적이고 '읽는 재미가 있는' 자기소개서를 만드는 데 큰 도움을 받았습니다. 실제로 스터디를 할 때도 매번 스터디원들에게 자기소개서 관련해 칭찬을 듣기도 했습니다. 그 뒤로 믿음이 생겨 논술 총론 및 각론 수업을 들었고, 필기 합격 후엔 실무면접, 임원면접 수업도 한 번씩 들었습니다. 먼저, 논술 수업을 통해서는 논술을 구성하는 방식을 배웠을 뿐 아니라, 최근 이슈 논제들을 체계적으로 배울 수 있어 경제논술뿐만 아니라 PT 준비 때에도 내용 면에서 큰 도움이 되었습니다. 또한, 선생님께서 자기소개서와 마찬가지로 논술에서도 (좋은 쪽으로) 눈에 띄는 방식에 대한 팁들도 많이 전수해주셔서 이것들도 많은 도움이 되었습니다. 다음으로, 면접수업 역시 선생님이 늘 자기소개서와 논술에서 강조하신 내용과 큰 뼈대와 맥락은 비슷했습니다. 다만, 면접 때가 되면 그 강조하신 내용들을 까먹게 되어 실전 연습을 하면서 이를 다시금 떠올리고 체득하는 데 도움이 된 것 같습니다. 자기소개서 첨삭이든, 논술 수업이든, 면접수업이든 선생님이 항상 강조하고 "꼭 이렇게 해라"라고 말씀하시는 부분들이 있는데,

정말 이 부분만 열심히 지킨다면 모든 전형을 무사히 통과할 수 있을 것으로 생각합
니다. 저 또한 면접은 올해가 처음이었고, 선생님께서 강조하신 부분들을 한 귀로 흘려
넘기지 않고 최대한 체득하면서 임했던 것이 큰 도움이 되었다고 느꼈습니다.

▶ 2022년 '한국부동산원' 합격후기

2020년 선생님을 처음 뵙고 직접 논술 수업을 들었을 당시는, 제가 취업에 대해 감이 없는 상태라 선
생님께서 가르쳐주신 방향을 잘 이해하지 못했고 최대한 따라가려고만 노력했었던 것 같습니다. 하지
만 시간이 지나, 추후 실력이 쌓인 후부터는 선생님 말씀의 의도를 점점 깨닫게 되었습니다. 그 이후
부터는 A매치 금공 2곳 및 B매치 1곳에 필기 합격하며 논술 시험이 존재하는 회사의 입사시험에 대
한 자신감과 방향성을 찾을 수 있었습니다. 이렇게 다져진 논술실력은 추후 면접을 준비하는 데도 많
은 도움이 되었습니다.

▶ 2022년 'IBK기업은행' 합격후기

선생님께 2021년도 하반기 논술 수업을 수강하고, 이번 면접 강의도 수강하며 많은 도움을 받을 수 있
어서 후기 작성과 함께 다시 한번 감사의 인사를 드립니다. 저는 처음 공기업을 목표로 취업준비를 시
작했으며 점차 준비를 하며 금융 공기업 취업을 목표로 했었습니다. 하지만 00 전공이기에 경제 관련
지식이 많이 부족했습니다. 이러한 계기로, 선생님께서 진행하신 금융 논술 수업을 수강하며 금융산
업에 대해 볼 수 있는 눈을 뜰 수 있었고 이러한 기반을 활용해 경제 뉴스들을 스크랩하며 스스로 더욱
고도화된 생각을 해볼 수 있었습니다. 이러한 지식들을 겸비해 2021년도 하반기 기업은행 최종면접까
지 갈 수 있었습니다. 당시 선생님 수업을 통해 지식은 쌓았지만, 제 스스로 면접에 대한 경험과 스킬
이 부족하여 최종면접에서 탈락을 했습니다. 그래서 이러한 부분들을 보완하기 위해 선생님께 2022
년 기업은행 최종면접 관련 컨설팅을 지도 받았고, 지도해주신 부분들을 통해 최종면접에서 합격을 하
게 되었습니다.

▶ 2022년 '우리은행' 합격후기

저는 2022년 상반기 우리은행 1차 면접 준비를 시작으로 선생님과 처음 만났습니다. 당시 국민은행에
서 디지털 서포터즈를 하고 있었는데 멘토였던 대리님께서 정환쌤을 추천해주셨고, 우리은행 서류 붙
자마자 바로 강의 수강했습니다. 선생님 강의로 면접준비를 시작한 덕분에 뭘 준비해야 좋을지에 대한
감을 잡을 수 있었습니다. 비록 상반기엔 부족해서 잘 안 됐지만, 그 이후에 자격증 취득, 인턴 면접, 공
채 면접 등 취업의 모든 과정에서 많은 도움이 됐다고 생각합니다. 선생님 강의에서 추천하고 싶은 부
분은 면접 직전에 듣는 00은행 대비 강의와 금융논술 총론반/각론반 강의, 1:1코칭 입니다. 특히 각론
반 강의는 긴 시간 진행되는 만큼 다양한 주제에 대해 깊이 있게 알아갈 수 있고, 그에 파생되어 스스로
공부할 점이 많이 생겨서 좋았습니다. 공부하다 보면, '아 여기까지 알아야 되나?' 싶을 때가 많은데, 그

'이것이 금융논술이다' 시리즈와 함께한

런 부분도 파고들어서 해두면 나만의 깊이와 논리가 생기고, PT에 흔하게 나오는 '~~현상에 대한 금융권/은행의 해결 방안'을 만들어내는 데 많은 도움이 되는 것 같습니다. 저는 7개 은행에 제출했던 모든 서류는 다 합격했고, 그 중 4개는 최종까지 다녀왔습니다. 많은 시행착오가 있었지만, 결국 다 과정이라는 데 너무 동의합니다. 정말 힘들어도 울고 다시 일어나면 다 할 수 있습니다. 이런 글을 쓸 수 있게 만들어 주신 김정환 선생님, 다시 한번 감사 드립니다.

▶ 2021년 '산업은행/SGI서울보증' 합격후기

논술은 매우 중요합니다. 2020년 하반기 예탁결제원을 급하게 준비하면서 선생님 수업 수강 전에 책만 몇 번 읽어보고 필기시험을 쳤고, 단 3점 차이로 불합격하면서 논술 수업을 조금만 빨리 들었더라면, 글을 조금만 짜임새 있게 썼더라면 하는 후회가 지금도 큽니다. 전공시험 비중이 크지만, 전공시험은 경영 직렬의 경우 회계사가 아닌 지원자들도 충분히 대비할 수 있는 난이도로 출제되었습니다. 또한 NCS 경우도 사전에 준비가 어려운 분야이기 때문에 결국 논술에서 필기시험 합격이 좌우될 수 있다고 강조하고 싶습니다.

또한 논술은 글을 쓰고 퇴고하고 첨삭하는 과정들 때문에 생각보다 준비하는 데 시간이 많이 소요됩니다. 아는 만큼 보인다고 논술을 위해 시사 공부를 하고 글을 쓰다 보면 보이지 않던 것들이 보이게 되면서 실력이 늘지만, 그 과정까지 많은 시간이 소요됩니다. 채용공고가 뜨고 나서는 마음이 조급해지면서 더욱 전공 공부에 시간을 투입하게 됩니다. 자연스럽게 논술 준비에 소홀하게 되고 이는 필기 결과에도 분명 영향을 줄 것입니다. 사전에 <이것이 금융논술이다>와 선생님 강의를 활용하여 논술 준비를 철저히 하셔서 좋은 결과를 얻으시길 바랍니다.

▶ 2020년 하반기 '금융감독원' 합격후기

금융논술을 준비하면서 금융과 경제에 대한 기본적인 지식이 많이 쌓아두는 것이 필요한데, 그렇지 않으면 3종류의 면접(집단면접 1회, 실무진 면접1회, 임원면접 1회)을 대비하기가 매우 어려워집니다. 그래서 미리미리 금융논술을 제대로 공부하는 것이 필요합니다. 금감원은 IT 직렬이라고 해도 IT 외 여러 다른 부서에서 일하게 되는 일이 많기 때문에 더욱 그렇습니다.

저는 금융이라고는 공부를 해본 적이 없었습니다. 그래서 혼자 공부하기에는 무리라고 생각해서 강의를 수강했습니다. 슈페리어뱅커스 강의의 장점은 금융을 볼 수 있는 전체적인 틀을 제공하고, 그것을 금융논술과 연결시킬 수 있도록 주제별로 정리해준다는 것이 가장 큰 장점입니다.

▶ 2020년 하반기 '캠코' 합격후기

논술 준비에 대한 막막함으로 걱정하던 찰나에, 감사하게도 슈페리어뱅커스를 알게 되었습니다. 덕분에 짧은 시간 동안 논술 준비의 방향성과 핵심 시사 이슈를 숙지하고, 결코 적지 않은 분량의 논술 교재 3권을 효율적으로 공부할 수 있었습니다. 아쉽게도 캠코의 경우에는 금융논술 시험이 없었으나,

1차 PT 면접을 준비하는 과정에서 특히 큰 도움이 되었습니다. 논술시험이 없는 기업을 준비하시는 분들도 논술 수업은 꼭 수강하시기를 추천합니다.

➤ 2020년 하반기 '신용보증기금' 합격후기

공인회계사 시험 2차 유예 탈락 후 금융공기업 취업으로 전환하였습니다. 신용보증기금 필기 시험은 NCS와 전공시험, 논술시험으로 구성되는데, NCS는 상대적으로 비중이 적기 때문에 전략적으로 힘을 뺐고, 전공시험은 다 년 간 수험 생활로 자신 있었습니다. 하지만, 논술 시험은 경험이 없었고, 그 동안 수험 공부만 해왔기 때문에 금융상식과 시사 쪽이 약해 어떻게 준비해야 할지 가장 막막하였습니다. 주변 지인을 통해 슈페리어뱅커스의 '이것이 금융논술이다' 책 시리즈를 추천 받았고, 혼자서 공부하기보다 선생님의 논술 수업을 함께 듣는다면 짧은 시간에 훨씬 큰 효과를 볼 수 있을 것으로 판단하여 주저하지 않고 수강 신청하였습니다. 그리고 그 효과는 생각했던 것 이상으로 좋았습니다.

➤ 2020년 하반기 'IBK기업은행' 합격후기

저는 금융논술이 없는 시중은행을 목표로 하고 있었고, 유일하게 논술시험이 있는 농협은행도 지원하지 않았습니다. 그럼에도 금융논술 수업을 수강한 이유는, 차별성을 극대화할 수 있다고 생각했기 때문입니다. 그래서 본격적으로 공채 일정이 시작되기 전, 3월에 해당 수업을 수강했습니다.
금융논술 수업을 통해 금융 및 경제 이슈에 대해 다양한 관점에서 생각해 볼 수 있었습니다. 또한, 한 가지 주제에 대해서 좀 더 짜임새 있게 의견을 전달하는 방법을 배웠습니다. 비록 저는 금융논술 시험을 치르지 않았지만, 모든 은행의 자기소개서 항목에 논술형 질문이 있었습니다. 만약 금융논술 수업을 듣지 않았더라면, 해당 항목의 내용을 적을 때 많은 어려움을 겪었을 것입니다. 하지만 선생님의 수업 덕분에 비교적 쉽게, 그리고 더욱 논리적인 흐름으로 내용을 채울 수 있었습니다.

➤ 2020년 상반기 '한국금융연수원' 합격후기

슈페리어뱅커스가 가장 좋았던 점은 단기간에 최소한의 필요한 학습량을 충족할 수 있었다는 점이었어요. 저는 금융공기업 준비를 급하게 하게 돼서 거의 전공필기만 공부하다가, 시험 두 달을 남기고서야 논술을 시작했거든요. 정말 한 번도 논술을 제대로 써본 적이 없었고, 뉴스만 간간히 보면서 대략적인 경제 흐름만 파악하고 있던 정도였어요. 급한 마음에 이것저것 찾아보다가 슈페리어뱅커스의 막판 단기 강의를 수강했는데, 그게 정말 큰 도움이 됐습니다.
슈페리어뱅커스의 논술 교재는 대부분이 알듯이 바이블이라고 할 만큼 좋은 책이고요. 강의는 경제논술, 토론 입문자인 분, 그리고 단기에 실력을 확 끌어올리고 싶은 분께 강력 추천합니다.

'이것이 금융논술이다' 시리즈와 함께한

▶ 2019년 '무역보험공사' 합격후기

안녕하세요. 저는 이번 2월 논술반을 들었고, 올해 한국무역보험공사에 최종 합격했습니다. 한국무역보험공사는 논술전형을 보지 않는 기관입니다. 그럼에도 저는 이번 상반기 최종 합격할 수 있었던 가장 큰 이유를 꼽으라면 슈페리어 뱅커스의 논술수업을 수강한 일을 꼽고 싶습니다. 그 이유는, 저는 이 클래스가 단지 논술을 위한 클래스가 아니라, 최고의 면접 대비반이라고 생각했기 때문입니다.

면접을 잘 보기 위해서는 무엇이 필요할까요? 세 가지를 꼽고 싶습니다.

첫째, 내용적 측면에 있어서는, PT 면접 및 토론면접에서 나올만한 주제를 정확히 알고 있어야 하겠습니다. 둘째, 형식적 측면에 있어서는 구조화된 내용을 00식으로 말할 수 있어야 합니다. 셋째, 필기시험에 합격하고 벼락치기로 준비하는 것이 아니라, 평소 꾸준히 생각하고 연습해야 합니다.

▶ 2019년 'SGI서울보증' 합격후기

저는 금융 논술을 써본 적이 없었기 때문에 8월부터 논술 수업을 수강했습니다.

수업을 들으면서 논술을 작성하는 방법뿐만 아니라 한국 금융 산업에 관한 전반적인 지식을 배웠고, 논술과 면접에서 요긴하게 활용할 수 있었습니다. 특히 수업에서 어떤 주제에나 적용할 수 있는 만능 결론을 배우는데, 말 그대로 만능이기 때문에 꼭 숙지하시길 추천 드립니다. 수업 마지막 시간에 선생님께서 중요한 주제를 몇 가지 뽑아주셨고 관련해서 글도 보내주셨는데, 실제 시험에서 그 중 한 주제가 출제되어 무난하게 작성할 수 있었습니다.

금융 관련 경험이 없는 제가 합격할 수 있었던 것은 슈페리어뱅커스의 수업 덕분이라고 생각합니다. 막연히 금융권 취업을 원하지만 무엇부터 공부해야 하는지 모르거나 저처럼 관련 경험이 없으신 분들께서는 꼭 수업을 듣고 학습 방향을 설정하는 기회로 삼으셨으면 좋겠습니다.

▶ 2019년 '금융감독원' 합격후기

직장생활과 병행하여 금융감독원 입사지원을 하였기 때문에 시간이 절대적으로 부족하였으므로, 조금 더 효율적인 준비방법을 고민하다가 슈페리어뱅커스 선생님의 금융논술 강의(주말 저녁반)를 수강하게 되었습니다. 평일 쌓인 근무 피로 때문에 주말에는 지칠 수 있었음에도, 선생님의 강의 덕분에 긴장을 유지할 수 있었습니다.

특히, 선생님의 강의를 통하여 금융관련 지식의 큰 흐름을 익힐 수 있었다는 점이 유익하였습니다. 2차 필기시험을 위해 선생님의 강의를 수강하면서 금융지식을 잘 쌓아왔기에, 면접 준비과정에서는 인성, 역량 답변에 집중할 수 있었습니다. 실제로 1차 토의 면접에서는 2차 필기시험 때 공부했던 금융지식을 그대로 활용할 수 있었습니다.

2019년 'SGI서울보증' 합격후기

평소 시사상식이 부족했기에 '한 달 안에 논술을 준비할 수 있을까'라는 불안감을 가지고
10월 논술특강을 수강하였습니다. 하지만, 선생님의 수업을 통해 막연한 걱정은 사라졌고 '복
습만 열심히 해도 좋은 점수를 받을 수 있겠다'라는 확신이 들었습니다. 선생님께서 어떠한 주제가
나와도 결론을 쓸 수 있도록 키워드를 정리해주셨고 시험장에서 정말 큰 도움을 받았습니다. 저처럼,
신문을 잘 읽지 않고 논술이 처음인 분들은 꼭 선생님의 논술 수업을 듣는 것을 추천합니다.

2019년 '기술보증기금' 합격후기

지난 8월 말 ~ 9월 말 경에 선생님께서 강의하신 금융논술 강좌를 수강했던 OOO이라고 합니다. 기억이
잘 안 나실 수도 있지만, 앞쪽에 앉아서 잘 웃던 단발머리 여학생입니다. 선생님 강의를 재미있게 들어
서 주제를 잘 예측해서 준비할 수 있었고, 논술 준비도 수월하게 할 수 있었답니다. 선생님 덕분에 이번
에 목표로 했던 농협중앙회와 기술보증기금 두 곳에 합격하게 됐습니다.
농협중앙회 같은 경우 R의 공포, 농가소득 방안, 블록체인 중 하나를 택해서 서술하는 것이었는데, 보
내주신 자료에서 ○○○와 관련된 내용을 참고해서 ○○○○에 흥미와 관심을 가지고 있던 부분을 서
술할 수 있었어요. 감사 드립니다. 특히 전반적으로 OO 과정을 하다 보니 논술형식의 글쓰기에 어려
움을 느꼈었는데 간결하게, 핵심만 쓰려고 자료를 토대로 연습을 많이 하면서 좋은 결과를 거둘 수 있
었습니다.

2019년 '신용보증기금' 합격후기

과제수행의 경우 경제 전반에 걸쳐서 주제가 나올 뿐 아니라 시사 주제도 나왔습니다. 제가 속한 조의
경우에는 미중 무역전쟁이 주제였는데, 전 선생님께서 말해주셨던 방안이나 미국의 카드와 우리나라
의 대중 대미 무역비중 등의 퍼센트를 외워가서 직접 발표한 부분이 유효했던 것 같습니다. 사실 면접
과 논술을 준비하면서 느낀 건데, 토론이나 과제수행 류의 면접은 기존에 상식과 기존에 미리미리 대비
해야 하는 것 같습니다. 전 선생님께서 보내주신 자료만 보고 갔는데 그게 정말 유효했던 것 같습니다.

2018년 '금융감독원' 합격후기

금융감독원 시험에서 논술이 차지하는 비중이 매우 큽니다. 학술 200점 중 60점을 차지하고 있고(이번
시험의 경우 그림자 금융을 포함하면 90점) 일반논술 또한 별도로 존재합니다. 사실 주제 자체들은 관
심을 가진다면 전부 접할 수 있는 주제들이 대부분이기 때문에 금감원 시험에서 중요한 것은 모두가 아
는 주제를 어떻게 하면 차별화하여 심도 깊고, 논리성 있게 작성하는 가라고 생각합니다.
이러한 관점에서 김정환 선생님의 논술 수업과 피드백은 매우 큰 도움이 되었습니다.
특히 1년 간의 피드백 과정을 통해서 글의 논리성과 완결성을 크게 향상시킬 수 있었고 이는 단순히 일

'이것이 금융논술이다' 시리즈와 함께한

반논술뿐만 아니라 금융감독원 시험 서술자체에도 큰 도움이 되었습니다. 또한 이러한 지식들은 토대로 1차 실무면접에서도 큰 도움이 되었습니다.

▶ 2018년 '금융감독원' 합격후기

금공을 체계적으로 준비할 수 있도록 자소서 첨삭, 논술특강, 면접 컨설팅 등의 프로그램들이 슈페리어뱅커스에 있는 것을 확인하였고, 다른 분들의 후기들을 보며 2018년 8월 말 경에 퇴사 결심 후, 바로 선생님께 금융감독원 자소서 첨삭을 받고서 부족한 부분을 보완하였습니다. 9월에는 회사를 다니면서 필기준비를 하고, 주말에는 선생님의 논술 특강을 듣고서 혼자서 논술 써보는 연습을 했습니다. 특히, 논술 특강 시에 선생님께서 주요 이슈에 대하여 설명해주실 때 쉽게 이해하기 쉽게 설명해주셨고, 조금 더 넓은 시야로 볼 수 있도록 포인트를 잡아주셔서 너무 좋았습니다.

▶ 2018년 '기업은행' 합격후기

일단 저는 논술 강의와 면접 강의 두 가지를 들었습니다. 논술 강의는 논술 쓰는 방법도 도움이 됐지만, 무엇보다 배경지식이 부족한 저에게 도움이 많이 됐습니다. 혼자 공부하다 보면 금융권의 경우 조금 이해하기 어려운 부분들이 많았는데, 선생님께서 그런 부분들을 쉽고 재미있게 알려주셨습니다.

▶ 2018년 'SGI서울보증' 합격후기

저는 지식이 너무 부족하다고 생각해서 금융 상식 수업을 들었지만, 은행은 시험을 한 곳 밖에 치지 않았기 때문에 논술에 집중해서 말하겠습니다. 일단 결과적으로 하반기 논술이 포함되었던 필기는 전부 통과했습니다. 선생님 논술 수업에서 제가 가장 큰 도움을 받았던 것은

1) 가장 첫 수업 때 우리나라 경제 상황의 근본적인 문제들, 혹은 강점들을 잡아주셨던 것
2) 결론 부분 키워드
이 두 가지였습니다. 선생님께서 어떠한 주제가 출제되어도 적어도 결론은 쓸 수 있게 해주신다고 하셨는데 정말로 시험장에서 만능으로 쓰입니다.

개인적으로는
1)번 항목만 제대로 수업을 들어도 결론을 쓰는 게 어렵지 않을 것이라고 생각합니다. 결국 경제나 금융 문제는 모두 연결되어 있기 때문에 어떤 주제가 나와도 선생님께서 잡아주셨던 우리나라 경제의 큰 틀에 맞추어 글을 풀어나갈 수 있었습니다. 또한, 제가 굳이 외우려고 하지 않아도 지금 가장 중요한 이슈들을 수업 중에 계속 반복해주셔서 논술 시험장에 들어가서 자연스럽게 기억이 모두 떠올랐습니다. 그리고 사실 워낙 많은 주제들을 다 커버해주셔서 수업 때 배운 내용과 전혀 관련 없는 문제가 나올 일은 아예 없다고 보셔도 될 것 같습니다. 단순히 시험을 위한 공부를 떠나서 저는 선생님 수업이 경제에

대한 공부 자체로 참 좋았습니다. 선생님 수업을 들으면서 제가 평소에 가지고 있던
편견들, 잘못 알고 있던 부분들을 많이 인지하게 되었는데, 특히 금리에 관한 부분에서
제가 당연하게 생각하던 것들을 수업을 들으면서 잘못 알고 있었다는 걸 알았고 개인적으로
그게 굉장히 흥미로워서 따로 공부를 많이 했었습니다. 그런데 논술에서 금리와 관련하여 풀 수
있는 문제들이 나왔고 덕분에 막힘 없이 쓸 수 있었습니다. 금융권을 준비하시는 분들이라면 시험뿐
만 아니라 기본적인 지식을 갖추기 위해서라도 선생님의 논술 수업을 들어보라고 추천하고 싶습니다.

▶ 2018년 '한국자산관리공사(캠코)' 합격후기

선생님, 안녕하세요. 드디어 제가 후기라는 것도 써보는 그런 날이 오네요. 물론, 제가 가장 원하던 1
순위 기업에 취업을 한 건 아니지만, 그래도 캠코를 준비하시는 분, 금공을 준비하는 분들에게 조금이
나마 도움이 되길 바라며 적습니다. 2017년도 여름, 처음 논술수업을 수강하고자 선생님을 뵈었을 때,
사실 강의만 듣는다고 다이내믹한 효과가 있을까? 싶었습니다. 논술수업 자체가 워낙 방대한 주제를
압축적으로 다루기에 사실 저는 수업을 들으면서 수업 따라가기도 힘들었으니까요. 하지만 결과적으
로는 저는 덕분에 제 취준 기간이 1년 반 만에 끝나지 않았나 싶습니다. 비단 필기뿐만 아니라 면접에
서도 엄청 도움이 돼서요.

수업시간에 설명해주신 것들 최대한 소화하려고 노력했고, 집에 와서는 수업을 바탕으로 보고서 같은
걸 찾아보면서 저만의 논술답안을 작성해 보았는데, 이 점이 정말 필기와 면접(특히 PT)에 있어서 많
은 도움을 받았습니다. 이렇게 수업을 바탕으로 주제별로 나름의 생각을 정리해놓으니, PT면접 준비
할 때도 그냥 기업과 연결만 하면 되니까 엄청 수월하게 준비했었거든요. 사실 캠코의 경우, 미금리인
상, 보호무역, 블록체인, 가계부채 등 현재 경제·사회 이슈들과 공사를 연결하는 것들이 PT로 나왔기
에, 배경지식을 알고 있냐 없느냐가 사실상 PT의 퀄리티를 좌우하는 중요한 요소라고 생각합니다. 저
또한 1차 면접에서 면접관님들께 PT칭찬을 받은 것도 사실 논술준비로 저만의 생각을 미리 정리해 두
었던 게 큰 도움이 되었습니다. 그리고 너무 재미 있었던 게, 2017년도에 수업을 수강하고, 2018년도
에 준비할 때는 수업을 바탕으로 논술스터디를 꾸려서 준비했는데, 논술스터디원 4명이 모두 선생님
논술수업을 수강해서 웃겼습니다. 그분들 중에 저랑 동기가 된 분도 있습니다. 아무튼 다들 올해 잘 되
어서 정말 다행이에요.

in February; another failure
A look at carbon dioxide release
age control | A look at carbon dioxide release
stralia's greenhouse-gas emissions,
in gigagrams* CO2 equivalent
Aus
800,000
600,000
400,000
200,000
0
1990
'95
2000
'05
they have been distracted from
the carbon debate by this week's
The acting prime minister said

PART 01

논술학습법

기본 편

chapter 01

논제선정 및 논제분류

01 사전작업 – Category 선정작업

공부해야 할 논제의 선정과 관련하여 많은 학생들이 난감해 하는 첫 번째 난관이 수많은 논제들을 어떻게 선정하고 어떻게 정리해야 할 지 엄두가 나지 않는 다는 것이다. 일반신문, 경제신문과 수많은 연구보고서들 등 정보들의 홍수 속에서 금융논술, 공기업논술 준비를 위한 논제를 선정하기는 물론 쉽지 않아 보인다. 또한 이 과정에서 학생들이 범하는 실수 중 하나는 새로운 이슈거리들을 어떻게 저장하고 활용할지 몰라서 좋은 논제를 발견해도 한 번 읽어만 보고 지나치고 있다는 점이다.

이에, 논제의 선정을 위한 준비작업부터 제시하기로 한다.

1. 본인만의 대(大) 카테고리를 만들어야 한다. 필자는 기본적으로 우리나라를 둘러싼 각종 이슈들에 대하여 5가지로 카테고리를 선정하였다.

2. 국제 / 거시경제 / 금융 / 국내 제도 · 경제 / 국내 사회 · 문화가 바로 그 각각의 카테고리 이름이다.

3. 다음의 도표는 대(大) 카테고리 별로 논제들을 분류한 표이다. (2023년 기준)

국제	거시	금융기관 · 금융공기업
		• 은행의 이자 장사 논란과 비이자 수익 전략
		• SVB 사태와 우리의 대응방안
		• 금융 건전성 점검부동산 PF 대출 부실 우려
		• CFD(Contract for Difference)
		• ChatGPT
		• 마이데이터
		• 애플(Apple) 인베이젼(Invasion)
• 2023 미국 경제		• 디지털 런(Digital Run)
• 미-중 기축통화전쟁		• 금융기관 자본성증권 리스크 점검
• 미국 신용등급 강등과 한국에 대한 시사점		• 생활금융 플랫폼
• 엘리뇨와 애그플레이션		• AI와 금융
• 새로운 패권전쟁 CBDC		• 조각투자
• 중국 발 리스크	• 디플레이션	• 프롭테크(Prop-Tech)
• 미 IRA와 이차전지 산업	• 부채위기(통화, 금융, 재정)	• 연체율과 금융기관 정책적 방안
• 미-중 반도체 전쟁	• 현금 없는 사회(Cashless Society)	• 은행의 중소기업 지원 및 정책적 방안
• 일본 경제성장과 통화정책 변화	• 그림자금융(Shadow banking)	• 은행의 주요지표 분석 및 방향성
• 무역적자 및 개선방안	• 신 환율전쟁(Currency war)	• 디지털화와 은행의 혁신
• 글로벌 탄소중립과 전환금융	• 외환위기와 외환보유액(Currency crisis and	• ESG경영과 금융의 역할
• 한-미 금리 역전	FOREX)	• 경기불안과 금융안정
• 미국 국채 장 · 단기 금리역전		• 디지털 화폐와 CBDC
• 보호무역주의		• 빅테크의 금융업 진출
• 미-중 갈등의 원인 및 우리의 대응		• 볼커룰과 바젤, 그리고 SIFIs-금융기관의 안정
• 디지털세(Digital Service Tax)		• 은행세와 토빈세-금융기관의 안정
• 탄소중립세		• 은행 리스크 관리(Risk management)
		• 금융의 공공성
		• 정책금융의 방향
		• 지식재산(IP) 금융
		• 기후변화와 대출규제
		• 금융감독 규제의 방향(금융감독원 감독체계의 방향)

국내경제/법	국내사회/문화	기타
• 코리아 디스카운트		
• 한국경제 하방리스크		
• 횡재세(Windfall Tax)		
• 최저임금(Minimum Wage) 인상		
• 전세제도와 역전세	• 인구구조의 변화	
• 싱글세(독신세)	• AI와 일자리	
• 가계부채 종합대책	• 신재생에너지	
• 후쿠시마 오염수 방류와 수산업	• 젠더갈등	• 신문 읽기
• 사형 제도와 가석방 없는 종신형	• 고령화와 1인 가구 증가	• 경제연구소
• 징병제와 모병제	• 4차 산업혁명	
• 새출발기금(부채탕감)	• 출산율 감소	
• 주4일 근무제도와 재택근무		
• 여성할당제		
• 서비스산업 혁신		
• 양극화와 은행의 방향		

4. 새롭게 찾아냈거나 그 내용이 바뀐 이슈들을 이처럼 항상 카테고리 표 안으로 정리하여 등재를 시켜 놓으면 주요 이슈들의 흐름을 놓치지 않게 된다.

5. 각각의 논제들을 신문기사와 연구소 자료들을 바탕으로 공부를 한 후, 카테고리에 채워나가는 방법이다.

02 　본 작업 - 논제 선정을 위한 자료수집

이제는 선정된 카테고리를 채우기 위해 논제들을 선정하여야 한다. 많은 학생들은 경제신문을 활용하여 현안들과 이슈들을 파악하고 공부를 하는 편이다. 물론 경제신문은 그 자체로 훌륭한 논제들이 매일 넘쳐나고 있으며 또한 현재의 주요 이슈들이 반영된 훌륭한 자료의 보고다. 하지만 최근 주요 금융기관들과 공기업들의 논술 이슈들이 '경제' 부문에서 '사회/문화' 부문으로 다소 이동하고 있다는 점에서 경제신문만으로 시사를 익히는 것은 부족하다.

이에, 적절한 논제를 선정하기 위해 선행되어야 할 자료수집 방법에 대하여 제시하기로 한다.

1. 경제신문도 좋지만 일반신문을 구독하는 것을 추천한다. 일반신문을 권하는 이유는 두 가지이다.

첫째, 상술했던 것처럼 이제 논술의 주제가 비단 경제 부문에만 국한되지 않는다는 현재의 논술 기출 트렌드 때문이다. 사회현상과 문화에 대해서도 광범위한 고찰이 필요한데 이를 위해서는 일반신문이 보다 효과적이다.

둘째, 일반신문의 경제 섹션은 경제신문의 다이제스트이다. 매일 경제신문으로 싶게 공부하는 것도 방법이지만 시간의 효율성 면에서는 일반신문이 유리할 수 있다.

2. 그러나 일반신문만을 구독할 경우 상대적으로 경제지식이 부족할 수 있다는 우려가 생긴다.

　　일반신문은 그냥 정보 수집용 정도로 읽어 볼 것을 권한다. 오히려 이제는 경제연구소 자료들을 함께 숙지할 필요가 있다. 각 대기업들의 경제연구소뿐 아니라 금융기관들의 연구소 자료들까지, 공부해야 할 내용들은 연구보고서 자료들만으로도 차고 넘친다. 따라서 금융권을 지원하는 학생들의 경우 은행들의 경제연구소 자료들에 대한 공부도 필수적이다. 일반적으로 경제연구소 자료들은 논제에 대한 보고서 작성이 더디지만, 신문들의 기사들에 비하면 그 깊이나 신뢰도는 우수하다. 꼭 기억하자. 신문은 정보수집용, 연구소 자료는 학습용이다.

chapter 02 금융논술, 공사논술 작성을 위한 기본 자세

01　논술시험은 반드시 정해진 시간 안에 완성되어야 한다 

금융기관과 공기업 논술은 기관마다 다르지만, 60분 내외의 시간이 주어진다. 즉, 정해진 60분 내에 [서론 – 본론 – 결론]의 완성된 논술을 작성해야 합격의 확률이 높아지는 것이다. 학생들이 가장 많이 범하는 오류는 정해진 시간 안에 논술을 완성하지 못하는 경우이다. 이는 논술 채점에서 상당히 감점되며 따라서 합격 역시 어려워진다. 학생들이 시간 내 완성을 못하는 이유는 다음 두 가지가 대부분이다.

1. 장황한 서론

정해진 시간 안에 서론과 본론 그리고 결론을 전부를 작성하기 위해 시간과 분량을 각각에 적절히 배분하여야 하지만, 상당수의 학생들이 서론에 너무나 많은 시간을 할애하고 있다. 장황한 서론을 작성하여 결론까지 제대로 끝 맺지 못하는 경우가 발생하는 것이다. 또한 첫 문장을 어떻게 시작하여야 할지 정하지 못해서 꽤 많은 시간을 손해보기도 한다.

서론의 목적은 두 가지이다.

첫째, 흥미유발이며

둘째, 글 작성의 방향성 제시이다.

서론은 위 두 가지의 역할에 충실하면 된다. 서론에서 해당 이슈에 대한 '의미와 배경'을 쓰는 것에 대하여 나는 반대한다. 의미와 배경이 서론에 들어가면 전형적으로 용두사미 논술이 되며 방향성을 잃을 확률이 높아지기 때문이다.

2. 복잡한 인과관계

해당 이슈에 대하여 복잡한 인과관계를 장황하게 모두 다 설명하려 한다면 이른바 '인과관계의 늪'에서 헤어나오지 못하게 된다. 숲을 보고 나무를 확인해 나가야 하는 데 정작 나무들만 확인하다가 숲에서 못 빠져 나온 형국이다. 이론적인 설명을 또는 현상적인 설명을 너무 깊게 할 필요는 없다. 이를 위해서는 항상 구조적인 목차작업을 통하여 배분된 양만큼으로 논지의 흐름을 압축시킬 필요가 있다.

02 논술은 형식보다는 내용이 우선이다

학생들은 논술 작성에서 글의 형식에 얽매이는 경우가 많다. 기억해두자. 논술은 형식보다 내용이 우선이다. 형식은 그 이후의 부차적인 문제이다. 만약 형식을 지키지 않았지만 내용이 우수한 논술이 있다면 그 논술을 불합격시키지는 않을 것이다. 논술 작성시 형식을 따지기 보다는 좋은 구조와 글의 내용에 더 많은 공을 들일 것을 권장한다. 실제 학생들을 지도하면서 형식과 관련해 많이 받는 질문들은 다음과 같다.

Q1 논술을 꼭 형식적으로 index 없이 풀어서 줄 글로만 작성해야 하나요?

Answer 예를 들면, 'Ⅰ. 서론 / Ⅱ. 본론 / Ⅲ. 결론'의 형태로, 목차와 소제목들을 생략하고 계속 이어지는 산술문으로 글을 작성해야 하냐는 질문을 많이 받았다. 나의 대답은 "꼭 물 흐르듯한 줄글로 작성 안 해도 된다"는 것이다. 물론 최근의 금융권, 공기업의 논술의 대세는 산술문으로 글을 작성하는 것이다. 하지만 작성자가 목차를 활용하고 싶다면 활용해도 좋다. 또한 소제목을 써주고 싶다면 써주도록 하라. 논술의 핵심은 내용임을 다시 한 번 더 상기하자.

Q2 논술을 꼭 두괄식으로 작성해야 하나요?

Answer 채점자를 위해서 문단이나 단락에서 두괄식으로 작성하면 글의 가독성이 높아진다. 하지만 글을 작성하다보면 미괄식으로 작성해야 자연스러운 형태의 내용들도 상당히 많이 존재한다. 그러므로 나는 "굳이 두괄식으로의 작성을 권하지는 않는다." 은행이나 공기업의 논술 채점관은 두괄식의 문장들만 보고 채점할 정도로 설렁설렁하게 일하지 않는다. 반드시 두괄식을 고집해야 한다고 생각하지는 않는다. 두괄식은 자소서나 면접에서 필요한 방식이다.

Q3 여백을 많이 두는 것이 좋은가요?

Answer 단락이 바뀔 때에 여백을 두는 것에 대한 질문도 많다. 이에 대하여 나는 "가급적 여백을 두라"고 권한다. 물론 답안지 수량을 제한하는 논술도 있지만 그렇지 않은 경우에는 적절하게 여백을 활용하자. 그 이유는 다음의 두 가지 이다.

첫째, 빽빽이 작성된 논술보다는 적절한 여백을 두면 채점관의 가독성이 높아진다.

둘째, 적절한 여백은 마지막 퇴고단계에서 정정하고 수정할 수 있는 공간이 될 수 있다.

숫자, 영어, 한자는 활용하는 것이 좋은가요?

Answer 가급적 활용해주도록 한다. 특히 한자의 경우는 동음이의어 부분에서 사용해주면 글의 의미가 명확해진다. 예를 들면 '대중국수출'의 경우 '對중국수출'로 작성하면 채점관이 글을 내용을 파악하기에 훨씬 수월하다. 또한 숫자도 활용하면 논술의 신뢰도가 높아질 수 있다. 다만, 너무 많이 활용하거나 부정확한 수치를 쓰게되면 오히려 역효과를 줄 수도 있으니 강조할 부분 위주로 정확한 숫자를 활용해주자.

Q5

[서론-본론-결론]을 댓구 형식, 즉 서론 20%내외, 본론 60%내외, 결론 20%내외로 작성하는 것이 좋을까요?

Answer 꼭 비율을 맞추어 글을 작성할 필요는 없다. 다시 말해 형식적으로 형식에 맞추기 위해 내용을 포기하거나 억지로 늘릴 필요는 없다는 것이다. 각 항목 당 비율이 맞으면 보기는 좋을지 모르나, 그 비율을 강제로 맞추기 위하여 내용을 희생시키는 우를 범해서는 안 된다. 여러 학생들의 논술을 검토하다 보면 결론이 훌륭한 학생의 논술이 확실히 돋보인다. 여기서 결론이 훌륭하다는 말은, 바꿔서 이야기하면 본론에서 해당 현상과 관련 이론들에 대한 수준 높은 파악과 이해를 보여주고 있으며 이를 바탕으로 결론에서 창의적인 아이디어와 방향성을 제시한다는 것이다. 반드시 기억해두자. 논술에서 가장 중요한 부분은 결론이다. 결론의 양이 서론보다 많다고 문제가 되지 않는다.

Q6

논술은 정답이 있나요?

Answer 논술에는 정답은 없다. 본인의 주장에 따른 논거가 명확하고, 인과관계가 설득력이 있으면 우수논술이 될 수 있다. 예를 들면, <경제민주화>가 논제로 주어졌을 때 많은 학생들이 중소기업지원, 서민금융지원으로 포커스를 맞추어 글을 작성한다. 하지만 이와는 완전히 다르게 대기업에 대한 일방적 규제강화가 아닌 시장참여자에 대한 균등한 기회제공을 위한 정책 마련으로 초점을 맞추어 논술을 작성한다 하더라도 논거에 타당성이 명확하다면 경쟁력 있는 논술이 될 수 있다.

chapter 03 | 금융/공기업 논술 작성법

01   Frame 작업(구조화 작업)

1. 구조화 작업의 의의

만약 논술 시험 시간이 60분으로 주어진다면 시간배분은 구조화 작업에 5분, 논술작성시간에 50분, 퇴고시간에 5분으로 배분하는 것이 이상적이다. 그런 의미에서 본다면 논술의 시작, 즉 구조화 작업은 글 작성을 시작하는 최초의 활동으로서 이에 따라 그 이후의 논술작성의 여부가 달린 만큼 가장 중요한 작업이라 할 수 있다. 구조화 작업이 필수적인 이유는 다음과 같다.

첫째, 일관적이고 방향성 있는 논술의 작성이 가능해진다. 구조화 작업을 생략하고 바로 글 작성에 들어가면 용두사미 논술이 되거나, 서론에서의 방향과는 전혀 엉뚱한 결론으로 도달하는 과녁 잃은 횡설수설 논술이 되기 쉽다.

둘째, 결론의 도출이 쉽다. 결론과 본론이라는 이정표를 세우는 구조화 작업 없이 논술을 생각과 의식의 흐름대로 작성하다 보면 마지막 결론 부분에서 어떤 말을 쓸지 몰라 머뭇거리는 경우가 많다. 이정표 없이 되는대로 글을 작성하면 일분 일초가 중요한 시험 시간에 결론의 도출을 위해 다시 서론과 본론을 읽는 답답한 짓을 해야 한다.

셋째, 목차작업부터 선행하여야만 연역적이고 논리적인 논술의 완성이 가능해진다. 일반적으로 의식 또는 생각의 흐름에만 의존해서 논술을 작성하게 되면 중언부언을 하거나 인과관계를 제대로 설명하지 못하는 경우가 많게 된다.

그러므로 논술에서 구조화 작업은 필수적이다. 구조화 작업 자체를 어렵게 생각하는 학생들이 많다. 하지만 구조화 작업은 결코 어려운 것이 아니다. 이는 글의 목차를 정하고 목차에 맞는 키워드들을 도출해 내는 작업이다.

2. 구조화 작업 순서 : 결론 → 본론의 순서로 진행한다. 이때 서론은 구조화 작업 할 필요가 없다.

📈 결론

시험장에서 논제를 받아보고 나서 시작할 구조화 작업의 첫 단계는 "결론의 Keywords들부터 도출하는 것"이다. 키워드가 바로 생각나지 않는다면 구조화 작업시간을 연장해서라도 결론의 key word들을 반드시 생각해 내야 한다.

논제에 적합한 결론을 1번 key Word, 2번 Key Word, 3번 key word 순으로 미리 정리해야 한다. 구조화 작업에서 결론부터 먼저 구조를 잡고 키워드를 도출해내야 하는 이유는 다음과 같다.

첫째, 결론은 논술에서 가장 중요한 부분이기 때문이다. 결론은 논고의 생각과 주장이 펼쳐지는 부분으로 논술의 백미이다. 그러므로 가장 중요한 부분을 가장 먼저 도출하여 논술을 채점할 때 가장 비중 있게 다루어지는 결론에서 점수를 챙겨야 한다. 일반적으로 논술 채점 시 결론의 배점이 가장 높다. 당연히 높은 평가를 받기 위해서 가장 비중이 높은 결론의 구조와 키워드 도출을 제일 먼저 하여야 할 필요가 있다,

둘째, 논술시험 마지막 10분이 남으면 학생들은 당황하기 시작한다. 아마 대부분의 학생들은 결론까지 도달하지 못하고 본론의 작성에 열중하고 있었을 것이다. 이런 상황에서 남겨

진 10분이라는 시간 내에 급하게 결론을 떠올려 도출하는 것 자체가 쉽지 않을 뿐만 아니라, 설령 결론을 도출한다고 하더라도 급하게 작성한 만큼 불분명하고 추상적인 결론으로 용두사미 형태의 논술로 흘러갈 확률이 높아진다. 논술에서 가장 중요한 결론을 가장 시간이 많은 논술시험의 시작 시간에 떠올리고 정리를 해 놓아야 한다. 이렇게 진행되어야 마지막 10분이 남아도 당황하지 않고 차분히 본론을 마무리 짓고, 미리 구상한 구조화 작업에서 도출해 낸 체계적인 결론의 작성까지 가능하게 된다. 다시 한 번 강조하지만, 결론을 작성하지 못한 논술은 합격과는 거리가 멀어지게 된다는 점을 명심하자.

본론

결론의 구조화 작업이 끝나면 그 다음으로 해야 할 부분이 본론의 구조화 작업이다. 즉, 구조화 작업은 논술의 작성과는 거꾸로 진행되는 셈이다. 결론의 구조화 작업이 끝나고 다음으로 본론의 구조화 작업을 하는 이유는 다음과 같다.

첫째, 서론은 구조화 작업을 할 필요가 없기 때문이다. 서론은 구조화 작업 없이 바로 실전 작성으로 들어가면 된다. 서론에 대해서는 추후 설명하겠다.

둘째, 본론은 키워드보다는 "글의 골격을 세우는 것"에 초점을 맞춰 구조화 작업이 진행되어야 하며, 이는 결론 다음으로 중요한 작업이므로 구조화 작업의 두 번째로 배치되는 것이다.

일반적으로 본론의 골격은 세 부분으로 나눌 수 있다.

본론의 골격	1. 배경과 의미	2. 본론의 본론	3. 본론의 소결론

본론의 골격 중 논제에 대한 배경과 의미를 먼저 언급할 것을 권한다. 그러나 이에 대하여 '의미와 배경은 서론에 배치하여야 하는 것이 좋다'는 이견도 있다. 하지만 의미와 배경은 본론의 시작에서 다루어주는 것이 효과적이다. 그 이유는 다음과 같다.

첫째, 서론에서 의미와 배경을 서술하면 서론 자체가 복잡해질 수 있다. 서론은 가급적 깔끔하며 명료하여야 한다. 서론을 쉽게 끝맺지 못한다면 본론과 결론에서 상당한 시간압박을 받게 될 것이다.

둘째, 서론은 현상, 인용, 근거 등 흥미를 끌 수 있는 내용으로 구성되는 것이 좋다. 본격적으로 이론이 시작되는 본론에서 논제에 대한 의미와 배경을 기술하는 것이 훨씬 안정적이다.

본론의 본론은 말 그대로 논술에서의 몸통부분이다. 이론과 지식, 그리고 이를 뒷받침하는 인과관계가 명확하게 드러나야 하는 부분이다. 본론의 본론, 즉 본론의 몸통 부분에서의 목차 작업은 크게 세가지 정도로 구성 가능하다.

1) 비교 또는 대조의 논제인 경우 : 단순 전개

이런 유형의 논제들의 경우 목차의 작업이 어려워 보인다. 예를 들면 과거 기업은행 논술문제였던 '싸이와 원더걸스를 비교하여 싸이의 성공요인에 대하여 논하라" 같은 경우 목차 작업에서 혼선이 올 수 있다. 이러한 경우 구조화 작업은 단순히 전개하면 된다.

① 싸이의 특성과 원더걸스의 특성

② 싸이와 원더걸스의 공통점

③ 싸이와 원더걸스의 차이점

즉, 비교와 대조 논제는 항상 비교대상 각각의 특성과 공통점 및 차이점을 착안함으로 논술을 작성하면 좋다.

2) 일반적인 논제의 경우: 나열식 서술

본론에서 사용되는 대부분의 전개형식이며 구조다. 예를 들면, 미국의 양적긴축이 한 국경제에 미치는 영향에 대해서 서술하고자 할 때에

1. 환율	2. 금리	3. 주가	4. 실물경제

상기 방식으로 나열시키는 방법이다. 이는 가장 보편적인 전개이다.

3) 슈페리어뱅커스에서 권하는 방식: 긍정적인 면 vs. 부정적인 면

어떤 현상이든 사건이든, 무조건 좋기만 하거나 무조건 나쁘기만 한 것은 없다. 모든 현상과 사건에는 긍정적인 면과 부정적인 면이 상존한다. 논술 작성에서는 이러한 긍정적인 면과 부정적인 면을 고루 서술하는 것이 좋다.

첫째, 긍정과 부정을 잘 고찰한 논술의 경우 논고의 사고가 어떠한 현상을 바라볼 때 여러 측면으로 분석할 수 있는 시야를 가진 객관적이고 합리적인 사고의 소유자라는 인상을 준다. 자신의 주장을 펼칠 때에 좀 더 신중하다는 이미지를 심어줄 수 있다는 것이다.

둘째, 이는 채점관에게 익숙한 글의 구조다. 여러분들이 원하는 금융기관이나 공기업의 경우, 대부분의 여신품의서나 보고서에는 긍정적인 면과 부정적인 면을 함께 고찰하는 형태의 내용들이 포함되어 있기 마련이다. 따라서 이렇게 작성된 글을 읽는 채점관의 입장에서는 익숙함으로 인해 가독성이 높을 뿐 아니라 해당 논술에 대해 호감을 갖게 될 수 있다.

TIP

다만, 긍정적인 면과 부정적인 면을 고찰해서 본론에 서술할 때에는 이를 정확히 5:5의 비중으로 작성하기 보다는 본인의 주장과 일치하는 쪽에 높은 비중을 두어 7:3 이나 8:2 정도로 서술하면 좀 더 나의 주장이 돋보일 수 있다.

본론의 소결론 작성은 지금까지 작성되었던 본론의 내용들을 요약하는 것이다. 경우에 따라서는 본론의 소결론 작성을 생략해도 무방하다. 다만, 본론의 소결론을 작성할 때 결론의 내용과 동일하게 구성해서는 안된다. 본론의 소결론 내용이 다시 결론에 나오게 되면 중언부언의 느낌을 주며 채점관으로 하여금 논술의 양을 늘리기 위하여 억지로 결론을 작성한 듯한 인상과 작성자의 생각의 한계가 여기까지라는 부정적인 이미지를 심어줄 수 있다. 그러므로 본론의 소결론에서는 결론의 내용과는 다른 방향의 글을 작성해주어야 할 것이다. 예를 들면 본론의 소결론에서는 '한국 경제에 미치는 영향'을 언급하였다면, 결론에서는 '은행 또는 정부의 역할'을 언급하는 형태로 방향성을 바꾸는 방법이 적절하다.

서론

　서론은 상술한대로 별도의 구조화 작업이 필요 없다. 바로 논술 작성을 시작하면 된다. 문제는 대다수의 학생들이 서론의 첫 문장을 작성하는 데 많은 고민을 하며 아까운 작성 시간을 낭비한다는 점이다. 그러나 서론의 첫 문장을 고민하고 있기에는 논술시험 시간이 절대적으로 부족하다. 따라서 만일 서론의 첫 문장이 떠오르지 않는다면 아래의 형태를 고려해 주도록 한다.

> 최근(오늘날) ○○에 대한 문제가 ○○으로 인하여
> 상당한 논란이 되고 있다(문제가 되고 있다).

　대다수의 논제들은 최신 사건이나 현상들에 대한 것이므로 "최근" 또는 "오늘날"로 시작하면 문제 없는 경우가 많다. 첫 문장과 동시에 적절한 인용구나 현상에 대한 흥미로운 부연 설명 1 ~ 2개의 문장이 이어지면 더욱 좋다.

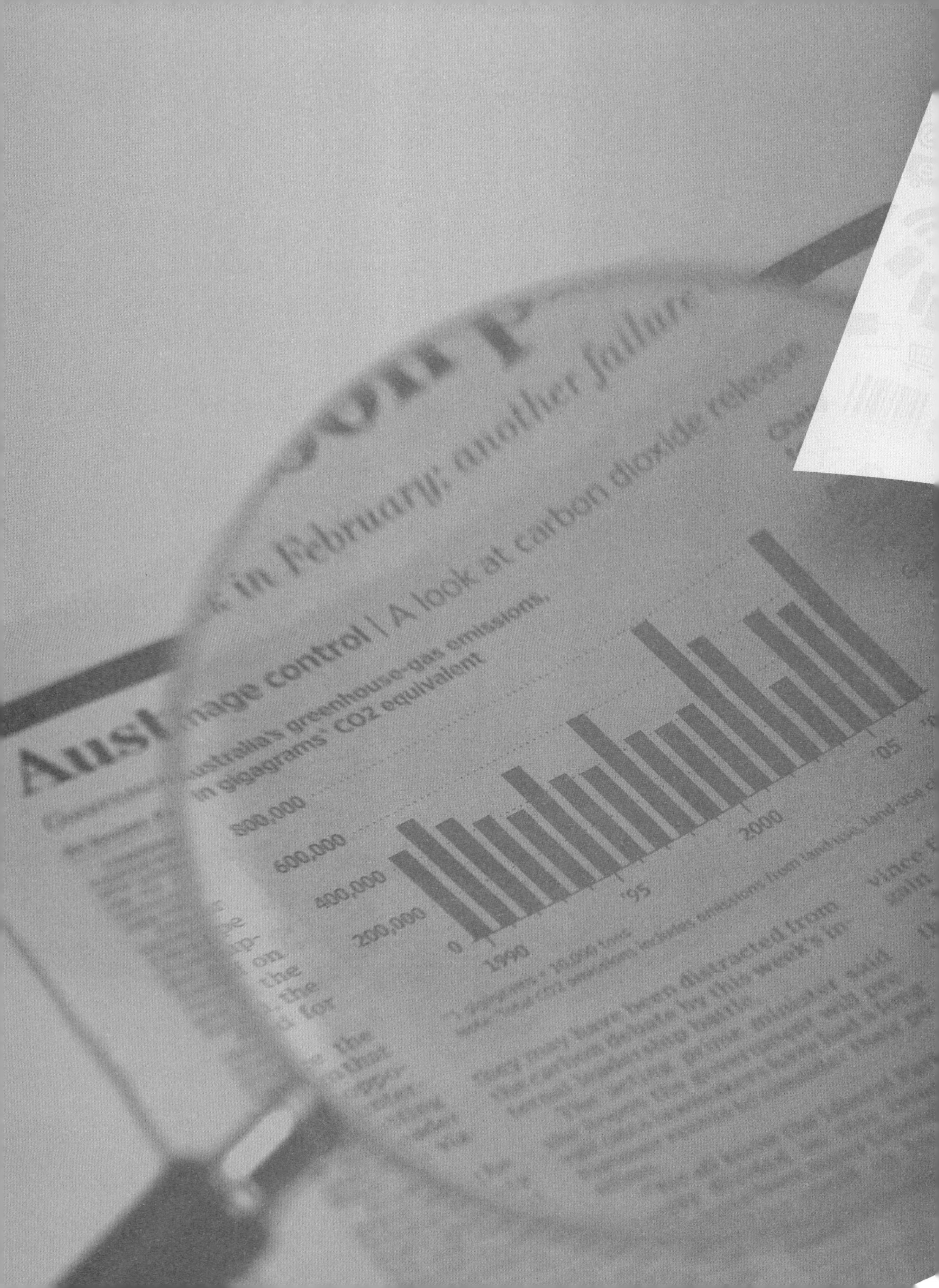

Aus...

...e in February; another failure

nage control | A look at carbon dioxide release

Australia's greenhouse-gas emissions,
in gigagrams* CO2 equivalent

800,000
600,000
400,000
200,000
0

1990   '95   2000   '05

...they may have been distracted from
the carbon debate by this week's in-

PART

02

논술학습법

심화 편

chapter 01 | 논술공부는 언제 시작해야 하는가?

근 10년간 금융논술을 지도하면서 금융기관 취업준비생에게 가장 많이 듣는 질문 중에 하나는 "금융논술은 언제부터 준비해야 하나는?" 것이다.

물론 금융논술 준비는 오늘 이 순간부터 바로 준비하시는 것이 가장 좋다. 왜냐하면, 금융논술 책을 열기 시작하는 순간, 예상보다 훨씬 공부해야 할 내용들이 많다 보니, 지원자들이 준비가 늦으면 늦을수록 당황하게 되며, 주제별 심도 있는 공부가 불가능해지기 때문이다.

그런 이유로 차일피일 금융논술 공부를 미루기 시작하고, 막판에 가서야 찍기 공부를 시작한다. 10여개 주제를 찍어서 공부해보고, 실전에서 알면 쓰고 모르는 것이 나오면 내년을 기약하는 것이다.

상술했듯 원론적인 내 생각은 금융논술 준비의 최적기는 현재 이 시점부터 바로 금융논술 준비를 하라고 권하지만, 금융논술 전형의 시기를 고려해 답변을 하자면 하반기 전형의 경우, 늦어도 금융논술 공부를 시작하셔야 하는 시점은 6월 아니면 늦어도 7월이며, 상반기 전형의 경우, 늦어도 금융논술 공부를 시작하셔야 하는 시점은 1월 아니면 늦어도 2월이다.

그 이유는

1. 하반기 금융공기업 A매치 같은 경우, 매년 10월 중순 필기전형이 있었지만, 2020년 코로나 사태를 계기로 9월 중순으로 필기전형일이 1개월 정도 앞당겨 졌기 때문이다. 한국은행, 산업은행, 수출입은행, 한국거래소 등 주요 금융공기업은 2년째 9월 전형을 운영하고 있다. 따라서 최소한 전형 3개월전부터는 금융논술 준비를 시작해야 한다.

2. 즉, 6월부터 금융논술 준비를 시작하고, 7월 말 정도까지는 최소한 기본 논제들에 대한 학습은 마무리 지어야 한다. 소위 말하는 기출 빈도가 높고, 한국 경제와 금융상황을 고려했을 때, 상당히 중요한(물론 좀 오래된 논제들이 될 것이다) 논제들은 미리 공부해 놓을 필요가 있기 때문이다. 왜냐하면, 기본논제들에 대한 출제빈도는 시대를 막론하고 꾸준히 출제되고 있다.

3. 그리고 최소한 7월 말부터는 최신 논제들을 공부해야 한다. 최신 논제들은 확실히 금융논술전형에서 잘 출제된다.

4. 상반기 전형의 경우, 정해진 A매치 데이 같은 개념이 없다. 금공기관별로 전형일정을 자유롭게 선정하는 편이다. 따라서, 언제인지 알 수 없기 때문에 미리 금융논술을 준비해야 한다. 예상보다 일찍 필기전형을 볼 수도 있다. 1월 또는 늦어도 2월에는 금융논술 공부를 시작해야 하는 이유이다.

5. 리스크 관리는 엄밀히 말하면 "시간 관리"를 의미한다. 금융기관의 리스크 관리에서의 핵심이 "조기경보시스템 구축"임을 감안한다면, 금융기관 또한 리스크를 사전에 감지하고 미리 대비함을 중요시 여김을 알 수 있다.

6. 이렇듯 금융논술 준비 또한 미리 준비하는 것이 왕도이다. 그리고 이러한 금융논술 준비는 최소 6월과 1월에는 시작해야 소기의 성과를 낼 가능성이 높아진다.

chapter 02

자료 수집 방법(심화)

슈페리어뱅커스의 금유논술 교재 [이것이 금융논술이다] 시리즈의 각 논제들은 매년 금융공기업이나 은행의 금융논술 전형에서 단골로 금융논술 주제들로 출제되었다. 최근 금융논술전형에서도 이러한 높은 적중율은 이어지고 있다.

2025년 상반기 금융기관별 금융논술 기출 분석

2025년 상반기 금융논술의 경우, 상대적으로 예측이 쉬운 편이었다.

1. 대내외 정치적, 경제적, 사회적으로 불안요소가 가 중되었으므로 불확실성 관련 논제 출제 가능성이 높았다.

2. 2025년 상반기 연구소 보고서들의 30% 이상이 "트럼프의 관세정책"이었을 정도로 트럼프노믹스 2.0은 주요 화두였다.

3. 트럼프 관세정책에 반하는 미국 연방준비제도의 기준금리 정책 또한 관심사였다.

결과적으로 상기 3가지 사안이 중심이 되어 2025년 상반기 금융논술로 출제되었다.

<수출입은행>

2025 수출입은행 일반논술 복기

제시문1) 우리나라 수출의존도가 높다는 내용

제시문2) 디커플링, 디리스킹 개념의 제시

제시문3) 미 트럼프 관세 부과 행태

문제 1> 제시문 1에 기반하여서 우리나라가 제시문 2에 제시된 두 개념 중 어떤 걸 채택해
야하나 의견을 말해라

문제2> 제시문 3에 의해서 1. 우리나라 및 2.미국에 미칠 영향을 각각 키워드 2개 이상 포
함하여 서술하라키워드 : 인플레이션,자국 보호주의,수출 감소, esg 경영, 자본유
입, 일자리 감소 등

문제3> 관세 부과 정책에 대한 한국수출입은행의 역할

<산업은행>

1. A의 상황을 B를 활용하여 해결하는 방식으로 서술하되

2. B방식의 긍정적인 점과 부정적인 점도 서술하여

3. 그 과정에서 C를 이용해서 B의 보완점도 같이 서술해달라는 내용이었습니다.

A 지문은 '현대 시대가 불확실성의 시대다.'라는 내용으로 서술되어 있었고

B 지문은 모건 하우절 '불변의 법칙' 발췌문으로, 휴리스틱적 사고에 대해 서술되어 있
었습니다.

C 지문은 일본 저자분이 쓴 책이었는데 데이터를 이용한 통계적 사고에 관한 내용이
었습니다.

<한국증권금융>

미국의 금리인하가 한국의 성장, 물가, 환율, 가계부채에 미치는 영향을 논하라.

<신용보증기금>

논술 : 트럼프관세로 인해 우리기업들이 피해를 받는 데, 이에 대한 신보의 대응방안

약술 : 노동공급선이 후반굴절 할 수 있는 이유

■ **2024년 상반기 주요 금융공기업 금융논술 기출은 다음과 같다.**

▶ **2024 상반기 '수출입은행' 금융논술 주제**

8. 일반논술(20점)

(A) 공급망 3법, 한국이 핵심광물자원 보호를 위한 법 제정 관련 지문

(B) 자유무역주의, 무역 시장 개방을 주장하는 자유무역주의 입장 관련 지문

(C) 보호무역주의, 보호무역주의 입장과 미국의 IRA법 관련 지문

8-1. A의 법 제정이 기업, 국가, 소비자가 받을 이익 2개 서술

8-2. 위 (A) (공급망 보호 예시)는 B와 C중 어느 의견을 택하고 있는지 다음의 단어 3

가지 이상을 써서 서술하고

[민영화, 고용안정, 신자유주의, 탈규제, 자국산업보호, 다국적기업 성장, 보호무역, 리

쇼어링 등]

8-3. (B) (자유무역주의), (C) (보호무역주의) 중 현 정세에 더 적합한 의견은 무엇인지

자신의 생각을 적고, 이 과정에서 수은의 역할을 사례를 들어 설명하시오.

→『이것이 금융논술이다 8.0 – 국제거시 편』 관련 주제

- Chapter 14. 보호무역주의

- Chapter 7. 미 IRA과 이차전지 산업

- Chapter 8. 미-중 반도체 전쟁

기술_토목직렬 논술

- 주제 : 미-중 무역 갈등 관련하여 반도체에 필요한 산업금속 관련 법안 개정

- 형식 : 위 주제 관련 지문 1개와 관련하여 2가지 상반된 이론 지문 2개 제시

- 문제 : 총 3가지 문제로 1) 개정 법안 관련 자신의 의견, 2) 어느 이론에 더 부합하는지(제시된 단어 3가지 사용), 3) 수출입은행이 취해야 할 자세(예시포함)

→ 『이것이 금융논술이다 8.0 – 국제거시 편』 관련 주제

- Chapter 8. 미-중 반도체 전쟁

▶ 2024년 상반기 '산업은행' 금융논술 주제

가. 이오니아섬 환경이 달라서 소통의 다양함 → 우주 등 원리와 발전

나. 디지털 환경. 모두 AI에 맡겨야

1. 가와 나를 비교

2. 자신의 입장을 밝혀라

다양성 및 획일성 관련 논술지문으로 연관 주제는,

→ 『이것이 금융논술이다 8.0 – 국제거시 편』 관련 주제

- Chapter 03. 현금 없는 사회

→ 『이것이 금융논술이다 8.0 금융기관 · 금융공기업 편』 관련 주제

- Chapter 12. AI와 금융

- Chapter 18. 디지털화와 은행의 혁신

→ 『이것이 금융논술이다 8.0 국내이슈 편』 관련 주제

- Chapter 10. AI와 일자리

■ 2024년 상반기 금융논술 기출의 경향 및 함의점은 다음과 같다.

1. 복합논제의 출제이다. 금융기관별로 차이는 있지만 단일 논제는 점점 줄어들고 있다.

→ 10~15개 논제를 찍어서 암기하며 공부하는 방법은 실패의 가능성이 높아짐을 의미

한다. 몇몇 분들은 족집게 방식으로 이것들만 공부하면 된다는 식으로 접근하지만 이는 상당히 위험한 방식이다.

→ 이미 슈페리어뱅커스에서는 [이것이 금융논술이다] 시리즈 개정을 통해 매년 70여 개 이상의 논제를 수업과 책에서 다루고 있다. 최소한 이 정도는 공부를 해야 금융논술뿐만이 아니라, 면접에서 효과를 발휘할 수 있다. 예를 들면 2024년 상반기 '수출입은행' 면접에서 <주 4일 근무제>가 주제로 주어졌다. 이 주제는 이미 [이것이 금융논술이다] 시리즈에서 다룬 논제이다. 그리고 2024년 '신한은행' 면접에서는 [이것이 금융논술이다 - 국내이슈 편]에서 다룬 <자사주 소각> 문제가 주어졌다. 2024년 '새마을금고중앙회' PT주제는 <저출산 대책>이고, 이는 [이것이 금융논술이다 - 국내이슈 편]에서 다룬 논제이다. 한편 '새마을금고중앙회' 1차 면접 중 토론면접 주제는 <촉법소년 찬반>이었다. 이 또한 [이것이 금융논술이다 – 국내이슈 편]에서 다룬 논제이다.

→ 기초지식부터 채운 후, 최대한 다양하게 쌓아가는 방식의 금융논술을 해야 한다.

→ 특히, 기초지식의 경우 금융지식이 중요하다.

금융규제, 금융시스템, 금융실무에 대한 공부는 확실히 다져놓아야 한다. 이러한 토대가 금융논술이나 면접에서 큰 차이를 만든다. 금융지식은 금융권 출신 선생님들의 강의나 교재를 선택하는 것이 중요하다. 금융권에서 실제 여신이나 수출입 업무를 해보지 않은 경우, 여러분 수준에서 피상적으로 금융적 해결책을 도출하게 되고 이는 논술뿐만 아니라 면접에서 큰 손해를 보게 될 가능성이 높기 때문이다.

2. 통찰력이 중요하다. 다양한 논제들을 깊이 있게 공부했을 때 논제간 연결고리와 통찰력이 생긴다.

→ 통찰력으로 문제를 해결해야 한다.

→ 답정너 방식의 암기는 더 이상 금융논술에서 고득점을 받기 어렵게 바뀌었다.

3. 족집게 방식은 더 이상 경쟁력이 없어지고 있음을 강조하고 싶다.

한편, 2024년 상반기 '신용보증기금', '금융투자협회', 'IBK캐피탈', '예탁결제원'의 금

융논술 기출 질문들은 다음과 같다.

▶ **2024년 '신용보증기금' 기출문제**

1. 워크아웃 제도의 의미와 특징, P-CBO 의미와 특징, 신보가 P-CBO 손실을 최소화
   할 수 있는 방안 및 예방 방안
   → 워크아웃 제도는 슈페리어뱅커스의 금융논술 각론반에서 PF금융 파트에서 태영
     건설 사례를 수업하면서 강조한 바 있다. P-CBO는 이미 신용보증기금 자소서 약
     식논술에서 자주 출제된 내용이다.
2. DSR 제도의 의미, DSR이 금융소비자에게 미치는 영향
   → 『이것이 금융논술이다 8.0 – 국내이슈 편』 <Chapter 8. 가계부채 종합대책>에
     DSR의 의미가 실려있다.

▶ **2024년 '금융투자협회' 기출문제**

주제 : 코리아디스카운트

→ 『이것이 금융논술이다 8.0 – 국내이슈 편』 <Chapter 1. 코리아디스카운트>에 실려
  있다.

▶ **2024년 'IBK캐피탈' 기출문제**

주제 : 20년 후 주력산업 3가지

→ 『이것이 금융논술이다 8.0 – 국제거시 편』<Chapter 7. 이차전지>, < Chapter 8. 반도
  체산업>등에서 다루고 있다. 이미 금융논술 강의를 통해 최근 논술이나 면접에서의
  흐름이 특정산업에 대한 지식들을 요한다고 강조한 바 있다.

▶ **2024년 '예탁결제원' 기출문제**

주제 : 기술특례상장

→ 기술특례상장 제도는 슈페리어뱅커스의 금융논술 총론반에서 2019년 이후 꾸준히 장점과 단점을 명쾌하게 해설하는 부분이다.

2024년 하반기 금융기관별 금융논술 기출 분석

1. IT기업들의 디지털 독과점 문제의 원인, 기존 독과점 규제의 문제점, 독과점 규제 개편방안
2. 정치 포퓰리즘 문제의 원인과 대응방안 (가짜뉴스, 양극화, 정치신뢰도 하락이 제시문에 나옴)

이것이 금융논술이다 9.0 금융기관편 <ch27 빅테크의 금융업 진출편> 참조

IT독과점 문제는 결국 정보의 독점문제로 이어질 소지가 높아진다.

정치 포퓰리즘 문제는 <금융논술 총론반>에서 다루는 쟁점 중 한 가지이다. 특히 선한 목적이 선한 결과가 나오지 않을 수 있음에 대한 포퓰리즘식 접근의 위험성을 금융논술 사례인 <민주화와 양극화>에서 심도있게 다루었다.

<SGI>

제시문: 한국은행의 금리 인하 관련

1-(1) 금리 인하가 우리나라에 미치는 영향(가계소비, 기업의 투자, 국제수지, 부동산, 가계부채)

1-(2) 금리 인하가 보험영업, 투자영업에 미치는 영향과 SGI서울보증에 미치는 영향

금리인하 논제는 2024년 하반기 예상되는 논제였다. 이것이 금융논술이다 9.0 국제편 CH 1 <미국의 금리인하> 편에서 자세히 다루었다.

<한국증권금융>

AI

금투세(이공계)

AI 논제는 한국증권금융에서도 출제되었다. 이것이 금융논술이다. 9.0 금융기관편에서는 2개의 Chapter를 AI 문제점 및 생성형 AI에 할당했다.

금투세도 올해 주요 쟁점이었다. 이것이 금융논술이다 9.0 금융기관편 CH 7에서 별도의 논제로 할당해서 다루었다.

<한국거래소>

논술 1. 공매도 필요성

    제시문: 두산 로보틱스 사례와 두산밥캣 사례 제시, 00뱅크 주가 공매도+경영 이슈로 급격히 하락한 사례

논술 2. 밸류업 프로그램을 위한 ESG공시의 역할과 필요성

    제시문: 밸류업 프로그램 시행 이후 외국인 순매수세 증가하고 있다는 기사문 2개

       1. 공매도 제도는 슈페리어뱅커스의 이것이 금융논술이다. 금융기관편 6.0~7.0 에서 다룬 논제이다. 그리고 이에 더해 이것이 금융논술이다 8.0과 9.0에서는 코리아 디스카운트 등의 챕터에서 이에 대한 해결방안까지 제시하였다.

       2. 밸류업 프로그램은 2024년 상하반기를 거쳐 지속 출제되었던 논제이다. 이것이 금융논술이다 9.0국내편에서 해당논제를 다루었다. 특히 밸류업 지수 관련 문제점을 ESG 측면에서 재심사해야 한다고 금융논술 각론반에서 강조한 바 있다.

<한국은행>

생성형 AI가 현대 정치사회에 미치는 긍정적, 부정적 영향과 해결방안을 서술하시오.

(제시문)

1. AI, 생성형AI의 정의, 언어모델에서 많이 활용되고 있음

2. 전자민주주의의 정의, 전자투표와 같이 단순히 디지털기기를 사용한 정치를 넘어서, 디지털 기술을 활용하여 대의민주주의의 한계를 극복

AI는 올해 가장 hot 한 논제이다. 남들도 다 알고 있는 논제인만큼 이에 대한 깊이나 응용력을 더 요구했다. 이것이 금융논술이다. 9.0 금융기관편에서는 2개의 Chapter를 AI 문제점 및 생성형 AI에 할당했다. 대의민주주의 제도는 금융논술 총론반에서 직접민주주의와의 차이를 언급했으며 직접민주주의의 한계를 설명했다.

<산업은행>

(가)를 참조하여 기성세대에 대해 청년세대를 비교분석하고

(나), (다)를 참조하여 조직문화 개편방안 작성

(가) 청년세대 기성세대 특징

(나) 조직에서 개인이 활약할 수 있는 기회를 제공하면 좋은 점들

(다) 아마존의 멘토멘티제도(멘토를 선등록하면 후배가 보고 맘에 드는 선배 선택)

조직문화 관련 질문이다. 원래는 금융공기업과 은행 단골 면접질문인데, 2024년 산업은행에서 논제화 하였다. 특히 중요한 것은 조직문화 개편 방안인데 이 부분은 「이것이 금융논술이다 9.0 - 국내이슈 편」 Chapter 19. 주4일 근무제와 유연근무제에서 디테일하게 다루었다.

<수출입은행>

공공기관 지방이전 장단점과 공공기관의 지방균형발전 방안을 제시하라

이 논제는 「이것이 금융논술이다 9.0 - 국내이슈 편」 Chapter 8 지역균형발전에서 다룬 논제이다.

<신용보증기금>

서술: AI 도입 리스크와 대비방안

「이것이 금융논술이다 9.0 - 금융기관ㆍ금융공기업 편」 금융기관편에서는 2개의 Chapter를
AI 문제점 및 생성형 AI에 할당했다.

-이공계-

서술: 9월 미국 연준에서 기준금리 0.5% 인하한 지문 주어짐

빅컷에 대해서 정의하고 1)빅컷이 미국 경제에 미치는 영향 2)빅컷이 세계 금융시장에 미치
는 영향 3)빅컷이 한국 경제에 미치는 영향을 서술하기

「이것이 금융논술이다. 9.0 국제거시 편」에서는 Chapter 1에서 이 논제를 다루었다.

2023년 하반기 금융논술 기출 분석

■ **2023년 하반기 주요 금융공기업과 은행의 금융논술 출제 문항은 다음과 같다.**

   1. 금융논술 기출은 최신 이슈들이 곧 잘 출제되지만, 늘 최신이슈만 출제되는 것은 아니
      다. 2023년 금융기관 금융논술 논제들만 보더라도, ESG나 초고령 사회, 가계부채, 기준
      금리 같은 논제가 또 나왔고 상당히 오래된 논제들이다.

   2. 많은 지원자들이 최신 이슈들만 챙기지만, 중요한 것은 기초 지식과 과거의 흐름들이
      다. 그래서 찍기식 금융논술준비는 좋은 방법이 아니다는 점을 강조하고 싶다. 전체를
      알고 기초를 닦는 것이 중요하다. 그리고 그러한 학습을 위한 첫 걸음은 연역법적 논제
      접근법이라고 말하고 싶다.

   3. 실제 슈페리어뱅커스의 금융논술 총론반 수업을 수강한 지원자들의 경우, 여러 논제들
      의 연계성과 결론 도출방법 수업 덕분에 다양한 금융논술 논제에 대한 대응력이 높아졌
      다고 평가한다. 실제 총론반에서 다루는 많은 내용들이 논제로 출제되는 경우가 많다.

또한 [이것이 금융논술이다] 시리즈는 전 권을 꼼꼼히 공부하면 복합논제나 응용논제가 나와도 어렵지 않게 접근할 수 있게 된다.

4. 금융논술 공부는 넓게 하고 원리와 연계점을 잘 도출해야 하는 이유를 다음 2023년 금융기관별 금융논술 기출문제들을 보면서 확인하면 좋겠다. 특히, 산업은행 논제들 같은 경우, 단일논제가 아니라 복합논제이다. 찍어서 공부하는 것이 큰 의미가 없음을 알 수 있게 된다.

▶ **2023년 '금감원' 논술 택 1 기출문제**

1. 탄소세 도입이 기업에너지 사용에 미칠 영향과(대기업에 면죄부가 된다는)제시문을 바탕으로 기업의 비용편익 판단에 의해 효과적일 것. 탄소배출권이 거래의 대상으로 전락한다는 제시문을 기반으로 비판하라.

　→『이것이 금융논술이다 8.0』관련 논제 수록

　　국제거시 편 Chapter 11. 글로벌 탄소중립과 전환금융

　　국제거시 편 Chapter 17. 탄소중립세

　　금융기관 · 금융공기업 편 Chapter 29. 기후변화와 환경규제

　　국내이슈 편 Chapter 14. 신재생에너지

2. 우리나라가 초고령 사회에 진입한 상황에서, 보험료율은 낮고, 소득대체율은 그에 비해 높다. 그러나 실질적인 체감이 높지 않으니, 소득대체율을 더 높이는 개혁을 하자. 이에 관해 복수의 근거를 바탕으로 자신의 주장을 개진할 것.

　→ 이것이 금융논술이다 8.0 관련 논제 수록

　　국내이슈 편 Chapter 19. 고령화와 1인 가구 증가

　→『이것이 금융논술이다 5.0』관련 논제 수록

　　금융기관 · 금융공기업 편 Chapter 13. 국민연금개혁

▶ **2023년 '신보' 논술 택 1 기출문제**

1. 부실채권과 연체율이 급증하고 있다는 기사를 주고, 부실기업을 다양하게 정의하고 부실기업을 예측할 수 있는 여러 방안을 제시해보라.

2. ESG 중 G는 잘 실현되지 못하고 있는데, 중소기업의 G에 대해 논하고 기업의 대리인 문제와 엮어서 논하라.

　→ 이것이 금융논술이다 8.0 관련 논제 수록

　　금융기관 · 금융공기업 편 Chapter 19. ESG경영과 금융의 역할

　→ 이것이 금융논술이다 7.0 관련 논제 수록

　　국제이슈 편 Chapter 13. 글로벌 금융기관의 ESG경영과 그린워싱

▶ **2023년 '한국증권금융' 기출문제**

1. SVB 사태 과정을 미국채권시장을 이용해서 설명. 예금보호 한도상향을 은행에서 위험을 감수하며 하려는지?

　→ 이것이 금융논술이다 8.0 관련 논제 수록

　　금융기관 · 금융공기업 편 Chapter 2. SVB사태와 우리의 대응방안

　　금융기관 · 금융공기업 편 Chapter 9. 디지털 런

2. 가계부채 증가 환경 그것이 거시경제에 미치는 영향 금융기업의 대응책. 한국과 일본의 잃어버린 30년 유사점과 차이점은?

　→ 이것이 금융논술이다 8.0 관련 논제 수록

　　국내이슈 편 Chapter 8. 가계부채 종합대책

▶ **2023년 '농협손보' 논술 기출문제**

- 한 · 미 경제당국은 2022~2023년 기준금리를 조정하였다.

　뉴스 도표(한 · 미 최근 2년 기준금리 변화)를 보고,

1) 기준금리가 의미하는 바는 무엇인지 기술하시오.

2) 한·미가 2022~2023년 기준금리를 올린 이유는 무엇인지, 영향은 무엇인지 기술하시오.

3) 향후 한국의 금리 변화가 어떻게 변화할 것 같은지 작성자의 의견을 기술하시오.

→ 이것이 금융논술이다 8.0 관련 논제 수록

국제이슈 편 Chapter 1. 2023 미국경제

국제거시 편 Chapter 12. 한·미 금리역전

국제거시 편 Chapter 2. 부채위기

국내이슈 편 Chapter 2. 한국경제의 하방리스크

→ 이것이 금융논술이다 7.0 관련 논제 수록

국제이슈 편 Chapter 1. 인플레이션

▶ **2023년 '농협은행' 5급 논술주제 기출문제**

- 미국과 한국의 금리인상 원인 및 배경과 한국의 금리전망.

→ 이것이 금융논술이다 8.0 관련 논제 수록

국제거시 편 Chapter 1. 2023 미국경제

국제거시 편 Chapter 12. 한·미 금리역전

국제거시 편 Chapter 2. 부채위기

국내이슈 편 Chapter 2. 한국경제의 하방리스크

→ 이것이 금융논술이다 7.0 관련 논제 수록

국제거시 편 Chapter 1. 인플레이션

▶ **2023년 하반기 '산업은행' 논술 기출문제**

가)와 나)의 시사점과 다)의 관점에서 해결책을 제시하시오.

가) 지문의 내용 : 일과 가정의 양립을 위해 노동자들은 유연한 근로형태를 요구한다.

나) 지문의 내용 : 생산성의 저하로 기업은 재택근무를 축소하고 있다.

다) 지문의 내용 : (이스라엘과 이집트의 사나이 반도 협정 내용) 갈등의 해결을 위해서

는 표면적인 갈등 내용보다는 본래의 목적과 이해관계에 집중해야 한다.

→ 이것이 금융논술이다 8.0 관련 논제 수록

국내이슈 편 Chapter 15. 주4일 근무제와 재택근무

사실, 지문 다) 시나이 반도 사태는 금융논술 총론반에서 그 의미를 명쾌히 설

명한 바가 있다. 이스라엘 시나이 반도의 이집트 반환의 의미는 "실리"의 중요

성을 강조한 것이라 설명했는데, 이 부분이 그대로 나와서 수강생들의 감사하

다는 문자를 많이 받았다.

▶ **2023년 'SGI서울보증' 기출문제**

1. 한국의 가계부채 현황을 설명하는 지문.

1-1) 가계 부채 증가의 원인을 설명하고 이것이 거시경제에 미치는 영향을 서술하

라. 그리고 이에 대한 금융기관의 대처방안은?

→ 이것이 금융논술이다 8.0 관련 논제 수록

국내이슈 편 Chapter 8. 가계부채 종합대책

1-2) 일본의 잃어버린 30년 진입 시 경제 상황과 우리나라의 현재 경제 상황을 비교

해 공통점과 차이점을 서술하라.

→ 한ㆍ일 경제비교는 2014년 <이것이 금융논술이다>에 수록되었다. 10년이

지난 논제였다. 총론반에서는 일본경제와 한국경제를 꼭 비교한다. 공통점

도 많지만 차이점도 극적이기 때문이다.

2. 서울보증이 할 수 있는 비금융생활플랫폼을 제시하라.

→ 이것이 금융논술이다 8.0 관련 논제 수록

금융기관ㆍ금융공기업 편 Chapter 11. 생활금융 플랫폼

1. 그러면 슈페리어뱅커스의 <이것이 금융논술이다> 교재에서 출제빈도가 높은 이유는 무엇일까?

그 이유는

첫째, 금융기관 12년 경력자(특히 여신업무와 특수금융)의 시각에서 논제 선정부터 남다른 고민을 하기 때문이다. 최근 여타 금융논술을 공부하시는 분들을 보면, 필자가 볼 때 출제 가능성이 현저히 떨어지는, 지엽적인 주제들을 가지고 공부하고 있는 모습을 많이 보았다. 과거 10년간 기관별 논술기출들의 흐름과 당시 시대상을 고찰해보면, 나올 가능성이 높은 주제들은 의외로 잘 예측되며, 집약 되어진다.

둘째, 구체적으로는

1) 이슈가 미칠 여파의 영속성

2) 이슈가 미칠 여파의 기관별 차별성

3) 이슈가 미칠 여파의 대응가능성

4) 이슈 자체의 명료함

5) 이슈 자체의 중요성

순으로 논제를 분류한 후, <이것이 금융논술이다>에 수록할 주제인지 선정하기 때문이다.

쓸데없는 주제, 죽었다 깨어나도 금융논술로 출제되어지지 않을 주제들로 씨름하는 일을 줄였으면 하는 바램이다. 그리고 이러한 주제들은 논술뿐만이 아니라, 면접에서도 거의 다뤄지지 않는 경우가 많다. 좋은 논제를 제대로 공부하는 것이 중요하다. 사람들은 자기가 자신 있는 분야, 그리고 흥미로운 분야부터 공부하고 싶어하고, 출제되어지기를 바라지만, 현실은 그렇지 않다. 냉철한 주제선정이 중요하다.

셋째, 중요한 주제가 꼭 금융논술에 잘 출제 되는 것만은 아니다. 2014년과 2022년은 유사한 해이다. 바로 미국 금리정책의 전환기라는 점이다. 상당히 중요한 주제임에도 불구하고, 2014년과 올해 상반기에 거의 논술로 출제되지 않은 이유에 대하여 고찰하실 필요가 있다. 금융논술은 중요성과 출제시기 사이에 일종의 기간 사이클이 존재하기 때문이다. 금융논술은 시계가 존재하며, 면접은 적시성이 지배하는 경우가 많다.

2. 그러면 어떤 자료들로 금융 논술 공부를 하시는 것이 좋을까? 물론 개인적으로는 <이것이 금융논술이다>시리즈를 추천한다.

그리고 그 외

1) 경제신문이나 신문으로만 공부하는 것은 결코 좋은 방법이 아니다. 물론, 신문을 보는 것은 권한다. 하지만 신문으로만 공부하면 안 된다는 의미이다.

그 이유는

- 쓸데없는 것까지 공부하게 만드는 주범이 신문이기 때문이다. 수많은 기사들을 공부하는 것은 스트레스만 가중되면 헛고생의 결과를 낳기 때문이다.
- 신문은 기자들이 독자를 위해서 쓴 글이다. 따라서 금융논술을 준비하는 취준생에게는 맞지 않는 글이다.
- 기사라는 특성상 문제제기 단계 또는 현상 설명 단계에서 끝나는 경우가 대부분이다.
- 사건이나 정책에 대한 편향성을 키울 우려가 높다

2) 신문 구독은 금융논술 공부를 하시는 분에게는 안테나 같은 역할로써 충분하다. 이를 바탕으로 심화 학습을 하는 것은 효과적이지 못하다. 다만, 어떤 정보들이 어떻게 진행되고, 탄생되는지 정도만 인식하면 된다. 기사 스크랩. 노력 대비 크게 의미 없는 준비로 보인다.

3) 그러면 어떤 자료가 좋은가?

정답을 말하자면 연구소 자료들을 위주로 공부할 것을 권한다.

신문 기사가 가지고 있는 한계점들을 연구소 자료들은 대부분 극복하기 때문이다.

chapter 03 | 금융논술, 어떻게 공부해야 하는가?

1. 체계화 하라

사실 <체계화>는 비단 금융논술 준비에만 적용되는 것은 아니다. 자소서, 필기, 면접 전형 등 모든 전형에서의 가장 큰 핵심은 체계화에 있다고 할 수 있다. 여기저기 뿌려대면서 공부하는 지원자가 있고, 한 곳으로 모으면서 공부하는 지원자가 있다. 그리고 그 차이는 나중에 당락을 결정지을 정도로 격차가 커지게 된다. 체계화는 그만큼 중요하다.

그렇다면 금융논술에서의 체계화는 어떤 방식으로 하는 걸까?

1) 논제의 분류 및 체계화

• 논제의 분류

1단계 : 국제 / 거시경제 / 금융 / 국내제도 / 국내경제 / 국내사회

2단계 : 국제 – 핵심이슈 / 배경이슈

거시경제 – 긍정적 현상 / 부정적 현상

금융 – 편의성 / 안정성 / 정책성

국내제도 – 법적 파급력 / 경제적 파급력 / 금융적 파급력

국내경제 – 거시경제 측면 / 신규제도 측면

국내사회 – 주요이슈 / 최신이슈

이런 방식으로 카테고리를 설정한 후, 논제들을 학습할 때마다 해당 카테고리에 포지셔닝 한다.

- 성격적 분류 : 논술출제용 / 면접대비용 분류
- 목적의 분류 : 논리 / 논거 분류

예를 들면, 한국의 재정건정성과 관련된 논제라고 한다면

거시경제이슈 – (긍정에서 부정으로 이동 중) – 면접대비용 – 논거

이런 식으로 분류하는 것이다. 물론 재정건전성은 지금 변화중인 이슈이다. 주로 면접용으로 또는 논거로 많이 활용되지만, 중요도가 증가함에 따라 논술전형에 나올 가능성이 높아지고 있는 이슈이기도 하다. 이렇게 논제별로 분류를 하시며 중요도를 rating하시는 습관을 들일 것을 권한다.

2) 체계화의 편익

- 카테고리별 분류를 통한 카테고리 이슈들의 상관관계와 중요도 여부가 판단 가능하다.
- 카테고리별 학습은 공부의 효율을 높인다. 예를 들면 금융이슈 중 편의성과 관련된 카테고리 내의 논제들은 유사점이 높기 때문에, 한번에 다양한 논제를 독파할 수 있다.
- 논리와 논거를 구분함으로써 논술작성에서 명쾌한 문장을 가능케 한다.
- 논술용과 면접용 주제들이 분리되어 있어 마지막 학습에서 최대한의 효과를 내게 된다.

2. 다르게 생각하기(Think different)

많은 금융논술 준비생들은 금융논술이 정답이 있다고 생각한다. 그러다 보니 획일적이고 정형적인 글들이 많이 나온다. 정답만 추구하다 보니 생기는 문제이다. 하지만 금융논술은 <상당 부분 정답을 지향하는 전공논술>과는 그 성격이 확연히 구분된다. 과거 수립된 이론이나 정설을 주로 다루는 전공논술들과는 달리, 금융논술은 현재의 이슈들이 출제된다. 즉, 현재의 문제점들을 어떻게 인식하고 있으며, 어떤 통찰력을 가지고, 어떤 대안을 제시할 수 있느냐의 싸움인 셈이다.

따라서, 현재 부각된 이슈들에 대해서 천편일률적인 방식으로 접근하는 것은, 스스로 경쟁력이 떨어지며 구성의 오류에 빠지는 맥 빠진 논술이 되는 경우가 많다.

예를 들면, 탄소중립이라는 논제가 제시되었다고 한다면,

많은 지원자들이 탄소중립은 항상 좋은 것, 그리고 이를 위해서라면 무엇이든 포기해야 할 것만 같은 절대 맹신의 대상으로 탄소중립을 인식하고 천편일률적인 논리를 많이 전개한다. 전형적인 획일적인 사고 방식이다.

탄소를 나쁘게만 보고, 악마화 하는 분위기에 경도된 것이기 때문이다.

탄소가 나쁘기만 한 것일까? 지구온난화는 탄소가 주범일까?

공부를 해보면 반대 논리들도 상당히 많음을 알 수 있다.

– 과거 80만 년간 지구 기온과 대기 분석 결과를 보면, 지금이 오히려 저탄소시대라는 점

– 지구의 기온과 탄소량의 상관관계를 명쾌히 과학적으로 증명한 논문이 없다는 점

– 오히려 태양의 흑점활동이 지구의 해빙기와 간빙기를 설명함에 더 일치한다는 점

– 탄소는 오히려 식물의 생장과 밀접한 연관이 있어, 저탄소가 되면 식량난이 생긴다는 점

– 코로나로 과거 2년 간 전 세계 공장이 상당 부분 멈추며 탄소배출을 줄였음에도 지구기온 상승이 멈추지 않는다는 점

등 반대논리들도 만만치 않다.

뿐만 아니라, 탄소중립은

– 기업들의 통제수단으로 악용될 수 있다는 점

– 무역장벽으로 선진국들이 후진국들을 통제하기 위한 수단이 될 수 있다는 점

– 그린플레이션을 야기시킬 수 있다는 점

등의 문제점들도 내재되어 있다.

한 쪽의 시각으로만 사건을 바라보는 편협함은 논술작성자, 더 나아가 여신과 투자업무를 주로 하는 금융인들은 지양해야 할 중요한 덕목이다.

어떤 주제들을 접하더라도 여러분 스스로 반론과 다른 시각을 고민해 보아야 한다. 어떤 사건이나 현상도 긍정적인 면과 부정적인 면이 상존한다. 이를 꿰뚫는 시각이 금융논술을 공부하는 취준생들에게는 꼭 필요한 요소이다. 모두의 생각이 같다면 이는 한 명도 생각하지 않은 것이라는 말을 되새기기 바란다.

체계화 작업, 그리고 항상 이견들 또는 소수의견들에 대한 내용까지 숙지한 후, 각각의 논제들을 공부해 나가면 된다. 각각의 논제들을 공부하는 왕도는 결국 꼼꼼히 실제 논술들을 작성해 보는 것이다. 그러면 어떤 방법으로 작성해보시는 것이 좋을까?

3. 본격적으로 작성하기

1) 연습은 오픈북으로

많은 금융공기업이나 은행 취준생들의 학습방법은

첫째, 한 가지 논제를 선정한 후 공부를 한다.

둘째, 연습논술 작성을 마치 모의논술 보듯이 작성하는 경우를 많이 보았다. 즉, 시험

보듯이 공부했던 각종 자료들을 덮어놓고 작성해 나간다.

하지만 이런 모의 논술식 작성 방법은 좋지 않다,

그 이유는

- 논술실력 중 표현력과 어휘력은 상당히 중요하기 때문이다. 공부했던 자료들을 덮어 놓고 작성을 하면, 본인들이 잘 쓰는 표현력과 어휘력만이 논술에서 공전하게 된다. 즉, 문장력의 개선은 거의 기대하기 어렵다.(당연히 어휘력과 표현력도 정체된다)
- 지식 축적의 효과가 반감되기 때문이다. 필사도 내용에 대한 공부의 한 방법이다. 한 번 공부하고 이를 완벽히 쓰는 것은 쉽지 않다. 내용을 다시 확인한다는 마음가짐으로 오픈북으로 필사하는 연습도 필요하다.

따라서 "모의논술식 연습"은 시험 1~2주일 전 정도에 1~2회 정도 연습하면 충분하다.

2) 논술작성 시간 측정은 어느 정도 실력이 올라왔을 때 시작하자

금융논술 실전에서 가장 중요한 것 중 한 가지는 시간관리다 즉, 제한된 시간 내에 완성논술을 써야 한다. 많은 지원자들의 논술의 한계점은 용두사미 논술이라는 점이다. 서론은 장황하고, 결론은 빈약하다. 금융논술의 핵심은 결론이다. 왜냐하면, 금융논술은 현재의 이슈에 대한 방향성이라는 통찰력을 요구하는 경우가 많기 때문이다. 통찰력은 본론이 아닌, 결론에서 꽃을 핀다.

따라서, 완성논술을 쓰느냐 아니냐는 채점에서 중요하게 보는 요소가 된다.

완성논술의 방해요인은 장황한 서론과 복잡한 본론에서 기인한다. 장황함과 복잡함은 금융논술에서 절대 피해야 할 것이다.

- 논리의 반듯함
- 논거의 명쾌함

이 2가지가 금융논술에서의 핵심요소다

금융논술 첨삭을 진행하다 보면, 대개는 8회~10회 정도 글을 쓰면 상당히 글이 좋아진다. 따라서, 8 ~ 10회 연습 때까지는 시간제한 없는 글 써보기, 8 ~ 10회 이상부터는 제한시간을 정하고 글을 써보는 것이 중요하다.

3) 금융논술 약속시간을 정하라

금융논술 작성은 최소 매주 1~2회 정도 연습하시는 것이 좋다. 매주 요일과 시간대를 정한 후, 그 시간이 되면 논술을 작성하는 방법을 권한다. 예를 들면, 매주 목요일 저녁 7시부터는 금융논술작성 시간으로 정하고, 그 시간만큼은 무조건 금융논술 연습에 집중하길 바란다.

chapter 04 | 금융논술 사례 학습

이제는 실제 완성된 금융논술 사례를 통해, 금융논술을 준비하는 취준생들이 꼭 알고 유의해야 하는 사항들에 대해 공부해 보자.

01 주제1

논제는 <조선 · 해운업 구조조정과 관련한 산업은행의 정책적 방향에 대하여 논하라.>이다.

당시 이 논술은 언론계 기자 출신의 금융공기업 지원자가 작성한 논술이다(2016년 완성본).

이 논술의 경우, 구조조정 전문기관으로 자리매김하고 있는 산업은행을 대비한 논술로써, 소재가 다소 산업은행에 국한된 주제이긴 하지만, 작성 기법과 관련 긍정적인 부분과 부정적인 부분이 극단적으로 나뉘는 논술이라, 금융논술 작성 요령을 숙지하시기 좋은 사례이다.

조선 · 해운업 구조조정과 관련한 산업은행의 정책적 방향에 대하여 논하라.

이익의 사유화, 손실의 사회화는 없었다. 이번 한진해운 법정관리의 한줄평이다. 채권단을 만족시킬 자구안이 마련되지 않았기 때문에, 수천억 원이 넘는 국민 혈세를 투입하지 않기로 결정됐다. 재량대로 한진해운 손을 들어줄 수도 있었지만, 정부와 산업은행은 원칙과 준칙에 충실했다. 결국 국내 1위의 해운사는 법정관리 수순을 밟게 된 것이다. 그에 따라 40년 넘게 쌓아온 해운사 전통도 역사의 뒤안길로 사라졌다. 구조조정 원칙에 따라 대마불사도 통하지 않게 된 것이다.

물론 아쉬움도 있었지만 정부와 산업은행은 형평성에 따라 국민 혈세를 낭비하지 않겠다는 의지를 끝까지 관철시켰다. 이번 선례는 기업인들의 역선택과 도덕적 해이에 따끔한 회초리가 될 것으로 보인다. 이에 본고는 앞으로의 문단을 통해 구조조정 원칙의 중요성과 산업은행의 역할론을 논의해 보고자 한다.

1. 구조조정 원칙의 중요성

정부 재량이 아닌 준칙과 원칙에 따라 구조조정을 해야 하는 이유가 있다.

첫째, 최적정책의 동태적 비일관성이다. 노벨 경제학상을 받은 프레스캇은 정부정책이 시시각각 바뀔 유인이 있다고 주장했다. 테러범과의 협상 사례는 이를 뒷받침 한다. 문제는 재량에 따른 비일관적인 정책이 경제주체들의 신뢰를 잃게 만든다는 것이다. 구조조정에도 일정한 원칙이 없다면 도덕적 해이만 키울 우려가 있다.

둘째, 경제주체들의 합리적 기대가설 때문이다. 민간이 합리적 기대를 한다고 가정하면 정책당국이 긴축적 통화정책을 실시할 때, 고통 없이 디스인플레이션을 할 수 있다. 구조조정도 같은 맥락이다. 이번 한진해운 사태에서도 구조조정 원칙을 신뢰했었다면 채권단이 내놓은 자구책을 마련해왔을 가능성이 있다. 해운계 안팎에서 이번에도 대마불사를 운운했다는 사실은 널리 알려진 내용이었다.

마지막으로 자기실현적 요인에 따른 불확실성 증가다. 정부가 준칙이 아닌 재량에 의존할수록 정책 결과를 예측하기 어려워진다. 이는 민간의 기대부가 변동성을 확장시키는데, 정책 결과의 불확실성을 높일 수 있다. '루카스 비판'의 내용과 같이 전통적인 정책모형은 무력화될 수 있다. 변동성과 불확실성의 증가는 정부정책의 실효성을 낮출 우려가 있다. 위와 같은 이유들 때문에 구조조정 매스에는 일정한 원칙이 필요하다.

2. 산업은행의 역할론

첫째, 산업은행은 기업 구조조정의 산증인이자 산파이다. 국가 산업 육성을 위해 출범한 산업은행은 지난 1960년부터 국내 주요 기업들에 자금을 대출해주면서 우리 경제의 고도성장을 이끌었다. STX부터 한진해운까지 수십 여건에 달한다. 외환위기 이후에는 채권단을 이끌며 기업 구조조정을 진두지휘하고 있다. 재무구조가 부실한 기업은 재무구조 개선을 유도하고, 회생 불가능한 부실기업은 퇴출시키고 있는 것이다. 그 중에서도 대우중공업은 성공사례로 꼽히고 있다.

둘째, 산업은행은 국가 성장 동력을 예측하고 산업 재편에 앞장서야 한다. 앞서 정부와 산업은행은 3단계 구조조정 트랙을 내놓았다. 조선과 해운 등 1단계의 경기 민간업종은 채권단 위주로 개별처리하고, 신용등급이 C, D 등급인 부실징후 기업은 상시 구조조정을, 철강과 석유화학 등 공급과잉업종인 3단계는 선제적으로 구조조정에 나서겠다는 취지다. 미래가 불투명한 전통 주력 산업들을 정리하는 한편 미래 먹거리 산업 분야에 대한 지원을 늘리겠다는 것이 주요 내용이다. 앞서 산업은행은 기업은행과 7,200억 원 규모의 '글로벌파트너십 펀드'를 조성해 벤처생태계를 지원하고 있는데, 앞으로의 귀추가 주목된다.

셋째, 산업은행은 기업과 정부와 소통하며 경제발전의 마중물이 돼야 한다. 산업은행은 한국산업은행법에 따라 1954년 설립된 특수법인이다. 기업대출과 정책금융 등이 주요업무로 건전한 신용할당을 바탕으로 경제 곳곳에 유동성을 공급하고 있다. 정책금융의 맏형으로 경제 흐름을 읽고 성장 동력에 아낌없이 투자해야 한다.

결론

바둑 위기관리 10계명에는 '동수상응'이란 단어가 있다. 국지적으로 악수인 것이 판 전체적으로 호수가 될 수도 있고, 그 반대로 국지적으로 호수인 것이 결국 악수가 될 수 있다. 중요한 것은 작은 일에 일희일비하지 않고 판 전체를 조망하며 원칙에 충실해야 한다는 점이다. 해운업계 구조조정 역시 동수상응의 지혜로 풀어야 한다. 국민 혈세를 낭비하지 않겠다는 원칙하에 자체적으로 생존할 수 있도록 조력자의 역할에 앞장서야 한다.

전반적으로 보았을 때, 높은 점수를 받을 수 있는 논술이다.

그러면 긍정적인 부분부터 살펴보자.

1. 간결체 문장

서론을 위주로 전체적으로 간결체의 비중이 높다. 간결체는 만연체에 비해 상당히 많은 장점이 있다.

- 내용 전달이 용이하다.
- 문법적 오류를 줄인다.
- 역동적인 글이 되게 한다.

2. 병렬식 구조

증점식 구조인 [우선, 그리고, 또한]으로 글을 산개하지 않고, 병렬식 구조인 [첫째, 둘째, 셋째]로 체계적으로 본론과 결론을 구성했다.

- 가독성을 높인다.
- 형식이 내용을 보완한다.
- 논리와 논거의 구조가 깔끔하다.

3. 논거에 대한 군더더기가 없다.

본론을 보면, 주 논리는 [구조조정에도 원칙이 필요하다] 이며 3가지 논거를 제시했다. 논거에서 프레스캇이 누구인지. 합리적 기대가설이 무엇인지. 디스인플레이션이 무엇인지. 루카스 비판이 무엇인지. 굳이 불필요한 설명을 하지 않았다.

- 논리는 논거를 보완하는 내용으로, 논거에 집중하다 보면 자칫 논리에서 멀어지는 글이 될 수 있다.
- 본론에서 복잡한 논거들까지 해설하고, 그 과정에서 인과관계까지 모두 설명하려 하면 결론 쓸 시간을 뺏기게 된다.

반면 부정적인 부분은

- 서론이 양이 많다.
- 서론은 실제 이것보다 더 줄이시는 것이 좋다. 항상 안 좋은 글은 서론이 길다.
- 서론에서 미리 의견을 한 마디 정도로 제시하는 것은 나쁘지는 않지만, 굳이 감정적 표현이 들어갈 필요는 없다.

4. 구조의 모호성

- 이 논술의 전체구조를 보면 글쓴이가 <본론 2>로 주장한 것은 실질적인 결론이다. 산업은행의 정책정 방향성이므로 이를 본론으로 보기는 쉽지 않다.
- 그런 경우, 본론은 <본론 1>만 구성되는데, 이런 경우 본론이 빈약하다는 문제가 생긴다. 실제 본론이 논리와 논거 3개로만 구성되어 있다 보니, 좀 더 많은 쟁점들을 다루지 못했다.
- 일반적인 구조가 아니라 이형적인 구조이다.

5. 요약형 결론

- 시간을 다투는 금융논술 전형에서는 굳이 요약형 결론을 제시할 필요가 없다.
- 중언부언의 느낌만 강하다.
- 주의환기 쿠션 문장들이 필요해지므로 번거로워진다.

02　주제 2와 3

　두 편의 논술 사례를 공부할 것이다. 이번 논술은 금융감독원 대비 논술 주제이며, 한 명이 작성한 글이다.

먼저 말할 것은

1. 이 글을 작성한 학생은 근 1년 간 필자와 함께 논술첨삭을 진행했던 지원자이다. 매주 1편씩 논술을 작성한 후, 검토를 받는 형식으로 진행되었다. 강조하고 싶은 바는, 금융 논술 준비는 꾸준함이 중요하다는 점이다. 최근 시중에서는 마치 금융논술을 단시간에 준비 가능하다는 식의 주장들과 글들을 보았는데, 이는 큰 오산이라 말하고 싶다. 철학자 헤겔은 질적 개선은 양적 투입이 선행되어야 한다고 했다. 금융논술 또한 마찬가지이다. 꾸준함이 <뛰어남>을 견인한다. 합격의 확률을 최대한 끌어 올리기 위해서는 경쟁자들보다 뛰어난, 그리고 차별화를 극대화시키려는 노력과 의지가 강해야 한다. 그냥 남들 수준으로 쫓아가겠다는 전략은 상당히 위험한 전략이라고 말하고 싶다.

　참고로 이 학생은 1년 이상 시간 동안 금융감독원 관련 논문들과 학술지까지 여기저기를 모두 뒤지며 공부를 했다. 스스로 합격의 의지를 불태웠다고 생각한다.

2. "남들도 나 정도로 준비하고 있을 것이다. 경쟁자도 나처럼 대응할 것이다." 상당히 안일한 생각이다. 실제 전쟁사를 공부하면, 패전하는 모든 장군들이 보이는 공통적인 생각이, 상대방도 나처럼 생각하고 준비할 것이라는 안일함에 빠져있다는 점이다. 패전하는 장군들이 하나같이 바보들이라서 졌을까? 그렇지가 않다. 그저 평범하게 대응했기 때문이다. 반면에, 승리자는 패전하는 사람들의 평이한 대응, 이 정도면 된다는 안일함을 항상 뛰어 넘는다. 금융논술 준비도 마찬가지이다. 대부분 금융공기업을 준비하는 지원자들은 전공필기를 공세적으로 준비하며, 여기서 격차를 벌리겠다고 생각하고 금융논술 준비는 수세적으로 준비한다. 안일한 대응 방안이라 생각한다. 합격에 대한 열망이 강한

지원자들일수록 반대로 생각한다. 금융논술 준비를 공세적으로 준비해 최대한 격차를 벌린다. 그리고 전공필기 공부를 남들 수준으로 준비한다. 누구의 생각이 옳을 것 같은가? 우리는 쉽게 점수화되고 명확한 결과가 나오는 전공필기가 당락을 결정지을 것 같지만, 금융공기업을 준비하는 친구들의 전공필기 성적은 표준 돗수분포표에서 벗어나지 않는다. 편차가 크지 않다는 말이다. 반면, 수치화가 어려울 것 같은 금융논술이다 보니, 점수가 명확하지 않을 것이라는 애매모호함으로 인해 논술에서의 편차는 작을 것이라 착각하지만, 실상은 직접적 효과(점수의 편차)와 간접적 효과(자소서 + 면접 대응)까지 감안한다면 금융논술에서의 편차는 절대 무시할 수 없다는 것을 알아야 할 것이다.

> 미국과의 금리역전현상이 한국경제에 미칠 수 있는 영향과 정책당국(금융감독원)의 대응방향을 논하시오.

서론

2018년 03월 미국 연방준비제도(FED)가 출구전략의 일환으로, 기준금리를 1.50 ~ 1.75%로 인상하면서 한국은행 기준금리 1.50%를 초과하는 한미 금리역전 현상이 발행했다. 한국은행은 올해 두 차례 정도의 금리인상만을 예고하고 있어 금리역전 현상의 장기화에 대한 우려의 목소리가 높은 상황이다. 따라서 본고는 1. 금리역전 현상의 배경, 2. 한국경제에 대한 영향, 3. 금융감독원의 대응방향에 대해 분석하겠다.

본론

1. 금리역전현상의 배경과 한국경제에 미치는 영향

가. 한미 금리역전현상의 배경 – 출구 전략(Exit Strategy)

2008년 글로벌 금융위기에 대한 대응방안으로 미국 연준은 ① 양적완화 ② 오퍼레이션 트위스트 ③ 공개구두정책으로 대표되는 비전통전(new normal) 통화정책을 시행하였다. 특히 주택담보부증권(MBS) 매입을 포함하는 양적완화 정책의 시행은 중앙은행의 최종대부자 기능에 대한 신뢰 촉진으로 조속한 자산시장 안정화를 가져왔다는 평가와 함께, 향후 인플레이션에 대한 우려와 중앙은행 대차대조표 상 위험노출 증대를 가져와 출구전략의 조속한 시행 필요성을 높이는 유인으로 작용했다. 출구전략은 양적완화의 축소(테이퍼링 : tapering) → 금리인상 → MBS 매각 의 3단계로 이루어지며, 현재의 금리 인상은 2단계에 해당한다.

2. 한미 금리역전현상이 한국경제에 미치는 영향

미국의 금리인상은 크게 ① 단기외화 유출리스크 증대 ②총 수요 위축 측면에서 한국경제에 위협요인으로 작용할 수 있다.

첫째, 미국 금리 인상은 한국 외환시장에서 단기외화 유출리스크를 증대시킨다. 비록 높은 수준의 재무건전성, 지속적 경상수지 흑자에 따른 상당한 규모의 외환보유고 축적, 민간과 국가의 대외순자산 증가로 인한 순채권국가로의 지위확보 등을 이유로 자본유출 가능성이 크지 않다고 판단하더라도, 세계 경기흐름의 변경과 달러-캐리 트레이드의 지속적 청산에 따른 해외 국가들의 금리 인상 등과 같은 세계적 추세에 한국경제가 영향을 받지 않을 수는 없다. 단기외화 유출리스크 증대는 만기불일치(maturity mismatch)와 유동성불일치(Liquidity mismatch) 문제를 심화시켜 유동성 위기와 나아가 지급불능위기 가능성을 증대시킨다. 이는 거시경제 기초변수에 이상이 없음에도 경제주체들의 기대변화만으로도 금융위기가 발생 가능한 자기실현적(Self-fulfilling) 금융위기 가능성이 증대했음을 의미한다. 따라서 미국 금리 인상은 금융의 효율적 자원배분기능을 약화시키고, 실물경제에 악영향을 초래할 수 있는 시스템리스크로의 전이 가능성이 존재한다.

둘째, 미국 금리 인상은 한국경제에 총수요 위축을 가져올 수 있다. 유위험이자율평가설(UIRP)이 성립한다는 가정 하에 미국 금리 인상은 한국의 금리 인상과 환율 상승으로 이어진다. 금리 인상은 비거치식 변동금리부 가계대출의 이자부담을 증대시켜 가계의 소비감소와, 한계기업의 자금조달 및 원리금 상환에 애로사항으로 이어져 투자의 감소를 가져올 수 있다.

이는 부채축소(디레버리징)을 위한 자산매각을 부추겨, 자산가격 하락에 따른 부동산 시장의 붕괴와 실질적 채무부담이 증가하는 부채-디플레이션(debt deflation)을 유발할 수 있다. 환율 인상은 로빈슨-메츨러 안정조건이 충족되는 상황에서 경상수지의 증가를 가져오지만, 수입 원자재 및 생필품 가격 상승으로 인한 기업 생산성 저하 및 취약계층의 소비부담으로 이어질 수 있다. 또한 금융기관과 기업의 외화채무 원리금 부담을 증대시키는 외채잔고 효과를 유발하게 된다.

결론적으로, 미국 금리인상은 거시경제기초변수의 조그만 변화에도 경기변동을 크게 유발하는 와블링 이코노미 현상과 금융시스템의 경기순응성 문제를 심화시킬 것으로 판단된다.

3. 금융감독원의 대응방안

금융감독당국은 미국금리 인상이 시스템리스크로 전이되지 않도록 다음 4가지 측면에서 선제적 대응방안을 마련할 필요가 있다.

첫째, 거시위기상황분석(Macro stress test)의 실시가 필요하다. 현재 은행을 비롯한 금융기관에서 시행하는 위기상황분석은 단순 충격이 미치는 효과를 거시계량지표를 통해 분석하는 단순민감도 분석이다. 따라서 금융감독원은 시나리오 상황을 설정하여 금리인상 충격이 금융기관과 금융시장에 총체적으로 미칠 수 있는 영향을 분석하는 시나리오 분석을 통해, 금융기관의 비상대응체계(Contingency Plan) 재정비를 보조할 필요가 있다. 이러한 위기상황분석을 하향식(Top-down) 스트레스 테스트라고도 하는데, 이는 위기 발생시 군집행동(herding)으로 인한 구성의 오류(fallacy of the composition) 완화에 기여할 수 있다.

둘째, 파생상품에 대한 관리 및 감독을 강화해야 한다. 지난 KIKO 사태는 잘못된 환헷징 기법을 사용할 경우, 오히려 기업의 도산확률을 증대시킬 수 있음을 보여주었다. 따라서 파생상품의 복잡성, 거래 규모 등에 따라 차등화된 관리 및 감독 방안을 마련하여 이와 같은 위험을 사전에 방지하여야 한다.

셋째, 중소기업의 자금조달 애로사항을 적극적으로 해결할 필요가 있다. 금리 인상에 따른 자금 조달에 문제가 생길 것으로 예측되기 때문에, 은행과의 관계형 금융(Relationship finance)이 지속될 수 있도록 상시적인 점검이 필요하다. 또한 중소기업 애로상담센터를 활용하여 자금조달과 관련된 문제를 해결할 수 있도록 보조하며 금융기관이 합리적인 금리산정 체계를 갖추고 있는지 점검하도록 한다.

마지막으로, 외화LCR 규제(규제비율 : 80% 이상)의 준수가 필수적이다. 외화 LCR은 바젤은행감독위원회(BCBS)의 바젤 Ⅲ에서 권고하는 외화유동성 관리지표로써, 스트레스 상황 (신용등급 3단계 이상 하락, 담보할인율 증가, 무담보 도매자금 조달능력 감소 등)에서 외화유동성 상황을 점검하기 위한 것이다. 즉, 30일간 발생할 수 있는 외화유출액 대비 고유동성 자산을 80% 이상, 금융기관이 확보하도록 함으로서 단기외화유출 리스크를 관리해야 한다.

📈 결론

2008년 글로벌 금융위기를 최전방에서 진화하는 역할을 수행한 티모시 가이트너는 그의 저서 '스트레스 테스트'에서 금융위기를 화재에 비유하며, 금융감독당국을 언제든 그러한 화재를 진압할 수 있는 도구를 갖춰야 하는 소방관에 비유하였다. 사실 화재는 발생하지 않는 것이 최선이다. 더욱이 그 것이 예측 가능하고 선제적 대응이 가능한 경우는 특히 그러하다. 그린스펀 풋으로 대표되는 사후청소전략이 2008년 글로벌 금융위기라는 세계적인 대화재를 일으킨 주요 원인 중 하나라는 사실을 잊지 말아야 한다. 따라서 금융감독당국은 여러 관계기관들과 선제적으로 대응체계를 조율해가는 Policy mix를 시행함과 동시에 필요한 경우 적절하게 대응하되, 그것이 과잉 또는 과소대응이 되지 않도록 주의를 기울일 필요가 있다.

첫 번째 논술주제는 [한-미 금리 역전 현상]과 관련된 주제이다.

[금리역전] 현상은 보통 2가지 측면에서 주제를 잡고 공부를 한다. 첫 번째는 [한-미 금리역전]이고 두 번째는 [장-단기 금리역전]이다. 둘 다 중요한 주제이긴 하다. 하지만 [장-단기 금리역전]은 일시적 현상일 가능성이 높고(논제의 영속성이 떨어진다는 의미이다) 미래경제에 대한 예측의 가늠자 정도의 역할이기 때문에 실전 논술에서 나올 가능성은 낮다. 다만, 면접이

나 논술에서의 논거로 활용 가능성이 있기 때문에 공부하면 좋은 논제이다. 반면, [한-미 금리 역전]은 파급의 영속성이 길며(금리정책은 원래 단기정책이지만 변곡의 주기는 상당히 길다는 특징 때문에 장기정책으로 착각을 하기도 한다) 파급의 정도도 큰 편이기 때문에 공부를 해야 하는 주제이다. 다만, 이 또한 현재 벌어진 상황이 아니라, 2022년 말이나 2023년 예상되는 사안이기 때문에 여유를 가지고 공부를 해도 되는 논제이다.

한-미 금리역전 현상은 역사적으로 이미 3번이나 있었던 일이다. 새로운 사건은 아니라는 점이다. 가장 최근의 한-미 금리 역전은 2018년에 시작되었다. 그리고 이 논술은 그 당시의 논술이다. 상술했지만 2022년 말이나 2023년 현실화 될 가능성이 높은 주제이기 때문에 주목할 만하다.

이번 논술에서 보이는 두드러짐은

첫째, 지식량이 깊을 뿐만 아니라 넓다는 점이다. 이 한 편의 논술에 들어간 배경 지식들만 하더라도

- 2008 글로벌 금융위기 전체 공부

- 통화정책

- 경제이론

- 와블링 이코노미와 구성의 오류(경기순응성 문제)

- 스트레스 테스트

- 관계형 금융

- LCR

등이 자연스럽게 녹아 있으며, 그 중심에는 각각의 리스크들이 모여 시스템 리스크로의 전이를 억제해야 한다는 주장이다.

단기간에, 몇 가지 논제를 별도로 공부를 한 학생들은 이런 글을 쓸 수가 없다는 것을 말하고 싶다.

둘째, 금융감독원이 가장 주목할 만한 논리들을 펼쳤고, 그에 대한 논거로 경제이론부터 현행 제도들까지 다 끌고 들어 왔다는 점이다. 상당히 목표지향적인 공부를 했으며, 이를 다

양한 방향으로 글을 펼쳤다.

셋째, 주제 1에서 검토했던 형식적 작성방법들을 모두 지켰다. 깔끔한 서론, 연역적인 글 전개 등이 그것이다.

다만, 아쉬운 점은 굳이 요약형 결론은 필요는 없다고 생각한다.

공부를 잘 하는 사람의 특징은 무엇일까? 고민을 많이 하는 사람일까?

그렇지 않다. 행동력이 좋은 사람이 정답이다. 행동력은 공부뿐만 아니라 여러 업무에서도 중요하다. 매번 고민만 하면 무엇을 이룰 수 있겠는가?

이 지원자의 가장 큰 장점은 행동력이었다. 나랑 처음 만났을 때부터 무조건 금감원 입사라는 목표를 향해, 당시 가르치고 내주었던 숙제들을 모두 소화했다.

그리고 요약형 결론의 불필요성을 깨닫고, 바로 글들을 수정했다.

두 번째 논술도 읽어 볼 것을 권한다.

> 가상통화에 대해 논하시오.

📈 서론

가상통화 투기 근절을 위한 특별대책

지난 17년 12월 28일 정부는 가상통화 관련 특별대책을 발표하였다. 이는 가상통화가 법정화폐가 아니며, 금융투자상품으로 인정받지 못 하여 투자자 손실이 크게 발생할 수 있음에도, '묻지마식 투기'가 증가함에 따른 대응이었다. 따라서 본고는 가상통화 생태계 흐름 – 가상통화의 긍정적 영향 및 부정적 측면 – 정책당국의 대응방안에 대해 논하겠다.

📈 본론

1. 가상통화 생태계 – 하이먼 민스키의 신용사이클 모델

가상통화 생태계 흐름은 하이먼 민스키의 '신용사이클 모델'로 분석 및 예측 가능하다. 이 이론에 따르면 가상통화 가격은 ① 대체 ② 호황 ③ 도취 ④ 금융경색 ⑤ 대폭락의 단계를 밟게 된다. 대체 단계는 가상통화와 블록체인 기술과 같은 혁신적 기술 개발이 발생시 형성된다. 이후 다수의 투자자들이 투자에 참여함에 따라 가격흐름은 호황-도취 단계의 순서를 밟게 된다. 도취 단계에서는 일반 투자자들이 막연히 투자수익을 낼 수 있다는 비합리적 기대에 편승하여 투자에 참여한다. 이러한 추세는 '더 큰 바보 이론(the great fool theory)'에서와 같은 자기강화적(self-reinforcing) 속성을 지닌다. 이후 규제가 강화되고 투자에 의구심을 갖기 시작한 투자자들이 가상통화를 매각하기 시작하면서 금융경색 단계가 시작된다. 동 단계에서는 투자자들이 투자수익을 내기가 매우 어려우며, 공급이 수요를 초과하기 시작하면 대폭락의 단계에 들어선다. 대폭락 단계에서는 가격하락이 가격상승시보다 더 큰 속도로 하락하는 민스키 모멘트가 발생한다. 현재 가상통화는 작년 2017년 11월 기준으로 도취 단계에 놓여 있었으며, 2018년 6월 기준으로 4단계인 금융경색 단계에 근접해 있다는 평가를 받고 있다.

2. 가상통화의 긍정적 영향

가. 가상통화를 이용한 금융혁신

가상통화는 금융서비스를 혁신적으로 발전시킬 것으로 평가된다. 예를 들어 가상통화를 이용한 해외송금서비스는 기존에 비해 저렴한 수수료로 1시간 이내 거래를 완결할 수 있다. 또한 코인지갑을 이용하는 지급결제서비스는 은행 계정 없이도, ATM 서비스를 이용할 수 있게 해준다.

나. 가상통화와 부패방지

관치금융이 심한 나라일수록 금융을 매개로 한 정경유착과 부패의 문제가 심각한 것으로 알려져 있다. 하버드대 로고프 교수는 그의 저서 '현금의 저주'에서 가상통화는 신뢰를 기반으로 하는 거래시스템, 즉 블록체인을 활용한 쌍방거래의 방식이므로, 금융의 중개가 필요 없어 이러한 부패의 고리를 끊을 수 있을 것이라 주장한다.

다. 가상통화와 포용적 금융

가상통화는 금융계정 이용이 불가능한 계층에게도 금융거래 기능을 제공하여, 포용적 금융을 뒷받침할 수 있을 것으로 기대된다. 포용적 금융이란 평소 금융서비스 제공이 어려운 금융소외계층에게도 금융서비스를 제공함으로써, 경제적 자립을 돕도록 하는 취지의 금융개념이다. 실제로 미국의 한 기업은 금융계정이 없는 아프카니스탄 여성들에게 모바일폰으로 비트코인을 송금해 그들의 교육을 돕는 프로그램을 운영한 예가 있다.

3. 가상통화의 부정적 측면

가. 투자자 손실 발생 및 범죄에의 이용

IMF에 따르면 가상통화는 높은 가치 변동성과 불안정성으로, 통화의 3대 기능인 교환의 매개수단, 가치저장기능, 가치의 척도를 수행하는 것이 불가능하다. 이에 많은 국가에서 가상통화를 법정통화로 인정하지 않고 있으며 우리나라 역시 예외는 아니다. 때문에 가상통화 투자는 예금자 거래 보호법의 적용을 받지 못 한다. 또한 금융투자 상품으로도 인정받지 못 하므로 투자손실에 대한 책임은 전적으로 투자자에게 있는 상황이다. 가상통화는 시세조정이나 가상통화분리 (하드포크), 규제변경 등에 의해 투자자 손실이 언제든 발생 가능하다. 게다가 가상통화 관리업자의 시스템 해킹 (최근 사례 : 빗썸) 이나 마약거래,자금세탁 등의 범죄 역시 꾸준히 발생 중인 상황이다. 이에 정책당국의 관련된 대응 (가상통화 거래소 관리 강화, 자금세탁 방지의무 강화 등)이 필요한 상황이다.

나. 민스키 모멘트의 발생 가능성 증대

하이먼 민스키의 신용 싸이클 모델에 의하면 가상통화 가격이 대폭락 단계에 진입할 경우 민스키 모멘트가 발생한다. 민스키 모멘트는 금융의 구조적 취약성이 발생한 상황에서는, 평소라면 문제가 되지 않을 자산가격 하락이나 경기침체에도 커다란 금융위기가 오는 것을 말한다. 즉 가상통화 생태계의 불안은 곧 금융위기 발생 가능성을 증가시키는 시스템리스크로 작동한다.

📈 결론

정책당국 대응방안

가. 규제 패러다임의 전환

현재의 규정중심 규제방식(rule-based regulatory)에서 원칙중심 규제방식(principle-based regulatory)로 전환이 필요하다. 새로운 현상으로 정의되는 가상통화 생태계는 사전에 합리적인 규정리스트를 작성하는 것이 거의 불가능하다. 따라서 금융소비자 피해가 발생하지 않았음에도 규제를 하는 규제과잉과 그 반대의 경우인 규제누락 모두가 발생 가능하다. 이에 금융소비자 보호와 금융산업 발전 촉진에 적합하지 않다. 반면 원칙중심 규제는 금융소비자 보호를 목적으로 인과성 원칙(금융피해 발생의 인과관계에 따른 규제)과 비례성 원칙(금융피해 발생 규모에 비례하는 규제수준)에 의거해 규제하므로, 규제과잉 및 누락 모두 방지 가능하다. 최근에 발생한 가상통화 시세조정에 따른 투자자 피해발생에도 정책당국이 제대로 대응하지 못 한 것은 규제 패러다임의 전환이 시급함을 보여주는 예이다.

나. 거래소 등록제도 확립

현재 가상통화 거래소는 등록이 필요하지 않은 상황이다. 대규모 해킹 피해가 발생한 일본의 경우 해당 거래소는 등록되지 않은 거래소였으며, 비대칭 암호키를 다수가 아

닌 하나만 사용하고, 전체 암호화폐의 97%를 콜드월렛이 아닌 외부인터넷과 연결되는 핫월렛에 저장하여 해킹에 취약한 상태였다. 즉 관련된 사고가 예견된 사고라고 해도 과언이 아니었다. 이러한 사례를 교훈 삼아 국내 역시 건전한 거래소 운영기준을 확립하여 해당 기준을 활용한 등록제도를 운영할 필요가 있다.

다. 거래소 전용 FDS 구축 및 고도화 지원

이상전자금융거래탐지시스템 (FDS)는 빅데이터를 이용해 평소 고객의 거래패턴을 분석하고, 이와 다른 유형의 거래가 발생시 해킹으로 간주하여 거래를 차단하는 시스템이다. FDS 도입은 전자금융범죄 감소에 혁신적 기여를 할 수 있을 것으로 기대되고 있다. 이에 정책당국은 거래소 전용 FDS를 구축 및 고도화를 지원하여, 거래소를 대상으로 하는 전자금융범죄 발생을 미연에 방지할 필요가 있다.

물론, 금융공기업을 준비하는 지원자들에게 한 곳만을 목표로 설정하는 이른바 '배수진' 지원은 지양하라고 권한다. 개인적인 의견으로, 배수진은 가장 바보 같은 생각이라고 믿기 때문이다. 우리는 항상 PLAN -A 이후의 PLAN-B, C 를 대비해야 한다. 이 지원자가 마치 금감원만 준비한 것처럼 보이지만 실상은 그렇지 않았다. 이 지원자는 이 문제를 비중으로 해결했다. 금감원 비중을 50%, 나머지 몇 곳 기관을 나누어 배분하고 준비했다. 지원 전략에 있어서의 '파이컷', 세밀함이 성공의 열쇠이기도 하다.

금공논술, 이른바 A매치 논술은 수많은 괴물들이 참여한다. 여기서 괴물들이란, 금융논술 마스터 들을 의미한다. 스스로 괴물이 될지, 수세적으로, 방어적으로 준비하는 사슴이 될지는 본인의 선택에 달려있다. 괴물들은 닥치는 대로 공부하고 섭취한다. 사슴들은 주어진 공간에서 주어진 풀만 먹는다.

항상 좋은 글들을 많이 접해야 한다. 배울 것이 많고, 자극이 되기 때문이다.

평범한 수준의 글들, 신문에서 나올만한 내용들을 마치 금융논술 준비의 열쇠라고 생각하면 곤란하다.

03　주제 4와 5

이번 논제는 CBDC(중앙은행 디지털 화폐)의 긍정적인 면과 부정적인 면, 그리고 한국은행 및 정책당국의 대응방안에 대해 논하는 주제다.

CBDC는, 사실 한국은행에서 태스크포스를 구성할 정도로 상당히 관심을 받고 있는 주제다. 그리고 단순히 생각한다면 한국은행 또는 금융감독원에서 나올 가능성이 높은 주제이다. 하지만, 한국은행의 논술은 특성상 "학술적"이고 "인문학"적인 주제들이 자주 출제되고 있고, 금융감독원의 경우, 현실적으로 아직 출범이 되지 않는 CBDC에 대해 감독의 대상으로 보기에는 이른 감이 있어서 인지, 아직 출제된 적이 없다. 오히려 2021년 상반기 새마을금고중앙회 논술주제로 CBDC가 출제되었고, 2022년 상반기 신용보증기금 논술주제로 출제되었다.

확증편향이라는 단어가 있다.

많은 지원자들이 논제를 선정할 때 잘 빠지는 것이 이 확증편향이다. '금융공기업별로, 은행별로 이 주제가 이 기관에서 중요하게 생각할 것이다.'라고 생각하기 시작하면, 실제 출제될 것만 같고, 이 주제가 나와야만 하는 믿음으로까지 스스로 몰고 간다. 그리고 다른 논제는 잘 들어오지 않는다. 자기가 보고 싶은 것만 보고 싶어하고, 기대하는 대로 이루어질 것이라 확신하기 시작하면, 실패의 문이 활짝 열린 것이나 마찬가지라 생각한다.

금융논술을 공부하는 지원자는 항상 겸손해야 한다고 생각한다. 자신감을 없애라는 말이 아니라, 다양한 현상들을 바라보며 중요한 것들 위주로 최대한 많은 것들을 공부하겠다는 마음가짐이 중요하다는 것을 강조하고 싶다.

나는 지금까지 A매치 며칠 전이면 논제들을 찍어달라는 요청을 많이 받는다. 찍기 좋아하시는 분들은 점집을 가라고 권하고 싶다. 예측의 영역은 현재의 영역과는 완전 다른 개념이다. 치밀한 분석으로 예측이 가능하다면 모든 증권사의 트레이더들은 부자들이 되어 있어야 한다. 모든 경제학자들은 자국을 선진국으로 이끌었어야 한다. 2차세계대전 후 후진국에서 선진국으로 올라온 국가는, 200여 개 국가 중 10여 개 국가도 되지 않는다. 그 많은 경제학자들과 금융학자들, 자본시장 참여자들의 분석력은 다 어디로 갔는가?

금융논술의 영역도 마찬가지이다. 과거 4년동안 예탁결제원에서 토지공개념이 2회나 출제된 것은 어떤 분석력에 의해 어떻게 예측이 가능이나 했을까?

최근 올해는 이것만 공부하면 금융논술 준비는 끝이라는 광고나 홍보성 글들도 많이 보았다. 확증편향의 사회적 동조화 현상이 어디까지 파급되는지 모르겠다.

왜 금융논술 책을 매년 3권이나 쓰냐는 질문을 받은 적이 있다. 하지만 나는 반대로 생각한다. 3권이 오히려 부족하다고 느낄 때가 많기 때문이다. 힘이 닿는 다면 매년 5권 정도로 늘리기 싶은 것이 솔직한 심정이다. A매치 전형 전에 꼭 알았으면 좋겠다고 생각하는 핵심논제들에 더해, 면접에서 이러한 지식들을 강조하면 최종합격의 가능성이 높을 것이라고 생각하는 논제들, 자소서에서도 이런 부분들을 언급하면 차별화되는 글이 될 수 있게 만드는 논제들 그리고 더 나아가 나중에 현업에서도 이 주제들을 미리 알고 있었다면 실수를 줄일만한 주제들까지 다 싣고 싶지만, 현실적인 이유로 그러지 못함을 안타깝게 생각한다.

미래를 예측하는 가장 좋은 방법은 무엇인가?

과거를 분석하는 것인가? 현재를 파고 드는 것인가?

세계적 석학 피터 드러커는 "내가 미래를 창조하는 것이 미래를 예측하는 가장 좋은 방법이다"라고 했다.

그리고 미래를 창조하는(즉 미래를 예측하는) 방법은 현재의 변수들을 상수화시키는 것이라 생각한다.

변수의 상수화. 상당히 중요하다. 그런 이유로 내가 매년 3권의 책을 내고 있는 것이다. 출제 가능성이 높을 논제라는 예측의 영역에서 변수를 최소화하기 위한 나만의 전략인 것이다.

많은 것을 공부하는 것이 효율성이 떨어진다고 불평할 수도 있다.

금융으로 비유하면 효율은 이자의 개념이고 효과는 보험의 개념이라 생각한다. 고객에게 은행은 효율을 주는 곳이고, 보험사는 효과를 주는 곳이다. 그리고 금융공기업이나 은행의 채용전형에서 합격하는 학생의 전략은 이자율 같은 효율을 추구하는 것이 아니라, 보험액이라는 효과를 지향하는 전략이어야 한다.

알량한 시각으로 감히 노력 없이 예측하는 것은 삼가라고 권하고 싶다. 변수를 변수로 남겨 두는 것이다. 오히려 예측의 시간에 상수를 늘려나가라. 상수를 늘리는 것이 변수를 줄이는 최선의 방향성이다. 그리고 변수를 줄이는 것 자체가 예측도를 높이게 되는 첫 걸음이 된다.

아래의 두 가진 논술 A와 B는 동일 주제에 대하여 2명의 한국은행 지원자가 쓴금융논술 사례들이다. 읽어보며 스스로 이 글의 장점들과 단점들을 체크해 보며 어떤 논술을 더 높게 평가할지 스스로 고민해 볼 것을 권한다.

> 중앙은행 디지털 화폐(Central Bank Digital Currency) 발행에 따른 긍 · 부정적 영향을 구체적인 논거를 들어 기술하고, 이에 대한 중앙은행 및 정책당국의 대응방안에 대해 논하시오.

📈 서론

CBDC의 논의 배경

최근 디지털 경제로의 이행과 코로나 19 확산으로 인한 비대면 – 비접촉결제 등의 전자지급수단에 대한 관심이 증대하고 있다. 또한, 리브라 등과 같은 민간 스테이블 코인(Stablecoin)이 중앙은행 고유의 지급결제 영역에 영향을 미칠 가능성이 제기되고 있고, 중국은 위안화의 국제적 지위를 향상하기 위한 세계 최초의 CBDC를 발행할 계획이다.

이처럼 다양한 배경을 원인으로 CBDC에 대한 관심이 증대하고 있다. 그러나 현재 CBDC의 발행이 국내외 금융시장에 미칠 영향에 대해서는 충분한 논의가 이루어지지 못한 상황이며, 관련 법률 및 규제도 정비되지 않은 상태이다. 이에 본고는 CBDC의 발행으로 인해 예상되는 긍정적-부정적 효과와 이에 대한 중앙은행 및 정책당국의 대응방안에 대해 논하고자 한다.

CBDC 발행에 따른 긍 · 부정적 영향

첫째, CBDC 사용이 확대될 경우 비공식 경제(Informal economy)의 규모를 축소할 수 있다. 특히 정보 추적이 가능한 계좌 기반의 CBDC(↔ 익명성 보장 : 토큰 기반 CBDC)의 경우 완전한 익명성을 보장하는 현금에 비해 거래 추적이 용이하다. 이는 개인이나 법인이 금융서비스에 활용할 수 있는 거래정보 이력 형성을 가능하게 하고, 불법자금 및 지하경제 문제를 완화하는데 기여할 수 있다. 또한, CBDC의 거래데이터가 금융서비스에 대한 감독, 세금징수, 법 집행, 사회 보호 등의 정책 집행을 효율적으로 수행하는 데 활용될 수 있다.

둘째, CBDC의 발행에 따른 금융 불안의 우려가 있다. 신용 창출이 일어날 수 있는 M1, M2에 CBDC를 도입할 경우, CBDC와 상업은행의 요구불예금이 경쟁 관계에 놓이게 된다. 즉, CBDC가 상업은행의 요구불예금을 대체하면서 신용공급이 축소되고, 이에 따라 대출 금리가 상승하며, 상업은행의 유동성 부족 현상의 발생 가능성 또한 높아질 수 있다. 또한, CBDC가 은행 예금에 비해 가용성 – 안정성 – 유동성이 높기 때문에, 은행시스템 위기 발생 시 은행 예금에서 CBDC로의 뱅크런을 가속화할 우려가 있다.

셋째, 지급결제의 디지털 전환(Digital transformation)에 따라 디지털 소외계층의 발생 가능성이 우려된다. 주로 고령층과 장애인, 저소득층을 중심으로 디지털 소외가 발생할 가능성이 있다. 이들은 디지털 기기 – 서비스에 대한 접근성과 활용도가 낮아 현금을 주로 이용하는 편이다. 이에 CBDC의 도입에 따른 현금 사용과 ATM이 감소하면서 지급수단 선택권에 제약을 받을 수 있다.

중앙은행 및 정책당국의 대응방안

첫째, 중앙은행의 책무인 금융안정에 유의하여 CBDC를 설계해야 한다. CBDC를 M0(유통 중인 현금)에만 도입함으로써, 금융시스템에 대한 부정적 영향을 최소화하는 방안이 있다.

또한, CBDC를 M1, M2에 도입할 경우 CBDC로 대체되는 요구불예금 만큼 상업은행에 대출하여 신용공급 축소를 방지할 수 있다. 이에 더해, CBDC 보유액에 대해 상업은행의 중앙은행 예치금보다 낮은 금리를 지급하는 방안이나, 중앙은행이 가계-기업의 CBDC 보유 상한을 설정하는 방안 등이 있다.

둘째, 디지털 소외계층에 대한 선제적 지원책을 마련해야 한다. 전자지급서비스 관련 교육과 실습 프로그램을 제공함으로써, 디지털 소외계층의 전자지급수단에 대한 접근성과 활용도를 제고할 수 있다. 또한, 소비자의 지급수단 선택권이 보호될 수 있도록 ATM 관련 통계를 추가 편제하고, 관련 기관과의 협의를 통해 소비자의 현금 접근성 제고 방안을 마련할 필요가 있다.

셋째, 정책 당국 간 – 국가 간의 협력을 강화해야 한다. 중앙은행은 정책 목적을 달성하기 위해 금융감독원, 금융보안원 등의 관련 기관과 협력할 필요가 있다. 이는 다양한 정책목표 간의 균형과 법적-전문적-윤리적 표준의 정립을 목표로 삼아야 한다. 또한, BIS CPMI 활동 등을 통해 지급결제와 관련한 국제적 논의에 적극적으로 참여하고, 관련 정보를 정책 수립, 지급결제제도 감시, 조사연구 등의 업무 수행과정에 활용해야 한다.

끝으로 위와 같은 중앙은행의 대응방안은 궁극적으로 안전성(safety)과 무결성(integrity)을 고려할 필요가 있다. 특히 소액결제용 CBDC의 경우 모든 경제주체가 이용대상인 만큼 중앙은행의 통화정책과 금융안정 등에 미치는 영향에 대한 면밀한 검토가 필요하다.

> 중앙은행 디지털화폐에 대하여 논하라.

📈 서론

디지털화폐에 대한 관심

최근 페이스북이 빠르면 2020년 상반기에 디지털화폐 리브라를 출시할 계획을 발표하면서, 디지털화폐에 대한 관심이 높아지고 있다. 이처럼 분산원장기술의 발전과 민간 발행 암호자산의 확산으로 인해, 각국 중앙은행은 변화된 환경에 대응하여 중앙은행 디지털화폐에 대한 논의를 활발히 진행 중이다. 이에 본고는 중앙은행 디지털화폐의 정의와 도입 경과, 한국은행의 통화정책 운용체계에 미치는 영향, 정책적 대응방안에 대하여 논하고자 한다.

본론

1. 중앙은행 디지털화폐의 정의

중앙은행 디지털화폐(Central Bank Digital Currency, 이하 CBDC)는 중앙은행 내 지준예치금이나 결제성 예금과는 별도로 중앙은행이 전자적 형태로 발행하는 새로운 화폐이다. CBDC는 현금 등의 법화(法貨)와 일대일 교환이 보장되는, 중앙은행의 직접적인 채무이다. CBDC는 현금과 다르게 익명성이 제한되고 이자가 지급될 수 있으며, 보유한도나 이용시간의 설정이 가능하다. CBDC는 이용목적에 따라, 모든 경제주체들의 일반적 거래에 사용되는 소액결제용 CBDC와 은행 등 금융기관 간 거래에 사용되는 거액결제용 CBDC가 있다. CBDC는 구현 방식에 따라, 중앙관리자가 하나의 거래원장을 전담하여 관리하는 단일원장방식과 블록체인기술 등을 활용해 다수의 거래참가자가 공유된 원장을 관리하는 분산원장방식으로 나누어지기도 한다. 현재 지준예치금이나 은행 예금에는 단일원장방식이 사용되며, 비트코인이 대표적인 분산원장 플랫폼을 이용하는 디지털화폐이다. 이후의 모든 논의는 단일원장 또는 분산원장 방식의 소액결제용 CBDC를 중심으로 한다.

2. CBDC 도입 경과

현재 CBDC 도입에 가장 적극적인 나라들은 스웨덴, 우루과이, 튀니지 등이다. 이 국가들의 CBDC 도입 동기는 조금씩 다르다. 스웨덴은 최근 현금 이용이 크게 감소하면서 민간 전자지급수단에 대한 의존도가 심화되었고, 이에 중앙은행이 지급서비스시장의 독점 문제를 해결하고자 CBDC 도입을 고려 중이다. 스웨덴은 현재 CBDC 발행에 관한 연구 프로젝트를 진행 중이며, 2020년까지 기술적 검토와 테스트를 완료하고 2021년 여론 수렴 후 발행 여부를 결정할 예정이다. 우루과이와 튀니지 등의 개발도상국들은 지급결제인프라가 구축되지 않아 금융서비스 접근성이 낮으며, 금융포용의 관점에서 CBDC 발행을 고려 중이다. 동카리브국가기구는 현금유통비용을 감축하기 위해 CBDC 발행 및 지급결제 플랫폼 개발을 위한 프로젝트에 착수했으며, 중국 또한 CBDC 개발을 진행 중이다.

3. CBDC 도입이 한국은행 통화정책 운용체계에 미치는 영향

가. 통화정책의 신용경로 약화

이하의 모든 논의에서는 CBDC가 현금, 은행 예금 등과 함께 통용된다고 가정한다. 확장적 통화정책의 신용경로는 화폐공급이 증가하면서 화폐공급의 일부가 예금의 증가로 이어지고, 이에 따라 기업 대출이 늘어나 투자가 증가하는 경로이다. CBDC에 이자를 지급할 경우, 은행 예금의 일부가 CBDC로 대체될 가능성이 있다. 이는 은행 예금의 감소로 이어져 은행의 대차대조표가 축소되고, 은행의 대출이 감소하게 된다. 결국 통화정책의 신용경로가 약화될 가능성이 있다.

나. 은행 자금중개기능 약화와 시스템리스크 증대

CBDC에 이자를 지급할 경우, 은행 예금의 일부가 CBDC로 대체되어 은행 예금이 감소할 수 있다. 이에 대응하여 은행은 시장성 수신을 통한 자금 조달을 늘리기에 자금 조달 비용이 상승한다. 한편으로 예금을 통해 수집 가능한 고객 정보가 감소해, 은행은 고객의 신용도를 보수적으로 평가하게 된다. 이는 은행의 대출 감소로 이어져 은행의 자금중개기능이 약화된다. 또한 은행의 대출 감소는 투자 위축으로 이어지며, 자본시장 접근이 어려워 은행 대출 의존도가 높은 개인 및 자영업자에 가장 큰 영향을 미친다.

다. 시스템리스크 증대 및 자본시장 변동성 확대

은행 예금의 감소로 시장성 수신을 통한 자금조달이 증가하는 과정에서, 금융기관 간 상호연계성이 확대되어 시스템리스크가 증대된다. 또한 분산원장방식에서 비거주자

의 CBDC 보유를 허용할 경우, 기존의 감시, 감독 체계로는 CBDC의 관리와 통제가 어려워진다. 특히 CBDC는 국제통화 전환이 용이해 금융불안 시 국내 금융시장과 외환시장의 변동성이 크게 확대될 수 있다.

결론

정책적 대응방안

가. 새로운 파급경로 이용

CBDC에 이자가 지급된다면, CBDC의 금리수준은 은행 여수신금리의 하한과 시장금리의 기준으로 작동할 가능성이 높다. 따라서 한국은행은 CBDC 금리수준을 조정하여 은행의 여수신금리와 시장금리를 CBDC 금리와 동일한 방향으로 움직일 수 있다. 경기침체 시에는 내수를 촉진하기 위해 CBDC에 마이너스 금리까지 부과할 수 있으며, CBDC를 모든 계좌(전자지갑)에 일괄공급(helicopter money) 하여 민간 구매력에 직접적인 영향을 줄 수도 있다.

나. 은행의 정보 수집 비용 축소

은행의 예금이 감소할 때 자금 조달 비용의 증가와 정보 수집 비용의 증가로 인해 대출이 감소한다. 따라서 시중 은행과 한국은행이 협력하여, 은행에서 대출심사 시 차입자로부터 한국은행 CBDC 계좌(전자지갑) 거래 내역 활용에 대한 정보공개동의서를 받을 수 있다. 그리고 은행은 이를 차입자에 대한 정보로써 활용한다면, 은행이 정보 수집에 들이는 비용이 제로가 되어 대출이 늘어날 수 있다. 또한 정부와 협조하여 소상공인에 대한 지원대출을 강화한다면, 예금이 CBDC로의 전환될 때 대출 축소의 정도가 완화될 것이다.

다. 자본시장 모니터링 확대 및 환리스크 해지

스트레스 테스트를 통해 자본시장의 변동성을 면밀히 모니터링해야 한다. 특히 조기경보 시스템의 구축과 실행 능력에 대한 점검이 필요하다. 환리스크에 노출되어 있는 중소기업을 위해서는 금융기관의 전문적인 금융지도와 외화유동성에 대한 관리 서비스를 제공해야 한다. 예를 들어 무역보험공사의 환변동 보험에 대한 안내를 할 수 있다. 그리고 지속적인 통화스와프 확대를 통해 외환 안정성을 확보해야 한다.

04 　주제 6

이번에 논술 사례는 문제점이 많은 논술이다.

물론 금융논술을 공부하는 학생들은 최대한 우수한 논술들을 자주 읽고 접하는 것이 좋다. 그럼에도 불구하고, 좋지 않은 논술사례를 가지고 온 이유는, 잘못을 알아야 스스로의 글에 발전을 기할 수 있기 때문이다.

이 논술은 2020년 작성된 논술이고, 이 논술을 작성한 지원자는 기본적인 지식의 양이 많고, 학부시절에도 많은 글을 쓴 지원자이다. 하지만 논술을 쓰는 데 있어서 형식적인 흠결이 많다. 그리고 이러한 형식적인 흠결은 목차작업을 제대로 수행하지 않은 것에서 기인한 것으로 보인다.

포용적 금융의 활성화 방안

📈 서론

2017년 문재인 정부는 "기회는 평등하고, 과정은 공정하며 결과는 정의로운 나라"라는 슬로건을 내세우며 여러 국가발전전략을 제시하였다. 그 일환으로 '포용적 금융'을 활성화 하여 금융 소외계층을 보호하고, 혁신 산업을 육성하겠다는 청사진을 제시하였다. 포용적 금융은

세계적 추세이며 5G가 도래한 디지털 시대와도 부합하는 정책으로, 성장과 분배라는 두 마리 토끼를 잡을 수 있는 우리 사회가 당면한 중요한 과제라 할 수 있다. 이에 본고에서는 포용적 금융의 개념 및 현황을 알아본 후, 활성화 방안을 중국과의 비교를 통해 살펴보겠다. 동시에 포용적 금융이 오용될 경우 발생 가능한 문제점들에 대해서도 고찰하겠다.

📈 본론

1. 포용적 금융의 개념 및 현황

포용적 금융은 2000년대 초 일부 선진국에서 '금융포용(Financial Inclusion)'의 용어로 처음 등장하게 되었다. 당시에는 빈곤층의 금융소외 현상을 해소하자는 취지에서 출발하였지만, 점차 세계적인 이슈로 확산되며 적용범위가 넓어지고, 그 의미도 기존의 '분배'의 관점에서 '성장'의 키워드로 이어지는 모습을 보이고 있다. 세계은행은 포용적 금융을 '빈곤을 줄이고 경제적 번영을 촉진하는 열쇠'라고 표현하고 있다.

쉽게 말해, 분배적 관점에서의 포용적 금융은 사용자에게 접근성과 편의성을 높임으로써 금융서비스의 양적 측면을 제고한다고 볼 수 있으며, 성장의 관점에서의 포용적 금융은 혁신 기술을 도입함으로써 금융서비스의 질적 측면을 높여 경쟁력을 강화함으로써 산업의 발전을 견인할 수 있다고 볼 수 있다..

전 세계 148개국의 성인을 대상으로 조사한 글로벌 핀덱스(Global Findex) 자료를 보면, 2017년 기준 한국의 금융계좌보유 현황은 94.9%로, 세계 평균 68.5%를 현저히 웃도는 수준이다. 즉, 접근성과 편의성의 관점에서 본다면, 즉 양적 측면에서 한국의 포용적 금융은 상당 부분 긍정적인 모습을 보이고 있다. 그러나 질적 측면까지 살펴 본다면 국내 상황이 그렇게 달갑지만은 않다. 소득 하위 40% 성인을 대상으로 하는 금융기관 대출 서비스 이용 현황을 살펴보면 선진국의 평균은 16%인 반면, 우리나라는 12%로 선진국 가운데 하위권을 차지하고 있다. 또한, 서민금융진흥원의 분석 결과 연리 20% 이상의 고금리 대출 이용자가 2018년 말 기준 236만 8000명에 이르며, 총액은 15조 3000억 원에 달하고 있다. 이에 더해 불법 사금융 이용자는 52만 명, 규모는 약 6조 8000억 원으로 추정된다.

2. 우리나라가 나아가야 할 방향

이러한 현황은 우리나라의 포용적 금융의 관점을 접근성과 편의성의 '양적 측면'이 아니라, 실질적으로 도움을 줄 수 있는 '질적 측면'의 발전으로 나아가야 함을 시사한다.

일례로 중국의 경우, 한 국가 내에서 제도권 금융에 대한 접근성이 지역간, 계층간, 세대간에 상당한 격차를 보인다. 이에 따라 물리적 거리를 줄이고, 편의성을 높일 수 있도록 과감한 규제 완화와 적극적인 지원 정책으로 인터넷 전문은행을 육성함으로써 소외계층에게 금융 서비스를 제공하며 글로벌 금융 포용의 핵심 사례로 꼽힐 수 있게 되었다. 그러나 이는 우리 나라의 실정과는 맞지 않다. 중국이 처한 환경과 우리나라가 처한 환경이 다르기 때문이다. 인터넷 전문은행이 지닌 강점은 접근성과 편의성이다. 이미 접근성과 편의성에 있어서 상당 부분 진척되어 있다면, 오히려 인터넷 전문은행을 도입하였을 때 나타날 수 있는 약점에 대한 논의가 충분히 이루어져야 한다.

인터넷 전문은행의 약점은 안정성과 리스크 관리가 어렵다는 것이다. 현재 인터넷 전문은행 같은 경우 대출 형태가 대부분 개인 신용위주이다. 이를 긍정적으로 보면, 제도권 금융에서 소외 되었던 계층에 대해 하나의 터전을 마련해 주었다고 볼 수 있지만, 달리 보면 기존의 제도권 금융에서 부실화될 수 있는 여신을 대신 껴안게 되었다는 측면도 있다. 즉 현재 인터넷 전문은행이 기존 제도권 금융의 축적된 신용평가모델을 능가하는 시스템을 구축하였는지에 대한 세밀한 검토가 필요하다.

우리나라가 나아가야 할 방향은 여수신 구조의 질적 개선에 있다. 기존 제도권 금융의 체제에서 대출서비스를 받지 못하는 계층에 대한 포용이 필요하다는 것이다. 이는 단지 정부 주도의 정책만으로 달성할 수 있는 문제가 아니다. 또한 기존 제도권 금융은 제로금리 시대에 더해 다양한 규제와 리스크 관리 및 이해관계로 인해 포용적 금융이라는 미명 아래 쉽게 대출 구조를 변경할 수 없는 상황이다.

결국, 혁신적인 아이디어를 도입해 디지털 시대에 부합하는 신용평가모델과 플랫폼을 구축해야 한다. 기존의 대출 형태는 정량적인 신용평가와 부동산 담보 위주의 안정성 중심

의 여신구조였다. 그러나 이는 산업구조가 바뀌면서 정량 데이터로는 나타나지 않는 무형 자산에 대한 가치 평가를 담아내지 못하고 있다. 가령, 유튜버의 경우 가장 큰 자산 가치는 구독자와 댓글의 수이다. 지금 당장 매출로는 나타나지 않지만, 구독자의 수와 댓글의 품질이 하나의 신용평가 척도가 될 수 있다. 경쟁력이 있는 개인에게 차별화된 혁신적인 대출 서비스를 제공할 수 있는 게 곧 우리나라가 나아가야 할 포용적 금융의 방향이다. 빅데이터와 AI 기반의 신용평가모델을 구축하여 금융 서비스의 품질을 높이는 것이 궁극적인 지향점이라 할 수 있다.

📈 결론

포용적 금융을 실현하기 위해 다양한 방안들이 모색되고 있다. 정부의 적극적인 재정지원, P2P 금융, 인터넷 전문은행, 고령층을 위한 디지털 이해 교육, 생체 인식, 대출 구조 규제와 은행 줄 세우기 등 정책의 목소리는 각양각색이다. 키워드들은 다 훌륭한 방향이지만, 우리나라에 필요한 방향은 접근성과 편의성이나 정부의 압력 보다는 기존의 제도권 금융이 포용하지 못한 금융서비스의 질적 제고에 있다. 정부가 포용적 금융을 강조하며 중금리대출 확대를 강조하고 있지만 국내 주요 시중은행의 중금리대출 시장은 갈수록 줄어들고 있는 것으로 나타났다. 최근 은행연합회에 따르면 5대 시중은행의 중금리대출(연 6~10%)이 차지하는 평균 비중은 5.42%에 그쳤다. 이는 2019년 5월(11.52%)과 비교해 절반 넘게 줄어든 수준이다.

시장이 합리적이라고 판단할 수 있는 근거를 마련해 주어야 한다. 빅데이터를 활용할 수 있는 규제를 완화하면 기업이 새로운 신용평가모델을 구축하고, 그것을 바탕으로 플랫폼 시장을 장악해 나갈 것이고, 금융권의 중금리대출은 자연스럽게 늘어날 것이라 전망한다.

읽어 보았을 때 어떤 생각이 드는가?

첫째, 글의 목차와 구성에 있어서 일관성이 결여되었다. 그 이유는 여러 기사들을 조합을 하다 보니 생긴 결과로 보인다. 금융논술에서는 일관적인 논리와 이를 방증하는 논거의 전개가 중요하다. 하지만, 이 글은 이것저것 많이 다루고 있지만, 무슨 말을 하려는지 명쾌하게 이해하기 어렵다. 결론이 왜 결론이지 모를 글이 도출된 셈이다. 기사로만 공부하는 방식의 한계점이 보인다.

둘째, 병렬식 글이 아니라 산술식 글이다 보니 현저히 가독성이 떨어진다는 점이다. 형식의 중요성도 한 번쯤은 되새겨 봐야 할 것이다. 산술식 글은 정말 글을 잘 쓰는 사람들만이 사용해야 하는 나열방식이다. 예를 들면 신문에서의 사설 같은 경우가 대표적인 것이다. 산술글을 고집하려는 분들은 접속어, 조사 인과관계를 정확히 구사해야 한다

셋째, 포용적 금융에 대한 정확한 이해가 부족하다. 금융소외 계층을 금융포용 계층을 끌어들이는 접근성의 확대를 의미하는지 단순한 사회적 금융으로 인식하는지 불분명하다.

넷째, 중국과의 비교가 주요 전개의 핵심이라면 좀더 정교한 목차작업을 했어야 한다. 여기저기서 중국사례가 나오는 느낌이다.

다섯째, 중국과의 비교를 하려면 명쾌하게 중국의 양적 포용적 금융과 우리의 질적 포용적 금융에 대한 환경적 차이, 방법론적 차이, 우리의 방향성이 명쾌해야 하지만, 단순히 숫자들만 열거된 느낌이다. 문장 하나하나의 인과관계가 느껴지지 않는다.

이러한 문제점 외에도 표현이 정교하지 못하다. 이는 글을 많이 안 써본 학생들에게서 보이는 전형적인 문제점이다.

넓혀 나가기

스피노자는 말했다.

"나는 깊게 파기 위해 넓게 파기 시작했다."

금융논술 준비도 마찬가지라고 생각한다. 넓게 파기 시작하다 보면, 스스로 깊게 파게 된다.

많은 취준생들이 여기저기 급하게 파는 모습들을 많이 보았다. 그 이유는 결국 미리 준비하지 못했기 때문이다. 다양한 논제들을 미리 준비하다 보면, 지식의 승수효과가 나타나기 시작한다. 1+1 = 3 이상의 효과가 현실화 된다. 따라서, 우리는 시간에 쫓기는 일이 없어야 할 것이다. 중요한 일을 항상 급한 상황을 만들고, 허둥지둥 대는 모습. 실패하는 사람들의 전형적인 모습이다. 중요한 일들일수록 미리 하는 것은 모든 성공한 사람들의 공통적인 행동 방식이다. 이제 나는 여러분들에게 단순히 깊게 파는 것을 뛰어넘어, 넓게 접목시키라고 말하고 싶다. 금융논술에 쏟아 부은 노력과 지식을 단순히 금융논술전형에서만 적용하는 것은 상당히 아깝다고 생각한다.

독일인 역사가 몸젠이 언급한 "로마가 나은 유일한 천재" 율리우스 카이사르의 경우, 항상 1가지 사안을 결정할 때 1가지의 효과만 보고 결정하지 않았다고 한다. 최소한 2개 이상의 효과를 염두에 두고 1가지 사안을 결정한 것이다. 우리도 율리우스 카이사르의 사고방식을 접목해야 할 것이다.

1. 금융논술 한 편을 작성할 때에는, 기관별 결론을 각각 구상해 보는 습관을 들이는 것이 좋다. 예를 들면 내가 목표로 하고 있는 금융공기업이 산업은행, 신용보증기금, 기업은행이라고 가정하면,

> 산업은행의 결론 / 신용보증기금의 결론 / 기업은행의 결론

을 각각 제시하는 습관을 들이는 것이 좋다.

2. 금융논술 한 편을 공부하고 작성해 보았다면, 그것으로만 끝내지 말자. 작성된 논제를 끝냈다고 덮지 말고, 발표 연습을 해 볼 것을 권한다. 꽤 많은 금융공기업들이 면접 때 발표 면접, 소위 말하는 PT면접을 진행한다. 이에 대한 준비를 미리 조금씩 준비하자는 의미이다. PT면접은 확실히 미리 준비하고, 많이 발표해본 사람이 잘하게 되어있다. 이왕에 논술을 한편 작성해본 김에, 이 주제를 가지고 3~5분짜리 PT커리큘럼으로 전환하여 말하기 연습을 꾸준히 하면, 나중에 분명 면접에서 큰 도움이 될 것이다

3. 금융논술 한 편을 작성하고 나면, 금융논술을 작성하면서 활용했던 이론이나 원칙, 학설 등은 별도로 정리해두는 습관을 들이면 좋다. 이러한 이론이나 원칙, 학설은 나중에 자소서 작성에도 활용가능하며, 면접에서도 접목 가능하다. 논리적 근거로써, 이론, 학설, 원칙 만큼 좋은 것이 없다는 것을 명심하고, 좀 귀찮더라도 하나씩 하나씩 정리해 나가면, 넓게 활용할 수 있다.

chapter 06 구슬이 서 말이라도 꿰어야 보배

1. 모른다고 시작을 미루지 마라. 누구나 처음에는 모른다.

금융공기업이나 은행지원자들이 금융논술과 관련해서 가지는 가장 큰 고민은 "나는 기초 지식이 부족하다"이다. 그래서 기초가 없는데 금융논술 준비를 잘 할 수 있을까라는 두려움이 크다. 그 결과, 금융논술 준비에 대한 압박만 큰 상태에서 머뭇거리거나, 미루고 있는 것이다. 사람들은 크게 2가지 이유로 스트레스를 받는다.

첫째는 무엇을 해야 할지 모를 때 받는 스트레스이다.
둘째는 해야 할 것이 너무 많아서 받는 스트레스이다.

같은 스트레스 같지만 첫 번째 스트레스는 상당히 좋지 않은 스트레스이다. 왜냐하면 내가 무엇을 모르는지도 모르고 있는 상황이기 때문이다. 그냥 대책 없는 불안감이다. 반면, 해야 할 것이 너무 많아서 받는 스트레스는 긍정적인 스트레스이다. 그 이유는

① 시작을 했기 때문이다. ② 무엇을 해야 할지 알게 되었기 때문이다.

"시작이 반이다."

경제학과나 경영학과 학생들이 배경지식이 많고, 왠지 논술도 잘 쓸 것이라 생각하기 쉽지만 이는 오산이다. 다른 전공자들보다 조금 더 배경적 지식이 있을 뿐, 금융논술은 누구에게나 새롭다. 왜냐하면, 결국 금융논술은 현재 이슈를 다루지만, 우리는 지금까지 학교에서 과거를 많이 배워왔기 때문이다. 오히려 공대생들이 배경지식만 갖추면, 상경대 학생들보다 더 구조적이고 논리적은 글을 쓰는 경우도 많다.

두려워하지 말고 바로 금융논술 준비를 시작하라고 말하고 싶다.

2. 구슬이 서 말이라도 꿰어야 보배

금융공기업이나 은행지원자들을 많이 가르쳐 오면서 가장 안타까운 점은, 논제들을 논제별로만 공부를 하고 있을 때이다.

하나의 논제는 하나의 **nod** 점으로 비유하고 싶다. 여러 개의 논제들이 각각의 **nod** 점에 위치하고 있다. 논제를 하나의 분리된 논제로만 인식하고 공부한다면, 논제끼리의 **Link**가 없게 된다. 그러면 그냥 흩뿌려진 점들에 불과하다. 논제들은 모두 유기적인 연결선들이 있다. 금융논술의 통찰력은 이러한 논제들 사이의 **Link**들을 고민하고, 방안들을 복합적으로 제시하는 데 있다. 그리고 이러한 **Link**에 대한 고민이 결국 사고력으로 연결된다.

주 52시간과 가계부채와의 **Link**가 무엇일까?

금리인상과 산업은행의 혁신금융 사이에서의 **Link**는 무엇일까?

인플레이션과 관세는 어떤 관계일까?

이런 식의 구슬들을 꿰어보려고 고민하는 것이 금융논술 마스터가 될 수 있는 중요한 과정이 될 것이다.

Aust...

...k in February; another failure

...mage control | A look at carbon dioxide release...

Australia's greenhouse-gas emissions,
in gigagrams* CO2 equivalent

800,000
600,000
400,000
200,000
0

1990   '95   2000   '05

...y may have been distracted from
the carbon debate by this week's bu...

논술사례

국제산업편

chapter 01

미국의 금리인하

01 논제 개요 잡기[핵심 요약]

서론	이슈언급	미국 중앙은행인 연방준비제도의 제롬 파월 의장이 2025년 9월 기준금리인하 가능성을 열어 뒀다. 다만 금리를 내리더라도 경제 상황을 살피면서 조심스럽게 내릴 것으로 전망된다. 한편, 한국은행 역시 환율 압박에서 벗어나 내수 침체 대응에 보다 집중할 수 있는 국면을 맞게 될 것이란 관측이다. 현재 한 · 미 기준금리 차는 2.0%포인트로, 한국이 독자적으로 금리를 내리면 원화 약세와 환율 급등 우려가 컸는데 만약 미국이 먼저 금리는 내리면 부담이 크게 줄어들기 때문이다. 하지만 파월의 발언에 정착 한국은행의 고민도 커졌다. 경기 둔화를 이유로 금리인하 필요성이 커지고 있지만, 가계부채와 집값 상승이 여전한 부담이기 때문이다. 대출 여력이 커진 상황에서 기준금리인하는 '영끌 심리'를 자극할 수 있다는 우려가 크다. 2025년 2분기 가계대출은 이미 역대 최대치를 기록했다.
본론	1. 미국	**1) 2025년 2분기 경제 현황** ① 2025년 2분기 미국의 실질GDP 성장률은 3.0%(전기비 연율, 속보치)로 시장 예상(2.6%, Bloomberg) 상회 ② 물가 2025년 2분기 PCE 물가상승률은 2.1%로 2025년 1분기(3.7%) 대비 하락하였으며, 근원PCE 물가상승률도 2.5%로 2025년 1분기(3.5%) 대비 하락.

본론	1. 미국	1) 25년 2분기 경제 현황	③ 고용 사정 양호한 모습 지속 ④ 장기금리(2025년 5월 4.40% → 6월 4.23%)와 단기금리(2025년 5월 3.90% → 6월 3.72%)가 비슷하게 하락하며, 장단기 금리차(10년물-2년물)가 유지 ⑤ 주가 상승기조. 2025년 6월중 주가는 관세 정책 등 트럼프 행정부 정책 불확실성에 대한 시장의 우려가 다소 줄어든 가운데, 기업실적 기대감 등으로 상승
		2) 전망	① 트럼프 행정부의 무역 및 이민 정책에 따른 성장 하방 압력이 확장적 재정정책에 따른 상방 압력을 상쇄하면서 기조적인 성장 둔화 흐름이 이어질 것으로 예상. ② 연준은 7월 FOMC에서 나타난 것처럼 데이터에 의존하는 신중한 접근방식을 유지할 전망 ④ 관세의 물가 영향에 대한 시각은 "상품에 국한되고 일시적"일 것이라는 시각 속 "광범위하고 지속적"인 영향에 대한 우려도 제기
	2.쟁점	1) 역캐리 트레이드 무브	미국과 여타 주요국들(특히 일본)과의 명목금리 금리 차이가 좁혀짐에 따라 전반적인 캐리트레이드 기대수익률은 종전에 비해 줄어들 가능성. 즉, 미국의 금리인하와 일본의 금리인상이 맞물릴 경우, 일본으로의 역캐리트레이드 무브가 강화될 가능성
		2) 환율	향후 원화환율은 그간의 상승흐름에서 점차 하향 안정화될 것으로 예상된다. 다만, 환율하락의 속도는 점진적인 형태를 보일 것으로 전망되는데 이는 아직까지 글로벌 전쟁 등 지정학적 위험의 상존, 글로벌 물가불안의 지속, 미국 관세 정책의 불확실성, 주변국 환율 변동의 영향 등 다양한 요인들이 원화환율에 영향을 줄 것으로 보이는 데 기인한다. 또한 이러한 요인들은 글로벌 환율이 추세적인 변곡점을 맞이하고 있는 상황에서 환율의 단기변동성을 크게 하는 요인으로 작용할 것으로 보인다.
	3. 영향	1) 긍정적인 면	① 한국의 기준금리인하 가능성: 한국은행의 금리정책 운용의 여지가 늘어남. ② 가계 입장에서는 부채에 대한 이자부담이 감소함에 따라 가계의 수지 개선을 기대할 수 있다. ③ 기업 입장에서는 금리가 낮아짐에 따라 수지가 개선되면서 투자 여력이 늘어나는 효과를 기대할 수 있다.

본론	3. 영향	1) 긍정적인 면	④ 금리가 낮아짐에 따라 자금이 채권시장에서 주식시장으로 이동하고, 주식거래량이 증가하면서 수수료 수익 이자율이 높은 금융 회사들의 수익성이 개선될 수 있다. ⑤ 가계 대출 및 기업 채무 부담을 경감시켜 주고 금융 회사의 부실채권 부담을 완화시키는 등 긍정 효과를 가져온다 ⑥ 소비자물가 안정 ⑦ 해외투자 유인이 증가
		2) 부정적인 면	① 가계부채 문제가 심화될 수 있다. ② 가계의 소비 증대를 제약하는 방향으로 작용할 가능성도 있다. ③ 기업은 금리가 낮아지더라도 설비투자를 기대만큼 늘리지 않을 것이다. ④ 금리인하로 환율이 상승한다 해도, 보호무역주의 강화, 수출의 환율 민감도 하락 등을 수출증대 효과도 크게 기대하기 어려울 것이다. ⑤ 수출 기업의 채산성 악화 ⑥ 수출 감소 ⑦ 금융불안정
결론	의견제시		금리인하 관련, 첫째, 재정·통화·금융당국 간의 긴밀한 협조를 통한 재정정책과 통화정책, 거시건전성 정책의 조화로운 정책운용이 필수적이라고 생각된다. 적극적인 재정정책을 통해 경기부양 대응 효과를 증폭시키는 가운데, 필요 시 거시건전성 정책을 통해 금리인하 효과를 제약하는 요인의 발생 가능성을 차단해야 할 것이다. 둘째, 금리정책은 본질적으로 단기대응책이기 때문에, 장기적으로 경제를 성장시키기 위한 방안도 고민해야 할 것이다. 셋째, 금리인하로 인해 가계부채가 빠르게 확대되지 않도록 해야 할 것이다. 환율 관련, 첫째, 외환시장의 급격한 변동성에 대비한 대응 능력을 강화해야 한다. 둘째, 시장과의 소통(announcement) 강화를 통해 금융 시장의 불확실성을 미연에 방지해야 한다. 셋째, 경제 펀더멘털(fundamental) 강화를 통해 지정학적 리스크 등 대외변수에 안정적인 기초 체력을 유지해야 한다. 넷째, 원화 강세 시점을 기회로 자본재 투자, 해외 투자 확대 등을 통해 미래 성장 동력을 확보할 필요가 있다. 다섯째, 중장기적으로 우리나라 수출기업의 제품 특화, 품질 향상 등 비가격경쟁력 제고에 주력해야 한다.

<table>
<tr><td>결론</td><td>의견제시</td><td>한편,
우리 경제의 문제해결 방법은 전적으로 금리인하에 있지 않다. 우리 산업의 구조적 문제와 가계의 과도한 부채부담 등과 맞물려 금융 시장은 심각한 유동성 함정에 빠져있기 때문이다. 이에 대한 근본적인 재점검을 하지 않고, 경기침체에 대응해야 한다는 단순한 명분을 내세워 이미 기능을 상실한 금리의 경기조절 능력을 '쉽게' 맹신하지 않아야 할 것이다.</td></tr>
</table>

02 논제 풀이 

📈 서론

미국 중앙은행인 연방준비제도의 제롬 파월 의장이 2025년 9월 기준금리인하 가능성을 열어 뒀다. 다만 금리를 내리더라도 경제 상황을 살피면서 조심스럽게 내릴 것으로 전망된다.

제롬 파월 미 연준의장은 2025년 8월 22일 와이오밍주 잭슨홀에서 열린 연례 경제정책 심포지엄(잭슨홀 미팅)에서 아래 요지의 발언을 했다.

1. 노동 시장은 둔화되고 있으며 인플레이션은 통제되고 있다. 우리의 정책기조를 조정할 필요가 있다.
2. 다만 최근 관세가 물가를 끌어올리고 있다. 단기적으로 봤을 때 인플레이션은 상방으로 기울고 노동시장은 하방으로 향하고 있어 어려운 시기이다
3. 노동시장이 안정적으로 보이지만 노동 공급과 수요 모두가 뚜렷하게 둔화한 데서 비롯된 특이한 균형이다. 이런 균형이 이례적인 상황으로 이어져 예상보다 노동시장이 악화할 위험이 커지고 있다. 그런 위험이 현실화된다면, 이는 급격히 늘어나는 해고와 실업률 상승의 형태로 매우 빠르게 나타날 수 있다.
4. 관세 정책이 물가에 미치는 영향이 뚜렷해졌다. 이 같은 영향이 앞으로 몇 달 동안 누적될 텐데, 언제 얼마나 오를지 불확실한 상황이다. 관세발 물가상승 압력에 따른 인플레이션이 지속될 가능성은 있지만 노동시장의 하방 위험을 감안하면 그 가능성은 낮다.

파월의 금번 발언으로 금리인하에 대한 기대감이 커지면서 뉴욕증시는 큰 폭의 상승세를 이어간 끝에 3대 지수 모두 급등 마감했다.

한편, 한국은행 역시 환율 압박에서 벗어나 내수 침체 대응에 보다 집중할 수 있는 국면을 맞게 될 것이란 관측이다. 현재 한 · 미 기준금리 차는 2.0%포인트로, 한국이 독자적으로 금리를 내리면 원화 약세와 환율 급등 우려가 컸는데 만약 미국이 먼저 금리는 내리면 부담이 크게 줄어들기 때문이다. 또한 당분간 달러는 약세, 달러-원은 그동안의 1,400원 선 위협을 벗어나 레벨을 더욱 낮춰 1,370원대까지도 바라볼 수 있을 것이라는 기대감도 있다.

하지만 파월의 발언에 정작 한국은행의 고민도 커졌다. 경기 둔화를 이유로 금리인하 필요성이 커지고 있지만, 가계부채와 집값 상승이 여전한 부담이기 때문이다. 대출 여력이 커진 상황에서 기준금리인하는 '영끌 심리'를 자극할 수 있다는 우려가 큽니다. 2025년 2분기 가계대출은 이미 역대 최대치를 기록했다.

이에 본지에서는 미국 금리인하의 배경을 살펴본 후 미국의 금리인하가 우리에게 미칠 영향에 대해 논하기로 한다.

본론

1. 미국

1) 2025년 2분기 경제 현황

① 2025년 2분기 미국의 실질GDP 성장률은 3.0%(전기비 연율, 속보치)로 시장 예상(2.6%, Bloomberg) 상회

[미국 GDP 지출 항목별 증가율]

	성장률	PDFS	소비	비주거 고정투자	주거 고정투자	정부	수출	수입
'24.3Q	3.1.	3.4	3.7	4.0	−4.3	5.1	9.6	10.7
'24.4Q	2.4	2.9	4.0	−3.0	5.5	3.1	−0.2	−1.9
'25.1Q	−0.5	1.9	0.5	10.3	−1.3	−0.6	0.4	37.9
'25.2Q	3.0	1.2	1.4	1.9	−4.6	0.4	−1.8	−30.3

<출처: 국제금융센터>

② 물가

가. PCE 물가상승률은 2.1%로 2025년 1분기(3.7%) 대비 하락하였으며, 근원 PCE 물가상승률도 2.5%로 2025년 1분기(3.5%) 대비 하락.

나. 다만, 2025년 6월 중 기대인플레이션은 관세 정책 우려가 다소 완화되며 단기(1년 5.0%)와 장기(5년 4.0%) 모두 소폭 하락하였지만 여전히 높은 수준

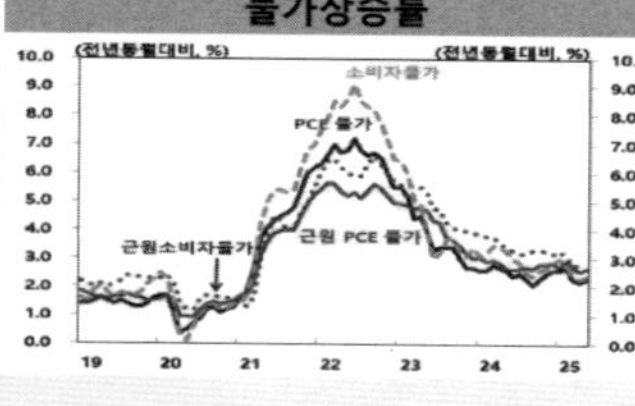

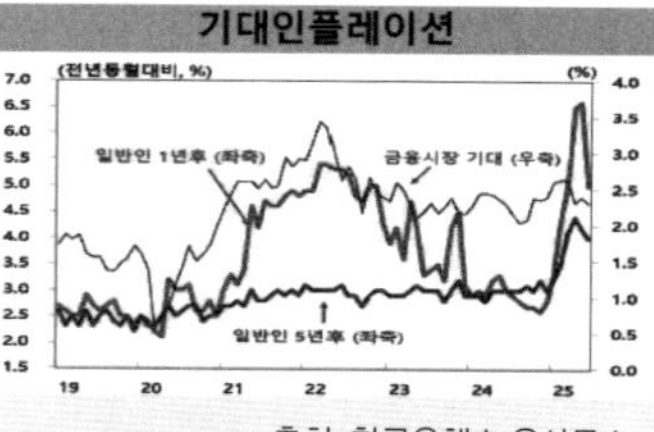

<출처: 한국은행 뉴욕사무소>

③ 고용 사정

양호한 모습 지속

가. 2025년 6월 중 고용 사정은 취업자 수가 견조히 증가하는 가운데 실업률도 하락하며 양호한 모습을 지속

1. 미국	**1) 2025년 2분기 경제 현황**

나. 실업률(4.1%)은 전월보다 하락하였으며 경제활동 참가율(62.3%)은 소폭 하락하고 실업자 수도 감소(2025년 5월 723.7만 명 → 6월 701.5만 명, -22.2만 명)

다. 팬데믹 이전 기간(2015~19년) 평균 실업률은 4.4%

<출처: 한국은행 뉴욕사무소>

④ 장기금리(2025년 5월 4.40% → 6월 4.23%)와 단기금리(2025년 5월 3.90% → 6월 3.72%)가 비슷하게 하락하며, 장단기 금리차(10년물-2년물)가 유지

(월말, %, %p)

		22.12월	23.12월	24.12월	25.1월	2월	3월	4월	5월	6월
►국 채	10년물	3.87	3.88	4.57	4.54	4.21	4.21	4.16	4.40	4.23
►	2년물	4.43	4.25	4.24	4.20	3.99	3.88	3.60	3.90	3.72
금리차(10년물-2년물)		-0.55	-0.37	0.33	0.34	0.22	0.33	0.56	0.50	0.51

<출처: 한국은행 뉴욕사무소>

⑤ 주가

상승 기조. 2025년 6월 중 주가는 관세 정책 등 트럼프 행정부 정책 불확실성에 대한 시장의 우려가 다소 줄어든 가운데, 기업실적 기대감 등으로 상승

2) 전망

① 트럼프 행정부의 무역 및 이민 정책에 따른 성장 하방 압력이 확장적 재정정책에 따른 상방 압력을 상쇄하면서 기조적인 성장 둔화 흐름이 이어질 것으로 예상.

② 연준은 7월 FOMC에서 나타난 것처럼 데이터에 의존하는 신중한 접근방식을 유지할 전망

③ 관세의 물가 영향에 대한 시각은 "상품에 국한되고 일시적"일 것이라는 시각 속 "광범위하고 지속적"인 영향에 대한 우려도 제기

2. 쟁점

1) 캐리 트레이드 무브

캐리 트레이드의 영향

① 금리차: 미국과 여타 주요국들(특히 일본)과의 명목금리 금리 차이가 좁혀짐에 따라 전반적인 캐리트레이드 기대수익률은 종전에 비해 줄어들 가능성. 즉, 미국의 금리인하와 일본의 금리인상이 맞물릴 경우, 일본으로의 역 캐리트레이드 무브가 강화될 가능성

② 글로벌 캐리트레이드는 주요국 피벗에 따른 유·불리 효과 혼재로 급격한 판도 변화 가능성은 크지 않을 것으로 예상되지만, 조달·운용 통화, 투자 수단, 지역 등의 변화가 일정 수준 발생할 수 있다는 점에서 관련 동향을 예의 주시할 필요

2. 쟁점	1) 캐리 　트레이드 　무브	③ 캐리트레이드의 신규 · 청산은 국제금융 시장에서 가장 보편화된 거래 전략 중 하나 이므로, 부정확한 거래 규모에 집착하기보다는 전반적인 국제금융 시장의 투자 분위기나 시장참가자들의 심리를 파악하는 수단으로 인식하는 것이 바람직하다.
	2) 환율	① 미국의 금리인하가 임박한 가운데 그간 초강세를 보여 왔던 미 달러화가 점차 약세로 반전되고 국제투자자본이 미국에서 우리나라 등 여타 지역으로 유입되면서 원화 등 글로벌 통화의 강세가 전망되고 있다. ② 향후 원화 환율은 그간의 상승 흐름에서 점차 하향 안정화될 것으로 예상된다. 다만, 환율 하락의 속도는 점진적인 형태를 보일 것으로 전망되는데 이는 아직까지 글로벌 전쟁 등 지정학적 위험의 상존, 글로벌 물가불안의 지속, 미국 관세 정책의 불확실성, 주변국 환율 변동의 영향 등 다양한 요인들이 원화 환율에 영향을 줄 것으로 보이는 데 기인한다. 또한 이러한 요인들은 글로벌 환율이 추세적인 변곡점을 맞이하고 있는 상황에서 환율의 단기변동성을 크게 하는 요인으로 작용할 것으로 보인다. ③ 우리 경제주체들은 미국 통화정책의 변화로 그간의 환율 흐름이 변곡점을 맞이하고 있다는 점에 유념하여 향후 추세적 환율 하락 가능성에 대응해 나갈 시점으로 보인다. 가. 외환당국은 환율의 추세 반전 시 단기적인 변동성 확대가 나타날 수 있다는 점에서 시장 안정 노력을 지속해 나가되 특히 환율이 가파르게 하락하거나 변동성 확대 시 최근 호조세를 보이고 있는 수출에 부정적인 영향이 나타나지 않도록 유의할 필요가 있다. 나. 가파른 증가세를 보이고 있는 우리나라의 해외증권 투자와 관련하여 투자주체들은 원화 환율의 하락 시 해외투자에 따른 환차손으로 투자수익률 저하가 나타날 수 있다는 점에 유념하여 위험관리에 노력할 필요가 있다.
3. 영향	1) 긍정적인 면	① 한국의 기준금리인하 가능성: 한국은행의 금리정책 운용의 여지가 늘어남. ② 가계 입장에서는 부채에 대한 이자부담이 감소함에 따라, 가계의 수지 개선을 기대할 수 있다. 또한 금리인하는 지출에 대한 기회비용을 떨어뜨려, 가계로 하여금 소비를 늘리려는 유인을 지니게 한다. 향후 경기부양에 대한 기대로 미래 기대소득이 증가하면서 가계의 경제심리가 개선되고, 소비가 증대되는 효과를 유발할 수 있다. ③ 기업 입장에서는 금리가 낮아짐에 따라 수지가 개선되면서 투자여력이 늘어나는 효과를 기대할 수 있다. 특히 기업은 가계와 달리 순자금조달 주체이기 때문에 금리인하로 인한 수지 개선효과가 더 뚜렷하다. 따라서 금리가 내려가면 기업 전체로 볼 때, 이자수지가 개선되면서 투자 여력이 커질 것으로 기대할 수 있다.

원/달러 환율 하락은 국제 유가 등 원자재 가격 하락 및 수입 중간재 가격 하락으로 이어져 기업의 생산비용 부담을 완화

환율 효과로 자본재 중 비중이 높은 수입 자본재 가격이 하락함에 따라 기업의 설비투자 비용 부담이 완화되어 국내 설비투자 확대에 기여

④ 금리가 낮아짐에 따라 자금이 채권시장에서 주식시장으로 이동하고, 주식거래량이 증가하면서 수수료 수익 이자율이 높은 금융 회사들의 수익성이 개선될 수 있다.

가. 증권사는 금리인하로 주가가 상승하고 주식매매가 활발해지면 수수료 수익이 증가하는 한편, 채권매매 및 평가이익도 늘어나게 된다.

나. 자산운용사 역시 주식거래량 증가에 따른 수수료 수입이 증가하게 될 것이다.

다. 은행이나 보험, 연기금 등 이자수익 의존도가 높은 금융 회사는 이자수익이 낮아지겠으나, 채권 평가이익이 이를 일부 상쇄하는 요인으로 작용할 것으로 보인다.

⑤ 가계 대출 및 기업 채무 부담을 경감시켜 주고 금융 회사의 부실채권 부담을 완화시키는 등 긍정 효과를 가져온다.

⑥ 소비자물가 안정

원/달러 환율 하락은 환율에 크게 영향을 받는 유류비 및 수입 원자재 등 수입 품목의 가격을 인하시킴

환율 효과로 인한 수입물가 하락은 국내 소비자물가 안정에 기여

⑦ 해외투자 유인 증가

원/달러 환율 하락은 달러 기준 원화가치가 높아지는 것으로, 달러 기준으로 해외 시장에 투자하는 데 유리한 조건임에 따라 해외투자 유인이 증가

① 가계부채 문제가 심화될 수 있다. 안정적으로 관리되던 가계부채의 증가 속도가 커질 수 있다 불황 국면을 맞이한 가계의 입장에서 돈이 필요한 곳은 많은데 소득이 예전만 못하다면, 대출을 고려하게 된다. 이때 가계의 차입비용을 의미하는 이자가 최근에 보지 못한 낮은 수준이라면, 당연히 차입을 늘리게 된다. 그래서 저금리 기조의 장기화가 가계부채를 늘리게 되는 것이다. 최근 정부는 스트레스 DSR 도입 등을 가계부채 증가 속도를 관리하고 있다. 그럼에도 금리 인화와 더불어 경기 회복 기대가 형성되면 주택가격의 상승 기대로 주택수요 증가가 주택 가격 상승, 가계부채 증가로 이어질 것이다.

② 가계의 소비 증대를 제약하는 방향으로 작용할 가능성도 있다. 한국은행의 자금순환통계에 따르면, 가계는 자금의 운용 및 조달 측면에서 연간 50조 원에 가까운 자금을 금융 시장에 공급하는 순자금운용 주체였다. 따라서 금리인하는 가계부문의 전체 금융소득을 감소시키게 된다. 이로 인해 연금 등 이자소득 의존도가 높은 고령층과 노후 대비 자금 마련을 해야 하는 중장년층에서는 소비여력이 위축될 수 있다.

3. 영향	**2) 부정적인 면**	③ 기업은 금리가 낮아지더라도 설비투자를 기대만큼 늘리지 않을 것이다. 대기업들은 설비투자 부진의 이유로 33%가 수요부진, 25%가 경기 불확실성을 들었으나, 자금조달난을 지적한 비율은 17%에 불과했다. 투자 부진의 원인이 투자 여력 부족이 아니라, 경제 불확실성이라는 이야기다. ④ 금리인하로 환율이 상승한다 해도, 보호무역주의 강화, 수출의 환율 민감도 하락 등을 수출증대 효과도 크게 기대하기 어려울 것이다. ⑤ 수출 기업의 채산성 악화 원/달러 환율 하락시 환율 하락만큼 달러표시 수출가격을 충분히 인상하지 못함에 따라 원화표시 수출액이 하락하여 수출 기업의 채산성이 악화됨. ⑥ 수출 감소 원화 강세로 원/달러 환율이 하락하는 경우 경쟁국 대비 수출 가격경쟁력이 약화될 가능성이 높으며, 이 경우 수출 감소로 이어짐. 수출 증가율 감소는 경제성장률에 대한 수출의 기여도 감소로 이어져 수출 감소시 경제성장 둔화 가능성이 있음. 특히 최근 경제 회복에 수출 호조가 크게 기여하였는데, 원/달러 환율 하락이 지속될 경우 수출 감소로 경제 회복세가 둔화될 우려가 존재 ⑦ 금융불안정 은행은 예대마진 감소에 따른 수익악화로 금융 시장이 불안정해질 수 있다.

📈 결론

의견 제시

금리인하 관련,

첫째, 금리인하 후의 경제주체들의 반응, 금융 및 실물 시장의 움직임 등을 세밀히 살펴보면서 금리인하의 효과를 최대화하는 한편, 금리인하의 효과를 제약하는 요인은 최소화해야 한다. 구체적으로는 재정 · 통화 · 금융당국 간의 긴밀한 협조를 통한 재정정책과 통화정책, 거시건전성 정책의 조화로운 정책운용이 필수적이라고 생각된다. 적극적인 재정정책을 통해 경기부양 대응효과를 증폭시키는 가운데, 필요 시 거시건전성 정책을 통해 금리인하 효과를 제약하는 요인의 발생 가능성을 차단해야 할 것이다.

둘째, 금리정책은 본질적으로 단기대응책이기 때문에, 장기적으로 경제를 성장시키기 위한 방안도 고민해야 할 것이다. 예를 들면, 구체적인 산업별 구조조정 플랜의 수립과 실행, 지속적인 규제개혁을 통한 고부가가치 산업 육성, 노동시장의 유연성 확보 등의 정책들이 필요하다. 이러한 정책들은 우리 경제의 고질적인 문제점들을 극복해 나갈 과제인 만큼 시기를 놓치지 말고 병행해 나가야 할 것이다.

셋째, 금리인하로 인해 가계부채가 빠르게 확대되지 않도록 해야 할 것이다. 최우선적으로 가계부채와 부동산 시장의 성장 사이의 균형점을 모색해야 한다. 가계부채의 핵심인 주택담보대출은 부동산 경기와 매우 밀접한 관련성을 가진다. 경제성장을 위해서는 규제완화를 통한 부동산 시장의 활성화가 요구되나, 그에 따른 가계부채 증가로 가계와 금융기관의 재정건전성이 악화될 수 있다. 따라서 정부는 둘 사이의 균형점을 찾아 가계부채를 적극적으로 관리하고, 부동산 시장을 정상화시켜야 한다. 가령 후분양제를 활성화하거나, 새로운 부동산 소비방식을 고안하여 과열된 부동산 시장을 가라앉힐 필요가 있다.

환율 관련,

환율의 변동성이 경제에 미치는 부정적인 영향력을 최소화하기 위해서는 ▲정부차원의 실물경제 건전성 유지 ▲외환시장 불확실성 대응 ▲기업 경쟁력 제고를 위한 민간부문의 노력이 병행되어야 할 것이다.

이에 정책당국은

첫째, 외환시장의 급격한 변동성에 대비한 대응 능력을 강화해야 한다. 특히 국내 외환시장은 개방성이 높고 경제의 대외 건전성 수준이 높아 대외여건 변화에 따라 비거주자의 투기적 공격에 취약한 시장 구조를 형성하고 있다. 따라서, 환헤지 세력의 지속적인 모니터링과 함께 거시건전성 3종 세트(선물환 포지션 제도, 외국인 채권 투자 과세, 외환 건전성 부담금)의 적절한 운영과 제도적 강화를 통해 외환시장 변동성을 최소화해야 한다.

둘째, 시장과의 소통(announcement) 강화를 통해 금융 시장의 불확실성을 미연에 방지해야 한다. 중장기적으로 투명하고 일관성 있는 거시경제정책 및 통화정책을 바탕으로 신뢰성 유지를 위한 시장과의 소통(announcement) 강화 노력도 병행해야 할 것이다. 향후 주요국을 중심으로 점진적 출구전략이 수행될 것으로 전망됨에 따라 국내외 금리차를 적정 수준으로 관리하여 급격한 외국인 투자 자금의 유출입을 방지해야 할 것이다. 더불어 국내외 금융 시장 여건 변화에 따른 불안감 확산을 예방하기 위해 국제 공조 체제를 강화하고 급격한 환율 변동이 발생할 경우에는 미세조정 등을 통해 원화 가치 변동에 대비해야 한다. 적극적인 미세조정 등을 통해 외환시장에서 국내 경제로 파생되는 불확실성을 줄이고 국내 경제의 안정화를 도모할 필요가 있다. 미세조정을 통해 원화 가치 급등의 속도 조절을 함으로써 국내 경제주체들에게 체감하는 외환시장 불확실성을 줄일 필요가 있기 때문이다. 다만, 미세조정의 경우 대미(對美) 관계의 회복을 통한 환율통화 정책의 운신 폭을 확보해야 할 것이다.

셋째, 경제 펀더멘털(fundamental) 강화를 통해 지정학적 리스크 등 대외변수에 안정적인 기초 체력을 유지해야 한다. 경제성장률, 재정수지, 정부부채뿐 아니라 단기 외채, 외환보유고, 국가신용등급 등 대내외 건전성 관리를 통해 외부 충격에 강한 안정적인 경제 펀더멘털을 유지해야 할 것이다.

넷째, 원화 강세 시점을 기회로 자본재 투자, 해외 투자 확대 등을 통해 미래 성장 동력을 확보할 필요가 있다. 국내 설비투자에서 수입자본재가 차지하는 비중이 높은 만큼 원화 강세 시점에 적극적인 설비 도입을 통해 향후 성장 동력을 확보가 가능한 시점이기 때문이다. 또한 원화 강세는 해외자산의 매입 단가를 낮춰주기 때문에 해외자산 매입을 통해 해외시장 진출 거점 마련이 가능한 시점이다.

- 경상수지 흑자 발생시 공기업 대외채무 상환을 주도함으로 종합수지를 적정하게 유지할 필요
성도 있다.
- 거주자 외화예금 운용 확대로 거주자 외화예금 증가를 유도함으로 외환시장에서 원화가치 절
상 압력을 완화할 필요가 있다.

다섯째, 중장기적으로 우리나라 수출기업의 제품 특화, 품질 향상 등 비가격경쟁력 제고에 주력
해야 한다. 특히, 수출경합도가 높은 산업의 글로벌 수출 시장에서 국내 기업이 가격을 설정할 수 없
는 상황이기 때문에 환율로 인한 수출가격 하락 리스크를 대부분 수출 기업이 감수하는 것으로 판
단된다. 따라서 국내 기업의 수출경쟁력 확보를 위해 수출경합도가 높은 산업을 중심으로 R&D를
통한 적극적 기술개발, 품질 향상 그리고 브랜드 가치 제고 등 이 요구된다.

한편,
우리 경제의 문제해결 방법은 전적으로 금리인하에 있지 않다. 우리 산업의 구조적 문제와 가계
의 과도한 부채부담 등과 맞물려 금융 시장은 심각한 유동성 함정에 빠져있기 때문이다. 이에 대한
근본적인 재점검을 하지 않고, 경기침체에 대응해야 한다는 단순한 명분을 내세워 이미 기능을 상
실한 금리의 경기조절 능력을 '쉽게' 맹신하지 않아야 할 것이다.

첫째, 친기업 정책이 필요할 때이다. 기업의 투자를 늘리기 위해 규제와 불필요한 프로세스를 개
혁하고 노동유연화를 위한 고민을 해야 한다. 그렇게 함으로써, 기업이 보유하고 있는 자금을 투자
로 유인할 수 있는 방안을 다각도로 연구해야 한다.

둘째, 가계부문의 과도한 가계부채 부담의 원인이 되고 있는 부동산 버블을 어떻게 잠재우고 부
채 규모를 축소해 나갈 수 있는가에 금융정책의 초점을 맞추어야 한다.

셋째, 기업과 가계의 수요를 진작시키기 위해서는 금리인하가 아니라 우리 경제의 구조적인 문
제에 과감한 메스를 가해야 한다. 특히, 10여 년째 방황 중인 산업별 구조개혁과 노동개혁을 단계적
으로 추진해 나가서 경제의 역동성을 높여야 할 것이다.

넷째, 금리가 제로 근처까지 가더라도 경기가 나아지지 않는다면 디플레이션이 발생한다. 미래
에 자산가격이 더 싸질 거라 생각해 소비와 투자가 위축되는 것이기 때문이다. 금리는 낮아졌는데
투자자들이 이를 기회가 아닌 위기로 받아들인다면 디플레이션 위험에 노출될 수 있다. 따라서 디
플레이션 발생 가능성을 선제적으로 차단하는 정책들에 대한 고민이 필요할 때인 것으로 보인다.

지금 같은 한국 경제 위기의 본질적 원인 중 하나는 정책 실패다. 친노조, 소득주도 성장 등 잘못
된 정책들이 시장을 짓누르고 있다. 부작용이 드러나고 있는 무리한 정책들을 손질하지 않으면 통
화 · 재정정책 효과는 반감될 수밖에 없다. 정책 전환을 통해 민간투자도 활성화해야 경제가 더 추
락하는 것을 막을 수 있을 것이다

> **주제 1**
> 미국의 금리인하(피봇)이 한국경제 및 기업들에 미칠 영향과 무역
> 협회의 대응 방안에 대하여 논하라.

답안

서론

미국의 금리인하 기조

미국 중앙은행이 마침내 금리인하의 신호를 보내며 글로벌 긴축 시대 종말을 예고하고 있다. 코로나19 사태 이후 고물가 충격에서 벗어나면서 중앙은행의 관심이 인플레이션에서 고용으로 바뀌고 있는 추세가 반영된 현상이다. 이에 본고는 미국 금리인하가 한국경제에 미치는 영향을 검토하고, 향후 금리인하의 긍정적 효과를 극대화하기 위한 무역협회의 대응 방안을 **서술하겠다.**

> 구성상 본론의 시작을 미국의 금리인하의 배경으로 하시면 좋습니다. 예를 들면, 물가상승률, 고용지수, 소비지수, 성장률 등이 있습니다.

본론

1. 금리인하가 한국경제에 미치는 영향

연준의 금리인하 속도는 다른 국가에도 영향을 미친다. 연준이 매번 0.25%포인트씩 완만하게 금리를 인하한다면 미국 금리는 다른 나라에 비해 높은 수준을 더 오래 유지할 수 있게 된다. 이 경우 투자자들이 달러 자산으로 몰리면서 미국 통화가 강세를 보일 수 있다. 반면 연준이 공격적으로 금리를 내린다면 다른 국가 중앙은행들도 자국 통화가 약화하지 않도록 금리를 따라 내릴 여지가 커진다. 한국 역시 마찬가지이며, 이때 다음과 같은 현상이 나타난다.

2. 금리인하의 문제점

첫째, 가계부채 증가와 물가 상승이다. 금리인하시, 채무자의 가계부채 상환 부담이 감소하면서 소비를 증가시켜 단기적으로 경제를 부양하는 효과가 있다. 소비가 늘어나니 수요가 많아져 물가가 상승한다.

그러나 가계부채가 임계치를 넘어 과도하게 늘어날 경우 '원리금 상환 부담에 따른 소비위축 효과'가 커서 **장기적인 경제 성장에 부정적인 영향을 줄 수 있다.** 국제 결제은행(BIS) 보고서에 따르면, 한국은 GDP 대비 가계부채 비율이 100%선을 웃돌면서 경제성장률도 정점을 찍어 역U자형 곡선을 띤다. 빚을 내서 소비를 늘리면 단기적으로 성장률이 높아질 수 있지만, 중장기적으로는 부채 상환과 이자 지급 부담 때문에 미래 성장 잠재력이 약화하기 때문이다.

둘째, 부동산시장의 과열이다. 미국의 금리가 한국보다 낮을 경우, 캐리트레이드 현상이 나타날 수 있는데 새로 풀린 해외 자금이 기업으로의 투자가 아닌, 부동산시장으로 흘러들어가 자산거품을 일으킬 수 있다. 가계의 소득 또한 주택담보대출로 흘러들어가게 될 위험이 크다. BIS 보고서에 따르면, 과거부터 한국은 가계부채가 증가하고 주택 수요가 느는 동안 제조업을 비롯한 다른 업종에서 건설, 부동산업으로 신용이 옮겨갔다. 건설, 부동산업의 생산성은 상대적으로 낮은 만큼, 해당 업종에 대한 과도한 대출 쏠림은 성장에 부담을 준다. 결과적으로 가계부채 증가뿐 아니라 자산 불평등을 심화시키고, 장

장기적으로 소비감소에 의한 경기 침체가 우려된다.

기적으로 자원 배분의 효율성을 저해하게 될 것이다.

셋째, 양극화 심화이다. 소득수준에 따른 대출 접근성 격차가 존재하는 상황에서 가계의 유동성이 자산시장으로 유입될 경우 높은 고소득층의 자산이 저소득층보다 빠른 속도로 증가할 수 있다. 고소득층만 '레버리지 효과'를 일으킬 수 있기 때문에 자산 불평등이 확대될 가능성을 내포하고 있다. 금리와 환율은 보통 정의 상관관계를 보이므로 미국 금리인하로 환율이 급락할 경우, 한국 수출기업이 받을 수 있었던 **달러**의 총 양이 줄어든다. 이때, 위기대처 능력이 떨어지는 중소기업들은 더 큰 타격을 입게 된다.

넷째, 금융불안 가중이다. 금리란, '돈에 대한 사용료'를 뜻하는바, 금리인하로 예적금 이자가 낮아지니 은행에 돈을 예치하기보다는 주식, 코인과 같은 위험자산에 투자하게 된다. 이는 은행들의 수익저하, 예대마진 하락으로 이어진다. 또한, 부동산 PF 대출은 여타 금융에 비해 사업성에 대한 의존도가 높아서 부동산시장 여건에 민감하게 반응하므로, 과열된 부동산시장 거품이 꺼질 경우 개별 금융기관의 잠재부실이 **전반적인 금융시스템의 불안으로 전이될 수 있기에** 적절한 관리가 **필요하다**.

📈 결론

무역협회의 대응 방안

1. 리스크관리 플랫폼 구축

첫째, 가계 · 기업 부채의 부실화로 금융불안정 요인이 현실화될 수 있기 때문에 위기발생에 대한 조기경보시스템 구축이 필요하다. 현재 무역협회에서는 매분기 마지막 월 2주간 회원사 중 전년도 수출실적 50만 달러 이상인 약 2,000개 업체를 대상으로 수출산업경기전망조사(EBSI)를 실시하여 수출채산성, 무역환경 등의 전망에 관한 객관적인 판단지표를 산출하고 있다. 무역협회는, EBSI 산출 결과를 통해 무역 불안정 요인을 조기에 파악하여, 수출업계의 합리적인 경영 계획과 정책 수립의 기초로 삼아 리스크를 철저히 관리할 필요가 있다. 또한, 정책 당국과의 긴밀한 정보 교환과 제도 개선 건의를 통해, 환율이 통제가능한 범위 안에서 움직일 수 있도록 환율하락 방지 정책을 만들어야 한다. 이로써 **경제시스템이 금융대란이나 경제혼란 증폭을 겪지 않도록 연착륙을 유도해야 할 것이다.**

둘째, 수출기업들을 교육하고 리스크관리 능력을 키우는 방안이다. 민스키의 금융불안정성 가설은, 정부의 적절한 정책 개입과 유연한 제도의 운영을 통해 불안정한 경제의 안정화와 완전고용 등 거시경제목표를 달성할 수 있다는 정책적 시사점을 제공한다. 따라서, 정부와 한국무역협회는, 스스로 **금융리스크**, 환리스크에 대비할 수 없는 중소기업들을 지도, 교육, 계도하여 급변하는 금융 시장에서 생존하도록 도와야 한다. 일례로, 무역협회는 수출기업들에게 무역보험공사의 '환변동 보험상품'을 안내, 홍보하고, Trade Pro에서의 국가별, 제품별 수출 상담, 무역아카데미에서 수출입 시 공급망 리스크, 환리스크 관리 교육 제공 업무를 지속해야 할 것이다.

무역에 초점을 맞추세요. |

금융리스크는 삭제하세요. |

기업 경쟁력 확보를 위한 산업 다변화 전략

첫째, 한국무역협회는, R&D 예산 확보를 건의함으로써 기업의 제품경쟁력 확보 방안을 모색하여야 한다. 둘째, 경영컨설팅을 통해 신규 기업들의 진출 분야를 제조업 중심 산업에서 서비스 산업(금융, 인프라, 통신, 의료)으로 다변화하여 수출경쟁력을 제고할 수 있다. 이처럼 수출상품을, 저부가가치에서 고부가가치 상품으로 다변화하여, 자금과 신용이 생산성이 높은 부문으로 유입될 수 있도록 유도함으로써 자금의 부동산시장 쏠림 현상을 방지하여야 할 것이다.

주제 2

한국은행 기준금리인하의 금융 시장 영향과 금융당국의 대응 방안을 논하라.

답안

1. 기준금리인하가 금융 시장에 미치는 영향

기준금리인하는 **콜금리인하로 금융기관의 자금조달 비용을 낮춘다.** 또한, 대출금리인하로 금융기관의 순이자마진(NIM)을 감소시키며, 차주의 상환부담 완화로 연체율을 낮춰 금융기관의 대출 증가를 유발한다.

첫째, 가계대출 규모가 증가한다. 현재 **우리나라 가계대출은 부동산가격 상승 기대로** 수요가 많고, 정책자금 규제완화로 공급이 많다. 또한, 신용대출을 중심으로 연체율이 상승세에 있으며, 이는 취약차주의 증가를 의미한다. **그러나** 금리인하는 가계의 부동산가격 상승 기대를 형성하며, 차입비용을 감소시켜 가계대출 수요를 증가시킨다. 또한, 금융기관은 고소득차주 중심 운영으로 수익률이 높고, 연체율이 낮은 가계대출을 선호하며, 바젤규제에서 가계대출의 위험가중치가 낮아 자본규제 부담이 덜한 가계대출 공급을 늘린다. 결국, 금리인하는 가계대출의 규모를 다시 증가시킨다. 이는 부동산가격의 버블을 **형성**하며, 부동산시장의 리스크가 금융 시장으로 쉽게 전이되게 한다.

둘째, 부동산 PF 대출 규모가 증가한다. 현재 우리나라 PF 대출의 건전성, 특히 브릿지론의 건전성이 악화됐다. 금리인상으로 인한 금융비용 증가, 주거분양 및 상업용 부동산 투자 감소, 미·중무역갈등,

러·우전쟁으로 인한 글로벌 공급망 위축과 자재비 상승, 중대재해 처벌법 시행, 최저임금 인상으로 인한 인건비 **상승으로** 부동산개발 사업의 수익성이 악화되어 부동산 PF 시장이 위축되었으며, 이로 인해 브릿지론이 부실화됐다. 그러나 금리인하는 부동산개발 사업의 수익성 기대를 형성하여, 증권사 등 비은행과 지방은행 등 자본력이 부족한 금융기관도 사업다각화와 수익성 제고를 위해 PF 대출에 참여할 유인을 갖게 한다. 이는 자본시장의 금융 시장과의 연계성**을** 높여, 금융 시장의 부실이 자본시장으로 전이될 위험을 유발한다. 또한, 자본력이 부족한 금융기관의 부실을 심화시킨다.

2. 금융당국의 대응 방안

1) 금융 시장의 변동성에 대한 지속적인 모니터링 강화

상술했듯, 금융기관의 수익 추구, 가계, 기업 등의 투자심리**가** 가계대출, PF 대출을 늘리며, 이는 시장에 빠르게 확산된다. 따라서, 금융 시장의 변동성에 대한 지속적인 모니터링이 필요하다. 예를 들어, 거시건전성 감독 스트레스테스트 모형(K-STARS), 금융산업 조기경보시스템(K-SEEK), 빅데이터 기반 금융경제 예측모형(K-supercast) 등을 활용해, 대출 규모, 연체율, 자산가격 변동을 상시 모니터링해야 한다. 이를 통해 변동성 확대 등 시나리오에 대한 대응 방안을 마련해 두고, 유사시 계획에 따라 철저히 수행해야 한다.

2) 금융기관 및 시행사의 건전성 관리 강화

금융기관에 향후 **금리 기조 변화에** 따른 대출부실에 대비한 스트레스 완충자본 적립, 대출분산을 통한 리스크 완화를 유도하기 위한 경기대응 완충자본 적립을 권고해야 한다. 또한, 대손충당금 최저적립 비율을 상향 조정해야 한다. 한편, 비이자수익 및 해외수익을 높여 이자수익에 대한 의존도를 낮추도록 권고해야 한다. 현재 약 90%에 달하는 금융기관의 이자수익에 대한 의존도가 금리인하시 급격한 대출 증가를 유발하기 때문이다.

가계대출 증가에 대비해 DSR 규제를 강화해야 하며, 그 준수 여부를 철저히 감독해야 한다. 다만, 이로 인해 은행 주택담보대출이 어려워져, 제2금융권 대출과 신용대출로 확산되는 풍선효과의 발생에 대한 모니터링이 필요하다. 특히, 향후 대형 IPO에 대한 투자심리가 제2금융권 대출과 신용대출을 유발할 수 있어 모니터링 필요성이 더 크다. 또한, 책임한정형 대출 상품의 공급 확대를 권고해 엄밀한 여신 심사의 유인을 갖게 해야 하며, 금리인상시 차주의 상환부담 증가를 방지하기 위해 고정금리형, 분할상환형 대출상품 취급을 권고해야 한다.

PF 대출 증가로 인한 리스크를 방지하기 위해 증권사 등 비은행과 지방은행 등 자본력이 부족한 금융기관의 PF 대출 확대를 모니터링해야 한다. 또한, 시행사에게 자본력을 확충하도록 권고해야 한다. 예를 들어, 투자자에게 인센티브를 제공하거나, 펀드를 조성하는 방안을 고려할 수 있다. 더불어, 향후 사업장에 대한 상시평가로 전환하여, 부실사업장 발생을 지속적으로 모니터링해야 한다.

3) 금융소비자 교육 및 지원 강화

2023년 한국청소년금융교육협의회에 따르면, 한국 청소년의 금융 이해도는 낙제 수준이다. 이는 현재의 전형적인 저성장 국면에서, 과도한 대출을 통한 주식, 가상화폐 등 고위험자산 투자로 이어질 수 있다. 금리인하시 그 위험이 더 증가하므로, SNS, 유튜브 등을 통해 고위험자산 투자의 위험성을 홍보하고, 학교, 대학 등 공교육기관과 협력해 금융교육을 강화해야 한다. 금리인하시 금융 시장의 변동성이 심화되어 이를 활용한 파생상품 및 공매도 거래가 증가할 우려가 있다. 금융당국은 이를 상시 모니터링해 개인투자자의 피해가 발생하지 않도록 해야 한다. 또한, 저소득층 및 소상공인이 금융 지원에서 소외되지 않도록 보호해야 한다. 이를 통해 소비를 늘림으로써 목표로 하는 내수회복을 달성할 수 있을 것이다.

chapter 02 | 트럼프 2기 국제 통상정책

01 논제 개요 잡기[핵심 요약]

서론	이슈언급	트럼프노믹스 2.0은 친환경정책을 축소하고, 전 세계 보호무역 장벽을 높이며, 미 중심의 제조업 재편을 가속화할 가능성이 높다. 따라서, IRA 시행을 고려하여 그간 미국 시장 진출을 활발히 한 대한민국의 친환경산업과, 대외 의존도가 높은 한국의 무역에 부정적 영향을 미칠 것으로 예상된다. 제2차 세계대전 이후 미국이 주도해온 자유무역 질서는 지금의 대한민국을 만들어 주었다. 자유무역에 힘입어 대한민국의 경제는 비약적으로 발전하였다. 그런데 트럼프 제1기부터 미국의 국제통상 기조는 보호무역주의와 미국 우선주의에 휘둘리기 시작했다. 과거 미국은 대한민국이 믿고 따른다면 국제통상 관계에서 중간 이상을 보장해주던 세계 패권국이었는데, 트럼프 제1기부터 교역 상대국이라면 동맹국인지를 묻지 않고 공격적인 통상이익을 추구하기 시작하였다. 이러한 상황에서 2025년 1월 20일 트럼프가 다시 돌아오게 되었다.

<table>
<tr><td rowspan="13" align="center">본론</td><td rowspan="8" align="center">1. 트럼프의
주요 국제
통상정책</td><td rowspan="8" align="center">1) 요약</td><td colspan="2">

정책 기조	• 미국 우선주의, 강한 미국
슬로건	• Make America Great Again(미국을 다시 위대하게)
경제 (재정 · 통화)	• 법인세율 인하 • 소득세 감세 • 연준 독립성 저해(초기 금리인하 주장)
무역	• 보편적 기본 관세(10%+α, 관세 무기화) • 국가 대 국가 협상(다자주의 부정적) • 전방위적인 보호무역 장벽 구축
대중 관계	• 중국의 항구적 정상무역관계(permanent normal trade relations: PNTR)* 지위 박탈 • 디커플링(Decoupling, 탈중국 강화)
산업 · 환경 · 이민	• 기존 친환경정책(IRA 등) 축소 • 제조업 부흥 • 반이민 · 멕시코 국경 통제 강화

※*: 외국이 최예국 대우를 받을 수 있는 자격을 항구적으로 허용하는 미 의회 법률의 명칭
</td></tr>
</table>

트럼프 주요 국제 통상정책 (본론 1)

1) 요약 — 위 표

2) 경제정책
① 감세 추진
② 금리인하 압박

3) 무역정책
① 관세 인상
② 상호무역법 제정

4) 대중국정책
① 완전한 탈(脫)중국
② 고율 관세 부과
③ 첨단 산업 규제 강화

5) 산업정책
① 제조업 지원
② 친환경정책 후퇴

2. 한국 경제 통상에 미치는 영향

1) 요약
① 트럼프노믹스 2.0은 친환경정책을 축소하고, 전 세계 보호무역 장벽을 높이며, 미 중심의 제조업 재편을 가속화할 것이다.
② 한국의 국제통상에 부정적 영향을 미칠 것으로 예상된다.
③ 한국의 수익(친환경 보조금, 수출) 감소, 비용(금리) 증가가 예상되어, 우리 경제에 큰 부담이 될 전망이다.

2) 신 에너지 산업 관련 피해
① 신에너지 관련 산업은 피해가 예상되고, 석유화학 · 원자력 등 전통적인 에너지 관련 산업은 수혜 산업으로 예상된다.
② 트럼프의 외교 · 안보 불개입 원칙으로 인해 전 세계 안보 위기가 가중되면서 방위 산업 호황이 지속될 전망이다.
③ 자동차
대미 무역흑자(2023년 445억 달러)에서 전기차 수출의 기여도가 높아진 상황에서, 트럼프의 전기차 전환정책 백지화로 일정 기간 상당한 타격이 예상된다.

본론	**2. 한국 경제 통상에 미치는 영향**	2) 신 에너지 산업 관련 피해	④ 이차전지 IRA 축소 시 미 진출 한국 배터리 사의 가격경쟁력 약화가 우려된다. 반면 중국의 이차전지 공급망 패권을 견제함으로써 한국이 반사이익을 얻을 수 있을 것으로 기대된다. ⑤ 석유 · 화학 트럼프의 화석 연료 생산 규제 완화 추진은 단기적으로 유가 하락의 요인이 되어 원가 절감으로 인한 수혜가 예상된다.
		2. 고금리 장기화 <이론적 경로>	트럼프 제2기에서는 정작 트럼프의 금리인하 바람과는 달리 결과적으로 인플레이션 자극 정책이 시현됨으로써 → 2024년 9월 인하된 금리를 다시 인상 → 전체적으로 한국의 금리인하 제약, 고금리 장기화가 "이론적으로는" 예상된다.
		3. 수출동력 약화	① 미 · 중 수출 의존도가 높은 산업을 중심으로 한 부정적 영향이 예상된다. ② 제3시장에의 한국 수출 감소도 우려된다.
결론	**의견제시**		트럼프 제2기에 대비하여 정책당국은 첫째, 미국의 필수 공급망에서 더 높은 위치를 차지하고, 한미동맹을 공고히 하기 위해 미국과 군사 · 과학기술 분야에서의 협력 수준을 한층 강화할 필요가 있다. 둘째, 수출 상품의 제조 · 공정 이력관리체계(원산지 추적) 구축이 필요하다. 셋째, 중소벤처기업부 글로벌비즈니스센터(GBC) 또는 KOTRA 해외진출 지원사업단에서 우리 기업의 미국 중심의 공급망 구축 해외진출 전략을 지원할 필요가 있다. 마지막으로 대체 수출처를 확보하여 글로벌 공급망 구조를 통한 간접영향(제3국에의 중간재 수출 감소)에 대비해야 한다.

02　논제 풀이

 서론

 **이슈 언급**

2017년 미 대통령으로서 "미국 우선주의"와 "보호무역주의의 국제통상" 기조를 주도했던 트럼프가 2025년 1월 20일, 다시 제47대 미 대통령으로 취임했다. 트럼프노믹스 2.0은 친환경정책을 축소하고, 전 세계 보호무역 장벽을 높이며, 미 중심의 제조업 재편을 가속화할 가능성이 높다.

따라서, IRA 시행을 고려하여 그간 미국 시장 진출을 활발히 한 대한민국의 친환경산업과, 대외 의존도가 높은 한국의 무역에 부정적 영향을 미칠 것으로 예상된다.

대한민국은 수입이 아니면 대다수 소비재와 필수재를 획득할 수 없고, 수출이 아니면 외화를 획득하기 어려운 나라이다.

제2차 세계대전 이후 미국이 주도해온 자유무역 질서는 지금의 대한민국을 만들어주었다. 자유무역에 힘입어 대한민국의 경제는 비약적으로 발전하였다. 그런데 트럼프 제1기부터 미국의 국제통상 기조는 보호무역주의와 미국 우선주의에 휘둘리기 시작했다. 과거 미국은 대한민국이 믿고 따른다면 국제통상 관계에서 중간 이상을 보장해주던 세계 패권국이었는데, 트럼프 제1기부터 교역 상대국이라면 동맹국인지를 묻지 않고 공격적인 통상이익을 추구하기 시작하였다. 이러한 상황에서 2025년 1월 20일 트럼프가 다시 돌아오게 되었다.

이에 본지에서는 트럼프 제2기 경제 · 국제통상 정책의 방향을 살펴보고, 한국의 국제통상에 미치는 영향을 점검한 후 우리의 정책적 대응 방향을 모색하고자 한다.

📈 본론

1. 트럼프의 주요 국제 통상정책	1) 요약	정책 기조	• 미국 우선주의, 강한 미국
		슬로건	• Make America Great Again(미국을 다시 위대하게)
		경제 (재정 · 통화)	• 법인세율 인하 • 소득세 감세 • 연준 독립성 저해(초기 금리인하 주장)
		무역	• 보편적 기본 관세(10%+α, 관세 무기화) • 국가 대 국가 협상(다자주의 부정적) • 전방위적인 보호무역 장벽 구축
		대중 관계	• 중국의 항구적 정상무역관계(permanent normal trade relations: PNTR)* 지위 박탈 • 디커플링(Decoupling, 탈중국 강화)
		산업 · 환경 · 이민	• 기존 친환경정책(IRA 등) 축소 • 제조업 부흥 • 반이민 · 멕시코 국경 통제 강화

※*: 외국이 최혜국 대우를 받을 수 있는 자격을 항구적으로 허용하는 미 의회 법률의 명칭

<출처: 국회입법조사처>

2) 경제정책

① 감세 추진

트럼프 제2기에서는 법인세율을 낮추고, 트럼프 1기 때 도입했으나 2025년 실효 예정인 소득세 감세를 영구화하고, 감세로 인한 재정 부족은 관세 인상을 통해 충당할 것이다.

② 금리인하 압박

트럼프가 경기부양을 위해 금리인하를 압박하고, 현 파월 의장의 연임을 반대하는 등 연준 독립성을 훼손할 가능성이 있다.

1. 트럼프의 주요 국제 통상 정책	3) 무역정책	① 관세 인상 무역수지 적자 축소를 위해 모든 수입품에 10%의 관세를 추가로 부과하는 보편적 기본 관세(Universal Baseline Tariff)를 도입할 것이다. 트럼프는 세계 최저 수준인 미국 평균 관세율(3.3%)이 미국 제품의 시장경쟁력과 일자리, 근로자 임금에 악영향을 끼쳤다고 주장하고 있다. ② 상호무역법 제정 교역 상대국과 같은 관세율을 적용하는 것을 원칙으로 하고, 자국 산업 보호를 위해 보복관세를 적극적으로 활용할 것이다.
	4) 대중국정책	① 완전한 탈(脫)중국 중국을 글로벌 공급망에서 전면 배제하는 디커플링(decoupling) 정책을 통해 바이든의 디리스킹(derisking : 중국과 협력 · 공존 관계를 유지하면서 첨단사업 등 특정 부문의 위험 요소만 제거한다는 의미) 정책과 차별화할 것이다. 중국의 항구적 정상무역관계 지위를 박탈하여 최혜국 대우를 하지 않고, 전자 · 철강 등 필수 상품을 중국으로부터 수입하는 것을 금지하는 4개년 계획을 실시할 것으로 예상된다. ② 고율 관세 부과 중국에 징벌적 관세율 60% 이상을 부과할 것이다. ③ 첨단 산업 규제 강화 반도체 칩 · 장비 등 국가전략산업의 중국 수출을 전면 통제하고, 자국 기업의 경쟁력 강화를 추진할 것이다.
	5) 산업정책	① 제조업 지원 미국 일자리를 확대하는 제조업 육성을 위해 해외 공급망에 높은 수준의 페널티를 부과하는 보호무역 장벽을 구축할 것이다. ② 친환경정책 후퇴 「인플레이션 감축법(IRA)」(Inflation Reduction Act: 이하 'IRA')상 탈탄소 보조금 지원을 중단하고, 내연기관 자동차 연비규제를 완화하며, 전기차 의무 판매정책을 폐지할 것이다. 대신 석유 · 천연가스 · 석탄 · 원자력 등 전통적 에너지원의 생산 확대와 인센티브 장려로 가장 저렴한 가격의 에너지원을 확보하려 할 것이다.
2. 한국 경제 통상에 미치는 영향	1) 요약	① 트럼프노믹스 2.0은 친환경정책을 축소하고, 전 세계 보호무역 장벽을 높이며, 미 중심의 제조업 재편을 가속화할 것이다. ② IRA 시행을 고려하여 그간 미국 시장 진출을 활발히 한 한국의 친환경산업과, 대외 의존도가 높은[GDP 대비 수출 비중(%, 2022년) : 한국 48.3 > 일본 21.5 > 미국 11.6.] 한국의 국제통상에 부정적 영향을 미칠 것으로 예상된다. ③ 한국의 수익(친환경 보조금, 수출) 감소, 비용(금리) 증가가 예상되어, 우리 경제에 큰 부담이 될 전망이다.

① 친환경 정책(IRA 등) 후퇴로 전기차 · 이차전지 등 신에너지 관련 산업은 피해가 예상되고, 석유화학 · 원자력 등 전통적인 에너지 관련 산업은 수혜 산업으로 예상된다.

② 방위 산업

트럼프의 외교 · 안보 불개입 원칙으로 인해 전 세계 안보 위기가 가중되면서 호황이 지속될 전망이다. 트럼프의 NATO 무용론 등으로 미국의 안보 우산 역할이 크게 약화되면서 주요 분쟁지역의 안보 불안이 증가할 것이다. 이는 각국의 국방 분야 투자 증가로 이어지고, 방산 기업 매출 확대로 이어질 가능성이 있다.

③ 자동차

대미 무역흑자(2023년 445억 달러)에서 전기차 수출의 기여도가 높아진 상황에서, 트럼프의 전기차 전환정책 백지화로 일정 기간 상당한 타격이 예상된다. 전기차 성장이 둔화하면, 미 진출 한국 기업들이 도요타 등 글로벌 완성차 기업 대비 비교우위를 가졌던 전기차 시장 선도전략에 차질이 생길 수 있다.

④ 이차전지

현재 미국에서 생산되는 배터리에 kwh당 35-45달러 보조금을 지급하는 중인데, 트럼프 2기에서 IRA 축소와 대중 견제 강화에 따른 위기가 예상된다. IRA 축소 시 미 진출 한국 배터리사의 가격경쟁력 약화가 우려된다.

한편 높은 기술력, 가격경쟁력, 핵심 광물 주도권을 보유한 중국의 이차전지 공급망 패권을 견제함으로써 한국이 반사이익을 얻을 수 있을 것으로 기대된다.

⑤ 석유 · 화학

트럼프의 화석 연료 생산 규제 완화추진은 단기적으로 유가 하락의 요인이 되어 원가 절감으로 인한 수혜가 예상된다.

---

2) 신 에너지 산업 관련 피해

2. 한국 경제 통상에 미치는 영향

트럼프 제2기에서는 정작 트럼프의 금리인하 바램과는 달리 결과적으로 인플레이션 자극 정책이 시현됨으로써 → 2024년 9월 인하된 금리를 다시 인상 → 전체적으로 한국의 금리인하 제약, 고금리 장기화가 "이론적으로는" 예상된다. 그리고 그 세부 경로는 아래 표와 같다.

2. 고금리 장기화

<이론적 경로에 의거한 예측으로 실제 트럼프는 금리인하 정책을 고수중임>

예상 정책	영향	결과
대규모 감세 · 경기 부양	국채 발행 증가, 재정 적자 심화	물가 상승 ↓ 美 금융긴축 장기화, 금리인하 지연 ↓ 韓 금리인하 제약, 고금리 장기화
관세 인상*	교역량 감소, 상품 가격 상승	
이민 제한	노동 공급 감소, 임금 상승	

※*: 대외경제정책연구원에서는 트럼프의 관세 정책이 미국의 소비자 물가를 약 1.9~10.4%까지 상승시킬 것이라고 전망하고 있음.

<출처: 국회입법예산처>

<table>
<tr><td rowspan="2">2. 한국 경제
통상에
미치는 영향</td><td rowspan="2">3. 수출동력
약화</td><td>
① 트럼프 제2기에서는 미 제조업 일자리 보호 최우선 → 극단적 보호무역 조치 시행 → 미 · 중 수출 의존도가 높은 산업을 중심으로 한 부정적 영향이 예상된다.
</td></tr>
<tr><td>
② 제3시장에의 한국 수출 감소도 우려된다. 트럼프 2기 미 · 중 갈등 격화로 중국의 성장둔화 · 내수 침체가 지속되면, 중국이 공급과잉 문제를 해결하기 위해 제3국에 초저가(超低價) 덤핑 수출 공세를 할 우려가 있다. 중국의 유통기업인 알리 · 테무가 직구 쇼핑몰의 전 세계 판매 거점을 늘리며 초저가 공세를 단행할 것으로 예상된다. 또한 미국이 제3국에 관세를 부과하여 해당 국가의 대미 수출이 감소하면, 제3국의 한국산 중간재에 대한 수입도 감소할 것으로 예상된다
</td></tr>
</table>

예상 정책	영향	결과	추정액
한 수출품 관세 인상(+10%~)	미국 또는 미 관세를 회피할 수 있는 국가로 설비 이전 증가 → 국내 제조업 공동화 심화	대미 수출 감소	152억 달러
中 수출품 징벌적 관세 부과(+60%~)	中 성장률 저하로 한국 제품 수입 감소	대중 수출 감소	
	중국의 제3시장으로의 초저가 공세 수출	미 · 중 외 제3 시장 수출 감소	47~63 억 달러
제3국 수출품 관세 인상(+10%~)	제3국의 대미 수출 감소로 한국산 중간재에 대한 수입 감소	미 · 중 외 제3 시장 수출 감소	

<출처: 국회입법예산처>

결론

의견 제시

트럼프 제2기에 대비하여 정책당국은

첫째, 미국의 필수 공급망에서 더 높은 위치를 차지하고, 한미동맹을 공고히 하기 위해 미국과 군사 · 과학기술 분야에서의 협력 수준을 한층 강화할 필요가 있다. 협력 분야는 전투함 · 핵잠수함과 같은 군수 무기의 생산뿐 아니라 인공지능 · 양자컴퓨터 · 우주기술과 같은 미래기술도 포함하는 것이 바람직하다. 21세기 4차 산업혁명 시대의 핵심 기술은 대부분 이중 용도로 사용될 수 있는 바, 미국과의 군사 · 과학기술 협력은 최첨단 상용기술 확보를 위해 필요하다.

둘째, 수출 상품의 제조 · 공정 이력관리체계(원산지 추적) 구축이 필요하다. 중국을 겨냥한 제재 확대에 대비하여 공급망 전과정을 실사 · 추적 · 관리하는 역량을 강화하는 것이 바람직하다.

셋째, 중소벤처기업부 글로벌비즈니스센터(GBC) 또는 KOTRA 해외진출 지원사업단에서 우리 기업의 미국 중심의 공급망 구축 해외진출 전략을 지원할 필요가 있다. 미국의 중국 제재가 강화될 경우 중국 진출 리스크가 더욱 커질 것이다. 우리 기업은 생산설비 해외 이전 시 중국 신규진출은 지양하고, 풍부한 원자재와 저렴한 인건비 등 강점을 가진 신흥국(인도, 베트남 등)이나 미국과 FTA를 체결한 국가를 고려할 필요가 있다.

넷째, 중국이 다량의 재고를 덤핑 판매할 것에 대비하여 기술·품질에 관한 우위 확보 전략이 필요하다. 동남아 등 주요 수출국의 프리미엄 시장에서 경쟁력 우위를 확보할 수 있도록 기술 개발 및 가격·비가격 차원의 대응 방안을 마련해야 한다.

마지막으로 대체 수출처를 확보하여 글로벌 공급망 구조를 통한 간접영향(제3국에의 중간재 수출 감소)에 대비해야 한다.

03   논술사례

주제 1

트럼프 정책이 대한민국에 미칠 영향을 논한 후, 우리의 정책적 대응 방안을 제시하라

답안

미 대선에서 도널드 트럼프 후보가 당선되면서 글로벌 안보, 경제에 대전환을 예고하고있다. 트럼프 2기의 경제안보 정책의 핵심은 미국 우선주의 2.0 실현을 위한 관세와 수입규제 강화, 탈환경 정책, 중국과 전략적 디커플링 추진이다. 우리의 경제안보 리스크는 증가할 것이고, 수출 여건도 악화될 수 있다. 이러한 이유로 달라진 환경에 대응하여 새로운 경제안보 디리스킹 전략을 마련하고, 경제안보 전략을 보완할 필요가 있다. 이에 본고는 트럼프 2기의 행정조치가 대한민국에 미칠 영향과 정책적 대응 방안에 대해 논하고자 한다 .

<트럼프 행정조치의 주요 내용>

첫째, 대중국 · 캐나다 · 멕시코 관세 부과 행정명령

트럼프 대통령은 멕시코 및 캐나다산 수입품에 25%, 중국산 수입품에 10% 추가 관세를 부과하는 행정조치를 발표하였고, 멕시코 및 캐나다는 불법 이민과 펜타닐 **이슈** 해결을 위한 미국과의 합의 이후 30일간 관세 부과를 유예받았으나, 대중국 관세는 그대로 강행되었다.

특히 트럼프 대통령의 대중국 정책은 1기와 비교해 더욱 **강경한 조치를 취할** 것으로 예상된다. 트럼프 대통령은 약 60%의 관세를 부과한다고 예고하고 있으며, 중국과의 전략적 디커플링을 목표로 고율의 관세를 부과하겠다고 공약했다.

둘째, IRA 폐지 검토 및 전기차 의무화 폐지

트럼프 대통령은 에너지 해방 행정명령을 통해 전기차 의무화 정책을 공식적으로 철회했다. 또한 잇단 행정명령을 통해 바이든 정부가 설정했던 인플레이션 감축법(IRA) 폐기 의지를 드러냈다.

내용이 모호한 전기차 의무화 정책을 철회하는 것이 전기차 구매 보조금(세액공제) 등을 규정한 IRA의 즉각적인 폐기로 이어지는 것은 아니다. IRA의 폐기를 위해서는 상·하원의 동의가 필요하기 때문이다. 다만 트럼프 대통령은 바이든 정부가 설정했던 전기차 판매 목표치를 철회하는 한편, 전기차 충전소용 자금 집행도 금지해 폐기 의지를 확실히 드러냈다.

셋째, 철강, 알루미늄 25% 관세 발효

도널드 트럼프 미국 대통령이 전 세계를 대상으로 예고한 '관세 전쟁'의 신호탄 격인 철강·알루미늄 25% 관세가 발효됐다.

지난달 10일 트럼프 대통령이 서명한 포고문에 따라 미국이 수입하는 모든 철강·알루미늄과 파생 제품에는 12일부터 25%의 관세가 부과되기 시작했다.

이에 따라 미국으로 수입되는 철강·알루미늄과 파생 제품 약 1천 500억 달러(218조 원) 상당이 이번 관세의 영향을 받게 될 것이라고 로이터와 블룸버그 통신 등은 전망했다.

우리나라에 미칠 영향

첫째, 캐나다 · 멕시코 내 공장을 가동하고 있는 국내 기업 피해

미국 시장 진출을 위해 캐나다와 멕시코에서 공장을 가동하고 있는 국내 기업들의 피해가 있을 것으로 전망된다.

멕시코에 유예된 관세가 부가될 시 멕시코 몬테레이에서 자동차 생산공장을 가동하고 있는 기아는 직격탄을 맞게 된다. 기아는 몬테레이 공장에서 연간 생산하는 차량 25만여 대 가운데 15만여 대를 미국으로 수출한다. 이들 수출품에 25% 관세가 부과되면 미국 내에서 생산된 다른 브랜드 차량과의 가격 경쟁에서 밀리게 된다. 특히 미국에서 최근 판매를 시작한 차종인 K4는 물량 중 상당 부분이 멕시코에서 생산된다.

둘째, 친환경 산업 관련 기업 피해 가능성

IRA 청정 차량 구입 보조금을 축소하거나 전면 폐기할 경우, 미국에 진출한 우리 기업들이 전기차 가격 상승과 전기차 배터리 수요 감소 등으로 큰 타격을 입을 수 있다.

한국 기업에 영향을 미치는 법안 중 변화 가능성이 있는 조항은 IRA의 '45X', 즉 첨단 제조 세액공제(AMPC)다. 45X는 미국 현지에 투자를 하는 기업에게 배터리 셀, 모듈 등을 환급해 주는 제도다. LG에너지솔루션과 SK온 등이 이 제도로 수혜를 입고 있다.

트럼프 행정부는 해외우려집단(FEOC) 요건을 적용해 AMPC에서 중국 기업 및 공급망을 배제할 수 있다고 봤다. 한국 기업도 FEOC에 편입돼 지원이 중단되거나 중국 공급망에 편입된 한국 기업까지 타격을 입을 수 있다.

셋째, 철강 관세로 인한 위기와 기회

미국의 관세 폭탄에 대해 국내 철강 업계에선 "기회와 위기가 모두 공존한다"는 반응이 나온다. 당장 이번 관세로 한국 철강 수출의 가격 경쟁력에는 부담이 커졌다. 지금까진 연 263만 t의 쿼터 안에서 수출해 오면서 사실상 면세 효과를 봤는데 순식간에 가격이 25% 인상되는 셈이기 때문이다.

그럼에도 이날 주요 철강 기업의 주가가 일제히 오르는 등 호재로 보는 시각도 많다. 한국뿐 아니라 모두가 2025% 관세'를 맞고 시작하게 되면서 모든 경쟁국의 출발선이 같아졌으며, 기존에 면세 쿼터 이상의 수출은 하지 못했던 한국 입장에선 오히려 기회가 될 수도 있다. 수출 물량 상한선이 사라진 만큼, 품질 경쟁력을 지닌 고급 철강재를 중심으로 미국 시장에 더 적극적으로 진출할 수 있다는 것이다. 대미 철강 수출국 각각 1, 3위인 캐나다와 멕시코에 '철강 관세 25%'와 '보편 관세 25%'까지 더해져 총 50%의 관세가 부과될 경우엔 4위 수출국인 한국이 반사 이익을 볼 것이란 기대도 반영돼 있다.

정책적 대응 방안

첫째, 미국 우선주의 2.0과 트럼프 리스크 대비

트럼프 2기 첫 내각의 통상무역 분야 인선을 포함해 정책과 규제 동향, 관세 인상, 수입 규제와 보조금 수혜 요건을 면밀히 검토해 대미 협상력 및 적시 외교 통상 대응력을 강화해야 한다.

범정부 컨트롤타워를 가동해 미국과 글로벌 동향을 모니터링하면서 핵심기술의 공급망 점검과 조기경보 시스템을 보강하고 민관협력 강화 등 선제적으로 대응해야 한다.

우리 기업들이

결론이 모니터링으로 집중된
느낌이 듭니다.

둘째, 자동차, 철강 등 표적 관세 부과 가능성 대비

트럼프 2기에는 미국 내 기존 전기차 생산 설비에 전기차 생산뿐만아니라, 하이브리드 차종까지 생산을 고려하고 EU 등 새로운 수출 시장 판로를 개척해야한다.

또한 미국의 한국산 철강 관세 부과나 중국산 철강 수입 제한으로 국내 시장에 중국산 저가 철강 공세가 현실화될 경우를 대비하여 국내 철강산업 보호 선제 대책 및 저탄소 철강 정책을 마련해야 한다.

셋째, 미국 내 전기차 및 재생 에너지 인프라 구축 시장을 주요 타겟으로 삼아 온 우리 기업들은 관련 정책 변화를 수시로 모니터링하고, 전개 가능한 시나리오의 폭을 다변화하고 시나리오별로 대응책을 수립할 필요가 있다. 특히, 전기차 충전소 구축, 배터리 생산, 재생 에너지 프로젝트 등과 관련된 보조금 및 자원이 축소됨에 따라 한국 기업들의 미국 시장 전략도 조정이 **필요할 것이다.**

03 보호무역주의와 은행의 방향

01 논제 개요 잡기[핵심 요약]

서론	이슈언급	제2기 트럼프 정부의 출범으로 촉발될 글로벌 보호무역주의 강화가 수출 및 투자 등 국내 실물경제에 미치는 중장기 효과는 국내 은행산업에도 직접적인 영향을 줄 것으로 전망된다. 특히 글로벌 금융 시장의 리스크 선호나 자금 흐름도 역전될 수 있는데, 이는 국내 금융 시장의 대내외 여건 전반에 상당한 불안 요인으로 작용할 수 있다.
본론	1. 실물 및 금융간 연계	1) 보호무역주의로의 패러다임 전환 2기 트럼프 행정부의 대외정책 기조 등은 무역과 개방을 통한 성장 패러다임을 제약하는 구조적 전환을 촉발할 가능성이 높아지고 있는 상황이고, 구조적 변화는 기존 성장모델의 약화나 국가 간 경제·금융 협력 관계의 변화, 정치적 갈등의 확대 등으로 인해 국내 경제 전체의 경쟁력 약화나 장기 성장률 하락 등으로 이어질 수 있다.
		2) 금융 시장의 변동성 강화 ① 국내 경제의 구조적 변화는 장기적으로 금융산업의 건전성이나 금융산업의 대외적 위상에도 영향을 줄 수 있어 국내 금융산업의 효과적인 대응을 필요로 한다. ② 특히 보호무역주의 확산은 글로벌 금융 시장의 위험 선호나 국가별 투자 유인을 변화시켜, 국내 금융 시장의 변동성을 높일 가능성도 높다.

본론	2. 보호무역 주의가 국내에 미칠 영향	1) 산업경쟁력 약화	① 수출산업을 중심으로 산업경쟁력이 장기간에 걸쳐 점진적으로 약화될 수 있다 ② 기술 혁신이나 원가 절감, M&A 등을 통해 국내 기업은 자체적으로 대응력을 높이기 위한 구조조정 노력을 확대할 것으로 예상된다.
		2) 자영업 및 고부채 가구의 부실	① 기업의 구조 개편이 가계나 내수에 미치는 이차 효과(secondary effect)를 고려할 필요가 있다. ② 보호무역 기조의 장기적인 지속 시 나타날 수 있는 자영업자의 구조조정이나 고부채 가구의 부실 증대 등 취약 요인에 대한 국내 금융의 선제적인 대응력 확보가 중요해질 것이다.
		3) 외화 유동성 축소	① 보호무역 강화는 신흥국 및 수출국으로의 자금 흐름을 축소하고 선진국 자금의 회수 또는 역전(reversal)을 초래함으로써 글로벌 유동성이 점차 축소되는 국면이 지속될 수 있다. ② 앞으로 국내 은행은 달러화를 중심으로 한 글로벌 유동성의 변동성 증가가 국내 자산가격의 조정이나 외화유동성의 축소 등을 통해 촉발할 수 있는 시장효과에 대비할 필요가 있을 것이다.
결론	의견제시		1. 국내 은행은 핵심 산업이나 주요 기업의 재무위험 증가에 대한 시나리오를 마련하여, 이에 상응하는 손실흡수력(loss-absorbing capacity) 수준을 확보할 수 있어야 한다. 2. 보호무역의 확대 및 심화로 인해 초래될 수 있는 잠재 부실의 추정 등과 연계하여 미래지향적(forward-looking) 충당금 적립이 정책적으로 유도될 필요가 있다. 그리고 정책당국은 세전이익 대비 대손준비금 비율을 점진적으로 높이고, 자본비율의 상승 추세를 계속 유지토록 권고할 필요가 있을 것이다. 3. 국내 은행은 가계부채나 PF 등 부동산 금융과 관련된 잠재위험에 대한 적극적인 대응책을 마련할 필요가 있다. 4. 가계부채의 건전화를 위해서는 실수요 및 실질 상환능력 평가에 근거한 기본원칙이 계속 유지되어야 할 것으로 판단된다 5. 국내 은행은 고유동성 외화자산의 확보에 초점을 둘 필요가 있다. 특히 아시아 경제 또는 신흥국에 미칠 효과도 고려하여 외화순자산의 규모나 비율을 충분히 확보하는 것도 효과적인 대응 수단이 될 수 있을 것이다. 외화 순자산의 확보는 국내 은행의 글로벌 금융서비스 기반을 넓히고 역량을 높이는 것은 물론, 국내 기업에 대한 외화공급자 역할을 강화하는 데도 도움이 될 것으로 전망된다. 6. 국내 은행은 보호무역주의로 인한 국내 기업의 구조 개편이나 신성장산업의 육성 등에 대응하여 산업 금융 및 기업 금융의 확대를 고려할 필요가 있다.

02 논제 풀이

서론

이슈 언급 보호무역주의 강화는 제1기 트럼프 정부 출범 이후인 2018년 이후 미국의 관세를 활용한 대중 제재 등이 이루어지면서, 이미 보호무역주의는 미국 대외정책 기조의 핵심원칙으로 정착되어 왔다. 그리고 이러한 기조는 바이든 정부에서도 이어지는데, 인플레이션 감축법, 반도체법, 칩4 동맹 등 제도와 법을 통해 이어졌다. 이제 제2기 트럼프 정부의 출범으로 이제 미국의 보호무역주의는 반도체 및 AI 등 전략자원 뿐만아니라, 대미 수출품 및 그 수출국 전체를 대상으로 하는 포괄적 경향을 보이는 등 향후 국내 경제에 미치게 될 파급효과가 과거 어느 때보다 훨씬 심화될 것이라는 예상이 확대되고 있다. 또한 2기 트럼프 행정부의 초기 정책 기조가 현재까지 불확실한 상황을 연출하며, 재임 기간 중 예상치 못한 수준과 범위로 확대될 여지도 배제하기 어려운 상황이다

이로 인해 촉발될 글로벌 보호무역주의 강화가 수출 및 투자 등 국내 실물경제에 미치는 중장기 효과는 국내 은행산업에도 직접적인 영향을 줄 것으로 전망된다. 특히 글로벌 금융 시장의 리스크 선호나 자금 흐름도 역전될 수 있는데, 이는 국내 금융 시장의 대내외 여건 전반에 상당한 불안 요인으로 작용할 수 있다. 따라서 향후 국내 은행산업은 장기적 관점에서 거시경제 및 글로벌 파급효과를 예의주시해 나갈 필요가 있을 것이다.

이에 본지에서는 보호무역주의 기조의 확대가 실물경제 및 금융서비스 간 연계를 통해 국내 은행산업에 미칠 수 있는 파급효과를 살펴보고 국내 은행의 대응력 확보 등 정책적 방안을 제언하기로 한다.

본론

1. 실물 및 금융간 연계	1) 보호무역 주의로의 패러다임 전환	① 우리나라 경제는 WTO 체제하에서 유례가 없는 성공적인 경제성장 기반을 구축해 왔다. ② 하지만 2008년 금융 위기 이후 자국 산업의 경쟁력 강화를 위한 산업정책의 강화나 2018년 이후 촉발된 미·중의 무역 갈등, 그리고 2기 트럼프 행정부의 대외정책 기조 등은 무역과 개방을 통한 성장 패러다임을 제약하는 구조적 전환을 촉발할 가능성이 높아지고 있는 상황이다. ③ 구조적 변화는 기존 성장모델의 약화나 국가 간 경제·금융 협력 관계의 변화, 정치적 갈등의 확대 등으로 인해 국내 경제 전체의 경쟁력 약화나 장기 성장률 하락 등으로 이어질 수 있다.

1. 실물 및 금융간 연계	**2) 금융 시장의 변동성 강화**	① 국내 경제의 구조적 변화는 장기적으로 금융산업의 건전성이나 금융산업의 대외적 위상에도 영향을 줄 수 있어 국내 금융산업의 효과적인 대응을 필요로 한다. 예를 들어 전반적인 수출 둔화는 기업이나 산업의 실적 악화로 이어지고, 취약 기업의 부실화를 초래하여 금융산업의 건전성을 훼손할 수 있다. ② 특히 보호무역주의 확산은 글로벌 금융 시장의 위험 선호나 국가별 투자 유인을 변화시켜, 국내 금융 시장의 변동성을 높일 가능성도 높다. 국내 실물경제의 구조적 변화로 인해 초래될 수 있는 거시경제의 구조적 재편과 대내외 시장여건 변화가 금융산업에 미칠 수 있는 영향을 고려하여 국내 은행은 중장기 대응책을 마련해야 할 것으로 판단된다.
2. 보호무역주의가 국내에 미칠 영향	**1) 산업경쟁력 약화**	① 수출산업을 중심으로 산업경쟁력이 장기간에 걸쳐 점진적으로 약화될 수 있다. 가. 국내 산업의 경쟁력 약화가 해외 수요의 축소뿐만아니라, 미국과 같은 핵심 수출 시장에서의 가격경쟁 심화로 이어져 국내 기업의 대내외 위상이 빠르게 하락할 여지도 상당하다. 나. 이는 기업 부문의 부실 위험을 높이고 은행을 비롯한 금융산업의 건전성에 부정적인 영향을 미칠 것으로 전망된다. ② 기술 혁신이나 원가 절감, M&A 등을 통해 국내 기업은 자체적으로 대응력을 높이기 위한 구조조정 노력을 확대할 것으로 예상된다. 이는 단기자금보다는 장기자금 및 투자금융을 중심으로 한 기업이나 산업별 자금수요의 증가로 이어질 것으로 예상된다. 따라서, 보호무역의 확대에 따라 가계 및 소비자 금융보다는 기업 금융 및 장기 금융을 중심으로 한 국내 금융의 체계적인 대응이 점차 긴요해질 것이다.
	2) 자영업 및 고부채 가구의 부실	① 기업의 구조 개편이 가계나 내수에 미치는 이차 효과(secondary effect)를 고려할 필요가 있다. 가. 자유무역 체계는 수출증대를 통한 투자 확대 ⇒ 고용 창출 및 소득의 증가 ⇒ 내수기반의 확대 등으로 이어지는 선순환 구조를 정착시켜 왔다. 하지만 보호무역주의에 대응한 국내 기업의 구조개선 노력은 자칫 고용시장이나 내수기반의 위축으로 이어지는 악순환을 초래할 수도 있다. 이는 기업 및 산업의 경쟁력 회복 지연 시 초래될 수 있는 소득 정체 및 소비 위축 등이 은행을 비롯한 국내 금융 산업의 기존 성장 모델이나 중장기 안정성에 미칠 효과에 유의해야 함을 의미한다.

	2) 자영업 및 고부채 가구의 부실	② 이러한 상황은 단기적으로 가계부채의 증가나 자영업자, 서민층 등의 대출 수요를 높이는 요인이 될 수도 있다. 그러나 보다 근본적으로는 보호무역 기조의 장기적인 지속 시 나타날 수 있는 자영업자의 구조조정이나 고부채 가구의 부실 증대 등 취약 요인에 대한 국내 금융의 선제적인 대응력 확보가 중요해질 것이다.
2. 보호무역 주의가 국내에 미칠 영향	3) 외화 유동성 축소	① 보호무역 기조의 확산은 글로벌 자금 흐름과 투자 패턴에 직접적인 영향을 줄 수 있다. 가. 자유무역의 확대는 수출과 글로벌 투자를 촉진함으로써 세계 경제의 성장과 함께 글로벌 금융 시장의 유동성 확대로 이어져 왔다. 국내 경제의 성장은 해외투자자의 유입을 촉진함으로써 국내 자본시장의 글로벌화를 촉진하였다. 나. 반면 보호무역 강화는 신흥국 및 수출국으로의 자금 흐름을 축소하고 선진국 자금의 회수 또는 역전(reversal)을 초래함으로써 글로벌 유동성이 점차 축소되는 국면이 지속될 수 있다. 다. 글로벌 유동성의 축소는 해외 자금의 장기간 유출이나 유입 축소 등을 통해 외환시장을 비롯한 자산시장의 변동성을 높일 수 있다. ② 앞으로 국내 은행은 달러화를 중심으로 한 글로벌 유동성의 변동성 증가가 국내 자산가격의 조정이나 외화유동성의 축소 등을 통해 촉발할 수 있는 시장효과에 대비할 필요가 있을 것이다.

📈 결론

의견 제시 현재 상황에서 보호무역 기조의 지속 기간이나 그 여파 등을 예단하기는 어렵다. 그동안 국내 경제가 자유무역 활성화를 십분 활용하여 성장과 금융 발전을 이룩해 온 점을 고려할 때, 국내 은행산업은 실물경제의 구조적 변화로 초래될 수 있는 미래의 금융 시장 여건(financial condition)에 대해 중장기 대응체계를 갖추어 나가야 할 것이다. 따라서, 국내 은행은 스트레스 시나리오(stress scenario)에 근거하여 개별 은행의 중장기 재무성과에 미칠 파급력을 파악하고 시스템적 위험이 누적되는 것을 차단할 수 있는 대응 기조를 마련해야 할 것으로 판단된다.

즉, 국내 은행의 중장기 대응책은 특정 조치나 사건(event)의 발생보다는 보호무역 기조의 장기화로 부실 위험이 누적되어 나타날 수 있는 스트레스 요인을 차단하는 데 초점을 두어야 함을 의미한다. 스트레스 시나리오에 의한 극단적인 상황이 실제 발생할 가능성은 매우 낮다고 판단된다. 하지만, 잠재적인 취약 요인에 대한 대비 체계를 구축하고 대내외 시장여건 변화에 따른 미래의 금융수요를 적극 충족함으로써 국내 은행산업은 스트레스 요인을 크게 낮출 수 있을 것으로 기대된다. 우선 국내 산업 및 기업의 대응력 확보 과정에서 초래될 수 있는 부실 위험을 단계적으로, 지속적으로 처리해 나가는 경영 기조가 유지될 필요가 있다.

1. 국내 은행은 핵심 산업이나 주요 기업의 재무위험 증가에 대한 시나리오를 마련하여, 이에 상응하는 손실흡수력(loss-absorbing capacity) 수준을 확보할 수 있어야 한다.

2. 보호무역의 확대 및 심화로 인해 초래될 수 있는 잠재 부실의 추정 등과 연계하여 미래지향적(forward-looking) 충당금 적립이 정책적으로 유도될 필요가 있다. 그리고 정책당국은 세전이익 대비 대손준비금 비율을 점진적으로 높이고, 자본 비율의 상승 추세를 계속 유지토록 권고할 필요가 있을 것이다.

3. 국내 은행은 가계부채나 PF 등 부동산 금융과 관련된 잠재위험에 대한 적극적인 대응책을 마련할 필요가 있다. 예를 들어 경기 위축으로 인한 자산시장 충격을 고려하여 부동산 금융 관련 미실현 기대손실(expected loss)을 보수적으로 평가하고 선제적으로 처리해 나갈 필요가 있다.

4. 가계 금융의 경우 주택담보대출뿐만아니라 내수의 위축으로 인한 생활자금 수요도 당분간 증가할 여지가 높은 상황이다. 하지만 가계부채의 건전화를 위해서는 실수요 및 실질 상환능력 평가에 근거한 기본원칙이 계속 유지되어야 할 것으로 판단된다. 스트레스 금리의 활용이나 예외 없는 총부채상환비율(DSR)의 적용 등은 불필요한 부실화를 차단하고 유사시 국내 은행의 대응력을 크게 높일 것으로 기대된다. 가계부채의 적정화 기조는 부동산 가격의 급격한 변동으로도 초래될 수 있는 부실자산의 회수 위험을 낮춤은 물론이고, 국내 은행의 건전성 및 신뢰도 유지에 있어서도 중요한 이정표가 될 것이다.

5. 대외적으로는 보호무역의 확대가 외화수요에 미칠 영향을 고려할 필요가 있다. 수출 경쟁력에 힘입은 달러 유동성 확보는 외화유동성 위험을 낮추고 손쉬운 외화 자금의 조달 여건을 형성하였다. 또한 국내 은행의 외화유동성은 단기부채비율의 관리 등을 통한 외화조달 구조의 적정화와 외화 LCR 규제 등을 통한 자산부채의 불일치(mismatch) 해소 등 체계적 관리로 높은 안정성을 확보하고 있다. 하지만 보호무역주의 기조로 인해 글로벌 자금 흐름이 축소 및 역전되는 시나리오를 고려하여 국내 은행은 고유동성 외화자산의 확보에 초점을 둘 필요가 있다. 특히 아시아 경제 또는 신흥국에 미칠 효과도 고려하여 외화순자산의 규모나 비율을 충분히 확보하는 것도 효과적인 대응 수단이 될 수 있을 것이다. 외화 순자산의 확보는 국내 은행의 글로벌 금융서비스 기반을 넓히고 역량을 높이는 것은 물론, 국내 기업에 대한 외화공급자 역할을 강화하는 데도 도움이 될 것으로 전망된다.

6. 건전성 및 유동성 관리와 더불어 국내 은행의 새로운 역할도 모색할 필요가 있다. 국내 은행은 보호무역주의로 인한 국내 기업의 구조 개편이나 신성장산업의 육성 등에 대응하여 산업 금융 및 기업 금융의 확대를 고려할 필요가 있다. 국내 은행은 그룹 또는 지주회사 차원에서 자본시장과의 연계성을 높임으로써, 장기금융 및 투자금융 비중을 확대하여 생산적 금융의 역할을 강화할 수 있을 것이다. 국내 은행의 투자금융 확대가 자본적정성이나 건전성 관리에 부담이 될 여지도 있으므로 정책금융과의 연계 등 정책 측면의 대응도 필요할 것이다.

주제 1

트럼프의 관세 정책과 관련 1) 미국 경제에 미치는 영향 2) 한국 경제에 미치는 영향 3) 금융기관들의 대응 방안을 제시하라.

답안

 **서론**

세계 최대 소비시장인 미국은 트럼프 정부에 들어서며 '미국을 다시 위대하게'라는 슬로건으로 **자국 시장 활성화를** 목표로 보호무역 기조를 강화하고 있다. 이에 활용되는 주요 전략적 방안은 관세 부과이다. **전 세계적으로** 국가들이 앞다퉈 **관세율에 대해 미국과 협상을** 이어가고 있다.

　그만큼 미국시장의 영향력이 막대함을 보여주고 있다. 수출 중심 국가인 한국에서는 이러한 상황이 **국내 시장의 대내외 전반에 걸쳐** 상당한 불안 요인으로 작용할 수 있다. 본지에서는 미국 관세 정책이 **주는** 미국과 한국에 **대한 영향력과** 금융기관의 대응 방안에 대해 논해보겠다.

| 가

| 표현이 다소 애매합니다. 자국 산업 육성을 위함인지 자국 쌍둥이 적자 해소를 위함인지….

| 국가별 · 품목별 다른

| 그 결과 주요

| 미국과 관세율 협상을

| 굳이 삭제해도 될 문장으로 보입니다.

| 삭제

| 이에

| 미치는 영향에 대해 알아본 후,
| 삭제

📈 **본론**

1. 미국 경제에 미치는 영향

1) 긍정적인 영향

첫째, 미국의 무역적자 해소에 기여할 수 있다. 미국은 기축통화국으로**써** 달러강세 기조를 유지하**며 비싸진** 수출보다는 **비교적 저렴해진** 수입 비중이 크다. 시장구조적으로 미국이 기축통화국의 지위를 유지한다면 무역적자는 **필연적으로 발생하는 결과이다.** 하지만 관세로 인해 수입품 가격이 상승한다면 수입수요가 줄어들고 자국 제품에 대한 수요가 증가하여 적자폭을 **좁힐** 수 있다. 또한, 관세 확보를 통해 **정부재정 능력에도 기여할 것이다.** 최근 국제신용평가사는 미국의 높은 정부부채 비율을 근거로 신용등급을 하향조정하였다. 이런 상황의 미국 입장에서는 재정수입의 확충이 필요한 시점이다.

둘째, **자국 산업 육성을 활성화할** 수 있다. 관세 부과로 인한 수입품 가격의 인상은 **경제주체들이** 자국 제품을 적극적으로 **사용**하도록 이끈다. 또한, 관세율 협상을 통해 유리한 방향의 교역조건을 성사시키고 있다. 이를 통해 자국기업의 **경영성과 개선과** 투자자금 유치로 기술성장을 이뤄 낼 수 있으며, **결과**적으로 **외부 불확실성을 줄이고** 자국의 공급망 안보를 확보할 수 있다.

셋째, 대중국 견제를 통한 **패권 지위 확보에 기여할 수 있다.** 트럼프정부의 관세 정책의 주요 고려 사항은 상대국의 중국과의 교역 여부이다. **기축통화 지위를 두고 두 나라가 경쟁하는 시점에서** 관세 조건은 제품의 생산과정에 중국의 영향력이 투

입되지 못하도록 하는 데 초점이 맞춰져 있다. 중국과의 교역을 줄이게 함으로써 중국의 경제적 **우위 확산이** 제한되는 효과를 준다.

2) 부정적인 영향

첫째, 수입품 가격의 인상으로 인플레이션 **발생 가능성이** 높아진다. 수입 비중이 높았던 기존 산업 구조에서 물가상승은 **경제 주체의** 비용 부담을 가중시키게 된다. 인플레이션 우려로 고금리 상황이 유지된다면 자금조달 비용의 증가로 일자리와 투자가 위축되어 경기 성장 둔화로 이어질 수 있다.

둘째, **미국의 공격적인 관세 적용은 상대국의 보복관세로 이어져 미국 수출품의 경쟁력 약화로 이어질 수 있다. 무역적자를 줄이기 위해서는 수입 감소와 함께 수출 증대가 동반되어야 한다. 하지만 높은 관세율이 적용되는 상대국에서 미국 외의 다른 나라로 공급망 모색을 나선다면, 무역적자 완화는 제한적일 것이다.**

2. 한국경제에 미치는 영향

1) 긍정적인 영향

첫째, 관세 영향권에 있는 다른 나라들과 경제동맹 관계를 구축하여 새로운 시장을 확보할 수 있다. 각 나라들은 미국의 관세 정책에 대응하여 공급망을 다각화하려는 태도를 보이고 있다. 이런 외부 불확실성 속에서 협력 관계 구축이 촉진됨으로써 활발한 FTA 체결과 같은 통상관계로 이어진다면 장기적으로 한국 경제성장에 도움을 줄 **것이다.**

둘째, 기존에 높은 수출 의존도를 재평가하고 자국 시장 육성에 초점을 두는 기회가 될 수 있다. 수출 의존도가 높으면 관세와 같은 외부 충격에 경제가 쉽게 불안정해진다. 기존의 산업 구조에 대한 **단점을 직면하고** 국가 차원의 투자와 산업혁신 유도를 촉진하는 명분이 된다.

2) 부정적인 영향

첫째, 수출산업 경쟁력 약화로 한국경제 전반이 침체될 가능성이 커진다. **한국경제의 고질적** 문제인 수출 중심 산업은 외부 변화에 취약한 특성이 있다. 미국시장은 한국 **수출액 중** 18%를 차지하며, 주요 첨단 기술과 같은 고부가가치 품목을 수출하는 중요한 시장이다. 수출이 둔화된다면 경제 전반의 자금 흐름이 경색되어 투자와 소비를 위축시킬 수 있다. 부실기업이 증가한다면 금융 시장의 유동성과 건전성 리스크가 우려된다. 외부 충격을 흡수할 수 있는 **산업 구조 개선**이 시급한 시점이다.

둘째, 내수 시장 위축으로 이어져 경제동력을 잃을 수 있다. 수출 제조업 기업들이 한국경제의 핵심축을 이루는만큼 관세 영향은 내수 시장에 민감한 사항이다. 기업의 경영 악화는 고용과 소비를 위축시킴으로써 내수 시장 침체를 야기할 수 있다. 또한 트럼프 정부의 관세를 활용한 막대한 대미 투자 압박을 감안할 때, 국내 내수 시장 발전에 대한 정책적 집중이 분산될 우려가 있다. 중장기적 성장 계획에 차질을 준다면 단기적으로는 가계 부채 증가, 장기적으로는 부실채권이 증가하여 금융 건전성을 훼손할 가능성도 존재한다. 명확한 정책 로드맵을 형성하여 경제 기초체력을 키울 동력을 **제고해야 한다.**

금융기관의 대응 방안

각 나라의 분주한 협상 노력을 통해 관세가 주는 영향력을 알 수 있다. 하지만 지속적으로 변하는 정책 내용으로 충격의 범위를 예상하기는 어려운 상황이다. 이에 대해 금융기관들은 거시적 측면의 대응책 마련이 필요하다.

첫째, 금융기관들은 외부 변동성을 대비한 손실완충력 제고와 함께 성장 지원을 확대해야 한다. 국내 산업의 대응 과정에서 초래될 외부 충격을 흡수할 수 있는 완충자금 확보와 부실위험과 같은 잠재손실을 선제적으로 처리하는 등 유동성 관리 강화가 필요하다. 또한, 산업 구조 개선과 신성장 산업 발굴을 위한 국가적 펀드 조성에 동참하는 등 생산적 금융 실현이 필요하다. 이에 대해서는 정책당국과의 연계된 논의가 뒷받침되어야 할 것이다.

둘째, 금융당국은 스트레스 테스트를 통해 외부 변동성을 대비해야 한다. 보호무역의 장기화로 인한 중장기적 파급력과 잠재적 리스크를 추정함으로써 위험이 누적되는 것을 차단해야 한다. 외부 충격에 대한 취약성을 낮추고 금융 건전성을 제고하는 데 집중함으로써 시장 전체의 시스템 리스크로 확대되지 않도록 관리해야 한다. 또한, 규제완화를 통해 신시장이 발굴될 수 있는 기반을 마련함으로써 국가적 성장 기조를 형성할 필요가 있다. 성장 정책과 금융 시장의 자금 조달이 일관된 흐름을 보이도록 전략적인 계획·설계가 전제되어야 한다.

chapter

04 마러라고 합의와 약(弱)달러

01 논제 개요 잡기[핵심 요약]

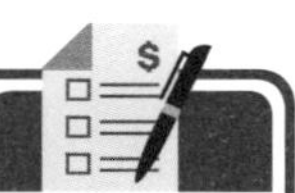

서론	이슈언급	백악관 경제자문위원장 스티븐 미란(Stephen Miran)은 2024년 11월 '국제무역체제 재구조화를 위한 가이드'란 제목의 보고서를 발표했다. 그는 보고서에서 미국 이외 국가들은 준비자산으로서 달러를 보유하려 하는데, 이는 필연적으로 달러 강세를 유발할 수밖에 없다고 말한다. 그 결과로, 미국은 기축통화국으로서 장점도 누리지만 미국의 경쟁력을 약화시켜 이른바 '러스트 벨트' 현상을 초래한다는 것이다. 그는 국제무역·금융 시스템을 근본적으로 전환해야 하며, 이를 위해 과세 부과와 함께 달러 약세를 유도해야 한다고 제안한다. 핵심은 달러 약세와 미국 장기금리인하를 동시에 유도하는 것이다. 이를 위해 무역 상대국들과 달러 약세 유도를 합의하고, 외국이 보유한 미 국채를 100년짜리 만기의 사실상 영구 국채로 교환한다는 것이다.
본론	1. 미국의 관세 및 환율 정책	**1) 문제 인식** ① 지난 30여 년간 미국의 무역적자 규모는 지속적으로 확대되어 왔다. ② 트럼프 행정부는 무역적자의 근본 원인이 미달러화의 구조적 강세에 있는 것으로 보고 있다. **2) 불균형 시정을 위한 정책** 트럼프 행정부는 대외불균형의 개선을 통해 미국 제조업의 부활과 일자리 회복을 도모하면서 동시에 기축통화국의 지위 유지를 추구하고 있다. 또한 미란 보고서를 통해 관세 인상과 주요국과의 다자간 환율협정 등 두 가지 대외경제정책 전략을 제시하고 있다

본론	1. 미국의 관세 및 환율 정책	2) 불균형 시정을 위한 정책	① 관세 인상 ② '마러라고' 환율협정 추진 관세 인상과 더불어 미달러화 약세 유도를 위한 국가별 환율절상 압박이나 환율협정을 추진할 가능성도 적지 않다. 이를 위해 다자간(multilateral) 환율협정과 일방적(unilateral) 환율협정 두 가지 전략을 제시하고 있다.
		3) 결론	① 미국은 우선 상호 관세와 품목별 관세를 통한 큰 폭의 관세율 인상(stick)을 시행하여 무역적자 폭 감소와 관세 수입을 통한 재정 수입 확대를 시도하고 있다. ② 이어서 대미 무역 흑자국에 대해 개별적인 환율절상 압력을 가하는 동시에 다자간 환율협정을 통해 미달러화 약세를 유도해 나갈 것으로 보인다. ③ 그러나 다자간 환율협정은 교역 상대국의 협조를 바탕으로 하는 어려운 문제이므로 주요국의 참여 유도를 위해 여러 가지 당근(carrot)을 동시에 구사할 것으로 보이는데 이에는 국가별로 차별적인 관세율 인하, 미 연준을 통한 달러 유동성 제공, 안보우산 제공 및 방위비 분담액 축소 등을 포함할 것으로 보인다. ④ 결국 미국은 관세 인상, 환율협정 및 방위비 분담 등을 연계하여 미국에게 최대한 유리한 방향으로 일괄타결(package deal)을 시도하는 방향으로 국제무역 및 금융 질서의 재편에 나설 전망이다.
	2. 환율협정 가능성과 전망	1) 논리적 모순과 주요국의 반발	① 무역적자 및 제조업 쇠퇴 원인 불명확 ② 미달러화 가치 변동과 관련하여 미국의 대외불균형 시정에는 달러화의 약세가 도움이 될 수 있으나 관세 인상에 따른 인플레이션 압력 상쇄와 기축통화 지위 유지에는 달러화 강세가 필요하므로 트럼프 정부의 대외불균형 시정 전략에 구조적 모순이 있는 것으로 판단된다. ③ 미달러화 신뢰도 저하 ④ 미국 내 정치적 부담 ⑤ 플라자 합의 당시와 상이한 여건
		2) 향후 전망	트럼프 행정부는 출범 직후 대외불균형 시정 및 미국 제조업 부활이라는 정책목표를 위해 큰 폭의 관세 인상을 시행 중이나 미국채 금리 상승 등 금융 시장 변동성이 확대되고 인플레이션 압력이 가중되는 등 부작용이 나타나고 있다. 미국도 관세 인상에 따른 부작용과 중국의 강한 반발 등을 충분히 인식하고 있다는 점에서 조만간 관세 및 방위비를 지렛대 삼아 글로벌 환율조정 전략으로 이행할 가능성이 있다.

결론	**의견제시**	미국의 관세 및 환율 정책 추진과 관련하여 우리나라는 다음과 같은 점에 유의하여 대응하는 것이 바람직하다. 첫째, 미국은 관세 인상, 방위비 분담 및 환율조정 압력 전략을 한 데 묶어 국가별로 미국에 가장 유리한 협상을 종합적으로 이끌어 내고자 하는 패키지 협상(package deal)을 시도할 것으로 보이므로 이를 역이용하여 부분적 양보와 전략적 반격을 조합해 협상의 주도권을 가지도록 노력해야 한다. 둘째, 관세 인상에 따른 국제 통상환경의 불확실성과 글로벌 공급망 불안을 우리 핵심 전략산업 육성 등 체질 개선 기회로 활용하는 것이 필요하다. 셋째, 우리나라에 대한 미국의 원화절상 압력 강화 시 무엇보다 원화환율이 수출 경쟁국 통화 대비 절상 크기 및 속도 면에서 과도하지 않도록 유의하면서 외환시장 안정화와 환율 변동성 완화에 각별히 유념해야 한다. 넷째, 미국과의 환율관련 협의 시 최근 국내 정치 불안 등에 기인한 원화환율 상승 압력 억제를 위해 당국이 외환시장 안정화 조치를 취해 왔음을 강조할 필요가 있다. 다섯째, '마러라고' 환율협정으로 진행되는 경우 글로벌 미달러화 약세 기조와 주요국 환율 동조화로 원화의 강세 압력이 나타날 수 있어 우리나라만의 독자적 대응이 어려울 것으로 예상된다. 따라서 역내(아세안+3) 및 한 · 중 · 일 협력 등을 통한 공동대응 방안도 모색해 볼 필요가 있다.

02　논제 풀이

서론

이슈 언급　마러라고 합의는 미국이 관세와 안보를 무기 삼아 달러화 약세에 대한 다자간 합의를 이끌어낸다는 전략이다. 1985년 미국이 일본, 독일 등과 함께 달러 가치를 인위적으로 낮추기 위해 체결한 '플라자 합의'를 빗댄 것으로, 도널드 트럼프 미국 대통령의 플로리다 별장 이름 '마러라고'에서 따왔다

　백악관 경제자문위원장 스티븐 미란(Stephen Miran)은 2024년 11월 '국제무역체제 재구조화를 위한 가이드'란 제목의 보고서를 발표했다. 그는 보고서에서 미국 이외 국가들은 준비자산으로서 달러를 보유하려 하는데, 이는 필연적으로 달러 강세를 유발할 수밖에 없다고 말한다. 그 결과로, 미국은 기축통화국으로서 장점도 누리지만 미국의 경쟁력을 약화시켜 이른바 '러스트 벨트' 현상을 초래한다는 것이다. 그는 국제무역 · 금융 시스템을 근본적으로 전환해야 하며, 이를 위해 과세 부과와 함께 달러 약세를 유도해야 한다고 제안한다. 핵심은 달러 약세와 미국 장기금리인하를 동시에 유도하는 것이다. 이를 위해 무역 상대국들과 달러 약세 유도를 합의하고, 외국이 보유한 미 국채를 100년짜리 만기의 사실상 영구 국채로 교환한다는 것이다.

　　그러나 미달러화 약세 유도를 위한 다자간 환율협정은 무역적자 및 제조업 쇠퇴 원인이 불명확하고 미달러화에 대한 신뢰도 하락 위험, 미국 내 부정적인 여론이 적지 않은데다 과거 플라자 합의 당시와는 상이한 여건 등으로 각국의 공조를 이끌어 내기 쉽지 않을 전망이다.

　　그럼에도 미국 트럼프 2기 행정부의 출범 이후 전 세계 교역국을 대상으로 한 큰 폭의 관세 인상으로 우리나라는 물론 글로벌 경제의 불확실성이 커지고 있다. 이러한 정책기조는 미국 대외불균형의 확대가 제조업 붕괴와 일자리 감소를 초래하므로 국제무역시스템의 재구성이 필요하다는 스티븐 미란의 보고서에 바탕을 두고 있는 것으로 보인다.

　　이에 본지에서는 예상되는 미국의 환율 정책에 대해 검토한 후, 우리의 정책적 방안에 대해 논하기로 한다.

본론

1. 미국의 관세 및 환율 정책
<출처: 자본시장연구소>

1) 문제 인식

① 지난 30여 년간 미국의 무역적자 규모는 지속적으로 확대되어 왔다.

　가. 2024년 기준 무역적자 규모는 1조 달러 내외로 GDP의 3.9%에 달하는데 이중 대중국 무역적자가 전체의 약 1/4에 달한다.

　나. 우리나라의 대미 무역 흑자는 2024년 556억 달러를 기록하여 대미 무역 흑자국 중에서 8번째를 차지하고 있다.

　다. 미국 정부는 이러한 무역적자가 제조업 기반의 붕괴와 일자리 감소의 주요인이므로 미국 우선주의의 실현을 위해 무역적자 해소가 필요한 것으로 인식하고 있다

② 트럼프 행정부는 무역적자의 근본 원인이 미달러화의 구조적 강세에 있는 것으로 보고 있다.

　가. 달러화는 글로벌 금융 위기 이후 대체로 강세를 보여 온 반면 무역적자 규모는 지속적으로 확대되어 왔다.

　나. 미란 보고서의 주장에 따르면 달러화 강세는 국제준비자산(외환보유고 구성통화) 및 동맹국에 대한 안보우산(security umbrella) 제공 등으로 안전자산으로서 미달러화에 대한 글로벌 수요가 지속되어 온 데 기인하는 것으로 보고 있다. 현재 전 세계 국가들의 외환 보유액 중 약 60% 이상이 미달러화 자산으로 구성되어 있는 점은 이를 반영한다.

　다. 트럼프 행정부의 시각에 따르면 현재의 국제금융시스템은 구조적으로 미국의 글로벌 유동성 공급과 무역불균형 간의 상충문제, 즉 트리핀의 딜레마(Triffin's Dilemma)를 초래하는 것으로 보고 있다. 즉, 미달러화에 대한 글로벌 수요가 지속되면서 달러화의 구조적 강세가 초래되고 그 결과 미국은 가격경쟁력의 저하로 무역적자에 직면하게 되는 문제에 처해 있는 것으로 주장하고 있다.

**1. 미국의 관세
및 환율 정책**

<출처: 자본시장
연구소>

1) 문제 인식

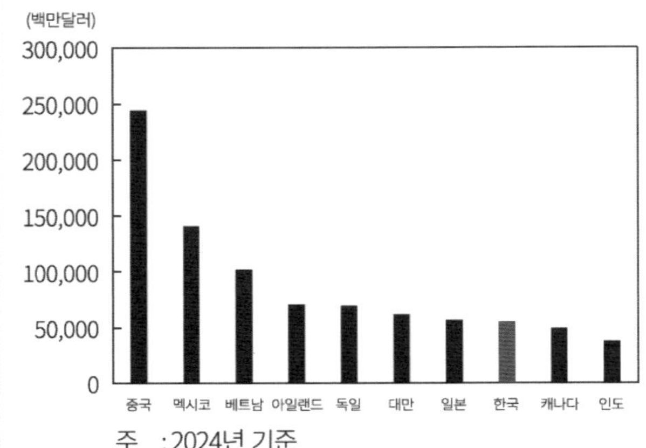

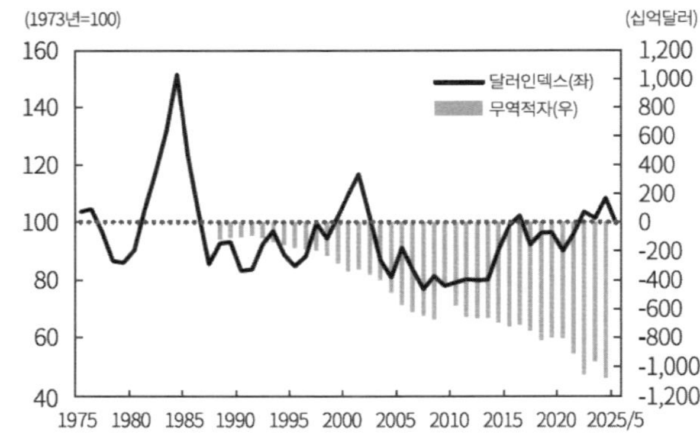

2) 불균형
시정을 위한
정책

트럼프 행정부는 대외불균형의 개선을 통해 미국 제조업의 부활과 일자리 회복을 도모하면서 동시에 기축통화국의 지위 유지를 추구하고 있다. 또한 미란 보고서를 통해 관세 인상과 주요국과의 다자간 환율협정 등 두 가지 대외경제정책 전략을 제시하고 있다

① 관세 인상

　가. 큰 폭의 관세 인상을 통해 미 제품의 경쟁력 회복과 무역적자 축소를 도모하고 있다. 기존 3.3%(EU 5%, 중국 10%)에 그치고 있는 미국 평균 관세율을 10%로 대폭 상향하는 '보편적 기본 관세'를 도입하고 각국 무역흑자 규모 등을 감안한 차등관세를 통해 상대국 관세율에 상응하는 수준의 상호 관세(reciprocal tariffs)를 부과

나. 특히 중국에 대해서는 징벌적 관세를 부과한다는 계획을 언급하며 유예조치 이전 대중국 최대 관세율은 145%에 달할 수 있다고 발표하기도 하였다.

다. 하지만 이러한 관세 인상은 미국 물가상승으로 소비자에게 부담이 전가될 위험이 있다. 관세 인상은 수입물가 상승을 통해 소비자 물가에 파급되기 때문이다.

라. 이에 대해 미국은 2018~2019년 대중국 관세 인상(17.9%)시 미달러화의 강세(위안화 약세 13.7%)로 그 부담이 상쇄되어 실질적인 인플레이션 압력이 크지 않았다고 주장한다.

마. 또한 미란 보고서에서는 관세 수입 증가와 무역적자 축소를 위한 최적 관세율은 20% 정도로 주장하였다. 이 수준까지는 인플레이션 압력이 크지 않고 재정수입 증가와 무역 재조정의 효과가 기대된다고 주장하였다.

바. 향후 관세 인상은 점진적 접근 및 국가별 차등관세 방식으로 전개될 것으로 보인다. 또한 국가별로 방위비 분담 등과 연계하여 관세율을 적용하거나 자동차, 철강 등 품목별로 차별화를 시도할 것으로 예상되는데 국가별 차별화 조건에는 상호 관세율, 외환시장 개입 여부 및 정도, 시장 개방 정도, 미국 지적재산권에 대한 보호, 중국의 우회수출 방지 조치 등을 포함한다

② '마러라고' 환율협정 추진

관세 인상과 더불어 미달러화 약세 유도를 위한 국가별 환율절상 압박이나 환율협정을 추진할 가능성도 적지 않다. 이를 위해 다자간(multilateral) 환율협정과 일방적(unilateral) 환율협정 두 가지 전략을 제시하고 있다.

가. 다자간(multilateral) 방식은 1985년 플자자(Plaza) 합의를 원용한 것으로 일명 '마라라고' 환율협정(Mar-a-Lago-Accord)으로 명명되고 있다.

- 안보우산을 제공받는 국가들에게 무이자의 100년물 또는 영구채의 초장기 국채를 발행한 후 이를 인수토록 하는 전략을 제시하였다. 각국의 초장기 국채 인수와 환율협정 참여를 위해 관세압박과 방위비 분담 등과 연계한다는 방침이다.

- 또한 100년물 장기국채 매입으로 낮아진 각국 유동성을 미 연준과의 통화스왑 제공이나 환안정기금(Exchange Stabilization Fund: ESF)을 활용하여 보강할 수 있음을 언급하고 있다. 이는 미 국채 보유 국가들이 환율협정에 대해 미 국채를 시장에서 매도하는 방식으로 대응하는 것을 미연에 방지함으로써 기축통화국 지위를 유지하고 미 국채 금리의 상승을 억제하기 위한 조치로 풀이된다.

---

1. 미국의 관세 및 환율 정책

<출처: 자본시장연구소>

2) 불균형 시정을 위한 정책

<table>
<tr><td rowspan="2">**1. 미국의 관세 및 환율 정책**
<출처: 자본시장 연구소></td><td>**2) 불균형 시정을 위한 정책**</td><td>나. 일방적(unilateral) 환율조정 방식도 활용 가능함을 언급하고 있다.
- IEEPA(International Emergency Economic Powers Act)를 활용한 국제금융 시장에서의 신용공여, 지급 및 증권매매금지 등을 병행하여 각국의 준비자산 축적을 제한하거나 각국 준비자산에 대해 이자소득세 성격의 미 국채 보유수수료(user fee)를 부과하는 방안을 강구할 것으로 보인다.
- 다만, 미란 보고서에서는 인위적인 환율조정에 따른 부작용 최소화를 위해 점진적 접근과 시장 메커니즘을 중시할 필요가 있음을 언급하고 있다.</td></tr>
<tr><td>**3) 결론**</td><td>① 미국은 우선 상호 관세와 품목별 관세를 통한 큰 폭의 관세율 인상(stick)을 시행하여 무역적자 폭 감소와 관세 수입을 통한 재정수입 확대를 시도하고 있다.
② 이어서 대미 무역 흑자국에 대해 개별적인 환율절상 압력을 가하는 동시에 다자간 환율협정을 통해 미달러화 약세를 유도해 나갈 것으로 보인다.
③ 그러나 다자간 환율협정은 교역 상대국의 협조를 바탕으로 하는 어려운 문제이므로 주요국의 참여 유도를 위해 여러 가지 당근(carrot)을 동시에 구사할 것으로 보이는데 이에는 국가별로 차별적인 관세율 인하, 미 연준을 통한 달러 유동성 제공, 안보우산 제공 및 방위비 분담액 축소 등을 포함할 것으로 보인다.
④ 결국 미국은 관세 인상, 환율협정 및 방위비 분담 등을 연계하여 미국에게 최대한 유리한 방향으로 일괄타결(package deal)을 시도하는 방향으로 국제무역 및 금융 질서의 재편에 나설 전망이다.

[미국의 관세 · 환율 정책 요약]
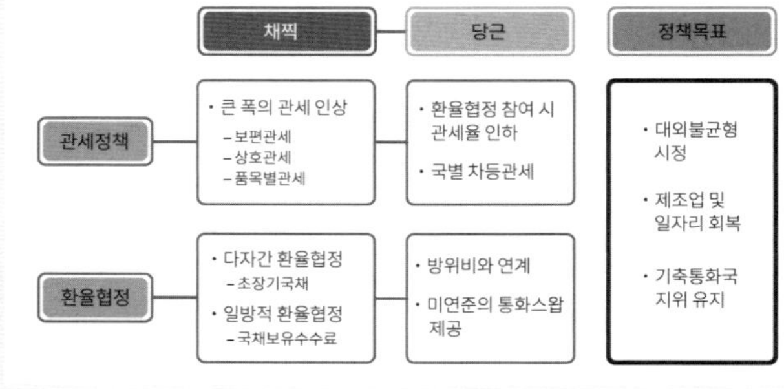
</td></tr>
</table>

<table>
<tr><td valign="top">

2. 환율협정 가능성과 전망

<출처: 자본시장 연구소>

</td><td valign="top">

1) 논리적 모순과 주요국의 반발

</td><td valign="top">

① 무역적자 및 제조업 쇠퇴 원인 불명확

미국은 무역적자가 달러화의 구조적 강세에 기인하는 것으로 보고 있으나 이에 대한 반론도 적지 않다.

가. 특히 미국 무역적자는 환율요인보다는 미국의 저축-투자 갭(NX=S-I)에 기인한다는 분석이 설득력이 있다. 저축-투자 갭이 마이너스 값을 갖는 것은 투자대비 저축(S=Y-C-G)이 낮은 것으로 미국의 소비 수준이 과도한 것으로 해석되기 때문이다. 미국의 저축-투자 갭은 줄곧 마이너스를 보여 왔는데 이는 미국의 높은 투자 대비 낮은 저축 수준이 무역수지 적자의 보다 근본적인 이유가 됨을 의미한다. 이에 반해 중국의 경우에는 저축이 투자를 크게 상회하여 저축-투자 갭이 양의 값을 지속해 왔다. 이는 설령 미달러화 약세(위안화 강세)가 시현되더라도 미국의 대중국 무역수지 개선은 어려울 수 있음을 시사한다.

나. 미국 무역적자가 제조업 쇠퇴와 일자리 감소를 초래한 것인지에 대해서도 의문이 제기되고 있다. Krugman(2025)은 미 제조업 쇠퇴는 무역적자보다는 글로벌 경제구조 변화, 기술 진보와 자동화, 인건비 경쟁력 약화 등에 기인하는 것으로 분석하고 있다. 제조업 부문의 일자리 감소는 미국만의 문제라기보다는 경제 발전 과정에서 제조업에서 서비스 부문으로 고용의 중심이 이동하는 일반적 현상으로 볼 수 있다. 실제 제조업 강국인 독일, 일본과 우리나라의 경우 제조업 고용 비중은 지속적으로 감소하고 있다.

다. 미국 관세 · 환율 정책의 근간이 되고 있는 미달러화의 구조적 강세와 그에 따른 제조업 쇠퇴라는 기본 가정에 논리적 결함이 부각될 경우 교역 상대국의 이해와 공조를 필요로 하는 '마러라고' 환율협정 추진에도 난항이 예상된다

② 미달러화 가치 변동과 관련하여 미국의 대외불균형 시정에는 달러화의 약세가 도움이 될 수 있으나 관세 인상에 따른 인플레이션 압력 상쇄와 기축통화 지위 유지에는 달러화 강세가 필요하므로 트럼프 정부의 대외불균형 시정 전략에 구조적 모순이 있는 것으로 판단된다.

③ 미달러화 신뢰도 저하

가. 대외불균형 시정을 위한 미달러화 약세 지속시 투자자산으로서 달러화 자산에 대한 매력도 및 신뢰도 저하가 초래될 수 있다. 이는 미달러화 약세를 통한 대외불균형 시정과 투자자산 매력도 간 상충 문제가 내재하고 있는데 따른 것이다.

나. 또한 트럼프의 감세정책에 따른 재정악화 우려를 관세 부과를 통해 만회하려고 하는 시도는 국채금리 상승으로 차입비용 상승과 재정건전성 악화를 초래하면서 미달러화의 신뢰와 가치를 더욱 손상시키는 악순환을 초래할 것으로 생각된다.

</td></tr>
</table>

2. 환율협정 가능성과 전망

<출처: 자본시장 연구소>

1) 논리적 모순과 주요국의 반발

다. 환율협정을 위한 초장기 국채 발행시 미 국채 금리 상승 및 시장 기능 저하로 준비자산으로서 달러화 위상 약화를 초래할 가능성. 즉, 동맹국의 보유 국채를 무이자 초장기 국채로 전환하는 것이 현실화될 경우, 미 국채에 대한 디폴트로 간주되어 미 국채 가격 및 달러화지수가 급락하고 국제금융 시장에 큰 혼란이 야기될 가능성도 있을 것으로 보인다.

라. 100년물 미 국채 시장이 현재 존재하지 않아 정상적인 유통시장이 형성될 수 있을지 의문이며 글로벌 채권시장에서 미 국채 금리의 벤치마크로서의 기능도 약화될 것으로 보인다.

④ 미국 내 정치적 부담

미 국민의 대부분은 달러화 약세를 통한 수출 증진 필요성에 부정적인 반응이 더 크며 달러화 의존도 약화 가능성에 대해서도 65%가 우려를 표명하는 것으로 나타났다. 반면 미달러화의 기축통화 지위의 유지 필요성에 대해서는 72%가 긍정적 반응을 보이는 것으로 나타났는데 이는 트럼프 행정부의 관세 및 환율 정책 추진에 대한 국내 정치적 부담을 반영하는 것으로 정책 추진의 동력을 약화시키는 요인이 될 것으로 보인다.

⑤ 플라자 합의 당시와 상이한 여건

'마러라고' 환율협정 구상이 1985년 플라자 합의 사례를 원용한다고 미란 보고서에서 언급하고 있으나 그때 당시와 상이한 글로벌 정치ㆍ경제 환경도 '마라라고' 환율협정의 걸림돌로 작용할 전망이다.

[플라자 합의와 마러라고 협정 비교]

	플라자 합의	**'마러라고' 협정**
대상국	일본, 독일, 영국, 프랑스	중국, EU, 일본 등 다수 흑자국
대미 무역흑자 규모	일본 및 독일 중심	대중국 집중(전체의 1/4), 중국의 강한 반발 예상
민간 비중	각국 중앙은행의 미달러화 보유 비중이 큼.	민간 비중 확대로 공적 당국을 통한 환율 조정 어려움.
글로벌 공급망	단순한 형태	복잡다기화되어 무역 질서 재편에 어려움.
대미 안보 의존	냉전 체제로 의존도 큼.	다극화 체제로 작음.

2) 향후 전망

① 트럼프 행정부는 출범 직후 대외불균형 시정 및 미국 제조업 부활이라는 정책 목표를 위해 큰 폭의 관세 인상을 시행 중이나 미 국채 금리 상승 등 금융 시장 변동성이 확대되고 인플레이션 압력이 가중되는 등 부작용이 나타나고 있다. 미국도 관세 인상에 따른 부작용과 중국의 강한 반발 등을 충분히 인식하고 있다는 점에서 조만간 관세 및 방위비를 지렛대 삼아 글로벌 환율조정 전략으로 이행할 가능성이 있다.

<table>
<tr><td>

**2. 환율협정
　가능성과
　전망**

<출처: 자본시장
연구소>

</td><td>

2) 향후 전망

</td><td>

② 관세 인상은 환율조정의 추진을 위한 1단계 전략이거나 글로벌 환율 조정과의 협공을 위한 사전 포석일 가능성이 있는 것으로 판단된다.

③ 환율조정 전략으로 이행할 경우 대미 무역 흑자국에 대한 개별 환율절상 압력을 우선 시도할 가능성이 있을 것으로 보인다. 특히 우리나라는 큰 폭의 대미 무역흑자, 정치적 불안정 요인까지 가세한 원화약세 흐름, 방위지원 부담 등으로 우선협상 대상국으로 삼기에 적합하다는 점에서 원화절상을 강하게 요구할 가능성이 있다.

④ 경우에 따라서는 대미 무역흑자 규모가 큰 대만이나 일본 등 아시아 흑자국과 동반 압력을 행사할 가능성도 예상된다. 환율절상 압력을 실현하기 위한 방안의 하나로 환율조작국 선정 기준을 변경하여 현재 환율 관찰대상국인 우리나라에 대해 무역 및 통상 압력을 전방위적으로 가할 수도 있을 것으로 보인다.

⑤ 수출 경쟁국 통화 대비 가파른 원화 강세는 수출 감소, 경제성장 등에 부정적 영향이 있겠으나 현 시점에서 완만한 환율 하향세는 정치적 불확실성으로부터 원화환율의 정상적 흐름을 회복하고, 물가 및 금융 시장 안정에 긍정적인 측면도 있을 것으로 생각된다. 또한 미국은 환율 압력과 더불어 한국 기업의 미국 직접 투자를 유도하고 대중국 공급망 의존도 축소, 방위비 증액 등을 요구할 것으로 보인다.

⑥ 다자간 환율협정은 각국 공조를 바탕으로 하는 어려운 과제이므로 우선 동맹국(한국, 대만, 일본)을 대상으로 한 환율 압력 행사 이후 추진할 가능성이 있다. 동맹국의 협조를 확보한 후 중국과의 협상에서 유리한 위치의 확보를 시도할 것으로 보이며 중국에 대해서는 위안화 절상 외에 수출 통제 완화, 시장개방확 대, 지적재산권 보호, 산업보조금 축소 등을 요구하면서 글로벌 경제의 불확실성이 지속될 것으로 보인다.

</td></tr>
</table>

📈 결론

**의견
제시**　미국의 관세 및 환율 정책 추진과 관련하여 우리나라는 다음과 같은 점에 유의하여 대응하는 것이 바람직하다.

　　첫째, 미국은 관세 인상, 방위비 분담 및 환율조정 압력 전략을 한 데 묶어 국가별로 미국에 가장 유리한 협상을 종합적으로 이끌어 내고자 하는 패키지 협상(package deal)을 시도할 것으로 보이므로 이를 역이용하여 부분적 양보와 전략적 반격을 조합해 협상의 주도권을 가지도록 노력해야 한다. 또한 미국의 정책 추진과 국가간 갈등이 상당 기간 지속될 가능성이 크므로 일희일비하기보다 주요국 대응이나 시장 상황을 보아가며 긴 호흡으로 차분하고 신중하게 접근하는 것이 필요하다.

　둘째, 관세 인상에 따른 국제 통상환경의 불확실성과 글로벌 공급망 불안을 우리 핵심 전략산업 육성 등 체질 개선 기회로 활용하는 것이 필요하다. 그 예로 글로벌 원자재 공급망 관련 시장다변화를 모색하고 우리 기업의 국내환류(re-shoring)를 촉진하여 내수 활성화를 도모할 필요가 있다.

　셋째, 우리나라에 대한 미국의 원화절상 압력 강화 시 무엇보다 원화환율이 수출 경쟁국 통화 대비 절상 크기 및 속도 면에서 과도하지 않도록 유의하면서 외환시장 안정화와 환율변동성 완화에 각별히 유념해야 한다. 글로벌 미달러화 약세 흐름에 따른 어느 정도의 원화환율 하락은 거시경제 운영에 큰 부담이 되지는 않을 것으로 보이나 경쟁국 대비 과도한 환율하락은 수출경쟁력 유지에 바람직하지 않다. 필요 시 시장안정화 조치를 통해 단기 환율변동성 확대를 차단하되 원화환율 하락을 국내 금리인하 여력의 확보 기회로 활용하여 거시경제 안정을 도모해 나갈 필요가 있다.

　넷째, 미국과의 환율 관련 협의 시 최근 국내 정치불안 등에 기인한 원화환율 상승 압력 억제를 위해 당국이 외환시장 안정화 조치를 취해 왔음을 강조할 필요가 있다. 또한 최근 원화환율이 개인투자자(서학개미)나 국민연금과 같은 민간의 해외증권 투자 증가 등으로 지속적인 상승 압력을 받고 있어 당국의 인위적 환율하락 조정이 쉽지 않을 수 있음을 미국에 적극 설명할 필요가 있다. 이와 관련하여 국민연금의 미달러화 자산 매입이 달러화 강세 요인이라는 미국의 우려에 대해서는 국민연금의 매입 규모에 비추어 달러화 강세에 미치는 영향은 미미하며 기금의 해외투자 확대는 수익률 제고를 위한 기금 자체적인 포트폴리오 다변화 전략에 기인한다는 점을 강조할 필요가 있다.

　다섯째, '마러라고' 환율협정으로 진행되는 경우 글로벌 미달러화 약세 기조와 주요국 환율 동조화로 원화의 강세 압력이 나타날 수 있어 우리나라만의 독자적 대응이 어려울 것으로 예상된다. 따라서 역내(아세안+3) 및 한·중·일 협력 등을 통한 공동대응 방안도 모색해 볼 필요가 있다. 또한 준비자산 중 일부를 초장기 국채로 전환 요구 시 우리나라의 소득수지가 악화되고 특히 미 연준이 통화스왑 방식이 아닌 FIMA Repo[1]를 활용하여 유동성을 공급할 경우에는 우리나라의 외환 보유액이 감소하고 미 연준의 달러화 유동성 공급에 대한 의존도가 커질 수 있으므로 외화유동성 관리에 만전을 기할 필요가 있다.

　미국의 관세 및 환율 정책 추진에 따른 국제금융 질서의 재편 과정에서 과거 플라자 합의 이후 초래된 일본 엔화의 큰 폭 강세가 잃어버린 30년의 시발점이 되었던 교훈에 항상 유념해야 한다.

용어해설

1) FIMA Repo : 미국 연방준비제도가 다른 나라 중앙은행이 보유한 미국의 국채를 환매조건부로 매입해 달러를 빌려주는 제도. 2021년 12월 한국은행은 미 연준과 600억 달러 규모 도입에 합의함.

05

미국의 반(反) ESG

01 논제 개요 잡기[핵심 요약]

서론	이슈언급	전 세계적으로 ESG(환경 · 사회 · 거버넌스) 반발 물결이 거세지고 있다. 백악관에 재입성한 도널드 트럼프 미국 대통령이 조 바이든 전 대통령의 ESG 정책을 철회하면서, 특히 미국 금융권은 ESG 전략에서 잇따라 발을 빼고 있다. ESG 경영의 선두 주자로 평가받았던 유럽연합(EU)에서도 ESG 규제에 대한 피로감이 커지고 있다. 과도한 규제가 유럽 기업들의 경쟁력을 저하시킬 수 있다는 우려가 확산하면서 EU 집행위원회는 기업지속가능성 실사지침(CSDDD)[1]의 적용 범위를 대폭 완화했다 전문가들은 ESG의 개념과 접근 방식을 재고할 시점이 도래했다고 평가했다. 이제 ESG는 더 이상 투자 유치의 강력한 포인트가 아니기에 접근 방식과 투자자들에게 설명하는 방식을 재고해야 할 시점이다.
본론	1. 반 ESG	
		1) 미국

<table>
<tr><td></td><td></td><td>1) 미국</td><td>트럼프는 대통령 취임과 동시에 기존 주요 ESG 정책을 폐기
① '미국 우선주의 시대 2.0'을 선포하면서 두 번째 대통령 임기를 시작한 트럼프는 취임 첫날 파리 기후 변화 협정을 탈퇴하는 행정명령에 서명
② 트럼프는 국가 에너지 비상사태를 선언하며 연방 토지 및 해역에서의 석유 · 가스 탐사 제한을 철회하고, 자국 내 화석 연료 생산을 대폭 확대하겠다고 발표</td></tr>
</table>

본론	1. 반 ESG	1) 미국	③ 나아가, 이전 정부에서 시행한 신차 판매의 전기차(EV) 50% 의무화 정책을 무효화하고, 전기차 구매의 세액공제와 배기가스 규제 권한도 폐기 추진 ④ 반(反)ESG 정책을 앞세워 왔던 트럼프와 공화당은 퇴직연금의 친환경 투자, 기업의 기후 위험 공시 의무에 반대하는 조치를 취할 것으로 보임. ⑤ 환경 정책 이외에도, 트럼프는 행정명령을 통해 다양성·형평성·포용성(DE&I, Diversity, Equity, Inclusion) 관련 정책을 대거 철회 ⑥ 美 기업 반응 　일부는 ESG 활동을 축소하나, 글로벌 기업은 기존 활동 유지
		2) EU	기후 행동을 이어가지만, 산업경쟁력 제고를 위해 속도는 늦추기로 함. ① 트럼프 취임 직후 열린 스위스 다보스 세계 경제포럼(WEF)에서 유럽연합(EU)은 에너지 전환을 멈추지 않고 기후 변화 대응을 계속하겠다고 밝힘. ② EU 집행위는 산업 경쟁력 강화 전략에 이어 '기업지속가능성보고지침(CSRD)', '공급망실사(CSDDD)', '탄소국경조정제도(CBAM)'를 개정한 옴니버스 패키지를 발표 　가. 기업지속가능성보고지침, 탄소국경조정제도의 적용 대상 기업을 대폭 줄이고 기업의 데이터 수집 부담과 보고 의무를 줄이기 위해 공시 데이터 항목도 축소 　　※ 기업지속가능성보고지침 적용을 받는 기업은 직원 수가 1,000명 이상이며 연 매출 5,000만 유로 이상(또는 총자산 2,500만 유로)인 기업으로 변경 　나. 공급망실사는 실사 주기를 1년이 아닌 5년으로 바꾸고 벌금 최대치 문구도 삭제
		3) 중국	美 기후 정책 후퇴에 우려 표시, 유럽과 협력하는 기회 삼을 수도 있다. ① 중국은 미국의 파리협정 탈퇴와 관련하여 기후로 변화는 인류의 공동 문제이며, 어떠한 국가도 예외가 될 수 없고 어떠한 국가도 홀로 안전할 수 없다고 지적 ② 중국은 그간 유엔기후 변화협약 기준상 공식 공여국(선진국)으로 전환되는 것을 거부해왔으나, 향후 기후 금융 재원을 확대할 수도 있다는 의향을 밝혀 중국의 향후 입장을 통해 기후 행동에 대한 진정성을 가늠할 수 있을 것으로 보임.
		4) 일본	미국의 변화에도 기존에 수립한 녹색 로드맵 이행 예정 ① 2월 7일 이시바 일본 총리와 트럼프의 정상회담을 개최한 일본은 미국산 액화천연가스(LNG)를 더 많이 구매하기로 결정

본론	**1. 반 ESG**	4) 일본	- 트럼프 취임 이후 미국 친환경 및 DE&I 정책 변화에 대한 별도의 입장 표명은 없었음. ② 제조업 기반을 가진 일본은 제조업을 기후 대응 방향으로 전환하여 글로벌 강대국을 지향하는 그린트랜스포메이션(GX)을 추진
	2. 전망 <출처: 하나금융 연구소>	1) 국제 사회의 기후 행동은 지속될 가능성	국가별 기후 대응은 계속하면서 실리도 추구할 것으로 예상된다. 트럼프 정부의 환경 규제 철회, 다양성·형평성·포용성 정책 폐기에도 불구하고, 미국 기업과 국제 사회의 기후.행동은 다음과 같은 이유로 지속될 것으로 예상 ① 투자자의 요구 ② 재생 에너지 및 청정기술 시장 확대 ③ ESG의 주도권은 유럽
		2) 완급 조절	그러나, 한편으로 각 국가는 기후 행동을 지속하면서도 산업 경쟁력 향상을 위해 규제 완화, 산업 정책 재편 등 자국에 유리한 ESG 정책 추진 예상 ① 유럽이 기업 경쟁력 제고를 위해 친환경 규제를 완화하는 움직임에 따라 여타 국가들 역시 ESG 관련 규제를 축소할 가능성이 높음. ② 각국은 미국이 이미 발표했거나 발표할 행정조치가 자국의 수출과 글로벌 공급망에 미칠 영향 등을 고려하여 산업 정책에 반영하고 자국 기업에 유리한 대응 방안을 준비하면서 ESG 정책의 완급을 조절할 것으로 보임.
결론	**의견제시**		우리 기업들은 미국 및 유럽 규제 변화를 주시하면서 ESG 경영을 지속해 나갈 필요가 있다. 첫째, 대기업과 중소기업 모두 탄소 중립 경제로 이행하는 과정에서 자사에게 유리한 비즈니스 모델, 에너지 활용 방식 등을 검토하면서 경쟁력을 강화하는 노력이 요구된다. 둘째, 글로벌 비즈니스를 하는 기업의 경우 각국의 규제 변화를 면밀하게 모니터링하면서 대외 여건 변화에 적합한 대응책을 수립해야 한다. 특히, 미국의 환경 규제 변화와 유럽의 지속가능성보고지침, 공급망실사, 탄소국경조정제도 변경 사항에 주목하고 이를 숙지하여 적용하는 일이 중요하다. 셋째, 日 도요타, 닛산이 미국의 DE&I 정책 폐기에 대응하기 위해 미국 내 사업장의 관련 지침을 재검토한 것처럼, 미국에 진출한 국내 기업들도 유사 대응이 필요하다.

결론	의견제시	국내 금융 회사들은 첫째, 정부가 기후 분야 위주로 개정할 예정인 택소노미(한국형녹색분류체계)를 사업 운영에 반영할 필요가 있으며, 정부의 탄소 배출권 시장 활성화 노력에 적극 동참 필요가 있다. 둘째, 배출권거래법 시행령 개정안으로 은행과 보험사, 기금관리자, 투자매매업자 등까지 탄소 배출권 시장 참여가 가능해져 적극적인 동참 노력이 필요하며, 더불어 탄소 배출권 연계 비즈니스 기회도 모색해 나가야 할 것이다.

02 　논제 풀이

📈 서론

이슈 언급　전 세계적으로 ESG(환경 · 사회 · 거버넌스) 반발 물결이 거세지고 있다. 백악관에 재입성한 도널드 트럼프 미국 대통령이 조 바이든 전 대통령의 ESG 정책을 철회하면서, 특히 미국 금융권은 ESG 전략에서 잇따라 발을 빼고 있다. ESG 투자에서 자본이 빠져나간 것은 단순히 정치적인 이유만은 아니었다. 투자자들은 ESG 전략의 저조한 수익률에 실망하고 있다. 대표적인 친환경 상장지수펀드(ETF)인 '아이셰어즈 글로벌 클린에너지 ETF'는 2024년 약 27% 하락한 반면 S&P500 지수는 23% 상승했다. 태양광 기업에 투자하는 '인베스코 솔라 ETF(TAN)'는 지난 1년간 17.98% 하락했고, 친환경 기술 기업에 투자하는 '글로벌X 클린테크 ETF(CTEC)'도 같은기간 23.51% 떨어졌다.

ESG 경영의 선두 주자로 평가받았던 유럽연합(EU)에서도 ESG 규제에 대한 피로감이 커지고 있다. 과도한 규제가 유럽 기업들의 경쟁력을 저하시킬 수 있다는 우려가 확산하면서 EU 집행위원회는 기업지속가능성실사지침(CSDDD)[1]의 적용 범위를 대폭 완화했다

과거 ESG 투자는 '전통적인 투자보다 더 높은 수익을 창출할 수 있다'는 전망이 잇따르면서 주요 투자 테마로 급부상했다. 하지만 2022년 이후 금리인상으로 기술주가 타격을 입었고, ESG 투자보다 상대적으로 저평가됐던 석유 · 가스 기업들이 당시 발발한 러시아-우크라이나 전쟁 이후 유가 급등 수혜를 입으며 높은 수익을 기록했다.

전문가들은 ESG의 개념과 접근 방식을 재고할 시점이 도래했다고 평가했다. 이제 ESG는 더 이상 투자 유치의 강력한 포인트가 아니기에 접근 방식과 투자자들에게 설명하는 방식을 재고해야 할 시점이다.

이에 본지에서는 탈 ESG 중인 미국 및 글로벌 반응을 검토한 후, 우리의 ESG 정책적 방안을 제언하기로 한다.

		트럼프는 대통령 취임과 동시에 기존 주요 ESG 정책을 폐기

트럼프는 대통령 취임과 동시에 기존 주요 ESG 정책을 폐기

① '미국 우선주의 시대 2.0'을 선포하면서 두 번째 대통령 임기를 시작한 트럼프는 취임 첫날 파리 기후 변화 협정을 탈퇴하는 행정명령에 서명

　가. 트럼프는 파리협정 탈퇴로 1조 달러(1,439조 원) 이상을 아낄 수 있다고 언급

　나. 앞서 트럼프는 2017년 집권 1기 시절에도 파리협정에서 탈퇴한 바 있으며, 바이든 행정부에서 재차 협정에 가입했으나, 다시 기후협약 이행 약속을 번복

② 트럼프는 국가 에너지 비상사태를 선언하며 연방 토지 및 해역에서의 석유·가스 탐사 제한을 철회하고, 자국 내 화석 연료 생산을 대폭 확대하겠다고 발표

　가. 트럼프는 취임 전부터 국가에너지위원회를 기반으로 에너지의 생산, 발전, 유통, 규제 및 수송에 대한 정책 감독을 통합하여 에너지 패권을 장악하겠다고 선언

　나. 트럼프는 바이든 정부의 친환경 정책이 에너지 가격 상승을 불러일으켜 인플레이션을 야기하여 미국의 경쟁력을 떨어뜨렸다고 비판

　다. 트럼프 인수위원회는 내무장관(더그 버검), 환경보호청 청장(리 젤딘), 에너지장관(크리스 라이트)을 모두 친(親)화석 연료 지지자로 지명

③ 나아가, 이전 정부에서 시행한 신차 판매의 전기차(EV) 50% 의무화 정책을 무효화하고, 전기차 구매의 세액공제와 배기가스 규제 권한도 폐기 추진

　가. 트럼프는 전기차 우대 정책과 보조금이 내연기관 자동차를 상대적으로 고가로 만들어 시장을 왜곡했으며 소비자 선택권을 제한하고 이익을 침해했다고 주장

　나. 내연기관차의 판매를 제한하는 주(州) 정부의 배출 규제 역시 폐지하라고 지시

④ 반(反)ESG 정책을 앞세워 왔던 트럼프와 공화당은 퇴직연금의 친환경 투자, 기업의 기후 위험 공시 의무에 반대하는 조치를 취할 것으로 보임.

　가. 바이든 행정부는 퇴직연금이 ESG 요소를 고려하여 기후 위험을 고려하고 지속가능한 사업에 투자할 수 있도록 옵션을 제공했으나, 트럼프와 공화당 측은 연금이 재정적 이익이 아닌 사회적 목표나 정책 목적을 추진하기 위한 수단이 아니라고 인식

⑤ 환경 정책 이외에도, 트럼프는 행정명령을 통해 다양성·형평성·포용성(DE&I, Diversity, Equity, Inclusion) 관련 정책을 대거 철회

　가. 소수인종, 이민자, 성소수자 등 사회적 소외계층을 지원하기 위한 보호 정책 폐기

1. 반 ESG
<출처: 하나금융연구소>

1) 미국

1. 반 ESG <출처: 하나금융 연구소>	1) 미국	나. 남성에서 여성으로 성전환한 사람이 여성 스포츠 경기에 출전하는 것을 금지 ⑥ 美 기업 반응 가. 일부는 ESG 활동을 축소하나, 글로벌 기업은 기존 활동 유지 나. 주요 은행인 골드만삭스, 웰스파고, 씨티그룹, 뱅크오브아메리카, 모건스탠리는 트럼프 취임 이전에 발빠르게 넷제로 은행연합(NZBA)을 탈퇴. 은행에 대한 정치적 압력의 증가, 기후 대응에 대한 회의적 시각 등의 이유 다. 몇몇 기업은 다양성 · 형평성 · 포용성(DE&I) 관련 보조금 및 지원 프로그램을 재편하고, 다양성 관련 임원을 해고하거나, 다양성 목표를 폐기 (UBS) 유색인종 여성이 CEO로 일하고 있는 기업을 대상으로 지급해 온 2만 5천 달러의 보조금 제공을 중단 (월마트) 인종 불평등을 해소하기 위해 만든 자선단체에 기금 지원 중단 발표 (맥도날드) 트럼프 당선 이후 일부 DE&I 목표 일부와 프로그램 폐기 선언 라. 그러나 장기적으로 지속가능한 비즈니스를 영위하려는 다국적 기업들은 트럼프 임기 이후를 의식하면서 기존에 수립한 ESG 목표와 경영활동을 지속적으로 이행 (구글) 파리협정 탈퇴는 예견된 일이었으며, 트럼프 행정부와의 초기 대화에서 기후 기술 혁신에 대한 논의를 했다고 설명 (아마존) 지속가능성 목표에는 변함이 없고, 방향을 바꾸지 않을 것. CEO는 트럼프에게 미국은 세계 기후협정에 계속 참여해야 한다고 주장하며 파리 협정에서 탈퇴하지 않을 것을 촉구. (엑손모빌) IRA에 따라 이미 텍사스 공장의 탄소 감축 프로젝트를 위해 정부로부터 대규모 자금을 지원받았으며 넷제로 달성을 위해 저탄소 수소 생산에 필요한 원료 공급, 이산화탄소 저장 시설 개발 계약 등을 체결 마. 대부분의 기업은 장기적인 기후 목표를 유지할 것이라고 예상한다고 발표. 특히, 유럽과 관련된 사업을 하는 다국적 기업은 전과 동일한 규제에 대응해야 하는 상황이므로 미국의 이슈와 관계없이 일관성 있게 ESG 활동을 추진
	2) EU	기후 행동을 이어가지만, 산업경쟁력 제고를 위해 속도는 늦추기로 함. ① 트럼프 취임 직후 열린 스위스 다보스 세계 경제포럼(WEF)에서 유럽연합(EU)은 에너지 전환을 멈추지 않고 기후 변화 대응을 계속하겠다고 밝힘. ※ 산업혁명으로 강대국의 위치에 오른 유럽은 환경오염 및 소득 배분의 불평등으로 인한 사회적 문제에 대한 의식 고조로 기업의 사회적 책임, 윤리적 관행에 대한 규제를 개발해 왔으며, ESG 관련 룰을 선제적으로 구축하면서 패러다임 전환을 시도

<table>
<tr><td rowspan="2">1. 반 ESG
<출처: 하나금융
연구소></td><td>2) EU</td><td>

② 뒤이어 유럽은 역내 경제 활성화와 기후 중립 달성을 목표로 한 산업 경쟁력 강화 전략(Competitivenss Compass) 5개년 로드맵을 발표

　가. 3대 핵심 정책(탈탄소화, 혁신 격차 해소, 공급망 안보)을 추진하며, 탈탄소화는 청정산업딜을 통해 에너지 비용 절감 및 산업 경쟁력을 강화한다는 내용

　나. 유럽의 산업 경쟁력 강화 전략에는 지속가능성 규제 간소화 내용이 포함되어 있으며, 이는 미국이 외국산 제품에 대한 고율 관세 부과를 한 상황에서 유럽 스스로의 위기의식을 반영한 것으로 보임.

　　- 2024년 폴란드 총리는 유럽이 기후 목표만을 추구하다가는 자체 산업경쟁력을 잃을 수 있으므로 그린딜을 비판적으로 검토해야 한다고 주장

　　- 프랑스와 독일 역시 EU에 '기업지속가능성보고지침(CSRD)'의 완화를 압박

　　- 영국은 EU의 규제 완화 소식에도 불구하고, 2027년부터 탄소국경조정제도(CBAM) 시행을 확정하고 2035년까지 배출량의 81%(1990년 대비)를 감축하겠다는 내용을 유엔기후 변화협약(UNFCCC) 사무국에 제출

③ EU 집행위는 산업 경쟁력 강화 전략에 이어 '기업지속가능성보고지침(CSRD)', '공급망실사(CSDDD)', '탄소국경조정제도(CBAM)'를 개정한 옴니버스 패키지를 발표

　가. 기업지속가능성보고지침, 탄소국경조정제도의 적용 대상 기업을 대폭 줄이고 기업의 데이터 수집 부담과 보고 의무를 줄이기 위해 공시 데이터 항목도 축소

　　※ 기업지속가능성보고지침 적용을 받는 기업은 직원 수가 1,000명 이상이며 연 매출 5,000만 유로 이상(또는 총자산 2,500만 유로)인 기업으로 변경

　나. 공급망실사는 실사 주기를 1년이 아닌 5년으로 바꾸고 벌금 최대치 문구도 삭제

</td></tr>
<tr><td>3) 중국</td><td>

美 기후 정책 후퇴에 우려 표시, 유럽과 협력하는 기회로 삼을 수도 있다.

① 중국은 미국의 파리협정 탈퇴와 관련하여 기후 변화는 인류의 공동 문제이며, 어떠한 국가도 예외가 될 수 없고 어떠한 국가도 홀로 안전할 수 없다고 지적

　가. 중국은 기후 변화 대응 의지와 행동에 있어서 일관성을 유지할 것이며 국제 사회와 공조하며 녹색 저탄소 전환 과정을 추진할 것이라고 강조

　나. 일부 환경 전문가는 미국의 기후협약 불참을 계기로 중국이 기후 관련 글로벌 리더십을 발휘하면서 경제적, 정치적 이점을 얻을 수 있을 것이라고 전망

</td></tr>
</table>

1. 반 ESG <출처: 하나금융 연구소>	**3) 중국**	다. 기후 금융 재원 마련에 있어서 유럽의 부담이 더욱 커진 상황에서 중국이 유럽과 협력을 통해 기존 무역 갈등을 완화하는 기회로 활용할 수 있기 때문 ※ 중국이 전기차, 태양광 패널, 풍력발전 터빈 등 탄소 중립 기술과 공급망을 장악하자 유럽은 중국에 불공정 보조금 조사 및 관세 부과 등의 무역 규제를 적용해왔으며, 중국산 전기차에 최고 45.3%에 달하는 추가 관세를 부과하기로 결정한 바 있음. ② 중국은 그간 유엔기후 변화협약 기준상 공식 공여국(선진국)으로 전환되는 것을 거부해왔으나, 향후 기후 금융 재원을 확대할 수도 있다는 의향을 밝혀 중국의 향후 입장을 통해 기후 행동에 대한 진정성을 가늠할 수 있을 것으로 보임. 가. 중국은 세계 최대 온실가스 배출국이자 세계 2위 경제 대국이지만, 지난 1997년 교토의정서 채택 당시 개발도상국으로 분류되어 기후 대응 분담금을 적게 지출
	4) 일본	미국의 변화에도 기존에 수립한 녹색 로드맵 이행 예정 ① 2월 7일 이시바 일본 총리와 트럼프의 정상회담을 개최한 일본은 미국산 액화천연가스(LNG)를 더 많이 구매하기로 결정 - 트럼프 취임 이후 미국 친환경 및 DE&I 정책 변화에 대한 별도의 입장 표명은 없었음. ② 제조업 기반을 가진 일본은 제조업을 기후 대응 방향으로 전환하여 글로벌 강대국을 지향하는 그린트랜스포메이션(GX)을 추진 가. GX는 산업경쟁력을 강화하는 정책이며, 정부가 먼저 20조 엔의 마중물 투자를 하고, 민간이 10년간 150조 엔을 기후 대응에 투자하도록 유도한다는 계획 나. 주요내용은 ▲국가가 발행하는 '경제이행채권'을 통한 민간 전환 금융, ▲ 배출량 거래제 고도화, ▲ 20조엔 규모의 투자 촉진 정책의 구체화로 구성 ③ 미국에 진출한 일본 기업 일부는 DE&I에 대한 기존 관점을 유지하면서도 미국 사업장에 적용하는 관련 정책 일부를 재검토 - 대체로 일본 기업은 기존 DE&I 관련 활동을 지속할 것으로 전망되지만, 도요타와 닛산은 미국에서의 직원 활동 방침을 전과 동일하게 유지할지 여부를 검토

국가별 기후 대응은 계속하면서 실리도 추구할 것으로 예상된다. 트럼프 정부의 환경 규제 철회, 다양성·형평성·포용성 정책 폐기에도 불구하고, 미국 기업과 국제 사회의 기후 행동은 다음과 같은 이유로 지속될 것으로 예상

① 투자자의 요구

세계적으로 투자자들이 기후 변화를 명확한 중장기적 리스크 요인으로 판단하고 있어서 지속가능성 공시를 요구

가. 기업의 물리적 리스크(자연재해로 인한 피해)는 트럼프의 집권과 무관하며, 오히려 트럼프가 온실가스 배출량을 늘려 인류가 정한 1.5℃ 상승의 목표 달성을 어렵게 하여 리스크를 확대할 것으로 보임.

나. 글로벌 투자자인 '기후 변화에 관한 기관 투자자 그룹(IGCCC)', '유럽 지속가능투자포럼(Eurosif)', '책임투자원칙(PRI)'은 EU의 ESG 규제 간소화 정책에 우려를 표명하면서, ESG 규제를 결코 축소하거나 삭제해서는 안된다는 성명을 발표

다. 주요 선진국은 기후 문제에 대응하기 위한 목적 이외에도 자국의 기업경쟁력 제고를 위해 기후 공시 의무화 추진.

라. 글로벌 기업 85%는 미국의 정치 이슈와 별개로 기후 공시를 계속 하겠다고 밝힘.

② 재생 에너지 및 청정기술 시장 확대

가. 재생 에너지가 화석 연료보다 저렴해져 전력 수요자의 재생 에너지 선호도가 높고, 청정기술에 대한 수요와 투자가 지속적으로 확대될 전망

나. 북미전력신뢰도기구(NERC)는 AI로 인한 전력 소비가 최근 20년 중 최고 수준에 이르렀다고 발표했으며, UBS는 AI의 발전과 이와 관련된 엄청난 에너지 수요가 필연적으로 재생 에너지의 매력을 높일 것이라고 언급

다. 미국판 탄소국경제도라고 할 수 있는 청정경쟁법(CCA)은 초당적 지지를 얻고 있어서 연내 통과될 가능성이 높으며 청정기술에 대한 투자도 이어질 예정

라. 게다가, 연방정부의 친환경 정책이 후퇴하면서 빅테크의 청정에너지 투자는 더욱 중요해졌으며, 주요 IT 기업들의 탄소 중립 이행 의지가 시험대에 오를 것으로 보임.

③ ESG의 주도권은 유럽

그동안 유럽을 중심으로 ESG 규제 및 청정기술 시장이 발전해왔고, 유럽이 글로벌 ESG 자산 보유 비중이 높음.

가. 2024년 EU 전역에서 생산된 태양광·풍력·수력 등 재생 에너지는 총 1,300TWh로, 전체 전력 생산량의 47.4%를 차지했으며 이는 2023년 대비 7.6% 증가한 수준

---

2. 전망

<출처: 하나금융
연구소>

1) 국제 사회의 기후 행동은 지속될 가능성

<table>
<tr><td rowspan="2">

2. 전망
<출처: 하나금융
연구소></td><td>1) 국제 사회의
기후 행동은
지속될
가능성</td><td>나. 재생 에너지에 포함되지는 않지만 온실가스를 거의 배출하지 않는
원자력 발전(23.7%)까지 합치면 청정에너지 비율은 71.1%에 이름.
➔ ESG 전문가들은 유럽이 글로벌 ESG 자산의 상당 부분을 차지하
고 있어서 유럽 정책이 미국보다 더욱 영향력 있는 변수로 작용할
것이라고 인식(ESG 펀드의 경우 유럽이 전체 ESG 펀드 자산의
84%를 차지, 미국은 11%를 보유)</td></tr>
<tr><td>2) 완급 조절</td><td>그러나, 한편으로 각 국가는 기후 행동을 지속하면서도 산업 경쟁력 향상
을 위해 규제 완화, 산업 정책 재편 등 자국에 유리한 ESG 정책 추진 예상
① 유럽이 기업 경쟁력 제고를 위해 친환경 규제를 완화하는 움직임에 따라
여타 국가들 역시 ESG 관련 규제를 축소할 가능성이 높음.
② 각국은 미국이 이미 발표했거나 발표할 행정조치가 자국의 수출과 글로
벌 공급망에 미칠 영향 등을 고려하여 산업 정책에 반영하고 자국 기업에
유리한 대응 방안을 준비하면서 ESG 정책의 완급을 조절할 것으로 보임.</td></tr>
</table>

결론

의견 제시   2024년 10월 산업통상자원부 박성택 제1차관은 美 대선에서 트럼프가 재선에 성공하더라도(탄소 중립의) 속도에 있어서는 등락이 있을 수 있겠지만 방향성이 바뀌지는 않을 것이라고 설명했고, 많은 기업과 금융 회사들의(탄소 중립) 투자가 현실화되고 있는 상황도 함께 언급한 바 있다.

또한, 2025년 경제정책 방향에는 '탈탄소 대응 강화' 내용이 포함되어 있으며, 산업 경쟁력 강화를 위해 재생 에너지 중심 전력 인프라 구축, 기후 금융 활성화 등을 추진하겠다고 되어 있다.

또한 기후 금융 활성화 목적으로 ① 녹색국채 발행에 필요한 법적, 제도적 근거 검토, ② 한국형 녹색분류체계를 기후 분야 중심으로 개정 ③ 기업의 저탄소 전환을 위한 '전환 금융 가이드라인' 수립의 3대 프로젝트도 추진 예정이다.

한편 우리 기업들은 미국 및 유럽 규제 변화를 주시하면서 ESG 경영을 지속해 나갈 필요가 있다.

첫째, 대기업과 중소기업 모두 탄소 중립 경제로 이행하는 과정에서 자사에게 유리한 비즈니스 모델, 에너지 활용 방식 등을 검토하면서 경쟁력을 강화하는 노력이 요구된다.

둘째, 글로벌 비즈니스를 하는 기업의 경우 각국의 규제 변화를 면밀하게 모니터링하면서 대외 여건 변화에 적합한 대응책을 수립해야 한다.

특히, 미국의 환경 규제 변화와 유럽의 지속가능성보고지침, 공급망실사, 탄소국경조정제도 변경 사항에 주목하고 이를 숙지하여 적용하는 일이 중요하다.

셋째, 日 도요타, 닛산이 미국의 DE&I 정책 폐기에 대응하기 위해 미국 내 사업장의 관련 지침을 재검토한 것처럼, 미국에 진출한 국내 기업들도 유사 대응이 필요하다.

국내 금융 회사들은

첫째, 정부가 기후 분야 위주로 개정할 예정인 택소노미(한국형녹색분류체계)를 사업 운영에 반영할 필요가 있으며, 정부의 탄소 배출권 시장 활성화 노력에 적극 동참 필요가 있다.

국내 은행을 비롯한 금융 회사들은 정부의 택소노미 개정 내용을 참고하여 여신 프로세스 등에 반영해야 하기 때문이다.

둘째, 배출권거래법 시행령 개정안으로 은행과 보험사, 기금관리자, 투자매매업자 등까지 탄소 배출권 시장 참여가 가능해져 적극적인 동참 노력이 필요하며, 더불어 탄소 배출권 연계 비즈니스 기회도 모색해 나가야 할 것이다.

"향후 미국이 기후위기 대응에 소극적인 대응을 보이더라도 기업들의 탄소 중립 실현, 재생 에너지 전환 등의 방침은 계속될 것이다. 미국의 상황을 우려해 ESG 경영을 늦춰서는 안된다. ESG 경영 체계를 구축하고 리스크를 줄이기 위해 적극 노력해야 한다.

 용어해설

1) **CSDDD** : 기업의 공급망 내 ESG 위반 여부를 감시하기 위해 2024년 7월 발효된 규정이다. 하지만 기업들의 부담을 고려해 적용 대상을 기존 '직원 250명 이상, 순매출 4,000만 유로(약 600억 원) 초과'에서 '직원 1,000명 이상, 순매출 4억 5,000만 유로(약 6,800억 원) 초과'로 대폭 완화할 예정이다. 기업지속가능성 보고지침(CSRD)과 지속 가능한 투자에 대한 EU 분류체계도 수정될 예정이다.

chapter 06
2025 상반기 수출평가와 정책적 방안

01 논제 개요 잡기 [핵심 요약]

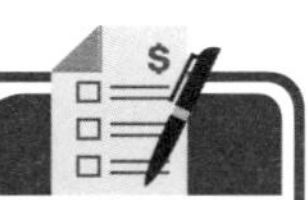

| 서론 | 이슈언급 | 2025년 상반기 수출은 3,347억 달러(△0.03%)로 2024년 동기 수준에서 보합세를 보였다. 조업 일수를 고려한 일평균 수출은 2.3% 증가한 25.6억 달러를 기록하였다. 수입은 3,069억 달러로 1.6% 감소하였으며, 무역수지는 278억 달러 흑자로 2024년 상반기 대비 48억 달러 개선되었다.
2025년 상반기 우리 수출은 미국의 관세 조치, 경기 회복세 둔화, 중동 사태 등 전례 없는 글로벌 통상·무역 환경의 불확실성에도 불구하고 2024년 수준을 유지하였고, 이는 우리 기업들이 녹록지 않은 수출 여건에 적응하기 위해 치열하게 시장·품목 다변화에 노력한 결과로 보인다. 하지만 2025년 하반기에는 미국 관세 정책의 변동성과 한국의 미국 수입시장 점유율 하락세, 경기 회복 속도의 불확실성이 지속될 것으로 예상되기에 안심하기는 이르다. 또한 반도체 제외 시 수출 부진 확대 기조는 이어지고 있기 때문이다. |
| 본론 | 1. 2025년 상반기 수출입 | **1) 특성**
① 개괄
　가. 상반기 수출액은 3,347억 달러(△0.03%)로 전년과 보합 수준
　나. 상반기 무역수지는 278억 달러 흑자로 2018년 상반기 이후 최대
　다. 2025년 1분기 수출은 감소(△2.3%)했으나, 2분기에는 플러스 전환(+2.1%)
　라. 비에너지 수입 증가에도 불구, 유가 하락과 에너지 수입이 감소하면서 전체 수입 감소(△1.6%) |

본론	1. 2025년 상반기 수출입	2) 품목별	15대 주력 품목 중 반도체 · 바이오 등 5개 품목 플러스 ① 반도체는 역대 상반기 기준 최대 실적 기록 ② 자동차 　최대 수출 시장인 대미 수출 감소에도 하이브리드차 호조세로 감소폭(△1.7%)은 제한적 ③ 바이오 　품목 허가 확대(바이오시밀러) 수주 증가 지속(CMO) → 수출 두 자릿수 성장(+11%) ④ 선박 　2022년 높은 선가로 수주한 고부가 선박 본격 인도 → 수출 두 자릿수 성장(+19%) ⑤ 반도체 外 IT 품목 　무선 통신 수출은 프리미엄 스마트폰, AI 탑재 기기 등 수요 확대 영향으로 8.5% 증가, 컴퓨터 SSD는 AI 서버 수요 증가로 두 자릿수 증가(+13%) ⑥ 석유제품 · 석유화학은 글로벌 공급 과잉 및 유가 하락 영향으로 감소 ⑦ 일반기계 　글로벌 건설 경기 회복 지연, 중국(2025년 1~5월 기준 수출 비중 : 13%) 부동산 경기 부진, 미 관세 조치 등에 따른 불확실성으로 투자 지연 등 복합 작용 ⑧ 철강 · 이차전지 　핵심 광물 철광석 · 리튬 등 가격 하락세 + 글로벌 공급 과잉 등으로 인해 수출단가 회복 지연 　→ 철강 · 이차전지 수출 감소의 주요 요인으로 작용
		3) 지역별	9대 주요 지역 중 EU · 아세안 등 5개 시장 플러스, 미국은 수출 · 수입 모두 감소하며 무역수지 흑자 축소 ① 미국 　반도체 · 컴퓨터 등 IT 품목과 바이오 헬스 등 수출은 증가, 다만 양대 품목인 자동차 · 일반기계 수출 부진으로 전체적으로 3.7% 감소 ② 중국 　對中 수출의 1/3을 차지하는 반도체와 3위 일반기계, 5위 디스플레이 수출 감소로 전체 수출 감소, 다만 감소율은 1분기 대비 2분기에 축소 ③ 아세안 　최대 수출 품목인 반도체 수출이 두 자릿수 증가세 기록, 가전, 선박, 철강 수출도 호조세를 보이며 2025년 1 · 2분기 모두 증가 ④ EU는 과거 수주되었던 선박이 인도되고, 전기차 및 SUV 중심으로 자동차 수출이 증가하면서 수출 폭 확대(+12.2%)

본론	**1. 2025년 상반기 수출입**	4) 수입	① 에너지 △15.3% 수입 감소로 전체 수입 감소 △1.6%, 산업 생산·수출과 밀접한 반도체 장비+27.6% 수입은 증가 (에너지) △유가 하락으로 원유 수입 감소, △도입 단가가 유가와 연동되는 가스 수입도 감소 → 전체 에너지 수입 △15.3% 감소
	2. 전망	1) 2025년 하반기 전망	① 세계 경제 무역정책 불확실성 확대로 세계 경제는 2% 후반대, 세계 상품 교역은 역성장 전망 ② 환율 하반기 약달러 환경 속 1,300원대 중반 수준에서 점진적인 하락세를 이어갈 전망 ③ 유가 하반기 국제 유가는 공급 과잉이 이어지면서 하방 압력이 우세하나, 중동 지역 분쟁 심화 시 공급 차질에 의한 단기적 가격 변동성이 확대될 가능성 상존 ④ 통상 미국의 국가별 상호 관세 협상이 가속화되는 가운데, 미국의 관세가 미국 수입시장의 '뉴 노멀(New Normal)'로 작용 예상 ⑤ 전망 2025년 연간 수출은 전년 대비 2.2% 감소한 6,685억 달러, 수입은 1.8% 감소한 6,202억 달러, 무역수지는 483억 달러 흑자 예상
		2) 우려점	① 특정 수출 품목(반도체) 및 국가(미국과 중국)에 대한 높은 집중도 ② 대중국 수출의 지속적인 둔화 가능성 ③ 제조업 해외 현지 생산의 확대 ④ 교역 환경의 급격한 변화와 미국의 무역 제재 강화 가능성 ⑤ 원화 환율 불안정성 ⑥ 중국 등 개도국 저가 공세
결론	**의견제시**		2024년 기준 우리나라 실질 국내총생산(GDP)에서 수출이 차지한 비중은 36.3%로 2020년대 들어 가장 높았다. 경제 성장률 2.04% 중 수출 기여도도 1.93%포인트에 달했다. 수출이 유발한 취업자도 416만 명이나 된다. 두말할 나위 없이 수출은 경제 성장과 일자리의 원천이다. 퇴조하는 자유무역은 세계 경제에 메가톤급 충격을 가져올 게 뻔하다. 거시경제 전반이 영향을 받을 수밖에 없고, 기업 생산 및 공급망 재편도 부추길 가능성이 크다. 정부의 기민한 통상 대응이 그 어느 때보다 중요하다.

02 논제 풀이

📈 서론

> 2025년 상반기 수출은 3,347억 달러(△0.03%)로 2024년 동기 수준에서 보합세를 보였다. 조업 일수를 고려한 일평균 수출은 2.3% 증가한 25.6억 달러를 기록하였다. 수입은 3,069억 달러로 1.6% 감소하였으며, 무역수지는 278억 달러 흑자로 2024년 상반기 대비 48억 달러 개선되었다.
>
>   * 2025년 상반기 수출 추이(억 달러) : 2022년 3,505(역대 1위) → 2023년 3,070
>   → 2024년 3,348(2위) → 2025년 3,347(3위)
>   일평균 수출 추이 : 2022년 26.3(역대 1위) → 2023년 22.8 → 2024 25.1(3위)
>   → 2025년 25.6(2위)
>
> 2025년 상반기 우리 수출은 미국의 관세 조치, 경기 회복세 둔화, 중동 사태 등 전례 없는 글로벌 통상 · 무역 환경의 불확실성에도 불구하고 2024년 수준을 유지하였고, 특히 새 정부가 출범한 6월에는 역대 6월 중 최대 실적을 기록하면서 플러스로 전환되었다. 이는 우리 기업들이 녹록지 않은 수출 여건에 적응하기 위해 치열하게 시장 · 품목 다변화에 노력한 결과로 보인다.
>
>   * 시장 다변화 : 자동차 대미국 수출 감소 → 대EU · CIS 수출 증가,
>   반도체 대중국 수출 감소 → 대 아세안 · 미국 · 대만 · 홍콩 수출 증가
>   * 품목 다변화: 15대 품목 외 농수산 식품, 화장품, 전기 기기 6월 중 최대 수출 실적 기록
>
> 하지만 2025년 하반기에는 미국 관세 정책의 변동성과 한국의 미국 수입시장 점유율 하락세, 경기 회복 속도의 불확실성이 지속될 것으로 예상되기에 안심하기는 이르다. 또한 반도체 제외 시 수출 부진 확대 기조는 이어지고 있기 때문이다.
>   이에 본지에서는 2025년 상반기 한국 수출 현황에 대해 분석한 후, 정책적 대응 방안을 제언해 보기로 한다.

📈 본론

1. 2025년 상반기 수출입 <출처: 산업통상부>	1) 특성	① 개괄 가. 상반기 수출액은 3,347억 달러(△0.03%)로 전년과 보합 수준 나. 상반기 무역수지는 278억 달러 흑자로 2018년 상반기 이후 최대 다. 2025년 1분기 수출은 감소(△2.3%)했으나, 2분기에는 플러스 전환 (+2.1%) 라. 비에너지 수입 증가에도 불구, 유가 하락과 에너지 수입이 감소하면서 전체 수입 감소(△1.6%)

[연도별 상반기 수출 현황]

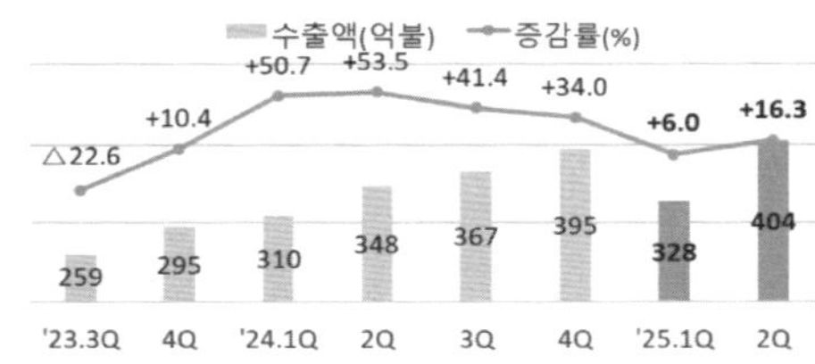

1) 특성

1. 2025년
상반기
수출입
<출처: 산업통상부>

15대 주력 품목 중 반도체 · 바이오 등 5개 품목 플러스

① 반도체는 역대 상반기 기준 최대 실적 기록

  가. 2023년 4분기부터 7개 분기 연속으로 수출 플러스 흐름 지속

  나. HBM · DDR5 등 고부가 제품 수요 견조

  다. 주요 메모리 제품 고정 가격 순차적으로 반등

[반도체 분기별 수출 추이]

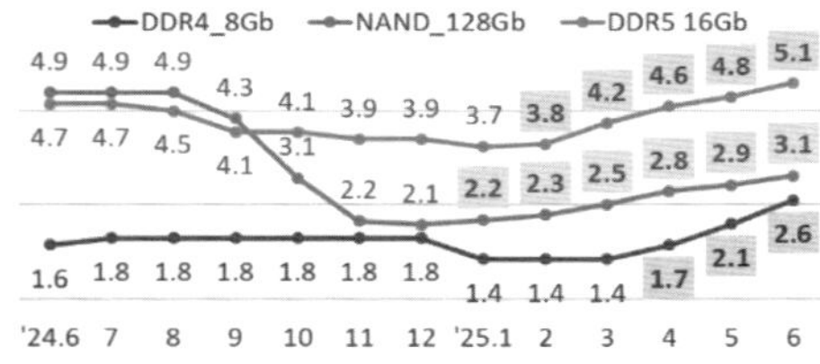

2) 품목별

[메모리 반도체 분기별 고정 가격 추이]

② 자동차

  가. 최대 수출 시장인 대미 수출 감소에도 하이브리드차 호조세로 감소폭
      (△1.7%)은 제한적

  나. 美 자동차 관세 부과(25%) + 현지 전기차 생산 본격화 → 대미 수출 감
      소요인 작용

1. 2025년 상반기 수출입

<출처: 산업통상부>

2) 품목별

[자동차 분기별 수출 추이]

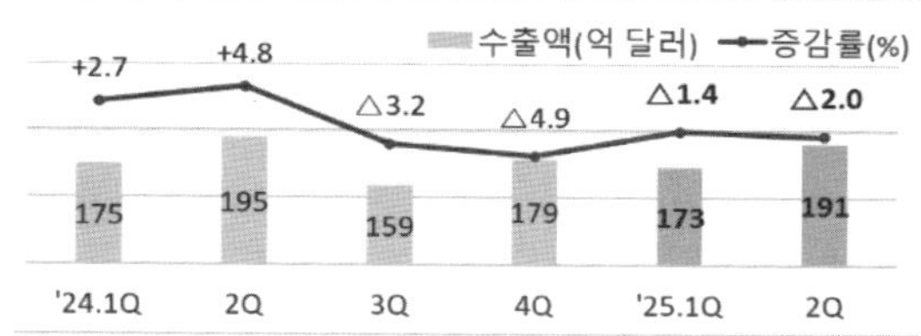

③ 바이오

품목 허가 확대(바이오시밀러) 수주 증가 지속(CMO) → 수출 두 자릿수 성장(+11%)

④ 선박

2022년 높은 선가로 수주한 고부가 선박 본격 인도 → 수출 두 자릿수 성장(+19%)

⑤ 반도체 外 IT 품목

무선 통신 수출은 프리미엄 스마트폰, AI 탑재 기기 등 수요 확대 영향으로 8.5% 증가, 컴퓨터 SSD는 AI 서버 수요 증가로 두 자릿수 증가(+13%)

⑥ 석유제품ㆍ석유화학은 글로벌 공급과잉 및 유가 하락 영향으로 감소

⑦ 일반기계

글로벌 건설 경기 회복 지연, 중국(2025년 1~5월 기준 수출 비중 : 13%) 부동산 경기 부진, 미 관세조치 등에 따른 불확실성으로 투자 지연 등 복합 작용

⑧ 철강ㆍ이차전지

핵심 광물 철광석ㆍ리튬 등 가격 하락세 + 글로벌 공급 과잉 등으로 인해 수출단가 회복 지연

→ 철강ㆍ이차전지 수출 감소의 주요 요인으로 작용

【 '25.상반기 15대 주력 품목 수출 실적 (단위 : 억 달러, %) 】

구 분	반도체	디스플레이	무선통신기기	컴퓨터	자동차	자동차부품	일반기계	선박
수출액	732.7	76.1	75.3	58.6	363.6	107.7	236.2	139.4
증감률	+11.4	△14.4	+8.5	+12.6	△1.7	△4.8	△9.4	+18.8
역대순위	1위	-	-	-	2위	-	-	-
구 분	석유제품	석유화학	바이오헬스	가전	섬유	철강	이차전지	전체
수출액	214.8	216.3	82.0	37.0	49.3	156.3	36.1	**3,347.1**
증감률	△18.8	△11.4	+11.0	△10.6	△7.5	△5.9	△8.9	△0.0
역대순위	-	-	2위	-	-	-	-	3위

<table>
<tr><td rowspan="6">

**1. 2025년
상반기
수출입**

<출처: 산업통상부>

</td><td rowspan="6">

3) 지역별

</td></tr>
</table>

9대 주요 지역 중 EU · 아세안 등 5개 시장 플러스, 미국은 수출 · 수입 모두 감소하며 무역수지 흑자 축소

【 '25.상반기 주요 9대 지역 수출 실적 (단위 : 억 달러, %) 】

구 분	미국	중국	아세안	EU(27)	일본	중남미	인도	중동	CIS	전체
수출액	621.8	604.9	576.1	349.0	139.2	137.0	94.7	98.2	62.4	3,347.1
증감률	△3.7	△4.6	+3.8	+3.9	△3.8	△6.1	+1.6	+3.3	+13.3	△0.0
역대순위	2위	-	2위	2위	-	-	1위	-	-	3위

① 미국

반도체 · 컴퓨터 등 IT 품목과 바이오 헬스 등 수출은 증가, 다만 양대 품목인 자동차 · 일반기계 수출 부진으로 전체적으로 3.7% 감소

* 품목별 수출 증감률(2025. 1.1~6.25 기준): (반도체) +14.7%, (바이오) +34.7%, (자동차) △16.8%, (일반기계) +△16.9%

② 중국

對中 수출의 1/3을 차지하는 반도체와 3위 일반기계, 5위 디스플레이 수출 감소로 전체 수출 감소, 다만 감소율은 1분기 대비 2분기에 축소

* 품목별 수출 증감률(2025. 1.1~6.25 기준): (반도체) △9.6%, (일반기계) △4.8%, (디스플레이) △5.7%

③ 아세안

최대 수출 품목인 반도체 수출이 두 자릿수 증가세 기록, 가전, 선박, 철강 수출도 호조세를 보이며 2025년 1 · 2분기 모두 증가

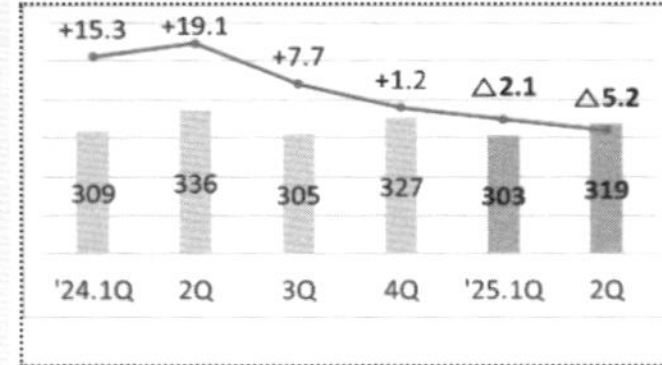

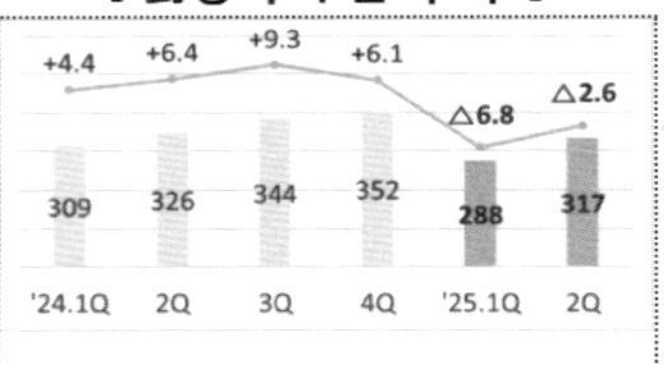

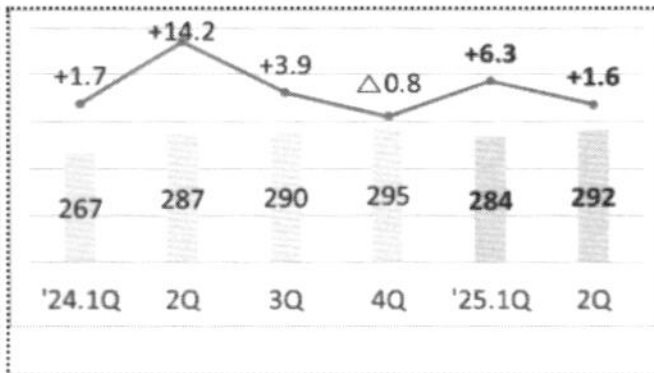

④ EU는 과거 수주되었던 선박이 인도되고, 전기차 및 SUV 중심으로 자동차 수출이 증가하면서 수출 폭 확대(+12.2%)

1. 2025년 상반기 수출입 <출처: 산업통상부>	**4) 수입**	① 에너지 △15.3% 수입 감소로 전체 수입 감소 △1.6%, 산업 생산 · 수출과 밀접한 반도체 장비 +27.6% 수입은 증가 (에너지) △유가 하락으로 원유 수입 감소, △도입 단가가 유가와 연동되는 가스 수입도 감소 → 전체 에너지 수입 △15.3% 감소

2. 전망

1) 2025년 하반기 전망
<출처: 무역협회>

① 세계 경제
무역정책 불확실성 확대로 세계 경제는 2% 후반대, 세계 상품교역은 역성장 전망
  * 세계 경제 성장률(2025년 기준): (IMF) 2.8% (OECD) 2.9% /
    세계 교역 증가율(2025년 기준): (WTO) -0.2%

② 환율
하반기 약달러 환경 속 1,300원대 중반 수준에서 점진적인 하락세를 이어갈 전망
  * 원/달러 환율(블룸버그 전망): (2025년 2분기) 1,414원 → (2025년 3분기) 1,390원 → (2025년 4분기) 1,380원

③ 유가
하반기 국제 유가는 공급 과잉이 이어지면서 하방 압력이 우세하나, 중동 지역 분쟁 심화 시 공급 차질에 의한 단기적 가격 변동성이 확대될 가능성 상존

④ 통상
미국의 국가별 상호 관세 협상이 가속화되는 가운데, 미국의 관세가 미국 수입시장의 '뉴 노멀(New Normal)'로 작용 예상

⑤ 전망
2025년 연간 수출은 전년 대비 2.2% 감소한 6,685억 달러, 수입은 1.8% 감소한 6,202억 달러, 무역수지는 483억 달러 흑자 예상
  가. 하반기 수출은 자동차, 자동차 부품, 철강 등 대부분의 주력 품목에서 미국발 관세 영향이 가시화될 전망
  나. 유가 하락에 따른 수입 감소에도 불구하고 수출 감소폭이 더 커 전년 대비 무역흑자 규모는 소폭 축소될 전망

2) 우려점

① 특정 수출 품목(반도체) 및 국가(미국과 중국)에 대한 높은 집중도
② 대중국 수출의 지속적인 둔화 가능성
③ 제조업 해외 현지 생산의 확대
④ 교역 환경의 급격한 변화와 미국의 무역 제재 강화 가능성
⑤ 원화 환율 불안정성
⑥ 중국 등 개도국 저가 공세

📈 결론

① 수출 리스크 요인 중 일부는 구조적 요인의 성격이 강한 편이다. 중국 경제성장 둔화 및 수입구조 변화, 제조업 해외 현지 생산의 확대 등은 구조적 요인으로 단기간에 이를 개선하고 대응하기 어려운 과제다. 따라서 한국은 수출 주도형 성장 국가로서 향후 수출에 부담으로 작용할 가능성이 있는 구조적 요인들의 영향을 최소화하는 노력이 필요하다.

② 대내적으로는 장기적인 관점에서 세계 교역 구조 변화에 유연하게 대응하기 위한 수출 구조 변화가 필요하다.

첫째, 고부가가치 품목의 수출 확대는 한국 수출에 무엇보다 중요한 과제로 기술 개발을 통한 역량 강화와 경쟁력 우위 선점이 중요하다. 향후 친환경 차, 친환경 선박 등 고부가가치 품목에 대한 경쟁이 더욱 치열해질 것으로 예상됨에 따라 세계 시장에서 주도권을 유지하기 위한 노력이 필요하다.

둘째, 한편, 중국과의 기술 수준 및 경쟁력 격차가 축소됨에 따라 중국의 자급률 제고로 인한 세계 시장에서 중국과의 경쟁 심화 및 대중국 수출 둔화가 우려되어 수출 시장의 다변화가 필요하다.

③ 대외적으로는 미국의 보호주의 무역 강화 등 불확실한 세계 교역 환경에서 수출 확대를 위한 정책적 노력이 필요하다.

첫째, 세계 교역 환경의 변화로 자국 우선주의와 보호무역주의가 강화되고 있어 우리 수출 기업들의 정책적 수요를 반영하여 수출 장려책을 확대해야 한다.

둘째, 한국이 미·중에 대한 수출 비중이 높은 편인 만큼 양국의 무역 분쟁 심화 및 변화 가능성에 대비하여 다양한 국가를 이용한 공급망 형성 등의 전략 수립이 중요하다.

셋째, 대규모 흑자를 기록 중인 품목의 미국 수출이 더욱 확대될 경우 예상되는 미국의 관세 인상 등 규제 강화에 대비하여 선제적 대응책 마련이 필요하다.

④ 다자간 무역협정 체결로 한국 경제 영토 넓히기

첫째, 보호무역주의의 해결책인 FTA, EPA 신규 체결 지원을 통해 우리나라 기업 진출 시장을 확대해야 한다. '손해를 보더라도 무역은 해야 한다'는 리카도의 말처럼, FTA 강국인 한국은 동맹국을 57개국에서 90개국으로 확대함으로써 경제 영토를 넓혀나가야 할 것이다. 특히, 핵심 광물 공급망 안정화가 최대 이슈인 만큼, 한-아프리카 정상 회의로 아프리카와 광물 공급망 협력 기반을 강화하고, 핵심 광물안보파트너십 회원국들과도 리튬, 흑연, 니켈 등 핵심 광물의 공급망 안정과 다변화에 힘써야 한다.

둘째, 기존의 FTA 활용률을 제고하도록 건의하여야 한다. 현재의 양자간 FTA를 다자간 FTA로 변화하여 누적 원산지 규정 적용을 현실화함으로써 한국이 '미국의 중국 때리기용 관세 정책, ESG 규제에 휩쓸리지 않을 방안을 마련하여야 한다.

셋째, 홍보와 교육이라는 정책적 과제 수행이다. 2024 한국-UAE 포괄적 경제동반자협정(CEPA)이 체결되었음에도 최근 3년간 對UAE 수출 실적이 있는 기업 302개사를 대상으로 실시한 조사 결과 한-UAE CEPA에 대해 처음 들어봤다는 응답(35.4%)이 잘 알고 있다는 응답(12.3%)보다 약 3배가량 많았다. 수출기업이 활용할 수 있도록 설명회 개최, 교육 자료 등 책자 발간, 원산지 확인, 컨설팅 등을 최우선 과제로 삼고 홍보해 나가야 한다.

⑤ 기업의 제품, 수출 경쟁력 확보하기

첫째, 적극적인 R&D 지원을 통해 제품 경쟁력을 높여야 한다. 한국의 GDP대 R&D 지원율은 이스라엘 다음으로 높은 세계 2위이지만, 전체 지원 총액은 OECD 내에서 높지 않은 상황이다.

둘째, 기업의 수출 경쟁력 제고를 위해 수출 산업을 다변화해야 한다. 저부가가치 산업에서 고부가가치 산업으로 이동하는 장기 정책이 필요하다. 즉, 제조업 위주의 현 산업을 금융, 인프라, 통신, 의료, 지적 재산권 등 서비스 수출 산업으로 확대하여 이익을 얻을 수 있는 파이를 키워야 할 것이다. 한국-UAE 포괄적 경제동반자협정(CEPA)에서, 수요가 꾸준히 증가하고 있는 화장품과 의료기기 품목에 대해서도 최장 10년간 관세를 철폐한 것도 이 때문이다. 올 상반기 對UAE 화장품 수출액은 7,451만 달러를 기록하며 9대 수출 품목이 되었다.

셋째, 미국 정부정책 주시다. 미국은 꾸준히 첨단 기술, 그린 통상정책을 추진하고 있으며, 미-EU 간 글로벌 지속가능 철강, 알루미늄 협정(GSSA)을 체결하는 등 탈탄소 철강 생산을 위해 힘쓰고 있다. 한국 역시 이를 주시하여 저탄소 제품, 프리미엄 소비재, 첨단 소재, 부품 장비 등 3대 수출 유망 분야 육성을 통해 미래 핵심 산업 중심의 무역 구조 고도화 노력이 필요하다. 지역별, 품목별 수출 포트폴리오를 다변화하는 전략도 필수적이다.

넷째, 대기업, 중소기업별 지원정책을 마련하는 일이 시급하다. OECD 보고서 권고 내용에 따르면, 한국산업의 가장 큰 문제는 지원정책과 혜택이 중소기업에 편중되어 있다는 것이다. 이는 대기업에 대한 역차별이 될 수 있으며, 중소기업이 혜택을 포기하고 중견기업을 넘어 대기업으로 성장하는 것을 저지할 위험이 있다. 국가 경제정책의 최종 목표는 '양질의 일자리 창출'인 만큼, 중소기업들이 대기업으로 성장할 수 있도록 맞춤형 지원정책을 마련하는 것이 필요하다.

⑥ 중대재해처벌법 등 국내 규제정책 완화

수출 효자 상품이었으나 최근 고전하고 있는 철강 산업의 경우, 중대재해처벌법으로 골머리를 앓고 있다. 중대재해처벌법은 산업 재해 발생률 감소라는 입법 취지는 긍정적이나, 고의나 중과실이 없는 경우 면책에 대한 조항도 없어 누구 하나 완벽하게 지킬 수 없는 법이라는 평가를 받는다. 사업주 및 경영 책임자에 대한 하한형이 징역형이라는 점에서 헌법 제37조 제2항 과잉금지원칙 위반이라는 비판도 크다.

철강 산업의 경우, 협력 업체 사업장, 그리고 외국인 근로자들을 중심으로 중대 재해가 발생하고 있는바, 예방책을 세우기 쉽지 않다. 또한, 사고 발생시 과도한 처벌 규정 때문에 법리 다툼이 치열하여 최종 판결까지 3년 정도 소요되는데 산업 또한 All stop될 위험이 크다. 또한, 중대재해처벌법이 올해 1월부터 상시 근로자 5인 이상 50인 미만 소규모 사업장까지 확대 적용되면서 사업장 재해 예방에 부담을 느끼는 영세 사업주들이 증가하고 있다.

따라서, 정부는 과도한 처벌 규정을 현실에 맞게 개정함으로써 수출기업들이 제도적 제약 때문에 날개를 꺾이는 일이 없도록 지원해야 한다.

2024년 기준 우리나라 실질 국내총생산(GDP)에서 수출이 차지한 비중은 36.3%로 2020년대 들어 가장 높았다. 경제 성장률 2.04% 중 수출 기여도도 1.93%포인트에 달했다. 수출이 유발한 취업자도 416만 명이나 된다. 두말할 나위 없이 수출은 경제 성장과 일자리의 원천이다. 퇴조하는 자유무역은 세계 경제에 메가톤급 충격을 가져올 게 뻔하다. 거시경제 전반이 영향을 받을 수밖에 없고, 기업 생산 및 공급망 재편도 부추길 가능성이 크다. 정부의 기민한 통상 대응이 그 어느 때보다 중요하다.

<출처: 무역협회>

chapter 07

중국 희토류 무기화

01 논제 개요 잡기[핵심 요약]

서론	**이슈언급**	중국이 수출 통제를 제도화하는 가운데 최근 미국의 반도체 수출 규제 해제(런던합의) 배경에도 희토류 통제가 결정적 역할을 하면서 공급망 무기화 이슈가 고조되고 있다. 2025년부터 미국과의 갈등이 확대되면서 중국은 희토류 공급을 4월부터 본격적으로 통제했고, 6월 미-중 런던 합의때도 희토류 수출 통제가 미국의 최대 대중견제 수단인 반도체 제재를 완화하는 핵심 역할을 수행했다. 희토류는 스마트폰과 전기차 등 첨단 기술 분야와 친환경 산업의 원료로 사용되는 필수 광물 원자재로, 세계적으로 중국 의존도가 높다. 국제에너지기구(IEA)에 따르면 중국은 세계 희토류 생산의 약 60%를 점유하고 있으며 가공 및 정제 산업의 세계 시장 점유율은 90%에 육박한다. 이는 전기차, 풍력 터빈, F-35 전투기 등 첨단 기술에 필수적이다. 문제는 중국의 희토류 수출 통제가 미국에만 타격을 입히는 데 그치지 않는다는 것이다. 희토류의 절대 다수를 중국에서 수입해 오는 우리나라 역시 위험 지대에 놓여있다. 한국무역협회에 따르면 2024년 기준 한국의 중국산 희토류 수입 의존도는 79.8%다. 희토류 정제 산업 세계 시장의 92%를 거머쥐고 있는 중국에 여전히 의존도가 높다는 뜻이다. 공급망 다변화에 실패할 경우 반도체, 이차전지 등 국내 첨단 산업의 타격은 불보듯 뻔하다. 다만 과거에도 수차례 희토류를 전략 무기화한 전례가 있어 한국 정부와 국내 기업들이 대체 공급망 확대에 힘써왔고 비축량을 늘려온 점은 긍정적이다.

<table>
<tr><td rowspan="3">본론</td><td rowspan="2">1. 희토류</td><td>1) 의미</td><td>① 희토류(Rare Earth Elements, REE)는 스칸듐(Sc), 이트륨(Y), 란탄족 원소 15종을 포함한 총 17개 원소를 지칭한다. 이 원소들은 고자기성, 광학 특성, 내열성 등이 뛰어나기 때문에 전기차 구동 모터, 방위 산업 장비, 반도체 장비, 항공우주, AI 서버 등 다양한 분야에 필수 원자재로 사용되고 있다.
② 희토류는 희귀한 원소임에도 실제로는 비교적 풍부하게 존재하지만 추출과 정제가 어려워 '희토류'라는 이름이 붙었다. 전 세계에 매장되어 있지만 채굴하기엔 경제성이 매우 떨어지고 환경 오염 문제도 심각해 현재 대부분 국가들은 희토류를 수입에 의존하고 있다.</td></tr>
<tr><td>2) 매장과 채굴</td><td>① 전 세계 희토류 가채광량은 총 1억 2천만 톤으로 추정된다. 가채광량이란 현재의 기술과 비용 조건상 경제적으로 채굴할 수 있는 자원량을 의미한다. 희토류 가채광량 규모는 국가별로 중국(36.7%), 베트남(18.3%), 브라질(17.5%), 러시아(10.0%) 순이다.
② 2023년 기준 전 세계 희토류 생산량은 35만 톤으로, 중국이 24만 톤으로 전체의 70% 가까이 차지했고 호주가 1만 6천880톤, 인도가 2천 600만 톤 정도였다.
③ 미국은 1980년대만 해도 캘리포니아의 마운틴패스 광산이 세계 최대의 희토류 광산이었으나 뒤늦게 시장에 진입한 중국에 자리를 내줬다. 중국은 값싼 노동력과 환경상의 우려가 미미한 여건을 바탕으로 전 세계 희토류 시장을 사실상 독점하고 있다
④ 2020년 전 세계 희토류 원광 생산량은 중국을 비롯한 4개국(미국, 미얀마, 호주 포함)이 전체의 90%를 넘게 독식하고 있다. 희토류 원광의 분리 · 정제가 가능한 국가는 중국, 프랑스, 인도, 베트남 등 소수에 불과하며, 중국을 제외한 나머지 국가에서는 일부 공정 또는 일부 원소에 대해서만 이뤄지고 있다.
⑤ 이처럼 희토류 채굴이 일부 국가에 국한된 것은 무엇보다 채굴의 경제성과 더불어 생산 과정에서 환경 오염이라는 치명적인 문제를 갖고 있기 때문이다. 희토류 원광 안에는 여러 희토 원소가 낮은 농도로 섞여 있어 분리 · 농축을 위해서는 황산, 암모니아, 불소 등을 이용한 복잡한 화학적 처리공정을 거쳐야 한다. 이 과정에서 다량의 폐수와 가스 및 방사성 물질이 배출돼 주변 환경에 좋지 않다.</td></tr>
<tr><td>2. 중국의 희토류 및 광물 무기화</td><td>1) 현황</td><td>① 배터리 흑연 생산 현황 및 시장 점유율
② 전기차 자석(NdFeB) 생산 현황 및 시장 점유율</td></tr>
</table>

본론	2. 중국의 희토류 및 광물 무기화	2) 우위	① 기술력 우위 ② 구조적 우위
		3) 주요 광물 확보	① 주요 광물 확보 　중국은 첨단 산업에 쓰이는 44개 주요 광물 중 30개의 최대 생산국 지위를 차지. 특히 희토류의 경우 생산 비중이 3년 연속 상승하는 등 점유율 확대 ② 중국은 반도체 소재(갈륨)뿐아니라 합금(텅스텐), 의약품(마그네슘) 등 대다수 첨단 산업에 쓰이는 원자재 생산량의 80% 이상을 점유 ③ 미국 무기중 78%가 중국의 수출 통제 광물(텅스텐 · 안티몬 등)을 주요 소재로 사용하고 있어 군사분야 영향력이 막강
		4) 산업 부품 제품 독점화 및 표준화	10대 주요 산업 분야 중 7개를 중국이 점유(美3개)하는 가운데, 태양광 부품 · 배터리 등 일부 중간재는 대체가 원천 불가능 ① 중국이 기초 금속뿐 아니라 기계, 전자 제품 등 전반적인 제조업 분야를 지배 ② 공급망 리스크가 높은 326개 품목(HS 6단위 기준) 중 중국은 과반이상인 190개를 독점(독일 65개, 미국 31개 등)(KISTEP) ③ 특히 미국은 높은 대중 수입 비중과 소비 위주의 경제 구조 등으로 여타국 대비 중국의 공급망 리스크에 취약한 것으로 평가 ④ 기술 표준 ⑤ 세계 최대 희토류 생산국이자 소비국인 중국은 채굴에서 분리, 정제 등 단계별 가공 공정과 고부가가치 소재 · 부품의 생산능력 등 전 분야에 대한 완전한 산업망을 구축했으며 글로벌 희토류 시장에 막대한 영향력을 행사하고 있다. 산업의 녹색화 · 디지털화 추세로 글로벌 희토류 수요는 증가하는 추세이다.
	3. 전망	1) 중국	향후 희토류 등 핵심 광물의 수급 비대칭성이 심화되는 가운데, 중국이 공급망 독점 범위를 차세대 산업 · 데이터 클라우드까지 확대함에 따라 주요국의 탈중국 시도가 제한되면서 공급망 무기화 전략의 영향력이 더욱 커질 전망 ① 광물 독점 · 통제 심화 ② 비대칭적전력 가속화 ③ 무기화 품목 확대 ④ 中 스탠다드 전파

본론	3. 전망	2) 미국	2010~2014년의 중국발 희토류 공급 쇼크에 자극받은 미국은 2018년 뒤늦게 국내 생산을 재개했고 지금까지 꾸준히 생산량을 늘리고 있다. 그럼에도 미국이 단기간에 중국 의존도를 낮추기는 쉽지 않을 전망이다.
		3) 한국	① 높은 대중국 의존도 　우리나라의 44개 핵심 원자재 중 중국이 19개의 최대 수입국을 차지하는 가운데 중국 공급망 의존도 역시 19%로 주요국 중 가장 높은 수준(美 11%, 日 9%, 獨8 %) ② 대응
결론	의견제시		국책연구기관의 기술력을 활용하여 민간 기업의 기술 이전을 촉진하고, 해외 출자와 현지화 전략을 통해 희토류 광산 개발 및 제련 공장 설립을 지원하는 것도 한국의 새로운 전략이다. 정부는 국책기관의 기술 개발을 촉진하고, 민간의 광산 확보와 제련 공장 설립 및 수입 공급망 지원을 위한 패스트 트랙을 마련해야 한다. 동남아시아와 아프리카 등 희토류가 풍부한 지역과의 협력을 강화하고, 국제적인 희토류 공급망 네트워크를 구축하기 위해 규제 완화와 인센티브 제도도 도입할 필요가 있다. 민간 기업도 나름의 역할이 있다. 해외 진출과 기술 개발에 중점을 두어야 하며, 정부 지원을 바탕으로 해외 희토류 광산을 확보하고 제련 공장을 설립해야 한다. 해외 유망 기업과의 합작 투자 및 기술 제휴를 통해 글로벌 경쟁력을 강화하고, 친환경 제련 기술 개발에 투자하여 중국과의 격차를 줄이며 희토류 생산 과정에서 환경 문제도 최소화해야 한다. 대학 및 연구기관과의 협력을 통해 기술 인력을 양성하는 등 희토류 산업의 지속 가능한 발전 노력도 계속해야 한다.

02 논제 풀이

 서론

이슈 언급　중국이 수출 통제를 제도화하는 가운데 최근 미국의 반도체 수출 규제 해제(런던 합의) 배경에도 희토류 통제가 결정적 역할을 하면서 공급망 무기화 이슈가 고조되고 있다. 2025년부터 미국과의 갈등이 확대되면서 중국은 희토류 공급을 4월부터 본격적으로 통제했고, 6월 미-중 런던 합의때도 희토류 수출 통제가 미국의 최대 대중 견제 수단인 반도체 제재를 완화하는 핵심 역할을 수행했다. 2025년 6월 제네바에서 열린 미-중 협상은 희토류 자석 수출 완화를 포함한 무역 휴전 합의를 이끌어냈으나, 중국은 수출 허가 기간을 6개월로 제한하며 레버리지를 유지했다. 이 과정에서 중국의 수출 통제로 테슬라와 포드 같은 기업은 생산 차질을 겪었고 미국은 협상 테이블로 복귀해야 했다. 실제로 미국은 희토류 통제 완화를 조건으로 중국 유학생 승인뿐 아니라, 반도체 설계 소프트웨어 기업 등의 대중국 수출 통제를 해제하면서 자원 통제의 유효성을 증명했다.

　희토류는 스마트폰과 전기차 등 첨단 기술 분야와 친환경 산업의 원료로 사용되는 필수 광물 원자재로, 세계적으로 중국 의존도가 높다. 국제에너지기구(IEA)에 따르면 중국은 세계 희토류 생산의 약 60%를 점유하고 있으며 가공 및 정제 산업의 세계 시장 점유율은 90%에 육박한다. 이는 전기차, 풍력 터빈, F-35 전투기 등 첨단 기술에 필수적이다.

[희토류 부존량과 생산량]

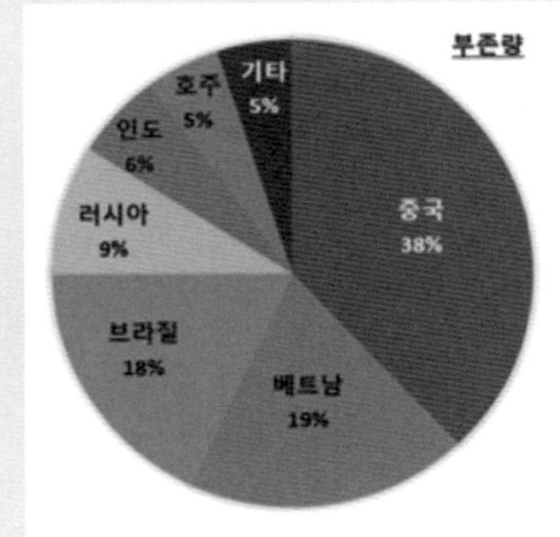

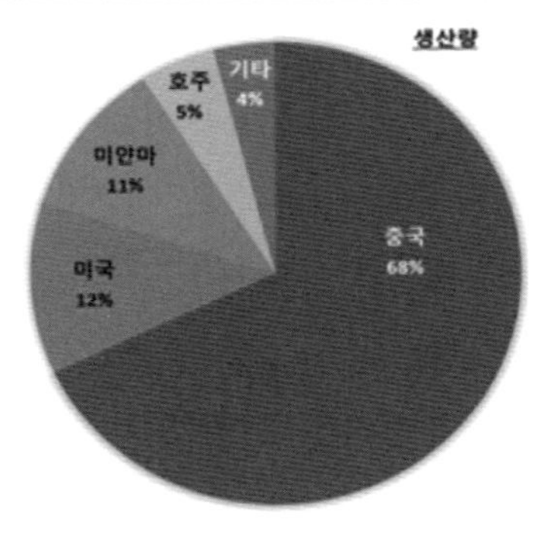

<출처: 미국 지질조사국>

　문제는 중국의 희토류 수출 통제가 미국에만 타격을 입히는 데 그치지 않는다는 것이다. 희토류의 절대 다수를 중국에서 수입해 오는 우리나라 역시 위험 지대에 놓여있다. 한국무역협회에 따르면 2024년 기준 한국의 중국산 희토류 수입 의존도는 79.8%다. 희토류 정제 산업 세계 시장의 92%를 거머쥐고 있는 중국에 여전히 의존도가 높다는 뜻이다. 공급망 다변화에 실패할 경우 반도체, 이차전지 등 국내 첨단 산업의 타격은 불보듯 뻔하다. 다만 과거에도 수차례 희토류를 전략 무기화한 전례가 있어 한국 정부와 국내 기업들이 대체 공급망 확대에 힘써왔고 비축량을 늘려온 점은 긍정적이다.

　이에 본지에서는 중국의 희토류 무기화 현황과 전망, 그리고 우리의 대응 방안에 대하여 논하기로 한다.

 **본론**

1. 희토류	1) 의미	① 희토류(Rare Earth Elements, REE)는 스칸듐(Sc), 이트륨(Y), 란탄족 원소 15종을 포함한 총 17개 원소를 지칭한다. 이 원소들은 고자기성, 광학 특성, 내열성 등이 뛰어나기 때문에 전기차 구동 모터, 방위 산업 장비, 반도체 장비, 항공우주, AI 서버 등 다양한 분야에 필수 원자재로 사용되고 있다.

<table>
<tr><td rowspan="2">1. 희토류</td><td>1) 의미</td><td>

Rare Earth Elements
by Geology.com

H																	He
Li	Be											B	C	N	O	F	Ne
Na	Mg											Al	Si	P	S	Cl	Ar
K	Ca	Sc	Ti	V	Cr	Mn	Fe	Co	Ni	Cu	Zn	Ga	Ge	As	Se	Br	Kr
Rb	Sr	Y	Zr	Nb	Mo	Tc	Ru	Rh	Pd	Ag	Cd	In	Sn	Sb	Te	I	Xe
Cs	Ba	La-Lu	Hf	Ta	W	Re	Os	Ir	Pt	Au	Hg	Tl	Pb	Bi	Po	At	Rn
Fr	Ra	Ac-Lr	Rf	Db	Sg	Bh	Hs	Mt									

Lanthanides

La	Ce	Pr	Nd	Pm	Sm	Eu	Gd	Tb	Dy	Ho	Er	Tm	Yb	Lu

Actinides

Ac	Th	Pa	U	Np	Pu	Am	Cm	Bk	Cf	Es	Fm	Md	No	Lr

② 희토류는 희귀한 원소임에도 실제로는 비교적 풍부하게 존재하지만 추출과 정제가 어려워 '희토류'라는 이름이 붙었다. 전 세계에 매장되어 있지만 채굴하기엔 경제성이 매우 떨어지고 환경 오염 문제도 심각해 현재 대부분 국가들은 희토류를 수입에 의존하고 있다.

</td></tr>
<tr><td>2) 매장과
채굴</td><td>

① 전 세계 희토류 가채광량은 총 1억 2천만 톤으로 추정된다. 가채광량이란 현재의 기술과 비용 조건상 경제적으로 채굴할 수 있는 자원량을 의미한다. 희토류 가채광량 규모는 국가별로 중국(36.7%), 베트남(18.3%), 브라질(17.5%), 러시아(10.0%) 순이다.

② 2023년 기준 전 세계 희토류 생산량은 35만 톤으로, 중국이 24만 톤으로 전체의 70% 가까이 차지했고 호주가 1만 6천 880만 톤, 인도가 2천 600만 톤 정도였다.

③ 미국은 1980년대만 해도 캘리포니아의 마운틴패스 광산이 세계 최대의 희토류 광산이었으나 뒤늦게 시장에 진입한 중국에 자리를 내줬다. 중국은 값싼 노동력과 환경상의 우려가 미미한 여건을 바탕으로 전 세계 희토류 시장을 사실상 독점하고 있다. 중국은 1990년대 후반 이후 전 세계 희토류 생산량의 90% 이상을 차지했다. 하지만 호주가 2011년부터 희토류 생산을 시작하고 미국도 2018년부터 희토류 생산을 재개하면서 중국의 비중은 차츰 줄어드는 추세다.

④ 2020년 전 세계 희토류 원광 생산량은 중국을 비롯한 4개국(미국, 미얀마, 호주 포함)이 전체의 90%를 넘게 독식하고 있다. 희토류 원광의 분리 · 정제가 가능한 국가는 중국, 프랑스, 인도, 베트남 등 소수에 불과하며, 중국을 제외한 나머지 국가에서는 일부 공정 또는 일부 원소에 대해서만 이뤄지고 있다.

</td></tr>
</table>

1. 희토류	2) 매장과 채굴	⑤ 이처럼 희토류 채굴이 일부 국가에 국한된 것은 무엇보다 채굴의 경제성과 더불어 생산 과정에서 환경 오염이라는 치명적인 문제를 갖고 있기 때문이다. 희토류 원광 안에는 여러 희토 원소가 낮은 농도로 섞여 있어 분리·농축을 위해서는 황산, 암모니아, 불소 등을 이용한 복잡한 화학적 처리 공정을 거쳐야 한다. 이 과정에서 다량의 폐수와 가스 및 방사성 물질이 배출돼 주변 환경에 좋지 않다.

2. 중국의 희토류 및 광물 무기화 — 1) 현황

① 배터리 흑연 생산 현황 및 시장 점유율

    가. 중국은 전 세계 흑연(천연 및 인조) 공급망에서 압도적인 지배력을 보유하고 있다. 2023년 기준, 중국은 전 세계 천연 흑연 채굴량의 약 67%를 차지하며(약 110만 톤), 흑연 정제 및 가공에서는 90% 이상을 점유한다.

    나. 특히 배터리 등급 흑연(고순도 구형 흑연)의 경우, 중국은 2023년 글로벌 생산의 90% 이상을 담당하며, 2030년에도 이 비율을 유지할 것으로 전망된다.

    다. 인조 흑연의 경우, 중국은 전 세계 음극재 생산 능력의 97% 이상을 점유한다. 이는 전기차 배터리의 음극재로 사용되는 고순도 인조 흑연의 생산에서 중국이 사실상 독점적 위치를 차지하고 있음을 보여준다.

    라. 중국의 흑연은 가격 경쟁력(톤당 약 3,000~5,000달러, 서방 대비 30~50% 저렴)과 안정적인 공급망을 바탕으로 글로벌 시장을 장악한다. 2024년 중국의 흑연 수출은 약 70만 톤에 달하며, 주요 수출국은 한국, 일본, 미국, 유럽이다.

    마. 중국 정부의 보조금과 느슨한 환경 규제는 생산 비용을 낮추며, 서방 기업들이 경쟁하기 어려운 환경을 만든다.

③ 전기차 자석(NdFeB) 생산 현황 및 시장 점유율

    가. 중국은 네오디뮴-철-붕소(NdFeB) 자석 생산에서 세계 시장의 90% 이상을 점유한다.

    나. 2024년 중국의 NdFeB 자석 생산량은 약 230,000톤으로, 전 세계 수요의 약 95%를 충족한다.

    다. 중국은 희토류 원소(네오디뮴, 프라세오디뮴, 디스프로슘, 테르븀)를 정제하고 자석으로 가공하는 전 과정에서 독보적인 기술력을 보유한다. 2023년 중국은 희토류 정제의 85%를 담당했으며, 이는 NdFeB 자석의 핵심 원료인 네오디뮴(Nd)과 디스프로슘(Dy)의 안정적 공급을 보장한다. 중국의 자석은 전기차 모터, 풍력 터빈, 스마트폰, 방산 장비에 필수적이며, 2024년 수출량은 약 100,000톤으로 추정된다. 주요 수출국은 미국(30%), 유럽(25%), 일본(20%)이다.

    라. 중국의 자석 시장 지배력은 저렴한 생산 비용(톤당 약 50,000달러, 서방 대비 40% 저렴), 대규모 생산 설비, 그리고 수출 통제 정책에서 비롯된다.

마. 2024년 4월 중국은 디스프로슘과 테르븀 자석 수출에 허가제를 도입하며, 군사적 용도에 대한 엄격한 검증을 요구했다. 이는 글로벌 제조업체의 공급망에 즉각적인 영향을 미쳤으며, 테슬라와 포드의 생산 지연 사례가 대표적이다.

[중국의 연간 희토류 생산량]

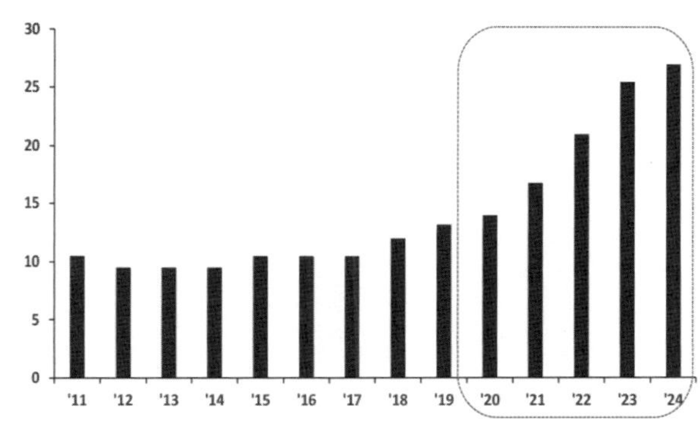

<출처: 국제금융센터>

① 기술력 우위

가. 특히 중국은 일반적인 예상과 달리 희토류 생산보다 기술 점유율이 높은데, 분리 공정의 87%, 정제의 91%를 차지하여 생산(69%)을 크게 상회(CEPS)

나. 일례로 중국의 희토류 관련 특허는 2.6만 건으로 일본(1.4만 건), 미국(1만 건)을 크게 상회하며, 여타국에 없는 희토류 전용대학(광업기술대 등)도 수십 개 보유

다. 미국도 희토류의 약 10%를 생산하고 있으나 자국생산량의 2/3가량을 다시 중국에 수출하여 정련을 맡기는 등 기술력을 중국에 전적으로 의존하는 구조

② 구조적 우위

가. 최근 중국은 희토류를 원료보다 영구자석, 전기모터 등 고부가 상품의 형태로 가공하여 수출하는 등 기술 우위를 발판으로 첨단 공급망 지배를 가속화

나. 이외에도 희토류 채굴 오염 및 부산물 수요 문제 등이 여타국들의 희토류 산업 추격을 막는 구조적 요인으로 작용

다. 희토류 1톤 채굴 시 막대한 오염물(12,000제곱미터의 폐가스, 1톤의 방사성 잔류물 등)이 발생. 또한 원석내 희토류 비중은 5%에 불과하며 희토류의 10배가 넘는 철, 불소석 등이 부산물로 생겨 중국과 같이 대규모 인근수요가 있어야 채산성이 확보

중국의 필수 광물 장악력이 일반적인 예상을 크게 상회하는 가운데 첨단 부품에서도 글로벌 공급망 우위를 상당부분 확보

① 주요 광물 확보

중국은 첨단 산업에 쓰이는 44개 주요 광물 중 30개의 최대 생산국 지위를 차지. 특히 희토류의 경우 생산 비중이 3년 연속 상승하는 등 점유율 확대

② 중국은 반도체 소재(갈륨)뿐아니라 합금(텅스텐), 의약품(마그네슘) 등 대다수 첨단 산업에 쓰이는 원자재 생산량의 80% 이상을 점유

③ 미국 무기 중 78%가 중국의 수출 통제 광물(텅스텐·안티몬 등)을 주요 소재로 사용하고 있어 군 사분야 영향력이 막강

[주요 광물 중 중국 점유 품목 및 용도]

광물명	주요 용도	중국 생산점유율(%)
갈륨	반도체, 태양전지 등	99
마그네슘	의약품, 비료 등	95
텅스텐	무기, 합금 등	83
흑연	내열재, 전극 등	79
텔루륨	합금, 촉매 등	77
인듐	합금, 코팅 등	70
바나듐	합금, 배터리 등	70
희토류	전방위 첨단제품 등	69
티타늄	항공기, 설비 등	69
안티몬	합금, 의약품 등	60
형석	제련 및 제철 등	47
아연	코팅, 도금 등	33

<출처: 국제금융센터>

10대 주요 산업 분야 중 7개를 중국이 점유(美3개)하는 가운데, 태양광 부품·배터리 등 일부 중간재는 대체가 원천 불가능

[10대 산업 점유율(%)]

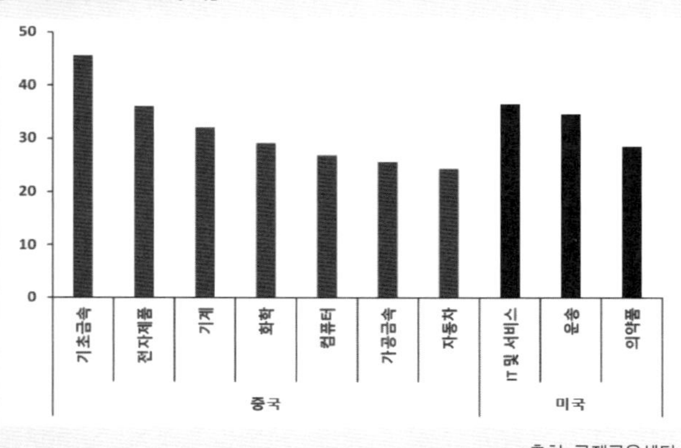

<출처: 국제금융센터>

2. 중국의 희토류 및 광물 무기화

3) 주요 광물 확보

4) 산업 부품 제품 독점화 및 표준화

<table>
<tr>
<td>2. 중국의
희토류 및
광물
무기화</td>
<td>4) 산업 부품
제품
독점화 및
표준화</td>
<td>

① 중국이 기초 금속뿐 아니라 기계, 전자 제품 등 전반적인 제조업 분야를 지배

② 공급망 리스크가 높은 326개 품목(HS 6단위 기준)중 중국은 과반 이상인 190개를 독점(독일 65개, 미국 31개 등)(KISTEP)

    가. 이중 5개 첨단품목(태양광 관련 3개 부품, 리튬 배터리, 희토류 영구자석)은 중국이 절대적 독점력을 가지고 있고, 여타 첨단 산업 파급력도 상당

    나. 중국의 글로벌 중간재 생산 비중은 약 40%로 최종재 20%를 크게 상회하고 있어 실제 공급망 장악력이 더욱 클 소지(IMD)

③ 특히 미국은 높은 대중 수입 비중과 소비 위주의 경제 구조 등으로 여타국 대비 중국의 공급망 리스크에 취약한 것으로 평가

    가. 2024년 미국의 대중 수입 중 대체 불가능(수입 의존도 70% 이상)한 품목 비중이 약 40%에 달하는 가운데(GS), 美상무부가 선정한 핵심 품목의 중국에 대한 수입 의존도 역시 20%로 1위를 차지(KITA)

    나. 실제로 중국이 이중 용도 품목인 드론 부품 수출을 통제하자 미국의 수입가격이 3배 폭등

④ 기술 표준

중국이 정부 주도의 표준2035전략을 추진하면서 광대한 테스트 베드를 구축하는 동시에 미래산업에 대한 선도국 위치 확보를 시도

※ 표준2035전략: 2023년 중국 정부가 공개한 계획으로 총 17개 업종(8대 신산업과 9개미래산업)에 대해 세계1위 달성을 통해 국제표준을 주도하겠다는 장기 전략

    가. 표준2035전략은 제조2025에 이어 중국의 미래 기술 선도 의지를 드러내는 계획으로 평가

    나. 중국은 지역별 특색이 다양하고 지방정부의 재량이 많아 서로 다른 환경에서 다양한 기술을 시험하기 용이

    다. 일례로 중국은 베이징, 상하이 일부 지역을 자율 주행 시범구로 지정한 데 이어 선전 공항에도 AI 보안 검색 시스템을 시범 도입

    라. 최근 HSBC, SC 등 주요 은행들이 딥시크 도입을 검토하는 가운데 사우디아라비아 아람코도 주요 데이터센터에 딥시크 모델을 설치하는 등 중국식 표준이 확산

⑤ 세계 최대 희토류 생산국이자 소비국인 중국은 채굴에서 분리, 정제 등 단계별 가공 공정과 고부가가치 소재 · 부품의 생산 능력 등 전 분야에 대한 완전한 산업망을 구축했으며 글로벌 희토류 시장에 막대한 영향력을 행사하고 있다. 산업의 녹색화 · 디지털화 추세로 글로벌 희토류 수요는 증가하는 추세이다.

    가. 중국 정부는 희토류의 공급 보장을 위해 채굴 · 제련 쿼터를 합리적으로 배분할 것이나 향후 총량 지표는 큰 폭으로 확대되기는 어려울 것으로 보인다.

</td>
</tr>
</table>

2. 중국의 희토류 및 광물 무기화	4) 산업 부품 제품 독점화 및 표준화	나. 중국은 희토류 산업망 · 공급망을 보호하기 위해 '희토류 채굴, 제련 기술의 수출 금지', 희토류 일부 품목을 '수출 보고 대상 에너지 자원 품목 리스트'에 포함하는 등 희토류 자원의 관리를 강화하고 있는 추세이다.
3. 전망 <출처: 국제금융 센터>	1) 중국	향후 희토류 등 핵심 광물의 수급 비대칭성이 심화되는 가운데, 중국이 공급망 독점 범위를 차세대 산업 · 데이터 클라우드까지 확대함에 따라 주요국의 탈중국 시도가 제한되면서 공급망 무기화 전략의 영향력이 더욱 커질 전망

① 광물 독점 · 통제 심화

향후 글로벌 필수 광물 수요가 5배 이상 급증하는 가운데 중국의 광산 투자 뿐만아니라 기술 우위도 심화되면서 독점구조가 10년 이상 장기화될 전망

가. 중국은 1980년대부터 두개의 시장과 자원 전략(자원을 국내와 해외로 구분한 뒤, 국내 자원은 보호하면서 해외 자원은 확보하려는 계획)을 추진. 일례로 1992년 덩샤오핑은 '중동에 석유가 있다면 중국에는 희토류가 있다'고 발언

나. 2040년 글로벌 필수 광물 수요가 첨단 산업 발전 등으로 20220년 대비 6배 늘어나는(희토류는 7배) 가운데, 공급은 채굴 지연(광물 탐사→생산까지 5년 이상 소요)과 불확실성 등으로 제한되면서 수급 불균형에 따른 중국의 독점 구도가 심화될 소지(IEA)

다. 중국의 일대일로 광물 분야 투자 증가율(2017년~2023년)이 연평균 50%로 전체(13%)를 크게 상회하며 2024년 해외광산 인수 건도 10년내 최고치를 기록하는 등 해외 개척이 활발

라. 중국은 △막대한 보조금 △고용 유지 필요성 △시장점 유율 확보 △자국내 수요 충족을 위해 수익성이 낮아도 원자재 탐사 · 생산을 유지(Fastmarkets)

마. 중국은 20개 주요 광물 중 19개에서 최대 정제국을 차지하고 있으며, 정제 부문 점유율도 현재 45%에서 2040년 50%로 높아지는 등 기술 우위가 뚜렷해 질 전망(IEA)

② 비대칭적 전력 가속화

특히 희토류는 관세와 달리 우회무역 등의 대처가 어렵고 중국의 독점도 확고하여 탈중국을 어렵게 하는 비대칭적 전력으로 자리 잡을 가능성

가. 2000년대에도 중국은 미국의 막강한 항공 모함에 동일하게 대응하기 보다 생산 비용이 저렴하고 기술 격차가 적은 미사일 등의 개발을 통해 대처한 전례. 희토류 역시 중국이 우위를 가졌으며 수출 통제 비용도 비교적 적어 주요 대응수 단으로 활용할 소지

나. 中희토류 통제 이후 해당 의존도를 크게 낮췄던(2010년 83%→2012년 49%) 일본과 달리 미국은 원자재 수요가 막대하여 공급망 다각화 등 대응의 한계가 상당

다. 중국이 희토류 전략 자산화 등을 통해 공급망의 초기 부분을 장악하면서 주요국 기업들의 차이나+1 전략(차이나 플러스 원 전략은 중국 외에 다른 국가에도 생산 기지를 확보하여 공급망 위험을 분산하는 전략이다. 이는 미·중 갈등, 신종 코로나 바이러스 감염증(코로나19) 대유행 등으로 인해 중국 의존도가 높은 기업들이 겪는 어려움을 해결하기 위한 방안으로 주목받고 있다)이 상당부분 후퇴할 소지

라. 다만 중국의 수출 통제 등 공급망 무기화가 국제 반감을 높일 소지가 있어 해당전략을 미국 등 주요 경쟁국에만 한정하여 실시할 가능성도 상존

③ 무기화 품목 확대

중국의 글로벌 생산 점유율이 2024년 27%에서 2030년 45%로 급상승하면서(UNIDO) 무기화 품목의 범위가 6G, 반도체 등으로 크게 확대될 소지

가. △상당한 기술력 △막대한 보조금 △규모의 경제 등을 통해 첨단 제품을 과잉 생산한 뒤 경쟁자를 퇴출시켜 해당 품목을 무기화 할 가능성이 우려

나. 전기차의 경우 중국 국내 브랜드수가 100여개로 2018년 대비 20% 수준으로 급감하였듯이 구조 조정과 시장 퇴출을 통한 첨단 산업의 독과점 체제가 형성될 소지

다. 중국이 6G 특허의 40%를 보유한 가운데, 최근 시험 위성 발사에 성공하여 2030년 6G 상용화가 유력

라. 반도체분야에서도 2024년 중국의 생산 능력이 21%로 세계 2위를 차지(Yole Group)하고 있으며 2030년까지 여타국(미국 11개, 유럽 7개, 대만 4개 등)을 크게 상회하는 21개 생산 시설을 추가하면서 생산력을 강화할 전망

[전 세계 반도체 생산 능력 비중(2024년)]

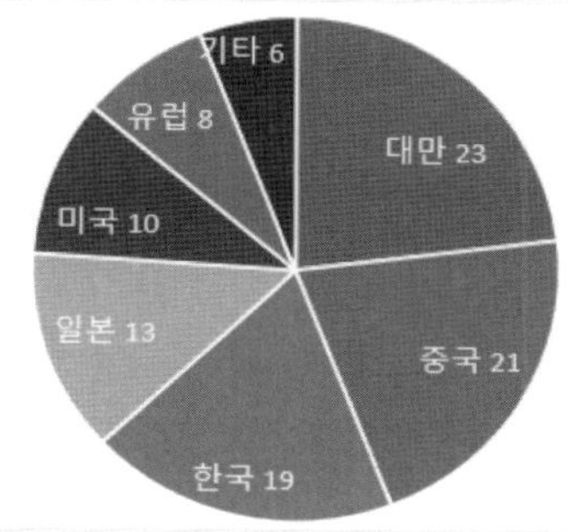

마. 운송 부문의 경우 이미 글로벌 컨테이너 물동량의 30%가 중국 지분 보유 항구를 통과하고 있으며 물동량 처리 상위 10개 항구 중 7개도 중국에 위치

④ 中 스탠다드 전파

중국이 표준2035 전략은 물론 신흥국을 중심으로 디지털 실크로드 사업을 추진하면서 중국식 기술 체제를 빠르게 전파할 전망

3. 전망

<출처: 국제금융센터>

1) 중국

3. 전망

<출처: 국제금융
센터>

1) 중국

가. 중국의 기술 특허 출원이 압도적 1위를 차지한 가운데, 알리 익스프레스(쇼핑), Gitee(코딩)뿐 아니라 딥시크(AI) 등 중국식 플랫폼의 정착과 해외전파를 시도

[국가별 기출 특허 출원 수(만개)]

중국 — 미국 — 유럽 — 일본

나. 실제로 일대일로와 글로벌 사우스 진출 전략 등으로 65개국과 108건의 기술 협정을 체결하면서 전력, 철도뿐 아니라 데이터센터 등의 표준 지배력을 확보할 전망

다. 중국산 글로벌 클라우드 인프라 설치 비중이 약 30%에 달하면서 대중 무역의존도가 높은 국가를 중심으로 기술 및 데이터의 종속현상이 심화될 소지

라. 또한 중국은 미국 대비 약 30% 낮은 가격으로 클라우드 인프라를 설치해주고, 해당국가의 대출 조건까지 완화해 주는 이면 혜택을 제공. 그 결과 무역, 금융 부문의 높은 대중 의존도가 디지털 부문으로 확산될 소지 (WP 등)

마. 이외에도 중국의 데이터 생산 비중이 글로벌 1위(2023년 27%)를 차지한 가운데 데이터 전송 대상 국가중 미국 비중도 20% 이하로 2001년의 절반 이하로 줄어들면서 기술 패권을 토대로 한 데이터 독점 등이 우려

2) 미국

① 미국의 희토류 생산은 4만 3,000만 톤으로 세계의 연간 생산량(28만 톤)의 약 15%를 차지했다.1985년까지만 해도 미국은 세계 최대의 희토류 생산국이었지만 중국의 공격적인 채굴 및 가공 확대로 미국 내 생산은 거의 제로로 떨어졌다.

② 2010~2014년의 중국발 희토류 공급 쇼크에 자극받은 미국은 2018년 뒤늦게 국내 생산을 재개했고 지금까지 꾸준히 생산량을 늘리고 있다.

③ 미국은 일부 희토류의 경우 정광 형태로 생산해 수출하기도 하지만 소비되는 희토류 금속 및 화합물은 거의 100% 수입하고 있다.

가. 2021년 미국의 희토류 금속 및 화합물 수입액은 1억 6,000만 달러로
2020년의 1억 900만 달러에서 급증했다.

나. 중국산이 전체의 78%를 차지하고 나머지는 에스토니아(6%), 말레이시
아(5%), 일본(4%) 등이었다.

다. 일부 전문가는 미국의 중국 의존도가 통계보다 훨씬 클 것으로 보고 있는
데, 중국 희토류가 제3국을 거쳐 미국으로 수출되기 때문이다.

④ 최근 미국도 희귀 광물의 국내 생산 역량 강화를 추진하고 있다.

가. 미 국방부는 캘리포니아 지역의 희귀 광물 채굴 및 처리 시설 개발을 위
해 MP머터리얼즈에세 3,500만 달러를 투자했다. MP머터리얼즈는 미
국 내 유일한 희토류 생산 업체로 마운틴 웰드 광산을 기반으로 운영하
고 있다.

나. 나스닥 기업 TMC는 심해 바닥에서 형성된 다금속 단괴 채광 프로젝트
를 추진 중이다.

다. 2021년에 통과된 인프라 및 고용법에 따라 미 에너지부는 희토류 및 전
략 광물의 생산 시설 확충 및 기술 투자를 위해 1억 4,000만 달러의 예산
에 대한 세부 계획을 수립했다.

⑤ 미국은 국제 희귀 광물 공급망 안정을 위해 광물안보파트너십(MSP)도 강화
하고 있다. 2021년 미 국무부는 우리나라를 포함한 호주, 캐나다, 프랑스, 독
일, 일본, 영국 등 10개국과 유럽연합(EU)이 참여하는 MSP를 출범시켰다.
참여국들은 MSP를 통해 공급망 내 정부와 민간 투자 협력을 증진하고 높은
수준의 ESG(환경 · 사회 · 지배구조) 준수에 합의했다.

⑥ 미국은 우크라이나, 카자흐스탄 등 희토류 매장량을 보유한 국가들과 협력
을 강화하고 있다. 우크라이나는 풍부한 광물 자원을 보유하고 있으며, 카자
흐스탄은 텅스텐 등 전략 광물의 주요 생산국이다. 하지만 우크라이나는 전
쟁으로 인해 희토류 개발이 어려운 상황이며, 카자흐스탄은 중국과 지리적
으로 가까워 중국의 영향력에서 자유롭지 못하다는 한계가 있다.

⑦ 미국이 단기간에 중국 의존도를 낮추기는 쉽지 않을 전망이다.

가. 희토류는 채굴, 분리, 정제, 가공 등 복잡한 과정을 거쳐야 하며, 새로운
공급망 구축에는 상당한 시간과 비용이 소요된다.

나. 전문가들은 미국의 '중국 의존 탈피'가 쉽지 않을 것이라고 지적한다. 중
국은 희토류 산업에서 수십 년간 쌓아온 기술력과 노하우, 가격 경쟁력,
막대한 생산 능력 등 압도적인 우위를 점하고 있다.

다. 미국이 중국 의존도를 낮추고 안정적인 희토류 공급망을 구축하기 위해
서는 장기적인 관점에서 투자와 연구개발을 지속하고, 동맹국과의 협력
을 강화가 필요하다.

---

3. 전망
<출처: 국제금융
센터>

2) 미국

① 높은 대중국 의존도

　가. 우리나라의 44개 핵심 원자재 중 중국이 19개의 최대 수입국을 차지하는 가운데 중국 공급망 의존도 역시 19%로 주요국 중 가장 높은 수준(美 11%, 日 9%, 獨 8%)

[주요국별 공급망 의존도]

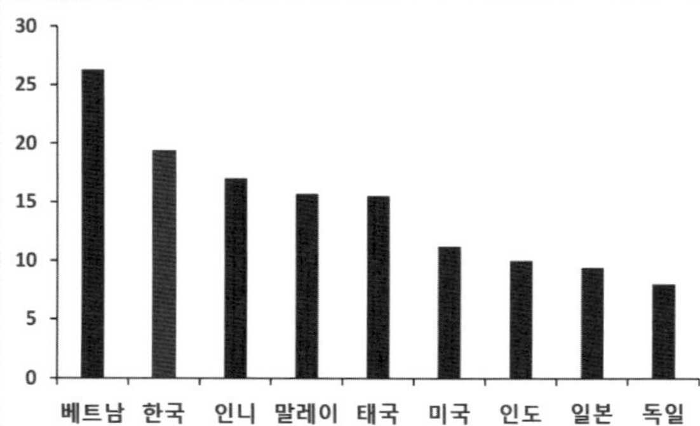

　나. 23년 절대 의존 품목(천만달러 이상 수입 및 특정국 90% 이상 의존) 393개 중 중국은 216개를 차지(55%) 하면서 공급망이 중국 위주로 편성

　다. 19개 핵심 원자재 품목에 대한 대중 의존도(67%) 역시 전체(54%)를 크게 상회한 가운데, 다각화 노력에도 불구하고 9개 품목의 2023년 의존도가 2022년 대비 8%p 상승(KEXIM)

　다. 특히 반도체의 경우 핵심 원자재 6종(실리콘 · 희토류 · 텅스텐 · 게르마늄 · 형석 · 갈륨)을 모두 중국에 최대 의존(이차전지는 5개 중 4개, 자동차 5개 중 3개)하고 있어 첨단생산에 있어 중국 영향력이 막대

　라. 중국이 핵심 광물 3종(흑연 · 게르마늄 · 희토류)을 반년만 통제해도 연간 반도체 수출액 약 10% 감소(KIEP)

[우리나라의 분야별 원자재 중국 의존도(%)]

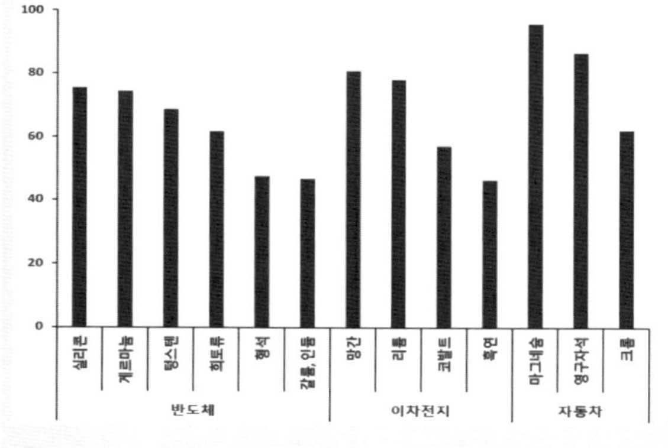

3. 전망
<출처: 국제금융센터>

3) 한국

마. 이에 따라 2021년 우리나라의 요소수 사태처럼 중국의 적대적 의도가 없더라도 자국 수요를 먼저 충족하기 위해 공급량을 급작스럽게 통제할 경우 상당한 피해가 우려

② 대응

가. 한국광해광업공단에 게재된 '희토류와 지정학' 보고서에 의하면 우리나라는 미국, 유럽연합과 마찬가지로 희토류를 주로 중국에 의존해 오다가 2021년에 큰 변화를 가져왔다.

- 2021년 우리나라 기업들은 2억 5천만 달러(3천 600억 원)를 투자해 호주 ASM이 운영하는 희토류 광산의 20% 지분을 매입해 영구자석 희토류 산화물을 국내로 가져왔다.

- 이후 제련 시설을 거쳐 대구의 제조업체가 영구자석까지 제조해 공급망 구축을 시도하고 있다.

나. 우리나라는 첨단 산업 전반에 쓰이는 희토류를 전량 수입에 의존하고 있어 부족 사태를 대비해 희토류를 포함한 희소 금속의 비축량을 늘리는 정책을 추진 중이다

- 희소 금속 22종에 대해서는 2031년까지 비축 물량을 국내 수요의 100~180일분까지 확보하고, 2027년까지 전용 비축 기지를 조성할 계획이다.

- 산업통상자원부에 따르면 전기차용 영구자석 첨가제로 주로 사용되는 디스프로슘과 형광체 · 합금 첨가제 등에 사용되는 이트륨은 6개월분 이상의 공공 비축량을 보유하고 있다.

- 화학 촉매로 사용되는 루테튬은 석유 화학 업계가 팔라듐 기반 촉매를 주로 사용해 영향이 제한적이라는 분석이다.

- 영구자석용 테르븀은 디스프로슘 첨가량을 늘려 대응 가능하고 형광체용 가돌리늄 역시 다른 물질로도 일정 부분 대체가 가능하다.

- 이 외에 시마륨과 스칸듐은 대체 공급선을 확보해 놓은 상황이다.

- 문제는 사태가 장기화할 경우이다. 중국은 여전히 글로벌 생산 비중이 압도적이기 때문에 미-중 통상 전쟁 심화로 수출 중단이 길어지게 되면 수급 차질이 불가피할 것이란 예상이다.

다. 희토류 재활용 산업으로 친환경적이고 안정적인 희토류 공급망을 만들어 중국에 치우친 공급망을 다변화하겠다는 전략을 추진중이다. 미국이 첨단 산업 공급망에서 중국 배제를 본격화한 가운데 중국이 '희토류 자석의 제조 기술 수출 금지'를 추진하는 등 자원을 무기화하고 있어 독립적인 국내 선순환 공급망을 마련하기 위해서다.

라. 디지털 기반의 광업 경쟁력 제고를 위해 자동화 · 무인화 · 디지털 기술을 활용한 스마트 마이닝(채굴) 보급을 확대하고, 인공지능(AI) 등 첨단 기술을 적용한 시험 광산 구축을 추진할 예정이다.

---

3. 전망

<출처: 국제금융센터>

3) 한국

3. 전망

<출처: 국제금융센터>

3) 한국

마. 희토류, 리튬 등 핵심 광물 처리 · 가공 기술을 개발하고, 폐자원 · 유용 자원 회수, 산업원료 광물 소재화 등을 통해 국내 광업 경쟁력을 높이는 방안도 고려 중이다.

결론

의견 제시

글로벌 대응 측면에서 미국, 캐나다, 호주 등은 희토류 생산 시설 확대 및 광산 확보에 나서고 있다. 우리나라와 일본, EU 등도 희토류 광산 및 제련 공장, 기술 확보에 적극적으로 나서고 있지만, 유럽은 환경 문제로 인해 어려움을 겪고 있다. 일본은 호주 희토류 광산 투자로 일부 해결하고 있으나 절대적으로 공급이 부족한 상황이다. 우리 또한 공급망 다변화를 꾀하고 있지만 명확한 길이 보이지 않고 있다.

한국의 희토류 여건은 중국에 전적으로 의존하고 있다. 의존도를 줄이려면 글로벌 공급망 다변화와 함께 희토류 제련 공장 설립이 병행되어야 한다. 그러나 한국의 여건상 국내에서 직접 희토류 광산 개발 및 제련 공장을 설립하는 것은 어려움이 크다. 이와 관련, 호주 라이너스사는 민간 사업자로서 적은 환경 규제와 저렴한 노동력을 가진 말레이시아에서 희토류 제련 공장을 설립하여 중국의 아성에 도전하고 있다. 한국도 이를 참고하여 노동력과 환경 규제가 적은, 자원이 풍부한 우방국을 전략적으로 활용할 필요가 있다.

국책연구기관의 기술력을 활용하여 민간 기업의 기술 이전을 촉진하고, 해외 출자와 현지화 전략을 통해 희토류 광산 개발 및 제련 공장 설립을 지원하는 것도 한국의 새로운 전략이다. 정부는 국책기관의 기술 개발을 촉진하고, 민간의 광산 확보와 제련 공장 설립 및 수입 공급망 지원을 위한 패스트 트랙을 마련해야 한다.

동남아시아와 아프리카 등 희토류가 풍부한 지역과의 협력을 강화하고, 국제적인 희토류 공급망 네트워크를 구축하기 위해 규제 완화와 인센티브 제도도 도입할 필요가 있다.

민간 기업도 나름의 역할이 있다. 해외 진출과 기술 개발에 중점을 두어야 하며, 정부 지원을 바탕으로 해외 희토류 광산을 확보하고 제련 공장을 설립해야 한다.

해외 유망 기업과의 합작 투자 및 기술 제휴를 통해 글로벌 경쟁력을 강화하고, 친환경 제련 기술 개발에 투자하여 중국과의 격차를 줄이며 희토류 생산 과정에서 환경 문제도 최소화해야 한다. 대학 및 연구기관과의 협력을 통해 기술 인력을 양성하는 등 희토류 산업의 지속 가능한 발전 노력도 계속해야 한다.

한편, 우리나라는 아직 전략 자원 이슈를 통합 관리할 컨트롤 타워 부재로 희토류 문제를 산업통상자원부, 외교부, 국방부, 과학기술정보통신부 등이 개별 대응하고 있다. 중국이 통제하는 전략 자원은 우리나라 첨단 산업에 중대한 경제 · 안보 이슈인 만큼 경제-안보-공급망 컨트롤 타워 수립과 기술 우위 확보를 위한 전략 프레임 워크 구축 또한 필요하다.

한–미 관세 협상

01 논제 개요 잡기[핵심 요약]

서론	이슈언급	2025년 7월 30일 한미 관세 협상이 타결되었다. 한국 정부는 앞서 타결된 일본, 유럽 연합(EU)과 대등한 결과를 만들어내야 한다는 부담감 속에서 상호 관세 15%, 자동차 품목 관세 15%를 얻어냈고, 3,500억 달러라는 막대한 규모의 대미 투자와 함께 1,000억 달러의 미국산 LNG 등 에너지 구매를 약속했다. 일본, EU와 대등한 수준의 관세율을 확보해 자동차 분야에서 최악의 상황은 피했다는 점, 국민적으로 민감한 쌀과 쇠고기 시장을 지켜냈다는 점은 긍정적으로 평가된다. 그러나 한·미 FTA 무관세 혜택의 소멸과 15%의 관세율 부과로 비용 부담이 발생하면서 비대칭적인 합의라는 지적도 있다. 또한, 3,500억 달러에 달하는 대미 투자 등 잔여 쟁점들이 남은 후속 협상에서 어떤 결과를 도출하느냐에 따라 최종 평가는 달라질 수 있다.
본론	1. 한-미 관세 협상	**1) 트럼프 관세 정책의 목적** ① 다층적 관세 정책 트럼프의 관세 정책은 '고율 관세'라는 큰 틀 아래에서 '기본 관세', '상호 관세', '품목 관세'로 세분화되는데, 단일 정책으로는 달성하기 어려운 여러 목표를 동시에 추구하기 위한 전략적 선택으로 볼 수 있다. ② 트럼프 행정부가 관세 정책을 통해 기대하는 효과 또한 다층적이다.

본론	1. 한-미 관세 협상	1) 트럼프 관세 정책의 목적	가. 관세를 그 자체가 목적이 아닌 '협상을 위한 도구'로 활용하는 것이다. 나. 무역적자 해소를 위한 수단으로 활용하는 것이다. 다. 국내 제조업 강화와 세수 확보를 위한 수단으로 활용하는 것이다. 특히 5대 품목(철강, 알루미늄, 자동차, 반도체, 의약품)에 대한 품목 관세는 미국 내 핵심 제조업 기반을 강화하려는 명확한 목표가 있다.

2) 한-미 관세 협상 주요 내용

항목		미국 발표 내용	한국 발표 내용	비고
관세	상호	- 기존 25% → 15%로 인하 · 미국산 제품에 대해서는 관세를 부과하지 않음	- 기존 25% → 15%로 인하 · EU, 일본과 같은 수준임	- 미국산 제품은 한국에 무관세로 수입되므로 비대칭적임
	품목	- 자동차: 기존 25% → 15%로 인하	- 자동차: 기존 25% → 15%로 인하 · 자동차 산업의 수출 불확실성이 해소되었다고 발표 - 철강·알루미늄·구리 50%	- 한미FTA의 핵심이었던 '무관세'가 15%로 인상됨
대미 투자		- 3,500억 달러 규모의 투자를 약속 - 1,000억 달러 규모의 LNG 등 에너지 구매 약속도 포함 - 대통령이 선정하는 투자에 투입 - 그 수익의 90%가 미국 국민/부채상환이나 대통령이 선정하는 곳에 사용됨	- 3,500억 달러 규모의 대미 투자펀드 조성(조선 펀드 1,500억 달러, 반도체·이차전지·바이오 등에 2,000억 달러) - 이윤의 90%는 미국에 재투자 개념 - 1,000억 달러 규모의 LNG 등 미국산 에너지 구매	- 미국은 '투자'로 우리는 '융자 및 보증'으로 해석하여 양측의 주장이 상이함 - 미국은 이 투자 약속의 이행을 매 분기 점검할 것이라고 밝힘
시장개방		- 한국이 미국산 자동차, 트럭, 농산물 포함 미국 상품에 대해 시장을 완전히 개방하기로 합의	- 쌀, 쇠고기 등 민감한 국내 농산물 시장은 추가 개방하지 않기로 합의(미국산에는 무관세 적용) - 비관세장벽은 추후 협의(자동차 안전기준은 미국 요구 수용)	- 농산물 시장 개방 여부에 대해 양측 발표 내용에 차이가 있음
합의문서		- 트럼프 대통령 SNS(트루수 소셜) 발표	- 대통령실 브리핑 및 산업통상자원부 보도자료 발표	- 일본, EU와 마찬가지로 일단 정치적 합의를 먼저 발표한 후, 세부 사항을 조율하는 방식임 - 미국은 한국에 대해 백악관 설명자료는 발표하지 않음
기타		- 한미 정상회담 시(2주 이내) 한국 기업이 미국에 투자할 금액 발표	- 반도체·의약품 등 특정 품목에 대해 '최혜국대우'를 적용하기로 합의(미래 MFN)	- 반도체·의약품 관련 MFN은 한국 측 발표에만 언급

3) 세부 협상 과제

[후속 협상 예상 쟁점 이슈]

잔여 쟁점	미국이 강력하게 요구했으나 최종 합의에 포함되지 않았던 이슈	예상되는 신규 이슈
투자 방식 및 세부 내용 조율 등	△농축산물 수입위생검역, △온라인 플랫폼 관련 법령, 망 사용료, 고정밀 지도 반출 등 디지털 규제, △알래스카 LNG 투자	△방위비, △무기 구매, △주한 미군 등

2. 평가 및 영향

1) 평가
<출처: 국제금융센터>

① 단기적으로 하방리스크를 제거했다는 점에서 긍정적이나 중장기적으로는 수출 및 성장에 영향을 줄 것으로 보는 시각이 우세

② 상호 관세 및 자동차·부품에 대한 15% 관세율은 2024년 0.2%에 비하면 여전히 높은 수준(Bloomberg)

2) 영향

① 일본, EU와 동일한 15% 관세 조건을 바탕으로 단기 안정성은 확보하였으나 3,500억 달러 투자펀드가 미국주도 구조인 점에서 한국 기업의 생산 기지 이전 가능성이 제기됨에 따라 국내 산업 기반 약화 우려(Bloomberg)

<table>
<tr><td rowspan="2">본론</td><td rowspan="2">2. 평가 및 영향</td><td rowspan="2">2) 영향</td><td>② 일부에서는 한-미 협정의 세부 내용이 충분히 구체화되지 않았다고 지적. 협상된 관세율은 트럼프 대통령의 초기 위협 수준보다는 낮지만, 취임 전보다는 여전히 높은 수준이라는 비판 (The Hill)</td></tr>
<tr><td>③ 韓산업별 영향</td></tr>
<tr><td rowspan="1">결론</td><td rowspan="1">의견제시</td><td colspan="2">예상되는 후속 세부 협상 과제를 살펴보면,
첫째, 관세 협상 타결의 핵심인 '투자' 관련 협상을 면밀하게 준비해야 한다.
둘째, 조선업 협력 방안도 구체적으로 마련할 필요가 있다.
셋째, 후속 협상에서는 특히 한국의 이익이 직결되는 사안에 대해, 이전에 구두로 합의된 내용들을 명확히 하고 문서화하는 것이 중요하다.
넷째, 미국이 강력하게 요구해 왔으나, 이번 합의에 포함되지 않은 쟁점들은 후속 협상에서 재논의될 가능성이 높다. 이에 대한 철저한 전략 마련이 필요하다. 특히 농축산물 수입 위생 검역은 국민의 생명과 안전에 직결된 민감한 사안이다
다섯째, 아울러 위치 기반 데이터 반출, 망 사용료 등 디지털 규제는 미국 기업의 이익과 직결되므로 미국의 압박 수위도 높아질 수밖에 없다는 점을 참작하여, 한국의 안보적 특수성을 적극적으로 설명하며 국내 산업 보호와 글로벌 기준 준수 사이에의 균형점을 찾는 입체적인 협상 전략이 필요하다.
여섯째, 에너지 안보 강화를 위해 미국산 에너지 수입 확대는 수용할 수 있는 부분이겠으나, 사업 타당성 평가도 나오지 않은 알래스카 LNG 투자는 천문학적인 사업비와 불확실성이 존재한다는 전문가 의견이 있으므로, 국내 에너지 정책과의 조화 등을 종합적으로 고려해 신중하게 접근할 필요가 있다.
일곱째, 예상되는 신규 이슈에 대해서는 좀 더 철저한 시나리오별 대비가 필요하다.</td></tr>
</table>

02 논제 풀이

📈 서론

이슈 언급 2025년 7월 30일 한미 관세 협상이 타결되었다. 한국 정부는 앞서 타결된 일본, 유럽연합(EU)과 대등한 결과를 만들어내야 한다는 부담감 속에서 상호 관세 15%, 자동차 품목 관세 15%를 얻어냈고, 3,500억 달러라는 막대한 규모의 대미 투자와 함께 1,000억 달러의 미국산 LNG 등 에너지 구매를 약속했다. 일본, EU와 대등한 수준의 관세율을 확보해 자동차 분야에서 최악의 상황은 피했다는 점, 국민적으로 민감한 쌀과 쇠고기 시장을 지켜냈다는 점은 긍정적으로 평가된다.

　　그러나 한 · 미 FTA 무관세 혜택의 소멸과 15%의 관세율 부과로 비용 부담이 발생하면서 비대칭적인 합의라는 지적도 있다. 또한, 3,500억 달러에 달하는 대미 투자 등 잔여 쟁점들이 남은 후속 협상에서 어떤 결과를 도출하느냐에 따라 최종 평가는 달라질 수 있다. 이번 합의는 한미 간 무역 불확실성을 일정 부분 해소했다는 점에서 의미가 있으나, 주요 세부 사항이 아직 구체적으로 명시되지 않았고, 향후 이행 과정에서의 해석 차이나 조정 여부에 따라 실제 효과는 달라질 수 있어 추가적인 관찰이 필요하다.

　　특히, 이번 통상 합의는 일종의 '틀(framework)'에 합의한 불완전한 형태로, 미국은 타결 직후 상호 간 해석의 불일치를 허용하면서 '전략적 모호성(strategic ambiguity)'을 일관되게 구사해 왔다. 이를 적극적으로 이용해 후속 협상의 가능성을 열어 두고 추가적인 요구에 대비하라는 일종의 시그널을 보내고 있다. 앞으로 이어질 '태풍과 장마'를 준비해야 한다. 미국의 압박은 어디서 어떻게 재개될지 모른다. 세부 협상 의제들을 치밀하게 준비하되 트럼프 '관세 폭풍'이 몰고 온 거대한 통상 파고를 넘기 위한 구조적이고 근본적인 대비가 필요하다.

　　이에 본지에서는 금번 관세 협상의 배경 및 내용에 대해 알아본 후, 정책적 대응 방안에 대하여 논하기로 한다.

📈 본론

1. 한-미 관세 협상	1) 트럼프 관세 정책의 목적	① 다층적 관세 정책 　가. 트럼프의 관세 정책은 '고율 관세'라는 큰 틀 아래에서 '기본 관세', '상호 관세', '품목 관세'로 세분화되는데, 단일 정책으로는 달성하기 어려운 여러 목표를 동시에 추구하기 위한 전략적 선택으로 볼 수 있다. 　나. 즉 '기본 관세'는 최저 세율로 기본 관세 장벽을 세우고, 이를 바탕으로 '상호 관세'라는 카드를 활용하여 개별 국가와 협상을 벌이고, '품목 관세'는 단순히 세수를 늘리는 차원을 넘어 국가 안보와 핵심 산업 보호를 위해 전략적 도구로 활용하고 있다. 　다. 추가적으로 '펜타닐 관세'는 불법 이민과 펜타닐 마약 유통을 방지하려는 뚜렷한 정책 목표를 달성하기 위한 것으로 중국, 멕시코, 캐나다에 부과된다. 　라. 이중 트럼프 행정부가 가장 내세우는 통상정책의 핵심 개념은 '상호 관세(reciprocal tariff)'라고 할 수 있다. <출처: 국회입법조사처>

[미국의 다층적 관세 전략]

※ 주: MFN 세율은 WTO 회원국 간의 최혜국대우((Most Favored Nation, MFN) 원칙에 따라 제공되는 세율

② 트럼프 행정부가 관세 정책을 통해 기대하는 효과 또한 다층적이다.

가. 관세를 그 자체가 목적이 아닌 '협상을 위한 도구'로 활용하는 것이다. 고율 관세 부과 위협을 통해 상대국이 미국의 요구를 수용하도록 압박할 수 있는 통상 레버리지 역할에 동원하는 것이다. 트럼프 대통령은 무역적자 해소 외에도 불법 이민과 펜타닐 문제, 에너지 안보 등 영역을 확장해가며 특정 정책 목표와 결부하여 거래적 수단으로 관세를 적극적으로 활용하고 있다.

나. 무역적자 해소를 위한 수단으로 활용하는 것이다.
- 2024년 기준 미국의 무역 적자국 1위는 중국(2,954억 달러, 한국은 660억 달러로 9위)이다. 미국의 대중국 견제와 지속적인 무역 제재에도 불구하고 미국의 상품 무역적자에서 중국이 차지하는 비중은 24.3%로, 2000년 이후 미국의 무역 적자국 부동의 1위를 유지하고 있다.
- 대미 무역흑자가 막대한 국가들은 이제 미국에게 양보하지 않으면 더 많이 잃어야 한다는 것이 트럼프 행정부의 입장이고, 이에 미국을 상대로 하여 EU, 일본, 한국 등 주요 무역수지 흑자국에게 돌아갔던 '부(wealth)'를 미국으로 되돌리고 무역 불균형을 시정하겠다는 것이다.

다. 국내 제조업 강화와 세수 확보를 위한 수단으로 활용하는 것이다. 특히 5대 품목(철강, 알루미늄, 자동차, 반도체, 의약품)에 대한 품목 관세는 미국 내 핵심 제조업 기반을 강화하려는 명확한 목표가 있다.

---

1. 한-미 관세 협상

1) 트럼프 관세 정책의 목적

2) 한-미 관세 협상 주요 내용

① 한국은 상호 관세와 자동차 관세 25%에서 15%로 하향된 관세율을 확보함으로써 단기적인 방어에는 성공했다고 볼 수 있다.

가. 특히 상호 관세와 자동차 품목 관세에서 EU 및 일본과 동등한 수준으로 관세율 합의를 얻어내어 주력 산업인 자동차 분야에서 최악은 피했다는 점은 긍정적인 부분이다.

<table>
<tr><td>1. 한-미
관세 협상</td><td>2) 한-미
관세 협상
주요 내용</td><td>

나. 다만 이들 국가와 달리 기존 한 · 미 FTA 체제하에서 받았던 무관세 특혜 환경과 비교할 때 관세율이 15%나 인상되어 상당한 비용 부담이 추가로 발생하는 것은 불가피하다. 한 · 미FTA상의 이점을 살리지 못하고 미국과 FTA 체결국이 아닌 일본, EU와 동일한 15% 상호 관세율을 부과받게 된 것은 아쉬운 지점이 아닐 수 없다.

다. 반도체와 의약품 등 품목 관세와 관련해서는 다른 나라보다 불리하지 않은 최혜국 대우를 약속받았다. 이에 EU나 일본 등에 비해 불리하지 않은 관세율을 적용받게 된다.

② 3,500억 달러의 대미 투자를 약속

가. 이 중 1,500억 달러는 통상 합의 타결의 주역인 '마스가(Make American Shipbuilding Great Again, MASGA) 프로젝트'의 '한미 조선업 협력 펀드'에 투입되고, 조선 협력 펀드는 조선소 신설 및 인수, 선박의 건조, 미국 함정의 유지 · 보수 · 정비(MRO), 조선 인력의 교육 훈련 등 조선업 생태계 전반을 포함하되, 한국 기업의 수혜에 기반하여 구체적인 프로젝트에 투입된다.

나. 반도체 · 원전 · 이차전지 · 바이오 등 주력 분야에도 대미 투자 펀드에 2,000억 달러가 투입된다. 이와 관련해서 대통령실은 2,000억 달러는 일종의 한도 개념으로 이해하고 있으며, 자금은 일시 조성이 아닌 필요할 때마다 집행하는 캐피탈 콜(capital call) 방식으로, 투자 방식은 보증, 대출, 직접투자이며 대부분이 대출과 보증이 될 것이라고 설명했다.

③ 이와 관련하여 미국이 가장 주목하고 있는 대미 무역수지 흑자 규모를 기준으로 비교하면, 2024년 기준 한국은 660억 달러, 일본은 680억 달러로, 한국의 3,500억 달러 투자 규모는 일본의 5,500억 달러에 비해 작고, 더욱이 조선업 펀드 1,500억 달러를 제외하면 2,000억 달러로 이는 일본의 투자 규모의 36%에 불과하다.

④ 한국 정부는 추가로 트럼프 대통령의 임기 내 미국산 LNG 등 에너지 제품에 1,000억 달러 구매를 약속했으며, 농축산물 시장 개방과 관련해서는 미국산 과채류 위생 검역(SPS) 관련 양국 협력 강화 및 일부 개선에 합의하였다. 또한 현재 제작사별 연간 5만 대에만 적용하는 자동차 안전기준 동등성 인정 상한을 없애고, 미국산 자동차 안전기준 동등성을 인정하는 등 일부 미국산 상품의 시장 접근 개선에 합의했다.

⑤ 미국은 일본, EU와 관세 협상 타결 직후 설명 자료(Fact Sheet)를 발표한 것과 달리 한국에 대해서는 설명 자료를 발표하지 않았다.

가. 대신 트럼프 대통령은 타결 직후 자신의 SNS(트루스 소셜)를 통해 한국과의 무역 합의 도출 소식을 발표했다. 그리고 이 합의에 따라 한국의 3,500억 달러 투자는 미국이 소유하고 통제하며, 대통령이 직접 선정한 투자 프로젝트에 제공된다고 언급하였다.

</td></tr>
</table>

나. 트럼프 대통령은 한국과의 협상으로 자동차, 트럭 및 농산물 시장이 '완전히 개방(completely open)'되었다고 했고, 백악관 대변인은 쌀 시장 개방을 언급하였으나, 한국 정부는 추가로 트럼프 대통령의 임기 내 미국산 LNG 등 에너지 제품에 1,000억 달러 구매를 약속했으며, 농축산물 시장 개방과 관련해서는 미국산 과채류 위생 검역(SPS) 관련 양국 협력 강화 및 일부 개선에 합의하였다.

다. 트럼프 대통령은 한국과의 협상으로 자동차, 트럭 및 농산물 시장이 '완전히 개방(completely open)'되었다고 했고, 백악관 대변인은 쌀 시장 개방을 언급하였으나, 한국 정부 트럼프 대통령은 한국과의 협상으로 자동차, 트럭 및 농산물 시장이 '완전히 개방(completely open)'되었다고 했고, 백악관 대변인은 쌀 시장 개방을 언급하였으나, 한국 정부는 쌀과 쇠고기 시장의 추가개방은 없다고 밝히는 등31) 양국의 발표 문구(wording)에 일부 차이가 있었는데, 이는 현재 공동 합의문이 발표되지 않은 상황에서 각자가 이해하는 내용과 방식으로 설명하면서 초래되는 문제일 수 있다.

1. 한-미 관세 협상

2) 한-미 관세 협상 주요 내용

[한-미 관세 협상 타결 내용]

항목		미국 발표 내용	한국 발표 내용	비고
관세	상호	- 기존 25% → 15%로 인하 · 미국산 제품에 대해서는 관세를 부과하지 않음	- 기존 25% → 15%로 인하 · EU, 일본과 같은 수준임	- 미국산 제품은 한국에 무관세로 수입되므로 비대칭적임
	품목	- 자동차: 기존 25% → 15%로 인하	- 자동차: 기존 25% → 15%로 인하 · 자동차 산업의 수출 불확실성이 해소되었다고 발표 - 철강·알루미늄·구리 50%	- 한미FTA의 핵심이었던 '무관세'가 15%로 인상됨
대미 투자		- 3,500억 달러 규모의 투자를 약속 - 1,000억 달러 규모의 LNG 등 에너지 구매 약속도 포함 - 대통령이 선정하는 투자에 투입 - 그 수익의 90%가 미국 국민/부채 상환이나 대통령이 선정하는 곳에 사용됨	- 3,500억 달러 규모의 대미 투자펀드 조성(조선 펀드 1,500억 달러, 반도체·이차전지·바이오 등에 2,000억 달러) - 이윤의 90%는 미국에 재투자 개념 - 1,000억 달러 규모의 LNG 등 미국산 에너지 구매	- 미국은 '투자'로 우리는 '융자 및 보증'으로 해석하여 양측의 주장이 상이함 - 미국은 이 투자 약속의 이행을 매 분기 점검할 것이라고 밝힘
시장개방		- 한국이 미국산 자동차, 트럭, 농산물 포함 미국 상품에 대해 시장을 완전히 개방하기로 합의	- 쌀, 쇠고기 등 민감한 국내 농산물 시장은 추가 개방하지 않기로 합의 (미국산에는 무관세 적용) - 비관세장벽은 추후 협의(자동차 안전 기준은 미국 요구 수용)	- 농산물 시장 개방 여부에 대해 양측 발표 내용에 차이가 있음
합의문서		- 트럼프 대통령 SNS(트루수 소셜) 발표	- 대통령실 브리핑 및 산업통상자원부 보도자료 발표	- 일본, EU와 마찬가지로 일단 정치적 합의를 먼저 발표한 후, 세부 사항을 조율하는 방식임 - 미국은 한국에 대해 백악관 설명자료는 발표하지 않음
기타		- 한미 정상회담 시(2주 이내) 한국 기업이 미국에 투자할 금액 발표	- 반도체·의약품 등 특정 품목에 대해 '최혜국대우'를 적용하기로 합의 (미래 MFN)	- 반도체·의약품 관련 MFN은 한국 측 발표에만 언급

<출처: 국회입법조사처>

| 1. 한-미
관세 협상 | 3) 세부 협상
과제 | ① 한 · 미 관세 협상은 큰 틀에서는 합의되었으나, 구체적인 세부 내용이 정리되지 않아 잔여 쟁점들이 남아있는 등 불확실성이 여전하다. |

① 한 · 미 관세 협상은 큰 틀에서는 합의되었으나, 구체적인 세부 내용이 정리되지 않아 잔여 쟁점들이 남아있는 등 불확실성이 여전하다.

가. 협상 타결 직후, 러트닉 미상무부장관이 '90%의 이익(profits)은 미국 국민에게 돌아간다'고 표명한 점, 관련 세부 사항이 명확하게 공개되지 않은 점 등은 미-일 합의 사례와 유사하며 양측의 해석이 엇갈릴 가능성이 존재(Bloomberg, Reuters)

② 후속 세부 협상에서는 한 · 미 양측 간 해석의 차이를 보이는 부분에 대해 집중적으로 논의될 가능성이 크다.

가. 최근 대통령실은 한미 정상회담에서 관세 협상을 바탕으로 반도체, 배터리, 조선업 등 제조업 분야를 포함한 경제 협력과 첨단 기술, 핵심 광물 등 경제안보 파트너십 강화 방안에 대해서도 협의가 이루어질 것으로 기대한다고 언급했다.

나. 추후에도 관세 협상 결과를 꼼꼼하고 철저하게 검토하여 분석하고 하나하나의 시나리오에 철저하게 대비해야 한다.

[후속 협상 예상 쟁점 이슈]

잔여 쟁점	미국이 강력하게 요구했으나 최종 합의에 포함되지 않았던 이슈	예상되는 신규 이슈
투자 방식 및 세부 내용 조율 등	△농축산물 수입위생검역, △온라인 플랫폼 관련 법령, 망 사용료, 고정밀 지도 반출 등 디지털 규제, △알래스카 LNG 투자	△방위비, △무기 구매, △주한 미군 등

<출처: 국회입법조사처>

2. 평가 및 영향　　**1) 평가**　<출처: 국제금융센터>

① 단기적으로 하방리스크를 제거했다는 점에서 긍정적이나 중장기적으로는 수출 및 성장에 영향을 줄 것으로 보는 시각이 우세

가. 한미 협상 결과가 예상과 일치하고 성장 전망에 대한 불확실성을 완화함에 따라 2025년 성장률 전망치를 1.0%로 유지(Nomura)

나. 투자 금액이 표면적으로는 미국에 우호적으로 보이지만, 구체적 투자, 에너지 구매, 비관세 이슈들은 한국에 유리한 것으로 보임(Citi)

다. 이번 무역합의는 하방리스크를 확실히 제거하고 불확실성을 해소. 최근 경기부양책에 따라, 한국은행은 성장률 전망치를 상향 조정할 것(Morgan Stanley)

② 상호 관세 및 자동차 · 부품에 대한 15% 관세율은 2024년 0.2%에 비하면 여전히 높은 수준(Bloomberg)

가. 보편 자동차 관세율 15%에 반도체와 의약품도 15%로 부과될 경우 한국에 대한 미국의 실효 관세율은 16.5%로 예상(Citi)

나. 관세로 인한 불확실성은 일부 완화되겠지만, 한국 수출 중 가격 민감도가 높은 품목이 많고 대미 수출 의존도도 높아 전반적인 수출에는 부정적 영향. 하반기 경제 성장 동력은 수출에서 내수로 전환될 것으로 예상(ING)

<table>
<tr><td rowspan="2">2. 평가 및
영향</td><td>1) 평가

<출처: 국제금융
센터></td><td>

다. 자동차 및 부품 상호 관세 인하(25% → 15%)에도 불구 대내외 수요 부진과 구조적 불확실성을 고려할 때 유의미한 성장 전망 개선으로 이어지기 위해서는 정책 지원이 필요(Bloomberg)

라. 시장은 관세 합의의 긍정적 내용과 불확실성 해소에 주목하며 양호한 흐름을 보이고 있지만, 추가 관세는 한국 및 글로벌 경제 전반에 하방 요인으로 작용. 한국 수출은 하반기 중 회복할 것으로 예상되나, 이는 대부분 AI 관련 수출에 국한되어 있으며 추세적 회복세로 이어지기에는 한계가 존재(ING)

</td></tr>
<tr><td>2) 영향</td><td>

① 일본, EU와 동일한 15% 관세 조건을 바탕으로 단기 안정성은 확보하였으나 3,500억 달러 투자 펀드가 미국 주도 구조인 점에서 한국 기업의 생산 기지 이전 가능성이 제기됨에 따라 국내 산업 기반 약화 우려(Bloomberg)

② 일부에서는 한-미 협정의 세부 내용이 충분히 구체화되지 않았다고 지적. 협상된 관세율은 트럼프 대통령의 초기 위협 수준보다는 낮지만, 취임 전보다는 여전히 높은 수준이라는 비판(The Hill)

② 韓산업별 영향

가. 조선업이 가장 큰 수혜가 예상되며, 자동차 업계는 15% 관세로 인해 비용 부담이 증가하겠으나, 일본 및 EU와 동일 조건하에 현대차 및 기아차가 경쟁 가능할 전망(Morgan Stanley)

나. 기업들은 각자의 강점을 활용하여 수익성을 유지하거나 시장 점유율 확대를 위해 보다 적극적인 전략을 구사할 것으로 예상. 전반적으로 이번 관세 정책은 한국 자동차 공급망 전체에 '센티멘트 완화'를 제공(Morgan Stanley)

다. 관세 불확실성 해소로 밸류 체인상 중국과의 배터리 소재 관련 생산 비용 격차가 축소됨에 따라 한국 배터리 산업에 모멘텀을 부여할전망(UBS)

라. 이번 합의로 일본-한국이 동일한 15% 관세율로 통일됨에 따라(기존에는 일본산 자동차가 한국산 대비2.5%p 높은 미국 수출 관세율을 적용) 한국 자동차의 수출 여건이 다소 불리해졌으나 그 영향은 제한적일 것

마. 한국 자동차 수출 기업들은 관세 부과에 따른 부담에 대응하기 위해 가격 전략을 재조정하거나 기술 경쟁력 강화를 모색할 필요가 있으며, 장기적으로는 미국 내 생산확대가 불가피할 것으로 예상(ING)

</td></tr>
</table>

📈 결론

의견 제시 예상되는 후속 세부 협상 과제를 살펴보면,

첫째, 관세 협상 타결의 핵심인 '투자' 관련 협상을 면밀하게 준비해야 한다. 미국에 대한 대규모 투자는 한국 기업에 기회와 동시에 위기도 될 수 있으므로, 치밀한 준비를 통해 기회 요인으로 만들어야 한다. 세부 투자 계획과 관련해서는 투자 분야(반도체, 배터리, 조선업 등)와 방식을 미국 측과 조율하면서 국익을 최우선으로 확보해야 한다. 특히 한미 양측의 이견을 해소하고, 투자 자금 구성, 조달, 수익 배분, 인센티브, 세액공제 등에 대한 구체적인 전략을 수립하여 국내 기업과 정부의 부담을 최소화할 수 있도록 대비해야 한다.

둘째, 조선업 협력 방안도 구체적으로 마련할 필요가 있다. 조선업 협력 펀드는 한국 조선업에 큰 기회가 될 수 있는 만큼 '마스가(MASGA)' 프로젝트의 이행 방안과 관련하여 장기적인 파트너십 구축 및 상호 이익을 위한 상생 모델, 디지털 생산 시스템이나 스마트 조선소 구축 등 미래 지속 가능성과 경쟁력 확보를 위한 협력 모델에 대한 논의를 구체화할 필요가 있다. 또한 동맹국에서 미국 군함 건조 및 부품 조달을 가능하게 하는 「해군 준비 태세 보장법(Ensuring Naval Readiness Act)」[1] 은 현재 미 의회에서 논의가 활발하게 진행되고 있으므로, 국내 조선 기술력을 바탕으로 미국 군함 건조 및 부품 조달에 참여할 수 있도록 적극적으로 제안하는 등 국내 조선업 전반의 동반성장을 도모해야 한다.

셋째, 후속 협상에서는 특히 한국의 이익이 직결되는 사안에 대해, 이전에 구두로 합의된 내용들을 명확히 하고 문서화하는 것이 중요하다. 예를 들어, 반도체 및 의약품 품목 관세의 MFN 부여 문제, 그리고 쌀 및 쇠고기(30개월령 이상)에 대한 시장 미개방에 대해서는 미국 측과 합의 내용을 재확인하고, 양국 간 해석 차이가 없도록 명확히 해야 한다.

넷째, 미국이 강력하게 요구해 왔으나, 이번 합의에 포함되지 않은 쟁점들은 후속 협상에서 재논의될 가능성이 높다. 이에 대한 철저한 전략 마련이 필요하다. 특히 농축산물 수입 위생 검역은 국민의 생명과 안전에 직결된 민감한 사안이다. 냉정하게 보면 이 문제가 종결된 이슈인지 단순히 지연된 이슈인지 알 수 없으므로, 미국 측의 정치적 의도와 함께 과학적 근거에 기반한 논리로 철저하게 대비해야 한다. 이에 기존 합의의 틀을 유지하면서, 검역 주권 확보에 총력을 기울여야 한다.

다섯째, 아울러 위치 기반 데이터 반출, 망 사용료 등 디지털 규제는 미국 기업의 이익과 직결되므로 미국의 압박 수위도 높아질 수밖에 없다는 점을 참작하여, 한국의 안보적 특수성을 적극적으로 설명하며 국내 산업 보호와 글로벌 기준 준수 사이에의 균형점을 찾는 입체적인 협상 전략이 필요하다.

여섯째, 에너지 안보 강화를 위해 미국산 에너지 수입 확대는 수용할 수 있는 부분이겠으나, 사업 타당성 평가도 나오지 않은 알래스카 LNG 투자는 천문학적인 사업비와 불확실성이 존재한다는 전문가 의견이 있으므로, 국내 에너지 정책과의 조화 등을 종합적으로 고려해 신중하게 접근할 필요가 있다.

일곱째, 예상되는 신규 이슈에 대해서는 좀 더 철저한 시나리오별 대비가 필요하다. 트럼프 대통령의 지속적인 압박으로 지난 6월 26일, 북대서양조약기구(NATO) 정상회담에서 회원국들이 국방비를 2035년까지 GDP 대비 5%(직접 국방비 3.5%, 간접 안보 비용 1.5%)까지 늘리기로 합의한 만큼, 한국에 대해서도 방위비 증액 요구가 다시 제기될 수 있다. 이에 더해 주한 미군 역할이나 미국산 방산 장비 무기 구매 등에 대한 요구가 예상되므로, 이에 대해 치밀하게 준비해야 한다.

앞으로 이어질 후속 협상은 단일 쟁점을 넘어 경제와 안보를 아우르는 포괄적인 성격을 띨 가능성이 크므로 민관이 긴밀하게 협력하여 전략적인 대응 방안을 마련하는 한편, 정부는 수세적인 자세에서 벗어나 능동적인 자세로 임하면서 상호 호혜성을 기반으로 국익을 최대한 확보하는 데 총력을 기울여야 한다.<출처: BOK이슈노트>

 용어해설

1) 「**조선 및 항만 인프라법**(SHIPS Act)」 : 2024년 12월 19일 초당적인 지지를 받아 발의되었고, 2025년 4월 30일 재발의되었으며, 미국 내 조선업과 상선대를 재건하기 위한 내용을 담고 있다. 10년 안에 미국 국적 상선을 250척으로 늘리는 것을 목표로 하며, 동맹국과의 협력, 해운 인프라 투자 및 조선소 투자에 대한 세액공제 등의 내용을 포함한다. 「해군 준비 태세 보장법(Ensuring Naval Readiness Act)」은 2025년 2월 발의되었으며, 「번스-톨리프슨 수정법」에 예외 조항을 두어 한국과 일본 등 동맹국 조선소에서 미 해군 함정을 건조할 수 있도록 허용하는 내용을 담고 있다.

03 논술사례

주제 1
한미 관세 협약에 대해 평가한 후, 추후 대한민국의 수출 증대 방안을 제안하라

답안

7. 30일 한국과 미국이 무역 협상에서 타협점을 찾으며 관세 인하와 전략산업 중심의 투자 협정을 체결하였다. 미국은 한국에 대한 상호 관세를 기존 25%에서 15%로 낮추고, 국내 쌀과 소고기 시장은 추가 **개방하지 않는 것으로 결정됐다.** 한국은 이를 위해 **3500**억 달러 **가량의** 투자금을 약속했다. 한국은 1,000억 달러 **가량의** 액화천연가스(LNG) 및 기타 에너지 제품 구입을 약속했으며, 한미 조선 협력 패키지를 조성하며 막대한 양의 조산 산업 투자를 약속했다. 본의에서는 한미 관세 협약을 평가한 후, 대한민국 수출 증대에 기여할 수 있는 점을 서술하겠다.

한미 관세 협약에 대한 평가

이번 한미 관세 협약은 분명 긍정적인 측면이 몇 가지 존재한다. 첫 째는 대한민국의 관세가 여타 **다른** 국가에 비해 높지 않은 수준으로 합의한 점이다. 한미 관세 협약 이전에 일본과 EU가 미국과의 관세 협약을 맺었는데, 상호 15%의 관세로 낮추는 대가로 미국은 양쪽에게 막대한 양의 투자금을 약속 받았다. 그래서 대한민국의 상호 관

3,500
천단위 숫자에는 콤마를 찍는 습관을 들이시면 좋습니다.

이 부분은 아직 논란이 있긴합니다.

이런 표현은 굳이 좋진 않습니다.

규모의

이에

경쟁

세가 15%를 초과할 지에 귀추가 모였고, 15%를 넘는다면 대한민국 수출에 큰 타격이 있을 것이라 우려됐다. 다행스럽게도, 대한민국은 15%로 합의를 맺으면서 EU, 일본보다 불리한 조건 속에서 수출을 할 필요가 없어졌다. 대한민국의 주요 수출품 중 하나인 자동차 관세도 15%로 맺으면서 일본과 같은 **수준이 되었다.** 이처럼 한미 관세 협약은 타국과 동일한 조건을 이끌어내면서, 관세에 대해서는 수출이 불리하지 않다는 점에서 긍정적이다. **두 번째는 쌀과 소고기 시장을 추가 개방하지 않은 점이다.** 대한민국은 FTA 협약 당시에 쌀과 소고기 시장을 개방하지 않으면서 국내 농림업 산업을 보호하는 기조를 새웠다. 덕분에 쌀과 소고기 내수 시장이 확보되었고, 특히 쌀은 대한민국 농업 내수 시장의 중심으로 자리잡을 만큼 규모가 크다. 그런데 만일 이번 한미 관세 협약에서 쌀과 소고기 시장이 개방되었다면, 상대적으로 값싼 미국산 쌀과 소고기가 수입되어 국내 농림업 산업은 크게 위축되었을 것이다. 물론 값싼 쌀과 소고기가 들어오는 것은 소비자의 선택폭이 넓어지면서 효용이 증가하고, 이는 무역의 기본적인 이익이다. 그러나 간과해서는 안되는 점은 대한민국 내수 시장의 약세이다. 대한민국 경제는 현재 수출입 비중이 높고, 내수 시장의 규모는 비슷한 GDP 규모의 나라에 비해 작다. 이 와중에 쌀과 소고기 시장이 개방되면 국내 내수 시장은 더욱 작아지고 수출입 의존도가 커지면서 대한민국의 경제는 국제 정세의 추이에 따라 결정되는 변동성이 커지고, 경제의 안정성이 작아지게 될 것이다. 이러한 점에서 쌀과 소고기 시장을 추가로 개방하지 않은 점은 **긍정적이다.**

대한민국 수출 증대 기여

대한민국의 수출에 증대할 수 있는 점 첫째는 한미 FTA 조약 개선이다. 미국은 현재 멕시코와 캐나다에게 최고 35%에 해당하는 높은 상호 관세를 부과하고 있다. 그러나 캐나다와 멕시코의 실질 관세는 약 7%로 측정되며, 이는 부과한 관세에 비해 매우 낮은 수치이다. 이것이 가능한 이유는 UMCA의 협의 때문이다. UMCA의 협의문에 따르면 캐나다와 멕시코는 원산지 규명과 미국 제품을 일정 비율 이상 사용하면 상호간에 관세를 매길 수 없다는 문구가 적혀 있으며, 이는 트럼프 미 대통령이 캐나다와 멕시코에 상호 관세를 부여할 때도 유효하다. 예시로 멕시코에서 자동차를 제조해 미국에 수출을 할 때, 자동차에 미국산 자동차 부품을 사용하고 미국 노동자를 채용하면 멕시코는 관세를 지불할 필요가 없어진다. 이를 통해 캐나다와 멕시코의 수출 품목의 약 90%는 여전히 무관세로 수출하고 있으며, 실질 관세는 7%라는 낮은 수치를 기록하고 있다. 그러나 한미 FTA에는 이러한 조약이 없어, 상호 관세 15%를 회피할 근거가 없는 상황이다. 이에 정책당국은 한미 FTA를 개정하면서, 멕시코와 캐나다 같이 원산지 규명 혹은 미국산 제품 사용 등의 조건을 만족하면 양국은 상호 관세를 매길 수 없는 규정을 추가함이 바람직하다. 이를 통해 관세를 우회할 수 있다면 타 국가에 비해 수출 여건이 좋아져 대한민국 수출이 증대 될 **것이다.**

좋은 지적입니다.

　두 번째는 공급망 안정화 기금의 확대이다. 미-중 무역 분쟁으로 인해 대한민국의 무역 공급망이 흔들리면서, 수출입은행은 이를 해결하기 위해 약 10조의 공급망 안정화 기금을 운영 중이다. 공급망 안정화 기금은 반도체, 이차 저지, 원자력 산업 및 바이오와 같은 핵심 첨단 산업에 운영되며, 저금리의 장기 대출과 공급망 확보 프로젝트에 투자금을 지원하고 있다. 이에 더해 대한민국의 수출을 증대하려

면 공급망 안정화 기금의 규모를 증가하고, 해당 산업도 넓혀야 한다. 첨단 산업 뿐만아니라 차후 성장 가능성이 높은 산업을 면밀히 모니터링하고, 해당 산업에 속한 수출 초보 기업들에게 저금리 장기 대출을 지원해야한다. 또한, 새로운 글로벌 공급망(GVC)의 **길**도 확보 해야 한다. 미국이 많은 국가에 상호 관세를 부과하며 무역 전쟁이 일어나는 지금, 우리나라의 기존 글로벌 공급망은 미국과 중국 중심으로 설계되어 있어 안정성이 크게 떨어진다. 이에 EU, 베트남과 같은 다른 국가로의 수출 및 원자재 구입 경로를 모색 해야 하며, 수출의 다변화 및 공급망 재편이 필요하다.

세 번째는 **BIS** 자기자본비의 보다 면밀한 관리가 필요하다. 외화 여신이 많은 수출입은행은 불확실한 국제 통상 환경에 민감하여 **BIS** 자기자본 비율 **하락**폭이 크기 때문에 **BIS** 자기자본 비율 관리에 보다 많은 노력을 기울여야 할 것으로 예상된다. 예측 불가한 환경 때문에 외국 투자자들이 대한민국 투자금을 **빼면서** 달러화의 수요가 증가해 환율이 상승하면서 외채의 부담이 증가할 리스크도 있다. 이에 우리나라의 수출 증대를 위해서 수출입은행의 안정적인 여신 운영이 보장 되려면 **BIS** 자기자본 비율을 **늘릴** 필요가 있다. 구체적인 예시로는 정부 출자 확대 및 신종 자본 증권의 발행을 통해서 안정성과 시장성을 균형 있게 향상시키며 자기자본을 증가시킬 수 있다.

| 공급로

| 변동

| 높일

chapter 09

한–미 정상회담

01 논제 개요 잡기[핵심 요약]

서론	이슈언급	이재명 정부 출범 직후부터 최대의 시험대로 꼽혔던 한미 정상회담에서 이 대통령이 받아 든 성적표는 대체로 선방했다는 평가가 나오고 있지만, 협력과 갈등 요인이 동시에 존재하고 있어 마냥 긍정적으로 볼 수만은 없다는 지적이다. 대통령실은 트럼프 대통령의 예측 불가능한 스타일 때문에 험난할 것으로 관측된 정상회담이 큰 논란 없이 마무리되자 고무된 분위기다. 하지만 공동성명이나 공동발표문 등 문서화된 합의가 하나도 없어 미완의 성공이라는 평가도 나오고 있다. 농축산물 시장 추가 개방과 대미 투자 확대, 한미 원자력협정 개정 등 주요 쟁점에 대한 한미 간 이견이 거의 해소되지 않았을 수도 있다는 얘기다
본론	1. 한-미 정상회담	1) 개요
		① 한미 정상은 8월 25일 정오(美 현지 시간) 워싱턴DC 백악관에서 첫 정상회담을 개최
		② 양국은 ▲관세 협상(7월 30일 타결)의 후속 협의, ▲동맹 현대화, ▲신규 협력 분야 개척을 주요 의제로 논의
		2) 한미 정상회담
		트럼프 대통령은 추가 관세 협상 가능성을 시사
		① 트럼프 대통령은 한국이 추가 관세 협상을 요청하면 수용할 것으로 보이나, 실제로 무역 합의 변경 가능성은 높지 않을 전망
		② 세부 사항에 이견 상존

1. 한-미 정상회담	2) 한미 정상 회담	③ 무역 투자 확대 트럼프 대통령은 조선 · 방산 · 에너지 분야 협력을 강조 ④ 한반도 안보 김정은 위원장과의 우호적 관계를 강조하며 북미 정상회담 의사도 피력 ⑤ 동북아 트럼프 대통령은 조만간 방중(訪中) 가능성을 전망했으며, 한 · 미 · 일 협력 강화를 강조
	3) 미 비즈니스 라운드 테이블	정상회담 후 워싱턴에서 '제조업 르네상스 파트너십'을 주제로 한미 비즈니스 라운드 테이블 개최, 국내 기업인(삼성, SK, 현대, LG 등) 16명, 미국 기업인(NVIDIA, Carlyle 등) 21명, 러트닉 美 상무부 장관 등 참석
본론	1) 평가 및 전망	① 회담 전 트럼프 대통령의 SNS 글로 긴장이 조성되었으나, 정상회담은 대체로 우호적으로 진행되었다는 평가가 다수. 주요 외신은 양국이 회담 전과 달리 우호적 분위기 속에서 경제 · 안보 분야 협력 강화를 약속했다고 보도 ② 농축산 시장 개방, 방위비 인상 등 민감한 이슈에 대해 미국 측의 추가 요구는 없었던 것으로 알려졌으며, 우호적인 동맹 관계를 재확인하는 계기 ③ 한미 무역 합의(7월 30일) 이후 구체적인 후속 합의가 도출되지 않아 주요 이슈별 실무협의가 이어질 것으로 예상 ④ 대미 투자 구조 · 운영 방식, 농축산물 시장 개방, 방위비 인상, 디지털 무역 장벽 등에 대해 여전히 양국 정부의 언급에 미묘한 차이 존재 ⑤ 이재명 대통령은 미 싱크탱크 CSIS 연설에서 한미동맹의 미래형 전략 동맹 현대화, 첨단 기술 · 공급망 협력 강화, 한미일 협력 심화를 강조해, 한미동맹은 더욱 공고해질 전망
2. 평가	2) 문제점	① 국익과 직결되는 경제 · 통상 분야에서 한국이 얻은 것이 없다는 지적 ② 투자 펀드에 대해서도 우리 측은 돈을 떼일 가능성이 적은 대출이나 보증 위주라고 주장하는 반면, 미국은 실패할 경우 원금을 날리는 직접투자를 요구 ③ 쌀 · 소고기 등 농산물 시장 추가 개방이나 알래스카 가스전 개발에 대해서도 양국의 의견 차이 존재

본론	**2. 평가**	**2) 문제점**

④ 주한 미군 감축 등 전략적 유연성 확대에 대해 "쉽게 동의하기 어려운 문제"라고 선을 그은 만큼 앞으로 양국이 '안보 불협화음'을 일으킬 가능성을 배제하기 힘들다.
⑤ 한-미 밀착에 심기가 불편한 중국. 향후 중국과의 새로운 관계 설정도 우리 정부의 새로운 과제로 떠오를 가능성

결론	**의견제시**

이번 한미 정상회담은 불확실성을 완화하고 협력의 기본 틀을 마련했다. 다만 관세 합의의 후속 협상과 한미동맹의 현대화 등 한미 간 주요 쟁점이 완전히 해소된 건 아니다. 정상회담 이후 꼬리에 꼬리를 물고 여러 쟁점이 불거질 수 있다. 구체적으로 구속력 있는 약속이 없었다는 점에서 우리나라가 감당해야 할 '진짜 청구서'들이 날아올 수 있다. 우리는 상호 호혜적 공동 이익이라는 원칙 아래 구체적이고 실질적인 협력 방안을 도출하고, 이를 차질 없이 이행해 나가야 할 것이다. 경제 협력에서는 양국 모두의 이익을 보장하는 지속가능한 모델을 모색해야 한다. 안보 협력에서는 한국의 전략적 자율성을 확보해 성숙한 동맹 관계를 구축해 나가야 할 것이다. 이번 정상회담이 양국 간 새로운 관계의 출발점이 되기를 기대한다.

02 논제 풀이

📈 서론

이슈 언급 이재명 대통령의 일본 · 미국 순방 일정이 2025년 8월 26일 오후 한화 필리조선소 방문을 끝으로 마무리됐다.

이재명 정부 출범 직후부터 최대의 시험대로 꼽혔던 한미 정상회담에서 이 대통령이 받아 든 성적표는 대체로 선방했다는 평가가 나오고 있지만, 협력과 갈등 요인이 동시에 존재하고 있어 마냥 긍정적으로 볼 수만은 없다는 지적이다.

대통령실은 트럼프 대통령의 예측 불가능한 스타일 때문에 험난할 것으로 관측된 정상회담이 큰 논란 없이 마무리되자 고무된 분위기다. 우려했던 트럼프 대통령의 돌출 언행이나 외교 · 안보 · 통상 등에 대한 불협화음 없이 무난하게 끝났다는 평가가 우세하다.

하지만 공동성명이나 공동발표문 등 문서화된 합의가 하나도 없어 미완의 성공이라는 평가도 나오고 있다. 농축산물 시장 추가 개방과 대미 투자 확대, 한미 원자력 협정 개정 등 주요 쟁점에 대한 한미 간 이견이 거의 해소되지 않았을 수도 있다는 얘기다. 또한, 한미 정상회담이 끝난 지 하루 만에 트럼프 행정부가 후속 청구서를 꺼내 들었다.

하워드 러트닉 미국 상무장관은 26일 "한국과 일본 등의 자금으로 국가경제안보기금이 조성되는 것을 보게 될 것"이라고 말했다. 우리 측의 뜻과 무관하게 한국이 제시한 3,500억 달러 규모의 대미 투자금을 미국 제조업 부활과 인프라 건설에 활용하겠다는 것이다.

스콧 베선트 미 재무장관은 27일 미국 행정부의 지분 인수가 필요한 산업 분야로 반도체 기업인 인텔에 이어 조선업을 꼽았다. 미국이 조선 업체 지분을 가져가게 되면 1,500억 달러에 이르는 한국 조선 업체들의 대미 투자 계획과 경영권이 미국 정부의 영향권 아래 놓이게 된다.

이에 본지에서는 금번 한-미 정상회담에 대한 내용과 향후 협상 과정에서 더 큰 접점을 찾기 위한 정책적 방안에 대해 제언해 보기로 한다.

📈 본론

1. 한-미 정상회담 <출처: 무역협회>	1) 개요	① 한미 정상은 8월 25일 정오(美 현지 시간) 워싱턴DC 백악관에서 첫 정상회담을 개최 　가. 백악관 집무실에서 양국 정상과 일부 각료가 참여하는 소인수회담(생중계)을 진행한 뒤, 캐비닛룸에서 확대회담과 업무오찬까지 총 140분간 회동 　나. 정상회담 직후 양국의 제조업 파트너십 강화를 논의하는 한-미 비즈니스 라운드 테이블 진행 ② 양국은 ▲관세 협상(7월 30일 타결)의 후속 협의, ▲동맹 현대화, ▲신규 협력 분야 개척을 주요 의제로 논의 　가. 협상 타결 후 농축산 시장 개방 및 3.5천억 달러 대미 투자 이행 방안 두고 이견 　나. 자동차 232조 품목 관세 인하(25%→15%)및 적용 시기, 반도체·의약품 최혜국 대우 확정 여부, EU와 유사한 형식의 공동성명 발표가 주요 관심사 　다. 미측이 관세 협상을 레버리지 삼아 방위비 분담금 인상, 국방 예산 증액, 주한미군 전략적 유연성 확대 등을 요구했을 가능성도 제기
	2) 한미 정상 회담	트럼프 대통령은 추가 관세 협상 가능성을 시사 ① 트럼프 대통령은 한국이 추가 관세 협상을 요청하면 수용할 것으로 보이나, 실제로 무역 합의 변경 가능성은 높지 않을 전망 　(美) 상호 관세·자동차(부품) 관세 인하(15%), 반도체·의약품 관세 도입 시 최혜국 대우 부여 　(韓) 한미 투자 펀드 조성, 미국 에너지 도입 확대, 일부 비관세 장벽 개선 등에 합의(7/31)하였으나, 원자력, 방위비 분담, 3,500억 달러 규모의 대미 투자 약속 등 ② 세부 사항에 이견 상존 　가. 트럼프 대통령은 '원하는 것을 모두 줄 수는 없지만, 요청은 받아들이겠다'라며 협상은 가능하나 결과의 불확실성을 강조

1. 한-미 정상회담
<출처: 무역협회>
	2) 한미 정상회담	나. 또한, 정상회담 후 기자들에게 '합의를 끝냈다고 생각한다. 문제 제기가 있었지만, 우리 입장을 고수했다'며 무역 합의 변경 가능성이 낮음을 시사
		③ 무역 투자 확대
		   트럼프 대통령은 조선 · 방산 · 에너지 분야 협력을 강조
		가. 조선 협력: 트럼프 대통령은 한국의 조선 경쟁력을 높이 평가하며, 양국 간 협력을 통한 미국 조선업 부흥 의지를 표명. 2차 대전 시 1일 1척씩 건조했던 미국 조선업이 쇠퇴했음을 언급하고, 한국 선박 구매 및 미국 내 건조로 조선업 부흥을 강조
		나. 무기 구매: 트럼프 대통령은 한국이 미국 군사 장비의 주요 구매국임을 강조하며, 미국의 첨단 전략 폭격기 B-2 스피릿을 언급하고, 한국의 미국산 무기 구매 확대에 대한 기대를 표명. 한편 정상회담 후 이 대통령은 한반도 안보에서 주도적 역할을 수행하겠다며 국방비 증액 방침을 공식화하고, 증액 예산을 첨단 과학 기술과 자산 도입에 활용하겠다고 밝힘
		다. 알래스카 개발: 미국의 풍부한 자원을 강조하며 합작 투자 추진을 통한 에너지 협력 의지를 표명하고, 일본의 참여도 언급
		④ 한반도 안보
		   김정은 위원장과의 우호적 관계를 강조하며 북미 정상회담 의사도 피력
		가. 1기 집권 시 북미 정상회담을 언급하며 자신이 김 위원장을 가장 잘 안다고 강조하고, 북미 관계 개선이 평창 올림픽에 크게 기여했음을 언급
		나. 이 대통령은 '트럼프 대통령이 피스 메이커(peace maker, 중재자) 역할을 한다면, 본인은 페이스 메이커(pace maker, 보조자)로서 지원하겠다'고 언급.
		⑤ 동북아
		   트럼프 대통령은 조만간 방중(訪中) 가능성을 전망했으며, 한 · 미 · 일 협력 강화를 강조
		가. 미국이 중국과 좋은 관계를 맺고 있다고 언급하며 동반 방중을 제안
		나. 한 · 미 · 일 협력이 중요한 과제이자, 한미 관계 발전을 위해 한일 관계 개선이 필요하다고 언급
		⑥ 기타
		   주한 미군 토지 소유권 이전, 경주 APEC 정상 회의 참가 등 언급
		가. 트럼프 대통령은 미국이 주한 미군 기지에 많은 재원을 사용했으며, 임대차 해지 후 토지소유권 이전을 요청할 수 있다고 발언
		나. 주한 미군 감축 질문에는 즉답을 피하며 신중한 태도를 보임
		다. 트럼프 대통령은 10월말 경주 APEC 정상 회의를 무역회의(trade meeting)로 언급하며 한국 방문을 시사. 한국과의 추가 무역 협상을 뜻하기보다, 중국 등 아직 합의하지 않은 국가와의 협상을 시사한 것으로 해석

1. 한-미 정상회담 <출처: 무역협회>	**3) 한미 비즈니스 라운드 테이블**	① 정상회담 후 워싱턴에서 '제조업 르네상스 파트너십'을 주제로 한미 비즈니스 라운드 테이블 개최 　가. 국내 기업인(삼성, SK, 현대, LG 등) 16명, 미국 기업인(NVIDIA, Carlyle 등) 21명, 러트닉 美 상무부장관 등 참석 　나. AI, 반도체 등 첨단 산업, 조선·자동차 등 주력 제조업, 방산, 원전 등 전략 산업, 콘텐츠 등 문화 산업에 이르기까지 전 산업 분야를 망라한 다양한 분야에서 양국 간 협력 방안 논의 　다. 라운드 테이블 직후 한미 제조업 르네상스 파트너십 강화를 위한 계약 및 양해각서(MOU) 체결 행사 개최 　라. 조선, 원자력, 항공, LNG, 핵심 광물 등 5개 분야 총 2건의 계약 및 9건의 MOU 체결
2. 평가	**1) 평가 및 전망** <출처: 무역협회>	① 회담 전 트럼프 대통령의 SNS 글로 긴장이 조성되었으나, 정상회담은 대체로 우호적으로 진행되었다는 평가가 다수. 주요 외신은 양국이 회담 전과 달리 우호적 분위기 속에서 경제·안보 분야 협력 강화를 약속했다고 보도 ② 농축산 시장 개방, 방위비 인상 등 민감한 이슈에 대해 미국 측의 추가 요구는 없었던 것으로 알려졌으며, 우호적인 동맹 관계를 재확인하는 계기 　가. 대통령실은 정상회담 직후 브리핑에서 농축산물 추가 개방에 대한 요구가 없었다고 확인 　나. 주한 미군 전략적 유연성 확대, 규모 및 전력 재조정 문제도 회담 의제에서 제외 　다. 주한미군 감축과 관련한 질문에 트럼프 대통령은 "지금은 말하고 싶지 않다, 우리는 친구이기 때문(I don't want to say that now because we've been friends and we're friends)"이라고 대답 　라. 3.5천억 달러 규모의 대미 투자 이행 방안도 구체적으로 논의되지 않았으며, 조선 분야에서 양국의 협력을 강조하는 수준에서 논의 ③ 한미 무역 합의(7월 30일) 이후 구체적인 후속 합의가 도출되지 않아 주요 이슈별 실무협의가 이어질 것으로 예상 　가. 자동차 품목 관세 인하(25%→15%)및 반도체·의약품 최혜국 대우 관련 사항이 서면으로 공식 확정되지 않았고, 자동차 관세 인하시기도 미정 　나. EU와의 무역 합의는 공동성명 형태로 공식 발표되었으나, 한국·일본과의 합의는 문서화되지 않은 상태 　다. 대통령실 브리핑에 따르면 3.5천억 달러 규모의 대미 투자 패키지와 관련해 10차례 이상 장관급 협의가 진행됐으나, 세부적인 실행 방안은 추가 논의 필요

2. 평가	1) 평가 및 전망 <출처: 무역협회>	④ 대미 투자 구조 · 운영 방식, 농축산물 시장 개방, 방위비 인상, 디지털 무역 장벽 등에 대해 여전히 양국 정부의 언급에 미묘한 차이 존재 가. 7월 30일 무역합의 직후 우리 정부는 쌀 · 소고기를 포함해 농축산 시장 추가 개방은 없다고 발표했으나, 트럼프 대통령은 SNS를 통해 한국이 농산물 시장을 완전히 개방하기로 했다고 언급 나. 러트닉 상무장관은 회담 후 열린 비즈니스 라운드 테이블에서 미국이 시장 개방을 원하며, 농민 · 제조업자 · 혁신가를 위해 시장을 계속 확대해 나가겠다는 입장을 표명 다. 트럼프 대통령은 한미 정상회담에서 한국이 '알래스카 LNG 프로젝트'에 투자할 계획이라고 밝혔으나, 이는 7월 30일 무역 합의에는 포함되지 않은 내용 ⑤ 이재명 대통령은 미 싱크탱크 CSIS 연설에서 한미동맹의 미래형 전략 동맹 현대화, 첨단 기술 · 공급망 협력 강화, 한미일 협력 심화를 강조해, 한미동맹은 더욱 공고해질 전망 가. 경제 · 통상 협력 강화 관세 합의를 계기로, 양국 간 무역 · 투자 협력을 확대하고, 조선업 협력을 통해 미국 조선업의 르네상스를 열어갈 것이라고 언급 -(첨단 기술 동맹 구축) 반도체, AI, 원자력 등 첨단 기술 분야에서 전략적 협력을 강화할 것임을 강조 -(글로벌 공급망 협력) 글로벌 공급망 위기와 지정학적 긴장 상황을 언급하며, 한미동맹을 통해 양국 국민의 번영을 위해 긴밀히 협력해 나가겠다고 강조 -(한 · 미 · 일 협력) 한미일 3국 간 경제 · 안보 협력을 공고히 하고, 북한 핵 · 미사일 위협에 공동 대응하며, 인도 · 태평양 지역의 안정과 번영을 위해 협력을 강화하겠다고 밝힘
	2) 문제점	① 국익과 직결되는 경제 · 통상 분야에서 한국이 얻은 것이 없다는 지적. 이번에 우리 정부는 기존 3,500억 달러 규모의 투자 펀드 외에 1,500억 달러 추가 투자라는 선물을 준비했지만, 핵심 현안인 반도체 · 자동차 관세와 원자력 협력 등에서 원하는 답을 얻지 못했다. 우리 측은 이번에 자동차 관세율을 일본 · EU(유럽연합)보다 2.5%포인트 낮은 12.5%로 내려달라고 요청했지만, 미국이 거부한 것으로 알려졌다. ② 투자 펀드에 대해서도 우리 측은 돈을 떼일 가능성이 적은 대출이나 보증 위주라고 주장하는 반면, 미국은 실패할 경우 원금을 날리는 직접투자를 요구하고 있다. 트럼프는 "한국과 무역 합의에 도달했냐"는 질문에 "그들은 몇 가지 문제를 제기했지만, 우리는 입장을 굽히지 않았다"며 "과거에 합의한 대로 거래를 마칠 것"이라고 했다.

<table>
<tr><td>**2. 평가**</td><td>2) 문제점</td><td>③ 쌀·소고기 등 농산물 시장 추가 개방이나 알래스카 가스전 개발에 대해서도 양국의 의견이 엇갈리고 있다.
④ 주한 미군 감축 등 전략적 유연성 확대에 대해 "쉽게 동의하기 어려운 문제"라고 선을 그은 만큼 앞으로 양국이 '안보 불협화음'을 일으킬 가능성을 배제하기 힘들다.
⑤ 한-미 밀착에 심기가 불편한 중국. 향후 중국과의 새로운 관계 설정도 우리 정부의 새로운 과제로 떠오를 가능성</td></tr>
</table>

📈 결론

이번 한미 정상회담은 굳건한 한미동맹을 재확인하며 기술 협력 이외에 북핵 대화 재개와 한국 APEC 참석 적극 검토 등의 대화도 이끌어내 표면적으론 무난히 진행된 모양새다. 하지만 이면을 들여다 보면 회담 전보다 더 많은 청구서가 속속 날아들 것으로 보인다. 트럼프 대통령이 직접 언급한 것만 해도 주한 미군 기지 부지 소유권을 비롯해 B-2 폭격기 등 미국 군사장비 구매, 알래스카 에너지 사업 투자 등 하나하나 벅찬 것 투성이다. 회담 직후 회담에서 일절 언급이 없었던 농축산물 시장 개방 문제를 하워드 러트닉 미 상무장관이 언급한 점을 미뤄 보면 논의가 없었던 관세나 미군 감축 등 양국 핵심 문제도 '살아있는 불씨'라 해도 과언이 아니다.

70년이 넘도록 이어져 온 한미동맹은 군사동맹으로 시작했으나 경제동맹으로 발전해 왔다. 그런 한미동맹이 이제는 조선과 원자력, 반도체 등 분야에서 미국의 기술과 한국의 제조가 협력의 시너지를 내는 새로운 기술동맹의 단계로 접어들 길목에 왔다. 이번 한미 정상회담은 그 길목에서 이정표를 확인하는 계기가 되었으리라 믿는다. 비교적 무난히 끝난 이번 회담의 양상이 이를 웅변한다. 새 이정표를 확인한 한미 양국 앞에는 해결해야 할 과제가 아직 많이 남았다. 가장 큰 과제는 관세와 미군 역할, 북미 대화 등을 고리로 하는 통상·안보 문제다. 기술동맹으로 가기 위해선 군사동맹이자 경제동맹인 양국의 관계를 더 다져야 하기 때문이다.

<출처: 동아일보>

이번 한미 정상회담은 공동 합의문 발표가 없었다는 아쉬움이 있지만 한미동맹 현대화에 의견을 같이했고, 제조업 르네상스 파트너 약속도 맺었다. 일단 첫 단추는 잘 채워진 셈이다. 특히 이 대통령은 "한미동맹을 안보 환경에 발맞춰 더 호혜적이고 미래 지향적으로 현대화해 나가자는 데 뜻을 함께 모았다"며 미국과의 동맹 현대화에 공감을 표했다. 양국 간 '제조업 르네상스 파트너' 관계의 진전도 평가할 만하다. 트럼프 대통령은 "한국 선박을 사랑한다. 사겠다"며 우리 정부가 제안한 마스가(MASGA) 프로젝트에 호응하고, 소형모듈원전(SMR) 등 원전 협력도 본격화하기로 했다. 그러나 한미 정상회담 이후 첩첩산중의 난관이 우리 앞을 가로막고 있다는 현실을 직시해야 한다. 무엇보다 후속 실무 협상에서 '디테일의 덫'에 빠지지 않도록 경계할 필요가 있다. 당장 이날 회담 뒤 대통령실은 "농축산물 추가 개방은 거론되지 않았다"고 했지만 하워드 러트닉 미 상무장관이 "시장 개방을 원한다"고 재차 압박하며 한미 간의 뚜렷한 온도 차가 드러났다. 북한 비핵화 문제는 더욱 조심해야 한다. 북한은 한국을 패싱하고 미국과의 직접 협상을 통해 핵무장과 제재 완화를 동시에 노릴 수 있다. 2017년 6월 문재인 당시 대통령은 단계적 비핵화를 제안했지만 북한은 같은 해

9월 6차 핵실험으로 대응하며 우리의 선의를 짓밟았다. 2018년 미국과의 싱가포르 회담에서도 북한은 한반도의 완전한 비핵화 원칙에 합의해 놓고도 미국이 5개 핵 시설 해체를 요구하자 이를 뒤집었다. 북한과의 '대화 조급증'에 걸려 북한의 완전한 비핵화 목표를 더 멀어지게 하는 실수를 다시 반복해서는 안 된다. <출처: 서울신문>

이번 한미 정상회담은 안보와 경제 분야의 불확실성을 상당 부분 해소한 것으로 평가할 수 있지만 진정한 성과는 회담 이후 실행 과정에 달렸다. 경제 분야에서는 투자 실행 시 미국과 한국의 공동 이익에 부합되는 식으로 구체적인 협상이 진행되어야 한다. 3,500억 달러 규모의 대미 투자는 국내 투자 여력 감소로 이어질 우려도 크다. 더구나 사업성이 확인되지 않는 분야에 우리 기업들이 희생하는 일이 벌어져선 안될 것이다. 미국 내 일자리 창출과 기술 혁신에 기여하는 동시에 우리 기업들의 글로벌 경쟁력 강화와 새로운 성장 동력이 확보되는 윈윈 투자로 이어져야 한다.

안보 분야에서는 미국과 중국 간 긴장 구도 속에서 한국의 전략적 자율성을 얼마나 확보해 갈 것인지 지혜가 요구된다. 이 대통령은 '안미경중'(미국과는 안보 협력, 중국과는 경제 협력) 노선을 더 이상 취할 수 없다고 언급했다. 미국의 대중국 견제에 보조를 맞추겠다는 점을 시사한 것으로 보인다. 그러면서도 미-중 양국이 경쟁과 동시에 협력하고 있다는 점을 덧붙이면서 실용외교의 필요성도 강조했다. 미국이 자국 우선주의를 강조하는 가운데 중국은 다자주의를 표방하고 있다. 실용주의 외교 노선을 표방하는 우리나라는 미-중 강국 사이의 전략적 자율성을 확보하는 길을 걸어야 한다. 트럼프 대통령이 주한 미군 기지 부지의 소유권 확보를 언급한 것도 향후 한미동맹 현대화를 논의하는 과정에서 논쟁거리로 불거질 수 있음을 유의해야 한다.

전반적으로 이번 한미 정상회담은 안보와 경제 분야의 불확실성을 완화하고 협력의 기본 틀을 마련했다. 다만 관세 합의의 후속 협상과 한미동맹의 현대화 등 한미 간 주요 쟁점이 완전히 해소된 건 아니다. 정상회담 이후 꼬리에 꼬리를 물고 여러 쟁점이 불거질 수 있다. 구체적으로 구속력 있는 약속이 없었다는 점에서 우리나라가 감당해야 할 '진짜 청구서'들이 날아올 수 있다. 우리는 상호 호혜적 공동 이익이라는 원칙 아래 구체적이고 실질적인 협력 방안을 도출하고, 이를 차질 없이 이행해 나가야 할 것이다. 경제 협력에서는 양국 모두의 이익을 보장하는 지속가능한 모델을 모색해야 한다. 안보 협력에서는 한국의 전략적 자율성을 확보해 성숙한 동맹 관계를 구축해 나가야 할 것이다. 이번 정상회담이 양국 간 새로운 관계의 출발점이 되기를 기대한다. <출처: 파이낸셜 뉴스>

중국의 대(對) 한국 투자 증가

01 논제 개요 잡기[핵심 요약]

서론	**이슈언급**	2024년 중국의 대(對) 한국 직접투자 신고액이 역대 최고 수치를 기록하고, 중국 기업의 국내 진출 사례도 증가했다. 2024년 중국의 대 한국 직접투자 신고액(홍콩 포함)은 2023년 대비 147.4% 증가한 67억 9,400만 달러로, 7년간 대 한국 투자 1위였던 미국을 추월했다(한국 FDI에서 중국의 비중은 2022년 6.2% → 2023년 8.4% → 2024년 19.7%로 증가하고 있음). 또한 중국의 대 한국 주식 투자와 부동산 투자도 큰 폭으로 상승했다. 주식 투자의 경우, 투자 잔액이 2022년말 21.1조 원에서 2025년6월 35.1조 원으로 연평균19.2% 증가하여 이전 5년간 평균 증가율 3.2%을 크게 상회했고, 부동산 투자의 경우, 최근 5년여간 중국의 투자 비중이 47%에 달하여 외국인 중 1위를 지속했다. 특히 아파트(집합건물)에 대한 투자 쏠림 현상이 뚜렷하다(전체 외국인 투자의 64%, 2위 미국17%).
본론	**1. 중국의 대 (對) 한국 투자 현황**	**1) FDI**
		FDI는 제조업 투자가 여전히 절대적인 가운데 배터리 등 첨단 분야, 서비스업 등으로 확대. 기업 지분 투자는 K 컨텐츠 유행 등으로 게임, 금융, 엔터테인먼트, 물류 등으로 다양화 서비스업의 경우, 도소매 및 유통 관련 투자가 71.4%로 가장 큰 비중. 정 보통신 및 R&D도 각각 8.7%와 3.7%를 차지

본론	**1. 중국의 대 (對) 한국 투자 현황**	**2) 부동산**	2020~2025년 연평균 등기 건수가 12,368건으로 2위 미국(7,454건)의 두배에 육박 특히 아파트의 연평균 등기 건수가 8,913건(비중 64%, 2위 미국 17%)으로 중국의 전체 부동산 투자중 72.1%를 차지 지역별로는 서울, 경기도, 인천시에 80% 이상 집중
	2. 원인	**1) 주요 원인**	- 미-중 갈등이 심화되는 상황에서 중국의 대 한국 투자 증가는 기술 활용, 생산 · 진출 확보 등의 목적을 내포하며, 한국과의 경제적 연결 고리를 강화하려는 전략적 필요성도 존재하는 것으로 판단됨. - 수익률 제고 　중국 자국부동산, 주식, 금리 등 자산 시장의 수익률이 꾸준히 낮아진 가운데 과잉 유동성과 디플레 압력도 가세하여 해외 대체 투자처의 필요성이 증대 - 과잉 유동성 　중국은 총통화량(M2)이 주요국 중 가장 많고 낮은 금리도 디플레 압력 등으로 향후 인상 여지가 크지 않아 위안화 캐리 트레이드 압력이 상당 - 투자 주체 및 대상 다양화 　중국 정부의 자본시장 개방 조치로 투자 주체인 적격금융기관(QDII)의 투자 한도가 늘어난 가운데 사모펀드 등 신규 투자 주체 및 허용 범위도 크게 확대. 한편 본토-홍콩간 자본시장 개방 확대로 홍콩을 경유한 유입이 급증
결론	**의견제시**		국내 생산 증대, 고용 창출 등의 긍정적 효과를 유발하는 외국인 직접투자를 주요 산업을 중심으로 더욱 확대하는 한편 수도권 쏠림 현상도 해결해야 할 필요가 크다. 첫째, 외국인 직접투자 인센티브 강화, 인허가 절차 간소화 등 규제 완화, 외국인 근로자 지원 확대 등 외국인 직접투자 촉진을 위한 적극적인 노력이 필요하다. 특히, 최근 FDI 유입이 확대되고 중요성이 강조되고 있는 반도체, 바이오 등의 산업에 대한 투자 유인을 제고하여 첨단 전략 산업의 발전을 도모해야 한다. 둘째, 비수도권 경제 자유 구역(규제 완화 및 경제 개방을 통해 적극적으로 국외 자본과 기술을 유치하기 위한 경제 전문 특별 구역) 지정 확대 및 운영 내실화, 지자체별 추가 인센티브 제공 및 특화된 홍보 전략 등을 통한 수도권 집중을 완화할 필요가 있다.

02 논제 풀이

📈 서론

이슈 언급

2024년 중국의 대(對) 한국 직접투자 신고액이 역대 최고 수치를 기록하고, 중국 기업의 국내 진출 사례도 증가했다. 2024년 중국의 대 한국 직접투자 신고액(홍콩 포함)은 2023년 대비 147.4% 증가한 67억 9,400만 달러로, 7년간 대 한국 투자 1위였던 미국을 추월했다(한국 FDI에서 중국의 비중은 2022년 6.2% → 2023년 8.4% → 2024년 19.7%로 증가하고 있음).

2025년 상반기 신고액은 2024년 상반기 대비 이례적 급증에 따른 역기저 효과와 글로벌 불확실성에 대한 관망세 등의 영향으로 48.9% 감소한 19억 5,300만 달러를 기록하였으며, 이는 2020~24년 상반기 평균(17억 9,660만 달러)과 비교하면 평이한 수준이다.

[중국의 대 한국 직접투자(신고액) 추이 및 증가율]

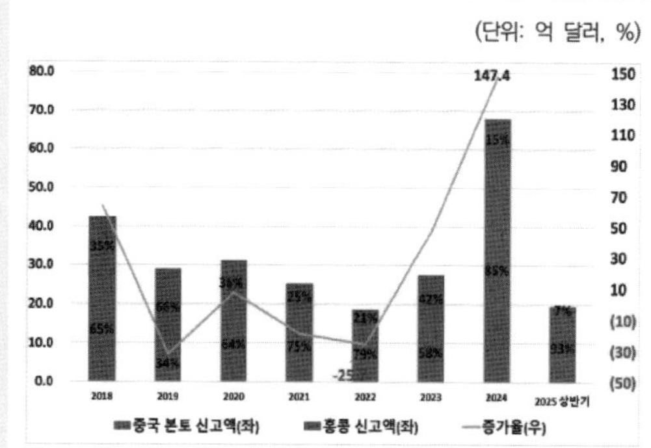

주: 중국의 대한국 직접투자 규모를 파악할 때, 한국의 대홍콩 FDI 통계까지 반영하여 분석함.

[2024년 한국의 FDI 유입 분포]

(단위: 억 달러, %)

순위	국가/지역	신고액	비중
1	중국	68.0	19.6
	- 중국 본토	57.9	16.7
	- 홍콩	10.1	2.9
2	일본	61.2	17.7
3	미국	52.4	15.2
4	케이맨제도	49.0	14.2
5	싱가포르	24.3	7.0
6	몰타	15.8	4.6
7	영국	14.4	4.2
8	네덜란드	8.8	2.6
9	프랑스	8.5	2.5
10	캐나다	5.7	1.6
	전체	345.5	100.0

<출처: 대외경제정책연구원>

또한 중국의 대 한국 주식 투자와 부동산 투자도 큰 폭으로 상승했다. 주식 투자의 경우, 투자 잔액이 2022년말 21.1조 원에서 2025년 6월 35.1조 원으로 연평균 19.2% 증가하여 이전 5년간 평균 증가율 3.2%을 크게 상회했고, 부동산 투자의 경우, 최근 5년여간 중국의 투자 비중이 47%에 달하여 외국인 중 1위를 지속했다. 특히 아파트(집합건물)에 대한 투자쏠림 현상이 뚜렷하다(전체 외국인 투자의 64%, 2위 미국17%).

이에 본지에서는 최근 중국의 대 한국 투자가 급증한 배경과 원인을 분석하고, 정책적 대응 방안을 제시하기로 한다.

📈 본론

1. 중국의 대 (對) 한국 투자 현황

<출처: 국제금융센터>

1) FDI

① FDI는 제조업 투자가 여전히 절대적인 가운데 배터리 등 첨단 분야, 서비스업 등으로 확대. 기업 지분 투자는 K 컨텐츠 유행 등으로 게임, 금융, 엔터테인먼트, 물류 등으로 다양화

② 최근 3년간 제조업 중에서도 전기 전자 분야가 80% 내외를 차지하는 가운데 이중에서도 배터리 관련 투자가 58.1%를 차지(반도체 2.8%)

③ 서비스업의 경우, 도소매 및 유통 관련 투자가 71.4%로 가장 큰 비중. 정보 통신 및 R&D도 각각 8.7%와 3.7%를 차지

④ 기업 지분 투자의 경우 과거 게임 위주에서 현재 △금융 △쇼핑 △연예 기획 △물류 등으로 확대. 투자 주체는 텐센트, 알리바바 등 중국 테크 기업이 주도. 평균 투자 금액이 8,033억 원이며 평균 지분율은 17% 수준

[주요국의 대 한국 직접투자 규모(천U$)]

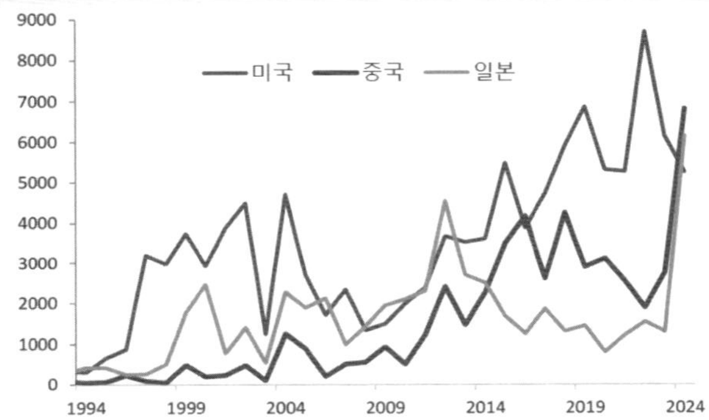

2) 부동산

① 2020~2025년 연평균 등기 건수가 12,368건으로 2위 미국(7,454건)의 두배에 육박

② 특히 아파트의 연평균 등기 건수가 8,913건(비중 64%, 2위 미국 17%)으로 중국의 전체 부동산 투자 중 72.1%를 차지

③ 지역별로는 서울, 경기도, 인천시에 80% 이상 집중

[주요국의 국내 부동산 등기 건수]

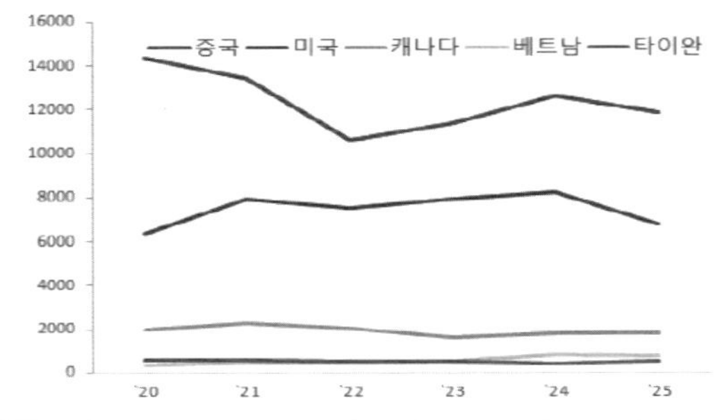

① 최근 중국은 첨단 기술, 친환경(녹색) 산업 등 고부가가치 분야에 해외 투
자를 집중하고 있으며, 이는 글로벌 공급망 내에서의 경쟁력을 강화하고,
미래 성장 동력을 확보하기 위한 전략임.

② 미-중 갈등이 심화되는 상황에서 중국의 대 한국 투자 증가는 기술 활용,
생산 · 진출 확보 등의 목적을 내포하며, 한국과의 경제적 연결 고리를 강
화하려는 전략적 필요성도 존재하는 것으로 판단됨.

③ 수익률 제고

중국 자국 부동산, 주식, 금리 등 자산 시장의 수익률이 꾸준히 낮아진
가운데 과잉 유동성과 디플레 압력도 가세하여 해외 대체 투자처의 필
요성이 증대

가. 부동산: 기존 최대의 투자 대상인 부동산 시장이 최근 4년 연속 위축
되면서 장기 침체기에 진입한 가운데 정부의 정책 관심도 AI 등 첨단
산업에 비해 후순위로 밀리면서 투자 유인이 크게 감소

나. 주식 시장: 2025년 일부 테크 기업의 주가상승에도 불구 상해 종합
지수는 5.9% 상승에 그쳐 신흥국 평균 16.2%를 크게 하회(전 세계
9.7%↑, 2025년 7월 21일 기준)

다. 채권 시장: 국채(10y) 금리의 경우 신흥국임에도 불구하고 지속적인
완화적 통 화정책으로 1.66%에 그쳐 투자 유인이 감소(美 4.36%,
韓 2.81%)

④ 과잉 유동성

중국은 총통화량(M2)이 주요국 중 가장 많고 낮은 금리도 디플레 압력
등으로 향후 인상 여지가 크지 않아 위안화 캐리 트레이드 압력이 상당

[중국의 금리 및 해외 대출 규모]

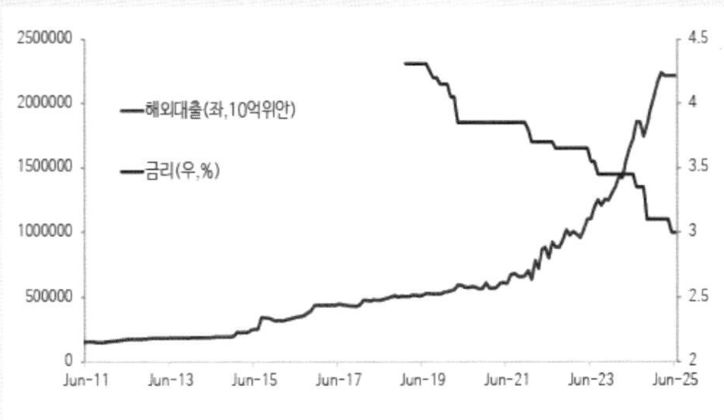

2. 원인

1) 주요 원인

[주요국의 총 통화량 비교(조$)]

2. 원인

1) 주요 원인

⑤ 투자 주체 및 대상 다양화
중국 정부의 자본시장 개방 조치로 투자 주체인 적격금융기관(QDII)의
투자 한도가 늘어난 가운데 사모 펀드 등 신규투자 주체 및 허용 범위
도 크게 확대. 한편 본토-홍콩간 자본시장 개방 확대로 홍콩을 경유한
유입이 급증

결론

**의견
제시** 중국의 대 한국 투자 증가는 미국 등 선진국에 집중된 외국인 증시 투자자 다변화 효과뿐
만아니라 엔터 산업 등에 있어 중국 자금의 유치를 통한 중국 시장 진출 경로 등으로도
활용 가능하다. 구체적으로 주식의 경우 최근 중국의 투자 증가에도 불구 전체 외국인 자
금 중 비중이 4.1%에 불과하여 미국 쏠림 현상(비중 40%)이 큰 상황에서 투자자 다변화 효과가 기
대되며, 서비스 산업의 경우, 중국의 반한 감정 및 높은 서비스업 비관세장벽 등을 감안할 때 국내
진출한 중국 자본과의 합작을 통해 잠재력이 큰 중국 시장 진출 경로 등으로도 활용 가능하다.

하지만, 중국 경제 및 정책이 미치는 파급력이 기존 실물 경제에서 금융 분야로 커지는 가운데 투
명성 약화, 기술유출 및 부동산 투기 우려 등 부작용을 적극 경계할 필요가 있다.

1. 중국 자금은 이미 채권 및 부동산 투자, 은행간 외화 콜 거래 시장에서 모두 외국인 1위를 수년
간 유지하면서 금융 전반의 영향력이 상당한 수준이다. 중국 정부 정책의 영향력이 상당한 가운
데, 중국 자본의 해외 투자 주체가 사모 펀드 등으로 다양해지고 투자 범위도 확대되어 투명성도
약화될 소지가 높다.

2. 핵심 산업에 대한 투자로 인한 기술 유출 가능성을 배제하기 어렵고 미-중 대립 과정에서 미국의 대 중국 규제가 우리나라에 전이되면서 예기치 못한 정책 리스크에 노출될 가능성도 상존한다. 특히 우리가 우위를 유지하고 있는 반도체 분야에서의 기술 우위 확보는 국가 경쟁력의 흥망성쇠 여부를 결정할 수 있다.

3. 부동산 투자의 경우, 중국 자금의 잠재적 규모는 막대한 반면 우리나라 영토는 한정되고 재생산이 불가하므로 투기성 자금에 대한 적절한 규제 방안을 강구해야 한다.(중국인들의 국내 부동산 취득 확대는 부동산 애착 문화에 자국 내 주택 취득의 경우 건물 소유권만 인정되고 토지는 사용권만 허용되는 제도적 불안감도 작용하여 대 한국 투자 증가)

국내 생산 증대, 고용 창출 등의 긍정적 효과를 유발하는 외국인 직접투자를 주요 산업을 중심으로 더욱 확대하는 한편 수도권 쏠림 현상도 해결해야 할 필요가 크다.

첫째, 외국인 직접투자 인센티브 강화, 인허가 절차 간소화 등 규제 완화, 외국인 근로자 지원 확대 등 외국인 직접투자 촉진을 위한 적극적인 노력이 필요하다. 특히, 최근 FDI 유입이 확대되고 중요성이 강조되고 있는 반도체, 바이오 등의 산업에 대한 투자 유인을 제고하여 첨단 전략 산업의 발전을 도모해야 한다.

둘째, 비수도권 경제 자유 구역(규제 완화 및 경제 개방을 통해 적극적으로 국외 자본과 기술을 유치하기 위한 경제 전문 특별 구역) 지정 확대 및 운영 내실화, 지자체별 추가 인센티브 제공 및 특화된 홍보 전략 등을 통한 수도권 집중을 완화할 필요가 있다.

chapter
11

방위 산업

01　논제 개요 잡기 [핵심 요약]

서론	이슈언급	

한국무역협회의 '주요국 방위산업 정책과 방위산업 수출 촉진 시사점' 보고서에 따르면, 2020~2024년에 한국의 세계 무기 시장 점유율은 10위 수준이며, 주요 국내 기업도 최근 매출이 성장세다. 한국은 세계 무기 시장의 2.2%를 차지하고 있으며 주요 수출국은 폴란드, 필리핀, 인도 등이다. 2023년 국내 주요 기업의 매출은 폴란드, 호주, 영국 등과의 계약에 힘입어 2022년 대비 39% 증가했다.

방위 산업에서 전력 현대화의 중요성이 강조되고 있으며, 기술 진보에 따른 관련 신산업도 주목받고 있다. AI, 사이버 보안 발전과 우크라이나 전쟁을 계기로 드론이 핵심 무기로 부상하며 전쟁의 양상이 변화하고 있으며, 우주, 로봇, MRO 등의 분야도 향후 방위 산업을 크게 변화시킬 것으로 예상되기 때문이다.

이처럼 기술력과 가격 경쟁력을 갖춘 방위 산업은 성장 잠재력이 크나, 방산 수출에서의 장애물도 만만치 않다. 주요국은 자국 중심의 성장 전략을 채택하고 있어 새로운 시장으로의 확장성이 제한된다. 미국은 미국산 우선구매법과 국방상호조달 협정을 통해 자국 및 동맹국 구매를 우선시하고 있으며, 유럽 역시 방위비 지출을 확대하고 있으나 역내 중심의 구매 전략에 집중하고 있기 때문이다. 또한 AI, 로봇, 우주 등의 영역으로 방위 산업 확장이 예상되지만, 한국은 여전히 전통적인 무기 체계에 초점이 맞춰져 있다.

본론	**1. 방위 산업**	**1) 개요** 방위 산업은 「방위 산업 발전 및 지원에 관한 법률(방위 산업발전법)」에 따라 방위 산업물자 등의 연구개발 또는 생산(제조 · 수리 · 가공 · 조립 · 시험 · 정비 · 재생 · 개량 · 개조)과 관련된 산업으로 정의됨.
		2) 특성 ① 방위 산업은 공급자(방산업체)와 수요자(정부)가 한정된 산업으로, 제품의 시장 가격이 형성되어 있지 않아 원가와 이윤을 보상하는 방식으로 가격을 결정함. ② 정부가 방산원가에 적정 비율의 이윤을 더해 보상하는 방식으로 방산업체의 원가 절감 유인책이 없는 문제가 있음. ③ 방위사업청에서 방산원가구조를 단순화하여 적정 이윤을 보상받을 수 있도록 구조 개선 노력 중임. ④ 방산업체가 원가 자료를 제출하면 방위사업청 원가 팀에서 실사 등을 통해 원가를 계산하고 심사 팀에서 이를 심사하는 등의 복잡한 과정이 있었음.
		3) 방위산업 수출 ① 방위 산업은 국가 안보와 직결되어 있으므로 수출 시 방위사업청의 허가가 필요하며 국제수출 통제체제에 의해 수출 등이 제한됨. ② 방산 수출은 정부를 대상으로 하여 비교적 민간 경제 상황에 민감하지 않으며 절충 교역, 수출 금융 지원, 정부 간 거래 등으로 활성화되어 있음. ③ 방산 수출은 대출 규모가 크고 장기간 거래로 상업은행을 통한 대출은 어려운 경우가 많아 수출신용기관(ECA)을 통한 보증 · 대출 등이 필요함.
	2. 방위산업 수출 지원 정책 및 수출 현황	**1) 방위산업 수출 지원** ① 2021년 방위 산업발전법 시행으로 방산 수출 지원 정책을 확대하고 부품 개발 지원을 강화하는 등 방산 기업 경쟁력 제고함. ② 수출품 정부인증제도(DQ마크), 글로벌 방산 강소기업 육성사업, 방산 수출 전문인력 양성, 수출 유망품목 발굴, 후속군수지원 등 수출 역량 강화를 위한 정책 시행 중임. ③ 거래 대형화 및 방산시장 경쟁 심화에 따라 국내 정책금융기관 등을 통해 구매국 앞 금융서비스 제공함.
		2) 방위산업 수출 현황 ① 2025년 한국 방산 수출 예상 규모는 약 240억 달러(약 32조 4,792억 원)을 기록할 것으로 전망됨. 이는 2024년에 비해 2.5배 늘어난 지표임. ② 정부 목표는 올해 역대 최대 방산 수출액을 기록해 2027년 세계 4위 방산 수출국으로 도약하는 것임. 스웨덴 스톡홀름 국제평화연구소(Stockholm International Peace Research Institute, SIPRI)에 따르면 한국은 지난 2020~2024년 세계 무기 수출 무대에서 시장점유율이 2.2%로 10위에 진입했음.

본론	**2. 방위산업 수출 지원 정책 및 수출 현황**	3) 방위산업 수출 유망 국가	① 미국 ② 인도 ③ 사우디아라비아 아라비아 ④ 필리핀 ⑤ 인도네시아
		4) 방위산업 수출의 필요성	① 우크라이나 사태, 미–중 갈등 등으로 전 세계 군사비 및 무기 거래량은 증가할 전망임. ② 중국의 지속적인 군비 증강 및 북한의 핵 위협 등은 한국, 일본, 인도, 미국, 호주 등 국가의 군사력 강화 요인으로 작용함. ③ 방산 수출 확대는 방산업체의 가동률 및 생산성 향상과 규모의 경제 실현으로 안보 강화 및 기술 발전에 기여할 전망임.
		5) 보완점	① 금융 지원 부족 해소 ② 핵심 부품·기술의 해외 의존도 해소 ③ 정부의 지속적이고 일관된 정책 지원 필요 ④ 중소기업의 애로사항 해소 ⑤ 현지화 및 기술 이전 요구 증대 필요 ⑥ 인력 및 연구개발(R&D) 투자 필요
결론	**의견제시**		방위산업 수출 확대를 위해 여러 국가와의 네트워크를 구축하고 유지하여 수출 상대국을 다변화하고 국가별 맞춤형 방산 수출 전략 수립이 필요하다. 첫째, 방위산업 수출은 네트워크 구축이 중요하며 국가별 맞춤 전략을 통해 방산 수출을 확대해 나가야 한다. 많은 국가에서 비용 절감, 안보 강화 등을 목표로 방산 물품 국산화를 추진하고 있으므로 절충 교역, 금융 지원, 리스 등 수출 상대국별 맞춤 전략을 통해 수출 확대 현지 네트워크 활성화로 면밀한 국가별 상황·정책 등 조사를 통한 정보 제공이 필요하다. 둘째, 국내 방산업체의 품질 보증 및 마케팅 지원 등으로 국내 방산 품목에 대한 신뢰성 제고를 위한 정부의 노력이 필요하다. 셋째, 무기 체계 공동 개발 등 첨단 기술 개발 및 수출을 목표로 방산 구조 고도화 추진이 필요하다. 넷째, 방산 수출에 특화된 금융 지원 체계를 마련할 필요가 있다. 왜냐하면 방산물자는 고가·장기 계약이 일반적이므로 수출 계약의 체결과 이행을 위해서는 적극적인 금융 지원이 요구되기 때문이다. 다섯째, 무기 체계를 수출할 경우 절충 교역에 따른 기술 이전 등이 발생할 수 있으므로, 다양한 절충 교역 조건에 대응할 수 있는 수출 절충 교역 전담 조직 설치가 필요하다.

<table>
<tr><td>결론</td><td>의견제시</td><td>여섯째, 방산기술 유출 방지를 위해 법 · 제도 정비, 사이버 보안 강화, 기술 보호 인식도 제고되어야 하는 등 종합적 보호 체계 구축이 필수적이다.</td></tr>
</table>

02 논제 풀이

서론

이슈 언급 한국무역협회에 따르면 2024년 세계 방위비 지출은 2조 7,180억 달러로 2015년 대비 37% 상승했다. 이를 국가별로 살펴보면 2024년 기준 미국(9,970억 달러), 중국(3,140억 달러), 러시아(1,490억 달러) 순으로 많았으며, 나토(NATO) 32개 회원국의 지출은 총 1조 5,060억 달러로 전체의 55% 차지했다. 방위비 지출 증가의 이유는 글로벌 지정학적 리스크 확대와 무력충돌 가능성, 신기술 도입 등이 방위비 증가의 원인으로 분석된다.

구체적으로 미국의 경우, 방위산업전략(National Defense Industrial Strategy, NIDS)에 따라 단기적으로는 러시아, 중장기적으로는 중국 견제가 지속되고 있으며, 유럽은 우크라이나 전쟁 장기화로 대부분의 국가에서 방위비 지출이 확대 추세이다. 한편, 아시아에서는 중국의 군사 활동 증가로 지역 긴장이 고조되어, 주변국의 지출도 동반 증가되고 있다. 뿐만아니라 중동에서도 이스라엘-하마스 전쟁이 레바논-헤즈볼라로 확대되며 이란의 미국 · 이스라엘과의 갈등도 지속되고 있다.

한편, 한국무역협회의 '주요국 방위산업 정책과 방위산업 수출 촉진 시사점' 보고서에 따르면, 2020~2024년에 한국의 세계 무기 시장 점유율은 10위 수준이며, 주요 국내 기업도 최근 매출이 성장세다. 한국은 세계 무기 시장의 2.2%를 차지하고 있으며 주요 수출국은 폴란드, 필리핀, 인도 등이다. 2023년 국내 주요 기업의 매출은 폴란드, 호주, 영국 등과의 계약에 힘입어 2022년 대비 39% 증가했다.

[글로벌 무기 수출 상위 국가(2020-2024)]

순위	국가명	세계 시장 점유율	상위 수입국		
			1순위	2순위	3순위
1	미국	43	사우디아라비아	우크라이나	일본
2	프랑스	9.6	인도	카타르	그리스
3	러시아	7.8	인도	중국	카자흐스탄
4	중국	5.9	파키스탄	세르비아	태국
5	독일	5.6	우크라이나	이집트	이스라엘
6	이탈리아	4.8	카타르	이집트	쿠웨이트
7	영국	3.6	카타르	미국	우크라이나
8	이스라엘	3.1	인도	미국	필리핀
9	스페인	3.0	사우디아라비아	호주	튀르키예
10	한국	2.2	폴란드	필리핀	인도

<출처: 한국무역협회>

방위 산업에서 전력 현대화의 중요성이 강조되고 있으며, 기술 진보에 따른 관련 신산업도 주목받고 있다. AI, 사이버 보안 발전과 우크라이나 전쟁을 계기로 드론이 핵심 무기로 부상하며 전쟁의 양상이 변화하고 있으며, 우주, 로봇, MRO 등의 분야도 향후 방위 산업을 크게 변화시킬 것으로 예상되기 때문이다.

이처럼 기술력과 가격 경쟁력을 갖춘 방위 산업은 성장 잠재력이 크나, 방산 수출에서의 장애물도 만만치 않다. 주요국은 자국 중심의 성장 전략을 채택하고 있어 새로운 시장으로의 확장성이 제한된다. 미국은 미국산 우선구매법과 국방상호조달 협정을 통해 자국 및 동맹국 구매를 우선시하고 있으며, 유럽 역시 방위비 지출을 확대하고 있으나 역내 중심의 구매 전략에 집중하고 있기 때문이다. 또한 AI, 로봇, 우주 등의 영역으로 방위 산업 확장이 예상되지만, 한국은 여전히 전통적인 무기 체계에 초점이 맞춰져 있다. 따라서 국제 정세와 대외 환경의 영향을 최소화할 수 있는 방위 산업으로의 정책적 지원이 긴요한 상황이다.

📈 본론

1. 방위 산업 <출처: 한국수출입 은행 해외경제 연구소>	1) 개요	① 방위 산업은 「방위 산업 발전 및 지원에 관한 법률(방위 산업발전법)」에 따라 방위 산업물자 등의 연구개발 또는 생산(제조 · 수리 · 가공 · 조립 · 시험 · 정비 · 재생 · 개량 · 개조)과 관련된 산업으로 정의된다. ② 방산물자란 항공기 · 함정 · 탄약 등 무기 체계로 분류된 물자 중에서 안정적인 조달원 확보 및 엄격한 품질 보증 등을 위하여 필요한 물자, 그리고 무기 체계로 분류되지 아니한 물자 중 대통령령이 정하는 물자 국군의 무기 체계는 통신(무전기 등), 감시 · 정찰, 기동(전차 · 장갑차 · 기동지원장비), 함정(잠수함 · 구축함 · 호위함 등), 항공(전투기 · 수송기, 헬리콥터 등), 화력(소화기 · 박격포 · 로켓 등), 방호(대공포 등), 사이버, 우주, 전투력 지원을 위한 필수 장비 등 그 밖의 무기 체계로 구분된다. ③ 정부는 방산업체의 대규모 투자 및 고위험 사업을 국가정책사업으로 지정하여 지원할 수 있다. ④ 방산물자를 생산하는 업체 중 화력 장비 · 유도 무기 · 항공기 · 함정 등을 생산하는 업체를 주요방산업체로, 그 외의 방산물자를 생산하는 업체를 일반방산업체로 구분한다. 방위사업청에서 방산물자를 지정하면 산업통상자원부에서 해당 방산물자에 대한 방산업체를 지정하며, 이에 따라 방산물자로 지정된 물자에 한해서만 방산업체가 된다.
	2) 특성	① 방위 산업은 공급자(방산업체)와 수요자(정부)가 한정된 산업으로, 제품의 시장 가격이 형성되어 있지 않아 원가와 이윤을 보상하는 방식으로 가격을 결정한다.

② 정부가 방산원가에 적정 비율의 이윤을 더해 보상하는 방식으로 방산업체의 원가 절감 유인책이 없는 문제가 있다. 원가가 줄면 방산업체의 이윤이 줄어드는 구조이며, 실제 발생 원가를 정확하게 파악하기 어려워 가격을 낮추려는 정부와 이윤을 극대화하려는 방산업체 사이에 잦은 소송이 발생한다.

2) 특성

③ 방위사업청에서 방산원가구조를 단순화하여 적정 이윤을 보상받을 수 있도록 구조를 개선하기 위해 노력하고 있다.

④ 방산업체가 원가 자료를 제출하면 방위사업청 원가 팀에서 실사 등을 통해 원가를 계산하고, 심사 팀에서 이를 심사하는 등의 복잡한 과정이 있었다. 그러나, 원가구조 개선으로 방산업체가 외부 전문기관이 검토한 원가 자료를 계약 팀으로 제출하도록 단순화한 제도(원가자료 성실성 추정)를 2020년부터 도입하여 시행하고 있다.

1. 방위 산업

<출처: 한국수출입
은행 해외경제
연구소>

3) 방위산업 수출

① 방위 산업은 국가 안보와 직결되어 있으므로 수출 시 방위사업청의 허가가 필요하며, 국제수출 통제체제에 의해 수출 등이 제한될 수 있다.

가. 국제 평화를 위해 국제수출 통제체제 원칙에 따라 핵무기, 화학무기 등의 전략 물자 이전을 통제할 수 있다.

나. 수출 시 방산업체는 반드시 수출 통제 대상 품목 여부, 수출 통제 대상 국가 여부를 확인해야 한다.

다. 국제수출 통제체제는 바세나르체제(WA), 핵공급국그룹(NSG), 미사일기술통제체제(MTCTR), 오스트레일리아그룹(AG) 등이 있다.

라. 수출 제한국은 이라크, 소말리아, 북한 등이 있으며 시리아, 북한 등을 원산지 또는 선적항으로 하는 수입을 제한한다.

마. 단, 이라크의 경우 이라크 정부 및 미·영 등 연합당국에 대한 물품 수출은 허용한다.

바. 국제 평화 및 안전 유지 등 의무를 이행하기 위한 무역에 관한 특별조치 고시에 의해 제한국이 변경될 수 있다.

② 방산 수출은 정부를 대상으로 하여 비교적 민간 경제 상황에 민감하지 않으며 절충 교역[1], 수출 금융 지원, 정부 간 거래 등으로 활성화되어 있다.

가. 방산 수출은 단독 제품을 수출하는 일반 상품과 다르게 전체 무기 체계와의 연계성이 매우 중요하다.

나. 국가 안보와 관련되어 있는 방산품목 특성상 정부의 조달 현황과 계획 등 정보 취득이 어렵다. 따라서 방산업체의 해외 진출시 현지 네트워크가 중요하다.

다. 계약부터 물품 인도까지 긴 시간이 소요되는 경우가 많고 장기간 운용하는 방산물자 특성상 후속 지원 등이 필요하다.

라. 수출 이후 지속적으로 관계가 유지되어 장기적인 네트워크 관리가 중요하다.

마. 절충 교역은 방산 수출의 중요한 거래 형태로 비용을 절감하거나 독자적인 방산 체제를 구축하기 위해 활용되고 있다.

③ 방산 수출은 대출 규모가 크고 장기간 거래로 상업은행을 통한 대출은 어려운 경우가 많아 수출신용기관(Export Credit Agency, ECA)을 통한 보증·대출 등이 필요하다.

가. 국가위험도·재무상태 등에 따라 방산 수출상대국은 공급자에게 금융 지원 및 보증 등을 요구하는 경우가 있다.

나. 대부분의 선진국은 ECA이다. 상업금융기관의 대출을 보증하는 방식으로 방산 수출을 지원한다.

[주요국 수출신용기관]

국가	수출신용기관(ECA)
네덜란드	Atradius Dutch State Business(Atradius)
독일	Euler Hermes Aktiengesellschaft
미국	Export-Import Bank of United States(EXIM Bank)
스페인	Compañía Española de Seguros de Crédito a la Exportación(CESCE)
영국	UK Export Finance(UKEF)
이탈리아	SACE, SIMEST
이스라엘	The Israel Export Insurance Corp. Ltd.(ASHRA)
프랑스	Bpifrance Assurance Export
호주	Export Finance Austrailia

<출처: 한국수출입은행 해외경제연구소>

① 2021년 방위 산업발전법 시행으로 방산 수출 지원 정책을 확대하고 부품 개발 지원을 강화하는 등 방산 기업의 성장동력 제공하고 있다.

가. 기업이 수출 목적으로 개발한 무기 체계를 우리 군에서 일정 기간 시범 운용한 후 운용실적을 제공함으로써 수출 시 무기 체계에 대한 성능 신뢰도를 제고하고 있다.

나. 무기 체계 핵심 부품 중 수입 부품을 국내 제품으로 개발하는 수출연계형 부품 국산화 사업을 신설하여 선정 업체에 과제당 최대 100억 원 한도 내 개발비 일부를 최장 5년간 지원한다.

다. 정부는 다양한 기관을 통해 수출 기회를 모색하고, 네트워크 구축, 금융 지원 등 방산 수출 지원 정책 시행 중이다.

② 수출품 정부인증제도(DQ마크), 글로벌 방산 강소기업 육성사업, 방산 수출 전문인력 양성, 수출 유망품목 발굴, 후속군수지원 등 수출 역량 강화를 위한 정책 시행 중이다.

---

1. 방위 산업
<출처: 한국수출입은행 해외경제연구소>

3) 방위산업 수출

2. 방위산업 수출 지원 정책 및 수출 현황

1) 방위산업 수출 지원
<출처: 수출입은행 해외경제연구소>

가. 방산 수출사절단을 파견하고 방산 수출상담회를 운영하는 등 수출 기회 모색 및 네트워크 구축 지원, 방산 중소기업 컨설팅 제공, 미국 방산 진출 선도기업 육성사업 등 수출 역량 강화를 위해 노력 중이다.

③ 거래 대형화 및 방산시장 경쟁 심화에 따라 국내 정책금융기관 등을 통해 구매국 앞 금융서비스를 제공한다.

가. 수출입은행은 대출(수출성장자금, 수출이행자금, 수출기반자금)과 보증(수출금융보증 등 채무보증, 이행성보증)을 제공하고 있으며 무역보험공사는 단·중장기 수출보험, 수출보증보험 및 수출신용보증 등의 금융 지원을 제공한다.

나. 대부분의 선진국(특히 유럽)은 방산 수출에 대해 상업금융기관이 대출을 제공하고 ECA가 위험을 보증(Cover)하는 간접금융 지원방식으로 운영하고 있다.

다. 방산물자교역지원센터[2](Korea Defense Industry Trade Support center, KODITS)*에서는 수입국의 요구 사항, 수출 계약 내용 등에 따라 방산 수출 건별로 맞춤형 금융 자문 및 금융 기관 연계 서비스를 제공한다.

라. 방산 수출 지원 전담 창구인 방산 수출진흥센터는 다른 기관과의 협조를 통해 방산업체의 수출 관련 행정 절차 등을 지원한다.

방산수출 금융지원 구조

① 2025년 한국 방산 수출 예상 규모는 약 240억 달러(약 32조 4,792억 원)을 기록할 것으로 전망된다. 이는 2024년에 비해 2.5배 늘어난 지표이다.

가. 방산 수출액은 지난 2023년 135억 달러(약 18조 2,695억 원)에서 2024년 95억 달러(약 12조 8,582억 원)로 둔화했다. 그러나 2025년에는 지난해 부진을 털어내고 다시 반등할 것으로 점쳐진다.

---

2. 방위산업 수출 지원 정책 및 수출 현황

1) 방위산업 수출 지원
<출처: 수출입은행 해외경제연구소>

2) 방위산업 수출 현황

나. 2022년 K2 전차 1,000여 대, K9 자주포 648대, FA-50 전투기 48대 공급을 포함한 대형 계약을 폴란드와 체결한 데 이어, 2025년 67억 달러(약 9조 2,900억 원) 규모로 K2 전차 180대를 추가로 납품한다. 이 중 117대는 현대로템에서 생산하고 나머지는 폴란드 PGZ 업체가 현지에서 조립한다. 업계에서는 이 거래가 유럽의 무기 부족 문제를 해결하면서 북대서양조약기구(NATO) 회원국들에 한국 무기의 신뢰성과 경제성을 선보였다고 평가한다.

다. 2025년 6월에는 한국항공우주산업(KAI)이 필리핀과 7억 1280만 달러(약 9,800억 원) 규모로 FA-50 전투기 12대를 공급하는 계약을 맺어, 동남아 최우방국과 국방 협력 관계를 강화했다.

라. 중동 시장도 활발하다. 2024년 사우디아라비아가 한국의 천궁 방공 미사일 시스템을 32억 달러(약 4조 4,400억 원)에 구매하고, 중거리 지대공 미사일 포대 10개를 도입했다. 이 계약은 한국 방산이 중동 첨단군사 영역에 발판을 마련한 사례다. 이라크와도 2024년 말 9,270만 달러(약 1,280억 원) 규모 KUH-1 헬리콥터 계약을 체결했고, 그 외 FA-50 전투기와 이동식 방공 체계 공급 확대 협상 중이다.

[한국 방위산업 수출액 추이]

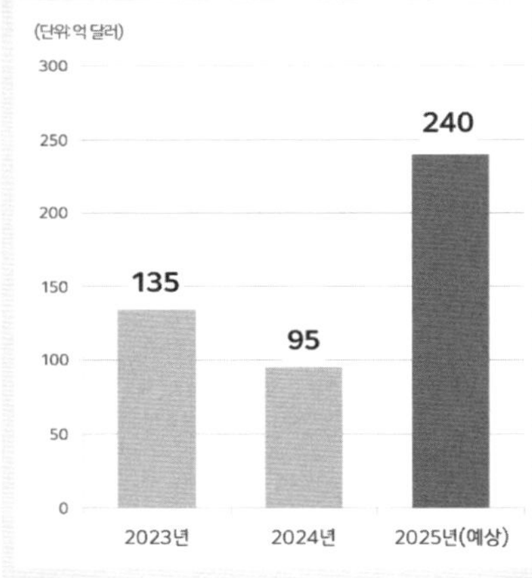

<출처: 뉴스투데이>

② 정부의 목표는 올해 역대 최대 방산 수출액을 기록해 2027년 세계 4위 방산 수출국으로 도약하는 것이다. 스웨덴 스톡홀름 국제평화연구소(SIPRI)에 따르면 한국은 지난 2020~2024년 세계 무기 수출 무대에서 시장 점유율이 2.2%로 10위에 진입했다.

2. 방위산업 수출 지원 정책 및 수출 현황

2) 방위산업 수출 현황

① 미국

미국산 우선구매법으로 외국 기업의 진출이 쉽지 않으나, 우방국과의 전략적인 협력 관계 및 비용 절감 등을 위해 방산물자를 수입하고 있으며, 우방국과 무기 체계 개발·생산 등 방산협력을 하는 추세이다. 미국과의 절충 교역 및 탄약 수요 등으로 인해 방산 수출 유망국가로 선정되었다. 특히 최근에는 조선 부문에서의 협력 관계나 MRO 등에서의 협업이 기대된다.

② 인도

방산 수입선 다변화 노력으로 러시아 비중을 2012~2016년 69%에서 2017~2021년 46%까지 낮췄으며 향후 방산 부문의 외국 의존도를 줄이기 위해 방산 수입 시 '인도 내 제작'에 큰 비중을 두고 있다. 해외 방산업체는 인도의 방산 국내 조달 방침으로 인해 합작투자기업 설립을 통한 인도 진출이 늘어나고 있다.

③ 사우디아라비아

한국 방산에 관심이 있는 것으로 알려져 있으며 한국은 사우디아라비아의 석유중심의 산업 구조 다각화 등을 위한 장기 전략인 '사우디아라비아 비전 2030'의 핵심 협력 국가이다. 높은 방산 해외 의존도를 줄이기 위해 현지 생산, 기술이전 등으로 국 내조달 50%를 목표로 하고 있어 절충 교역 활용이 중요할 것으로 판단된다.

④ 필리핀

필리핀은 지리적으로 근접하고 미국 동맹국인 한국과 협력 관계를 구축하고 있어 지속적인 방산 수요가 발생할 전망이다. 중국과의 남중국해 분쟁 및 군 현대화 프로그램으로 항공기, 함정, 센서 수입 비중이 높았으며 국내 중소벤처기업이 진출할 수 있는 분야는 통신 체계, 시뮬레이션, 무인체계 등이 있다.

⑤ 인도네시아

KF-21(보라매) 전투기 공동 개발을 추진 중이며 한국방산에 대해 우호적인 방산 협력국가이다. 국방 조달 과정에서 부패 요인 제거를 위해 프랑스 등 주요 선진국의 조달 체계를 벤치마킹하려는 노력을 하고 있으며 협력 관계 구축을 통한 정부 간 거래를 우선시한다.

---

3) 방위산업 수출 유망 국가

2. 방위산업 수출 지원 정책 및 수출 현황

4) 방위산업 수출의 필요성

① 우크라이나 사태, 미·중 갈등 등으로 전 세계 군사비 및 무기 거래량은 증가할 전망이다.

　가. 우크라이나 사태로 러시아와 유럽 국가 간의 긴장감이 고조됨에 따라 유럽 지역 군비 증강이 전망된다.

　나. 독일은 군 강화를 위한 1,000억 유로(약 135조 원) 규모의 특별기금을 마련하였으며 항공기 조달, 육지 부문, 해양 부문, 지휘 체계 및 디지털화에 각각 334억 유로, 166억 유로, 88억 유로, 208억 유로를 사용할 계획이라고 밝혔다.

2. 방위산업 수출 지원 정책 및 수출 현황	4) 방위산업 수출의 필요성	다. 스웨덴, 덴마크 등도 군비 증가를 발표하여 유럽 지역의 군사비는 큰 폭으로 증가할 전망이다. ② 중국의 지속적인 군비 증강 및 북한의 핵 위협 등은 한국, 일본, 인도, 미국, 호주 등 국가의 군사력 강화 요인으로 작용한다. ③ 방산 수출 확대는 방산업체의 가동률 및 생산성 향상과 규모의 경제 실현으로 안보 강화 및 기술 발전에 기여할 전망이다. 가. 수출을 통해 국내 방산업체의 가동률을 높게 유지할 수 있을 것으로 기대하며 생산성이 개선되면 우리 군은 방산물자를 안정적이고 경제적으로 조달 가능 규모의 경제를 달성하여 고품질 무기 체계를 경제적으로 획득하고 운용할 수 있다. 나. 시장 확대를 통한 방산업체의 성장은 방산 기술 연구 개발로 이어질 전망으로 우리 군의 군사력 향상이 기대된다. 높은 수준의 기술력 확보는 국가 안보 강화에 기여할 전망이다. 다. 국내 방산업체의 성장은 관련 중소기업 육성 및 고용 증가 등 긍정적인 경제적 파급 효과를 낳을 것으로 기대된다. 실제로 2022년에 방산 수출로 13만 개의 일자리를 창출했고 46조 원의 생산 유발 효과가 발생했다. 라. 방산업체는 수출 비중을 늘림으로써 향후 국내 방산 재정이 축소되더라도 매출을 일정 부분 유지할 수 있어 안정적인 운영이 가능하다. 마. 높은 수준의 방산 기술은 민간으로 이전되어 국내 산업 전반의 기술 경쟁력이 강화될 것으로 기대된다. 인터넷, GPS 등과 같이 방산에서 파생된 기술을 민간에서 활용하면 새로운 경제 성장 동력으로 작용할 것으로 기대된다.
	5) 보완점	① 금융 지원 부족 해소 대규모 방산 수출은 구매국에 대한 파격적인 금융 지원(대금 융자, 수출 금융 등)이 필수적이다. 프랑스, 스웨덴 등 선진국은 정부 주도의 독자적인 리스크 평가 시스템과 금융 지원 체계를 갖추고 있지만, 한국은 이러한 전폭적인 범정부 차원의 금융 지원이 아직은 상대적으로 미흡하다는 지적이 있다. ② 핵심 부품 · 기술의 해외 의존도 해소 일부 첨단 무기 체계의 핵심 부품이나 원천 기술에 대한 해외(특히 미국) 의존도가 여전히 높다. 이는 수출 시 제3국 수출 동의 등 미국의 재수출 승인(EDA) 제도와 같은 제약으로 작용하여 수출의 유연성을 떨어뜨릴 수 있다. ③ 정부의 지속적이고 일관된 정책 지원 필요 방산은 정부 간 거래(G2G) 성격이 강하며, 정부의 전폭적인 지원과 협력이 필수적이다. 하지만 정권 교체나 정치적 상황에 따라 정책의 일관성이 흔들릴 수 있다는 우려도 제기된다. 또한, 국내 방산 수출 관련 행정 절차의 복잡성 및 장기간 소요도 장애 요인이 될 수 있다.

<table>
<tr><td rowspan="2">2. 방위산업
수출 지원
정책 및
수출 현황</td><td rowspan="2">5) 보완점</td><td>④ 중소기업의 애로사항 해소
대기업 중심의 방산 수출 성과와 달리, 중소 협력업체들은 납품 단가 문제, 원가 상승 부담, 추가적인 인력 투입 문제 등으로 어려움을 겪는 경우가 많다. 대기업과 중소기업 간의 상생 협력 모델 구축이 중요하다.
⑤ 현지화 및 기술 이전 요구 증대 필요
주요 방산 구매국들은 단순 무기 구매를 넘어 현지 생산 시설 설립, 기술 이전, 부대 창설 지원 등 '포괄적 패키지'를 요구하는 추세다. 이에 대한 한국의 유연하고 적극적인 대응이 필요하다.
⑥ 인력 및 연구개발(R&D) 투자 필요
첨단 기술이 집약된 방위 산업의 지속적인 성장을 위해서는 우수 인력 확보와 꾸준한 R&D 투자가 필수적이다.</td></tr>
</table>

 결론

방위산업 수출 확대를 위해 여러 국가와의 네트워크를 구축하고 유지하여 수출 상대국을 다변화하고 국가별 맞춤형 방산 수출 전략 수립이 필요하다.

첫째, 방산 수출은 네트워크 구축이 중요하며 국가별 맞춤 전략을 통해 방산수출을 확대해 나가야 한다. 많은 국가에서 비용 절감, 안보 강화 등을 목표로 방산 물품 국산화를 추진하고 있으므로 절충교역, 금융지원, 리스 등 수출 상대국별 맞춤 전략을 통해 수출 확대 현지 네트워크 활성화로 면밀한 국가별 상황·정책 등 조사를 통한 정보 제공이 필요하다.

둘째, 국내 방산업체의 품질 보증 및 마케팅 지원 등으로 국내 방산 품목에 대한 신뢰성 제고를 위한 정부 노력이 필요하다. 현재 여러 기관으로 분산되어있는 방산 수출 지원체계를 총괄하는 컨트롤타워 구축 또는 구조 재편을 통해 효율성을 제고하여 체계적으로 수입국별·무기 체계별 맞춤 지원 정책을 제공해야 할 것이다. 또한 정부 간 네트워크를 활용하여 국내 기업의 수출 접근성을 확대해야 한다. 특히 방산 수출은 수출 상대국과 외교적 신뢰 관계를 형성하여 민간 분야의 경제 협력관계 구축에도 긍정적인 영향을 줄 것으로 기대되기 때문이다.

셋째, 무기 체계 공동 개발 등 첨단기술 개발 및 수출을 목표로 방산 구조 고도화 추진이 필요하다. 국제공동개발 사업으로 개발 예산을 절감하고 수출 가능성을 확대해야 한다. 방위산업은 무기 체계 기획부터 개발·생산·운영까지 약 20~30년의 긴 시간이 필요하므로 초기 단계부터 국제 공동 개발 사업 검토가 중요하다. 이를 통해 첨단 기술 개발 비용 절감, 안보 강화, 글로벌 시장 선점 등의 효과를 달성할 수 있을 것으로 기대된다. 또한 우주 항공, 감시·정찰 등 첨단 기술 개발 지원 및 인력 육성 등을 통해 고부가가치 산업으로 육성해야 한다. 항공기는 미국, 러시아, 프랑스 등 방산 선진국의 주요 수출 품목으로 기술 개발에 오랜 시간이 소요되는 고부가가치 산업 방산 구조 고도화를 통해 국내 방산업체의 성장 동력을 제공하고 함정, 화포 분야로 제한적인 한국의 방산 수출 품목을 다각화할 수 있을 것으로 기대된다. 국내 항공, 광학 분야 국산화율은 각각 52.8%, 66.3%로 다른 분야 대비 낮은 수준으로 꾸준한 연구 개발이 필요하다.

* 방산물자 국산화율(완제품 기준): 화생방(90.0%), 통신전자(88.3%), 유도(85.2%), 화력(77.8%), 함정(76.6%), 탄약(75.5%), 기동(75.2%), 기타(72.1%), 광학(66.3%), 항공(52.8%)

셋째, 인수 합병 등으로 규모의 경제를 실현하는 등 세계 경쟁력 강화 노력이 필요하다. 인수 합병을 통해 크게 성장한 사례로 대형 방산기업인 록히드마틴, 에어버스 등이 있다. 인수 합병, 합작 투자 등을 통해 규모의 경제 실현 및 생산성 향상을 이뤄 경쟁력 강화를 꾀해야 한다.

넷째, 방산 수출에 특화된 금융 지원 체계를 마련할 필요가 있다. 왜냐하면 방산물자는 고가·장기 계약이 일반적이므로 수출 계약의 체결과 이행을 위해서는 적극적인 금융 지원이 요구되기 때문이다. 글로벌 방산시장에서 금융 조건은 중요한 경쟁 요소로, 지원이 미흡할 경우 수출 계약이 지체되거나 무산될 수도 있다. 지난 10여 년간 한국은 주요국의 장기 저금리 수출 금융에 밀려 수주에 잇따라 실패했고, 폴란드와의 대규모 계약도 금융 지원 부족으로 재검토 가능성이 제기되는 등 미흡한 수출 금융 지원체계가 방산 수출 확대의 제약요인이 되었다. 이에 수출 금융 지원 규모 확대, 창구 단일화 및 원스톱 서비스 체계 마련, 전담 방산금융조직 신설 등의 제도 개선이 필요하다.

다섯째, 무기 체계를 수출할 경우 절충교역에 따른 기술 이전 등이 발생할 수 있으므로, 다양한 절충교역 조건에 대응할 수 있는 수출 절충교역 전담 조직 설치가 필요하다. 무기 체계 기술이 방산 수입국에 이전된다면 경제적인 관점에서는 수출하자마자 강력한 수출 경쟁자가 나타날 수 있다. 이는 K2 전차 기술을 도입하여 개발한 터키의 알타이전차가 해외시장에서 K2 전차의 경쟁자가 된 사례가 대표적이다. 2018년 미국 국무부는 미국산 구매 추진에 대한 실행 계획에서 "미국의 기술 우위를 감소시키는 절충교역을 회피"한다고 규정했다. 따라서, 방산 수출 대상국들은 한국이 방위산업 육성을 위해 선진국에게 기술 이전 등을 요구했던 것과는 달리 방위산업 부문 이외의 다양한 절충교역 조건을 제시할 수 있으므로, 국가 차원의 수출 절충교역 전담 조직을 설치할 필요가 있다.

여섯째, 방산기술 유출 방지를 위해 법·제도 정비, 사이버 보안 강화, 기술 보호 인식도 제고되어야 하는 등 종합적 보호 체계 구축이 필수적이다. 한국의 기밀 유출 대응을 위한 법·제도, 보안 관리, 사법 집행 체계는 선진국 대비 여전히 미흡한 수준이기 때문이다.

 용어해설

1) **절충교역** : 국외로부터 무기 또는 장비 등을 구매할 때 계약 상대방으로부터 관련 기술 등을 이전받거나, 상대국에 국산 무기·장비 또는 부품을 수출하는 등 일정한 반대급부를 제공받을 것을 조건으로 하는 교역을 말한다.

2) **방산물자교역지원센터(KODITS)** : 방산물자 수출의 통합 지원을 목표로 우리나라에서 2009년 10월 산업통상자원부, 국방부, 방위사업청, 코트라, 무역보험공사 등이 참여하여 출범한 기관을 말한다.

chapter 12

조선산업

서론	이슈언급	조선산업은 한국의 주요 산업 중 하나로 생산·수출·고용 측면에서 국내 제조업 내 차지하는 비중이 큰 산업이다. 전방 산업으로 해운업과 군수산업, 후방 산업으로는 철강업, 소재·단조 산업 등 조선업과 전후방 산업이 맞물려 국내 경제 발전을 견인했다. 또한 최근 들어 선박 건조 기술을 포함한 환경, 디지털, AI 기술까지 요구되며 연계 산업도 점차 확장 추세이다. 국내 건조 선박의 95% 이상이 수출되고 있으며, 부품 국산화로 높은 무역수지 흑자를 기록하며 외화 수입 효과도 높은 산업이 조선산업이다.
본론	1. 조선산업	**1) 글로벌 시장 동향** ① 최근 4개년 글로벌 수주 동향 ② 글로벌 수주 실적 추이 ③ 글로벌 수주 시장 ④ 수주 점유율 급성장 중인 중국 조선산업 ⑤ 국가별 건조역량 및 가동율 추이
		2) 한국 조선산업 현황 ① 한국 또한 2021년부터 견고한 수주량을 바탕으로 수주 잔량이 증가하며 호황기에 진입했으나, 높은 수주 잔량 대비 건조량 증가는 제한적임.

본론	1. 조선산업	2) 한국 조선산업 현황	② 건조량은 2023년 922만 CGT 기록하며 전년 대비 18.9% 증가하였으나, 높은 수주 잔량을 고려하면 건조 능력의 한계로 증가 폭은 제한적임. ③ 한국은 공급 능력 확대 대신 초대형 규모의 선박 및 친환경 선박 등 고부가가치 중심의 선별 수주 전략으로 대응 중임. ④ 중국은 자국 발주 및 에너지 수입 대국이라는 협상력을 이용한 해외 수주를 진행하며 2023년에는 글로벌 LNG선 수주량의 20.6%를 점유함.
		3) 한국과 중국 조선산업의 전략 차이	① 글로벌 조선 시장의 경쟁 구도는 한국과 중국의 상이한 전략적 포지셔닝으로 양분되고 있다. ② 중국 ③ 한국 ④ 한국과 중국 조선산업의 전략 차이에 따른 결과
		4) 한국 조선산업의 과제	① 구조적 난제: 인력난 및 공급망 불안정성 ② 기술적 난제: 스마트 야드 및 디지털 전환의 필요성 ③ '코리아 원팀' 전략의 등장과 새로운 경쟁 패러다임
결론	의견제시		한국 조선산업은 친환경 및 고부가가치 선종 중심의 포트폴리오 전환을 통해 수익성 개선에 성공했다. 그러나 중국의 양적 성장과 기술 추격은 여전히 한국 조선산업의 핵심적인 위협으로 존재한다. 특히, 한국이 고부가 선종에 집중하는 사이 중국이 범용 선박 시장을 장악하며 전체 시장 점유율에서 앞서가는 현상은, 단기적인 수익성 확보와 장기적인 시장 지위 유지 사이의 구조적 딜레마를 보여준다. 이러한 점유율 하락이 지속될 경우, 기술 개발 투자 여력 감소와 인력 유출로 이어져 결국 기술 초격차마저 흔들릴 수 있다는 위험을 내포하고 있다. 이러한 도전 과제에 대한 대응책으로 '코리아 원팀' 전략이 부상하며, 국가적 차원의 협력을 통한 새로운 경쟁 패러다임을 제시하고 있다.

02 논제 풀이

📈 서론

이슈 언급

조선산업은 한국의 주요 산업 중 하나로 생산·수출·고용 측면에서 국내 제조업 내 차지하는 비중이 큰 산업이다. 전방 산업으로 해운업과 군수산업, 후방 산업으로는 철강업, 소재·단조 산업 등 조선업과 전후방 산업이 맞물려 국내 경제 발전을 견인했다. 또한 최근 들어 선박 건조 기술을 포함한 환경, 디지털, AI 기술까지 요구되며 연계산업도 점차 확장 추세이다.

한편, 2024년 미국의 대중국 조선업 견제 정책으로 한국의 수주 점유율이 향상되었으나, LNG선을 비롯한 주요 선종의 발주 부진으로 2025년 상반기 국내 조선업 수주는 2024년 동기 대비 약 34% 감소했다. 구체적으로 2025년 2월과 4월 미국 무역대표부의 중국 선사와 중국산 선박의 미국항 입항시 고액의 수수료 부과를 발표한 후, 컨테이너선을 중심으로 일부 물량이 중국에서 한국으로 발주를 전환하면서 한국 조선업계의 수주 점유율이 25%까지 회복되었다. 그러나 국내 조선업계가 주력으로 수주하였던 LNG선의 발주량이 대폭 감소하는 등 전반적인 신조선 발주량 감소로 상반기 국내 수주량은 다소 부진한 수준까지 감소했다.

국내 건조 선박의 95% 이상이 수출되고 있으며, 부품 국산화로 높은 무역수지 흑자를 기록하며 외화 수입 효과도 높은 산업이 조선산업이다.

이에 본지에서는 조선산업 현황을 분석하고, 조선산업 경쟁력 강화를 위한 방안을 제언하기로 한다.

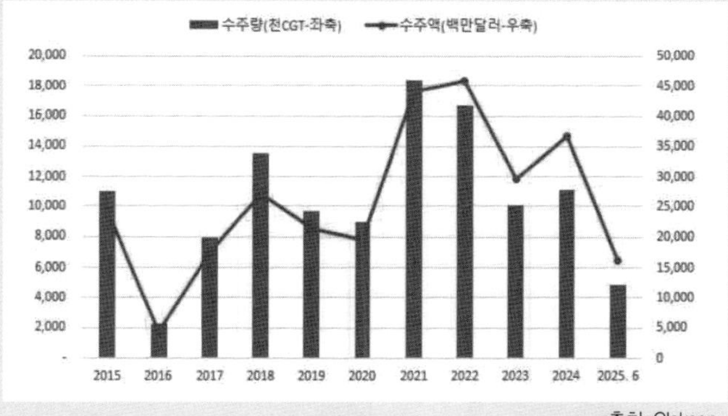
[한국 신조선 수주 실적]

<출처: Clakson>

📈 본론

1. 조선산업	1) 글로벌 시장 동향 <출처: KDB미래전략연구소>	① 최근 4개년 글로벌 수주 동향

① 최근 4개년 글로벌 수주 동향

시기	내용
2021년	코로나-19 이후 경기 회복으로 물동량 증가하며 컨테이너선 발주 증가
2022년	러시아-우크라이나 전쟁으로 유럽이 천연가스를 해상 공급하며 LNG선 발주 증가
2023년	해양 환경 규제로 친환경 연료 추진선, LPG선 견고한 발주량 유지
2024년	중동 전쟁으로 인한 수에즈 운하 우회 등 영향으로 컨테이너선, 노후 선박의 교체 수요 증가 등 영향으로 탱커선·벌크선 발주 증가

<출처: KDB미래전략연구소>

1. 조선산업

1) 글로벌 시장 동향

<출처: KDB미래전략 연구소>

② 글로벌 수주 실적 추이

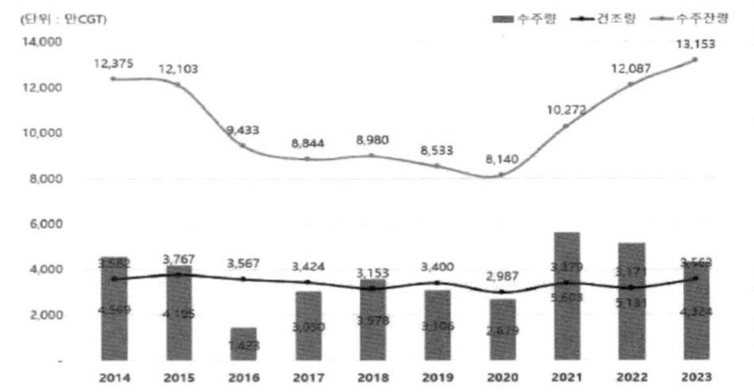

* CGT : Compensated Gross Tonnage의 약자로 서로 다른 선종의 규모를 비교하기 위한 보정 총 톤수

<출처: Clarkson>

③ 글로벌 수주 시장

공급자 우위 시장으로 전환됨에 따라, 신조선가 지수(다양한 선종의 선박 건조 비용을 종합한 지수로 지수 상승 시 선가도 상승)가 지속적으로 상승하여 2008년 이후 최고 수준에 도달했다.

[글로벌 신조선가 지수 추이]

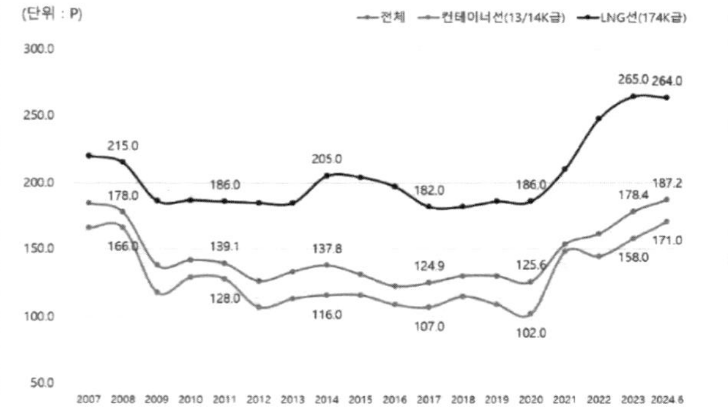

<출처: Clarkson>

④ 수주 점유율 급성장 중인 중국 조선산업

중국은 적극적인 시설 투자로 수주 여력을 확보하며 수주 점유율이 급성장 중이며, 이에 따라 한·중 간 수주 점유율의 격차는 점차 확대되고 있다.

1. 조선산업

1) 글로벌 시장 동향

<출처: KDB미래전략연구소>

[국가별 수주 점유율]

<출처: Clarkson>

⑤ 국가별 건조 역량 및 가동율 추이

(단위: 백만CGT, %)

구분	글로벌	중국	한국	일본
2021년	42.2(84.8%)	16.9(87.9%)	11.2(95.8%)	7.4(75.5%)
2022년	43.3(77.7%)	18.8(84.1%)	11.2(72.9%)	6.7(75.9%)
2023년	45.5(82.6%)	21.0(88.4%)	11.3(83.6%)	6.5(78.1%)

<출처: Clarkson>

2) 한국 조선산업 현황

<출처: KDB미래전략연구소>

① 한국 또한 2021년부터 견고한 수주량을 바탕으로 수주 잔량이 증가하며 호황기에 진입했으나, 높은 수주 잔량 대비 건조량 증가는 제한적이다.

    가. 수주 잔량은 2023년 3,888만CGT를 기록했으며, 10년 내 가장 낮은 수준을 기록했던 2018년 1,814만CGT 대비 2배 이상으로 높은 수준이다.

    나. 한국의 수주 잔량은 3년치가 쌓여 대기 기간이 4년 이상 길어지며, 선주들은 수주를 포기하거나 타국 조선사에 주문하는 현상이 발생했다.

② 건조량은 2023년 922만CGT를 기록하며 전년 대비 18.9% 증가했으나, 높은 수주 잔량을 고려하면 건조 능력의 한계로 증가 폭은 제한적이다.

    가. 한국은 과거 대규모 구조 조정 여파로 건조 시설 규모 확장에 소극적인 상황으로, 중국의 공격적 투자와는 대조적이다.

③ 한국은 공급 능력 확대 대신 초대형 규모의 선박 및 친환경 선박 등 고부가가치 중심의 선별 수주 전략으로 대응 중이다.

    가. 한국의 주요 선종은 부가가치가 높은 친환경 선박(LNG선), 초대형 규모의 선박(컨테이너선, 유조선)으로 2023년 해당 선종의 비중은 전체의 50%를 상회하고 있다.

    나. 2023년 수주량 중에서 가장 비율이 높은 선종은 LNG선(77.0%)이며, 컨테이너선, 탱커선까지 포함하면 한국 수주의 76.0%에 육박한다.

1. 조선산업

2) 한국 조선산업 현황
<출처: KDB미래전략연구소>

다. 수주량의 79.4%를 점유하고 있으며, 선박의 건조 기술력에서 중국 대비 우위인 것으로 평가된다.
- 한국은 수주의 대부분을 LNG선, 친환경 연료 추진선으로 진행 중이다.

[선종별 한국 수주 비율 추이]

(단위 : %)   ■컨테이너선 ■LNG선 ■탱커선 ■화학제품선 ■기타

구분	2020	2021	2022	2023
기타	8.0	13.0	4.0	14.0
화학제품선	13.0	6.0	4.0	10.0
탱커선	21.0	10.0	1.0	7.0
LNG선	38.0	33.0	64.0	44.0
컨테이너선	20.0	38.0	27.0	25.0

<출처: Clarkson>

⑤ 중국은 자국 발주 및 에너지 수입 대국이라는 협상력을 이용한 해외 수주를 진행하며 2023년에는 글로벌 LNG선 수주량의 20.6%를 점유했다.
가. 2023년 기준 친환경 연료 추진선 수주 점유율에서 중국 51.9%, 한국 36.5% 기록하는 등 중국의 친환경 연료 추진선의 수주량이 급증했다(친환경 추진선 수주 점유율 : 2022년 한국 47.9% 중국 45.3% → 2023년 한국 36.5% 중국 51.9%).

3) 한국과 중국 조선산업의 전략차이

① 글로벌 조선 시장의 경쟁 구도는 한국과 중국의 상이한 전략적 포지셔닝으로 양분되고 있다.
② 중국
가. 중국은 정부의 막대한 보조금, 저렴한 인건비, 그리고 금융 지원을 기반으로 '양적 장악' 전략을 구사하고 있다.
나. 벌크선, 중소형 탱커, 컨테이너선 등 저 · 중가 범용 선박 시장을 대거 흡수하며 물량 확보에 주력하고 있다.
다. 그 결과, 2025년 4월 기준 중국은 전 세계 수주 잔량의 59%를 차지하며 압도적인 양적 우위를 점하고 있다.
라. 더욱이 중국은 국영기업인 중국선박공업집단(China State Shipbuilding Corporation Limited, CSSC)을 중심으로 대규모 통합과 디지털 전환 투자를 가속화하며 단순히 가격 경쟁력을 넘어 기술력과 생산성까지 끌어올리고 있어 한국 조선업에 구조적인 위협이 되고 있다.

③ 한국

　가. LNG 운반선, 초대형 원유운반선(VLCC), 해양 플랜트 등 기술 진입 장벽이 높은 고부가가치 선종에 집중하는 '선택과 집중' 전략을 구사하고 있다.

　나. 이 전략은 중국의 가격 공세에 맞서 품질과 기술 우위를 기반으로 수익성을 극대화하는 데 초점을 맞추고 있다.

④ 한국과 중국 조선산업의 전략 차이에 따른 결과

　가. 국내 조선업계는 2024년과 2025년에 걸쳐 과거 저가 수주 물량 인도를 대부분 마무리하고, 고가 선박 건조가 본격화되면서 대규모 흑자 전환에 성공했다. 이는 수익성 중심의 전략이 효과를 발휘했음을 의미한다.

　나. 그러나 동시에 한국 조선업은 글로벌 시장에서 점유율 하락이라는 숙제를 안게 되었다. 특히 한국이 독보적인 강점을 가졌던 LNG 운반선 시장에서도 점유율을 중국에 내주고 있는 상황이다. 2021년 87%였던 LNG선 점유율은 2024년 62%로 하락한 반면, 중국은 10%대에서 38%까지 급상승했다. 이러한 현상은 단기적인 이익 확보와 장기적인 시장 지위 유지 사이의 구조적 딜레마를 보여준다.

　다. 고수익 선종에 집중하기 위해 저가 물량을 포기하면서, 글로벌 선박 발주량이 감소하는 시기에는 한국의 수주 실적이 중국에 크게 뒤처지는 구조적 약점이 드러나고 있다. 만약 점유율 하락이 장기화될 경우, 이는 단순한 수치적 문제가 아니라 기술 개발 투자 여력 감소, 숙련 인력 유출로 이어져 결국 고부가가치 영역에서의 기술 우위마저 잠식될 수 있다는 심각한 우려를 낳는다.

　라. 따라서 한국 조선업은 기술 초격차를 유지하기 위한 지속적인 수주 물량 확보와 시장 점유율 방어 전략을 동시에 고민해야 하는 중대한 기로에 서 있다.

① 구조적 난제: 인력난 및 공급망 불안정성

　가. 국내 조선업은 호황기를 맞이했음에도 불구하고 고질적인 인력난에 허덕이고 있다.

　나. 2014년 20만 명을 넘어섰던 총 고용 인력은 2022년 말 기준 절반 이하로 감소했다. 이로 인해 조선소 가동률이 100%를 초과하는 상황에서도 인력 부족으로 생산 차질이 빚어지고 있다.

　다. 정부는 인력난 해소를 위해 적극적인 정책을 추진 중이다.

　　A. 외국인 근로자 도입 제도를 개편하여 비자 발급 절차를 1개월로 단축했다.

　　B. 기업별 도입 비율을 20%에서 30%로 확대했다.

1. 조선산업

3) 한국과 중국 조선산업의 전략차이

4) 한국 조선산업의 과제

<table>
<tr><td rowspan="2">**1. 조선산업**</td><td rowspan="2">4) 한국
조선산업의
과제</td></tr>
</table>

C. 구직자 대상 생산 교육과 채용 지원금을 지급하는 인력 양성 사업을 통해 내국인 신규 인력 유입을 촉진할 계획이다.

라. 인력난은 생산 현장뿐만아니라 공급망의 불안정성으로도 이어지고 있다.

  A. 협력사들의 인력 부족이 블록 생산에 차질을 주면서, 원청업체가 부족한 블록 물량을 중국에서 수입해야 하는 상황까지 이르렀다. 이는 원가 상승 요인과 함께 핵심 기술 유출의 위험을 내포하고 있어 중대한 구조적 난제로 인식되고 있다.

② 기술적 난제: 스마트 야드 및 디지털 전환의 필요성

가. 중국 조선업은 단순히 저가 선박 건조에 머물지 않고, '디지털 전환'이라는 본질적인 변화를 통해 경쟁력을 강화하고 있다.

나. 중국 국영기업인 CSSC는 설계, 생산, 프로젝트 관리를 통합 운영하는 '다쏘시스템 3D익스피리언스 플랫폼'을 도입하는 등 생산성 혁신에 박차를 가하고 있다.

다. 이러한 중국의 기술 추격에 대응하기 위해 국내 조선업계도 스마트 야드 구축을 피할 수 없는 과제로 받아들이고 있다.

  A. HD현대그룹은 '퓨처 오브 쉽야드(Future of Shipyard, FOS)' 프로젝트를 통해 설계부터 생산까지 일관된 데이터를 기반으로 생산성을 높이고 공기를 단축하는 디지털 자동화 시스템을 구축하고 있다.

  B. 한화오션은 '디지털 트윈' 기반의 지능형 조선소를 목표로 로봇 용접 기술을 도입하는 등 자동화 투자를 확대하고 있다.

  C. 삼성중공업 역시 AI 기반의 생산 계획 최적화와 용접, 검사, 물류 등 다양한 분야의 로봇 자동화를 추진하며 '지능형·자율형 무인화 조선소'를 구현할 계획이다.

라. 이러한 투자들은 고질적인 인력난을 근본적으로 해소하고 노동 생산성을 혁신하는 열쇠가 될 것으로 평가된다.

③ '코리아 원팀' 전략의 등장과 새로운 경쟁 패러다임

최근 HD현대중공업과 한화오션이 캐나다 잠수함 사업(CPSP) 수주전에서 최종 결선에 함께 진출한 사례는 국내 조선산업의 새로운 경쟁 패러다임을 보여준다. 과거 치열한 경쟁 관계였던 두 기업이 한 팀을 구성하여 각 사의 강점(HD현대중공업의 수상함 기술, 한화오션의 잠수함 기술)을 상호 보완하는 전략을 채택한 것이다.

이러한 협력 모델은 다음과 같은 전략적 함의를 가진다.

가. 각 사의 특화된 기술력을 결합하여 강력한 포트폴리오를 구축함으로써 국제 입찰에서 경쟁 우위를 확보하는 시너지를 창출한다.

나. 이는 단일 기업의 역량만으로는 수주가 어려운 대규모 국가 전략 프로젝트에 대한 새로운 해법을 제시한다.

<table>
<tr><td rowspan="2">**1. 조선산업**</td><td>4) 한국
조선산업의
과제</td><td>다. 정부 주도로 기업 간 경쟁을 넘어 국가적 역량을 결집하는 컨트롤 타워 역할이 중요하다는 점을 시사한다.
라. 이러한 '코리아 원팀' 모델은 향후 해외 해상풍력, 대규모 해양 플랜트 등 미래 먹거리 수주전에서 새로운 전략적 기회로 작용할 가능성이 높다.</td></tr>
</table>

 **결론**

의견 제시 한국 조선업은 친환경 및 고부가가치 선종 중심의 포트폴리오 전환을 통해 수익성 개선에 성공했다. 그러나 중국의 양적 성장과 기술 추격은 여전히 한국 조선업의 핵심적인 위협으로 존재한다. 특히, 한국이 고부가 선종에 집중하는 사이 중국이 범용 선박 시장을 장악하며 전체 시장 점유율에서 앞서가는 현상은, 단기적인 수익성 확보와 장기적인 시장 지위 유지 사이의 구조적 딜레마를 보여준다.

이러한 점유율 하락이 지속될 경우, 기술 개발 투자 여력 감소와 인력 유출로 이어져 결국 기술 초격차마저 흔들릴 수 있다는 위험을 내포하고 있다. 이러한 도전 과제에 대한 대응책으로 '코리아 원팀' 전략이 부상하며, 국가적 차원의 협력을 통한 새로운 경쟁 패러다임을 제시하고 있다.

한국 조선업의 지속 가능한 성장과 글로벌 초격차 유지를 위해서는 다음과 같은 전략적 노력이 필요하다.

첫째, 노동 생산성 혁신을 가속화해야 한다. 고질적인 인력난을 근본적으로 해소하기 위해 '스마트 야드' 구축 및 로봇 자동화 투자를 더욱 가속화해야 한다. 이는 단순한 생산성 향상을 넘어, 고숙련 인력의 의존도를 낮추고 작업 환경을 개선하는 데 필수적이다.

둘째, 정부의 전략적 역할을 강화해야 한다. 중국과 같이 정부 차원의 금융 및 세제 지원 정책을 강화하고, '코리아 원팀' 모델을 다른 전략적 프로젝트로 확대하여 국가적 역량을 결집해야 한다. 대규모 프로젝트 수주전에서 경쟁사를 압도할 수 있는 국가적 차원의 지원 체계가 절실하다.

셋째, 미래 기술에 대해 선제적으로 R&D 투자를 해야 한다. AI 기반의 자율 운항 선박, 암모니아·수소 추진선 등 차세대 선박 기술에 대한 R&D 투자를 선제적으로 진행하여 중국 및 기타 경쟁국과의 기술 격차를 더욱 확대해야 한다. 끊임없는 기술 혁신만이 한국 조선업이 '기술 우위'를 통해 '시장 우위'를 유지할 수 있는 유일한 경로이다.

chapter 13

SMR 산업

01 논제 개요 잡기 [핵심 요약]

서론	이슈언급	SMR(Small Modular Reactor)는 원자로와 증기 발생기, 냉각재 펌프, 가압기 등 주요 기기를 하나의 용기에 일체화시켜 공장 제작과 모듈 운송으로 원전 건설 현장에 간단히 설치할 수 있는 300MW 이하의 전기 출력을 가진 '소형 모듈 원자로'다. 이와 같은 SMR가 추구하는 궁극적인 안전 목표는 '후쿠시마 사고'와 같은 사고를 원천적으로 차단하는 것이고, 이를 통해서 어떤 상황이라도 주민이 대피할 필요가 없는, 그래서 인근 주민들은 근처에 원전이 있는지도 인지하지 못할 정도의 안전성을 달성하는 것이다. SMR는 향후 급증할 것으로 예상되는 풍력이나 태양광 같은 신재생 에너지의 간헐성을 극복하면서 그린 수소를 생산할 수 있는 현실적인 대안으로도 활용될 수 있다.
본론	1. SMR 개발의 배경	**1) 재생 에너지 확산** 탄소 중립 대응이 가속화되면서, 전력 공급의 중심이 재생 에너지로 빠르게 이동 중임.
		2) 재생 에너지 문제점 재생 에너지 확산에 따라 유연성 자원 확보와 송전망 접속 지연 문제가 해결 과제로 부상함. ① 날씨 등 외부 환경에 따라 출력이 급변하는 재생 에너지는 변동성이 커 이를 보완하기 위한 유연성 자원의 중요성이 증가하고 있음.

본론	1. SMR 개발의 배경	2) 재생 에너지 문제점	② 재생 에너지의 입지 제약과 송전망 구축 지연으로 인해 송전망 용량이 부족한 상황으로, 재생 에너지 발전 설비가 송전망에 접속하지 못하는 상황이 발생 중임.
	2. SMR의 가치	1) SMR의 전략적 가치	① SMR은 소형·모듈형 설계를 기반으로 다양한 입지에 활용이 가능하며, 기존 대형 원전 대비 안정성을 높인 차세대 원자력 발전임. ② SMR은 무탄소 부하추종 전원으로서, 재생 에너지 확산 과정에서 전력계통 유연성 확보에 기여할 수 있는 전략적 자원임. ③ SMR은 입지 분산이 가능하여 재생 에너지의 입지 제약 문제를 보완할 수 있음. ④ SMR은 산업용 열 생산 등 재생 에너지만으로는 대응하기 힘든 부분을 보완하는 복합 에너지원으로도 활용이 가능함.
		2) 글로벌 현황	각국은 재생 에너지 전환 과정을 보완하는 전략적 자원으로 SMR을 활용하는 방안을 추진 중임.
		3) 국내 SMR 활용 전략	한국은 기저 전원 대체, 산업용 고온열 공급, 자립형 전원, 수출형 기술 확보 등을 목적으로 SMR 실증을 추진 중임. ① 석탄 화력발전 등 기저부하 전원의 저탄소 대체 수단으로 SMR을 검증 중임. ② 한국원자력연구원, 산업통상자원부 등을 중심으로 SMR을 열 공급 수단으로 활용하는 방안이 추진 중임. ③ 도시 지역, 군사 시설 등 전력망 접근이 힘든 지역에 자립형 전원으로 SMR을 활용하기 위한 실증도 기획 중임. ④ 전략적 활용 목적 외에도 SMR 수출 기술 확보를 위해 SMR 제조 역량 확보, 독자 모델 설계 등도 병행 진행 중임. 다. SMART는 기본 설계 완료 후 설계 인증 획득, 실증로 건설은 미진행 상태임. 라. 혁신형 SMR(i-SMR)은 2030년 상용화를 목표로 상세 설계 진행 중임.
결론	의견제시		첫째, 재생 에너지의 확산은 기술적·경제적 제약보다는 송전망 병목에 의해 좌우될 전망으로, SMR을 통해 이를 전략적으로 보완해야 할 것이다. 둘째, 탄소 중립 시대의 전원 구성은 기능에 따른 역할 분담으로 설계되어야 하며, SMR을 통해 재생 에너지의 기능적 공백을 보완하는 것이 필요하다. 셋째, 전력 중심의 재생 에너지 탈탄소화가 가진 구조적 한계 보완을 위해, SMR을 복합 에너지 부문의 전환 수단으로 전략화하는 것이 필요하다. 넷째, 재생 에너지와 SMR은 양립 불가능한 전원이 아니라, 기능과 역할이 다른 상호 보완적 전원으로 함께 추진되어야 한다.

02 논제 풀이

📈 서론

이슈 언급

SMR(Small Modular Reactor)는 원자로와 증기 발생기, 냉각재 펌프, 가압기 등 주요 기기를 하나의 용기에 일체화시켜 공장 제작과 모듈 운송으로 원전 건설 현장에 간단히 설치할 수 있는 300MW 이하의 전기 출력을 가진 '소형 모듈 원자로'다. 일반 원전과 같이 원전이 들어설 장소에서 건설하는 것이 아니라, 현지 조립 방식으로 미리 생산된 모듈화 기기를 해당 장소에 운송해 설치하는 방식을 주로 채택하여 설계 단순화 및 공정화를 통해 신뢰성 및 경제성 향상이 가능하다.

SMR는 대형 원자력 발전소보다 매우 낮은 출력을 가지고 있어 외부 전원 없이 자연적인 물리 현상을 이용하는 안전 계통을 채택하기 쉬워 높은 고유 안전성을 갖고 있다. 시스템 자체가 작아 지하 매립 방식, 냉각 수조에 넣는 방식, 해양부유식 등 다양한 방식으로 사고 시 환경으로 누출되는 방사능의 양을 획기적으로 억제할 수 있다. 또한 핵연료를 대형 원자로와 비교해서 효율적으로 이용할 수 있고 핵연료 재장전 및 운송에 필요한 인프라 및 인력을 최소화할 수 있어 핵안보성도 증진된다.

이와 같은 SMR가 추구하는 궁극적인 안전 목표는 '후쿠시마 사고'와 같은 사고를 원천적으로 차단하는 것이고, 이를 통해서 어떤 상황이라도 주민이 대피할 필요가 없는, 그래서 인근 주민들은 근처에 원전이 있는지도 인지하지 못할 정도의 안전성을 달성하는 것이다.

SMR는 향후 급증할 것으로 예상되는 풍력이나 태양광 같은 신재생 에너지의 간헐성을 극복하면서 그린 수소를 생산할 수 있는 현실적인 대안으로도 활용될 수 있다. SMR는 유연하게 부하를 따라갈 수 있고, 여러 가지 찬반은 있지만 온실가스 방출 없이 신재생 에너지와 같이 갈 수 있는 거의 유일한 현실적인 대안이기도 하다.

📈 본론

| **1. SMR 개발의 배경**
<출처: KDB미래전략연구소> | **1) 재생 에너지 확산** | 탄소 중립 대응이 가속화되면서, 전력 공급의 중심이 재생 에너지로 빠르게 이동 중이다.
① 재생 에너지는 대표적인 무탄소 전원으로, 각국은 탄소 배출 감축을 위한 중심 수단으로 재생 에너지 확대를 선택했다.
② 화석 연료 기반 전력 생산은 전체 탄소 배출의 40%이상을 차지하며, 전력 공급의 무탄소화가 탄소 중립 달성의 핵심으로 인식되고 있다. |

1. SMR 개발의 배경 <출처: KDB미래전략 연구소>	1) 재생 에너지 확산	③ 국제에너지기구(International Energy Agency, IEA)는 2025년 글로벌 재생 에너지 발전량이 석탄 화력의 발전량을 추월하며, 2024~2027년 글로벌 추가 발전량의 약 97%가 재생 에너지로 공급될 전망이라고 밝혔다.
	2) 재생 에너지 문제점	재생 에너지 확산에 따라 유연성 자원 확보와 송전망 접속 지연 문제가 해결 과제로 부상했다. ① 날씨 등 외부 환경에 따라 출력이 급변하는 재생 에너지는 변동성이 커 이를 보완하기 위한 유연성 자원의 중요성이 증가하고 있다. 가. 재생 에너지 출력은 전력 수요와 시계열이 일치하지 않아, 수요보다 발전량이 많은 시간대엔 출력 제한이 발생하는 등 운영상의 제약이 발생한다. 나. ESS(Energy storage system. 잉여 전력을 저장했다가 필요할 때 방전하는 장치)·부하추종발전원(전력 수요 변화에 맞춰 출력을 빠르게 조절할 수 있는 발전원으로 석탄, LNG, SMR 등)·수요반응(Demand Response, DR. 시간대별 전력 수요를 조절하는 장치) 등의 유연성 자원은 전력의 출력과 수요를 조절해 전력 계통 안정성 확보에 필수적인 역할을 수행하지만, 기존의 유연성 자원 활용은 구조적 제약으로 인해 재생 에너지 중심의 전력 공급 전환을 충분히 지원하기 어렵다. 다. ESS는 발전 설비가 아닌 저장장치로, 충전 주기의 한계로 인해 재생 에너지의 장기 변동성 대응에는 구조적인 제약이 존재한다. 　A. ESS는 방전 이후 충전이 필요하며, 충전이 어려운 환경이 장시간 지속되면 전력 공급 기능을 상실한다. 　B. 현재 상용화된 ESS 대부분이 4~6시간의 단기 변동성 대응을 목적으로 설계되었다. 라. 석탄, LNG 복합화력 등 화석 연료 기반 부하추종 발전원은 출력 조정 능력은 우수하나, 탄소 중립과는 양립이 어렵다. 　A. 석탄, LNG 복합화력 등은 기동과 정지 과정에서 온실가스를 배출하며, 화석 연료의 특성상 발전 과정에서도 탄소를 배출한다. 마. 수요반응(DR)은 데이터 센터, 전기차 급속 충전 등 고정적 부하의 등장으로 인해 효과가 점차 저하될 가능성이 존재한다. 　A. 데이터 센터는 통상 24시간 가동이 요구되며, 전기차 급속 충전도 단시간에 충전이 이루어져 전력 수요를 시간대에 따라 조절하는 것이 어렵다.

<table>
<tr><td>

**1. SMR 개발의
배경**

<출처: KDB미래전략
연구소>

</td><td>

2) 재생 에너지
문제점

</td><td>

[재생 에너지 출력의 변동성]

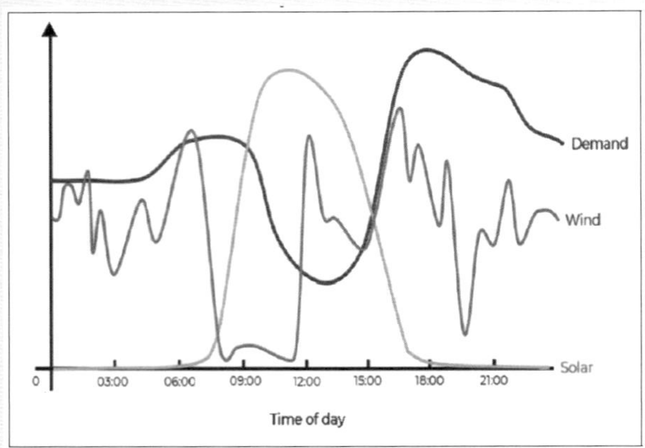

<출처: KDB미래전략연구소>

② 재생 에너지의 입지 제약과 송전망 구축 지연으로 인해 송전망 용량이 부족한 상황으로, 재생 에너지 발전 설비가 송전망에 접속하지 못하는 상황이 발생하고 있다.

가. 재생 에너지는 일사량 · 풍속 등 자연조건에 따라 입지가 제한되어, 수요지와 먼 거리에 집중되는 경우가 많아 송전망 용량 부족을 유발한다. 송전망 확충은 인허가, 주민 협의 등으로 인해 5~10년 이상의 장기간이 소요될 예정이다.

A. 2024년 기준 약 1,650GW 규모의 재생 에너지가 송전망 접속이 지연 중이다.

나. 송전망 확충 역시 사회적 수용성 등의 제약으로 근본적 해결책이 되지 못하며, 입지 분산형 공급 전략이 병행되어야 한다.

다. 송전망 확충은 사회적 수용성의 제약으로 인해 구조적으로 장기간이 소요되며, 재생 에너지 확산 속도를 따라가기 렵다.

라. 송전망 건설은 기술적 제약보다는 인허가 절차, 주민 반발, 환경 훼손 등이 핵심 제약 요인으로 작용해 단기간 내 해소가 어려움

마. 송전망 확충만으로는 발전소가 특정 지역에 집중되는 문제를 해결할 수 없어, 병목을 반복적으로 유발할 가능성이 높다.

A. 수요지 인근의 분산형 전원 확보와 발전소의 입지 분산이 병행되지 않으면 송전망 병목의 근본적 해결이 불가능한다.

</td></tr>
</table>

① SMR은 소형·모듈형 설계를 기반으로 다양한 입지에 활용이 가능하며, 기존 대형 원전 대비 안정성을 높인 차세대 원자력 발전이다.

　가. SMR은 공장에서 표준화된 모듈 제작 후, 현장에서 조립되는 방식으로 기존 대형 원전 대비 설치 기간이 단축되며 다양한 입지에 구축이 가능하다.

　나. SMR은 안전 계통이 단순화 및 소형화되어 기존 대형 원전 대비 안전성과 규제 수용성 측면에서도 경쟁력을 확보할 수 있다.

[기존 대형 원전과 SMR 비교]

항목	기존 대형 원전	SMR(소형모듈원전)
안전성	체르노빌, 후쿠시마 등 대형 사고 발생 이력이 있다.	단순화·일체형 설계, 피동형 안전 계통 선택으로 사고 발생 위험을 낮춘다.
운영 탄력성	기저부하로, 대용량 출력으로 고정된다.	Scalable, 부하추종운전이 가능하다. 분산 전원 및 신재생 에너지의 백업 전원으로 활용할 수 있다.
건설 리스크	현장 건설 작업의 비중이 높아, 건설 리스크가 높다.	공장에서 표준화된 모듈을 생산 후 현장에서 단순 조립하기에 건설 리스크가 낮다.
부지 면적	573㎡/MWe (APR1400 기준)	대형 원전 대비 단위 출력 당 필요 부지 면적 1/2

② SMR은 무탄소 부하추종 전원으로서, 재생 에너지 확산 과정에서 전력 계통 유연성 확보에 기여할 수 있는 전략적 자원이다.

　가. SMR의 소형 노심은 출력 조절 시 축적, 방출되는 열량이 적어 응답 시간이 짧으며, 단순화 및 일체형 설계로 인해 제어 정밀도가 높다.

　나. SMR은 핵분열 기반 무탄소 발전으로, 발전 과정에서 온실가스를 배출하지 않아 탈탄소 목표와 양립이 가능하다.

③ SMR은 입지 분산이 가능하여 재생 에너지의 입지 제약 문제를 보완할 수 있다.

　가. SMR은 소형 모듈형 구조와 단순한 입지 요건을 바탕으로 수요지 인근이나 기존 발전소 부지에 설치가 가능하다.

　나. SMR의 분산 입지 특성은 송전 인프라 확충 부담을 줄여, 재생 에너지 중심의 전력 공급 전환에 필요한 유연성과 안정성을 보완할 수 있다.

　다. 일사량·풍속 등 자연조건이 열악하거나 송전망 접근성이 낮아 재생 에너지 보급이 힘든 지역에 SMR을 보완 전원으로 활용 가능하다.

---

2. SMR의 가치
<출처: KDB미래전략연구소>

1) SMR의 전략적 가치

<table>
<tr><td rowspan="3">**2. SMR의 가치**
<출처: KDB미래전략
연구소></td><td>1) SMR의 전략적
가치</td><td>④ SMR은 산업용 열 생산 등 재생 에너지만으로는 대응하기 힘든 부분을 보완하는 복합 에너지원으로도 활용이 가능하다.
　가. 재생 에너지는 고온 열원 생산이 불가능해, 정유 · 화학 · 제철 등 고온 열 수요 대응에 한계가 존재한다.
　나. 500℃ 이상의 열원 공급이 가능한 고온가스로형 SMR(헬륨을 냉각제로 사용하는 고온형 SMR) 등은 전기 · 열을 동시에 공급하여 지역난방 등에서 발생하는 복합 에너지 수요에 대응할 수 있다.</td></tr>
<tr><td>2) 글로벌 현황</td><td>각국은 재생 에너지 전환 과정을 보완하는 전략적 자원으로 SMR을 활용하는 방안을 추진 중이다.
① 미국과 루마니아는 24시간 가동이 필요한 기저 전원 공백을 보완하기 위해 SMR 활용을 추진 중이다.
② 캐나다는 전력망과 연계된 부하 추종형 SMR 실증사업을 통해 재생 에너지 변동성 대응을 추진하고 있다.
③ 핀란드와 일본은 전기 외 에너지 수요 대응을 위해 고온가스로형 SMR 활용을 검토 중이다.
④ 러시아와 미국은 재생 에너지 공급이 어려운 사각지대 보완을 위해 SMR을 자립형 전원으로 활용하는 방안을 추진 중이다.</td></tr>
<tr><td>3) 국내 SMR활용
전략</td><td>한국은 기저 전원 대체, 산업용 고온열 공급, 자립형 전원, 수출형 기술 확보 등을 목적으로 SMR 실증을 추진 중이다.
① 석탄 화력 발전 등 기저부하 전원의 저탄소 대체 수단으로 SMR을 검증 중이다.
② 한국원자력연구원, 산업통상자원부 등을 중심으로 SMR을 열 공급 수단으로 활용하는 방안이 추진 중이다.
　가. 한국원자력연구원은 전기 생산보다 스팀 및 고온열 공급을 주 목적으로 하는 고온가스로형 SMR 개발을 진행 중이며, 현재 개념 설계 완료 단계
　나. 산업부 등은 고온열 수요가 큰 제철 · 화학 산업 등을 대상으로 SMR 기반 열 공급 수요 조사 및 경제성 분석을 실시 중이다.
③ 도시 지역, 군사 시설 등 전력망 접근이 힘든 지역에 자립형 전원으로 SMR을 활용하기 위한 실증도 기획 중이다.
　가. 한국원자력연구원이 개발 중인 고온가스로형 SMR은 자립형 열병합 전원으로 활용 가능하다.
　나. 국방부, 원자력연구원 등은 군사 시설에 고온가스로형 SMR을 자립형 열병합 전원으로 활용하는 실증 사업을 기획 중이다.</td></tr>
</table>

<table>
<tr><td rowspan="5">2. SMR의 가치
<출처: KDB미래전략
연구소></td><td rowspan="5">3) 국내 SMR활용
전략</td><td>④ 전략적 활용 목적 외에도 SMR 수출 기술 확보를 위해 SMR제조 역량 확보, 독자 모델 설계 등도 병행 진행 중이다.</td></tr>
<tr><td>가. 두산에너빌리티는 NuScale의 SMR 제조 파트너로서 주요 부품 제작 및 납품과 함께 기자재 국산화 실증도 병행 중이다.</td></tr>
<tr><td>나. 과학기술정보통신부는 기본 설계를 완료한 국내 독자 SMR 모델 SMART의 해외 실증 협의와 함께, 혁신형 SMR(i-SMR) 설계 개발을 추진 중이다.</td></tr>
<tr><td>다. SMART는 기본 설계 완료 후 설계 인증 획득했고, 실증로 건설은 미진행 상태이다..</td></tr>
<tr><td>라. 혁신형 SMR(i-SMR)은 2030년 상용화를 목표로 상세 설계 진행 중이다.</td></tr>
</table>

 결론

의견 제시 SMR는 향후 급증할 것으로 예상되는 풍력이나 태양광 같은 신재생 에너지의 간헐성을 극복하면서 그린 수소를 생산할 수 있는 현실적인 대안으로도 활용될 수 있다. SMR는 유연하게 부하를 따라갈 수 있고, 여러 가지 찬반은 있지만 온실가스 방출 없이 신재생 에너지와 병행할 수 있는 거의 유일한 현실적인 대안이기도 하다.

첫째, 재생 에너지의 확산은 기술적·경제적 제약보다는 송전망 병목에 의해 좌우될 전망으로, SMR을 통해 이를 전략적으로 보완해야 할 것이다. 재생 에너지는 자연조건에 따라 입지가 결정되기 때문에 보급이 진행될수록 특정 지역에 대한 송전망 수요는 증가하며, 송전망 병목은 고착화되는 구조이다. SMR은 수요지 인근에 독립 설치가 가능하여, 재생 에너지 확산에 따른 송전망 확충 부담을 간접적으로 완화할 수 있다.

둘째, 탄소 중립 시대의 전원 구성은 기능에 따른 역할 분담으로 설계되어야 하며, SMR을 통해 재생 에너지의 기능적 공백을 보완하는 것이 필요하다.

재생 에너지 보급 확대 과정에서 유연성 자원 및 기저 전원의 역할을 충족할 수 있는 전원은 제한적이다. SMR은 기존 유연성 자원의 한계를 보완할 수 있으며, 화석 연료 기반 전원이 담당하던 기저 전원 역할을 대체할 수 있는 무탄소 전원이다.

셋째, 전력 중심의 재생 에너지 탈탄소화가 가진 구조적 한계 보완을 위해, SMR을 복합 에너지 부문의 전환 수단으로 전략화하는 것이 필요하다.

재생 에너지는 전력 중심의 기술로, 고온 열원 제공 등 전력 외의 부문에 대응하기 어려운 구조적 한계가 존재한다. 반면 SMR은 다양한 수요에 대응할 수 있는 분산형 자원으로, 재생 에너지로 전환하는 과정에서 발생하는 전력 외의 부문에 대한 수요를 흡수할 수 있다. 실제로 차세대 SMR 중 일부는 해수 담수화, 폐열 활용, 산업 플랜트 열 공급 등 전력 외의 부문 중심의 응용을 목적으로 설계가 진행 중이다.

넷째, 재생 에너지와 SMR은 양립 불가능한 전원이 아니라, 기능과 역할이 다른 상호 보완적 전원으로 함께 추진되어야 한다.

"탈원전 대 재생 에너지"라는 이분법적 구도는 현실과 괴리되며, 정책적 의사 결정을 왜곡시킬 수 있다. SMR은 기존의 대형 원전과 달리 출력 조절 능력과 입지 유연성이 우수해, 재생 에너지와 충돌 요인이 없다.

chapter 14

신냉전 체제

01 논제 개요 잡기 [핵심 요약]

서론	이슈언급	최근 국제 체제는 2가지 흐름을 이어가고 있다. 첫째, 코로나19 팬데믹 이후 심해진 국제 체제의 분절화와 파편화된 국제 질서의 도래로, 모든 국가들이 자국 이익 위주로 격돌하는 각자도생(各自圖生)의 시대가 도래했다. 그 결과, 국제 공급망 교란, 지정학의 귀환, 강대국 경쟁의 재현, 국제 제도와 국제 레짐의 기능 부전 등이 대표적인 흐름들이다. 둘째, 신냉전 진영화 추세의 심화다. 민주주의 대 권위주의 체제의 대립 구도로 재편되고 있다. 세계는 미국과 서구를 중심으로 한 글로벌 웨스트(Global West), 중·러를 중심으로 한 글로벌 이스트(Global East), 그리고 인도, 브라질 및 중간 지대의 나머지 다양한 비서구 발전도상국들을 포함하는 글로벌 사우스(Global South)로 삼분되는 양상을 보이고 있다. 특히, 세계 경제의 양강, 미국과 중국의 갈등이 좀처럼 진정되지 못하고 있다.
본론	1. 신냉전 체제	**1) 의미** 신냉전은 중국과 러시아가 미국의 패권 즉 '미국 주도의 세계 질서'를 인정하지 않는 데서 출발함.
		2) 배경 및 향배 신냉전은 미국의 패권 약화와 중국의 부상이 맞물린 결과임. ① 미국 ② 중국

1. 신냉전 체제	2) 배경 및 향배	③ 블록 재편 : 오히려 미국, 또 점차 중국과 같은 초대형 허브에 집중된 네트워크가 분산화, 다변화되고 있는 면도 있음. 하지만 그 배후에 적대적인 진영 간 대립, 특히 무역 및 투자 흐름의 '분절화(fragmentation)' 징후가 확산되고 있는 데 주의해야 함. IMF 등의 분석에 따르면, 최근 국제 무역 및 투자 관계는 미국을 지지하는 진영, 중국을 지지하는 진영 등 양대 적대 진영 위주로 재편되고 있는 모습을 보임. ④ 경쟁 형태
본론 **2. 쟁점 및 함의점**	1) 군사적 충돌 문제	① 러시아-우크라이나 전쟁의 향배 ② 중동 정세의 향배 ③ 대만 및 남중국해 문제 ④ 한반도 상황
	2) 금융 시장 분절화	국제 통화·금융 질서에서도 분절화의 징후가 커지고 있음은 분명함. 무역 금융의 통화별 비중을 보면, 미국 진영에서는 큰 변화가 없지만, 중국 진영에서는 달러 비중이 점차 줄어드는 한편, 위안 비중이 증가하고 있는 추세임. 무엇보다 중국 스스로 위안화 국제화에 박차를 가하면서 위안 사용을 늘리고 있기 때문임. 실제로 중국의 대외 거래에서 위안이 차지하는 비중은 15년 전의 0%에 가까운 수준에서 2023년 말 50%에 육박할 정도로 급등했음. 아울러 최근 외환 보유액에서 금 보유비중이 급증하고 있는데, 역시 서구의 제재 위험을 의식한 중국 진영의 자구 노력에 따른 영향이 큼.
	3) NATO 체제 강화	① 2023년 7월 리투아니아에서 열린 나토 정상 회의는 스웨덴과 핀란드를 받아들여 32개 회원국을 확인했음. ② 이로써 나토는 글로벌 웨스트의 대부분을 차지하게 되었고, 세계화 30년 동안 나토와 슬라브 세력 사이에 유지되던 균형을 더 이상 찾아볼 수 없게 되었음. 유럽 인구의 약 30%를 차지하는 슬라브인이 상당 부분 나토에 편입되어 이제는 러시아와 몇 개의 위성 국가들을 에워싸는 형국이 되었음. ③ 결과적으로 러시아를 중국 쪽으로 더 밀어내는 상황이 되어, 미국에 동조하지 않는 국가들의 단합을 더 공고하게 만들었음.

본론	2. 쟁점 및 함의점	4) 글로벌 사우스의 부상	2023년 중동 및 아프리카 등 상당수 글로벌 사우스 국가들은 2030년 엑스포 개최지로 한국 부산 대신 사우디아라비아 리야드를 지지했음. 최근 알제리 등 권위주의 진영의 일부 국가들은 가자 지구에서 벌어지는 인도주의적 문제를 제기하며 유엔 안전보장이사회 이스라엘의 라파 공격 중단을 촉구하는 결의안을 채택하도록 영향력을 행사했음. 이처럼 글로벌 사우스는 국제 정치의 강력한 다크호스로 부상하고 있으며, 중국과 러시아는 글로벌 사우스를 활용해 국제 질서 다극화를 적극 모색하고 있음.
		5) 밀착하는 북중러와 한미일	① 북한은 최근 중국과의 관계를 과시하고 있음. ② 북한과 러시아와의 협력은 이미 가속화하고 있음. ③ 반면 한국과 러시아의 관계는 악화일로를 걷고 있음. ④ 이에 맞선 한·미·일은 2023년 캠프 데이비드 합의 이후 삼각 공조 체제를 강화 중임. ⑤ 미국과 일본은 '중국 견제'를 최우선 원칙으로 삼고 있는 반면, 한국은 북핵 위협에 대응하는 게 1순위인만큼 전략적 접근이 필요함. 중국 압박을 우선 과제로 삼은 미·일과 한국은 다른 의도를 갖고 있다는 점을 어떻게 차별화해서 부각시키느냐가 관건임. 또 북한이 태도를 바꿔서 협상 테이블로 나오지 않는 한, 우리는 북핵 이슈를 최대 의제로 삼고 삼각 공조를 강화하는 스탠스를 유지할 수밖에 없음.
결론	의견제시		첫째, 섣불리 글로벌 웨스트를 경시해서는 안 된다. 계속 위축되고 있는 G7 입장에서 볼 때 G7의 확대는 필수 불가결하다. 이 상황에서 우리는 가치를 공유하는 국가들과 연대를 더 강화해야 한다. 둘째, 글로벌 웨스트에 정체성을 두고 글로벌 이스트와 사우스를 구분해 보는 안목을 키워야 한다. 셋째, 인도·태평양 지역에서 한국의 존재감을 더 확대해야 한다. 넷째, 대전환이 가져오는 부작용과 충격을 줄이기 위해 기술 개발, 인적 자본, 국제 협력, 통상 정책을 모두 고려하는 대책을 세워야 한다.

02 논제 풀이

📈 서론

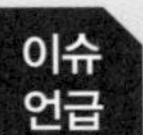

최근 국제정세는 파편화된 세계 질서 하에서, 새로운 진영화가 동시에 진행되는 가운데 세계 곳곳에서 다양한 갈등과 충돌로 인한 불확실성과 리스크가 증대하고 있다. 이미 러시아-우크라이나 전쟁이 진행 중이고, 여기에 더해 이스라엘-하마스 전쟁, 대만해협-남중국해의 긴장 가능성, 한반도의 위기감 고조 등도 거론된다.

최근 국제 체제는 2가지 흐름을 이어가고 있다.

첫째, 코로나19 팬데믹 이후 심해진 국제 체제의 분절화와 파편화된 국제 질서의 도래로, 모든 국가들이 자국 이익 위주로 격돌하는 각자도생(各自圖生)의 시대가 도래했다. 그 결과, 국제 공급망 교란, 지정학의 귀환, 강대국 경쟁의 재현, 국제 제도와 국제 레짐의 기능 부전 등이 대표적인 흐름들이다.

둘째, 신냉전 진영화 추세의 심화다. 민주주의 대 권위주의 체제의 대립 구도로 재편되고 있다. 세계는 미국과 서구를 중심으로 한 글로벌 웨스트(Global West), 중·러를 중심으로 한 글로벌 이스트(Global East), 그리고 인도, 브라질 및 중간 지대의 나머지 다양한 비서구 발전도상국들을 포함하는 글로벌 사우스(Global South)[1]로 삼분되는 양상이다.

현재 국제 질서의 핵심은 글로벌 웨스트와 글로벌 이스트 사이의 경쟁, 특히 미-중관계에 있다. 미-중관계는 정치와 경제, 이념과 체제 등 거의 모든 면에서 당분간 적대적 경쟁 관계가 지속될 전망이며, 글로벌 사우스를 상대로 경쟁적 '세 결집'을 적극 추진하고 있다.

특히, 세계 경제의 양강, 미-중 갈등이 좀처럼 진정되지 못하고 있다. 각 진영의 지정학적 노선에 기반한 국제 무역·투자 흐름의 재조정, 즉 '지경학적(Geo-Economic) 분절화'가 본격화되고 있는 것이다. 물론 세계 성장이나 무역 자체에 아직 직접적인 악영향은 뚜렷하지 않다. 특히 글로벌 금융위기 이후 급격히 수축되던 세계 무역은 여전히 GDP 대비 40%대에서 등락하고 있다. 요컨대, 세계화가 끝나고 탈세계화의 시대가 도래했다고 보기는 힘들다. 사실 2차 세계대전 이후 구소련의 붕괴에 이르던 냉전기에도 국제 무역은 꾸준한 회복세를 보였다. 다만 무역 회복은 주로 진영 내에 국한된 현상일 뿐, 진영 간 무역은 매우 부진했다. 지금도 냉전 초창기와 흡사하다. 진영 내 무역은 양호하나, 진영 간 무역이 급격히 위축되고 있는 것이다.

이에 본지에서는 신냉전 체제 시대 도래의 배경과 이에 따른 쟁점 및 함의점들을 도출해 보고자 한다.

1. 신냉전 체제	**1) 의미**	① 신냉전은 중국과 러시아가 미국의 패권 즉 '미국 주도의 세계 질서'를 인정하지 않는 데서 출발한다. 가. 과거 냉전이 미국과 소련 두 나라 간 대결 구도였다면, 신냉전은 복합적 다극 구도다. 미국 동맹 세력 대 북한 · 중국 · 러시아 · 이란 등 전체주의 세력과의 대결이다. 나. 신냉전은 구냉전과 마찬가지로 이데올로기의 충돌이다. 구냉전이 자유주의와 공산주의의 대결이었다면 신냉전은 민주주의 체제와 권위주의 체제의 대결이다. 미국과 대서양 및 태평양 지역 미국의 동맹국들은 개인의 권리가 국가의 권리가 중요하다고 보는 체제다. 반면 민주주의가 국가를 허약하게 만든다고 믿는 중국과 러시아는 사실상 일인 통치 시스템을 구축했다.
	2) 배경 및 향배	신냉전은 미국의 패권 약화와 중국의 부상이 맞물린 결과다. ① 미국 가. 미국은 제1차 세계대전까지만 하더라도 고립주의를 유지했으나 1941년 일본의 진주만 공격으로 고립주의의 위험을 절감한 뒤 국제주의로 선회했다. 1945년 이후 미국은 유럽과 아시아 동맹국들에 대해 막대한 비용을 쏟아부으며 안보와 시장을 제공해 성장을 이끌었다. 1971년 닉슨 행정부의 일방적인 금본위제 파기, 일본 엔화 가치를 인위적으로 급등시킨 1985년 플라자 합의 등 미국의 이기적 행태를 동맹국들이 감내한 것은 그와 같은 미국의 글로벌 리더십을 인정했기 때문이다. 나. 문제는 2010년대 경제가 비틀대면서 미국이 고립주의로 후퇴할 조짐을 보이고 있다는 점이다. 미국의 고부가가치 산업은 세계를 제패했지만 서비스와 제조업 분야에선 일자리가 사라졌다. 다. 2016년 대선에서 도널드 트럼프가 승리한 이유 중 하나는 글로벌 경제에서 미국의 입지가 흔들리고 있다는 국민적 불안감이었다. 미국의 불안은 중국에 대한 견제로 귀결됐다. 트럼프 행정부와 바이든 행정부는 중국의 성장을 억제하는 정책을 펼친다는 점에서 다르지 않다. ② 중국 가. 1980년 1인당 국내총생산(GDP)이 195달러에 불과했던 중국은 미국이 주도한 세계화 질서에 참여하면서 초강대국으로 거듭났다. 나. 시진핑 중국 국가주석은 중화인민공화국 건국 100주년이 되는 2049년까지 전 세계에서 가장 부강한 나라라는 과거의 영광을 되찾는 것을 목표로 삼고 있다.

1. 신냉전 체제	**2) 배경 및 향배**	다. 중국은 미국이 내부로 시선을 돌린 틈을 타 아프리카, 중남미 · 카리브해, 아시아에서 일대일로 등 인프라 건설 사업과 관세 인하 협정 체결 등으로 대외적 영향력을 강화하고 있다. 라. 또한 중국은 미국이 자국의 안보와 번영에 필수적이라고 여겨온 태평양에서 지정학적 힘의 균형을 바꾸려는 시도를 하고 있다. ③ 블록 재편 　가. 오히려 미국, 또 점차 중국과 같은 초대형 허브에 집중된 네트워크가 분산화, 다변화되고 있는 면도 있다. 하지만 그 배후에 적대적인 진영 간 대립, 특히 무역 및 투자 흐름의 '분절화(fragmentation)' 징후가 확산되고 있다는 것을 주의해야 한다. 　나. IMF 등의 분석에 따르면, 최근 국제 무역 및 투자 관계는 미국을 지지하는 진영, 중국을 지지하는 진영 등 양대 적대 진영 위주로 재편되고 있는 모습이다. ④ 경쟁 형태 　가. 트럼프 1기 행정부 시기부터 본격적으로 시작된 미-중 전략 경쟁은 무역 및 관세 전쟁으로 시작했지만, 지금은 가치와 체제, 첨단 기술 분야까지 전방위적으로 진행되는 총체적 대결 국면으로 치닫고 있다. 　나. 미국 바이든 행정부는 대중 정책의 재조정(recalibration)을 논의하면서 디커플링(decoupling)에서 디리스킹(derisking)으로 방향을 전환한다는 입장을 표명했지만, 본질적으로 미-중 경쟁이 달라진 건 아니다. 　다. 디리스킹은 미-중 경제 관계를 전면적으로 분리하자는 것이 아니라, 반도체나 인공지능(AI) 등 민감한 첨단 군사 안보 관련 핵심 분야로 좁게 한정하여, 그 분야에서 미국의 핵심 기술이나 제품이 중국으로 유출되는 것을 제한하겠다는 것이다. 　라. 요컨대 제한은 좁게 하되 장벽은 높이겠다는 것(smallyard, high fence)이 핵심이다. 　마. 중국은 디리스킹이 미국의 대중 정책 기조 변화나 완화를 의미하지 않는다는 점은 분명하며, 디커플링이나 디리스킹의 본질은 탈중국화, 모두 중국의 경제 발전과 첨단 기술 억제라는 목적이 있다고 비판했다.
2. 쟁점 및 함의점	**1) 군사적 충돌 문제** <출처: 세종 연구소>	① 러시아-우크라이나 전쟁의 향배 　가. 러시아-우크라이나 전쟁이 어떻게 종전되느냐에 따라 향후 국제 질서의 성격이 규정될 것이다. 　나. 러시아의 우크라이나 침공은 제2차 세계대전 이후 확립된 국제법, 영토주권 원칙을 위배한 것은 물론 OSCE 등 다자체제를 통해 정립된 유럽의 갈등 해소 체제를 전면적으로 부정하는 행위이다.

다. 만일 러시아-우크라이나 전쟁이 러시아의 승리로 끝나거나 혹은 러시아에게 아무런 책임도 묻지 않는다면, 향후 유럽은 그 어느 나라도 러시아의 군사적 위협으로부터 자유로울 수 없다는 인식이 확산되었다.

라. 러시아-우크라이나 전쟁이 푸틴의 승리로 끝난다면 이는 강대국이 약소국의 영토를 힘으로 빼앗아도 국제 사회가 아무 것도 할 수 없다는 무기력한 사례로서, 자유 세계의 리더로 군림해온 미국의 리더십에 치명적 손실을 초래할 것이다.

② 중동 정세의 향배

가. 이스라엘-하마스전쟁이 레바논 헤즈볼라까지 확전되고 이스라엘의 숙적인 이란과 무력 충돌도 이어지는 가운데, 중동 정세는 걷잡을 수 없는 혼란으로 이어지고 있다.

나. 이란은 하마스를 최전선으로 내세운 중동 내 반(反)이스라엘, 반미 세력의 후원자이자 배후로 알려져 있다. 중동 정세가 어지러워지면 국제 유가가 상승 압박을 받게 되고, 이는 곧 세계 경제 회복에도 부정적 영향을 미치게 될 것이다.

③ 대만 및 남중국해 문제

가. 러시아-우크라이나 전쟁 이후 국제 사회의 관심이 유럽에 쏠린 틈을 타 시진핑 주석이 대만에 무력 통일을 시도할지도 모른다는 우려가 제기되고 있다.

나. 중국은 여러 가지 국내외 문제로 인해 대만에 대해 단기간 내 무력 사용은 안 하겠지만 장기적으로는 그럴 가능성을 배제하기 어렵다.

④ 한반도 상황

가. 북한은 2022년 초부터 핵과 미사일 역량 강화에 치중하면서 중국과 러시아와의 밀착을 강화하고 있다.

나. 남북 대화는 물론 북한과 국제 사회 간에 일체의 소통 채널이 단절되면서 북한의 행보와 한반도 상황은 '시계 제로' 상태이다.

다. 2022년 12월 말 개최된 당중앙위 제8기 6차 전원회의는 핵무력 정책의 법제화를 중요한 성과로 평가한 후, 핵무력 건설 기본방향을 제시했다. 전술핵 무기 다량 생산, 핵탄 보유량의 기하급수적 증대, 신형 ICBM 개발 계획 채택, 핵무력 선제 사용 가능성 시사 등은 북한의 핵무기 정책이 갈수록 공세적이고 위험스런 방향으로 진화하고 있음을 말해준다.

---

2. 쟁점 및 함의점

1) 군사적 충돌 문제

<출처: 세종연구소>

2. 쟁점 및 함의점

2) 금융 시장 분절화
<출처: 하나금융 경영연구소>

이처럼 국제적으로 지정학적 긴장이 고조되는 가운데, 투자나 금융 흐름에서도 분절화의 위험이 부각되고 있다.

① 특히 러시아의 우크라이나 침공을 계기로 미국 등 서방의 적성국에 대한 금융 제재가 강화되면서, 이에 따른 몰수나 자금 압박 위험을 회피하기 위해 중국과 러시아 등을 중심으로 전통적인 달러 지배를 벗어나 대안적인 국제 지급 결제망 구축 및 비달러 외환 보유액 확충 움직임이 가시화되는 모습이다. 금과 연동된 달러를 축으로 삼았던 브레튼우즈 체제의 붕괴에도 불구하고 여전히 미국의 강력한 금융 파워를 기반으로 사실상 국제 결제망과 외환 보유액을 지배해 온 달러 헤게모니 혹은 미국 주도의 통화 · 금융 질서에 균열이 생기고 있다.

② 하지만 국제 지급 결제망의 핵심 축인 SWIFT 기준으로, 달러는 여전히 무역 금융의 80% 이상을 차지하고 있다. 아무래도 원자재를 필두로 다양한 거래가 달러 중심으로 송장 및 결제 처리되고 있는 영향이다. 또한 그동안 달러에 편중된 외환 보유액의 다변화 노력이 주목을 끌었지만, 지금도 국제 외환 보유액에서 달러 비중은 60%에 이르고 있다. 달러의 파워는 아직 견조한 셈이다.

③ 사실 외환 보유액을 다변화하는 과정에서 애초 이목이 집중되던 유로나 엔, 파운드 등 전통적인 준비 통화의 비중은 오히려 감소했고, 대신에 '비전통적 준비 통화'인 위안이나 캐나다달러, 호주달러, 나아가 우리 원화 등의 외환 보유액 비중이 조금씩 늘어나고 있다.

④ 달러 헤게모니의 종료라기보다는 달러를 제외한 2등급 통화들의 파워 게임에 불과한 양상이다.

⑤ 그러나 국제 통화 · 금융 질서에서도 분절화의 징후가 커지고 있음은 분명하다. 무역 금융의 통화별 비중을 보면, 미국 진영에서는 별 변화가 없지만, 중국 진영에서는 달러 비중이 점차 줄어드는 한편, 위안 비중이 증가하고 있는 추세다. 무엇보다 중국 스스로 위안화 국제화에 박차를 가하면서 위안 사용을 늘리고 있기 때문이다. 실제로 중국의 대외 거래에서 위안이 차지하는 비중은 15년 전의 0%에 가까운 수준에서 2023년 말 50%에 육박할 정도로 급등했다. 아울러 최근 외환 보유액에서 금 보유비중이 급증하고 있는데, 역시 서구의 제재 위험을 의식한 중국 진영의 자구 노력에 따른 영향이 크다.

3) NATO 체제 강화
<출처: 내일신문>

① 2023년 7월 리투아니아에서 열린 나토 정상 회의는 스웨덴과 핀란드를 받아들여 32개 회원국을 확인했다.

② 이로써 나토는 글로벌 웨스트의 대부분을 차지하게 되었고, 세계화 30년 동안 나토와 슬라브 세력 사이에 유지되던 균형을 더 이상 찾아볼 수 없게 되었다. 유럽 인구의 약 30%를 차지하는 슬라브인이 상당 부분 나토에 편입되어 이제는 러시아와 몇 개의 위성 국가들을 에워싸는 형국이 되었다.

3) NATO 체제 강화 <출처: 내일신문>	③ 결과적으로 러시아를 중국 쪽으로 더 밀어내는 상황이 되어, 미국에 동조하지 않는 국가들의 단합을 더 공고하게 만들었다. 그렇다고 미국이 더 불리한 상황에 놓이지도 않을 것이다. 상대적 힘은 빠졌지만, 대외 환경이 그다지 불리하지 않은 아이러니한 상황이 미국을 기다리고 있다. ④ 나토의 확장이라는 압박을 견디지 못해서 러시아가 보편적인 기준의 친서방적인 민주주의 국가가 되는 일은 이론에서만 가능할 것이다. 세계화 30년 동안 독일과 프랑스가 주도한 러시아를 향한 평화 공세가 푸틴의 우크라이나 침공 결정에 아무런 영향을 미치지 못했다는 점을 전 세계는 알게 되었다. 나토의 확장과 나토와 아시아의 연결이라는 '정치'적 의지가 현 '질서'가 안고 있는 모순을 해결해 줄 것인지는 더 지켜볼 일이다.
2. 쟁점 및 함의점	
4) 글로벌 사우스의 부상	① 2023년 중동 및 아프리카 등 상당수 글로벌 사우스 국가들은 2030년 엑스포 개최지로 한국 부산 대신 사우디아라비아 리야드를 지지했다. 최근 알제리 등 권위주의 진영의 일부 국가들은 가자 지구에서 벌어지는 인도주의적 문제를 제기하며 유엔 안전보장이사회가 이스라엘의 라파 공격 중단을 촉구하는 결의안을 채택하도록 영향력을 행사했다. 이처럼 글로벌 사우스는 국제 정치의 강력한 다크호스로 부상하고 있으며, 중국과 러시아는 글로벌 사우스를 활용해 국제 질서 다극화를 적극 모색하고 있다. ② 글로벌 사우스는 북반구 저위도나 남반구에 있는 개발도상국과 저개발 국가들을 의미한다. 글로벌 사우스는 135개국, 60억 인구를 대표하지만, 그간 국제 무대에서 소외되었다. 하지만, 미—중 전략경쟁과 '두 개의 전쟁' 등 글로벌 복합 위기 속에서 글로벌 사우스의 가치가 새롭게 발견되고 있다. ③ 글로벌 사우스의 몸값이 높아진 배경에는 가. 지난 30여 년간 지속적인 성장을 통해 경제 펀더멘탈을 키워온 데 있다. 중국을 포함한 글로벌 사우스의 GDP 비중은 전 세계의 40%에 이른다. 여기에 인구구조의 역동성, 풍부한 광물 자원, 그리고 공급망으로서의 가치 등을 무기로 주요 7개국(G7)에 대항해 새로운 경제 지형 구축을 시도하고 있다. 또한 자유주의 국제 질서 내부적으로 갈등과 균열이 심화하고 중국과 러시아 등 이른바 수정주의 세력의 도전이 거세지면서 '균형자'로서 글로벌 사우스가 반사 이익을 누리고 있다. 우크라이나 전쟁은 민주주의와 권위주의 진영 간 세력권 분리 현상을 가속화하는 결정적 사건으로 평가된다. 글로벌 사우스 국가들은 급변하는 국제 안보 구조에서 미국과 중국ㆍ러시아 사이에서 줄타기하며 '스윙 국가'이자 '펜스 시터(fence-sitter)'로서 입지를 다지고 행동반경을 확대하는 호기를 맞고 있다.

<table>
<tr><td rowspan="2">**2. 쟁점 및
함의점**</td><td rowspan="2">4) 글로벌
사우스의
부상</td><td>

나. 유엔 등 국제기구의 권위가 흔들리고 글로벌 복합 위기가 심화하는 가운데, 글로벌 사우스는 글로벌 거버넌스 개혁에도 목소리를 높이고 있다. 글로벌 사우스에 속한 다수의 국가들은 그간 기후 변화 등 주요 국제 현안 의사 결정 과정에서 '주변부'로서의 피해의식을 공유하고 있다.

다. 여기에 미국의 패권 약화와 강대국 간 갈등 심화로 국제 사회의 문제 해결 역량이 크게 약화한 점도 글로벌 사우스의 부상을 촉진한다.

④ 글로벌 사우스가 국제 무대 전면에 등장함에 따라 국제 정치에도 상당한 변화를 예고하고 있다.

가. 글로벌 거버넌스 개혁, 기후 변화, 그리고 러시아-우크라이나 전쟁 등 주요 국제 현안에서 글로벌 사우스의 영향력이 확장할 것으로 보인다. 2022년 인도네시아를 시작으로 2023년 인도, 2024년 브라질, 2025년 남아프리카 공화국에 이르기까지 글로벌 사우스의 대표 국가들이 G20 의장국을 맡게 된 점도 예사롭지 않다.

나. 글로벌 사우스를 향한 세계 주요국의 러브콜도 쏟아질 전망이다.

A. 중국과 러시아 등 '권위주의 투톱'은 브릭스-플러스의 지정학적 잠재력을 활용해 글로벌 사우스를 적극 규합하고 있다. 14억 인구 대국 인도는 글로벌 사우스의 핵심 행위자임을 자처한다.

B. 미국을 비롯한 G7 등 서방도 글로벌 거버넌스 개혁에 유연한 자세를 보이는 등 글로벌 사우스와 접점을 모색하고 있다. 바이든 대통령의 후보 사퇴 이후 미국 대선 불확실성이 심화하는 상황에서 '이민 문제' 등 민감한 이슈에 대한 서방의 태도가 글로벌 사우스와의 관계를 결정할 분수령이 될 것으로 보인다.

⑤ 서방으로 대표되는 '글로벌 웨스트', 그리고 중국·러시아 중심의 '글로벌 이스트'가 글로벌 현안의 의사 결정을 독점했다면, 이제 '글로벌 사우스'가 부상하면서 국제 체제의 분화 및 다극화는 더욱 가속화할 것으로 보인다.

⑥ 글로벌 사우스의 역습은 한국에도 중요한 의미가 있다. 2023년 부산 엑스포 유치 실패는 국내적으로도 글로벌 사우스에 대한 담론이 확대되는 계기가 되었다. 글로벌 사우스는 우리 외교의 외연을 확장할 수 있는 기회의 창이면서 동시에 국제 사회에 대한 한국의 기여 확대 등은 도전 과제이기도 하다. 2024년 6월 우리 정부가 성공적으로 개최한 한-아프리카 정상 회의를 교훈 삼아 내년도 한-중앙아시아 정상 회의 등을 내실 있게 준비해 우리의 글로벌 사우스 외교 역량을 강화해야 한다. 글로벌 불확실성이 확산하는 상황에서 대북 억제력 확립은 물론, 지속 가능한 성장 동력 확보 등 우리의 국익 극대화를 위한 글로벌 사우스 외교가 어느 때보다 중요한 시기다.

</td></tr>
</table>

① 북한은 최근 중국과의 관계를 과시하고 있다.

　　가. 김정은 국무위원장은 2024년에 중국 서열 3위인 자오러지 전국인민대표회의 상무위원장을 만나 북·중 관계 발전을 논의했다. 이 자리에서 시진핑 중국 주석의 방북이나 김정은의 방중이 논의됐을 가능성이 높다. 북–러에 비해 소원한 것으로 여겨졌던 북–중 관계가 2024년 수교 75주년을 맞아 다시 가까워질 것이란 전망이 나온다.

　　나. 실제로 최근 두 나라는 고위급 인사 교류를 이어가고 있다. 2023년 말 박명호 북한 외무성 부상이 중국을 방문해 왕이 외교부 장관과 쑨웨이 둥 차관을 만났으며, 2024년 1월에는 쑨 차관이 다시 방북했다.

　　다. 또 북한 노동당 대표단은 지난달 중국을 방문해 공식 서열 4위의 왕후닝 전국인민정치협상회의 주석과 서열 5위인 차이치 공산당 중앙서기처 서기 등을 만나기도 했다.

② 북한과 러시아와의 협력은 이미 가속화하고 있다.

　　가. 두 나라는 전쟁을 매개로 무기 거래에 나서는 등 최근 급속히 가까워졌다. 인사 교류도 잇따랐다. 최근 정무림 북한 보건상을 단장으로 하는 보건대표단이 러시아를 방문했다. 최선희 외무상은 2024년 1월 러시아를 찾아 푸틴 대통령을 만났다. 러시아 측에선 연해주 주지사와 문화부 차관이 지난달 방북했다. 그리고 2024년 상반기 푸틴 대통령이 방북을 단행하며 군사적 교류 확대와 러시아-북한 동맹을 체결했다.

③ 반면 한국과 러시아의 관계는 악화일로를 걷고 있다.

　　가. 외교부가 2024년 초 군수 물자 운송과 북한 해외 노동자 송출을 통해 북핵 개발 자금 조달을 도운 러시아 선박, 기과, 개인 등에 독자 제재를 부과하자 러시아는 즉각 반발했다. 러시아 외무부는 "대응이 뒤따를 것"이라며 보복을 예고했다.

　　나. 앞서 대북 제재 이행을 감시하던 유엔 안전보장이사회 대북제재위 전문가 패널의 임기 연장을 반대한 것도 러시아다. 2024년 4월 미국 뉴욕에서 열린 유엔 회의에서 한국은 러시아의 거부권 행사가 부당하다는 점을 성토했지만, 북한 측은 러시아의 거부권 행사와 관련 "매우 감사하다"는 입장을 밝혔다.

④ 이에 맞선 한·미·일은 지난해 캠프 데이비드 합의 이후 삼각 공조 체제를 강화 중이다.

　　가. 미국·영국·호주의 군사 동맹인 '오커스(AUKUS)'에 한국과 일본의 합류 가능성도 점쳐진다.

2. 쟁점 및 함의점	**5) 밀착하는 북중러와 한미일**	나. 최근엔 한·미·일 연합 해상 훈련을 진행했고, 2024년 8월 을지 프리덤실드(UFS)에선 북한의 핵 사용을 가정한 시나리오를 갖고 훈련도 시행했다. 기시다 일본 총리와 조 바이든 미국 대통령이 정상 회담도 가졌다. ⑤ 이 같은 대립 관계를 두고 각국이 저마다 다른 의도를 품고 있다는 분석이 나온다. 가. 신냉전 구도는 북한이 원하는 흐름이고, 여기에 끌려가지 말아야 한다는 게 전문가들의 지적이다. 북한 입장에서는 중국과 러시아를 자신의 편으로 끌어들이고, 한·미·일과 대립하는 구도를 만들어야 국제 사회에서의 영향력을 끌어올리고 핵 보유에 대한 당위성도 인정받을 수 있다고 판단하기 때문이다. 실제로 김정은은 2021년부터 "국제관계 구도가 '신냉전' 체제로 명백히 전환되고 다극화의 흐름이 더욱 가속화되고 있다."며 신냉전을 언급하기 시작했다. 나. 반면 중국 입장에서는 이미 양자 관계로도 관리가 가능한 나라들을 굳이 '북·중·러'라는 3자 구도를 묶어 국제 사회와 대립각을 세울 필요가 없다는 게 전문가들의 견해다. 중국은 국제 사회에서 '왕따' 격인 북한과 러시아를 끌어안고 3자 구도를 만들어 부담을 짊어질 이유가 전혀 없다. 당장 3자 구도를 와해시키지는 않을 테지만, 양자 관계를 중심으로 조절에 나서며 3국 간의 구도를 조절할 것으로 보인다. 다. 미국과 일본은 '중국 견제'를 최우선 원칙으로 삼고 있는 반면, 한국은 북핵 위협에 대응하는 게 1순위인만큼 전략적 접근이 필요하다. 중국 압박을 우선 과제로 삼은 미·일과 한국은 다른 의도를 갖고 있다는 점을 어떻게 차별화해서 부각시키느냐가 관건이다. 또 북한이 태도를 바꿔서 협상 테이블로 나오지 않는 한, 우리는 북핵 이슈를 최대 의제로 삼고 삼각 공조를 강화하는 스탠스를 유지할 수밖에 없다.

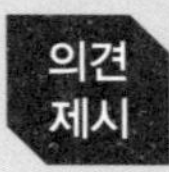

결론

의견 제시　영국 국제 정치 전문가인 로빈 니블렛의 <신냉전>에서는 신냉전이 파국으로 귀결되지 않도록 하려면 양쪽 진영이 '자기충족적 예언'을 하지 말아야 한다고 강조한다. 미국은 중국의 궁극적 목표가 전 세계를 지배하는 것이라고 판단하는 경향이 있는데, 이는 능력을 의도와 동일시하는 성급한 판단이라는 얘기다. 니블렛은 중국이 거대한 내수 시장을 갖고 있으나, 대외 무역 의존도가 높고 인구 고령화와 이민에 대한 저항도 향후 중국의 성장에 걸림돌이 될 수 있다고 지적한다. 또 미국과 달리 중국에 진정한 의미의 동맹국이 없다는 사실도 직시해야 한다고 말한다. 중국공산당에 대한 중국 국민들의 불만을 키워 중국을 약화시키겠다는 것도 근거 없는 기대에 불과하다. "중국은 과거 소련보다 통치를 더 잘하는 국가"이기 때문이다.

　니블렛은 민주주의 진영이 현재의 주요 7개국(G7)에 한국과 호주를 포함시켜 G9으로 개편해야 한다고 제안한다. 현재의 G7은 미국의 대서양 동맹국 중심인데 이를 태평양 동맹국으로 확대해야 한다는 것이다. 한국은 첨단 반도체와 배터리 생산국이라는 점에서, 호주는 세계 1위 리튬 생산국이자 세계 4위의 우라늄 생산국이라는 점에서 민주주의 진영의 경제 안보에 도움이 된다는 논리다. 현재 중국과 러시아가 공을 들이는 글로벌 사우스의 협력을 얻는 것도 빼놓을 수 없는 과제라고 강조했다.

　또한 저자는 지금 전 세계가 신냉전 양상으로 흘러가고 있다 하더라도 G9이 중국과의 무역을 중단해서는 안 된다고 강조한다. 중국 시장에 대한 의존도가 G9 국가마다 달라서 중국과의 무역을 과도하게 규제할 경우 G9 내부에서 불만이 터져나올 수 있다는 것이다. 저자는 반도체, 희토류 등 민감 품목 수입 의존도는 낮추고 자동차, 의류, 식품, 금융, 엔터테인먼트 등 비핵심 부문 투자와 무역을 확대하면 G9과 중국이 모두 이익을 얻을 수 있다고 전망한다.

　지경학적 분절화의 심화는 미국과 중국 등 주요 지정학적 세력과의 경제적 연계가 높고 글로벌 공급망에 깊숙이 편입된 우리나라에게 상당한 부담이 아닐 수 없다. 사실 우리야말로 미국 주도의 다자 준칙기반 무역시스템과 국제통화체제의 수혜를 크게 누린 국가인 셈이다. 지정학적 긴장 고조로 더 이상 과거처럼 안정적인 글로벌 무대를 기약할 수 없지만, 그렇다고 수수방관할 수도 없다. 동북아시아 지정학적 요충지에 놓인 현실을 직시하면서, 우리 정부의 국정목표인 '글로벌 중추국가'에 기반하여 국제적, 다자적 차원의 소통과 중재, 협력을 확대해 나가는 것이 중요한 시점이다.

따라서, 우리의 대응은 긴 안목을 갖고 차근차근히 해 나가되 서둘러서는 안 된다.

첫째, 섣불리 글로벌 웨스트를 경시해서는 안 된다. 계속 위축되고 있는 G7 입장에서 볼 때 G7의 확대는 필수 불가결하다. 이 상황에서 우리는 가치를 공유하는 국가들과 연대를 더 강화해야 한다.

둘째, 글로벌 웨스트에 정체성을 두고 글로벌 이스트와 사우스를 구분해 보는 안목을 키워야 한다. 이것은 거대 개발도상국에 대한 우리 정책이 보다 정밀해져야 함을 말한다. 거대 개발도상국과 보다 촘촘하고 다면적인 협력 관계를 확대·발전시키고 단기 충격에 따라 성급하게 정책 기조를 변경하는 우를 범해서는 안 된다.

셋째, 인도·태평양 지역에서 한국의 존재감을 더 확대해야 한다. 인도·태평양 지역 선진국과 협력은 안정적인 다자 틀 위에서 구축되어야 하며, 개발도상국과 협력은 개발 협력을 넘어서야 한다.

넷째, 대전환이 가져오는 부작용과 충격을 줄이기 위해 기술 개발, 인적 자본, 국제 협력, 통상 정책을 모두 고려하는 대책을 세워야 한다. 대외 정책은 정밀하고 다양하며 선별적이어야 하며, 국내 정책과 긴밀히 조율하고, 무엇보다도 현실에 대한 정확한 인식 아래 전략적이어야 한다.

다섯째, 파편화된 질서 속에서 진영화가 동시에 나타나는 혼란스러운 국제 질서 속에서 외교가 할 일은 리스크 분산이 핵심 과제이다. 가치와 국익 사이에서 이를 어떻게 결합한 국가 전략을 펼칠 것인지에 대한 판단 기준을 마련해야 한다. 중국과의 디커플링 대신 디리스킹을 선언한 유럽의 고민도 같은 맥락에서 나온 것이라 할 수 있다. 외적인 경제적 충격이나 경쟁국의 정치·경제적 압박으로부터 견딜 수 있는 국가와 사회의 탄력성(resilience)을 어떻게 키울지도 중요한 과제이다. 한국과 비슷한 처지인 유사 입장 국가들과의 협력도 더욱 중요해졌다.

한편, 여기서 우리가 주목해야 할 잠재적 기회도 존재한다.

첫째, 지정학적 진영 간의 직접적인 경제 연계는 약화되고 있지만, 비동맹 '연결국가'들을 매개로 한 간접적인 연계가 이어지고 있다. '넥스트 차이나'의 선두 주자 인도는 물론이고, 인도네시아, 베트남, 멕시코, 브라질, 터키, 남아프리카 공화국 등은 양호한 인구구성비와 풍부한 자연 자원, 그리고 양강의 틈새에서 새롭게 다지고 있는 경제적, 외교적 기회를 기반으로 향후 세계 경제의 강력한 견인차 역할이 기대된다. 물론 지정학적 양대 진영에서도 이들을 대상으로 구애와 협박을 통한 편가르기가 예상되지만, 21세기 세계 경제의 새로운 활로를 개척할 연결국가와의 공조와 협력은 그만큼 절실해 보인다.

둘째, 국제 지급 결제망이나 외환 보유액의 탈달러 움직임에도 주의가 필요하다. 그 과정에서 우리나라 원화, 나아가 국내 금융 시장이 국제적으로 일종의 '준안전자산'으로 입지가 점차 강화되고 있는 것이다. 오랜 기간 우리는 외화나 자금 흐름과 관련해 이른바 '신흥시장의 원죄'에 시달려 왔다.

하지만 21세기 들어 한국은 선진 경제로 올라섰고, 대외 투자에서도 순투자국, 순채권국의 지위를 누리고 있다. 국제 통화·금융 질서의 혼란은 분명 우리에게 커다란 위협이지만, 동시에 다자적이고 수평적인 네트워크에 기반한 한국 금융의 새로운 도약을 꿈꿀 기회가 될 수도 있다.

<출처: 하나금융경영연구소>

용어해설

1) **글로벌 사우스** : 남반구나 북반구의 저위도에 위치한 아시아, 아프리카, 남아메리카의 개발도상국을 통칭하는 용어.

　글로벌 사우스(Global South)는 주로 남반구나 북반구의 저위도에 위치한 아시아, 아프리카, 남아메리카 등의 개발도상국을 통칭하여 일컫는 말이다. 오늘날에는 인도, 사우디아라비아, 브라질, 멕시코 등을 비롯한 120여 개 국가들이 글로벌 사우스로 분류된다. 이와 달리 북반구에 위치한 미국, 유럽 등의 선진국은 글로벌 노스(Global North)라고 불리며, 글로벌 사우스와 대비된 개념으로 사용된다. 일반적으로 글로벌 사우스는 글로벌 노스에 비해 높은 인구 밀도와 열악한 기반 시설을 가지고 있고, 농업 등 1차 산업에 대한 의존도가 높은 편이며, 경제 발전 수준이 낮아 저소득과 소득 불평등 문제를 겪고 있다. 정치적으로는 미성숙한 민주주의 체제로 정치적 불안정성이 높게 나타나는 특징을 보인다.

주제 1

미·중 신냉전 체제에서 우리의 정책적 방안에 대해 논하라

답안

↗ 서론

2010년대로 접어들면서, 미국과 러시아, 미국과 중국 사이의 긴장이 고조되는 '신냉전'이 시작되었다. 미국의 **대북중러 적대 정책은 이전과 다르게 미국의 일극패권이 무너졌다는 것을 시사한다.** 이렇듯 복잡한 양상으로 전개되는 '신냉전 체제'는 한국에도 많은 영향을 미친다. 이에 본고는 '신냉전 체제의 원인- 미국과 중국의 정책 방향– 한국의 정책적 대응 방안'에 대해 논하려고 한다.

| 대(對)

무너졌다라고 보기에는 다소 무리가 있습니다.
표현을 단정 짓기보다는 여지를 두시는 것이 좋습니다.
"미국의 일극패권이 흔들리고 있음을 시사한다."

↗ 본론

1. 신냉전 체제의 원인

① 미국에 대한 중국의 지적 재산권 침해

실제로, 몇 년 전 트럼프가 주도했던 미중 무역 전쟁의 중심에는 첨단 기술의 선점이 있었다. 미국 내에서는 중국이 지적재산권을 침해하고 기술을 절취한다는 의혹이 팽배했기 때문이다. 미국의 대표적 IT 기업들은 트럼프 행정부에게 중국의 불공정한 기술 이전과 지적 재산권 침해에 대한 대책을 수립해 달라고 요구한 것으로 알려졌다. 이에 따라 트럼프 행정부의

| 미국의

대중 기술봉쇄가 시행되었고, ZTE(中興通訊, 중흥통신), 푸젠진화(福建晉華·JHICC), 텐센트, 그리고 화웨이 등이 제재의 대상으로 떠올랐다.

② 미국과 중국의 경제적 상호 의존

과거 냉전의 특징은 자본주의 시장경제 진영과 공산주의 계획경제 진영이 서로 완전히 분리되어 있었다는 것이다. 하지만, 과거와는 달리 미국과 중국 경제는 밀접하게 상호 의존되어 있다. 미국의 경우 대중 총수입은 5050억 달러, 대중 총수출은 1,300억 달러이며, 수치로만 봐도 미국과 중국 경제는 깊은 관계를 가지고 있음을 알 수 있다.

중국의 자유화를 위해 미국은 중국에 대한 시장을 개방했고, 중국의 WTO 가입을 지원했다. 하지만, 이러한 방식을 통한 **중국 경제 번영이 미국과 중국의 상호 의존으로 이어졌고, 미국은 이를 거두어들이기 위한** 중국 압박 정책을 시행하게 되었다.

2. 미국과 중국의 정책 방향

① 미국의 공급망 재편 조치

미국은 「반도체 및 과학법」과 「인플레이션 감축법(IRA)」등으로 글로벌 공급망을 재편했다. 「반도체 과학법」은 첨단 기술 분야의 제조, R&D, 인적 자원, 보안, 공급망 등에 인센티브와 세액 공제를 제공하도록 하는 법이다. 또한, 「인플레이션 감축법(IRA)」은 배터리 공급망과 관련해 자국과 캐나다에서 제조 또는 조립한 배터리를 장착한 전기차에 대해 보조금을 지원하는

상호 의존이 커져서 미국이 중국 압박 정책을 시행한 것은 아닙니다. 논리적 인과관계가 다릅니다. 상술했듯 무역 불균형 문제 해소와 지적 재산권 문제로 시작되었습니다.

법이다. 미국은 첨단 기술 분야에서의 중국으로부터 기술 보호, 국가 안보 등을 목적으로 수출 통제를 실시하고 있다.

② 중국의 공급망 재편 조치

중국의 공급망 재편 전략은 '자국 내 자체 공급망 구축, 첨단 기술 육성 및 보호, 주변국과의 공급망 연계 강화'로 요약된다. 내부적으로는 역량과 공급망을 강화하고, 외부적으로는 원자재, 자원, 핵심 기술, 식량 등의 원활한 조달을 위한 공급망을 확보하겠다는 것이다. 추가로, 글로벌 공급망 내에서의 고립을 탈피하기 위해 대외 영향력 확대, 외국인 투자 유치 확대 등을 시행하고 **있다.**

핵심이 쌍순환전략인데 누락되어 있습니다.

③ 미국의 동맹국 중심의 선별적인 디커플링

미국은 첨단 산업을 중심으로 대규모 보조금 정책을 통해 보조금을 수혜받는 기업이 중국과 협력하는 것을 차단한다. 가령, 거래 제한 명단이나 수출 관리 규정 등이 있다. 자국 기업뿐만 아니라 외국 기업에 대해서도 거래 제한 명단에 등재된 중국 기업과 수출을 통제하고 있는 것으로 보아, 통제 정도가 강함을 알 수 있다. 이는 동맹국 위주의 선별적인 디커플링을 위한 움직임으로 해석된다.

📈 결론

한국의 정책적 대응 방안

① 중국발 금융 위기에 대비한 전략

미중 무역 분쟁은 미국이 입을 경제적 타격보다 중국이 입을 경제적 타격이 더 크다. 중국의 수출 둔화, 경제 성장률 하락과 실물경기 둔화가 부동산 시장 침체로 이어지면 중국발 금융 위기가 발생할 수 있다. 한국은행에 따르면, 한국은 중국의 부동산과 설비 투자 침체로 인해 아시아 국가 중 대중 수출에 가장 큰 영향을 받는 나라다. 중국 부동산 침체는 건설에 필요한 굴삭기 등 한국의 기계 장비류와 철강 부품 수출 부진으로 이어지기 때문이다. 이처럼, 중국발 금융 위기로 올 수 있는 전반적인 경제 위기에 대비해 **수출 다변화 전략을 세워야 한다. 또한, 중국 기업과 긴밀하게 연관된 한국 기업들에게 다른 국가로 수출할 수 있는 발판을 마련할 수 있도록 프로그램 지원 및 세제 혜택을 제공해야 한다.**

> 자본시장 측면의 고찰도 필요합니다. 중국계 투자자금의 유출문제도 다루면 좋겠습니다.

② 다른 국가들의 대응 전략을 검토

한국은 한 · 미 · 중 관계에만 매몰되는 것에서 벗어나 넓은 시야를 가져야 할 필요가 있다. 미국과 중국 사이에서 압박을 받는 다른 나라들의 대처 방법을 검토해 우리만의 전략을 수립해야 한다. 일본은 미국의 반(反)화웨이 정책에 동참하면서, 일중 경제 협력 및 관계 강화에 주력한다. 동남아 국가들뿐만아니라 캐나다, 호주도 미중 무역 분쟁에서 미국에 우호적이지만, 동시에 중국의 압박을 받는 상황이다. 이러한 국가들의 대처 방법을 구체적으로 분석해, 한국이 대응할 수 있는 전략을 세워야 한다.

③ 한국 산업의 경쟁력을 유지하기 위한 전략

한국은 '중국제조 2025'에 대응해야 한다. 이는 중국 산업 구

조의 변화에 대응하고, 첨단 산업 분야의 투자와 고급 기술 인력 및 기술 유출을 방지하는데 힘써야 한다는 뜻이다. 한중 간 주력산업 중첩과 산업 기술력 격차 축소로 중국의 세계 시장 점유율이 꾸준히 상승하고 있다. 이러한 상황에서 '중국제조 2025'가 시행되면 중국 제조업의 자급률이 높아져 한국에 위협 요인이 될 수 있다. 기술 유출 방지를 위해 기업 단위로 보안을 강화하고, 인력 유출을 방지하는 정책적 대응 방안을 마련해야 **한다.**

신냉전 체제로써의 전체적인 핵심 스토리가 약합니다.
예를 들면
글로벌 웨스트
글로벌 이스트
글로벌 사우스
언급이 없습니다.

chapter 15

미–중 기축통화 전쟁

01 논제 개요 잡기[핵심 요약]

서론	이슈언급	러시아의 우크라이나 침공 이후 미국과 러시아 간 신(新)냉전이 펼쳐지면서, 수면 아래에서 기축통화 전쟁이 치열하게 펼쳐지고 있다. 미국이 달러 중심 국제 금융 결제망인 국제 은행 간 통신 협정(Society for Worldwide Interbank Financial Telecommunication, SWIFT)에서 러시아를 퇴출하는 등 강력한 금융 제재에 나서자, 러시아를 비롯해 미국과 가깝지 않은 국가를 중심으로 달러 생태계에서 벗어나려는 노력이 가시화된 것이다. 미국의 러시아 퇴출 결정 이후 러시아는 곧바로 중국이 제공하는 결제망으로 갈아탔다. 중국은 이미 2015년 위안화 국제 결제 시스템(Cross-Border Interbank Payment System, CIPS)을 구축했다. 이제 중국과 러시아 양국 간 교역은 루블과 위안으로 이뤄진다. 이러한 기반 위에서 중국은 최근 사우디아라비아와 브라질 등 지역 맹주국에 손을 뻗치고 있다. 특히 중동 원유 거래의 '페트로 달러' 비중을 낮추기 위해 중국은 사우디아라비아와 '페트로 위안화'를 통한 원유 교역 비중을 늘리는 등 달러 패권을 약화시키기 위한 여러 전략들을 취하고 있다.
본론	1. 기축통화로서의 달러	1) 의미 및 특성 ① 기축통화(基軸通貨) 정의 ② 역사 ③ 기축통화의 특권 ④ 트리핀 딜레마(Triffin's dilemma)

본론	1. 기축 통화로서의 달러	2) 페트로 달러 시스템	1971년 8월 13일 닉슨은 "더 이상 달러를 금으로 바꿔줄 수 없다"는 금태환 정지 선언을 발표했음. 1973년 11월 8일 키신저는 사우디아라비아의 파이살 국왕을 접견했음. 미국이 사우디아라비아 안보와 왕실의 안전을 보장하는 대신 석유수출국기구(Organization of the Petroleum Exporting Countries, OPEC)은 원유를 오로지 달러로만 판매하는 협상이었음. 키신저 장관은 앞으로는 국제시장에서 석유를 사고팔 때 반드시 달러로만 거래해야 한다고 발표했음. 대신 미국은 사우디아라비아의 안전을 보장했음. 왕정체제 유지가 절박했던 사우디아라비아와 흔들리는 기축통화 지위를 굳건히 해야 하는 미국의 이해관계가 맞아떨어진 '세기의 딜'이었음..
		3) 지위	① 기축통화는 쓰기 편해야 하고 많은 사람이 보유하고 싶어야 함. ② 외환시장이나 자본 시장에서 통제 없이 다른 통화로 자유롭게 교환될 수 있어야 하고 가치가 안정적이어야 함. ③ 그러려면 경제 규모가 크고 나라 밖으로 통화가 계속 빠져나갈 수 있도록 지속적인 경상수지 적자를 견딜 수 있어야 함. ④ 현재 세계 외환거래의 85%가 달러로 이뤄지고, 전 세계에서 발행되는 해외 채권 가운데 50% 이상이 달러 표시 채권이다. 각국 중앙은행은 외환 보유액의 60% 이상을 달러 표시 자산으로 운용하고 있음.
	2. 중국 위안화 성장	1) 흔들리는 달러 위상	① 달러의 위상은 계속 약해져 왔음. ② 중국 위안화의 영향력은 점차 커지고 있음.
		2) 차근히 준비 하는 중국	① 중국은 달러 제국을 무너뜨리려 치밀한 전략을 펴고 있음. ② 중국은 2015년 위안화 국제 결제 시스템(Cross-Border Interbank Payment System, CIPS)을 구축했음. ③ 이러한 기반 위에서 중국은 최근 사우디아라비아와 브라질 등 지역 맹주국에 손을 뻗치고 있음. ④ 다만 달러가 약해졌다고 해서 위안화가 그 자리를 온전히 대체한다는 의미는 아님.
		3) 위안화 위상 변화	① 위안화 결제 순위 및 현황 　가. 중국 정부의 위안화 국제화 추진, 일대일로 등 위안화 권역 확대 노력으로 위안화는 국제 은행 간 통신 협정(Society for Worldwide Interbank Financial Telecommunication, SWIFT) 결제통화 5위로 위상이 높아짐.

본론	2. 중국 위안화 성장	3) 위안화 위상 변화	나. 위안화 결제통로는 SWIFT 외에도 위안화 전용 결제 시 스템인 CIPS(Cross-Border Interbank Payment System)* 가 있으며, 최근 CIPS 성장세가 가파름. 다. CIPS 결제액까지 포함하면 위안화의 국제적 위상은 더 높을 것으로 추정됨. ② CIPS 거래 확대 배경 　가. SWIFT 정치적 활용 　나. 사우디아라비아, 브라질 중심으로 탈 SWIFT 움직임 　　확산 ③ 위안화 직거래 사례
		4) 국내 위안화 거래 확대	① 국내 위안화 거래 확대 배경
		5) 시사점	① 위안화 관련 상품·서비스 확대 ② 위안화 지급 결제 채널 점검
결론	의견제시		첫째, 기본적으로 원화의 내재 가치인 우리의 경제력을 키워나가야 한다. 즉, 경제의 펀더멘털을 튼튼히 하는 일이 정공법이라는 얘기다. 둘째, 이 과정에서 전략적 사고와 세련된 외교 역량이 필요하다. 우리나라의 경우 지정학적으로 경제 문제와 안보 문제를 동시에 고려해야 할 특수성을 지니고 있기 때문이다.

02 논제 풀이

서론

최근 세계적인 투자자 짐 로저스는 러시아 국영 통신사를 통해 "달러 패권이 끝나가고 있다."라고 언급한 바 있다. 실제 중남미를 비롯한 신흥국들의 탈달러 움직임이 가속화되고 있는 가운데, 중국은 미국 달러에 대한 의존도를 낮추기 위해 국제 결제망에서 위안화 사용을 본격화하는 모습이다.

구체적으로는 러시아의 우크라이나 침공 이후 미국과 러시아 간 신(新)냉전이 펼쳐지면서, 수면 아래에서 기축통화 전쟁이 치열하게 펼쳐지고 있다. 미국이 달러 중심 국제 금융 결제망인 국제 은행 간 통신 협정(Society for Worldwide Interbank Financial Telecommunication, SWIFT)에서 러시아를 퇴출하는 등 강력한 금융 제재에 나서자, 러시아를 비롯해 미국과 가깝지 않은 국가를 중심으로 달러 생태계에서 벗어나려는 노력이 가시화된 것이다. 미국의 러시아 퇴출 결정 이후 러시아는

곧바로 중국이 제공하는 결제망으로 갈아탔다. 중국은 이미 2015년 위안화 국제 결제 시스템(Cross-Border Interbank Payment System, CIPS)을 구축했다. 이제 중국과 러시아 양국 간 교역은 루블과 위안으로 이뤄진다. 러시아의 대외 수출대금 중 위안화 비중은 전쟁을 전후해서 0.4%에서 16%로 급증했고, 같은 기간 50%를 넘었던 달러화 결제 비율은 30%대로, 유로화는 20%대로 감소했다. 이러한 기반 위에서 중국은 최근 사우디아라비아와 브라질 등 지역 맹주국에 손을 뻗치고 있다. 특히 중동 원유 거래의 '페트로 달러' 비중을 낮추기 위해 중국은 사우디아라비아와 '페트로 위안화'를 통한 원유 교역 비중을 늘리는 등 달러패권을 약화시키기 위한 여러 전략들을 취하고 있다.

미−중 간 반응은 사뭇 엇갈린다. 중국 관영 환구시보는 "러시아와 우크라이나 분쟁은 달러와 유로화에 의존하는 것이 얼마나 위험한지 드러냈다."며 "앞으로 위안화가 주요 기축통화로서 위상이 더욱 강해질 것"이라고 자신감을 나타냈다. 반면 미국 CNN은 "지난 80년간 달러로 세계를 지배한 미국이 기축통화 지위를 잃을 위험이 있다."며 우려를 드러냈다.

이에 본지에서는 기축통화의 특성과 현황에 대해 알아보고 위안화 성장 배경을 바탕으로 미-중 간 기축통화 전쟁의 함의점을 도출해 보고자 한다.

📈 본론

1. 기축 통화로서의 달러	1) 의미 및 특성

① 기축통화(基軸通貨) 정의

가. 기축통화 이해에 앞서 국제통화부터 정의해 보자면, 국제통화는 개인이나 국가 특히 외환 보유액을 운용하는 중앙은행들이 당해 통화로 표시된 자산을 널리 보유한 통화를 의미한다. 달러, 유로, 파운드, 엔, 위안 등이 국제통화다.

나. 기축통화는 국제통화 중에서도 가장 널리 사용되는 핵심적인 통화다.

다. 이렇듯 국제 무역과 금융 거래에서 기본 결제 수단에 이용되는 통화로, 1960년대 미국 예일대의 로버트 트리핀 교수가 처음 명명했다. 제2차 세계대전이 막바지였던 1944년 미국 주도의 브레턴우즈 체제가 시작되면서 달러가 공식 기축통화로 자리 잡았다.

② 역사

가. 근대적인 의미의 기축통화는 영국 파운드가 시작이었다. 파운드는 제1차 세계대전(1914~1918년) 전까지 세계에서 영향력 있는 통화였다. 1899~1913년 사이에 각국의 외환 보유액에서 파운드화가 차지하는 비중이 4배 이상 증가했고, 전세계 외환 보유액의 약 40%를 차지했다.

나. 하지만 제1차 세계대전은 영국과 파운드화의 몰락을 불렀다. 영국은 전쟁 자금을 마련하기 위해 지폐를 무분별하게 했고, 이로 인해 파운드화의 가치는 불안정해졌다. 이어 1931년 파운드를 금으로 바꿔주는 금 태환을 정지하자 파운드에 대한 신뢰가 곤두박질쳤다.

<table>
<tr>
<td rowspan="2">1. 기축
통화로서의
달러</td>
<td rowspan="2">1) 의미 및
특성</td>
<td>

다. 미국은 이 공백을 파고 들었다. 다른 나라들도 달러를 대안으로 보기 시작했다. 1930년대 대공황이 터지자 달러는 잠시 움찔했다. 그러나 제2차 세계대전을 거치면서 미국은 세계 유일한 초장대국으로 거듭났다. 달러는 명실상부한 기축통화의 지위에 올랐다.

③ 기축통화의 특권

가. 1960년대 프랑스의 발레리 지스카르 데스탱 재무장관은 달러가 누리는 특혜를 '과도한 특권(Exorbitant Privilege)'이라고 비판했다. 이렇듯 기축통화가 누리는 특권은 상상을 초월한다.

나. 주조차익(시뇨리지)이 있다. 미국 조폐국이 100달러 지폐를 인쇄하는 비용은 몇 센트에 불과하다. 하지만 외국인들이 100달러 지폐를 수중에 넣으려면 그에 상응하는 상품 또는 용역을 제공해야 한다.

다. 미국 국채도 마찬가지다. 종이 채권에 1,000달러를 인쇄하면 그 채권은 곧바로 1,000달러 값어치를 갖는다. 횡재가 따로 없다. 그런데도 외국인들은 달러 지폐와 미국 국채를 갖기 위해 안간힘을 쓴다.

라. 기축통화국은 유동성 위기에 처할 염려도 없다. 달러가 모자라면 인쇄기로 찍으면 그만이다. 미국은 재정 적자가 어마어마하다. 그런데도 경제는 잘 굴러간다. 재정에 펑크가 나면 국채를 발행해서 돈을 조달하면 된다. 미국은 무제한 마이너스 통장을 마음대로 굴리는 세계 유일의 나라다.

마. 2008년 글로벌 금융 위기의 진앙은 미국이다. 그런데 각국이 오히려 달러를 확보하느라 열을 올렸다. 1990년대 말 외환 위기와 비교하면 모순상황이다. 외환 위기 때 원화 가치는 바닥을 뚫고 내려갔다. 한국 경제에 대한 신뢰가 무너졌기 때문이다. 그러나 미국은 글로벌 금융 위기의 주범임에도 불구하고 달러는 오히려 가치가 크게 올랐다. 당시 한국 금융 시장은 미 연방준비제도(Federal Reserve System, Fed, 연준)와 통화 스와프를 체결한 덕에 가까스로 안정을 찾았다. 이게 바로 기축통화의 힘이다.

바. 이처럼 미국은 달러를 발행하여 무역 적자를 메우는 등의 경제적 이익을 얻을 수 있으며, 또한 달러를 통해 다른 국가들에게 경제적 압력을 가할 수 있다. 예를 들어, 미국은 다른 국가들에게 미국 달러로의 거래를 강요하는 등의 방식으로 경제적 영향력을 행사할 수 있다.

사. 하지만 달러 패권은 미국에게도 일정한 위험을 안고 있다. 미국 경제가 위기에 처한다면 달러의 가치가 하락할 우려가 있으며, 이로 인해 다른 국가들은 미국 달러를 사용하지 않게 될 수 있다. 게다가 미국이 달러를 통해 경제적 압력을 가하는 것이 점차 어려워질 가능성도 있다.

</td>
</tr>
</table>

④ 트리핀 딜레마(Triffin's dilemma)

가. 기축 통화가 국제 경제에 원활히 쓰이기 위해 많이 풀리면 기축 통화 발행국의 적자가 늘어나고, 반대로 기축 통화 발행국이 무역 흑자를 보면 돈이 덜 풀려 국제 경제가 원활해지지 못하는 역설을 말한다.

나. 1950년대 미국에서 장기간 이어진 경상 수지 적자 때문에 처음 이 개념이 등장했다. 당시 예일대 교수였던 로버트 트리핀(Robert Triffin)은 이러한 상태가 얼마나 지속될지, 또 미국이 경상 흑자로 돌아서면 누가 국제 유동성을 공급할지에 대한 문제를 제기했다. 그는 "미국이 경상 적자를 허용하지 않고 국제 유동성 공급을 중단하면 세계 경제는 크게 위축될 것"이라면서도 "적자 상태가 지속돼 미 달러화가 과잉 공급되면 달러화 가치가 하락해 준비 자산으로서 신뢰도가 저하되고 고정환율제도가 붕괴할 것"이라고 말했다.

다. 하지만 오늘날 기축 통화인 미 달러화는 무역 적자를 시정하지 않고서도 기축 통화로서의 위치를 공고히 하고 있다. 미국의 국제 수지 적자 폭이 늘어나는 속도보다 세계 시장에서 달러 수요가 창출되는 속도가 더 빠르기 때문이다. 트리핀 딜레마를 넘어서는 달러의 역설이다.

① 1944년 7월 미국이 주도한 브레튼우즈 회의에서 영국 대표 케인스가 제안했던 세계 화폐는 거부되었고, 미국의 의도대로 달러 중심의 금환본위제도가 확립되었다. 35달러를 금 1온스와 교환해주는 금 태환을 보장했다. 당시 미국은 전 세계 금의 80% 이상을 갖고 있었다.

② 1965년 암살당한 케네디 대통령을 승계한 존슨이 베트남 전쟁을 확대하면서 미국 경제는 수렁으로 빠져들었다. 그는 부족한 재정을 메우기 위해 연준에 금 보유와 상관없이 달러를 더 발행하도록 압력을 가했다. 이는 브레튼우즈 체제 참가국들을 속이는 행위였다. 연준은 대통령의 압력에 굴복해 화폐 발행량을 늘렸다.

가. 1960년대 미국의 금 보유는 전 세계 금의 절반 이하로 줄었음에도 오히려 1971년 들어 달러 통화량은 10%나 늘어났다. 이에 불안을 느낀 서독이 그해 브레튼우즈 체제를 탈퇴했다. 그러자 다른 나라들도 동요하며 달러를 의심하기 시작했다. 스위스가 7월에 5,000만 달러를 금으로 바꾸어갔다. 이어 프랑스도 1억 9,100만 달러를 금으로 태환했다. 8월에는 스위스가 브레튼우즈 체제를 떠났다. 1971년 영국마저 미국에게 30억 달러를 금으로 바꿔 달라고 요구했다. 미국 정부는 국가 부도 사태를 불러올지도 모르는 비상 국면에 직면한 것이다.

나. 1971년 8월 13일 닉슨은 "더 이상 달러를 금으로 바꿔줄 수 없다."는 금태환 정지 선언을 발표했다. 이른바 '닉슨 쇼크'였다. 동시에 닉슨은 모든 수입품에 10%의 관세를 물리는 보호무역 조치와 90일간 임금과 물가를 동결하는 인플레이션 대책도 함께 발표했다. 이로써 달러는 전적으로 미국의 신용에 기초한 '신용 화폐(Fiat Money)'가 되었다. 국제 외환시장은 아수라장이 되었다. 무엇보다 달러가 기축통화의 위상을 상실했다.

③ 여기에 오일 쇼크마저 덮쳤다. 1973년 4차 중동 전쟁이 발발했다. 이에 따라 OPEC 회원국들은 이스라엘을 지지하는 나라들을 제재하기 위해 석유 무기화를 천명하며 원유 가격을 올렸다. 3개월 사이에 석유 가격이 배럴당 3.01달러에서 11.65달러로 387%나 급등했다.

④ 1973년 11월 8일 키신저는 사우디아라비아의 파이살 국왕을 접견했다. 이 자리에서 달러의 명운을 좌우할 거래가 은밀히 진행됐다. 미국이 사우디아라비아의 안보와 왕실의 안전을 보장하는 대신 OPEC은 원유를 오로지 달러로만 판매하는 협상이었다. 키신저 장관은 앞으로는 국제 시장에서 석유를 사고팔 때 반드시 달러로만 거래해야 한다고 발표했다. 대신 미국은 사우디아라비아의 안전을 보장했다. 왕정체제 유지가 절박했던 사우디아라비아와 흔들리는 기축통화 지위를 굳건히 해야 하는 미국의 이해관계가 맞아떨어진 '세기의 딜'이었다.

⑤ <화폐의 몰락>을 쓴 제임스 리카즈에 따르면, 이 협상을 위해 키신저가 사전에 검토한 또 다른 옵션이 사우디아라비아 침공이었다. 명분은 사우디아라비아 아라비아 내 미국 자본 보호였다. 사우디아라비아의 아람코는 애초 미국 자본에서 출발했다. 1933년 미국 '스탠더드 오일 오브 캘리포니아'가 사우디아라비아 정부에서 석유 채굴 허가를 받아 자회사를 설립했다. 이 자회사 '아라비안 아메리칸 오일 컴퍼니'의 약어가 아람코(ARAMCO)다. 미국은 금수 조치 해제를 위해 사우디아라비아와 협상을 진행하는 동시에 군사 전략도 준비한 것이다. 키신저는 당근과 채찍을 동시에 보여주며 사우디아라비아 왕실을 압박해 1974년 6월 '군사 경제 협정'을 체결했다. 이 협정에는 사우디아라비아 산업과 군대 현대화 지원 등이 있지만 핵심 내용은 페트로 달러 체제 구축이었다.

⑥ 페트로달러 시스템은 미국과 사우디아라비아 사이의 상호필요적 요인에 기인했다.

가. 미국으로서는 필수적 자원으로서 국가 안보와 직결된 원유 수급을 안정화하는 한편, 국제 원유 거래에 달러화만 사용케 함으로써 국제금융 시장에서 달러화의 우월적 지위를 공고하게 구축할 수 있었다.

나. 한편, 사우디아라비아로서도 당시 세계 1위 원유 수입국으로서 각국 중앙은행들의 외환보유고에서 70% 이상을 차지하는 달러화 사용을 마다할 이유가 없었다. 또한, 미국의 해군력이 원유 보급로를 지켜주고 사우디아라비아의 안보를 책임지면서 자연스럽게 원원 관계가 형성되었다.

1. 기축 통화로서의 달러

2) 페트로 달러 시스템

1. 기축 통화로서의 달러	**3) 지위**	① 기축통화는 원한다고 될 수 있는 게 아니다. 조건이 있다. 쓰기 편해야 하고 많은 사람이 보유하고 싶어야 한다. ② 이를 위해선 외환시장이나 자본 시장에서 통제 없이 다른 통화로 자유롭게 교환될 수 있어야 하고 가치가 안정적이어야 한다. 불황 때 재산 가치를 지켜주는 안전자산의 속성을 가지면서도 전 세계가 쓰기 때문에 유통량이 많아야 한다. ③ 그러려면 경제 규모가 크고 나라 밖으로 통화가 계속 빠져나갈 수 있도록 지속적인 경상수지 적자를 견딜 수 있어야 한다. 통화에 대한 신뢰가 두터워야 하므로 국력이 뒷받침돼야 한다. 역사적으로 세계 초강대국의 통화가 기축통화였던 이유다. ④ 현재 세계 외환거래의 85%가 달러로 이뤄지고, 전 세계에서 발행되는 해외 채권 가운데 50% 이상이 달러 표시 채권이다. 각국 중앙은행은 외환보유액의 60% 이상을 달러 표시 자산으로 운용하고 있다.

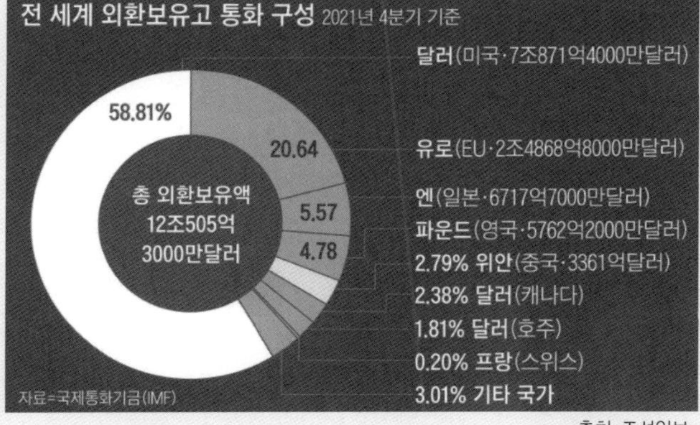

<출처: 조선일보>

2. 중국 위안화 성장	**1) 흔들리는 달러 위상**	① 달러의 위상은 계속 약해져 왔다. 　가. 국제통화기금(IMF)이 발표한 전 세계 외환보유고 데이터에 따르면, 2022년 4분기 기준 총 외환 보유액(12조 505억 달러)에서 달러가 차지하는 비율은 58.8%(7조 871억 달러)로 지난 20여 년 간 지속적으로 하락해왔다. 1999년만 해도 이 비율은 71%에 달했다. 　나. 기타 고피나트 IMF 수석 부총재는 "달러는 앞으로도 주요 통화로 남겠지만 더 작은 차원의 분열은 확실히 가능하다."며 "우크라이나 사태를 계기로 달러의 지배력이 점차 약화되고 국제 통화시스템 역시 더욱 파편화할 것"이라고 경고했다. 　다. 달러 패권 전쟁의 최전방에 서 있는 미 연방준비제도(Federal Reserve System, Fed, 연준)의 제롬 파월 의장도 2023년 3월 초 의회 청문회에서 "두 개 이상의 기축통화를 보유할 수도 있다."며 위기감을 나타냈다.

2. 중국 위안화 성장	**1) 흔들리는 달러 위상**	② 중국 위안화의 영향력은 점차 커지고 있다. 　가. 세계 외환보유고에서 위안화가 차지하는 비중은 2022년 4분기 기준 2.79%(3,361억 달러)로 아직 5위에 불과하다. 하지만 앞 순위 통화 비율은 늘지 않은 대신 위안화는 2016년 3분기 이후 가장 높은 수치를 기록했다. 위안화를 통한 국제 결제는 더 빠른 속도로 성장 중이다. 　나. 중국 인민은행 보고서를 보면 2022년 위안화의 국가 간 결제 거래액은 79조 6,000억 위안(약 12조 5,300억 달러)으로 2021년 대비 75.8% 늘었다. 시준양 중국 상하이대 금융경제학 교수는 "위안화는 앞으로 10~20년 안에 세계 중앙은행의 3대 준비 통화가 될 것"이라고 전망했다.
	2) 차근히 준비하는 중국	① 중국은 달러 제국을 무너뜨리려 치밀한 전략을 펴고 있다. 　가. 한국을 비롯해 세계 여러 나라와 통화 스와프를 맺었다. 한국은 2020년 양국 통화 스와프 규모를 기존 560억 달러에서 590억 달러, 기간은 3년에서 5년으로 늘렸다. 한·중 통화 스와프는 원화와 위안화를 맞교환하는 구조다. 　나. 2016년 IMF는 위안을 특별인출권(SDR) 바스켓(구성통화)에 추가했다. 이로써 위안은 달러, 유로, 엔, 파운드와 어깨를 나란히 하는 국제통화로 공인 받았다. 2022년 8월 이후 위안이 국제통화에서 차지하는 비율은 12.26%로, 달러(43.38%)와 유로(29.31%) 다음으로 높다. 　다. 시진핑 주석이 2013년에 내놓은 일대일로 프로젝트도 위안 국제화를 측면에서 지원한다. 일대일로 사업엔 100개가 훨씬 넘는 국가가 참여하고 있다. 이를 뒷받침하기 위해 아시아인프라투자은행(AIIB)도 세웠다. ② 중국은 2015년 위안화 국제 결제 시스템(Cross-Border Interbank Payment System, CIPS)을 구축했다. 러시아가 우크라이나를 침공하자 미국은 러시아를 국제은행간통신협회(SWIFT), 곧 달러 무역 결제망에서 배제하는 조처를 취했다. 달러의 무기화다. 러시아는 곧바로 중국이 제공하는 결제망으로 갈아탔다. 양국 간 교역은 루블과 위안으로 이뤄진다. ③ 이러한 기반 위에서 중국은 최근 사우디아라비아와 브라질 등 지역 맹주국에 손을 뻗치고 있다. ④ 다만 달러가 약해졌다고 해서 위안화가 그 자리를 온전히 대체한다는 의미는 아니다. 　가. 기축통화국은 유동성 공급 역할을 수행하는 만큼 미국처럼 대규모 무역 적자를 감수해야 하는데, 무역 흑자로 경제가 돌아가는 중국이 그 역할을 맡긴 어렵다. 　나. 중국의 폐쇄적인 자본 시장, 미국 달러를 가장 많이 보유한 국가가 바로 중국이란 점도 위안화가 기축통화가 되는 데 제약이다.

<table>
<tr><td>

**2) 차근히
준비하는
중국**

</td><td>

다. 기축통화는 유동성과 신뢰성을 모두 확보해야 하는데 위안화는 사실상 외환 거래가 통제되고 있기에 국제적으로 통용되는 화폐라 보기 어렵다. 아직 달러의 적수는 찾기 어렵다.(성태윤 연세대 경제학과 교수)

</td></tr>
</table>

① 위안화 결제 순위 및 현황

　　가. 중국 정부의 위안화 국제화 추진, 일대일로 등 위안화 권역 확대 노력으로 위안화는 국제 은행 간 통신 협정(Society for Worldwide Interbank Financial Telecommunication, SWIFT) 결제통화 5위로 위상이 높아졌다.

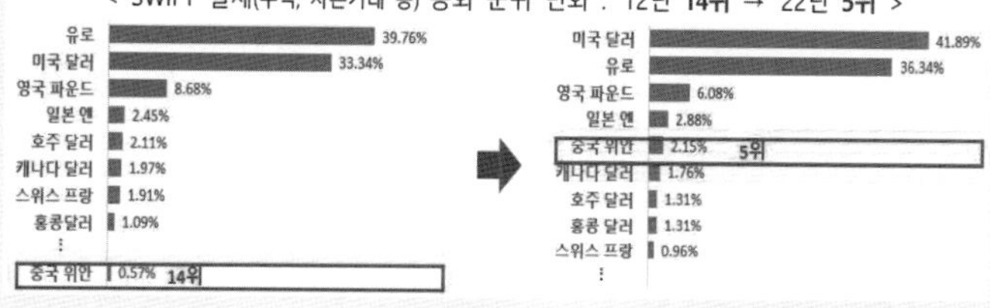

< SWIFT 결제(무역, 자본거래 등) 통화 순위 변화 : '12년 **14위** → '22년 **5위** >

<출처: 하나금융경영연구원>

　　나. 위안화 결제통로는 SWIFT 외에도 위안화 전용 결제 시스템인 CIPS*가 있으며, 최근 CIPS 성장세가 가파르다.

　　※ 2022년 거래 96.7조 위안(14조 달러)

　　　* CIPS(Cross-Border Interbank Payment System)는 중국 인민은행이 독자적으로 개발(2015년 10월)한 시스템으로 역외 업무의 자금 청산, 결산 처리에 쓰인다.

　　다. CIPS 결제액까지 포함하면 위안화의 국제적 위상은 더 높을 것으로 추정된다.

**2. 중국
위안화
성장**

**3) 위안화
위상 변화**
<출처: 하나금융
경영연구원>

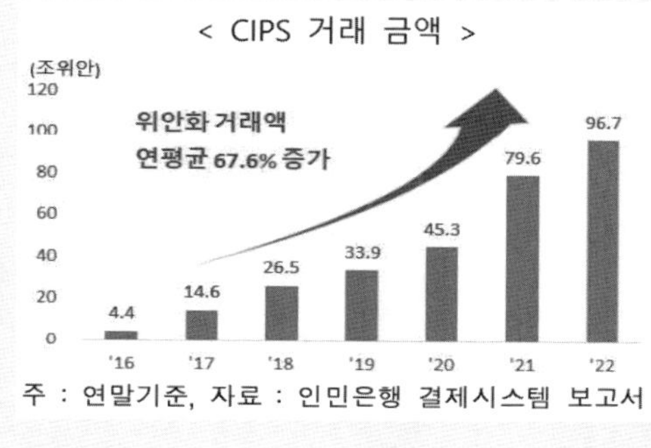

< CIPS 거래 금액 >

주 : 연말기준, 자료 : 인민은행 결제시스템 보고서

2. 중국 위안화 성장

3) 위안화 위상 변화
<출처: 하나금융 경영연구원>

< CIPS 일평균 거래량과 거래금액 >

주 : 기말기준, 자료 : CIPS 홈페이지

② CIPS 거래 확대 배경

　가. SWIFT 정치적 활용 : 러시아의 우크라이나 침공으로 러시아 일부 은행이 SWIFT에서 퇴출(2022년)되자 CIPS 통한 위안-루블간 직거래가 증가했다.*

　　* 위안-루블 결제액이 2년간 90배 증가(22억 위안(2021년 1월) → 2,010억 위안(2023년 1월))

　나. 과거에도 수차례 SWIFT를 정치적·경제적 제재 수단으로 활용*한 바 있어 사우디아라비아, 브라질 중심으로 탈SWIFT 움직임이 확산되고 있다.

　　* 핵무기 개발로 이란 은행 SWIFT 퇴출(2012년), 북한 은행 SWIFT 퇴출(2017년)

③ 위안화 직거래 사례

　가. 2023년 1월에 중국-브라질 자국통화 무역 합의로, CIPS를 통한 중국 위안-헤알 직거래가 진행 중이다..

　나. 2023년 3월에 중국 수출입 은행, 사우디아라비아에 무역결제용 위안화 대출 지원을 합의했다.

　다. 2023년 2월에 이란 재무부 장관이 기자회견에서 위안-리알 직거래 추진중임을 표명했다..

4) 국내 위안화 거래 확대
<출처: 하나금융 경영연구원>

① 국내 위안화 거래 확대 배경

　가. 중국 기업은 환위험 관리, 비용 절감, 수출입 송금 절차 간소화 등을 이유로 위안화 결제 요구를 확대했다.

　　A. 환위험 관리: 자국 통화인 위안화 결제 시 환율 변동 위험을 제거할 수 있다.

　　B. 비용 절감 : 무역거래 당사자간 직접거래가 가능해 은행 수수료, 환전 수수료 및 중개인 비용을 절감할 수 있다.

　나. 외국환 결제 시 요구되는 절차를 간소화할 수 있다. 외국환 거래 시 거래 은행 및 계좌가 제한되고 신고 의무 준수 등 절차가 복잡해진다.

<table>
<tr><td rowspan="2">2. 중국
위안화
성장</td><td>4) 국내
위안화
거래 확대
<출처: 하나금융
경영연구원></td><td>다. 우리나라 기업은 중국 소재 자회사의 환위험 관리 편익 도모와 환 리스크 분산 등의 이유로 위안화 결제를 확대하고 있다.
라. 위안화 등 다양한 결제 통화 활용 시 달러 가치 변동에도 환 리스크를 분산할 수 있다. 결제 통화가 위안화 단일 통화에 국한되더라도 최근 원-위안 동조화 현상 때문에 다른 결제 통화에 비해 환율 변동성이 낮은 편이다.</td></tr>
<tr><td>5) 시사점
<출처: 하나금융
경영연구원></td><td>① 위안화 관련 상품 · 서비스 확대
가. 중국과의 교역량이 줄더라도 수년 내 중국과의 교역 대부분이 위안화로 이루어질 가능성이 높아 무역 금융 편의성 증대 노력이 필요하다. 특히, 무역 금융(신용장, 추심, T/T 송금), 위안화 대출 등 상품 · 서비스 준비 필요하다(IBK는 위안화 무역 결제 특화 송금 서비스인 「IBK 중국 콰이디(快低) 송금」 운영 중).
나. 위안화 매입 · 매도 절차 간소화, 향후 헤지 수단 확보 노력 필요하다. 헤지 상품이 부재하기 때문에 기업이 목표 환율에서 외화 매입(매도)이 용이하도록 비대면 환거래 시스템 개발이 필요하다.
다. 위안화 투자 활용도 보강을 위해서는 위안화 기반의 자산 운용상품 개발이 요구되나, 불안한 중국 정치 상황 등을 감안하여 보수적 접근이 필요하다.
② 위안화 지급 결제 채널 점검
가. 위안화 결제 확대 추세에 대비하여 CIPS 등 지급 결제 채널 점검 필요하다.
나. 최근 탈달러 현상 가속화되며 우리나라 기업의 위안화 결제 비중도 확대 추세를 보이고 있다.
다. 뿐만아니라 중국이 위안화 결제 시스템을 CIPS 중심으로 이동하고 있는데도 현재 국내 은행의 CIPS 참여는 미진한 편이다(신한, 하나은행 참여 중).
라. 최근 국가간 연계가 강화되고 결제 시스템이 다양화되는 추세로 금융 기관은 고객 니즈에 맞는 효율적 결제 시스템을 선정 · 활용할 필요가 있다.</td></tr>
</table>

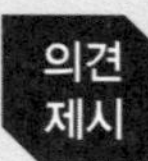 **결론**

의견
제시

미국은 1차 대전 이후 한 세기에 걸쳐 달러제국을 구축했다. 미국이 이 특권을 순순히 내려놓을 리가 없다. 21세기 들어 중국에 대한 견제는 갈수록 거칠어지는 추세다. 하지만 미국은 최강국 지위를 위협하는 나라를 그냥 두지 않는다. 일본 경제가 한창 잘 나가던 1985년 미국은 G5(서방 주요 5개국) 재무장관 모임에서 플라자 합의를 이끌어냈다. 그 직후 엔화 가치는 달러당 200엔대에서 100엔대로 급등(환율은 급락)했다. 많은 전문가들은 일본 경제가 잃어버린 20년의 터널에 빠진 출발점을 플라자 합의로 본다. 중국이 달러 패권에 노골적으로 도전할 경우 미국이 어떻게 나올지는 불을 보듯 뻔하다.

과거 통화 패권이 파운드에서 달러로 넘어가는 과정이 순탄했던 것만은 아니다. 1914년 미국의 경제 규모는 영국의 4배에 달했지만 무역 거래와 자본 거래는 여전히 파운드화로 계약되고 결제되었다. 대공황 직후인 1931년엔 외환보유고 비중에서 파운드가 달러를 앞지르는 재역전 현상이 나타나기도 했다.

달러가 기축통화로 확실하게 자리잡은 것은 2차 세계대전 이후다. 이때 미국은 누구도 넘볼 수 없는 경제력을 구축했다. 중국의 국내총생산(GDP)은 아직 미국에 미치지 못한다. 2023년 기준 미국의 70%를 약간 웃도는 수준이다. 파운드-달러 사례를 보면 중국의 경제력이 미국을 압도적으로 제칠 때 비로소 위안이 달러를 누를 수 있다.

네트워크 효과도 중국이 넘어야 할 벽이다. 지난 100년 간 지구촌은 달러를 기축통화로 쓰는데 익숙해졌다. 습관은 관성적으로 지속된다. 공산당 일당독재 체제와 폐쇄적인 금융 시스템도 중국이 풀어야 할 숙제다.

미국과 중국은 세계 패권을 놓고 다투는 중이다. 기축통화 경쟁도 그 중 하나다. 달러제국은 쉽게 무너지지 않을 것이다. 다른 한편 위안 역시 야금야금 영토를 넓혀갈 게 분명하다. 우리로선 유연한 전략을 세우는 게 현명하다.

첫째, 기본적으로 원화의 내재가치인 우리의 경제력을 키워나가야 한다. 즉, 경제의 펀더멘털을 튼튼히 하는 일이 정공법이라는 얘기다. 그 방편은 기술력을 강화하고 경제사회 시스템을 혁신하는 것이다. 기술력 강화를 위해서는 이공계 고급 인재를 대폭 키우는 프로그램을 마련해야 한다. 또 기술력과 아이디어를 지닌 스타트업(startup)들을 육성해야 한다. 경쟁국에서 우리 전문인력과 고급 기술을 빼돌리는 행태에도 적극 대처해 나갈 일이다. 경제 기초체력을 강화하기 위해선 각 경제 주체들이 장기적 시야를 통해 시대의 구조적 변화에 대비하고, 능동적으로 대응해 나가야 한다.

둘째, 이 과정에서 전략적 사고와 세련된 외교역량이 필요하다. 우리나라의 경우 지정학적으로 경제문제와 안보문제를 동시에 고려해야 할 특수성을 지니고 있기 때문이다. 과거 한한령 사태에서 보듯이 미국과의 안보동맹 관계를 견고히 구축하는 과정에서 중국으로부터의 경제보복을 예상할 수 있다. 이래저래 운신의 폭이 넓지 않은 지정학적 한계를 염두에 둬야 한다.

01 논제 개요 잡기[핵심 요약]

서론	이슈언급	최근 10년간 직구(해외 직접구매) 규모는 4.1배 늘었지만, 역직구(해외 직접판매)는 2019년 이후 줄어든 것으로 나타났다. 해외 직접판매(역직구) 시장은 2014년 7,000억 원에서 2019년 6조 원 규모까지 성장했다. 그러나 성장세가 꺾이면서 2023년 1조 7,000억 원까지 줄어 들었다. 시장 축소 배경엔 기존에 역직구를 가장 많이 하던 중국에서 한한령, 애국소비 등이 꼽힌다. 중국 역직구 80~90%는 화장품에서 몰린다. 실제 품목별로 살펴보면 2014년 화장품 역직구 매출은 2,570억 원에서 2020년 4조 9,000억 원까지 성장했으나, 중국 역직구가 줄어들면서 2023년 1조 440억 원까지 줄었다. 반면, 국내 소비자들의 중국 직구가 활성화하면서, 2024년 1분기 직구액은 1조 6,476억 원에 달했다. 한편 동일기간 역직구액은 3,991억 원으로 1조 2,485억 원의 무역적자를 기록했다. 직구액과 비교해 역직구액이 한참 뒤떨어지는 상황인데, 최근 유통업계는 역직구 시장의 잠재력에 주목하고 있다.
본론	1. 한국의 역직구 현황	1) 현황

		1) 현황	① 한국의 해외직접판매액은 2014년 6,791억 원에서 2023년 1조 6,972억 원으로 확대 ② 한국의 해외직접판매는 중국, 미국과 일본 비중이 높음 ③ 중국으로의 해외직접판매 규모는 2019년 5조 원에 달하였으나, 중국 내 이커머스 플랫폼이 다수 등장하면서 2020년 이후 우리나라로부터의 해외직접구매(직구)는 감소세

본론	1. 한국의 역직구 현황	1) 현황	④ 중국 제외 2023년 해외직접판매액 상위 3개 지역은 미국(2,434억 원), 일본(2,323억 원), ASEAN(948억 원) ⑤ 미국으로의 해외직접판매는 의류·패션제품과 음악 관련 상품에서 가장 빠른 성장세를 보임 ⑥ 일본으로의 역직구는 팬데믹 이후 의류 판매가 감소하며 일시적으로 축소되었으나, 최근 화장품을 중심으로 성장하면서 회복세를 보임.
		2) 역직구 시장의 구조	① 통상적으로 해외직접판매는 전자상거래 판매자와 이커머스 플랫폼, 물류사 등 다수 기업의 협력에 의해 이루어짐. ② 최근에는 온라인 주문 발생 시 상품 준비·포장·통관·배송 등 전 과정을 판매자 대신 플랫폼 기업이 일괄 처리하는 '풀필먼트(fulfillment)' 서비스가 주요한 트렌드로 자리잡음 ③ 특히, 이커머스 플랫폼의 풀필먼트 서비스가 소비자의 편의 제고와 영세 판매자의 시장 진출 지원에 효과적으로 활용되고 있음.
		3) 한국 이커머스	최근 한국에서 활동하는 주요 이커머스 기업의 해외직접판매 사례에서도 판매자와 소비자의 편의를 모두 고려하는 효율적 풀필먼트 서비스가 핵심 요소로 부상
		4) 한국 이커머스의 정책 방안	① 역직구는 해외 판로를 직접 개척하기 어려운 중소기업 및 소상공인에게 기회로 작용할 수 있는데, 판매 경로는 국내 이커머스 플랫폼을 통하거나 해외 이커머스 플랫폼에 입점하여 판매하는 방법이 있을 수 있음. ② 외국인이 우리나라의 온라인 쇼핑몰 등 이커머스 플랫폼을 더 많이 이용하도록 하려면 우선 회원가입 문턱을 해외 주요 플랫폼 수준으로 낮출 필요가 있다. 아울러 해외 발급 글로벌 카드나 해외 간편지급 서비스를 대금지급 수단으로 적극 수용하고, 더 나아가 해외 소비자를 타깃으로 한 국내외 간편지급 서비스 간 연계 시스템을 구축하는 것도 역직구 대금지급의 편의성을 크게 높이는 방안이 될 수 있음. ③ 해외 배송뿐 아니라 해외 고객을 대상으로 교환·반품, 대응 서비스 업무까지 처리해주는 통합 물류 대행 서비스(Fulfillment)를 적극 활용하여 해외 배송 관련 분쟁처리 부담을 줄여주고, 저렴한 비용으로 빠른 배송을 가능하게 하는 물류 인프라를 확충한다면 외국인의 국내 이커머스 플랫폼 이용 여건은 한층 개선될 것임.

본론	2. 중국 역직구 현황	1) 기업 현황	중국 이커머스 플랫폼 중 해외직접판매에 특화된 플랫폼에는 알리익스프레스(AliExpress), 테무(Temu), 쉬인(Shein)이 있음
		2) 시장전략	① 중국 기업 및 세관의 경우 일반적인 방식보다 배송 속도와 비용 효율성을 더 높여주는 새로운 해외직접판매 시스템을 구축하면서 경쟁력을 높이고 있음 ② 중국 이커머스 기업은 대규모 적자를 감수하며 초저가 판매를 통해 시장 점유율을 확보한 후 장기적으로 흑자 전환을 목표로 하여 당분간 초저가 판매가 지속될 전망
		3) 리스크	① 최근 중국 역직구 플랫폼의 혁신적인 시스템에도 불구하고 상품 안정성 · 환경오염 · 노동 착취 등에 대한 우려가 지속되며 주요국에서 중국 플랫폼에 대한 규제를 강화하려는 추세 ② 미국 하원은 2024년 4월 '중국의 미소기준(미국은 미소기준(de minimis)에 따라 800달러 미만 해외직접구매 상품에 대해 무관세, 원산지 표시 제외 혜택 제공)남용 금지법'을 발의하여, 소액 해외직구 상품에 대해서도 면세 혜택을 중단하고 엄격한 원산지 기준을 적용하는 방안을 검토 중 ③ 2024년 7월 EU 집행위원회는 현재 적용 중인 해외직접구매 면세 한도(150유로)를 철회하고 통관 절차를 강화하는 방안을 검토 중임을 밝힘
결론	의견제시		한국 기업이 치열한 세계 역직구 시장에서 점유율을 확보하기 위해서는 첫째, ESG 기준을 충족하는 양질의 우수상품을 판매하는 것이 중요하다. 해외 주요 시장이 강제노동, 환경오염 및 위해 상품 유입을 막기 위해 규제를 강화하고 있어, 우리 기업은 동 기준을 충족하는 상품에 특화함으로써 해외진출을 늘려야 할 것이다. 구체적으로 의류 · 화장품 등 기존 주력 상품 외에, 최근 빠른 성장세를 보이고 있는 음식료품 등의 역직구에도 적극적으로 나서야 한다. 둘째, 국내 영세 판매자 및 제조업체가 해외직접판매 플랫폼을 통해 해외 소비시장에 접근할 수 있도록 민관이 다방면에서 협업해야 한다. 셋째, 국내 이커머스 플랫폼은 통관 원활화 및 운송 시스템 구축을 위해 해외 물류 및 이커머스 기업과의 협력 생태계 구축에 힘써야 한다. 넷째, 장기적으로는 특정 부문에 특화된 '버티컬 플랫폼(vertical platform)'을 구축하여 플랫폼 풀필먼트 서비스가 규모의 경제를 실현할 수 있도록 노력해야 한다.

02 논제 풀이

📈 서론

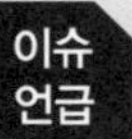

이슈 언급

최근 10년간 직구(해외 직접구매) 규모는 4.1배 늘었지만, 역직구(해외 직접판매)는 2019년 이후 줄어든 것으로 나타났다. 해외 직접판매(역직구) 시장은 2014년 7,000억 원에서 2019년 6조 원 규모까지 성장했다. 그러나 성장세가 꺾이면서 2023년 1조 7,000억 원까지 줄어 들었다. 시장 축소 배경엔 기존에 역직구를 가장 많이 하던 중국에서 한한령, 애국소비 등이 꼽힌다. 중국 역직구 80~90%는 화장품에서 몰린다. 실제 품목별로 살펴보면 2014년 화장품 역직구 매출은 2,570억 원에서 2020년 4조 9,000억 원까지 성장했으나, 중국 역직구가 줄어들면서 2023년 1조 440억 원까지 줄었다.

반면, 국내 소비자들의 중국 직구가 활성화하면서, 2024년 1분기 직구액은 1조 6,476억 원에 달했다. 한편 동일기간 역직구액은 3,991억 원으로 1조 2,485억 원의 무역적자를 기록했다. 직구액과 비교해 역직구액이 한참 뒤떨어지는 상황인데, 최근 유통업계는 역직구 시장의 잠재력에 주목하고 있다.

비록 중국 시장은 줄고 있지만 한국의 식품, 화장품, 패션 등이 해외에서 인기를 끌면서 플랫폼을 통한 역직구 시장이 재조명되고 있다. 업계는 아직 물류·마케팅 등이 자리 잡지 못했지만, 경쟁력 있는 품목과 중소기업·소상공인의 플랫폼 진출이 활발해지면 크게 성장할 것으로 내다봤다.

아울러 최근 티메프(티몬·위메프) 사태로 동남아와 한국, 미국, 중국을 잇던 큐텐 그룹이 와해될 위기에 처하자 갈 곳을 잃은 셀러들과 이들을 유치하려는 이커머스가 새롭게 역직구 시장을 열고 있다. 국가간 전자상거래의 벽이 낮아진 만큼, 역직구가 향후 우리 기업의 주요 수출 판로로 발돋움할 수 있도록 적극 활용할 필요가 커졌다.

이에 본지에서는 한국의 역직구 현황 및 중국 역직구 시장의 성공 요인을 분석한 후, 정책적 대응 방안을 제시하기로 한다.

📈 본론

1. 한국의 역직구 현황 <출처: 무역협회>	1) 현황 <출처: 무역협회>	① 한국의 해외직접판매액은 2014년 6,791억 원에서 2023년 1조 6,972억 원으로 확대. ② 한국의 해외직접판매는 중국, 미국과 일본 비중이 높음. ③ 중국으로의 해외직접판매 규모는 2019년 5조 원에 달하였으나, 중국내 이커머스 플랫폼이 다수 등장하면서 2020년 이후 우리나라로부터의 해외직접구매(직구)는 감소세.

한국의 대중국 해외직접판매액 추이('14~'23) (단위:억 원)

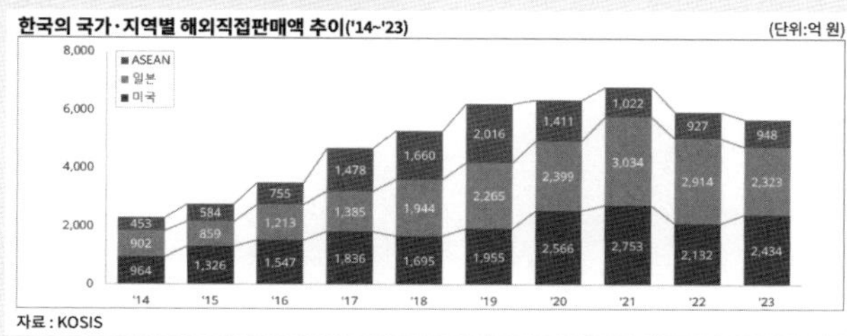

자료 : KOSIS

④ 중국 제외 2023년 해외직접판매액 상위 3개 지역은 미국(2,434억 원), 일본(2,323억 원), ASEAN(948억 원).

한국의 국가·지역별 해외직접판매액 추이('14~'23) (단위:억 원)

자료 : KOSIS

⑤ 미국으로의 해외직접판매는 의류 · 패션제품과 음악 관련 상품에서 가장 빠른 성장세를 보임.

　가. 2018년 대비 2023년 음반 · 비디오 · 악기 비중이 9.3%p, 의류 및 패션제품의 비중은 7.5%p 상승.

　나. 화장품은 2018년 이후 수출 금액과 비중 모두 감소세를 보이다, 2023년부터 반등하였음.

　다. 음식료품의 수출은 아직 소액에 불과하나, 해외직접판매에서 차지하는 비중이 2024SUS 1분기 3.6%까지 상승하며 빠른 성장세를 보이고 있음.

⑥ 일본으로의 역직구는 팬데믹 이후 의류 판매가 감소하며 일시적으로 축소되었으나, 최근 화장품을 중심으로 성장하면서 회복세를 보임.

　가. 2018년 대일본 해외직접판매액의 70%를 차지한 의류 · 패션제품의 비중이 지속적으로 축소되며 2024년 1분기에는 22%로 감소.

　나. 반면 동기간 화장품 해외직접판매는 빠르게 성장하여 2024년 1분기 판매액이 이미 17년 연간 판매액을 넘어섬.

　다. 해외직접판매에서 화장품이 차지하는 비중도 2017년 9.7%에서 2024년 1분기 46.4%로 상승.

---

1. 한국의 역직구 현황
<출처: 무역협회>

1) 현황
<출처: 무역협회>

<table>
<tr><td valign="top" width="30%">

**1. 한국의
　역직구 현황**
<출처: 무역협회>

**2) 역직구
　시장의
　구조**
<출처: 무역협회>

</td><td valign="top">

① 통상적으로 해외직접판매는 전자상거래 판매자와 이커머스 플랫폼, 물류사 등 다수 기업의 협력에 의해 이루어짐.

</td></tr>
</table>

이커머스를 통한 상품 판매 프로세스

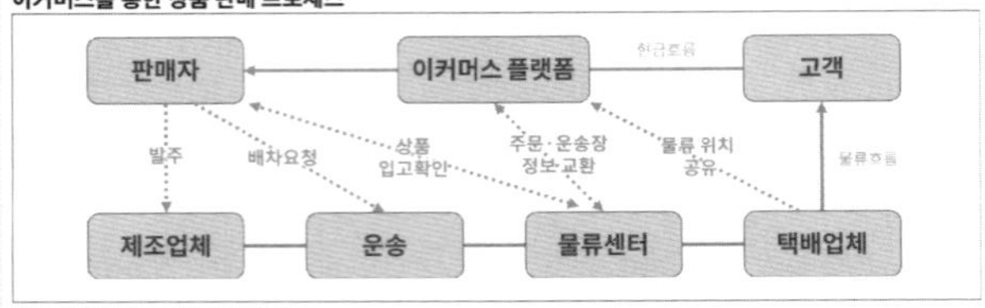

자료 : 박진무(2022) 기반으로 저자 작성

가. 고객이 이커머스 플랫폼을 통해 판매자에게 물품 구입을 요청하면, 판매자는 물류업체를 통해 제품을 발송하여 고객에게 배송.

나. 최근에는 고객 주문 시 빠른 상품 발송이 이루어질 수 있도록 이커머스 플랫폼이 자체 물류센터에 판매자의 상품을 미리 사입하는 경우도 다수.

② 최근에는 온라인 주문 발생 시 상품 준비 · 포장 · 통관 · 배송 등 전 과정을 판매자 대신 플랫폼 기업이 일괄 처리하는 '풀필먼트(fulfillment)' 서비스가 주요한 트렌드로 자리잡음.

가. 풀필먼트는 배송 기간 단축에 강점이 있어, 소비자의 빠른 배송 요구에 대응할 수 있는 경쟁력 요소로 작용.

나. 다만 단순 배송 대비 비용이 높아 소상공인에게 부담이 된다는 단점도 존재.

일반적인 풀필먼트 흐름

자료 : LG CNS, 박진무(2022)

풀필먼트를 포함한 이커머스 상품 판매 프로세스

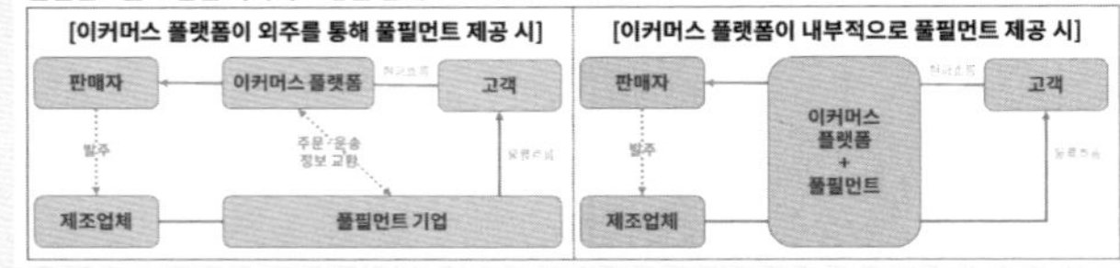

③ 특히, 이커머스 플랫폼의 풀필먼트 서비스가 소비자의 편의 제고와 영세 판매자의 시장 진출 지원에 효과적으로 활용되고 있음.

가. 온라인 상품 구매자 중 다수가 신규 웹사이트 가입 및 번거로운 주문 절차를 꺼려하여, 여러 판매자의 상품을 한 곳에서 구입할 수 있는 플랫폼을 선호.

2) 역직구 시장의 구조
<출처: 무역협회>

나. 온라인에서 상품 구입을 포기한 이유로 신규 계정 생성(25%), 믿을 수 없는 사이트에 정보 입력 필요(19%), 복잡한 결제 과정(18%)이 가장 많이 지적됨 → 이커머스 플랫폼 구독을 통한 무료 배송 및 빠른 배송 서비스 역시 온라인 구매를 촉진하는 요인으로 작용. 온라인 쇼핑의 경우, '장바구니' 담기 서비스 이후 실제 구매로 이어지지 않는 비중이 70%)에 달해 이커머스 플랫폼을 통한 소비자의 구매 만족도 제고가 중요 요소로 부각.

다. 이커머스를 통해 해외직접판매에 나서는 판매자의 다수가 소상공인으로, 직접 진출이 어려운 통관과 해외배송 등 서비스를 플랫폼 기업이 대행하며 인기를 얻고 있음.

1. 한국의 역직구 현황
<출처: 무역협회>

3) 한국 이커머스

최근 한국에서 활동하는 주요 이커머스 기업의 해외직접판매 사례에서도 판매자와 소비자의 편의를 모두 고려하는 효율적 풀필먼트 서비스가 핵심 요소로 부상.

한국에서 활동 중인 주요 이커머스 기업의 해외직접판매 시장 진출 사례

기업명	사례
coupang 쿠팡	· 대만에 누적 3596억 원 투자를 통해 현지 풀필먼트센터(물류센터) 2곳을 구축하고 2022년 10월부터 현지 로켓배송 및 로켓직구 서비스 운영 중 · 현지서 한국산 상품 구입 시 1~2일내 배송하는 '로켓직구'를 통해 국내 중소기업의 해외직접판매 촉진
Gmarket G마켓	· 2024년 2월 몽골 시장점유율 1위 e커머스 플랫폼 '쇼피(Shoppy)'와 MOU 체결 · G마켓 글로벌샵에 상품 판매 등록 시 쇼피 플랫폼에도 노출되며, 한국에서 몽골로의 상품 배송을 쇼피에서 진행함으로써 국내 중소 판매자의 몽골 진출 지원
Shopee 쇼피 코리아	· 역직구 판매자가 해외 주문 상품을 국내 집하지까지 배송하면 쇼피코리아가 수출 통관 및 해외 배송을 진행해 주는 원스탑 서비스 'Shopee Logistics Service(SLS)' 제공 · 한국 내 판매 서비스는 운영하지 않으나, 국내 판매자가 동남아 등 해외 쇼피 플랫폼에 입점할 시 지원하는 한국 셀러 전용 시스템 운영
DUTY FREE HYUNDAI DEPARTMENT STORE 현대백화점면세점	· 한국을 직접 방문하지 않더라도 온라인 플랫폼을 통해 국내 상품을 면세로 구입할 수 있는 온라인 면세점 채널 마련

4) 한국 이커머스의 정책방안
<출처: 한국은행 금융안정보고서>

① 역직구는 해외 판로를 직접 개척하기 어려운 중소기업 및 소상공인에게 기회로 작용할 수 있는데, 판매 경로는 국내 이커머스 플랫폼을 통하거나 해외 이커머스 플랫폼에 입점하여 판매하는 방법이 있을 수 있다. 두 경우 모두 우리나라 상품을 해외에 파는 것이지만 국내 판매자들이 글로벌 인지도가 높은 해외 대형 이커머스 플랫폼에 과도하게 의존하게 될 경우, 중장기적으로 판매자들이 해외 플랫폼의 수수료 인상 등 정책 변화에 취약해질 가능성 등에 대해 우려하는 시각도 있다.

1. 한국의 역직구 현황
<출처: 무역협회>

4) 한국 이커머스의 정책방안
<출처: 한국은행 금융안정보고서>

② 대부분의 국내 이커머스 플랫폼은 법적으로 의무가 아닌데도 불구하고 회원가입 시 국내 개통 휴대폰을 통해 본인이 맞는지 확인하는 것이 일반화되어 있어 결과적으로 해외 소비자의 회원가입 자체를 어렵게 만들고 있다. 또한 해외에서 발급된 Visa, Mastercard 등 글로벌 카드나 해외에서 널리 이용되는 PayPal, Alipay 같은 간편지급 서비스도 대금지급 수단으로 받아들이지 않고 있다. 이는 그간 주 고객이 내국인이었던 데다, 해외 판매 건의 경우 지급수단 부정사용 또는 배송과 관련된 분쟁 발생 시 대응이 어려워 업체들로서도 해외 고객 유치를 위해 회원가입 및 대금 지급 관행을 적극적으로 개선할 유인이 크지 않았기 때문이다.

가. 외국인이 우리나라의 온라인 쇼핑몰 등 이커머스 플랫폼을 더 많이 이용하도록 하려면 우선 회원가입 문턱을 해외 주요 플랫폼 수준으로 낮출 필요가 있다. 해외 주요 이커머스 플랫폼의 경우 회원가입 신청자의 이메일이나 전화번호만 확인되면 가입을 허용하는 보다 개방적인 자세를 취하고 있다.

나. 아울러 해외 발급 글로벌 카드나 해외 간편지급 서비스를 대금지급 수단으로 적극 수용하고, 더 나아가 해외 소비자를 타깃으로 한 국내외 간편지급 서비스간 연계 시스템을 구축하는 것도 역직구 대금지급의 편의성을 크게 높이는 방안이 될 수 있다.

다. 회원가입과 대금지급의 편의성을 높이는 과정에서 자칫 늘어날 수 있는 지급수단 부정사용 등의 문제는 각종 보안 기술의 적절한 활용을 통해 예방해 나가야 할 것이다

라. 정책당국은 업계와의 지속적인 커뮤니케이션을 통해 국내 개통 휴대폰이 없이도 회원가입 시 법적으로 제약이 없는 점과 다양한 방법을 통해 해외 발급 지급수단의 부정사용을 예방할 수 있음을 알리고 변화를 독려함으로써 외국인의 회원가입 및 대금지급이 보다 용이한 환경 구축을 가속화할 수 있을 것이다.

③ 해외 배송뿐 아니라 해외 고객을 대상으로 교환 · 반품, 대응 서비스 업무까지 처리해주는 통합 물류 대행 서비스(Fulfillment)를 적극 활용하여 해외 배송 관련 분쟁처리 부담을 줄여주고, 저렴한 비용으로 빠른 배송을 가능하게 하는 물류 인프라를 확충한다면 외국인의 국내 이커머스 플랫폼 이용 여건은 한층 개선될 것이다.

가. 해외 고객 대응의 부담을 경감시켜주는 통합 물류 대행 서비스를 중소 이커머스 플랫폼이 보다 저렴한 비용으로 이용할 수 있도록 하고 글로벌 배송물류센터 등 제반 여건을 확충하는 사업을 민관협력을 통해 추진하고 필요 시 일부를 정책예산을 통해 지원할 수 있을 것이다.

2. 중국 역직구 현황

<출처: 무역협회>

1) 기업 현황

① 중국 이커머스 플랫폼 중 해외직접판매에 특화된 플랫폼에는 알리익스프레스(AliExpress), 테무(Temu), 쉬인(Shein)이 있음.

中 주요 역직구 플랫폼 현황

기업명	세부내용
알리익스프레스	· 2010년 창립, 모기업은 1999년 중국 항저우시에 설립된 알리바바그룹 · 2023년 알리바바 그룹의 해외 매출액은 705억 위안(약 99.6억 달러) * 알리바바 연도별 해외 매출액 추이(십억 위안): ('20)33.9→('21)48.9→('22)61.1→('23)70.5 · 2022년 글로벌 이커머스 거래의 23%(거래액 기준)가 알리바바그룹 플랫폼에서 발생 · (진출국) 러시아, 브라질, 스페인, 프랑스, 이탈리아, 한국, 인도 등 100개국 이상

테무	· 2022년 9월 창립되었으며, 모기업은 2015년 중국 상하이에 설립된 핀둬둬
	· 2023년 테무의 매출액은 153억 달러, 2024년 매출액은 371억 달러 내외 전망
	 * 테무 분기별 매출액 추이[6](십억 달러):
	  ('22.4Q)0.3→('23.1Q)0.9→('23.2Q)2.7→('23.3Q)5.2→('23.4Q)6.6
	· (진출국) 미국, 캐나다, 호주, EU 등 49개국
	  - 미국 성인의 40%가 테무에서 상품 구매 경험이 있는 것으로 조사됨[7]

쉬인	· 2008년 중국 난징시에 설립된 패션 특화 플랫폼
	· 2023년 매출액은 325억 달러로 전년비 43% 증가
	 * 쉬인 연간 매출액 추이[8](십억 달러): ('20)9.8→('21)15.7→('22)11.7→('23)32.5
	· 2023년 연간 이용자 수는 8억 9천만 명 내외
	 * 쉬인 연간 이용자 수 추이[9](백만 명): ('20)15.5→('21)43.7→('22)74.7→('23)88.8
	· (진출국) 미국, 영국, 프랑스, 독일, 호주, 브라질, 인도 등 150여개국
	  - 2022년 11월 기준, 쉬인의 미국 패스트 패션 시장 점유율은 50%에 달함
	 * 미국 패스트 패션 시장 업체별 점유율[10](%, '22.11):
	  (쉬인)50, (H&M) 16, (Zara)13, (Fashion Nova)11, (Forever21)6

2) 시장전략

① 중국 기업 및 세관의 경우 일반적인 방식보다 배송 속도와 비용 효율성을 더 높여주는 새로운 해외직접판매 시스템을 구축하면서 경쟁력을 높이고 있음.

가. 알리익스프레스(AliExpress)는 집중적으로 진출할 지역을 선정하고 해당 시장에는 중국 내수 시장과 유사한 수준으로 큰 투자를 지속하는 전략을 활용. 한국 시장에서는, 한국 주요 대기업의 공산품 및 신선식품을 중점으로 판매하는 K-venue를 운영함으로써 한국 소비자의 인식을 제고시킴.

나. 테무(Temu)는 제조업체로부터 물품을 공급받는 도·소매 판매자가 입점하는 방식(B2C)이 아닌, 제조업체를 직접 해외 소비자에게 연결함으로써 유통 단계를 단순화하는 전략(M2C). 유통 과정 축소로 중간마진이 감소하면서 소비자는 저렴한 가격에 물건을 구입할 수 있으며, 소비자의 주문과 동시에 제조공장이 물품을 발송하면서 배송 기간을 단축. 제조업체가 테무 풀필먼트 센터에 상품을 입고하면 이후 테무가 상품 보관, 포장, 해외 배송을 전담. 해당 전략은 테무의 모기업인 핀둬둬가 중국 내수 시장에서 제조업체·농가와 소비자를 직접 연결하는 '차세대 제조 모델(NGM)'을 성공적으로 운영하며 해외 전략으로 확산.

2. 중국 역직구 현황 <출처: 무역협회>	**2) 시장전략**	다. 쉬인(Shein)의 경우, 패션 상품의 제조 · 판매에 특화하여 상품 디자인, 제조, 실제 판매 등 전 과정이 1~2개월 내에 이루어지는 "슈퍼 패스트 패션" 전략에 집중. 상품 종류를 제한함으로써 특정 상품을 구입하려는 소비자를 더 적극적으로 유치하고, 이를 통해 생산 및 유통 효율성을 제고하는 '버티컬 플랫폼(vertical platform)' 생태계를 구축. ② 중국 이커머스 기업은 대규모 적자를 감수하며 초저가 판매를 통해 시장 점유율을 확보한 후 장기적으로 흑자 전환을 목표로 하여 당분간 초저가 판매가 지속될 전망. 가. 테무는 판매 건당 마진을 초과하는 비용을 마케팅에 투입하고 있어 적자를 기록하고 있음. 테무는 입점업체 대상 매주 입찰을 진행하며, 최저 입찰가 제시 업체만 제품을 판매할 수 있도록 하여 초저가 판매를 유도. 낮은 마진율에도 불구하고 2023년 중 SNS 광고에 약 20억 달러를 투입하여, 2023년 테무의 주문 1건 당 적자가 7달러에 달한 것으로 추정(Goldman Sachs). 나. 다만 알리익스프레스와 테무의 모기업인 알리바바그룹과 핀둬둬가 중국 내수 시장에서 대규모 흑자를 기록하여 해외 시장 점유율 확대를 위한 단기 적자는 충분히 감내할 수준으로 평가됨. 핀둬둬는 2023년 영업이익 11억 원, 알리바바는 2013~2023년 간 누적 영업이익 152조 원 기록.
	3) 리스크	① 최근 중국 역직구 플랫폼의 혁신적인 시스템에도 불구하고 상품 안정성 · 환경오염 · 노동 착취 등에 대한 우려가 지속되며 주요국에서 중국 플랫폼에 대한 규제를 강화하려는 추세. ② 미국 하원은 2024년 4월 '중국의 미소기준(미국은 미소기준(de minimis)에 따라 800달러 미만 해외직접구매 상품에 대해 무관세, 원산지 표시 제외 혜택 제공)남용 금지법'을 발의하여, 소액 해외직구 상품에 대해서도 면세 혜택을 중단하고 엄격한 원산지 기준을 적용하는 방안을 검토 중. ③ 2024년 7월 EU 집행위원회는 현재 적용 중인 해외직접구매 면세 한도(150유로)를 철회하고 통관 절차를 강화하는 방안을 검토 중임을 밝힘.

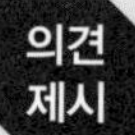 결론

의견 제시 국가간 전자상거래 시장의 빠른 성장과 발맞추어 국내 이커머스 플랫폼을 통한 역직구 활성화를 도모하기 위해서는, 우리나라 문화와 상품에 관심이 있는 해외 소비자에게 해외 주요 이커머스 플랫폼 수준의 개방된 회원가입 절차와 다양하고 편리한 대금지급 서비스를 제공함과 동시에 배송서비스의 질을 제고하는 것이 필요하다.

해외와 다른 회원가입 및 대금지급 체계를 고수하는 관행이 가져오는 실익과 기회비용이 무엇인지 고민해야 할 시점이다. 다행히 최근 일부 대형 온라인몰을 중심으로 국내 이커머스 플랫폼의 이용 편의성을 개선하려는 움직임이 나타나고 있다.

국내 전자상거래 환경을 글로벌 스탠다드에 부합되게 혁신하려는 민간의 노력이 가속화되고 중소형 온라인몰까지 확산될 수 있도록 관계 기관의 지원도 필요해 보인다. 무엇보다 국내 개통 휴대폰이 아니어도 회원가입 시 법적으로 제약이 없는 점과 다양한 방법을 통해 해외 발급 지급수단의 부정 사용을 예방할 수 있음을 업계에 지속적으로 알리고 이러한 변화를 독려할 필요가 있다. 또한 해외 고객 대응의 부담을 낮추는 통합 물류 대행 서비스를 중소 이커머스 플랫폼이 이용할 경우 비용 절감 방안을 모색하고, 글로벌 배송물류센터 확충 등 제반 여건 개선에 보다 적극적인 역할을 수행해 나가야 할 것이다.

최근 주요국간 무역 갈등이 심화되고 있어 국내 전자상거래 이용 편의성 개선의 시급성이 더해지고 있다. 세계 주요 전자상거래 업체가 최근 주요국간 무역 갈등 등으로 인한 매출 감소를 한국 등 여타 시장의 판매 확대로 상쇄하고자 나설 경우, 이미 나타나고 있는 직구와 역직구 간 불균형이 더욱 심화될 수 있다. 또한 일부 글로벌 이커머스 플랫폼이 더 많은 국내 판매자를 자신의 플랫폼에 입점시켜 경쟁력과 수익 확대 기회로 삼으려 할 수 있다. 이는 단기적으로 역직구 증대에 도움이 될 수 있으나, 과도하게 의존할 경우 국내 판매자들이 해외 이커머스 플랫폼에 종속되어 그들의 정책 변화에 능동적으로 대응하는 것이 어려울 수 있다. 국내 이커머스플랫폼 혁신을 통해 역직구를 활성화하는 것은 수출 증대를 넘어 안정적인 글로벌소비자 기반을 확보하여 지속 가능한 성장구조를 만드는 또 하나의 인프라 구축이라는 전략적 관점에서 중요할 수 있다. 이러한 점에서 혁신의 주체인 민간을 독려하고 지원할 수 있는 정부의 보다 적극적인 역할이 필요해 보인다.

한국 기업이 치열한 세계 역직구 시장에서 점유율을 확보하기 위해서는

첫째, ESG 기준을 충족하는 양질의 우수상품을 판매하는 것이 중요하다. 해외 주요 시장이 강제노동, 환경오염 및 위해 상품 유입을 막기 위해 규제를 강화하고 있어, 우리 기업은 동 기준을 충족하는 상품에 특화함으로써 해외진출을 늘려야 할 것이다. 구체적으로 의류·화장품 등 기존 주력 상품 외에, 최근 빠른 성장세를 보이고 있는 음식료품 등의 역직구에도 적극적으로 나서야 한다.

둘째, 국내 영세 판매자 및 제조업체가 해외직접판매 플랫폼을 통해 해외 소비시장에 접근할 수 있도록 민관이 다방면에서 협업해야 한다.

① 해외직접판매를 희망하는 판매자의 수출 촉진을 위해 해외 주요국의 수입품 품질요건, 원산지 규정 등 규제 정보를 플랫폼과 정부 차원에서 적극적으로 제공해주어야 할 것이다.

② 시스템 측면에서도 증가하는 수출 통관 물류를 효율적으로 처리할 수 있도록, 정부 차원에서 세관 운영의 개선을 모색할 필요가 크다. 특히, 직접 플랫폼에 입점한 국내 중소 제조업체가 가격경쟁력을 확보할 수 있도록 제조업체에 특화된 입점 및 수출 컨설팅 서비스 제공이 필요하다.

③ 판매자의 시장 진입을 촉진하고 소비자의 만족도를 높일 수 있도록 국내외 풀필먼트 시스템 구축에도 지속적인 투자가 필요하다.

④ 내수기업이 해외직접판매를 계기로 수출 시장에 진출할 수 있도록 초보 수출기업을 위한 금융 지원도 강화할 필요하다.

셋째, 국내 이커머스 플랫폼은 통관 원활화 및 운송 시스템 구축을 위해 해외 물류 및 이커머스 기업과의 협력 생태계 구축에 힘써야 한다.

① 지역별 특성에 맞춘 물류 체계 구축, 통관 및 배송시간 단축을 위한 시스템 개선 등을 통해 불필요한 비용을 최소화하고 빠른 상품 배송을 구현해야 한다.

② 해외 현지 수입통관과 물류서비스 구축이 어려운 경우에는, 해당 지역 로컬 물류 기업과의 협업을 추진해야 한다.

넷째, 장기적으로는 특정 부문에 특화된 '버티컬 플랫폼(vertical platform)'을 구축하여 플랫폼 풀필먼트 서비스가 규모의 경제를 실현할 수 있도록 노력해야 한다.

① 패션, 뷰티, 전자기기 등 업종별 특화 플랫폼이 활성화되면 품목별 시장조사, 진출전략 수립 및 판매자 모집이 용이해진다.

② 판매상품의 보관 방법 및 포장 종류를 최소화하여 판매 과정을 단순화하고 비용을 절감해 나가야 할 것이다.

<출처: 무역협회>

용어해설

1) **버티컬 플랫폼** : 특정 특정 분야에 관심이 있는 사람들을 대상으로 음악 · 쇼핑 · 교육 등을 세부 분야로 나눠 한 분야에 대해 서비스를 제공하거나, 검색 · 커머스 · 커뮤니티 등 중에 한 가지 기능만으로 집중적인 서비스를 제공하는 방식을 말한다. 버티컬 커머스라고도 한다. 식품 전문 온라인 쇼핑몰이었던 마켓컬리는 '버티컬 플랫폼'의 대표적인 예시이다. 반대로 수평적 서비스의 대표적인 모델로 국내 이커머스 투톱 네이버와 쿠팡을 들 수 있다.

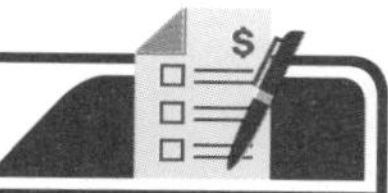

주제 1

해외직구가 국내 경제에 미치는 영향을 분석하고, 대처방안에 대해 논의하시오.

답안

해외직구란 해외의 오픈 마켓이나 브랜드 쇼핑몰에서 소비자들이 직접 제품을 주문하여 구매하는 것을 일컫는다. 양질의 해외 브랜드를 합리적인 가격으로 구매하려는 소비자 성향의 강화와 면세혜택 확대 등이 복합적으로 작용한 탓에 해외 직구규모는 빠른 속도로 증가하고 있다. 이에 본고는 이러한 해외직구가 국내 경제에 미치는 영향과 이에 대한 대처 방안에 대하여 논하도록 하겠다.

먼저, 해외직구가 빠르게 확산되는 배경에 대해 짚어보자면 첫째, SNS나 인터넷 커뮤니티 등을 통한 소비자들의 정보 공유 확대를 들 수 있다. 소비자들은 인터넷 상의 소셜 네트워크를 활용하여 가격 정보, 구매 후기, 할인 방법, 혜택 등 다양한 구매 정보를 적극적으로 공유한다. 이에 따라 해외 제품에 대한 국내외간 정보 비대칭이 감소하여 구매결정 문턱이 낮아지게 되었다.

둘째, 전문 배송대행업체의 등장이다. 이들의 성장으로 해외 인터넷쇼핑몰을 통해 소비자가 구매하면 전문배송업체가 이를 인도받아 소비자에게 배송해주는 구매 체인이 효과적으로 형성되었다. 소비자는 구매제품에 대한 배송 상의 불확실성을 낮출 수 있고, 일부 배송업체는 운반 중 파손에 대비한 보험 서비스도 제공해주고 있어, 소비자들이 편리하게 해외직구를 이용하고 있는 것이다.

셋째, 수입의존도에 비해 상대적으로 낮은 소비 개방도이다. 국내총생산(GDP) 대비 수입 비중을 나타내는 수입의존도는 2022년 기준 49.6%으로 미국이나 일본에 비해 높은 비중을 보이고 있다. 반면, 가계재화소비 대비 수입소비재가 차지하는 비중인 소비 개방도는 OECD국가중 하위권에 속할 만큼 낮은 실정이다. 낮은 소비개방도로 인하여 소비자들의 제품 선택 영역이 좁고, 국내외 가격차이가 발생하여 소비자들로 하여금 해외직구를 대안으로 선택하도록 하는 유인을 제공하고 있다.

다음으로, 해외직구의 돌풍이 국내 경제에 미치는 영향을 경제 **주체 별로 살펴보도록 하겠다.**

참신한 구조입니다

국내 소비자 입장

첫째, 소비자 입장에서는 제품 선택의 폭이 넓어진다. 이에 다양한 선호에 맞는 소비를 할 수 있어 소비자 후생이 증대된다. 둘째, 국내외 간 구조적인 가격차이가 감소되어 소비자들이 해외제품을 합리적인 가격으로 소비하게 된다. 소비자들이 해외직구로 구매하는 제품 중 일부는 국내에서도 구매 가능한 제품 군이 있다. 그러나 국내 시장의 유통망, 특정 기업의 독점 판매권 및 제품의 희소성 등으로 인해 국내 가격이 더 높게 형성되어 있어, 해외직구로 제품을 구매하는 것이 합리적인 소비 방법이 된 것이다. 이와 같이 기업이 누리고 있던 독과점 초과이윤이 소비자로 이전되어 소비자 후생이 증대된다.

국내 기업 입장

첫째, 국내 유통업계의 수익성 악화이다. 백화점은 의류, 잡화, 가전제품 매출 비중이 75% 이상이며 국내 독점브랜드가 대거 입점하고 있어 해외직구 확대 시 수익성 저하로 인한 영향을 크게 받는다. 또한, 가전에 대한 해외직구 비율도 점차 증가하고 있어 가전 전문점에 대한 영향도 간과할 수 없다. 둘째, 기업들의 가격차별정책 사용이 어려워졌다는 점이다. 국내외 시장간의 점유율이나 경쟁률에 따라 가격차별화 정책을 펼치는 것은 기업의 자연스러운 이윤추구 전략이다. 그러나 이로 인해 상대적으로 경제적 손실을 입는 국내 소비자가 개개인 스스로 유리한 시장으로 이동하고 있는 것이다. 이는 기업들의 가격차별정책을 제한시키고, 국내 시장의 경쟁압력을 높여주는 역할을 한다. 기업들은 역직구 시장을 통해 최근 트렌드인 한류를 활용한 중국 및 동남아시아 시장을 공략하여 선제적 대응을 하는 등 변화하는 시장 상황에 따라 다각적으로 마케팅 전략을 시도해야 한다.

마지막으로 소비자들이 해외직구를 이용하며 발생될 수 있는 각종 위험에 금융감독원이 대응하기 위한 방안을 제시하도록 하겠다.

첫째, 소비자가 해외 온라인 몰에서 제품 구매 시 이용하게 되는 결제 시스템이 해킹이나 보안에 취약한지에 대한 모니터링을 강화하는 것이다. 만약, 해외 직구 소비자가 증가하면서 이를 악용하는 금융사기 피해도 증가될 수 있다. 이에 선제적으로 대응하여, 해외 사이트 이용 시 결제 시스템에 대한 관리감독을 수행한다. 둘째, 소비자들에 대한 안전 교육 제공이다. 이용하는 해외 쇼핑몰이 안전한지, 결제 한도, 사용할 수 있는 안전한 지급 수단 등 소비자들이 해외 직구를 하는데 유용한 금융 정보를 제공하여 소비자 보호를 위한 방안을 강구한다.

해외직구는 IT 기술의 발달, 지구촌 경제 등 현 추세에서 발생되는 자연스러운 소비 패턴이다. 이로 인해 국내 경제에 긍정적인 영향도 끼치는 만큼, 경제적 손실을 최소화하는 입장에서 기업, 정부 그리고 금융당국이 협력하여 대응해 간다면 오히려 소비자 후생을 증대할 수 있는 새로운 소비패턴으로 자리매김할 것이다.

보호무역주의

01 논제 개요 잡기 [핵심 요약]

서론	이슈언급	반 세계화 성향이 우리에게 우려스러운 부분은 특히 두 가지 이유 때문임 첫째, 선진국들의 세계화에 대한 반감이 이제는 정치권을 넘어 여러 분야로 확대되고 있다는 점 둘째, 그런 이유로, 2021년 기준 우리 수출의 26%가 집중된 중국에서도 한·미 간 공조 강화가 한·중 간 통상마찰로 이어져, 중국의 對 한국 보호무역 가능성이 짙어졌다는 점 이렇듯 코로나 이전부터 이미 모멘텀을 잃어버린 세계화는, 코로나19가 유발할 것으로 예견되는 세계 공급망 재편, 경제 국수주의 심화 등의 충격을 견뎌내기 쉽지 않을 것으로 예상됨. 향후 반세계화 과정에서 나타날 수 있는 공급망 조정, 자동화 등 경제 지형 변화를 면밀히 모니터링 하면서 미래를 대비할 필요가 있음
본론	1. 반(反) 세계화	**1) 역사** ① 19세기 후반의 반세계화 ② 2차 대전 ~ 1980년 대 반세계화 ③ 최근의 반세계화 ④ 코로나 19와 반세계화 **2) 전망** ① 향후 세계화는 'Slowbalisation'(또는 Peak Globalisation)에 이어 후퇴기에 진입 전망 ② 필연적인 세계화의 부분적 되돌림 속 경제 불안정성 및 금융 시장 변동성 확대에 유의

본론	2. 신 보호 무역주의	유형	우리나라 기업들이 직면한 보호주의를 세가지 유형으로 분류 ① 첫 번째 유형은 미국과 유럽연합(EU) 등 선진국의 반덤핑 제재 등 저가 수출에 대응하기 위한 수입규제 조치 ② 두 번째는 중국이 외국 기업의 시장 접근을 실질적으로 제한하기 위해 설정하는 각종 비관세 장벽 ③ 세 번째는 개발도상국의 자국 산업 육성을 위한 수입규제와 시스템 미비로 인한 통상 어려움
결론	의견제시		정책 당국은 첫째, 경제, 외교 채널을 최대한 가동하여 피해를 최소화 해야 함 둘째, 최후의 수단으로는 세계무역기구(WTO) 제소 등 법적 조치까지 강구 셋째, 보호무역에 부정적 태도를 보이는 유럽이나 아시아권 국가들과 공조해 돌파구를 마련해야 함 넷째, 글로벌 공급망 재편 과정, 4차 산업 혁명 가속화 및 자동화 과정에서 국가별·산업별 옥석을 가리기 위한 글로벌 경제 구조적 변화 파악 및 모니터링이 지속적으로 요망됨 다섯째, 우리나라의 경쟁력이 높은 분야를 중심으로 외국인 직접투자 확대에도 지속적으로 노력해야 함 여섯째, 거시적인 정책적 공조와 개방 확대 유지를 위한 노력이 필요함 일곱째, 고용이 영향을 받는 것에 대한 대비가 필요함 우리기업들은 첫째, 살아남기 위해서는 서둘러 경쟁우위 요소를 발굴해야 함 둘째, 장기적으로는 통상환경 변화에 맞춰 교역을 부가가치를 높이는 방식으로 체질 개선을 해나가야 함 셋째, 교역이 늘고 있는 혁신적인 상품이나 서비스 또는 이를 결합한 상품을 늘려나갈 필요도 있음

02　논제 풀이

📈 서론

이슈 연급　1990년대 중반 이후 본격적으로 확산되기 시작한 '세계화(Globalization)' 움직임은, 지난 한 세대 동안 무역질서와 국제관계의 확실한 표준으로 자리잡은 것처럼 보였다. 이러한 세계화가 우리나라, 싱가포르뿐만아니라 중국, 아세안 등 후발개도국에는 지금까지도 흔들림 없이 그 지위가 유지되고 있는 반면, 선진국들을 중심으로 '반(反) 세계화' 움직임이 표출되고 있다. 트럼프 현상, 브렉시트, 샌더스 열풍 모두 반세계화 움직임을 대표하는 단어들이다.

그 이유는 세계 경제 통합과 이를 통한 후발국들의 부상은, 필연적으로 선진국 경제주체들에게 하향 압력으로 작용했기 때문이다. 세계화에 따라 상품시장과 자본 및 노동시장이 열리기 시작하면서 상품은 물론이고 자본과 기술, 노동력의 국경 간 이동이 급증했고 이는 곧 경쟁의 범위를 확대시켜 상대적으로 경쟁열위에 놓인 선진국 기업의 파산과 노동자들의 임금하락을 초래했다. 그 과정에서 일자리 상실, 소득감소 등에 직면하는 선진국에서는 경제주체들의 불만이 커지고 이런 불만들이 투표를 통해 정치와 정책에 반영되기 시작했다. 물론, 이러한 반세계화 움직임은 세계화의 속도조절은 불가피하게 만들겠지만, 세계화의 흐름 자체를 뒤집지는 않을 것으로 분석된다.

하지만, 이러한 반 세계화 성향이 우리에게 우려 되는 부분은 특히 두 가지 이유 때문이다.

첫째, 선진국들의 세계화에 대한 반감이 이제는 정치권을 넘어 여러 분야로 확대되고 있다는 점이다. 최근 각국에서 잇따르는 반세계화 테러를 비롯해 사회적, 경제적 측면에서 보수화와 고립주의가 두드러진다. 특히, 중국에 대한 비판 수위가 상당히 높다. 중국의 불법보조금, 환율 정책에 대한 공세가 자칫 필요 이상의 중국의 강경대응을 초래해 반세계화 전선을 후발국으로까지 확대시킬 가능성도 배제할 수 없다.

둘째, 그런 이유로, 2023년 기준 우리 수출의 20%가 집중된 중국에서도 한·미 간 공조 강화가 한·중 간 통상마찰로 이어져, 중국의 對 한국 보호무역 가능성이 짙어졌다는 점이다.

이렇듯 코로나 이전부터 이미 모멘텀을 잃어버린 세계화는, 코로나19로 인한 유발할 것으로 예견되는 세계 공급망 재편, 경제 국수주의 심화 등의 충격을 견뎌내기 쉽지 않을 것으로 예상된다. 향후 반세계화 과정에서 나타날 수 있는 공급망 조정, 자동화 등 경제지형 변화를 면밀히 모니터링 하면서 미래를 대비할 필요가 있다.

우리가 수출로 먹고 사는 나라라는 점에서 주요국의 보호주의 심화는 심각한 위협일 수 밖에 없다.

이에, 본지에서는 보호무역주의의 역사 및 현안과 우리의 향후 對 선진국, 對 중국 수출을 위한 정책적 대응 방안에 대하여 논하기로 한다.

📈 본론

| 1. 반(反)
세계화 | 1) 역사 | ① 19세기 후반의 반세계화 : 선발선진국들에게 식민지 수탈 기회를 빼앗긴 후발 선진국들의 불만에서 시작 → 1, 2차 세계대전
② 2차대전 ~ 1980년 대 반세계화 : 세계화에 따른 선진국에 의한 후발국 착취 구조가 공고히 됐다 → [선진국 vs 후발국], [1세계 국가 vs 3세계 국가] → 그 피해는 힘의 논리에서 밀리는 후발국에게 집중될 수 밖에 없다 → 1960 ~ 1980년 대 베트남과 쿠바, 다수의 동남아와 중남미 국가들까지 적극 반세계화에 참여했다. |

1. 반(反) 세계화	**1) 역사**	③ 최근의 반세계화 배경 : 1990년 대 이후 베를린 장벽붕괴, 구소련 해체 등으로 사회주의 체제가 무너지면서 시장에 재로 진입한 동유럽과 중국, 베트남 등의 대규모 노동력이 금융 시장 개방으로 급격히 세를 불린 서구 자본과 만나 빠른 경제성장과 생산성 향상이 이뤄졌고 잇따라 WTO에 가입 → 상품은 물론 자본과 기술, 노동력의 국경 간 이동이 급증 → 경쟁의 범위를 확대시켜 상대적으로 경쟁 열위에 놓인 선진국 기업의 파산과 노동자들의 임금 하락 초래 → 일자리 상실, 소득감소, 등에 직면한 선진국 경제주체들의 불만고조 → 투표를 통해 정치와 정책에 반영했다. 보후무역주의 확산 : 각국의 경제전체 관점에서 아무리 이익이 큰 정책이라 하더라도 그 혜택을 누리지 못하는 유권자수가 절반을 넘는다면 통과되지 않는다. → 브렉시트, 미국의 대선 정강 정책 ④ 코로나 19와 반세계화 : 코로나19의 결과 반세계화, 보호무역주의 심화에 대한 우려가 증가됐다. 　가. 코로나19 전세계 확산으로 국경봉쇄, 무역규제가 강화된 가운데 전세계 곳곳에서 보호무역주의, 자국우선주의 등 반세계화 움직임이 강화되고 있다. 　나. 세계화에는 사람(노동자, 학생, 관광객 등)과 국경 간 무역거래, 투자, 데이터, 아이디어, 기술 등 다양한 요소의 통합(integration) 및 상호작용(interaction)이 포함된다. 　다. 따라서, 다수의 전문가들은 코로나 이후 선진국의 글로벌 공급망 재편 및 자동화(무인화) 가속화 등을 주축으로 한 세계화의 부분적 되돌림에 대한 우려를 표명한다.
	2) 전망	① 향후 세계화는 'Slowbalisation'(또는 Peak Globalisation)에 이어 후퇴기에 진입할 전망이다. 　가. 역사적으로 볼 때, 세계화는 △ 산업화 시대, △ 세계대전, △ 세계대전 이후, △ 신자유주의 시대를 거치면서 정점에 달했으나 글로벌 금융 위기 이후 정체기에 돌입했다. 　나. 글로벌 금융 위기 발생으로 급감한 세계교역량은 2010년 강력한 반등에도 불구하고 위기 이전 수준을 회복하지 못했고 글로벌 공급사슬(GVC) 참여도 감소하는 추세이다. 　다. 금융 위기發 불확실성 및 저금리로 해외 공급망 확장보다 리쇼어링과 자동화를 택하는 기업이 늘어났고 이러한 흐름은 코로나 충격으로 더 강화될 전망이다. 　라. 저금리 및 기술발전으로 로봇 투자의 효용이 증가했다(인건비 대비 로봇 구입 비용 감소). 　마. 또한, 글로벌 리더십의 부재(G0 시대) 속 높은 정치 · 외교 · 보건 불확실성이 지속될 가능성 높아 각국 정부와 기업의 글로벌 공급망 참여 위축이 불가피할 전망이다.

1. 반(反) 세계화	2) 전망	② 필연적인 세계화의 부분적 되돌림 속 경제 불안정성 및 금융 시장 변동성 확대에 유의해야 한다. 　가. 최근 세계적으로 세계화의 확실한 효용(생산성 향상, 다양성, 시장기반 확대 등 다수)에도 불구하고 반세계화를 주창하는 목소리가 갈수록 증가하고 있다. 이는 세계화로 인한 과실의 불균등한 분배, 교역 상대방 국가의 불투명 · 불공정성에 대한 피로도 누적, 기술 발전 · 자동화에 따른 공급망 확대 유인 감소 등에 기인한다. 　나. 또한, 금융 위기, 코로나19와 같은 외생적인 충격은 높은 불확실성을 동반해 국가에는 대외의존도를 낮출 유인을, 기업에는 전략 변경 및 자원 재배치 유인을 제공한다. 　다. 결국, 포스트 코로나 시대에 나타날 세계화의 후퇴는 GVC 재편, 다자무역주의 훼손을 통해 경제 회복을 더디게 하고 거시경제 환경 불확실성을 증폭시킬 가능성이 있다. 　라. 금융 위기 이후 나타난 세계 경제 저성장 기조, 선진국내 불평등 확대에 따른 포퓰리즘 확산, 비전통적 통화정책의 부작용 등은 코로나19 이후 더욱 심화될 것으로 예상된다. 특히, 반세계화 흐름 속 경제 및 산업지형의 재편이 촉발할 수 있는 신흥국 경제 위기, 산발적인 금융 시장 변동성 확대 및 높은 수준의 불확실성에 유의해야 한다. <출처: 하나금융경영연구소>
2. 신 보호 무역주의	유형	우리나라 기업들이 직면한 보호주의를 세가지 유형으로 분류할 수 있다. ① 첫 번째 유형은 미국과 유럽연합(EU) 등 선진국의 반덤핑 제재 등 저가 수출에 대응하기 위한 수입규제 조치이다. 현재 한국제품에 대한 수입규제에 나선 국가들은 미국과 유럽 등 선진국 이외에도 인도와 인도네시아, 태국 등 신흥국들도 대거 포함돼 있다. 이는 철강을 중심으로 중국산 저가제품이 시장을 교란하자 각국이 중국 기업에 대한 반덤핑 판정을 내리고 있기 때문이다. ② 두 번째는 중국이 외국 기업의 시장 접근을 실질적으로 제한하기 위해 설정하는 각종 비관세 장벽이다. 비관세장벽협의회에 따르면 비관세 장벽은 중국 26건, 인도네시아 5건, 일본 4건 등으로 중국이 비관세 장벽 전체(48건)의 54%를 차지하고 있다. 중국은 자동차를 비롯한 158종의 공산품에 대해 국제 인증을 받은 품목이라도 중국만의 '강제성 제품인증(China Compulsory Certification)'을 받도록 하는데 이 절차가 복잡해 평균 7억 ~ 9억 원의 비용과 1년 정도의 시간이 걸린다. 이는 평균 2억 원의 비용과 4개월의 시간이 걸리는 유럽보다 복잡하다. 개발도상국은 관련 법규나 절차가 마련되지 않아 수출에 어려움을 겪는 경우가 발생하고 있다. ③ 세 번째는 개발도상국의 자국 산업 육성을 위한 수입규제와 시스템 미비로 인한 통상 어려움이다. 예를 들어 인도는 불투명하고 비합리적인 통관 절차로 통관이 항구에서 1 ~ 2개월 이상 지연되는 경우가 잦고 주(州) 경계를 통과할 때마다 판매세를 추가로 걷어 수출업체가 인도 전역 판매를 추진하는 데 장애가 되고 있다.

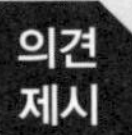 **결론**

과거에는 우여곡절을 겪더라도 극단적 선택 상황까지 가지는 않을 것이란 예측들이 대부분 유효했던 반면, 이제는 더 이상 그렇게 낙관하기 어려울 정도로 세계 경제, 정치 환경의 불확실성이 커진 것은 분명하다. 특히, 최근 글로벌 신보호무역주의는 코로나 19, 남중국해, 홍콩문제, 사드 등 정치, 복합적 요인과 결합하여 자유로운 상품, 사람, 기술 등의 이동을 강조하며 지구촌은 하나라고 외치던 세계화를 무색케 하고 있다. 비관세 장벽의 수단도 교묘해 레이더에 잡히지 않는 스텔스 전투기를 닮았다하여 '스텔스(stealth)보호무역'이라는 신조어까지 등장했다. 겉으로는 어떠한 보호주의도 배격한다는 G20 공동성명도 속내는 모두 다르다. 자국의 이익을 위해서는 이웃나라를 거지로 만들 수도 있다는 근린핍화정책이 세계 제2차대전으로 이어졌다는 학습효과를 기억해야 할 시기이다.

정책 당국은

첫째, 보호무역주의를 돌파할 가장 효과적인 수단은 지속적인 자유무역협정(FTA) 확대와 정부 간 대화 채널 활성화를 통한 경제 협력 관계 강화인 만큼 경제, 외교 채널을 최대한 가동하여 피해를 최소화해야 한다. 통상마찰은 발생하면 시간과 비용이 많이 들기 때문에, 사전 방지가 중요한 만큼 무역자유화 조치를 확대해 나가야 한다.

둘째, 최후의 수단으로는 세계무역기구(WTO) 제소 등 법적 조치까지 강구해야겠지만 국내 기업 피해가 커지기 전에 양국 정부 간 채널을 총동원해 사전에 풀어나가야 한다.

셋째, 보호무역에 부정적 태도를 보이는 유럽이나 아시아권 국가들과 공조해 돌파구를 마련해야 한다. 또한 높은 수준의 포괄적인 FTA 체결 등 전반적인 경제 관계의 확대가 중요하다. 일반적으로 FTA는 반덤핑조치 부과를 완화시켜주는 것으로 나타났다. FTA는 서비스나 투자 등 규율하는 포괄적인 내용을 담고 있을 뿐만아니라, 이행 위원회의 설치 등 대화채널 확보에도 도움을 주어 상대국의 보호주의정책을 완화시킬 가능성이 있다.

넷째, 코로나19는 과거에는 경험하지 못한 높은 수준의 불확실성과 변화의 모멘텀을 수반하고 있어 국가 · 기업 · 개인 모두 기존 전략 · 사업 등에 대한 재평가 작업이 필요하다. 또한, 중장기적 관점에서 경제 및 산업지형의 변화를 민감하게 파악해 글로벌 전략을 수립하고 리스크를 최소화 할 수 있는 방안을 모색할 필요가 있다. 특히, 글로벌 공급망 재편 과정, 4차 산업 혁명 가속화 및 자동화 과정에서 국가별 · 산업별 옥석을 가리기 위한 글로벌 경제 구조적 변화 파악 및 모니터링이 지속적으로 요망된다. <출처: 하나금융경영연구소>

다섯째, 우리나라의 경쟁력이 높은 분야를 중심으로 외국인 직접투자 확대에도 지속적으로 노력해야 한다. 한국은 북한문제 등 지정학적 리스크가 높고, 자유로운 인적 · 물적 교류가 가능한 거대인접시장이 없는 등 외국인 직접투자 확대에 어려움이 많다. 그럼에도 불구하고 우리의 경쟁력이 높은 운송기기, 전기 · 전자 분야를 중심으로 꾸준한 외국인 직접투자의 유입이 존재한다. 즉 해외 직접투자가 많은 분야에서 외국인 직접투자도 높다. 따라서 우리의 경쟁력이 높은 분야를 중심으로 외국인 직접투자 유치에 적극적인 노력을 기울일 필요가 있다. 이러한 노력은 상대국과의 경제적 연계를 높이고 부가적으로 상대국의 보호주의적 정책을 다소나마 완화시키는 역할을 할 것으로 기대할 수 있다.

여섯째, 거시적인 정책적 공조와 개방 확대 유지를 위한 노력이 필요하다. 경기침체로 인한 보호무역주의의 강화는 경기회복을 둔화시키고 다시 보호무역주의 정책을 강화하는 악순환을 초래한다. 선진국과 거대 신흥시장을 중심으로 적극적인 확장정책을 펼치는 동시에 이러한 총수요의 증가가 다른 국가에도 확산되고, 이것이 다시 전 세계적인 수요 증가로 이어질 수 있도록 개방 확대 및 유지가 필요하다. 자국 중심의 차별적 보조금 정책이나 환율 정책 등의 정책은 보호주의 기조를 강화시킨다. 글로벌 금융 위기 이후 G20 정상의 노력이 세계 경제가 최악의 상황을 피하는 데 일정 부분 기여한 것으로 보이며 이러한 세계적인 공조노력이 지속되어야 할 것으로 판단된다. 또한 포용적 성장정책 등 다소 선언적이고 상징적인 노력도 지속함으로써 전반적인 세계적인 경기회복 지연 극복을 위한 국가 간 협력이 필요하다는 의식 공유가 지속되어야 한다

일곱째, 보호무역주의 확산으로 인한 수출 및 생산의 감소는 결국 고용 감소와 연결되어 있다는 것을 알 수 있다. 미 · 중 통상분쟁 등 외부적인 요인으로 수출과 생산이 감소하고 고용이 영향을 받는 것에 대한 대비가 필요하다. 구체적으로는 국내적인 안정적인 사회보장제도의 운용이 필요하다. 안정적이고 보편적인 사회보장제도의 확립은 불평등 문제를 완화시키며 개방에 대한 사회적 불만도 완화시켜 줄 것으로 기대된다.

기업 스스로도 관련 기업 간 네트워크 강화를 통해 보호무역 조치에 대한 적극적인 정보 수집과 대응 방안을 강구해야 한다. 국내 수출 기업의 약 70%는 보호무역에 대한 아무런 준비도 하지 못하고 있는 것으로 조사되고 있다. 특히 기술규제나 지적재산권을 통한 분쟁에 휩쓸리지 않기 위해서는 세계적 동향에 대해 미리 체크하고 대응하는 자세도 필요하다.

이에 우리기업들은

첫째, 살아남기 위해서는 서둘러 경쟁우위 요소를 발굴해야 한다. 단기적으로는 중장기간 반덤핑 이전 자료를 마련해 방어에 나서야 한다.

둘째, 장기적으로는 통상환경 변화에 맞춰 교역을 부가가치를 높이는 방식으로 체질개선을 해나가야 한다. 단순 추종(Fast Follower)형 성장 전략은 자본과 노동 생산성 저화와 제품 모방 한계에 직면할 수밖에 없다.

셋째, 교역이 늘고 있는 혁신적인 상품이나 서비스 또는 이를 결합한 상품을 늘려나갈 필요도 있다.

03 논술사례

주제 1

GVC에 대하여 논하라.

답안

서론

Ricardo의 비교우위론에 입각한 효율성 중심의 글로벌 공급망이 코로나19와 국제정세변화로 흔들리고 있다. 미·중 갈등 심화 및 각국의 보호무역주의 확산으로 글로벌 공급망의 확산세가 주춤하게 되었다. 최근 코로나 팬데믹, 러시아-우크라이나 전쟁으로 인한 공급망 병목 현상은 기업경영은 물론 국가경제와 안보에 큰 위협이 되고 있다. 국내수출기업 1094개사를 대상으로 조사한 결과 85.5%가 공급망 애로를 겪고 있다고 응답했으며, 특히 물류난과 원자재 가격 상승에 의한 수익성 악화를 가장 큰 애로로 지적하였다. 이에 본고는 GVC붕괴의 배경과 현황에 대해 알아보고 우리 기업들이 나아가야할 정책적 방향성에 대하여 논하고자 한다.

특히, |

본론

GVC 분열배경 및 현황

까지만 하더라도 |

1980년대에는 수출주도형 산업화가 개발도상국의 급속한 경제 성장 및 1인당 국민소득 향상을 위한 최선책으로 여겨졌다. 이러한 통념은 2007~2008년 글로벌 경기 침체로 인해 북미·서유럽 선진국의

수입급감과 역동적 수출 지역인 동아시아 · 라틴아메리카 · 아프리카의 수출급감으로 그 힘을 잃었다. 그 중 지나치게 세력이 거대해진 중국을 견제하기 위한 미 · 중 무역분쟁을 계기로 주요국들은 협력보다 자국의 이익을 위한 경쟁에 주력하고 있다. 최근에는 코로나 팬데믹, 러시아-우크라이나 전쟁의 영향으로 물류난, 원자재 가격 폭등, 주요 물품 수급 차질 등 생산과 교역 전반의 문제로 확산되고 있다. 해당 사태로 안정적 공급망의 필요성이 대두되었으며, 세계화 종말에 대한 우려 등 다양한 논의가 이루어지고 있다.

주요 선진국은 외교 정책 및 안보 측면에서도 글로벌 공급망을 주요 요소로 인식하며 무역 충격에도 빠른 회복이 가능한 탄력적 공급망 구축 전략을 모색하고 있다. 미국은 "Building Resilient Supply Chains"이니셔티브를 출범해 공급망의 취약성 파악과, 4대 핵심 산업(반도체, 전기차용 첨단 배터리, 주요 의약품 유효성분, 첨단 전자 제품에 사용되는 주요 광물 및 원료 등)의 주요 공급망 탄력성 강화를 위한 권고안 마련에 착수했다. 유럽연합(EU)은 가치사슬 탄력성 향상을 목표로 국내 생산 역량 강화, 공급업체 다변화, 다자간 규범에 근거한 무역 환경 지원 등의 다양한 정책을 추진 중이다. 중국은 글로벌 공급망 재편 과정에서 전략적 행보를 이어 나가고 있다. 1990년부터 2000년대까지 수출주도형 산업화 전략을 통해 저위, 중위, 고위 기술제품 및 산업전반을 아우르는 "세계의 공장"으로 거듭났다. 이러한 힘을 바탕으로 중국 공산당은 5개년 계획과 일대일로와 같은 글로벌 인프라 프로젝트를 실행함으로써 기술패권국이 되고자 한다.

수출에 많은 부분을 의존하는 한국경제의 특성 상 GVC 재편은 최근의 한국경제에도 많은 영향을 미쳤다. 수출기업이 겪고 있는 공급망 교란은 물류난과 원자재 가격 상승 및 수익성 악화가 가장 큰 것

산술식 글이다 보니 가독성이 떨어집니다. 이런 경우
국가별 현황을 알아본다
미국
유럽
중국 이런 식으로 글을 쓰시면 훨씬 읽기 좋습니다.

으로 나타났다. 기업규모별로는 기업 규모가 작을수록 원자재 가격 상승에 따른 채산성 악화에 민감한 것으로 나타났으며, 규모가 클수록 지역 봉쇄 및 수급리스크를 많이 겪는 것으로 조사되었다. 품목별로는 농수산물의 물류난 경험이 높게 나타났으며, 원자재 가격 상승에 따른 채산성 악화는 플라스틱 · 고무 제품에서 가장 심각한 것으로 조사되었다. 수출국별로는 물류난은 대미 수출기업에서, 특정지역 봉쇄는 베트남을 포함한 동남아 · 중남미 수출기업에서 상대적으로 많이 경험하였다고 응답하였다. 수출기업은 공급망 위기 타개를 위해 수입선 다변화 및 핵심품목 비축확대 순으로 대응하는 것으로 나타났다. 기업규모별로는 기업 규모가 클수록 대체선 발굴, 전담조직 강화 등 공급망 안정화에 적극적인 반면 중소기업은 상대적으로 대응에 어려움을 겪는 것으로 나타났다. 품목별로는 철강/비철 금속 부문이 가장 취약한 부문으로 **나타났다.**

📈 결론

글로벌 공급망 위기가 심화되며 우리 기업들은 원자재의 조달과 생산, 수출과정 등에서 다양한 어려움에 직면해 있다. 장기화 · 상시화 되고 있는 공급망 위기를 타개하기 위해 국내 기업들은 대체선 발굴, 주요 품목 재고 확보 등의 노력을 기울이고 있다. 공급망 애로 해소를 위해 필요한 정부 지원으로는 물류난 해결이 가장 시급한 것으로 조사되었으며, 조기 경보 시스템 운영을 통한 공급망 위기 선제대응 필요성도 높게 나타나고 있다. 또한 공급망 전문기관은 빠른 정보 전달, 업계 의견 수렴 및 관계부처 의견 개진에 나서야 한다는 의견이 많았다. 다수의 불안 요소들이 여전히 상존하는 만큼 장기적인 공급망 안정화를 이루기 위해서는 정부의 적극적인 정책 지원과 기업의

지금도 마찬가지입니다.
한국에 미치는 영향도
1.기업규모별
2.품목별
3.수출국별
이런 식으로요

글의 형식 자체가 퇴보된 느낌입니다

회복탄력성 강화노력이 중요하다. 정부는 선복확보, 물류비 지원과 같은 정책·금융 지원을 통해 기업들이 공통적으로 겪고 있는 문제들을 우선적으로 해결해 나가야 한다. 또한 갑작스러운 공급망 혼란에 대비하여 수입 의존도가 높고 중요한 품목에 대해 상시모니터링 체제를 강화하고 관련 이슈와 환경 변화를 업계에 공유하여 기업들이 위기 요인을 적시에 감지하도록 지원하여야 한다. 기업들은 생산 과정의 가치사슬 환경변화를 주기적으로 파악하고, 문제 발생 시 빠른 조치가 가능하도록 탄력적인 공급망 계획을 수립해야 한다.

코로나 19의 세계적 대유행으로 드러난 공급망 취약성은 여전히 미해결 과제로 남아있다. 보다 탄력적인 공급망 구축을 위한 전략 구축 및 모색은 더욱 확대될 것으로 보인다. 주요국은 이번 사태 이후 글로벌 공급망을 다시 평가하고 정치적으로 안전한 제조 및 조립과정으로 재배치할 것이지만, 이는 '탈세계화'와는 다른 형태로 이루어질 것이다. 재닛 옐런 미(美) 재무부 장관은 이를 '프렌드 쇼어링(friend shoring)'이라고 명명했다. 프렌드 쇼어링을 통해 이제는 자유무역이 아니라 자유로우면서도 안전한 교역(free but secure trade)질서를 구축해야 한다는 것이다.

이는 현재 미국이 추구하는 세계 질서의 재편의지를 고스란히 담고 있다. 새로운 세계 질서는 미국의 경쟁력을 제고하고 동맹과 관계를 강화하며 노동과 환경분야에서 높은 기준을 담고 있다. 이제는 우호적인 국과들과 교역관계를 구축하려는 미국의 통상정책을 대변한다. 미국은 지난 약30년간의 다자무역체제를 재점검하고, 4차산업혁명 시대에 걸맞은 새로운 교역질서를 구축하고자 할 것이다. 여기에는 국가안보차원으로 그 중요성이 격상된 공급망의 회복력이 포함된다. 지속가능한 발전을 위해 노동과 환경, 특히 탈탄소 경제로 전환하

이 내용은 본론에 배치함이 맞습니다.

는 것도 중요한 목표다. 4차산업혁명이 플랫폼을 제공하는 디지털 경제도 빠질 수 없다. 여기에 더해 **IPEF**는 첨단 산업의 기초가 되는 인프라 개발과 세금, 반부패 분야까지 협상 대상에 포함하고 잇다. 기존의 국제통상 프레임에서 과감히 탈피해 대응해야 하는 주제들이다.

수십년간 GVC내에서 한국의 역할은 계속 변화하고 있다. 한국은 삼성, 현대, LG와 같은 강력한 수직계열화로 이루어진 재벌기업들의 투자를 통해 자동차, 조선, 전자 등 제조 GVC에서 선도적 입지를 다져왔다. 하지만 향후 한국 제조업의 생산성 향상에서 디지털 서비스의 역할이 커지고 있음에 주목할 필요가 있다. 또한 상향식, 하향식의 고도화되고 통합된 형태의 산업정책을 추진할 필요가 있다. 지속적인 연구개발과 기술격차확보를 통해 현재의 급변하는 상황에 유연하게 대응해 나갈 수 있을 것이다.

보호무역주의 강화와 수출입은행의 대응 방안

답안

📈 서론

　최근, 트럼프 정부를 중심으로 보호무역주의가 다시금 국제 통상 무대의 주된 흐름으로 자리 잡았다. 트럼프 2기 보호무역주의 정책의 경우 그 범위와 강도가 트럼프 1기에 비해 대폭 강화되었다는 점에서 주목할 필요가 있다. 특히, 보호무역주의의 주된 수단으로 활용되고 있는 관세 정책의 칼날이 한국으로까지 확대되고 있다는 점에서 트럼프 정부의 강화된 보호무역주의 정책을 면밀히 살펴보아야 할 필요성이 커졌다. 이에, 본고는 1) 보호무역주의의 원인과 2) 트럼프 정부의 보호무역주의 정책 방향성을 살펴보고 3) 이에 따른 수출입은행의 역할을 제시하고자 **한다.**

📈 본론

1. 보호무역주의의 원인]

(1) 세계화에 따른 후발국들의 부상

　1990년 대 이후 사회주의의 붕괴와 함께 냉전 체제가 막을 내리며 세계화가 본격화 되었다. 세계 경제가 통합됨에 따라 자본과 기술력, 노동력이 국경을 넘어 오갔고 이는 세계 경제 전체의 거시적인 관점에서는 전례 없던 모멘텀으로 작용하였지만, 값싼 노동력을 앞세운 후발국들의 시장 유입은 선진국들에게는 큰 위협으로 다가왔다. 상대적으로 경쟁열위에 처한 노동집약적 산업**의** 선진국 경제주체들은 고용·소득감소 등의 어려움을 호소하였**고** 이는 **부**호무역주의에 대한 논의를 다시 **활성화 시키는** 계기가 되었다.

(2) 코로나19

코로나19로 인한 국경봉쇄, 무역 축소는 **보호무역주의가 다시금 고개를 드는 적절한** 계기로 작용하였다. 세계화 물살이 외생적인 충격으로 인해 강제로 끊기며 국가들이 대외의존도를 낮출 유인을 제공하였고, 보호무역주의에 대한 필요성을 느끼고 있던 일부 국가들은 코로나19 이후 보호무역주의를 넘어 자국우선주의에 입각한 반세계화 움직임을 **보였다.**

(3) 미국의 보호무역주의 정책

그 대표적인 예시가 트럼프 정부를 중심으로 한 미국이다. 트럼프 1기에 이어 현 시점 보호무역주의 기조의 중심은 단연 미국이라 할 수 있다. 경상수지 적자 문제의 정상화를 주요 통상 정책 어젠다로 내세우며 트럼프 정부가 시행 중인 부호무역주의 관세 정책은 국제 통상 질서의 가장 큰 리스크로 떠오르는 중이다.

2. 트럼프 정부 보호무역주의 정책 방향성]

(1) 즉각적이고 회피가 제한적인 무역 조치 본격화

트럼프 2기의 주요 무역규제들이 근거하고 있는 법률의 특징**은** 관련 기관의 사전조사 없이 즉각적으로 조치가 가능하다는

점이다. 특히 국제비상경제수권법(IEEPA)에 근거한 국가별 관세의 경우, 트럼프 1기에 비해서도 강화된 조치로 규제 대상 물품 및 국가에 대한 제한이 없으며, 관세율도 상대적으로 유연하게 적용할 수 있다는 특징이 있다.

또한, 트럼프 2기 행정부가 무역수지 적자 해소를 정책적 목표로 내세운 만큼 관세 정책의 회피가 어려울 것으로 예상된다. 트럼프 1기 관세 정책의 경우 협상의 도구로서의 역할이 컸다면 현 행정부의 경우 정책 목표 달성을 위해 관세의 본격적인 적용 가능성이 커 보인다.

(2) 관세 수단 및 품목 확대

트럼프 2기 무역정책의 또 다른 특징은 광범위한 정책 적용 범위에 있다. 보편관세 뿐만 아닌 품목별 관세, 국가별 관세, 상호 관세까지 향후 관세 정책의 고려 대상에 들어가며 다방면에서의 불확실성이 고조되고 있다. 특히, 품목별 관세의 적용 품목 대상에 주목할 필요가 있다. 트럼프 1기부터 주요 관세 대상이 되어 온 철강, 알루미늄은 물론 자동차, 반도체에 대한 관세까지 지속적으로 논의 대상으로 언급되며 우리나라 수출 기업들의 직접적인 타격에 대한 우려가 커지고 있다.

결론

보호무역주의 확산에 따른 수출입은행 대응 방안

이러한 국제 정세 속 다음과 같은 수출입은행의 대응 방안들은 미국발 관세 충격으로부터 우리 수출기업들을 보호하는 완충제 역할을 해줄 것이라 기대한다.

첫째, 수출품목 및 수출국 다변화를 위한 노력이 필요할 것으로 예상된다. 관세 정책 대상 산업군에 대한 지원을 놓치지 안되, 트럼부 행정부 출범이 오히려 기회로 작용하는 조선, 방산, 원전에 대한 집중적인 금융 지원을 통해 현 리스크를 줄일 방안을 고안해야 할 것으로 보인다.

또한, 미국에 치중되어 있는 한국 기업들의 수출처를 중남미, 동유럽, 중앙아시아 아프리카 등지로 확장할 수 있도록 신시장 개발에 대한 노력이 필요하다. 특히, 신시장 개발은 기업의 노력만으로는 한계가 있는 사안으로서, 금융 지원을 통해 현지 경제산업 발전에 이바지할 수 있는 수출입은행만의 경제 협력 모델을 앞세워 미개척 시장에 대한 진출이 추진되어야 한다.

둘째, 관세 정책으로 인한 직접적인 피해가 예상되는 산업군에 대한 금융 지원 정책의 필요성이 커지고 있다. 주력 수출 상품인 철강, 반도체, 자동차에 대한 관세 조치가 도입, 지속될 가능성이 높아지고 있는 만큼 해당 산업군의 버팀목 역할을 할 수 있는 기관의 중요성이 커지고 있다. 특히, 거시적인 충격에 대한 대응력이 상대적으로 떨어지는 중소중견 기업에 대한 금융 지원이 충격 완화의 핵심으로 작용할 것으로 보인다.

셋째, 국제 통상 환경 변화에 대한 지속적인 모니터링이 필요하다. 급변하는 국제 통상 환경 속에서 기업들이 적재적소에 대응 방안을 마련할 수 있도록 정보 제공에 힘 써야할 필요성이 커지고 있다. 이에, 수출입은행만의 글로벌 네트워크를 활용하여 지속적인 모니터링을 토대로 수출 기업들의 정보 장벽을 낮추는 것이 중요할 것으로 **예상된다.**

수출 |

1. 미국과의 협상을 위한 수입금융도 고민해야 할때입니다. 에너지, 첨단 기술, 무기 등 대미 수입 제안을 통해 대미 수출협상력을 갖추어야 합니다.
2. 이럴 때 일수록 환율변동성을 완화하기 위한 노력과 무역기업들의 환리스크 헤지 지원도 해야 할 것입니다.
3. 트럼프의 정책에 대해 반발하는 공조국들과 협업을 통해 이를 어젠더와 함으로써 국제기구에 호소하는 것도 방법입니다

결론들을 좀 더 다양하게 고민하시면 좋습니다.

chapter 18
미-중 갈등의 원인 및 우리의 대응

01 논제 개요 잡기 [핵심 요약]

서론	이슈언급	2021년 출범한 바이든 행정부도 트럼프의 대중 견제 기조를 계승하면서 다자주의, 동맹활용, 가치 규범 강조 등 대중국 견제 전선을 더욱 확대함 더 큰 문제는 이제는 주변의 관련국들을 줄 세우기 하는 느낌이 들 정도로, 전면적인 갈등 구도로 가고 있다는 것임. 이제는 전반적인 세계 질서의 표준을 두고 싸우는 싸움, 즉 글로벌 거버넌스의 주도권을 누가 쥐는가의 싸움이라 할 수 있음. 요컨대 이제는 미국과 중국의 자기편 만들기가 강화될 전망임
본론	1. 미-중 갈등의 배경과 역사	**1) 미국 동아시아 정책의 역사** 미국의 대 중국 전략 요약 : 미국의 입장에서는 이미 중국이 자신들이 2차 세계대전 이후 구축했던 규범과 체계 안에서 감당할 수 있는 선을 넘었다고 생각하게 됨. 더 이상 용인해 준다면 주도권은 중국에 넘어갈 수 있다고 판단함. 차제에 중국을 완벽하게 굴복시키거나 적어도 발전을 상당 기간 억제해야 미국이 지속적인 기회를 가질 수 있으리라는 생각을 분명히 한 듯. 이제 미국은 중국과 쉽게 타협할 생각이 없음. 트럼프 대통령은 물론이고 바이든 대통령도 이 흐름이 계속될 가능성이 큼
		2) 중국의 중국몽(中國夢) 2012년 중국 시진핑 주석이 '중국의 꿈'에 대해 연설함. 2021년 전면적 소강사회('온포(溫飽 : 의식주 문제가 해결되는 수준단계)'에서 부유한 단계의 중간 단계의 생활수준을 지칭하는 용어)로 건설, 2049년 현대화된 사회주의 국가 건설이라는 목표를 처음 제시한 연설

본론	**1. 미 – 중 갈등의 배경과 역사**	2) 중국의 중국몽 (中國夢)	예전의 중국은 적어도 표면적으로는 미국체제의 국제 질서를 수용(accommodate)하려는 태도를 보였으나 근래에는 그렇지 않음. 중국의 변화는 기정사실이 된 듯. 중국 입장에서는 본인들은 그러한 능력을 다 갖추고 준비와 노력을 해왔고, 이제 경쟁이 붙는다면 버텨낼 수도 있다고 말하게 됨
	2. 통상정책 의 변화 <출처: 대외경제 정책연구원>	1) 미국의 대중국 통상정책	① 미 바이든 행정부의 대중국 인식 및 전략 : 바이든 대통령은 중국을 미국의 번영 · 안보 · 민주주의적 가치에 도전하는 '가장 심각한 경쟁자(our most serious competitor)'라고 표현 ② 바이든 행정부의 대중 통상정책 기조 : 바이든 행정부의 대중 통상정책 방향의 골격은 '인권 · 노동 · 기후 등 보편적 가치를 반영한 포괄적 전략 추진'이라고 할 수 있음. 제재 대상으로 지목한 중국의 강압적 · 불공정 무역관행의 유형으로는 관세 및 비관세 장벽을 포함한 시장접근 제한 조치, 강제노동 프로그램, 여러 업종의 과잉생산, 불공정 보조금 및 수입 대체 지원 산업정책, 수출보조금, 강압적 기술이전 요구, 미 지재권 침해 및 불법 취득, 인터넷 · 디지털 경제에 대한 검열 및 제한, 중국 내 미국기업 차별 등을 적시했음 ③ 바이든 행정부의 대중 제재 입법화 : 바이든 행정부 출범 이후 미 의회 내 대 중국 견제 및 제재를 목적으로 한 다양한 법안의 입법이 추진되고 있음
		2) 중국 통상 전략 변화	① 미 · 중 갈등과 쌍순환 전략 제시. 쌍순환 전략의 핵심은 중국 경제성장의 축을 수출에서 내수로 전환하는 것으로, 지속 성장의 동력을 내부로부터 확보하는 것 ② 공급망 안정 및 자급력 제고 추진 ③ 전략자원의 공급 안정화 ④ 양자 · 지역 FTA 활용 전략 ⑤ 중국 – 아세안 지역 네트워크 확대 ⑥ 중국의 글로벌 통상규범 주도 전략 ⑦ 글로벌 통상규범과 중국 대내개혁 추진
		3) 우리의 통상 정책 방향성	① 경제안보 관련 경제안보 중요성에 대한 새로운 인식 필요 ② 지역 네트워크 구축 관련, 미 – 중 간 아태 지역 주도권 경쟁에 대비한 한국 중심의 높은 표준 지역 네트워크 전략 수립 필요 ③ 통상규범 및 법제도 관련 글로벌 통상규범 경쟁에 대비한 높은 글로벌 기준에 맞춘 국내 법제도 정비 필요

| 본론 | 2. 통상정책
의 변화
<출처: 대외경제
정책연구원> | 4) 우리의
외교·안보
전략 | ① 시간을 벌 수 있는 가장 좋은 방법은 한미동맹 결속을 강화하는 조치를 취하면서 중국과도 연대하는 노력들을 하는 것(결미연중). 그 와중에도 선택은 계속해야 함. 시간을 버는 대신 준비를 하면서 안보와 경제 문제에 답을 찾아야 함
② 적극적 투 트랙 외교 : 과거 서독의 외교정책을 모델로 삼아야 함
③ 자국중심적인 접근보다는 최대한 경제적 연계를 넓혀 가는 것임. 예를 들어 부품의 공급 애로와 관련하여 부품의 국내 생산 증대 논의도 계속되고 있는데, 사실 그보다 중요한 것은 원인을 제거하는 것임. 부품의 공급망 문제는 새로운 공급망의 구축도 생각할 수 있으나 원인이 무엇인지를 규명하여 이에 대한 직접적인 해결책을 모색하고 다변화를 통해 위험을 분산하는 것이 바람직하다고 생각됨 |
| 결론 | 의견제시 | | 첫째, '코리아 패싱(Korea Passing)'이 발생하지 않도록 미–중 양국 간 대화 채널을 지속적으로 마련하여 우리의 입장을 설득 및 관철시킬 필요가 있음
둘째, 이러한 우리의 지정학적 리스크를 지경학적(Geo-Economic) 수단으로 극복해 나가야 함. 경제로 엮어 들어가야 함
셋째, 분명 중국의 아시아에 대한 패권주의와 영향력은 날로 높아만 갈 것임. 우리는 인정하기는 싫지만, 이러한 상황을 고려할 때, 한–일 양국 모두 서로의 관계 회복에 더 많은 노력을 기울여야 함 |

02 논제 풀이

서론

이슈 언급

미–중 갈등은 2018년 무역분쟁으로 구체화되었다. 트럼프 취임 이후 미국은 국가안전전략보고서 등의 채택을 통해 중국을 '전략적 경쟁자', '적수'로 규정한 후, '정부적' 역량을 결집하여 대중국 공세에 나섰다. 트럼프 행정부는 미국의 대중국 무역적자를 이유로 중국산 제품에 대해 징벌적 관세를 부여하여 미–중 통상 갈등이 본격화되었고, 중국의 기술에 대한 제재와 금융 제재 등으로 확대되었다.

2021년 출범한 바이든 행정부도 트럼프의 대중 견제 기조를 계승하면서 다자주의, 동맹활용, 가치 규범 강조 등 대중국 견제 전선을 더욱 확대했다. 코로나19 책임론, 홍콩 국가보안법 등으로 미–중 갈등은 재점화 되었으며, 남중국해 영유권분쟁과 양안갈등, 러시아–우크라이나 사태 등 미–중 갈등이 군사적 대립으로 이어질 조짐까지 보이면서 불안감은 고조되고 있다.

　　더 큰 문제는 이제는 주변의 관련국들을 줄 세우기 하는 느낌이 들 정도로, 전면적인 갈등 구도로 가고 있다는 것이다. 이제는 전반적인 세계 질서의 표준을 두고 싸우는 싸움, 즉 글로벌 거버넌스의 주도권을 누가 쥐는가의 싸움이라 할 수 있다. 요컨대 이제는 미국과 중국의 자기편 만들기가 강화될 전망이다. 이러한 상황에 가장 심각한 영향을 받는 나라 중 하나가 한국이다. 우리나라는 경제에 있어서는 대중국 의존도가 매우 크고, 안보를 비롯한 다른 부분은 미국과 대체 불가능한 동맹 관계다. 그 동안 "경제는 중국, 안보는 미국"이라는 대전제를 갖고 살아왔는데, 이것이 과연 앞으로도 가능할 것인가 하는 문제가 생긴다.

　　미 – 중 갈등 시대의 글로벌 통상 환경 변화를 파악하기 위해서는 미국의 대중국 견제와 동시에 이에 대응하는 중국의 통상전략에 대한 이해가 병행되어야 할 것이다.

　　따라서 본지에서는 미국의 대 중국 통상전략의 기조와 중국의 대 미국 통상전략 변화에 대하여 알아본 후, 우리의 정책적 방향성에 대하여 논하기로 한다.

📈 본론

1. 미 – 중 갈등의 배경과 역사	1) 미국 동아시아 정책의 역사	① 미국은 지난 40년 간 대체로 대중국 포용정책(engagement policy)을 펴왔는데, 기본적인 전제는 미국이 구축한 시스템 안으로 중국을 포용하고자 한 것이다. 이를 통해 중국이 좀 더 자유로워지고, 개방되고, 법치를 준수하고, 민주화 되는 방향으로 변하리라 기대하였다. 그러나 40년 지나 중국이 강대국이 된 지금, 미국의 기대와 전혀 반대의 상황이 펼쳐지고 있다. 중국 국내 정치는 권위주의가 지속되고 있고, 국외로는 남중국해 및 홍콩과 대만 문제에 이르기까지 외교적으로 점점 공세적인 태도를 취하고 있다. 기술분야에서도 R&D나 이노베이션이 아닌, 불법적으로 기술을 절취하거나 강압적인 합병을 하는 방식으로 발전하고 있다. 지난 40년의 대중국 포용정책은 전제가 잘못되었고 실패했다는 것이 미국 내 인식이다. ② 아시아 재균형론 가. 의미 : 2011년 힐러리 당시 미 국무장관의 '미국의 태평양 시대'라는 기고에서 처음 사용되었다. → 그 후 2011년 11월 미국의 오바마 대통령이 캔버라 선언에서 발표한 개념으로 미국이 앞으로는 아시아태평양 지역을 외교정책과 안보정책의 중추로 삼겠다는 전략이다. → 실질적으로는 새로운 對 중국전략의 탄생이다. 나. 미일동맹 강화(일본 안보 역할 확대) : 미국은 일본과의 동맹을 바탕으로 아시아에서의 안보적 역할을 분담했다(2015년 미-일 정상회담). → 일본의 신 군국주의가 진행되었다. 다. 한 – 미 – 일, 미 – 일 – 호주 등 3각 협력, 인도와의 안보협력 꾀했다. ASEAN과의 협력도 꾀했다.

라. 미얀마와 캄보디아 등 중국의 영향력 아래에 있는 동남아 국가들과의 관계를 복원해 중국의 고립을 유도했다.

③ 트럼프의 동아시아정책 : 트럼프는 미국의 고립주의를 천명했지만, 실질적으로는 고립주의에서 개입주의로 재 전환했다.

④ 미국의 대 중국 전략 요약 : 미국의 입장에서는 이미 중국이 자신들이 2차 세계대전 이후 구축했던 규범과 체계 안에서 감당할 수 있는 선을 넘었다고 생각하게 되었다. 더 이상 용인해 준다면 주도권은 중국에 넘어갈 수 있다고 판단했다. 차제에 중국을 완벽하게 굴복시키거나 적어도 발전을 상당 기간 억제해야 미국이 지속적인 기회를 가질 수 있으리라는 생각을 분명히 한 듯하다. 이제 미국은 중국과 쉽게 타협할 생각이 없다. 트럼프 대통령은 물론이고 바이든 대통령도 이 흐름이 계속될 가능성이 크다.

가. 미국과 중국은 지금 경제적으로 경쟁적(competitive)인 세계에 살게 되었고, 미국은 도전 세력인 중국을 가만두지 않겠다고 결심했다.

나. 이러한 인식과 접근법은 미국 내에서 상당히 일반적인 생각이고 일종의 국가적인 합의사항이다. 미 – 중 갈등이 코로나19로 촉발된 것이 아니라, 이미 오랫동안 진화하면서 드러난 것이므로 쉽게 해결될 문제가 아니라는 점이다.

① 의미 : 2012년 중국 시진핑 주석이 '중국의 꿈'에 대해 연설했다. 2021년 전면적 소강사회('온포(溫飽 : 의식주 문제가 해결되는 수준단계)'에서 부유한 단계의 중간 단계의 생활수준을 지칭하는 용어)로 건설, 2049년 현대화된 사회주의 국가 건설이라는 목표를 처음 제시한 연설이다. 시진핑은 2013년 10월 '주변외교업무 좌담회'에서 중화민족의 부흥이라는 '중국 꿈' 실현을 위해서는, 유리한 주변환경을 조성해야 하며 주변국과의 선린관계 강화와 우호협력 확대가 필수적이라고 발표했다. 시 주석은 '공동운명체', '일대일로(一帶一路, 육 · 해상 실크로드)는 한 국가의 독창이 아닌 합창' 등이라는 표현으로 중국의 '화평굴기(和平崛起)'를 강조했다.

② 전략 : 중국의 근본 정책의 흐름은 세(勢) → 술(術) → 법(法)의 경로이다.

가. 세(勢) : 역량강화 단계(1978년 ~ 2013년)

　　A. 중국은 개혁·개방 정책 실시 이후 수출주도 및 외향형 발전 전략을 채택해왔다. 이는 스스로가 세계의 공장이 되는 것을 의미한다. 그 결과, 중국은 비약적인 경제 성장을 거듭했고, 목표대로 세계의 공장이 되었다. 또 급속한 경제성장이 부담스러워 속도 조절을 할 정도로 경제력을 확보했다. 지정학적으로 살펴보자면, 미국을 중심으로 하는 자본주의권과의 관계 개선에 초점을 맞춘 동진전략이라고도 할 수 있다.

1. 미 – 중 갈등의 배경과 역사	1) 미국 동아시아 정책의 역사
	2) 중국의 중국몽 (中國夢)

<table>
<tr><td rowspan="2">1. 미 − 중
갈등의
배경과
역사</td><td rowspan="2">2) 중국의 중국몽
(中國夢)</td></tr>
<tr></tr>
</table>

B. G2로 인정받았고 이미 세를 확보했다.

나. 술(術) : 고도의 책략 단계(2013년 ~ 현재), 중국의 국력상태를 봐가며 예측불허, 합법적, 국제 사회로부터 별다른 저항을 받지 않을 내용 등으로 나타나는 것이 특징이다. 중국의 정책을 거부하기도 또 대응하기도 쉽지 않은 상황이 일정기간 이상 연출됐다. 중국의 영토 야욕이 본격화 되었다.

A. 이익추구 극대화

　　a. 서진정책 병행 : 일대일로(一帶一路) 건설과 AIIB를 설립했다. 중국이 아시아로의 회귀라는 미국의 접근을 용인하지 않고, 본격적으로 자신의 주변지역에 대한 영향력 확보에 나서겠다는 것을 천명했다. 이는 중국의 '서진 전략'의 구체적인 실행 방안이다. 중국 서쪽으로 거대한 국가 · 지역 간 생활 네트워크를 만들겠다는 것이다.

　　- AIIB는 아시아 지역의 도로, 철도, 발전소 등 사회 기초 시설 투자에 필요한 자금을 조달하는 것이 주목적이다. 일대일로는 사업이며, AIIB는 이를 뒷받침할 국제기구인 것이다. 즉, 일대일로는 목적이고, AIIB는 수단이다.

　　- 일대일로와 AIIB는 중국의 꿈을 실현하기 위한 매우 주도면밀한 구상이다. 일대일로는 중국 서진전략의 구체적인 사업이다. 이는 패러다임의 변화를 의미한다. 기존의 동진전략에서 벗어나겠다는 것이다. → 시진핑은 미국의 아시아로의 회귀 전략을 '선수(先手)'로 인식하고 있다. 현재의 세로써 이미 중국의 역량이 일정하게 제고되었으므로, 서진 전략을 통해 아시아 지역에서 세력의 균형을 맞춰야 한다고 주장했다(왕지스 베이징 대학 국제관계학원 원장).

　　- 중국의 입맛에 맞게 아시아 저발전 지역 개발 진행, 위안화 국제화, ADB 견제, 미국과의 경쟁과 갈등을 불사하면서까지 주변부를 챙기겠다는 것이다.

　　b. 북핵 문제와 북한문제 분리해서 접근한다. → 유엔의 대북제재에는 동참하면서 북한인민이 복지를 내세워 북한과의 거래는 계속하는 이중성이라고 할 수 있다.

B. 예측불허 효과 : 미국과의 관계에서는 사사건건 부딪히면서 공격을 늦추지 않으며 일본과는 유화제스처, 한국에게는 일종의 스트레스 테스트 적용했다. 근교원공 정책 → 군사적으로는 남중국해와 서태평양에서 영향력을 키우고 경제적으로는 아프리카, 중동, 중남미 등을 공략했다.

<table>
<tr>
<td rowspan="2">

1. 미 – 중 갈등의 배경과 역사

</td>
<td>

2) 중국의 중국몽 (中國夢)

</td>
<td>

a. 갑작스런 동중국해 방공식별구역 선포.

b. 사드문제에 대한 적극적 개입 → 그 동안의 동반자 관계에 아랑곳 않고 한국에게도 강한 외교적 압박.

c. 남중국해에서 함정까지 동원하면서 보여준 미국과의 대치 국면.

d. ASEAN에는 당근과 채찍 전술로 대응, 개별적으로 우호적인 국가를 통해 그 거점을 하나씩 마련 중. 일례로 지난 4월 파키스탄에 한화 약 50조 원에 달하는 경제 협력을 약속. 그리고 전략적 요충지인 과다르항의 운영권 확보.

다. 법(法)의 단계 : 중국 주도의 제도와 규범, 표준의 촉구. 중국은 하루빨리 이 단계에 진입하기를 바라겠지만 결국 현재 패권국인 미국을 제압한 후에야 가능하다. → 미국과 충돌은 필연적이다.

③ 현재 중국의 대미 정책과 생각

　가. 예전의 중국은 적어도 표면적으로는 미국체제의 국제 질서를 수용(accommodate)하려는 태도를 보였으나, 근래에는 그렇지 않다. 중국의 변화는 기정사실이 된 듯하다. 중국 입장에서는 본인들은 그러한 능력을 다 갖추고 준비와 노력을 해왔고, 이제 경쟁이 붙는다면 버텨낼 수도 있다고 말하게 되었다.

</td>
</tr>
<tr></tr>
<tr>
<td rowspan="2">

2. 통상 정책의 변화

<출처: 대외경제 정책연구원>

</td>
<td>

1) 우리의 통상 정책 방향성

</td>
<td>

① 경제안보 관련 경제안보 중요성에 대한 새로운 인식 필요

　가. 미 · 중 모두 자국의 안보와 경제를 연계한 경제안보(economic security)를 내세워 패권 경쟁을 벌이고 있는 가운데 경제안보에 대한 관심과 그 중요성이 부상하고 있다.

　나. 기존의 경제안보는 전략물자관리에 한정된 접근을 취했다면 최근 경제안보는 외부의 경제적 공세로부터 현재 생존과 미래 생존인 국가 경쟁력을 보호하는 것으로 그 초점이 이동하고 있다. 따라서 수출 통제 강화, 외국인 투자심사 강화, 공급망 안정 등 통상정책에 있어 경제안보적 고려가 반영될 필요가 있다.

　A. 최근의 요소수 사태는 미 – 중 갈등으로 인한 이슈보다는 중국의 기후 변화 대응의 과도기적 단계에서 발생하였지만, 경제안보와 공급망 안정에 대한 중요성을 새로 인식하는 계기가 되었다.

　B. 경제안보를 고려한 단기적 과제로는 △ 수출 통제 강화, △ 외국인투자심사 강화, △ 공급망 안정화 등 글로벌 3대 경제안보 이슈에 대한 국내 전략 수립 및 법제도 정비가 필요하다.

　C. 중장기적으로는 한국의 국가 · 산업 · 기술 경쟁력 제고를 통해 글로벌 경쟁력을 확보하는 것만이 우리 경제안보를 지키는 가장 근본적인 해결책 미 · 중 등 글로벌 주요국의 경제 · 국가안보 심사 강화에 대한 대비이다.

</td>
</tr>
<tr></tr>
</table>

2. 통상 정책의 변화
<출처: 대외경제 정책연구원>

1) 우리의 통상 정책 방향성

다. 주요국의 국가안보에 따른 통상 관련 규정 및 제도의 변화를 면밀하게 검토하여 불필요한 제재를 받지 않도록 주의해야 한다.

라. 첨단 분야를 포함해 전략적으로 중요한 분야에 대한 외국인 접근이나 기술유출 관련 위협에 대응하기 위한 제도 정비의 계기로 삼아야 한다. 우리도 국가안보와 경쟁력 보호 차원에서 서둘러 우리가 핵심적으로 보호해야 할 기술을 선정하고, 이를 중심으로 수출 통제 체제를 완비해야 한다.

마. 한국은 글로벌 제조강국이자 수출대국으로서 미ㆍ중과 같이 국가안보를 고려한 자체적인 공급망 구축 보다는 GVC의 분업 속에서 산업ㆍ기술의 고부가가치화를 추진하는 것을 기본 원칙으로 해야 한다. 이와 동시에 미－중 갈등으로 인한 글로벌 공급망 재편과 그로 인한 리스크 및 불확실성 증대에 대해서 는 정부의 철저한 대비가 필요하다.

② 지역 네트워크 구축 관련, 미－중 간 아태 지역 주도권 경쟁에 대비한 한국 중심의 높은 표준 지역 네트워크 전략 수립이 필요하다.

가. 아시아태평양 지역에서 미－중 간 지역 네트워크 또는 협력 플랫폼 경쟁이 치열하게 전개될 전망이다. 미－중 갈등시대의 지역 FTA 체결은 지정학화되고 있어, 지역협정 참여를 결정하는 데 있어 경제적 효과뿐만아니라 국가안보, 지정학적 구도 등을 종합적으로 고려하여 참여 여부를 정할 필요가 있다.

나. 미－중 간 경쟁과 대결이 양자 차원이 아닌 다자주의적 차원의 경쟁으로 전환되고 있는 만큼, 다자체제 내에서 각 이슈와 쟁점별 우리의 입장과 대응 전략을 수립해야 한다.

다. 한국의 국익과 중국, 미국과 어떤 점에서 공유해야 하는지에 대한 고민이 필요하다.

    A. 선진제조업 등 한국과 같은 경제ㆍ산업 구조나 유사한 상황에 처해 있는 국가들과 연대를 통해 한국기업들의 이익을 대변할 수 있는 연맹체계를 구축해야 한다.

    B. CPTPP나 DEPA 등 높은 수준의 지역 네트워크 참여에 개방적이고 적극적인 태도로 대응할 필요가 있다.

    C. 아세안, 인도, 아프리카, 중남미 등으로의 한국 지역 네트워크 확대 및 능동적인 다변화 전략이 필요하다. 아세안, 인도, 아프리카, 중남미 등 신흥 개도국과 지역 네트워크 구축을 통해 공급망, 수출 시장, 전략 물자 등에 대한 다변화를 추진하고 있다.

라. 한ㆍ중 FTA, 한ㆍ중ㆍ일 FTA를 글로벌 통상규범의 테스트베드로 활용해야 한다.

<table>
<tr>
<td rowspan="2">2. 통상
정책의
변화
<출처: 대외
경제정책연구원></td>
<td>1) 우리의 통상
정책 방향성</td>
<td>

A. 한·중 간의 지역 네트워크 구축은 높은 수준의 규범 또는 신통상규범을 선제적으로 도입하고 테스트 베드로 활용하여야 한다. 한·중 FTA, 한·중·일 FTA를 테스트베드로 활용하여 중국의 시장 개방에 있어 선점 효과를 도모할 필요가 있다.

B. 디지털, 기후 변화 대응, 환경, 노동 등 신통상 분야에서도 충돌되는 분야에서 적극적인 협상을 통해 협력 가능한 모델을 구축할 필요가 있다.

③ 통상규범 및 법제도 관련 글로벌 통상규범 경쟁에 대비한 높은 글로벌 기준에 맞춘 국내 법제도 정비 필요

가. 미 – 중 간에는 지역 네트워크 구축과 여기에 적용하는 규범을 통한 경쟁과 견제가 강화될 것으로 전망된다. 중국을 견제하기 위해 높은 수준의 규범을 제시하고 있는 국유기업, 보조금 등 이슈부터 신통상 분야인 디지털, 기후 변화 대응, 노동 등까지 국내 제도와 법 정비 및 개혁이 필요하다.

나. 국내 법제도 정비 이외 국제 통상규범에 법리적으로 대응할 수 있는 전문조직 설립과 전문가 육성이 필요하다. 한국기업과 국익에 맞는 국내적 논의와 개혁을 추진하고 우리의 논리로 협상하고 대응할 수 있는 국제통상법 전문가들이 어느 때보다 중요한 역할을 수행할 전망이다.

다. 기후 변화 · 디지털 무역 등 신통상 의제 및 규범에 대한 적극적인 대응이 필요하다.

</td>
</tr>
<tr>
<td>2) 우리의 외교 –
안보 전략</td>
<td>

① 이런 갈등 상황에서 우리는 시간을 버는 것이 최선이다. 아직 준비가 되어 있지 않기 때문이다. 아직 한 – 미 동맹이 유지되고 있고, 중국은 이를 당장 뒤엎을 만한 힘이 없어 선택을 강요할 수 없다. 결국 우리는 미국과의 관계를 강조하면서 미국이 우리에게 선택을 강요할 때는, 경제적으로 먹고 살 수 있게 하는 대안을 내놓으라고 하고, 반대로 중국이 선택을 요구하면 우리를 안보적으로 지킬 수 있는 대안을 제시하라고 해야 할 것이다. 그런 대안 없이 우리는 쉽게 어떤 결정을 내리기 힘들다. 시간을 벌 수 있는 가장 좋은 방법은 한 – 미 동맹 결속을 강화하는 조치를 취하면서 중국과도 연대하는 노력들을 하는 것이다(결미연중). 그 와중에도 선택은 계속해야 한다. 시간을 버는 대신 준비를 하면서 안보와 경제 문제에 답을 찾아야 한다.

② 적극적 투 트랙 외교 : 과거 서독의 외교정책을 모델로 삼아야 한다.

가. 독일은 제2차 세계대전 이후 한국처럼 분단됐고 서독의 주도로 통일을 완수했다.

</td>
</tr>
</table>

<table>
<tr><td>

2. 통상 정책의 변화

<출처: 대외 경제정책연구원>

</td><td>

2) 우리의 외교 – 안보 전략

</td><td>

나. 서독의 외교전략은 두 갈래로 구성되어 있다. 하나는 '서방정책'임. 기민당의 콘라드 아데나워 중심으로 추구한 이 정책은 민주주의와 서구적 가치를 존중하는 서방 국가와의 관계 심화를 중시하는 전략이다. 다른 하나는 사민당의 빌리 브란트 중심으로 추구한 '동방정책'임 이 정책은 동독의 실체를 인정하고 영토적 통일을 강조하기보다는 기능적 관점에서 하나 됨을 추진하면서 동독뿐 아니라 그 배후의 소련을 포함한 동구권 국가와의 관계를 심화하는 전략이다.

다. 주목할 점은 이 두 전략이 충돌한 것이 아니라 상호 보완하면서 1990년 통일을 이뤄냈다. 서방정책의 결과로 조지 부시 당시 미국 대통령의 지지를 이끌어냈고, 그 덕분에 영국, 프랑스의 반대 여론을 억눌렀다. 동방정책은 동독 체제를 서독이 의도한 대로 바꿔내지는 못했으나 동독이 서독에 경제적으로 엄청나게 의존하게 한다. 그 결과 통일 시점에 서독이 동독에 상당한 영향력을 행사하면서 동독의 협조를 이끌어 냈다. 게다가 소련과도 신뢰 관계를 강화했다. 헬무트 콜 서독 총리와 미하일 고르바초프 소련 공산당 서기장이 만나 서독의 경제 지원을 대가로 소련의 독일 통일 지원을 받아냈다.

라. 미국의 협조는 서방정책의 결과라고 하겠고, 소련의 협조는 동방정책 덕분이다. 두 정책이 기묘하게 상호 보완함으로써 통일을 이뤘다.

마. 통일이나 한반도 평화 정착과 관련해 미국과의 관계는 동맹을 유지하면서 튼튼하게 유지하고, 그 기반 위에서 이웃인 중국의 우려를 해소하는 중첩적인 외교를 펼쳐야 한다.

③ 미국과 EU를 비롯한 서방 선진국들은 앞으로 적어도 2 ~ 3년은 재정 적자가 지속될 것이 예상되나, 정치적으로 개혁 수준의 조치가 수반되지 않으면, 팬데믹 문제가 어느 정도 해결되어도 세계 경제는 상당 기간 회복이 지연될 가능성이 매우 높다. 글로벌 금융 위기 당시에는 G20과 같은 협력 기반이 형성되어 있었지만 지금 미 – 중 관계가 대립하는 상황에서 그런 협력도 기대하기 어려운 상황이다. 팬데믹 상황의 전개과정을 지켜보면서 지정경제학(geoeconomics)의 측면에서 우리 경제가 대외의존도가 높은 만큼 향후 닥칠 어려움도 크다고 생각한다. 이 상황에서 바람직한 정책 대안은 자국중심적인 접근보다는 최대한 경제적 연계를 넓혀 가는 것이다. 예를 들어 부품의 공급 애로와 관련하여 부품의 국내 생산 증대 논의도 계속되고 있는데, 사실 그보다 중요한 것은 원인을 제거하는 것이다. 부품의 공급망 문제는 새로운 공급망의 구축도 생각할 수 있으나 원인이 무엇인지를 규명하여 이에 대한 직접적인 해결책을 모색하고 다변화를 통해 위험을 분산하는 것이 바람직하다고 생각된다.

</td></tr>
</table>

**의견
제시** 지금까지 미국과 중국의 신 G2전쟁과 관련해 양국 통상 정책의 배경에 대하여 검토해 보았고 이러한 현 상황에 대한 우리의 통상 – 외교전략에 대해서도 논의해 보았다. 이러한 샌드위치 형국에 있는 우리는 이에 대하여 소극적으로 대처하기 보다는 햄버거 패티가 될 수 있는 지혜와 역량이 필요하다.

한 국가가 취할 수 있는 외교 전략으로 '팽이 외교'란 것이 있다. 돌아가는 판에서 팽이치기를 할 때는 돌아가는 판보다 팽이를 빨리 돌려야 팽이를 쓰러지지 않는 것처럼, 현재의 외교적 상황에 맞는 기민한 외교적 노력을 기울여야 한다는 뜻이다. 대륙과 해양 세력의 강대국을 대표하는 두 나라 사이에 끼인 우리나라가 택해야 할 외교 정책 기조다.

한국이 적절한 팽이외교를 구사하기 위해서는

첫째, '코리아 패싱(Korea Passing)'이 발생하지 않도록 미 – 중 양국 간 대화 채널을 지속적으로 마련하여 우리의 입장을 설득 및 관철시킬 필요가 있다. 먼저 미 – 중 양국에 한국과의 외교 마찰은 미 – 중 모두에게 득이 될 것이 없다는 것을 분명히 인식시켜야 할 것이다. 미국엔 한국이 한 – 미 동맹을 매우 소중히 여기고 있다고 설득하고, 중국엔 국가 안보를 위한 상황을 설명함과 동시에 한국은 중국을 중요한 경제적 파트너라고 여기고 있음을 분명히 해야 한다.

둘째, 이러한 우리의 지정학적 리스크를 지경학적(Geo-Economic) 수단으로 극복해 나가야 한다. 경제로 엮어 들어가야 한다. 경제라는 수단을 앞세워 미국과 중국 양국 모두에게 우리의 경제적 존재를 각인시키고 어떤 상황에서도 불가피한 경제적 파트너 라는 점을 인식시킬 때, 우리의 지정학적 리스크 또한 줄어들 것이다. 이는 비단 대 미, 대중 정책에만 해당되지 않고 통일로 가는 구심력으로까지 승화시켜야 한다.

셋째, 분명 중국의 아시아에 대한 패권주의와 영향력은 날로 높아만 갈 것이다. 우리는 인정하기는 싫지만, 이러한 상황을 고려할 때, 한 – 일 양국 모두 서로의 관계 회복에 더 많은 노력을 기울여야 한다. 한 · 일이 서로 싸운다고 득이 될 게 없고 장기적으로 보면 공동의 이익이 달린 문제도 영향을 받는다. 물론 중국의 도전은 장기적으로 매우 중대한 사안이 될 것이다. 한국과 일본은 역사 문제와 위안부 문제로 감정의 골이 깊다는 건 어쩔 수 없는 문제라 해도 그런 집착에서 벗어날 수 있어야 한다. 어떤 의미에서든 중국의 부상으로 도전 받는 나라들은 서로 협력할 수 있어야 한다. 과거 독일과 폴란드의 예를 봐야 한다. 전쟁으로 인해 두 나라는 관계가 아주 불편했지만 양측의 역사학자들이 모여 교과서 기술에 합의를 봤다. 이 부분을 일본과 주변국들에게 적용할 수 있을지는 미지수겠지만 공동의 이익을 창출하는 하나의 방안이라고 볼 수도 있다.

2008년 글로벌 금융 위기를 겪으면서 중국의 민족적 자부심은 한껏 고양된 반면, 중국을 바라보는 미국의 불안감은 점점 커지고 있다. 2019년 美 Pew연구소 조사에 따르면, 중국측 응답자의 52%가 미국을 가장 큰 위협국가라고 지목하였으며, 중국에 대해 '부정적' 견해를 밝힌 미국 응답자가 60%로 전년대비 13%나 증가했다.

한국경제는 최근 20년 간 미 – 중 양국의 경제적 밀월관계에 기초한 국제경제 질서에 최적화되었으며 그로부터 많은 혜택도 입었다. 하지만 앞으로는 미 – 중 양국의 경제패권 쟁탈과 상호적대감이 첨예하게 교직하는 격랑에 시달릴 가능성이 크다.

다가올 세계 경제질서 변화에 발 빠르게 대응하는 한편, 한반도가 미 – 중 양국 적대감의 발화점이 되지 않도록 유의해야 한다. 이미 사드 배치의 예에서 경험했듯이, 공명정대한 논리와 상호이해가 결여된 섣부른 의사 결정은 재앙을 초래하게 될 것이다. 미 – 중 갈등에서 파생되는 외생적 충격만큼은 경제 재난으로 인식하여 전담 컨트롤타워의 구축과 정 · 재계를 비롯한 전국민의 일치단결이 필요하다.

<출처: 하나금융경영연구소>

03 논술사례 

> **주제 1**
> 미·중 패권 경쟁 시대 한국의 선택과 방향에 대해 논하시오.

답안

📈 서론

미·중간의 전략 경쟁은 강대국 간의 일시적 갈등이 아니라 양국의 미래를 결정하는 장기적 경쟁이며 향후 국제 질서의 모습을 결정할 지정학적 헤게모니 경쟁이다. 상호방위조약을 맺은 혈맹인 미국과 최대 교역국인 중국을 두고 있는 한국으로서는 미·중 패권 경쟁은 매우 어려운 전략적 상황을 강요하는 국면이다. 특히 미국은 글로벌 가치사슬로 엮여있는 현재의 세계화된 경제구조를 안보적 취약성으로 인식하고 있으며 그 결과가 공급망 강화정책으로 나타나고 있다. 즉, 이는 경제와 안보의 완전한 부리가 이제 가능하지 않은 시대로 접어들었다는 것을 의미한다. 따라서 한 때 회자되었던 '경제는 중국, 안보는 미국'이라는 식의 접근은 **우리나라에게** 가능하지도 바람직하지도 않은 옵션임을 인식해야 하는 상황이다. 이에 본고는 미·중 패권경쟁의 배경과 진행과정, 한국의 안보와 전략에 대해 논한 후 우리의 정책적 방향성에 대해 논하고자 한다.

| 사이에

| 현실적으로

본론

1. 미 · 중 패권경쟁의 배경과 진행과정

중국은 2001년 WTO가입을 계기로 세계무역시장에서 핵심 교역국으로 등장하면서 경제적 영향력을 확대하기 시작하였다. 현재 실질 GDP 규모는 미국에 이은 2위이며, PPP기준으로는 세계 1위의 경제규모이다. 미국은 중국을 세계 경제의 중요한 플레이어로 인정함으로써 중국을 서구의 보편적 가치체계로 편입시킬 수 있다고 판단하였다. 하지만 시진핑 주석의 등장 이후 중국의 부흥을 기치로 팽창정책을 추구하기 시작하였다. 중국의 팽창정책은 단순히 국력신장의 추구에 그치지 않고 주변국과의 영토분쟁을 연이어 일으키면서 영토확장을 추진함과 동시에 군사적, 경제적 영향력 확대도 추구하였다. 2014년부터는 '일대일로'를 주창하면서 아시아를 넘어 대륙과 해양으로 중국의 영향력을 확대시키고자 하였다. 중국의 공식적인 명분과는 달리 일대일로 추진 과정에서 참여국과 분쟁이 잦고 참여국의 부채가 급증하는 등 각종 부작용이 속출하였다. 따라서 중국의 일대일로 사업은 참여국들과 공동의 이익을 추구하는 공동체 구축보다는 중국의 지정학적 전략요충지의 확보가 그 본질이라는 평가가 다수이다.

중국의 남중국해 도발, 일대일로 등의 팽창정책 추구에 따라 미국은 중국을 세계패권에 도전하는 위협적 국가로 규정하기 시작하였다. 중국을 군사적 방법으로 억제하기는 어려운 상황에서 미국의 선택은 무역제재일 수밖에 없었고 그것이 트럼프 행정부의 중국과의 무역 전쟁으로 표출되었다. 미국은 중국과의 경쟁을 국가 전체 역량을 총동원하여 수행해야 한다고 판단하고 있으며 이 경쟁은 수십년

1970년 대 이후,

중국은 미국의 의도와는 달리,

하지만,

에 걸쳐 지속될 수 있다고 의회보고서에서는 전망하고 있다. 중국으로 대표되는 권위주의 체제와 미국으로 대표되는 자유민주주의 체제 경쟁이기도 하므로 서구식 자유민주주의 체제가 우월한 체제임을 증명할 필요가 있다. 미국은 군사적으로는 인도-태평양 지역을 중국과의 경쟁의 최전선으로 인식하면서 지역 내 동맹국 및 파트너 국가들과 경제뿐만아니라 군사적 협력 강화를 천명하고 있다.

2. 한국의 안보와 한 · 미동맹

우리의 주적은 북한이며, 북한의 핵무기야말로 대한민국의 존재를 위협하는 최고의 안보위협임은 자명하다. 북한은 적화통일을 한 번도 포기한 적이 없으며 계속된 핵실험과 미사일 개발로 도발을 하고 있다. 이는 미국의 안보에도 직접적 위협이 되고 있다. 어떤 형태의 핵도발과 위협도 북한에게 도움이 되지 않는다는 인식을 북한 지도부에 줄 수 있어야 하며 이를 위해서는 압도적인 전력과 정보력이 필요하다. 이를 위해서는 긴밀한 한 · 미동맹이 필요하다. 반면, 북핵억제를 위한 중국의 역할은 기대하기 어려운 상황이다. 박근혜 정부 시절 논란에도 불구하고 중국 전승절에 참가하는 등 북핵 억제를 기대한 친중행보가 있었지만 소득은 없었다. 중국의 기본적 입장은 북한 비핵화가 아닌 한반도 비핵화이며 미 · 중간 패권경쟁이 치열해질수록 북한이 중국에게 가지는 전략적 가치는 증가하므로 중국의 전략적 이익을 훼손하지 않는 한, 중국은 북한 핵을 용인하고 북한과의 우호적 협력 관계가 필요한 상황이다.

📈 결론

한국의 전략적 선택과 경제정책 방향

세계 주요국의 안보정책은 집단 안보를 핵심축으로 운영되는 추세이다. 따라서 집단안보 그룹에서 이탈하여 독자적 안보정책을 추구하는 것은 현재의 우리나라 역량으로는 어려운 과제이며 효율성 면에 있어서도 선택지가 아니다. 공식적 군사동맹국을 포함하여 미국의 동맹에 준하는 우호국들과 미국의 GDP총합은 세계 GDP의 65.83%에 달하기 때문에 미국 중심의 블록에서 이탈하는 것은 경제적으로 치명적인 손해이다. 한편 중국의 우호국으로 분류되는 국가들은 정치적으로도 자유민주주의 진영이라고 분류되기 어렵다. 우리나라의 헌법적 가치인 자유민주주의를 지키고 그 체제하의 통일을 지향한다면 우리의 전략적 선택은 한ㆍ미 동맹의 축에서 벗어날 수 없다.

아시아-태평양지역의 헤게모니를 중국이 장악할 경우 중국 중심의 수직적 국제관계가 필연적으로 형성(과거 중화질서의 부활)될 것이므로 우리나라로서는 반드시 피해야할 상황이다. 미ㆍ중 전략경쟁은 장기전이므로 장기간에 걸쳐 전략적 모호성을 취할 수는 없다. 오히려 미국 주도의 아시아-태평양 질서구축 참가를 공식화하고 블록의 핵심 일원으로서 영향력을 점차 확대하는 것이 바람직하다.

중국이 반대하는 국제 정치적 입장을 취할 경우 경제제재를 우려하는 경향도 있으나 중국의존도가 우리나라보다 높은 호주 사례를 보면 충분히 극복할 수 있는 문제이다. 2020년부터 시작된 호주-중국 간의 갈등과 그에 따른 각종 상호보복조치에도 불구하고 호주의 중국 수출에는 큰 영향이 없었다. 그럼에도 불구하고 경제에 있어 중

국의존도가 높은 것은 바람직하지 못하므로 장기적 관점에서 꾸준히 구조변화(시장 다변화, 생산기지 다변화 등)를 통해 개선해 나가야 한다.

우리나라는 '자유민주주의 가치지향적 개방국가'로 국가정체성을 설정하고 이에 기반하여 가치를 공유하는 국가들과 적극적인 안보 및 경제 협력 추진을 표방할 필요가 있다. 즉 한국은 자유민주주의 가치를 공유하는 국가라면 어느 국가와도 적극적인 안보와 경제 협력을 논의 및 추진할 수 있는 국가라는 인식을 확산시켜야 한다. 일본과의 관계개선도 이 같은 국가정체성의 바탕하에 이루어질 수 있다. 중국에 대해 적대적일 필요는 없지만 중국견제를 위해 우호국과 공동 행동이 필요할 경우 이 같은 자유민주주의 가치수호를 명분으로 삼아야 한다.

chapter 19

디플레이션형 부채 위기와 정책 방향

01 논제 개요 잡기[핵심 요약]

| 서론 | 이슈언급 | 버블 경제 시기에는 터무니 없는 기대심리와 무분별한 대출이 늘어나면서 부실대출을 양산함. 그리고 은행들과 중앙은행이 부실 대출의 위험을 인지한 순간 버블은 자신을 숨기며 꺼지기 시작하는 것처럼 보이지만, 실상은 부채를 부채로 돌려 막기 위해 대출금 규모를 늘리고, 그 과정에서 부채 수준이 전체적으로 올라가는 현상은 버블이 다가오고 있다는 전형적인 경고 신호임

돈과 신용 확대를 제한하거나 대출기준을 엄격하게 적용하면, 신용증가율과 소비는 둔화되고 부채상환문제가 점점 불거진다. 부채상환금액이 빌릴 수 있는 금액보다 커지면 상승 주기는 꺾이기 시작함. 신규대출이 줄어들고 채무자들에게는 상환압박이 가해진다. 이러한 상황이 명확해 질수록 신규대출의 문은 더욱 좁아짐. 결과적으로 소비와 투자가 둔화하면서 소득은 매우 더디게 증가하고 자산 가격도 내려감

채무자들이 대출기관에 부채를 상환하지 못하면, 기관들도 자신들의 채권자들에게 부채를 상환하지 못하게 됨. 주로 레버리지 비율과 악성 채무자 비율이 매우 높은 대출기관들이 가장 큰 압박에 시달림. 이 기관들은 연쇄 파급효과를 일으키며 신용등급이 높은 채무자들을 포함해 경제 전반에 막대한 위험을 떠 안김

이렇게 시작되는 부채위기를 해결할 열쇠는 정책 입안자가 적절한 정책 수단을 어떻게 활용하는 지 알고 있는가에서 시작됨 |

본론	1. 부채부담을 줄이기 위한 정책	1) 긴축	
		2) 화폐 찍어 내기 (양적완화)	
		3) 채무불이행과 채무재조정	
		4) 가진 자에게서 없는 자에게로 부의 재분배	
	2. 금융정책	1) 공포해소와 지급보증	예금보험에 따른 보장금액을 확대하고 부채 인수범위도 확대할 수 있음. 시스템적으로 중요한 금융기관들에 중앙은행은 자금을 수혈 할 수 있음
		2) 금융기관에 공적 자금 투입	① 시스템적으로 중요한 기관들의 지급능력 지원 ② 최종 대부자로서 금융 지원 제공 또는 지급 보증
		3) 국유화	시스템적으로 중요한 금융기관의 자본재구성, 국유화, 손실보전
	3. 통화정책	1) 통화정책1 (Monetary Policy1) (MP1)	금리조절을 통한 통화정책(MP1)은 경제에 광범위한 영향을 미친다는 점에서 가장 효과적임. 중앙은행은 금리 인하를 통해 경기를 부양함
		2) 통화정책2 (Monetary Policy2) (MP2)	화폐 찍어내기 또는 금융자산 인수로 불리는 '양적완화(Quantitative Easing)가 통화정책 2(이하 MP2)임
		3) 통화정책3 (Monetary Policy3) (MP3)	통화정책 3(MP3)은 투자자와 예금자 대신 소비자의 손에 돈을 직접 쥐여주며 소비를 장려함. 부자는 그렇지 않은 사람보다 늘어난 돈과 신용을 이용해 추가로 소비할 유인이 적음. 따라서 빈부격차가 크고 경제가 취약할 때는 부유하지 않은 사람들에게 소비할 기회를 제공하는 것이 훨씬 생산적임

<table>
<tr><td>결론</td><td>의견제시</td><td>양적 완화는 미국의 경제학자 밀턴 프리드먼이 제안했던 '헬리콥터 머니'에 이론적 기반을 두고 있음

양적 완화의 목적은 상품과 서비스의 가격 상승, 즉 인플레이션을 일으키는 데 있음. 하지만, 은행을 통한 양적 완화가 제대로 작동하지 않는 데는 기업과 서민의 돈줄을 쥐고 있는 상업은행이 위기일수록 위험해 보이는 대출을 꺼렸기 때문임. 돈이 필요한 곳에 가지 못한 것임. 또한 기업들은 미래의 전망이나 자사의 대차대조표의 위험 상태를 고려, 투자 대신 자사주를 사거나 낮아진 금리로 부채를 대환함. 2008년 글로벌 금융 위기의 교훈임. 헬리콥터를 띄우는 것보다 어디에 띄우는지가 중요함. 이런 입장에서 새롭게 설득력을 얻고 있는 게 '모두를 위한 양적 완화'임. 물론 '모두를 위한 양적 완화"가 모두에게 환대 받는 건 아님. 여전히 많은 경제학자와 중앙은행가, 일반대중 가운데도 돈을 마구 뿌리면 하이퍼인플레이션을 일으킬 수 있다고 여김. 또한 사람들이 받은 돈을 지출하지 않을 것이기 때문에, 경제를 자극하지 못한다는 주장도 있음. 따라서 경기부양이 목적이라면 운영의 묘가 필요하다는 것임</td></tr>
</table>

02 논제 풀이

📈 서론

이슈 언급 역사적으로 잘 훈련된 소수의 국가만이 부채위기를 피해갈 수 있었다. 대출자체가 완벽하지 않을 뿐만아니라 부실화되는 경우가 잦기 때문이다. 대출의 부실화는 부채사이클이 사람들의 심리에 영향을 주어 버블을 만들어내고, 이 버블이 폭발하는 양상으로 나타난다. 이를 잡으려는 정책 입안자의 노력이 없었던 것은 아니지만, 2008 글로벌 금융 위기에서 보다시피, 지나치다 싶을 정도로 여신을 매우 느슨하게 관리하는 경우가 많았다. 왜냐하면 높은 성장이라는 당근이 이런 느슨한 관행에 정당성을 부여해 주었기 때문이다.

버블 경제 시기에는 터무니 없는 기대심리와 무분별한 대출이 늘어나면서 부실대출을 양산한다. 그리고 은행들과 중앙은행이 부실 대출의 위험을 인지한 순간 버블은 자신을 숨기며 꺼지기 시작하는 것처럼 보이지만, 실상은 부채를 부채로 돌려 막기 위해 대출금 규모를 늘리고, 그 과정에서 부채수준이 전체적으로 올라가는 현상은 버블이 다가오고 있다는 전형적인 경고 신호이다.

돈과 신용 확대를 제한하거나 대출기준을 엄격하게 적용하면, 신용증가율과 소비는 둔화되고 부채상환문제가 점점 불거진다. 부채상환금액이 빌릴 수 있는 금액보다 커지면 상승 주기는 꺾이기 시작한다. 신규대출이 줄어들고 채무자들에게는 상환압박이 가해진다. 이러한 상황이 명확해 질수록 신규대출의 문은 더욱 좁아진다. 결과적으로 소비와 투자가 둔화하면서 소득은 매우 더디게 증가하고 자산 가격도 내려간다.

　　채무자들이 대출기관에 부채를 상환하지 못하면, 기관들도 자신들의 채권자들에게 부채를 상환하지 못하게 된다. 주로 레버리지 비율과 악성 채무자 비율이 매우 높은 대출기관들이 가장 큰 압박에 시달린다. 이 기관들은 연쇄 파급효과를 일으키며 신용등급이 높은 채무자들을 포함해 경제 전반에 막대한 위험을 떠 안긴다.

　　이렇게 시작되는 부채위기를 해결할 열쇠는 정책 입안자가 적절한 정책 수단을 어떻게 활용하는지 알고 있는가에서 시작된다.

　　정책입안자들은 경기 침체 초기에 금리를 인하하는 방식으로 대응한다. 하지만 금리가 0% 수준에 도달하면 더는 금리를 내릴 수 없어 경제 부양 효과를 기대할 수 없게 된다. 화폐 찍어내기나 통화가치 하락 같은 적절한 경기 부양책을 동반하지 않은 채, 채무 재조정과 긴축재정 정책이 주를 이룬다.

　　하지만 문제는 이러한 디플레이션형 부채 위기 진입의 시기와 탈출의 기간 동안 정책 입안자들은 적극적인 거시 정책을 적시에 어떤 방식으로 시행했느냐에 따라 위기 탈출의 기간과 결과는 많이 달라진다는 점이다. 부채위기에 대응할 가장 큰 장애물은 크게 두 가지이다. 정책 입안자가 대응할 방법을 잘 알지 못하거나 필요한 정책을 수행할 권한이 부족해 정치적 · 법적 한계에 부딪히기 때문이다.

　　그러나, 위기일수록 거시정책은 적극적이어야 한다.

　　2010년대 이후 전세계 경제는 꾸준히 디플레이션형 부채 위기에 직면해 왔으며, 가계부채와 기업부채의 부실 가능성이 위기로 꾸준히 지목되는 우리나라도 예외적 상황은 아니다.

　　이에 본지에서는 디플레이션형 부채위기 대응을 위한 정책들에 대해 알아보고 각 정책의 균형점에 대해 논하기로 한다.

<참조 : 금융 위기 템플릿(레이 달리오)>

📈 본론

1. 부채부담을 줄이기 위한 정책	1) 긴축(Austerity)	① 정의 : 일반적으로는 경제활동을 억제하여 경기의 과열을 방지하려는 정책을 말한다. 즉, 긴축재정정책을 뜻한다. 구체적으로는 정부나 지방자치단체의 예산을 편성 · 실행함에 있어서, 지출을 삭감 · 억제함과 동시에 세금인상, 지준율인상, 공개시장 매각, 금리인상, 재할인율 인상 등의 정책을 실시하게 된다. 일반적으로 불황국면에서 정책입안자들은 긴축부터 시도한다. 위기를 자초하고 타인에게 손해를 입힌 주체가 비용을 부담하는 것이 당연하다고 여기기 때문이다. ② 문제점 　가. 강도 높은 긴축정책을 시행한다고 해서 부채와 소득이 균형을 이루지는 않는다는 점이다. 즉 지출을 줄이면 소득도 줄어든다. 따라서 매우 고통스러울 정도의 허리띠를 졸라매며 소비를 대폭 줄여야 소득대비 부채비율을 의미 있는 수준으로 줄일 수 있다.

<table>
<tr><td rowspan="4">1. 부채부담을
줄이기 위한
정책</td><td>1) 긴축(Austerity)</td><td>나. 일반적으로 경기가 위축되면 정부세입이 줄어들지만, 정부지출은 오히려 늘어난다. 그 결과 재정 적자는 확대된다. 이때 정부는 재정건전성을 높일 목적으로 세금을 인상한다.
→ 긴축과 세금인상은 모두 큰 실책이 된다.</td></tr>
<tr><td>2) 화폐 찍어 내기
(양적 완화)</td><td>① 불황국면에서는 정부의 보호를 받지 않는 대출기관들을 중심으로 뱅크런이 일어나게 된다. 이때 중앙은행과 정부는 어떤 예금자와 채권자를 보호하고 구제할지, 어떤 금융기관이 시스템적으로 중요한지 결정해야 한다. 동시에 정부와 납세자가 감당해야 할 비용을 최소화하는 방향으로 경제주체들을 구제할 방법도 고민해야 한다.
② 이 시기에는 온갖 형태의 정부보증이 시스템적으로 중요한 금융기관들에게 제공되고 일부 기관은 국유화되기도 한다. 이러한 정책이 얼마나 빠르고 순조롭게 진행될지는 많은 정치적·법적 요소에 달려있다. 필요한 자금은 정부예산과 중앙은행이 찍어낸 돈으로 충당된다. 물론 정부는 세금과 국채발행을 통해 자금을 조달할 수도 있지만, 불황국면이라 용이하지 않다. 결국 중앙은행은 돈을 추가로 찍어내어 국채를 사들이는 방안을 택할 가능성이 높다.
③ 다음으로는 신용경색(금융기관이 미래불확실성을 대비하기 위해 돈을 제대로 공급하지 않아 기업들이 자금난을 겪는 현상)을 완화하고 경기를 부양하는 단계를 거친다.</td></tr>
<tr><td>3) 채무불이행
(Debt default)
과 채무
재조정(Debt
Restructuring)</td><td>궁극적으로 미래의 현금과 신용 흐름을 확보하고 경제적 번영을 되찾으려면 기존의 악성부채를 정리하는 과정이 무엇보다 중요하다.
① 특히 부실금융기관들을 처리하는 각종 규제 개혁이 잇따라 추진된다. 규제개혁을 통해 은행영업과 노동시장 형태를 바꿀 수 있다. 미국에서는 1930년 대 예금자보호제도와 2010년 도드 - 프랭크 법과 볼커룰을 도입한 바 있다. 그 밖에도 은행의 신용 기준을 개선하고, 외국은행의 국내시장 진입을 허용하여 산업경쟁력을 끌어 올리고, 자기자본 요건을 높이고, 채권자 보호 기능을 없애는 등의 규제개혁이 이루어지기도 한다.
② 구체적으로 부실채권을 처분하는 방법은,
　가. 상환기간 연장 등을 통한 부채 재조정
　나. 출자전환(부채를 주식과 맞바꾸는 행위. 이를 통해 채권자는 주주가 되고 경영정상화를 거쳐 기업을 매각하고 투자금을 회수할 수 있다)과 자산 동결</td></tr>
</table>

다. 제3자에 자산 매각

라. 증권화(유동성이 낮은 대출채권을 시장에서 거래할 수 있는 증권 형태로 전환)

③ 부실 금융기관의 자산과 일반 금융기관의 부실자산을 관리하는 방법은 두 가지가 있다.

가. 독립된 자산관리 회사에 자산을 매각 : 재조정을 거치거나 처분한다.

자산관리회사를 이용하면 부채문제를 빠르게 해결할 수 있다. 여러 부실채권이 한곳으로 통합되어 매각과 재조정을 거치고, 기존은행들은 부실채권을 털어낸 후 영업을 재개할 수 있기 때문이다. 자산관리 회사는 종종 시장가를 웃도는 가격으로 자산을 매입하여 은행에 유동성을 공급하기도 한다. 주로 공기업인 자산관리회사는 납세자가 부담할 비용과 자산시장의 혼란을 최소화하는 동시에, 일정 기간(10년) 내에 자산을 매각하도록 법으로 규정되어 있다.

이를 위해 부실기관의 수익자산은 신속하게 마각하고, 무수익자산은 시간을 들여 관리한 후 매각하다. 보통은 직간접적인 정부의 부채 인수 형태로 자금을 지원받는 데, 법률상 제약, 정치적 제약, 자금 조성상 제약 등으로 부실채권을 제대로 인지하고 재조종하는 데 어려움을 겪을 수 있다.

나. 최초 대출기관의 재무상태표에 부채를 그대로 남겨 관리하는 방법

최초 대출기관이 정부 보증을 받는 경우, 종종 부실채권을 직접 관리하는 게 허용된다. 이 때, 최초 대출기관은 공공 자산관리회사에 가깝다. 그 밖에 손실 금액이 너무 크지 않거나 중앙 집중형 자산관리회사를 설립할 만한 전문적인 기술이 없고, 다른 효과적인 해결 방법을 이미 찾은 경우, 부실채권은 채권자의 재무상태표에 그대로 남게 된다.

보통은 채무 재조정을 통해 남은 부채 상환 금액을 관리할 수 있다. 채무재조정은 출자 전환, 부채탕감, 금리인하의 형태로 이루어지거나, 단기 대출을 장기대출로 전환하는 방식으로 진행된다.

① 버블 시기에 벌어진 빈부격차는 불황기에 힘들어하는 소외계층의 분노를 일으키기 쉽다. 부자와 빈자가 정부 예산을 공유해야 하는 상황에서 불경기를 맞게 되면 경제적, 정치적으로 갈등이 빚어진다.

---

1. 부채부담을 줄이기 위한 정책

3) 채무불이행 (Debt default)과 채무 재조정(Debt Restructuring)

4) 가진 자에게서 없는 자에게로 부의 재분배

1. 부채부담을 줄이기 위한 정책	4) 가진 자에게서 없는 자에게로 부의 재분배	② 이러한 시기에는 포퓰리즘이 득세하는 경향이 있다. 호황기에 부자들은 돈을 더 많이 번다. 특히, 금융산업에 몸담은 부자들의 탐욕이 위기의 원인으로 지목되는 상황에서 부자증세는 정치적으로 매력적인 수단이 된다. ③ 정치적으로 재분배를 요구하는 목소리가 커진다. 부자들은 자산을 지킬 방법과 장소를 물색하면서 자산시장과 통화시장이 흔들리기 시작한다. ④ 이렇게 고소득 납세자가 떠난 지역에는 '경제공동화' 현상이 일어날 수 있다. 정부세수가 줄어들면서 지역의 부동산 가치가 급락하고 복지가 줄어들기 때문이다. ⑤ 일반적으로 소득세, 부동산세, 소비세 등 세수를 늘리는 데 가장 효과적인 형태로 증세가 이루어진다. 재산 대부분이 비유동자산이면 사실상 세금징수가 쉽지 않기 때문에 부유세와 상속세의 증세효과가 미미한데도 역시 인상되곤 한다. 하지만 세금을 내기 위해 납세자가 자산을 억지로 매각하면 오히려 투자심리를 해칠 수 있다.
2. 금융정책	1) 공포해소와 지급보증	예금보험에 따른 보장금액을 확대하고 부채 인수범위도 확대할 수 있다. 시스템적으로 중요한 금융기관들에 중앙은행은 자금을 수혈할 수 있다. 뿐만아니라 정부는 예금을 동결하여 은행들의 유동성을 유지할 수 있다. 그러나 이러한 방법들은 공포를 조장하기 때문에 바람직하지 않지만 유동성을 공급할 수 없을 때에는 꼭 필요한 조치이다.
	2) 금융기관에 공적자금 투입	① 시스템적으로 중요한 기관들의 지급능력 지원 우선 정부는 민간부문이 문제를 해결할 수 있도록 이끌어야 한다. 부실한 은행과 건실한 은행의 합병을 지원하고 민간부문에 더 많은 자본이 투입되도록 관련 정책을 추진할 수 있다. 회계규정을 조정하여 즉각적인 자본 수요를 줄여 지급능력을 유지하고 기관들이 문제를 스스로 해결할 시간을 벌어줄 수도 있다. ② 최종 대부자로서 금융 지원 제공 또는 지급 보증
	3) 국유화	시스템적으로 중요한 금융기관의 자본재구성, 국유화, 손실보전 : 공적자금 투입 방법이 역부족이라면 정부가 나서서 부실은행의 자본구성을 재편해야 한다. 위기가 악화되지 않게 하려면 무엇보다 채권자들을 안정시키고 신용공급을 유지하는 것이 중요하다.

3. 통화정책	**1) 통화정책 1** (Monetary Policy1)(MP1)	① 금리조절을 통한 통화정책(MP1)은 경제에 광범위한 영향을 미친다는 점에서 가장 효과적이다. 중앙은행은 금리인하를 통해 경기를 부양한다. ② 이를테면 낮아진 금리덕분에 투자자산의 현재가치가 오르면 양(+)의 자산효과를 얻는다. 월 결제금액이 줄어들면서 내구재와 주택 등 금리에 민감한 상품군에 대한 수요를 증가시켜 신용구매를 촉진하고, 부채상환을 줄여 현금흐름과 소비를 개선할 수 있다. ③ 보통 MP1은 부채위기가 발생할 때 가장 처음 시도하는 정책이지만, 단기금리가 0%대를 찍으면 더 이상 효과적으로 작동하지 않는 다는 문제점이 있다. 또한 아무리 금리가 낮아져도 은행들이 신용문제로 기업이나 개인의 부도가능성이 높아져 자금을 융통하지 않으면 금리인하정책은 더 이상 효과적이지 않게 된다. → 중앙은행이 직접 자금을 공급하는 통화정책 2(MP2)의 필요성이 대두되고 있다.
	2) 통화정책 2 (Monetary Policy2)(MP2)	① 화폐 찍어내기 또는 금융자산 인수로 불리는 '양적완화(Quantitative Easing)가 통화정책 2(이하 MP2)이다. ② 중앙은행은 채권 같은 금융자산을 인수하고 그 대가로 투자자와 예금자에게 현금을 건넨다. 투자자와 예금자는 이 현금으로 다른 매력적인 금융자산을 사들인다. 돈과 신용으로 무엇을 하는가에 따라 모든 게 결정된다. 그들이 투자한 자산이 소비를 촉진하면 경기를 부양할 수 있다. 반대로 금융자산처럼 소비와 관련 없는 자산에 투자하면 시장에서 매우 높은 수익을 낸 후에야 돈이 소비로 흘러가게 된다. 그런 사람들은 투자수익을 얻은 후에야 소비를 늘릴 수 있기 때문이다. 즉, 양적 완화 정책은 금융자산을 보유한 투자자와 예금자에게 그렇지 않은 사람들보다 더 많은 혜택을 안겨 주므로 빈부격차는 벌어지게 된다. ③ 일반적으로 MP2는 MP1보다 효과가 덜하지만 위험프리미엄(투자자가 추가로 위험을 부담한 댓가로 받는 보상)과 유동성프리미엄(현금 대신 유동성이 부족한 자산을 매입한 대가로 받는 보상)이 큰 상황에서는 이러한 프리미엄을 낮추기 때문에 가장 효과적이다. 위험프리미엄이 높을 때 시중에 돈이 유입되면, 실제 위험은 줄어드는 동시에 기대수익이 높은 위험자산을 매입하려는 움직임이 늘어나 자산가격이 오르면 양의 자산효과로 이어진다.

<table>
<tr><td>2) 통화정책 2
(Monetary
Policy2)(MP2)</td><td>

④ 하지만 시간이 지나면서 위험프리미엄이 감소하고 자산가격 상승이 한계에 다다르면 경기부양을 위한 양적 완화 정책은 효과가 떨어지고 자산효과도 사라진다. 즉, 가격이 높고 기대수익률이 낮으면 위험을 감수하는 대가가 너무 적어져 투자자들이 호가를 하지 않게 되도 이는 또다시 기대수익을 낮춘다. 수많은 자산을 보유한 투자자일지라도 수익률이 매우 낮은 현금을 더 매력적인 수단으로 여길 수 있다. 그 결과 양적 완화 효과는 점점 줄어든다.

⑤ 저금리와 위험자산에 대한 낮은 프리미엄으로 통화정책은 구조적 문제에 봉착한다. 저금리는 MP1의 효과를, 낮은 프리미엄은 MP2의 효과를 떨어뜨리기 때문이다. 이런 한계상황에 이르면 중앙은행은 두 정책 수단으로는 경기를 부양할 수 없게 된다.

</td></tr>
<tr><td>3) 통화정책 3
(Monetary
Policy) 3(MP3)</td><td>

① 통화정책3(MP3)은 투자자와 예금자 대신 소비자의 손에 돈을 직접 쥐여주며 소비를 장려한다. 부자는 그렇지 않은 사람보다 늘어난 돈과 신용을 이용해 추가로 소비할 유인이 적다. 따라서 빈부격차가 크고 경제가 취약할 때는 부유하지 않은 사람들에게 소비할 기회를 제공하는 것이 훨씬 생산적이다.

② 화폐 발행과 가계에 현금을 직접 전달 : 소비자의 손에 직접 돈을 쥐여주는 방식을 '헬리콥터 머니'라고 일컫는다. 예를 들면 대공황 시절 미국에서는 퇴역군인들에게 참전수당을 지급했다.

③ 돈을 투입하는 방식은 다양하다. 모든 사람에게 동일한 금액을 지급하거나 특정계층을 중심으로 지원하는 방법이 있다. 예를 들면, 부유층보다는 빈곤층에 돈을 주는 것이다. 돈은 일회성 지원금으로 지급하거나, 기본소득처럼 지속적으로 지원할 수도 있다. 이처럼 다양한 지급방식으로 소비로 이끌 유인책을 함께 제공할 수도 있다. 예를 들면, 1년 안에 받은 돈을 소비하지 않으면 혜택이 사라지도록 설정하는 것이다. 그 밖에 은퇴, 교육, 중소기업 투자 등 사회적으로 바람직한 부문에 소비와 투자가 이루어지도록 돈을 특정 투자자금으로 돌릴 수 있다. 또 다른 방법은 양적 완화를 통해 인수한 자산을 정부 대신 가계에 분배할 수도 있다.

</td></tr>
</table>

3. 통화정책

의견 제시 아름다운 디레버리징은 세 가지 정책 수단을 균형 있게 조합할 때 발생한다. 균형 있게 조합되어야 견디기 힘든 충격이 완화되고 인플레이션이 유발되어 긍정적인 경제성장을 이루고 이를 통해 부채 부담이 감소되기 때문이다.

특히 재정정책과 통화정책은 조화롭게 시행되어야 한다.

아름다운 디레버리징이 진행되는 동안 경제활동과 자본형성의 회복 속도가 더디긴 하지만, 결국 금융체계는 정상화 된다.

일반적으로 실물경제가 위기 이전의 정점 수준으로 회복하려면 5 ~ 10년이 걸린다. 이 때문에 잃어버린 10년이라는 용어까지 등장했다. 주가가 과거의 고점을 찍으려면 이보다 더 오랜 기간이 소요된다.

양적 완화는 미국의 경제학자 밀턴 프리드먼이 제안했던 '헬리콥터 머니'에 이론적 기반을 두고 있다. 대공황시기 미국의 통화량(현금과 예금)은 4년 간 3분의1이나 줄었다. 돈의 감소는 수요의 위축을 불러오고 생산된 상품은 판로를 잃었다. 상품은 남아돌지만 돈이 없어 상품을 사지 못하는 '풍요 속의 빈곤'이 현실화한 것이다.

프리드먼은 이런 경우 돈을 헬리콥터로 살포해야 한다고 제안한다. 디플레이션 경제에 충격을 줘 경제침체를 타개하는 긴급단기처방이다. 추가적인 돈은 구매력을 높여 기업은 더 많은 것을 생산하며, 임금은 올라가게 된다는 논리다. 글로벌 금융 위기에서 미연준의 양적 완화는 바로 '헬리콥터 머니' 이론을 따른 것이다. 그러나 결과는 절반의 성공이었다.양적 완화의 목적은 상품과 서비스의 가격 상승, 즉 인플레이션을 일으키는 데 있다. 미 연준의 양적 완화 역시 가격상승을 불러왔지만 문제는 자산가들의 배만 채워줬다. 주식, 채권, 예술품, 와인까지 자산가들이 좋아하는 자산이 중앙은행 화폐에 의해 가격이 올라 최고가를 기록했다. 미연준의 양적기간인 2010 ~ 2014년에는 원유 및 원자재가 급등했는데, 양적 완화로 만들어낸 돈의 혜택을 받지 못한 서민들은 더 힘들어졌다. 에너지와 식품의 비용상승을 감당하지 못해 비필수품목의 지출을 줄여나갔다. 결국 비필수품목의 가격 하락이 필수품목의 가격 상승을 상쇄하면서 인플레이션은 불발됐다. 더욱이 자산가들의 돈은 신흥시장의 더 높은 금리를 좇는 핫머니로 개도국을 또 한번 위기에 빠트리게 된다.

일본의 양적 완화를 통한 인플레이션의 무기력은 정부와 중앙은행의 손발이 맞지 않은 데 있다. 공격적인 통화 및 재정부양책을 통해 잃어버린 20년을 끝내려 했지만 2014년 일본 정부는 소비세를 5%에서 8%로 올리는 조치를 취했다. 국가부채를 우려한 IMF의 권고에 따른 것으로, 세금인상으로 오히려 돈을 사람들로부터 빼앗는 결과를 낳았다.

은행을 통한 양적 완화가 제대로 작동하지 않는 데는 기업과 서민의 돈줄을 쥐고 있는 상업은행이 위기일수록 위험해 보이는 대출을 꺼렸기 때문이다. 돈이 필요한 곳에 가지 못한 것이다. 또한 기업들은 미래의 전망이나 자사의 대차대조표의 위험 상태를 고려, 투자 대신 자사주를 사거나 낮아진 금리로 부채를 대환했다. 2008년 글로벌 금융 위기의 교훈이다. 헬리콥터를 띄우는 것 보다 어디에 띄우는지가 중요하다.

이런 입장에서 새롭게 설득력을 얻고 있는 게 '모두를 위한 양적 완화'다. 2012년 경제학자 존 뮤엘바우어는 동명의 논문에서 모든 유럽연합 시민들에게 500유로를 나눠줄 것을 제안했다. 당시 주목 받지 못했지만 현실화하는 모양새다.

모두를 위한 양적 완화의 방안으로 두 가지 유형이 존재한다.

하나는 돈을 직접 사람들에게 나눠 줘 단기적으로 지출을 늘리는 것이고, 또 다른 하나는 장기 투자를 통해서 경제를 재균형화하는 방안이다.

흔히 '헬리콥터 머니'로 부르는 게 바로 모두에게 직접 돈을 주는 방안이다. 이 경우 경제가 충격을 받은 직후 경제의 공급 측면이 심각한 손상을 입기 전에 작동하는 게 좋다. 프리드먼에 따르면, 헬리콥터는 단지 한 번만 날아야 한다. 중앙은행이 직접 돈을 지급하는 방식부터 채무경감, 세금감면, 공공프로젝트 추진, 민간 기업에 직접 투자 등 다양한 방식의 양적 완화는 존재한다.

물론 '모두를 위한 양적 완화'가 모두에게 환대 받는 건 아니다. 여전히 많은 경제학자와 중앙은행가, 일반대중가운데도 돈을 마구 뿌리면 하이퍼인플레이션을 일으킬 수 있다고 여긴다. 또한 사람들이 받은 돈을 지출하지 않을 것이기 때문에, 경제를 자극하지 못한다는 주장도 있다. 따라서 경기부양이 목적이라면 운영의 묘가 필요하다는 것이다. 가령 저축을 억제하는 형식, 여섯 달 후에 만료되고 현금과 교환되지 않는 선불 현금 카드 방식이 한 예가 될 수 있다.

주제 1

금융당국의 가계부채 관리방안에 대해 논하라.

답안

📈 서론

우리나라 가계부채는 완만한 증가세를 유지하고 있다. 그러나 문제점은 가계대출 연체율의 상승세이다. 연체율의 상승은 취약차주의 증가를 의미하며, 가계부문의 부실이 금융부문으로 전이될 위험이 있어 선제적인 대응이 필요하다. 이에 **본고에서는** 우리나라 가계부채의 현황 및 문제점, 가계부채의 증가원인과 이에 대한 금융당국의 관리방안을 논한다.

| 본고는 또는 본지에서는

1. 우리나라 가계부채의 현황 및 문제점

1) 주택담보대출의 증가 및 주택가격 버블 형성

우리나라 가계대출 중 주택담보대출은 지속적으로 증가 중이다. 그 원인은 주택가격 상승에 대한 기대심리가 반영된 주택구입 관련 자금수요 증가와 정책자금 공급 규제완화**이다.** 또한, 최근 '스트레스 DSR 2단계' 규제가 **9월로 연기되며 이를 증폭시켰다.** 주택담보대출의 증가는 주택가격에 버블을 형성한다. 이는 금융 시장의 부동산시장에 대한 민감도를 높이며, 부동산 시장의 부실이 금융 시장으로 빠르게 전이되게 한다.

| 때문이다.

| 이 부분은 이미 지나간 내용이므로 변경해 주시는 것이 좋습니다.

2) 가계대출 연체율의 상승세 및 취약차주의 증가

가계대출의 규모가 감소세로 전환했지만, 연체율은 상승세에 있다. 이는 2022년 하반기 이후 긴축금융의 지속과 경기둔화로 인한 것이다. 특히, 주택담보대출보다 신용대출의 연체율이 크게 상승하고 있다는 점에서, 취약차주가 증가하고 있다고 볼 수 있다. 이로 인해 이들을 주고객으로 하는 인터넷전문은행과 지방은행의 건전성이 악화되고 있다. 또한, 최근 젊은 세대의 '영끌'과 '빚투'로 대출자금이 여전히 주식과 가상화폐 등 고위험 자산으로 유입되고 있어 대출 건전성이 크게 우려된다.

2. 우리나라 가계부채의 증가원인

1) 금융기관의 가계대출 선호

우리나라 금융기관은 기업대출보다 가계대출을 선호하는 경향이 있다. 가계대출이 주로 고소득차주를 중심으로 운영되어 수익률이 높고, 연체율이 낮기 때문이다. 또한, 바젤규제가 기업대출보다 가계대출의 위험가중치를 낮게 설정하여 자본규제에 대한 부담도 적다.

2) 금융당국의 규제 미비

금융당국이 차주단위대출에 대한 규제를 주요국에 비해 늦게 도입했고, 대출시점과 종류에 따라 규제대상에서 제외되기도 했다. 또한, 일찍 도입된 DTI 규제는 투기지역 등 일부 지역에서의 주택담보대출에 한정적으로만 적용되었다.

3) 금융소비자의 위험자산 투자

글로벌 금융 위기 이후 장기적인 저금리 기조로 차입비용이 감소하고, 안전자산의 수익률이 하락했다. 이로 인해 저리대출을 통해 위험자산에 투자하는 소비자가 크게 증가했다.

2024년 기준 우리나라의 GDP 대비 가계대출 비율이 **주요국 중 가장 높다.** 그러나 주택담보대출의 LTV가 낮고, 대출잔액의 대부분을 차지하는 고소득차주의 상환능력이 양호해 금융 시장의 부실로 전이될 가능성은 낮다. 그럼에도 과도한 가계대출은 소비를 위축시켜 경제성장을 저해하고, 비생산적 부문으로의 쏠림으로 자원배분의 효율성이 저해되며, 자산불평등을 확대할 수 있다. 따라서 가계대출의 점진적인 디레버리징이 필요하다. 이를 위한 금융당국의 관리방안은 다음과 같다.

| OECD기준 6위다.

1. 가계대출에 대한 지속적인 모니터링

상술했듯, 최근의 가계대출 증가는 금융소비자의 자산 투자심리에 기인한다. 이러한 투자심리는 소비자들 사이에서 급격히 확산되어 가계대출이 걷잡을 수 없이 증가할 수 있으므로 가계대출에 대한 지속적인 모니터링이 필요하다. 예를 들어, 금융감독원의 거시건전성 감독 스트레스테스트 모형(K-STARS), 금융산업 조기경보 예측시스템(K-SEEK), 거시 금융경제 예측시스템(K-supercast) 등을 활용해 가계대출 및 자산시장에 대한 감독 및 예측이 가능하다. 이를 기반으로 금리기조 변화, 자산가격의 급격한 변화 등의 시나리오에 철저히 대비할 수 있을 **것이다.**

| 좋습니다.

2. 금융기관의 건전성 관리 강화

금융당국은 금융기관의 가계대출 건전성 관리를 강화해야 한다. 금융기관이 가계대출 건전성을 전반적으로 점검하고, 스트레스테스트를 실시하여 자본을 충분히 확보하도록 권고해야 한다. 또한, 가계부채로의 쏠림에 대한 경기대응완충자본을 적립하도록 하여 대출을 분산하도록 하고, 부실채권에 대한 대손충당금 최저 적립비율을 상향해야 한다.

금융기관의 DSR 등 규제준수 여부를 철저히 감독하며, 여신적정성을 검사해야 한다. 또한, 가계대출 심사유인을 강화하기 위해 채무자의 책임을 담보로 한정하는 책임한정형 대출상품 공급을 확대하도록 권고하는 방안을 고려할 수 있다.

3. 취약차주에 대한 선별적 사후관리 집중

취약차주에 대한 무분별한 지원은 재원을 낭비하고, 채무자의 도덕적해이를 유발하여 연체가 지속될 수 있다. 따라서, 한시적 지원보다 선별적 지원이 필요하다. 또한, 이에 대한 성과를 평가하고 개선방안을 금융당국이 관리해야 한다. 특히, 자영업자 중심으로 취약차주가 증가하고 있다는 점에서 매출저하가 장기화되어 상환가능성이 낮고, 회생이 어려운 채무자에 대한 집중적인 사후관리가 필요하다. 예를 들어, '새출발기금'을 통해 채무를 조정하고, 연체율 상승을 완화하는 방안을 고려할 수 있다.

4. 금융소비자에 대한 교육 강화

2023년 청소년 금융교육협의회에 따르면, 우리나라의 청소년 금융이해도는 주요국에 비해 매우 낮다. 전형적인 저성장 국면으로 접

어든 현 상황에서 낮은 금융이해도는 과도한 대출을 통한 고위험투자로 이어질 수 있다. 따라서, 공교육에서 부족한 금융교육을 금융당국이 보완해야 할 것이며, 이를 위해 공교육기관과 협력하는 방안을 모색해야 한다.

주제 2

금융감독원의 가계대출 관리 방안에 대하여 논하라.

↗ 서론

한국의 전금융권 가계대출은 23년말 대비로는 총 1.8조원 감소하였지만, 24.4월에는 전월대비 4.1조원 증가하였다. 증감액 추이를 보면 가계부채는 꾸준히 상승하다가 올해 2, 3월에 다소 하락하는 모습을 보였지만 4월부터 다시 증가한다는 것을 알 수 있다. 경제학자 케네스 로고프 교수는 '모든 금융 위기는 부채위기에서 비롯된다.'고 하였다. 한국은 가계부채/GDP의 규모가 크고, 증가속도가 빠른 편이기 때문에, 가계부채 **증가**에 대한 지속적인 관리가 필요하다. 따라서 본고는 국내 가계부채의 현황과 증가 원인을 분석하고, 가계부채 증가가 야기할 수 있는 문제점들을 알아본 뒤, 금융감독원의 가계대출 관리 방안에 대하여 논하고자 한다.

↗ 본론

1. 가계부채 현황

국내 가계부채는 15~16년 10%대의 높은 증가율을 기록한 이후 하락세를 보이다가 19년부터 상승세로 전환하였다. 이는 코로나 19의 영향으로 정책지원 자금이 크게 확대되고 주택담보대출에 대한 규제강화로 전세자금대출, 신용대출 등의 쏠림현상이 심화되었기 때문이다.

이후 지속적으로 증가하던 가계대출은 22년들어 주택 거래량 둔화, 대출금리 상승 및 차주 단위 DSR 확대 시행 등 가계대출 관리 강화로 인해 감소하였다. 23년에는 주택시장 회복 등으로 가계대출이 증가하였다. 하지만 대부분 실수요자 위주의 정책자금 대출 중심으로 증가하였으며, 증가폭(+1.01조)도 예년 대비 안정적으로 관리되고 있다.

다만, 최근 보인 일련의 긍정적 시그널과 별개로 가계부채의 규모 및 증가속도를 고려하면 여전히 한국경제를 위협하는 최대 잠재위험 요인임을 부인하기 어렵다.

첫째, 가계부채/GDP 비중이 20년 들어 100%를 초과하였다. 한국은행의 보고서에 따르면 22년 한국의 GDP 대비 가계부채 비중은 105%로, 주요 43개국 중 세 번째로 높은 **수준이다.**

더욱이 전월세보증금을 가계부채로 인식하는 여타국가의 관례를 감안하여 우리도 전월세보증금을 가계부채로 인식한다면 약 1천조 정도의 가계부채가 더 증가하게 됩니다. 이런 경우 우리나라가 스위스를 제치고 가계부채/gdp가 1위가 됩니다.

둘째, 가계부채/GDP 증가율이 주요 선진국과 비교시 매우 빠른 속도이다. IMF가 최근 업데이트한 '세계부채 데이터베이스'에 따르면 지난해 한국의 GDP 대비 가계부채 비율은 108.1%로, 년 전인 2017년(92.0%)보다 16.2%포인트 늘어난 수치이다. 이는 민간부채 데이터가 집계되는 OECD 회원국(26개국) 중 유일한 두 자릿수대 증가이다.

2. 가계부채 증가 원인

(1) 저금리 현상

코로나 19 대응책으로 한국은행은 저금리 기조(2020년 5월~'21.8월간 역대 최저 기준금리 0.5%)를 유지했고, 그 결과 대출금리가 낮아졌다. 가계는 안정적인 자산인 부동산을 선호하기 때문에 낮은 대출금리는 가계의 대출수요를 증가시켰다. 따라서 가계부채가 급증했다.

(2) 경기 침체와 생계형 대출 증가

부채 증가에 의한 재무건전성 악화를 상쇄할만한 경제 성장이 없었다. 장기 저성장과 코로나로 인해 저소득층, 한계차주 위주 대출이 증가하였다. 이는 투자 수요와는 무관한 생계형 대출이 증가한 것으로, 가계부채 급증의 원인이 되었다.

(3) 정부의 금융 정책

과거(코로나 이전) LTV, DTI 규제비율을 완화하여 가계부채를 증가시켰던 측면도 강하다. 박근혜 정부 당시 디플레이션 우려 탈출과 부동산 활성화로 경기진작을 노렸지만 효과는 적었다. 오히려 규제완화 덕에 은행대출이 용이해져 가계부채가 증가한 것이다.(초이노믹스)

문재인 정부에 들어서는 세입자의 주거 안정을 위해 전월세 상한제를 실시하였다. 하지만 4년간 전세가격이 사실상 고정되면서 시장의 수요와 공급이 왜곡됐고, 4년 뒤 집주인들이 임대료를 큰 폭 인상하면서 임차인의 거주 비 부담이 오히려 상승하였다. 이 역시 가계부채 증가의 원인이 **되었다.**

(4) 금융기관의 가계대출 위주의 보신주의 영업

대출기관들의 보신주의 영업으로 가계부채가 증가한 측면도 존재한다. IMF 위기 이후 금융기관 주도로 신용을 분배하였는데, 당시 금융기관들은 수익성과 안전성이 높은 가계대출에 집중하는 보신주의 행태를 보였다. 여기에 대출 건 수 위주로 인사고과를 평가하는 내부 문화까지 겹쳐져 가계부채가 급증하는 또 다른 원인이 **되었다.**

2020년 이후 청년층의 빚투 영끌 열풍도 가계부채 증가 요인입니다.

좋은 지적입니다.

3. 가계부채 증가의 문제점

(1) 금융취약계층의 상환 포기로 인한 금융 부실

부채는 내수를 운용할 수 있는 수단이지**만** 일정 수준을 넘기면 저신용 차주의 가계 재무건전성에 큰 타격을 준다. 금융 취약계층의 채무불이행 확률이 높아지고 신용스프레드는 더욱 상승하게 된다. 이는 금융소비자들의 상환포기로 이어져, 시중은행들과 주택금융공사 등 금융기관들은 자금회수가 어려워진다. 이로 인해 대출기관들은 가계여신의 추가 **발행을** 주저하게 되고, 대출채권의 부실화와 금융기관 전체의 부실화로 이어질 수 있다.

> 만,(쉼표)

> 취급을

(2) 소비 감소에 의한 '부채 디플레이션'

가계부채가 지속적으로 증가하면 '가계부채 발 디플레이션'에 진입할 수 있다. 디플레이션이 발생하면 가계부채 증가에 따라 가계는 지출, 즉 소비를 줄인다. 이는 기업의 매출에 직접적으로 영향을 주게 **되고** 더 나아가 기업은 투자 및 생산을 줄이게 된다. 결국 산업 구조조정과 실업으로 이어져 가계의 자산규모를 줄인다. 이처럼 부채 디플레이션이 발생하면 시장이 정체되어 한국 경제 전반에 큰 문제를 야기할 수 있다.

> 고,(쉼표)

(3) 금리 인상기 변동금리와 가산금리로 인한 유동성 리스크

국내 가계신용 대출은 **약 80%가 변동금리에 기초한 대출이다.** 현재 지속되는 미국 발 금리인상, 공급망 붕괴의 장기화, 전세계적 물가(유가) 상승 등 대외적인 요인으로 한국은행이 고금리 기조를 유지할 경우, 고정금리예금과 변동금리대출의

> 이 부분은 통계마다 달라서요 한국은행은 50%라고 하고 있습니다
> 또한 고정금리라고 하더라도 옵션부 고정금리인 경우 실제 변동금리로 봐야하는 문제점도 있습니다

만기불일치로 인한 유동성 리스크가 더욱 커질 것이다. 또한, 가계부채는 만기가 짧고 롤오버되는 경우가 많기 때문에 향후 시장금리가 상승하면 가계의 채무상환부담은 **더욱 커질 것이다.** 특히 비은행 가계신용대출이 큰 문제가 될 것이다.

📈 **결론**

금융감독원의 대응

최근 급격히 증가한 가계부채는 한국경제의 뇌관이나, 인위적이고 급격한 감축은 주택시장 및 민가소비를 위축시켜 경제에 큰 부담을 줄 수 있다. 따라서 가계부채의 점진적인 디레버리징을 유도해야 한다. 이를 위한 금융감독원의 선제적 대응 방안은 다음과 같다.

1) 가계부채에 대한 모니터링 강화

현재 금융감독원은 금융 부문의 리스크 요인에 선제적으로 대응하기 위해 거시건전성 감독 스트레스 테스트 모형(K-STARS), 금융 산업 조기경부 시스템(K-SEEK), 빅 데이터 기반 거시 금융 경제 예측 모형(K-supercast) 등 계량 모형 기반 감독 수단을 갖추고 있다. 이러한 계량 모형들을 점검하여 발생가능한 대내외 위험과 시나리오에 대비하기 위해 거시건전성 감독을 이행해야 한다. 특히, 금년부터는 미래 금리변동위험을 반영하는 스트레스 DSR 제도가 마련될 예정이다.

2) 포용적 금융정책 시행

첫째, 서민 · 실수요자에**게** 가계부채 규제 예외를 인정하거나, 그들의 실수요를 우대하는 등의 보완이 필요하다.

둘째, 원리금상환부담이 큰 취약계층에 대한 서민금융상품(햇살론 15, 안전망 대출2, 햇살론 유스(youth) 등)와 중금리대출을 확대해야 한다.

셋째, 최근과 같은 고금리 시기에는 **금융소비자보호법상 금리인하요구권을 내실 있게 활용할 수 있는 방안을 강구해야 한다.**

이에 대한 감독도 요구될 것으로 보입니다.

3) 고정금리 대출 확대로 가계부채의 질적 개선

우리나라는 정책모기지 시장에 한정되어 장기·고정금리 주담대가 취급되고, 정책모기지를 제외한 은행권의 자체 고정금리 대출 비중은 매우 낮다(▲순수고정 2.5%, ▲혼합형 22.0%, ▲변동형 52.4%). 미국, 프랑스 등 해외 주요국은 정부 유관기관의 제도적 지원, 변동금리에 대한 강한 소비자보호 규제 및 장기자금조달 등을 통해 주담대 시장이 활성화되어 있는 것과 달리, 우리나라는 민간 고정금리 주담대 시장은 활성화되지 못해 여전히 고정금리 대출 비중이 주요국 대비 낮은 상황이다. 따라서 금융기관의 고정금리 목표비중을 상향 조정하여 고정금리 대출을 확대해야 한다.

chapter 20

외환 위기와 외환 보유액
Currency crisis and FOREX(FX)

01 논제 개요 잡기 [핵심 요약]

서론	이슈언급	국가부도의 위험성과 외환 보유액 관리의 중요성	
본론	1. 국가채무와 외환 위기	1) 국가채무와 국가부도	① 국가채무 : 국가가 재정 적자 등의 이유로 중앙은행이나 민간, 또는 해외로부터 돈을 빌려 사용하여 차후에 갚아야 할 국가의 채무 ② 국가부도 　가. 모라토리엄(Moratorium) 　나. 디폴트(Default)
		2) 국가부도와 외환 위기	① 환위기 : 대외 경상수지의 적자 확대와 단기 유동성 외환 부족으로 대외거래에 필요한 외환을 확보하지 못해 국가 경제에 치명적인 타격을 입게 되는 현상 ② 진행과정 ③ 해결방법 　가. 국제통화기금(IMF)의 구제금융 　나. 금융, 기업, 노동 등 국가 경제주체의 개혁

본론	2. 외환 보유액	1) 외환 보유액 (FOREX, FOReign Exchange reserves)	① 외환 보유액 : 한 나라가 비상사태에 대비해 비축하고 있는 순외환자산. 달러화, 엔화 등의 외환과 금을 모두 포함 → 유동성(언제든지 대외지급에 사용할 수 있음), 수용성(어느 채권자에게나 영수될 수 있음), 안정성(가치변동이 심하지 않음) ② 역할 ③ 적정 외환 보유액
		2) 외환 보유액 구성내역	① 정부 및 한국은행이 보유하고 있는 외환(외국통화, 해외예치금, 외화증권) & 금 + SDR + IMF 포지션 ② SDR(Special Drawing Rights)
		3) 외환 확보를 위한 움직임	① 정부 : 외평채 발행, 통화스왑 체결 ② 금융기관 : 외화예금 유도, Committed Line(외화를 우선적으로 공급받을 수 있는 권리) 확대 Cf1. 외평채(외국환평형기금채권 Cf2. 국가신용등급(Sovereign Credit Rating) Cf3. 통화스왑
		4. 한국의 외환 보유고현황 <2025년 7월 기준>	4,113.3억 달러
		5. 외환관리	① 외환관리 ② 스무스 오퍼레이팅(Smooth Operating) Cf. 불태화정책(Sterilization policy)
결론	의견제시		**<정부>** ① 현재 높은 수준의 단기외채에 대한 당국의 상시적 모니터링 ② 지나친 환율절상에 대한 경계와 국제 투기자금에 대한 주의 및 감시 ③ 외환보유고에 대한 모니터링 기능의 확충과 강화. **<금융기관>** ① 철저한 신용 리스크 관리를 통한 은행의 재무건전성 강화 ② 내부 준법관리시스템에 의한 전사적 차원의 철저한 관리 감독: 부정대출 지양

02   논제 풀이

📈 서론

이슈 언급   1997년 한국 외환 위기는 한보철강의 부도로 시작된 기업과 금융기관의 줄도산으로 악화되었다가 결국 IMF에 자금지원 양해각서 체결로 수습된 바 있다. 동남아시아의 연쇄적 외환 위기라는 대외환경과 기업과 금융기관의 부실이라는 대내환경에 한국 정부의 외환관리정책의 미숙과 실패로 외환지급불능사태의 위기가 초래된 본 사건은, 전 사회에 깊은 상처를 남김과 동시에 국가부도의 위험성과 외환 보유액 관리의 중요성을 한국에 다시 한번 각인시켜 주었다.

이에 본문에서는 국가채무와 외환 위기, 그리고 외환 보유액을 살펴보고 외환 위기에 대한 한국의 방향성에 대하여 논해보고자 한다.

📈 본론

| 1. 국가채무와 외환 위기 | 1) 국가채무와 국가부도 | ① 국가채무 : 국가가 재정 적자 등의 이유로 중앙은행이나 민간, 또는 해외로부터 돈을 빌려 사용하여 차후에 갚아야 할 국가의 채무를 말한다. 중앙정부 채무(차입금, 국채, 국고채무 부담행위)와 지방정부 채무(지방채, 지방교육채)를 합한 것으로, 국제통화기금(IMF) 기준으로는 정부가 직접적인 원리금 상환의무를 지고 있는 채무이다. |

② 국가부도

  가. 모라토리엄(Moratorium) : 국가부도. 채무지불유예. 한 국가나 지자체가 차관의 만기상환을 일방적으로 미루는 행위를 말한다.

  나. 디폴트(Default) : 국가파산. 채무불이행. 한 국가가 외국으로부터 차관(빚)을 빌렸다가 경제정책 실패로 돈을 갚을 수 없는 경우를 말한다.

  Cf. 컨트리 리스크 : 국가와 관련된 디폴트 리스크(공, 사채나 은행융자 등에 대해서 디폴트가 발생하는 위험)

③ 사례

모라토리엄(국가부도)	디폴트(국가파산)
1931 미국(2013년 셧다운 부도위기) 1933 독일 1997 한국 2009 중동의 두바이 2010 그리스	1998 러시아, 우크라이나 2001 우루과이, 아르헨티나

<table>
<tr><td rowspan="2">1. 국가채무와
외환 위기</td><td>2) 국가부도와
외환 위기</td><td>

① 외환 위기 : 대외 경상수지의 적자 확대와 단기 유동성 외환 부족으로 대외거래에 필요한 외환을 확보하지 못해 국가 경제에 치명적인 타격을 입게 되는 현상을 말한다.

② 진행과정

  가. 기업경영과 금융 부실이 드러나 대외 경상수지 적자가 발생한다. → 외환보유고가 크게 떨어져 결제 외환 확보에 허덕이게 된다. → 대외신뢰도가 떨어져 해외로부터 외환 차입이 어려워진다. → 외환시장의 불안으로 환율이 상승한다.

  나. 시장 불안에 외국 자본이 일시에 빠져나간다. → 화폐가치와 주가가 폭락한다. → 금융기관의 파산과 뱅크런이 발생한다. → 기업 줄도산과 실업률이 폭등한다. → 사회불안이 가중된다.

③ 해결방법

  가. 국제통화기금(IMF)의 구제금융 : 그러나 엄격한 재정긴축, 가혹한 구조개혁 요구 → 금리상승, 경기악화, 실업률 상승 등의 악순환이 야기될 수 있다.

  나. 금융, 기업, 노동 등 국가 경제주체의 개혁

</td></tr>
</table>

<table>
<tr><td rowspan="2">2. 외환
보유액</td><td>1) 외환 보유액
(FOREX,
FOReign
Exchange
reserves)</td><td>

① 외환 보유액 : 한 나라가 비상사태에 대비해 비축하고 있는 순외환자산을 말한다. 달러화, 엔화 등의 외환과 금을 모두 포함한다. → 유동성(언제든지 대외지급에 사용할 수 있음), 수용성(어느 채권자에게나 영수될 수 있음), 안정성(가치변동이 심하지 않음)

② 역할

  가. 국가의 지급불능사태에 대비 : 긴급사태발생으로 금융 회사 등 금융주체가 해외에서 외화를 빌리지 못해 대외결제가 어려워질 경우에 대비하는 최후의 보루기능을 한다.

  나. 외환시장에 교란발생 시 환율을 안정시키고 국가신인도를 높이는 데 기여한다.

③ 적정 외환 보유액

  가. IMF는 연간 수출액 5%, 시중통화량(M2) 5%, 단기외채 30%. 기타 부채(외국인 투자금 등) 15% 등을 합한 액수의 100 ~ 150%를 적정 외환 보유액으로 판단한다.

  나. 이 기준을 적용한 한국의 적정 외환 보유액 비중은 2020년 98.97%로 내려간 이후, 2021년에도 98.94%를 기록했다. 2000년 이후 가장 낮다. 이 기준에 따르면 2021년 한국의 적정외환 보유액은 4,680억 ~ 7,021억 달러 수준이다.

  다. 다만, IMF기준으로는 세계 1위 외환 보유액 국가인 중국도 69%로 기준에 한참 못 미친다. 반면, 체코(370%), 페루(289%)등은 기준의 2~3배 넘는 외환을 쌓아두고 있다.

</td></tr>
</table>

<table>
<tr><td rowspan="3">2. 외환
보유액</td><td>2) 외환 보유액
구성내역</td><td>

정부 및 한국은행이 보유하고 있는 외환(외국통화, 해외예치금, 외화증권) & 금 + SDR + IMF 포지션

① SDR(Special Drawing Rights) : 국제통화기금 특별인출권으로, '무담보'로 외화를 인출할 수 있는 권리. 금이나 달러의 뒤를 잇는 제 3의 통화로 일종의 국제준비 통화(한국은 18위, 1.42%).

② IMF 포지션 : IMF에 의무적으로 납입한 출자금의 일정부분으로, 출자한 국가가 필요하면 언제든 인출 할 수 있는 수시 인출권(대개는 출자액의 25% 수준).

Cf. SDR는 IMF가 달러의 유동성 부족에 대비하기 위해 만든 국제준비 통화로 실제 거래에서 결제통화로 사용되지 않는 반면, IMF 포지션은 실제 거래에 사용되는 통화로 인출할 수 있는 권리이다.

</td></tr>
<tr><td>3) 외환 확보를
위한 움직임</td><td>

① 정부 : 외평채 발행, 통화스왑 체결

② 금융기관 : 외화예금 유도, Committed Line(외화를 우선적으로 공급 받을 수 있는 권리) 확대

Cf1. 외평채(외국환평형기금채권) : 정부가 해외에서 외환을 조달하기 위하여 발행하는 채권. 외평채 금리는 곧 그 나라의 대외신인도(국가신용등급)로 나타난다.

Cf2. 국가신용등급(Sovereign Credit Rating) : 한 나라가 채무를 이행할 능력이 얼마나 있는지를 등급으로 표시한 것으로, 국제금융 시장에서의 차입금리와 투자여건을 판단하는 기준이 된다. 세계적인 신용평가사로는 미국의 무디스, 스탠다드앤푸어스(S&P)와 영국의 피치(IBCA)가 있다. → 우리나라 국가 신용등급은 2012년에 향상되어 이제 IMF이전 수준으로 회복 특히, 한국이 외국에서 받아야 할 채권에서 갚을 채무를 뺀 순대외채권이 사상 최대를 기록했다.

Cf3. 통화스왑 : 두 나라가 자국통화를 상대국 통화와 맞교환하는 방식으로, 외환 위기의 발생 시 자국통화를 상대국에 맡기고 외국통화를 단기 차입하는 중앙은행 간 신용계약이다.

</td></tr>
<tr><td>4) 한국의 외환
보유고현황
<2025.7월 기준></td><td>

구분	금액	만기	비고
외환 보유액	4,113	-	전 세계 8위
통화스왑 현황			
중국	590	2025.10.10	4,000억 위안
UAE	54	2025.04.12	200억 다르함
인도네시아	100	2026.03.05	115조 루피아
말레이시아	47	2026.02.02	150억 링깃
호주	81	2026.02.05	120억 호주달러
캐나다	무제한	무기한	무제한(2017.11.16 체결)
스위스	106	2026.3.1	100억 스위스프랑
터키	20	2024.08	175억 리라
일본	100	2026.6.29	100억 미국달러
CMIM	384	없음	384억 미국달러
합계	1,382(캐나다 통화스왑 제외)		

(단위:억 달러)

</td></tr>
</table>

4) 한국의 외환 보유고현황
<2025.7월 기준>

Cf. CMIM(Chiang Mai Initiative Multilateralization) : 치앙마이 다자화 기금. 아세안 + 한 · 중 · 일 3국이 외환 위기 및 금융 위기 발생을 방지하기 위해 마련한 2,400억 달러 규모의 통화교환 협정. → 한국 16% 부담(384억 달러), 중국 · 일본 각 32%(각 768억 달러)부담, 아세안 10개국 480억 달러.

Cf. 외환 보유액 국가별 순위(2025년 6월 순위)

주요국의 외환보유액
(2025.6월말 현재)

(억달러)

순위	국 가	외환보유액		순위	국 가	외환보유액	
1	중 국	33,174	(+322)	6	대 만	5,984	(+55)
2	일 본	13,138	(+156)	7	사우디 아라비아	4,576	(-13)
3	스 위 스	10,191	(+405)	8	독 일	4,563	(-1)
4	인 도	6,981	(+68)	9	홍 콩	4,319	(+8)
5	러 시 아	6,887	(+84)	10	한 국	4,102	(+56)

2. 외환 보유액

5) 외환관리

① 외환관리 : 자본의 유 · 출입을 규제하기 위해 외국환의 거래를 국가의 관리하에 두는 것으로, 그 방법으로는 간접통제와 직접통제가 있다.

가. 간접통제 : 외환거래 자체는 민간 자유에 맡기나, 정부가 중앙은행 등의 특정기관을 통해 시장에서 매입하거나 직접 매매조작을 함으로써 환율 안정을 도모하는 방법이다.

나. 직접통제 : 외환거래를 원칙적으로 금지하고 그 해제를 당국의 재량에 맡기는 등 정부가 직접적인 통제를 하는 것이다.

② 스무스 오퍼레이팅(Smooth Operating) : 미세조정, 파인튜닝(Fine Tuning)이라고도 한다. 경제활동수준의 급격한 변동을 막기 위해 외환당국이 환율, 금융, 재정부문 등의 정책수단을 상황에 따라 수시로 적용하는 행위이다. 특히 환율의 단시간 급등락 등 변동성 완화를 위하여 외환당국이 시장에서 외환을 사거나 파는 형식으로 개입하는 것을 일컫는 말이다.

Cf. 불태화정책(Sterilization policy) : 해외부문으로부터 외자유입이 늘어 국내통화량이 증가하고 물가가 상승할 경우, 이를 상쇄시키기 위해 취해지는 정책이다. 구체적으로는 중앙은행이 각종 통화채를 발행해 시중의 자금을 환수한다든지 재할인금리를 인상하거나 지급준비율을 올리는 등의 정책을 말한다. → 불태화정책의 수단은 일반 통화정책과 일치하나 통화정책의 목적이 해외부문에서 비롯된 통화증발을 억제하기 위한 것일 때 불태화정책이라 한다.

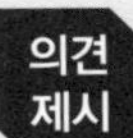 **결론**

의견 제시

지금까지 국가채무와 국가부도, 외환 위기와 외환보유 및 관리에 대하여 살펴보았다. 현재 한국은 경제성장률과 단기 외채 비중을 제외한 나머지 부분에서 과거 외환 위기 경험국에 비해 매우 양호하다. 이번 미국의 양적 완화 축소 정책이 국내에 위기를 초래할 가능성은 낮아 보인다. 그럼에도 세계 금융 시장의 변동성 확대가 국내 경제에 미치는 영향이 클 수 있다는 우려가 제기되는 만큼, 위기에 대한 대비와 대응책에 대한 선제적인 점검이 필요하다.

이를 위해,

l 정부 l

① 단기외채에 대한 당국의 상시적 모니터링 : 현재 단기 외채의 대부분이 막대한 경상수지 흑자를 보이는 수출 기업의 선물환 매도에 대해 금융기관이 단기 차입으로 현물환을 매도하는 등 환위험을 헤지하는 과정에서 불가피하게 나타난 것이기에 우려할 수준은 아니다. 그러나 변동성 확대 시 국내 금융 시장에 충격을 줄 수 있는 만큼, 이에 대한 지도와 모니터링이 필요하다.

② 지나친 환율절상에 대한 경계와 국제 투기자금에 대한 주의 및 감시가 필요하다.

③ 외환보유고에 대한 모니터링 기능의 확충과 강화가 필요하다.

l 금융기관 l

① 철저한 신용 리스크 관리를 통한 은행의 재무건전성 강화 : 관치금융 하 부실경영이 원인이었던 IMF 외환 위기를 교과서 삼아, 대기업들의 분식회계와 과도한 차입 부실 경영 등을 경계하고 신중하고 안전한 여신 영업을 지향해야 한다.

② 내부 준법관리시스템에 의한 전사적 차원의 철저한 관리 감독 : 부정대출 지양

 **용어해설**

1) **IMF(국제통화기금)** : 가맹국들의 고용 증대, 소득 증가, 생산자원 개발에 기여하는 것을 궁극적인 목적으로 하는 국제금융기구. 1944년 체결된 브레턴 우즈 협정에 따라 1945년에 설립되었다.

2) **국가신용등급(Sovereign Credit Rating)** : 한 나라가 채무를 이행할 능력이 얼마나 있는지를 등급으로 표시한 것으로, 국제 금융 시장에서의 차입금리와 투자 여건을 판단하는 기준이 됨. 세계적인 신용평가사로는 미국의 무디스, 스탠다드앤푸어스(S&P)와 영국의 피치(IBCA)가 있다.

03 논술사례

주제 1

1997년 IMF와 현재 글로벌 경제위기의 차이점은 무엇이며, 캠코의 역할은 무엇인지에 대하여 논하라.

답안

I. 서론

II. 본론

1. IMF의 경우 국내 금융 건전성, 외화보유고 등 내적 요인이 주 요인이었으나, 글로벌 경제위기는 미국 등 선진국의 경제위기가 전 세계로 퍼져 불안감이 전이되는 현상이었음
2. 이에 따라 IMF 당시에는 긴축 재정, 통화 정책으로 외화보유고를 확보하였고, 글로벌 경제위기 당시에는 불안감 해소를 위해 확대 재정, 통화 정책을 실시하였음
3. IMF 당시에 비하여 2008 글로벌 금융위기 당시에는 외환보유고의 확대, 불안감에 대한 적극적 대응, 선제적 대비 조치 등을 통해 금융위기에 의한 피해를 최소화하였음

III. 결론 : 캠코의 역할
- 부실채권 관리를 통한 금융회사의 건전성 제고 실시
- 구조조정 지원을 통한 금융위기 선제적 대응, 선박펀드
- 개인 신용회복 지원으로 서민경제 활성화
- 국가 재정건전성 회복을 위한 국유재산의 효율적 개발

 **본론**

2008년 미국 발 서브프라임 모기지에서 시작된 경제위기는 현재까지도 세계경제에 큰 영향을 미치고 있다. 이는 97년도 우리나라에

<table>
<tr><td>

IMF 국제금융을 야기한
(앞 문장에 위기라는 말이 있어
반복되는 느낌이 있습니다)
이에

복합적이지만

1990년대 초반부터

외환위기는 전이되는 그 특성
으로 인하여,

97년 당시 외환위기는
1. 종합금융회사, 리스사들이
  선진국으로부터 단기자금
  을 조달하여 동남아 국가들
  에게 장기로 운용함으로 금
  리 차익을 추구한 데서 비롯
  됩니다. 동남아 국가들의 모
  라토리움이 결국은 한국에
  도 전이되었고, 선진국들은
  단기 자금을 회수함으로써
  종합금융회사, 리스사들의
  Default가 발생하였습니다.
2. 한보철강, 대우전자 등 국내
  굴지 대기업들의 무리한 투
  자와 분식회계 등 모럴 해저
  드에 기인한 부실이 5대 시
  중은행의 부실을 야기했고,
  은행업이 무너졌습니다. 제
  일, 한일, 상업, 서울, 조흥은
  행 등 당시 5대 시중은행은
  현재 은행의 역사로만 남아
  있습니다.

2008년 금융위기와 관련해서
는 영화 '마진콜', 그리고 이 책
의 '그림자 금융' 부분을 참고
하세요.

</td><td>

큰 위기를 가져온 IMF 외환위기와 자주 비교되곤 한다. 두 번의 경제 위기를 비교해 보고, 이때 자산관리공사는 어떤 역할을 해야 하는지를 알아보고자 한다.

📈 본론

1. 경제위기의 발생 요인

97년 IMF 외환위기의 발생 요인은 여러가지가 있지만 가장 큰 원인으로는 국내 기업들의 무분별한 대출과 금융권들의 리스크 평가 미흡을 들 수 있다. 당시 우리나라는 선제적 조치 없이 세계 시장의 요구를 받아들여 금융 시장을 개방하였다가 위기를 맞이하였다. 동남아시아에서 시작된 유동성 위기는 아시아 경제 전체에 대한 의문을 형성하였고 우리나라에서도 대규모 자본들이 빠져나갔다. 당시 우리나라는 급격한 외화 유출을 감당할 수 없었고 결국 IMF에 구제금융을 요청하게 되었다.

이에 비해 2008년 글로벌 금융위기는 미국 발 서브프라임 모기지에서 시작되었다. 2000년대 초 미국 부동산 경제가 활성화되어 신용 등급이 낮은 계층에게까지 무분별한 대출을 해주었고, 2005년부터 부동산 버블이 꺼지면서 이를 감당할 수 없는 기업 및 개인들이 파산하였다. 대출을 실시한 은행은 물론, 그와 연계된 다양한 파생상품들이 큰 손실을 입으면서 경제 불안감이 세계로 전이되었다.

2. 경제위기 정책 대응

이러한 경제위기의 발생 요인에 의해 정책적 대응도 서로 상이하였다. 정책적 차이점을 살펴보면 다음과 같다.

</td></tr>
</table>

IMF 외환위기는 **국내 외환보유고의 부족에서 시작되었기** 때문에 외화 확보를 위한 정책을 실시하였다. 즉, 긴축 재정 및 통화 정책을 실시하였는데, 이는 총 수요를 줄이고 경상수지를 흑자로 전환하여 외화보유고를 확충하는 정책이었다. 이러한 정책과 당시 IT 산업의 급성장 등을 통해 1년만에 IMF를 졸업하는 성과를 거두었다.

반면, 글로벌 금융위기 극복을 위해서는 해외 선진국에서 시작된 경제위기의 불안감 전이를 막기 위한 정책이 시행되었다. 즉, 확대 재정 및 통화 정책을 실시하여 외화 유동성을 지원하고, 민간 신용경색의 위축을 방어하는 정책을 시행하였다.

3. 정책의 시사점

이처럼 두 경제위기는 세부 요소에 다소 차이가 있지만, **기업의** 무모한 대출과 투자, 금융사의 모럴 해저드, 과잉 유동성 발발로 인해 버블이 형성되었고, 붕괴되는 과정을 거쳤다는 점은 본질적으로 동일하다. 다만, IMF를 겪으면서 우리나라는 금융시스템의 정비와 선진 금융 정책 등의 경험을 축적하였고, 이를 통해 08년 발생한 글로벌 금융위기의 직접적 피해를 최소화할 수 있게 되었다.

📈 결론

이상으로 두 번의 경제위기의 과정과 정책 대응에 대하여 살펴보았다. 이러한 과정 중 자산관리공사가 해야 하는 역할을 다음과 같이 제시할 수 있다.

첫째, **부실채권 관리를 통한** 금융회사의 건전성 제고를 실시하여야 한다. 실제로 캠코는 97년 '부실채권정리기금'을 설치하여 111조

국내 외환보유고의 부족이라는 결과에서 기인하였기

기업에 대한 금융기관의

부실채권 관리를 더 효율적으로 운용할 필요가 있습니다. NPL의 인수를 다각화하고 유동화하여 안정적으로 운용하는 것도 방법입니다.

에 이르는 부실채권을 인수하였고, 투자 금액 대비 123%의 초과 수익률을 내는 성과를 거두었다. 해외의 부실채권 전문기관들이 40~50%의 수익률을 내는 것에 비하여 큰 성과를 이룬 것이다.

둘째, 구조조정 지원을 통한 선제적 대응에 나서야 한다. IMF 당시에는 부실채권 인수에 주력하였다면, 글로벌 금융위기 전후로 캠코는 기업구조조정을 지원하기 위해 기금을 조성하여 금융위기에 선제적으로 대응하였다. 대표적 사례로 '선박펀드'를 들 수 있는데 이는 당시 유동성 위기를 겪고 있던 해운업체들의 선박을 사들이고 다시 빌려주는(Sale&Lease back) 방식으로 해운사들의 유동성을 신속히 지원하여 도산을 막고 실물경제로의 파급을 사전에 차단하는 역할을 수행하였다.

셋째, 개인의 신용 회복을 지원하는 역할을 수행하여야 한다. 두 번의 경제위기를 지나면서 실업 또는 파산으로 인한 금융 소외자에 대한 지원이 필수적이다. 캠코는 이를 위해 한마음금융, 신용회복기금, 국민행복기금 등을 설립, 운영함으로써 이들을 지원하고 서민경제의 활성화에 나서고 있다. 이러한 기금들이 성공적으로 운용되어 경제성장의 뒷받침이 되어야 할 것이다.

한편, 자산관리공사의 업무 중 국유부동산 개발 분야를 좀 더 적극적으로 확대하는 것도 고려할만 한다. 국유부동산 개발을 통해 국유지의 효율적인 활용에 나선다면, 2008년부터 계속되고 있는 정부의 재정적자를 개선하는 데 도움이 될 것이다.

자산관리공사는 그동안 여러 번의 경제위기를 극복하며 다양한 경험을 가지고 있다. 이러한 경험을 통해 시장과 개인의 효율성 증진을 통해 국가 발전에 이바지하여야 할 것이다.

국제산업 편

이것이 금융논술이다 10.0

국제산업 편
이것이
금융논술
이다 10.0

국제산업 편

이것이 금융논술이다 10.0

국제산업 편

이것이 금융논술이다 10.0